毕玉堂 著

血性

作家出版社

谨以此书献给抗日战争和解放战争中有功无名的英雄们

目 录

引 子

一声响鞭抽得群山惊悸。

青龙桥下，呼呼隆隆过着队伍。

这是一支由山羊、绵羊、寒羊、湖羊子组成的杂牌军。队伍裹烟挟尘，挤挤挨挨，像浮泛着泡沫的水头，冲出桥墩的隘口，奔突在干涸的河道。

甩响鞭的是一个光膀子的老汉，他额头黑红黑红，鼻梁闪着油光，两道剑眉斜插双鬓，眼睛一眨不眨地审视着他的队伍。随着又一声响鞭，羊群在小河拐弯的低洼处慢慢停驻了下来……

"那个放羊的老汉是个干什么的？"

刚坐下吃饭，我就急不可待地向村支书抖出了心里的疑问。

"哪个老汉？"支书做茫然状。

"放羊的那个，我们路过青龙桥时甩响鞭的那一个。"

支书眼珠一转："就是个放羊的呗，承包着河崖，兼带着放羊，河滩里长势最好的那片林子，就是他承包的。"

"哦，我看着……我觉得……不，怎么说呢？我觉得那个人不像是个放羊的。"

村支书一愣，眉毛拧了两拧。

"你怎么看的？你看他不像放羊的，那他像个干什么的？"

我的话唐突了，他明明光着膀子赶了一群羊，羊鞭甩得啪啪地响亮。

"不，我是说……只是感觉，哈哈瞎猜……"我的脸和耳朵一起热起来。

村支书诡秘地一笑："怪不得叫你当工作组长，你还真有两手哩！这个人可了不得！不是个一般社员，我们村子里的大能人哩！"

支书未做过多的解释，妇女主任嘿嘿一笑："你们工作组初来乍到，以后的日子长着哩！别看俺落凤坡村子不大，早年间就有牵骆驼的风水先生看过，说俺村东的小河是一条龙脉，桥南的淬泥湾是个青龙湾。话虽这么说，这些年来，村里也没出过像样的人物头子，一千口人，大龄光棍倒有一百多条哩！……"

村支书干咳了一声，妇女主任笑了笑低下头，不再说什么。

因为是接风，这顿饭就吃在了不前不后的坎上。午饭吧，太晚了；晚饭吧，又太早了。拖拖拉拉吃了一大阵子，太阳迟迟不肯下山。饭后，蹚着暑气来到河边，不知不觉走近了那片长势最好的林子。

连续几年的大旱，小河已成了一道干沟。大路、小道，尽管走起来一步一串烟，可那是路。小河理应是摇摇的杨柳，泠泠的水韵，泼泼的鱼跃……就因为干旱，这条河，近十年来竟没有像样地流过水。无休止地挖沙取土，河床被糟践得百孔千疮。由于持续干旱，河滩上能活下来的杂草也已经不多，只有生命力极强的苦艾，还在贴着地皮挣扎着死去活来。

这该是他承包的林子了。

同样是在河滩毗连的沙地上，一旁的林子，小白杨才只有拇指粗细，而他的白杨树，躯干粗细已如碗口。最耐看的是林中的刺槐，树皮如同发酵过头的粗面，妊娠纹挣得老宽老宽。细细看，树皮上一枚一枚的刺槐丁，自下而上完好无损地钉紧在纹缝旁边，足见看护得仔细。

这是他的家了？

林子深处，一大间孤吊吊石砌到顶的平屋，北瓜、吊瓜、葫芦、丝瓜……黄黄白白、大大小小的花朵挂满了四周。平屋门口，斜拉出一根黑亮的八号铁丝，晾晒着冬季才用得着的衣被。他的被子，中间的棉絮早已挪位，被子两端，鼓鼓囊囊肿起两个大包。他的大衣，是用棉毯子缝制的，大针脚罩上了一块青布当袄表，就成了一件像模像样的大衣。

刀剁案板响，老人在忙活什么呢？

轻步拐过屋角，只见老人正在把修剪下来的槐树枝条，用斧头剁成一截一截，精细地码在那扇只有半块玻璃的窗户下边。生怕我的突然出现会惊动了老人家，我轻轻咳嗽了一声。

"大爷，天热啊，歇歇再干吧。"

"不热不热，"老人没回头就接过了话茬，"你看看，老绵羊穿着'皮袄'还不嫌热哩！我光着脊梁能有多热？来来来！屋里坐，屋里坐，屋里凉快。"

老人春风满面，热情而诚朴。

随着老人进了屋子，屋子里的确比室外凉快多了，尽管简陋。

我搬了个座位随便坐下，不觉打量起他这间屋子来。靠东墙是一盘土炕，炕头紧靠着那扇只有半块玻璃的窗户。土炕上面铺了一领破苇席，傍着炕沿的席花已经破解，席篾子像一根根捋直了的肋骨。一个方方正正的木枕头，压在苇席靠山墙的一头。炕上不见盖窝，没挂蚊帐。几根毛毛糙糙的蒿子绳，盘成圈圈儿垛在墙角，不用问，这是用来呛蚊子的。点燃蒿子绳呛蚊子的历史，大概要追溯到刀耕火种的年代，我的童年，就是在蒿子绳的浓烟里熏制出来的。乡下人买不起蚊帐，也不习惯用蚊帐，就用点燃的蒿子绳来对付蚊虫的叮咬。据说，蚊子一嗅见蒿子绳的药香味道，嘴巴立刻会肿胀，吸管再也插不进人的身体里。夏夜，当门里只要点上蒿子绳，缕缕白烟，一会儿就灌满整个屋子，呛蚊子，也呛人。

"你看看我这屋，比不得你们城里。一个看河崖的，有个趴窝的地方就行。"老人说。

思绪抖掉蒿子绳的熏绕，这才注意到我的面前居然有根柱子。沉重的平屋顶压折了中间的一根檩条，柱子是临时顶上去的。当作柱子用的，是一根剥了皮的槐树干，看上去有些单苗。老人三条腿的小木桌，有一个角依靠在柱子上，然后用两颗大铁钉将二者关联，桌子和柱子就成一体的了。

"立木顶千斤，只要直。"老人见我直盯着他的小桌和柱子，便用手指弹了弹看似担不起重任的立柱，立柱发出噔噔的钢音。

"身子正，能顶得起乾坤。"老人又说，我点了点头。老人把我推让到桌子后边的沙发上，忙着去找茶具。他的沙发也是自制的，一个人坐着觉宽，两个人坐着显挤。沙发的底垫，是架在两块方子石上的桐木板，木板上面缝裹了一条和他的大衣料子几无二致的灰毯子。沙发扶手，卷云一样地翘弯，用手捏捏，沙沙作响，不用问，里边绑扎的是麦草把子。

"又是沙发，又是躺椅，还是皇帝的龙书案。"

老人见我对他的沙发也感兴趣，赶忙把放在沙发上的一台老式半导体收音机挪开。

待人客气而又讲究，看得出，这是个要好、要强的细心人。老人从简易碗橱里掏出茶壶、茶碗，洗了一遍又一遍。我推说不渴，老人解释说："别看这些家什都在兔笼子里放着，我已经好几年不喂兔子了。去年我把兔笼子放在石灰水里泡了大半个月，早就消好了毒的。"

他不说我还真没注意，他的碗橱，果然是两个摞在一起、用粗铁丝编制的兔笼子。

"茶叶是夏庄集新买来的，老酒、陈醋、新茶，喝茶就要喝新的。这是今年的黄山毛峰，很煞口。夏庄集上有个回民老妈妈，每年清明节前后都要去安徽贩茶叶。这一带回民多，都习惯喝绿茶。绿茶清肺、败火、提神。"

"天这么热，还得现烧，恁老人家就别麻烦了，一会儿我还是回去喝吧。"我竭力劝阻着，一壶凉水，一时半霎哪能烧得开？

"别看这槐树枝子新鲜，很容易点火，火焰也毒，一旦烧起来强似炭哩！"

老人似看透了我的心思。

老人笑意盈盈在门外支起三个砖头，一阵紧忙活，刺槐枝子噼噼啪啪燃烧起来。蹿着火苗的枝条，吱咛吱咛冒着绿油，一股烧灼鲜树枝的清香，诱我出得门来。

门外依然很热，大黄狗吐着长舌，歇息在远树底下的湿地上。分散的羊群，一只一只匍匐在地，眯眯着眼睛，慵懒地交错着嘴巴。

穿"皮袄"的不是不热，只是不会说热罢了。

老人手捏刺槐枝，眼睛一眨不眨地盯着壶底下的火焰，努力把火烧得旺些再旺些。可能也是心急，隔一会儿他便掀开壶盖儿看看。

"掀一掀，等半天，心急不开壶啊！"老人笑笑。他分明知道怎样才能开得更快。

"没想到你们工作组刚进村就到我这儿来了。"老人又掀了一下壶盖。

"大爷，要想致富，栽树修路，你这片林子管得这么好，你又是村子里的大能人，都得向你学习哩！"

"我是村子里的大能人？"老人眉毛一皱，"人家能得吃不了，我能得不够吃吗？"老人乐呵呵地看着我。

"哈哈哈！恁老可真会开玩笑！都说你这个人了不得，不是个一般社员哩！"

"不是个一般社员？"老人眨巴了一下眼睛，"怎么了不得？哪里了不得？"老人仍旧笑眯眯的。

"还没细说哩！"

"嘿嘿，人啊，穷了不说以前，老了莫拉当年。现在就是个糟老头子，有啥了不得？这个'了不得'可不是夸我。"

"怎么？"

"嘿嘿，放羊、看河崖有啥了不得！说我了不得……是说我身上有瘆人毛吧？"老人又笑了。

"瘆人毛？"

"对呀，我身上有瘆人毛，胆小的一般不敢到我这儿来啊，你没看见羊和狗都远远地躲着我吗？"

"为什么？"

"以前我有个外号，一般人听见害怕啊！要不，能说我了不得吗？"老人笑嘻嘻地看着我。

"什么外号？能多么吓人？"我也笑了。

"他们没说吗？"

"没有。"

"嘿嘿，嘿嘿……"

"什么呀？能多么吓人？"

"嘿嘿……'活阎王'。"

"活阎王？"

"活阎王。"

老人仍旧笑眯眯的，"活阎王"三个字吐得不温不火。

"什么活阎王？"我以为我听错了。

"什么活阎王？阎王还有菩萨吗？"

我蒙了，怎么会是个活阎王？这是个什么外号？怪不得说他不是个一般社员，难道"大能人"是反义的？

"大爷"不敢称呼了，"再见"也不敢说了。工作组一进村先来拜访了个活阎王，麻烦啦！

活阎王见我突然寒了脸，他笑了笑，拨灭灶火慢慢站起身来。

余烬烘烤着壶底，壶盖一掀一掀，似乎冤屈得要哭。

日头通毒如火，我的脊梁直冒寒气。走出老远偷偷回头，活阎王还在冲我笑呢。

一晃半个多月过去了，抗旱打井的工作已全面铺开。我知道了活阎王的大名叫龙杰，建国以前就曾是个县级干部，今天该再去会会他了。

一进树林子，他好像知道我一准要来，手扶了栅栏门早已在等候。老人的衣服今天格外整洁，听说他总爱趁晚上在河里洗干净，一宿晾干了再穿上。老远见我来了，老人笑嘻嘻地推开柴门，拎起两个座椅，引我来到林间的一块空地上。

"今天林子里有风，比屋里凉快。知道你肯定还来，前天赶大集又特意买的新茶。"

空地上安放有一块红丝石板，茶具早已摆在上面。茶壶是惯见的锡嘴、锡盖的车头壶，红红的紫砂肚子上，交叉着两道闪闪发光的铜镲子。虽然两个茶碗和茶壶并不配套，但是景德镇产的细瓷茶碗光洁如美玉。

"恁老真会开玩笑，拿个活阎王吓唬人。"我想起上次匆忙离开时的尴尬。

"嘿嘿，你不是怕活阎王，你是怕犯错误啊！"老人开心地笑了。他斟满一杯茶先端给我，推让一番，我接了过来。

茶水湛绿，一根立着的茶叶棒儿，精灵一样上上下下，在茶碗里兜着圈儿。

"茶叶棒子立起来，就是贵客到了，这第一杯茶就是你的。"老人也端起茶碗。我赶忙递给他一支香烟，老人接过烟，凑在鼻子底下转着圈儿嗅着。

"看看，又抽你的好烟，我净抽'丰收'的。"

"恁老革命了大半辈子，如今年纪也大了，该好好享享清福啦！可恁这日子，过得也太艰窘了！"

我给老人点上烟。

"艰窘？咳！打小出门混穷，要饭讨食，什么样的苦日子没过过？比起抗日战争、解放战争、南下剿匪，这不就是在天堂里吗？"

几句话，老人几乎晒出了他的全部经历。

"怪不得都说恁不是一般社员，还真是不一般！'打小出门混穷'，恁老哪一年在外混穷啊？"

不好直接问老人家哪一年参加革命，故意拐了个弯儿。

"混穷早啦！哪一年？哪一年？……一九二七？一九二八……反正是中央军北伐的那一年。"

"这么早啊？那时你才多大？"我来了兴致。

"嘿嘿，不大，那年我十岁。"

……

第一章

白马山

突如其来的倒春寒，拖来了一场无休无止的大雪。几天几夜，几夜几天，大雪封门，要饭走不出村去，爹爹饿死了。

爹爹的"头七"刚过，春阳就把满世界的冰雪化作了蒸腾的雾气。大地迫不及待地脱下孝衣，生活也如跑偏了的车轮，重新顺进一如既往的辙沟里。与其坐在家里等死，不如出门去闯、去混、去拼！硬闯或许能闯出一条生路来！

跟上哥哥，龙杰出门了。

哥哥推车子，龙杰在前边拉车子。哥哥的独轮木车子，一边是铺盖，一边是婆娘。冰消雪融，春泥如鳔，车子不时地塞了车挡、陷了轮子。龙杰露了脚后跟的破棉鞋，走着走着便落在泥窝里。好不容易将小车子拖上官道，哥哥干脆把龙杰和铺盖卷儿绑在了一起。上坡了，哥哥大口地喘着粗气，小车子吱扭吱扭挤出难听的哭声。下坡了，车子的刹车绳断了，哥哥死里活里拽不住车子，木车轴在车耳子里咯咯咯咯笑得瘆人，就像爹死的前夜，柏树林子里猫头鹰的叫声。

翻过一山又一山，蹚过一河又一河，一样的荒山秃岭，一样的穷山恶水。小车子好容易推到济南，可是龙杰看到的还是山——白马山。虽然白马山远没有老家的凤凰山大，可是哥哥说，到了白马山就算到了济南，这一阵，白马山比济南城里还热闹呢。

白马山确实热闹,一心想坐飞机的奉系军阀张宗昌,正在这里修建飞机场。成千上万的民夫,犹如雨前搬家的蚂蚁,纷纷扬扬,熙来攘往,一片繁忙景象。

　　张宗昌的营盘,驻扎在一个叫辛庄营园子的地方。龙杰没有见过张宗昌,但是他断定张宗昌不是好人,因为他养的那些兵,都是些歪戴帽子斜瞪眼的家伙。他的兵,个顶个是些败家子,整日里只会吃喝玩乐、大把大把地花钱,动辄要情分、发牢骚:"他娘的给谁省着?挖炭的是埋了没死,咱当兵的是死了没埋,不知道早晨死还是后晌亡,伺候伺候老子还不应该?"他的伙夫也不过日子,每天往外倾倒的炉渣里,有一半子是焦炭核。这倒方便了一些穷人,一早一晚不出工,龙杰都要去炉渣堆里捡拾炭核。时日一长,营园子的不少人都认识了他,他也才渐渐觉得这些兵痞有了人的模样。

　　进了兵营当了兵,平时出营园子的机会少,兵痞子们在营房里憋闷得难受,巴不得天天有外人进进出出。他们不满意这些拾荒、捡炭核的除了老人就是小孩,他们更喜欢看大闺女、小媳妇。见不着女人,这些家伙就像大半年没吃盐,路不愿意走,话不愿意说,口淡得无滋无味。偶尔见着一头母驴撒尿,能叫全园子的将士一连亢奋好几天。偶有阔太太、少奶奶从兵营里经过,当兵的一个个好像饿急了的狼,哈喇子都流下来了。

　　营园子里的伙夫,虽然也是败家子,却是一个快活的人。他的腿脚有点伤残,走起路来一高一低,但是误不了哼唱"姐儿南园割韭菜",往往他的车子未到,害牙痛一样的小曲一起一伏先来了。伙夫把焦炭当作炉渣倒,捡炭核的人都喜欢他。不管谁喊一声"姐儿来了",大伙儿便会齐呼啦地往炉渣堆上跑。一车子炉渣刚倒下,捡炭核的立刻鸡抢米一样围拢了上去。

　　龙杰正在炉渣堆上翻检得起劲,不知为什么,头上的"八十毛"给揪住了。辫子揪得很痛,而且还在继续往上提拔。龙杰想骂娘,揪辫子的反而转到他的面前来了,原来是个当兵的。龙杰烦了,又是那个让人恶心的家伙,黄眉毛下两只母狗眼、哭和笑一个模样的家伙。这个母狗眼,最爱和女人搭讪。有一次,龙杰亲见他被班长连抽了三个耳光，骂得他狗血喷头。原是他主动去帮一个官太太拎东西时，不知触碰了官太太的哪个敏感部位。那个假装胆小、嗲声嗲气的俏女人没是没非地尖叫了一声，让母狗眼白挨了一顿好揍。

"小丫头长得怪俊巴，浓眉大眼……"

"谁是小丫头？你就知道小丫头！"

看准了是母狗眼，龙杰从心里不怕他。

"我不光知道小丫头，我还喜欢大丫头哩！"母狗眼眯眯起狗眼踅了一遭。

"大丫头？你还喜欢大肥鹅哩！谁不知道？"龙杰心里说。

苏联十月革命胜利了，许多老毛子跑到中国来避难。跑到山东来的找不到合适的活儿干，就投在张宗昌门下当兵。张宗昌有个小心眼，自从鸦片战争以来，他见中国人最害怕高鼻子、凹眼睛、鬈头发的外国人，因此，就招了不少老毛子来给自己壮胆。老毛子住在辛庄营园子以南的几排旧房子里，胖胖壮壮的个子，红不红、黄不黄的一头乱发。一些大姑娘跟着爹娘跑出来，因为找不到合适的丈夫，久而久之就跟中国人生了些杂交品种。老毛子女人做姑娘时还真是不错，有个头，也有看头。就是怕结婚，一结婚就走形，一旦生了孩子，一个一个不是抱窝鸡，就是大肥鹅。人越来越胖，腚越来越大，皮肉也越来越松。老毛子天生的性大，不管男人女人，越是结了婚就越没了节制，不管白天黑夜，不管有人没人，只要兴趣来了，说下手就下手，和吃零嘴一样随便。龙杰看准了，母狗眼平时在营园子里说骚话、说浪话，只是干咽唾沫而已。鸡巴子在嘴里跑一天龙套，真正解决问题，还得出去找那些抱窝鸡和大肥鹅。母狗眼和门口一个腰弯得像虾米一样的门岗是好朋友，只要虾米站岗，他就一准出去。一天，母狗眼左看右看走到门口，贼一样塞给虾米一个纸包。虾米接过纸包掂掂、捏捏，奚落说："哎呀！又叫你老人家破费。我不担心别的，那么大一只肥鹅，你这么点小个子，就怕老鼠日牛——都进去了。"母狗眼一咧嘴，满脸的松皮拧了绳："你懂个屎蛋？我又不是虾米，你把心放到狗肚子里吧，捣不了虾酱！"

虾米躬着身子嘻歪了脖子，母狗眼出了大门一蹦多高。

……

"小丫头长得怪俊巴，我给你找个活吧？"

"我是小丫头，你是老娘们？什么眼！"

母狗眼嘻得嘎嘎大叫，他没想到小丫头嘴巴子这么厉害，差一点把他的诨名也说出来了。

"你不是小丫头？你有鸡巴吗？"

"你说呢！"

"我说？"母狗眼嘎嘎叫了几声，他又眯眯着狗眼踅了一遭，"我看你就是个小丫头，你不是个站着撒尿的。"

龙杰见母狗眼果真把自己当成了小丫头，赌气一下子扯下裤子：

"这是你的吗？"

谁料母狗眼不但没生气，反而嘻得前仰后合，差一点就汪地叫起来。因为他看见有位官太太模样的女人，正朝这边走来。

"好看好看！大闺女妈妈，小孩子鸡巴，人身上最好看的两样东西。"

他瞅了一眼官太太，官太太一脸黑麻子。

"长得像个小丫头，没想到还真是个带把的咪！"

母狗眼伸手要捏龙杰的小鸡鸡，龙杰说："尿尿啦！"说着，一泡尿射出去，差一点溅到母狗眼的脚上。母狗眼狗腿一蜷，蹦了个高高，反而更乐了。

"童子尿！童子尿！说尿就尿真快当。要是我们班长，半天也尿不出来。"

麻脸官太太笑吟吟站定。她从衣兜里慢慢掏出一杆短烟袋插到嘴里，绿莹莹的翡翠烟嘴儿，如同咬着一截青葱。

母狗眼更来了精神："哎，假丫头，既是男子汉，派你去干点活行不行？"

"不干，干不了！"龙杰摇摇头，一来二去，他胆子更壮了。

"不，干得了！你看你，鸡巴子不大，劲头不小，正好借借你这股子劲呢！"

母狗眼很开心，因为麻脸官太太正听得津津有味。

"让我干什么去？"龙杰系好裤腰带。

"活儿不大，一个好活儿。"

母狗眼乜斜一眼麻脸官太太，官太太左手端了烟袋，右手的食指正按在鼻子右边一个很大的麻坑上轻轻揉搓。麻坑又黑又深，手指头一按进去，脸上立刻就增色不少。

"管饭不管饭？"龙杰问。

"大米、白面尽你吃！"母狗眼仍然紧盯着麻脸女人。

"当兵吗？恁这号熊兵我可不干，给老的丢人。"

麻脸女人吐了一个不大的烟圈，揉着麻脸走了。母狗眼顿时扫兴。

"你个屌鸡巴孩子口气不小！"母狗眼真生气了，"巴狗子坐轿——你不识抬举！掐了头，去了尾，你能炒一碟子吗？连毛加屎你有一条枪重吗？误不了你黑夜里尿炕还得连累别人，要你这样的熊兵有什么用？"

"那叫我干吗去？"

母狗眼见捡炭核的都停下了手里的活计，就又一本正经起来：

"高看你一眼，你还不识抬举，别人想干还捞不着呢！"母狗眼又趄了一圈捡炭核的，"是这么一回事，我们的司务长，最近得了红眼病，我想叫你临时去伺候他两天，帮他打打水，端端饭，铺铺床，叠叠被，顶多再就是扫扫地。别的就不用了，你也干不了。"

"他是个大官吗？你们咋不去伺候他？"

"废话！"母狗眼的狗眼珠子一白楞，"大官还用得着你吗？端屎端尿带着擦腚也轮不上你吧！我们抢掉了孝帽子还捞不着呢！"

"那他是多大的官？"

"多大的官？他这个官，说大不大，说小不小，正好我们伺候不着他。一是我们都怕叫他传染了红眼病，二来呢，谁也不愿意伺候这种屌用处没有的官，这才打算叫你去，明白吗？"母狗眼伸手又要拽龙杰的"八十毛"，龙杰脑袋一偏推开他的手。

"没用处我也不干，我也怕得红眼病。"龙杰继续捡炭核。

"小丫头你这不是犯傻吗？又不是叫你去当兵，你又不指望升官发财，有好吃好喝不就行吗？该是比捡炭核强！你去了不出操，不打仗，别说得了红眼病，就是得了绿眼病又有什么怕的？司务长就是个管吃饭的，他吃什么，你吃什么，到那时我们就都不如你了。"

"哼！好差事也轮不到我。"

龙杰一撇嘴，还是接受了。

中央军

芒种季节到了，村庄、坡野里到处弥漫着熟麦子的香气。一对对的瞎撞子，在长满咕嘟草的土坡上，尽情地做着马拉松长爱。麦垄沟里的屎壳郎，两两结对，前扒后蹬，忙活着储运越冬的粪球。梧桐、榆树、老槐树上，到处听得见布谷鸟欢快的叫声。

清晨一大早，龙杰和哥哥嫂嫂刚刚起床，就听大门砎的一声被踩开，门提搭也被一脚扁倒了。母狗眼、虾米、红眼司务长一伙人，狼掉了羔子一样突然闯了进来。红眼司务长手里提了半袋子面，进门就说"烙饼烙饼快烙饼"！

快烙饼也得现生火，家里没有柴火，只有几块捡来的焦炭核，生不了火也烙不了饼。那个扇过母狗眼耳光的班长，骂骂咧咧不满意，不满意也没办法，总不能铁拐李一样去烧腿。红眼司务长只得掏出两毛钱塞给龙杰。

"快去买炭，快去快回！一霎也别耽搁！"

龙杰家住红庙，买炭要去北边的段店。这帮家伙慌里慌张跑到他家来烙饼，龙杰很是纳闷。看他们一个个横鼻子竖眼，说话像吃了枪药，龙杰生怕哥哥嫂嫂受了难为，只得夹起袋子快跑。

两毛钱买二十斤炭，龙杰心里有数。炭场子里那个叫大头孙的看家狗，平日里架子比骆驼还大，买炭的进门出门，他都和看贼的一样。这一回不同了，装多装少他不看也不管，手里捏了把大铁锁，只是一个劲地催促："行啦行啦！快走快走！"抬腿给了龙杰一脚。

"能多快？再快也得走哎！"龙杰人不大，脾气不小。

"少放闲屁，快滚！"

龙杰被推出门外，铁皮大门哐当一声关上了。

今天怎么回事？都吃错了药吗？龙杰没好气地踢了大门一脚，提起袋子才要上肩，忽然，红庙方向枪炮声大作，铁皮大门跟着喤喤地共振，就见张宗昌的部队风扫落叶一样向北滚去。

南边出事啦？

龙杰不敢再往回走，他估计那伙等着吃饼的也吃不成了。

枪声越来越近，子弹尖叫着飞过头顶，炭场子的房瓦被打得啪啪乱爆。嗡的一声，一块瓦片擦着龙杰的耳门子飞过，他袋子一扔紧跑了几步，一下子趴进炭场子门外的麦地里。

枪炮声、喊杀声交织在一起，哗哗的马蹄声远了又近了，近了又远了。龙杰趴在地上，不知道发生了什么事情。他想抬头看看，一声咴咴的嘶鸣，身上跃过一匹受惊的枣红大马，马背上甩下一个大包裹，咚地把他的脑袋砸进地里。龙杰啃了一嘴土，额头被石子硌出一个坑，没有流血，摁摁生疼。他抬起头，见前边不远的低洼处，麦子明显有一片空缺，估计是一个凹陷或是枯井，他慢慢向前爬去。

麦子黄梢了，底部的麦叶已褪尽了绿色，根根笔直的麦秆儿，在裤鞘灰白的包裹中正逐渐变得金黄。龙杰顺着垄沟往前爬，忽然，一个影子样的东西跃过他的头顶，顺着领口钻进了脊梁沟子。龙杰打了一个激灵，他迅疾地背过一只手，将那东西狠狠攥住。只听见几声吱吱的尖叫，龙杰觉得脊梁上湿漉漉的了。

果然是个蹲了筒子的枯井，井口已坍塌得不成样子。虽然是个废井子，可是早已有人光顾过，两支长枪和两身军装，胡乱扔在井下半人高的蒌蒌菜里。看军装的颜色，龙杰知道是张宗昌的兵痞扔的。他一个滚身跳进井坑里，心里立刻踏实多了。

子弹不断地呼啸着从井上飞过，龙杰脱下棉袄，一只死耗子掉到了地上。龙杰的手劲大，耗子的两只眼珠从眼眶里钻了出来。他一阵恶心，脊梁靠在井筒子上使劲蹭了几蹭，麻酥酥的沙土立刻装满了他的裤腰。吱的一声，一颗流弹钻进废井子向阳面的喇叭口沿上，簌落落挂下一道细土的瀑流。龙杰转到枯井的南边坐下：只要子弹不拐弯，只要炮弹落不到井里……

半个多小时过去了，南边的枪炮声渐渐稀疏下去。

又半个小时过去了，只听见北边还有零星的枪声。

龙杰在坑里坐不住了：到底发生了什么事情？哥哥嫂嫂怎么样了？家里等着吃饼的母狗眼、虾米他们走了吗？没有炭不能烙饼，那帮家伙会作害人吗？龙杰不放心了，他想尽快爬出枯井看个究竟。

站起身来打量了一圈，龙杰这才发现，虽然是个闪边碗一样的废井子，跳进来容易，爬上去可就难了。废井筒子，历经几多春秋的风雨剥蚀，井壁上的沙土比桃酥还松散，用手一扒拉，细土顺着袄袖子、袄领子往怀里、腰里灌个不停。井筒子有七八尺高，身子纵上去一截才能爬出去。但是井壁上没抓没捞，没趾没蹬，这可怎么办呢？

龙杰绕着枯井转了两圈，扒扒这，抠抠那。突然一个跟跄，斜插在蔓蔓菜里的长枪绊了他一脚。他眼前一亮：有啦！

龙杰从未摸过枪，但是他知道枪怎样打人。营园子站岗的虾米，动不动就端起枪来瞄人。龙杰从地上捡起军装，用裤腿和褂袖子将两支长枪绑在一起，然后枪口冲下插在地上。一抬脚，先把鞋子甩上井口，手指头狠劲往井壁里插了插，猛纵了一下身子，没费多大劲，脚丫子已踩上了枪栓。枪栓的铁疙瘩又硬又滑，顶在脚心里痛痒难耐。一脚没趾牢稳，脚指头一下插进长枪的扳机里，只觉得脚下一跳，砰的一声闷响，龙杰的两个耳朵里立刻塞上了棉花。龙杰抠抠耳朵，两个耳朵里铮铮地响。再看看枪，有一支枪的枪管炸去了一块。不管它！还得赶快爬上去！他用两手死命地抠住井壁，一纵身趾上枪托子，又一纵身抓住麦棵子，手脚并用，终于爬出了井口。他趴在地上仔细听听，确信东西南北都没了枪炮声，这才慢慢地抬起头来。

龙杰站起身，眼前的景象把他惊呆了：大路上变戏法一样正在行进着一支新队伍，一律小个子、灰军装、背斗笠、穿草鞋……

有人说，中央军过来了。

捡 命

大路上浩浩荡荡行进着队伍，村口里躲躲闪闪走动着庄民。龙杰顺着坝堰翻过一道岭，下到一条土沟里，再爬上一个大崖坡，不一会儿来到了家门口。

"小祖宗你可回来了！你哥哥找你去啦！"嫂子要哭的样子。

"他上哪里找我去？"龙杰问，"等着吃饼的都走了？"

"早走啦！枪一响就窜了。"

"哥哥肯定去了段店了，我找他去！"

龙杰转身要走，嫂子急忙挓挲开两手：

"你不能再去了，他找不着你自然就回来。你再回去找他，找到两岔里就更麻烦啦！"

龙杰哪里肯听，扭头就往段店跑。嫂子急得直跺脚："小祖宗哎！你别再去啦！你哥哥回来再上哪里找你去？你听见了没有啊？……"

龙杰跑回炭场子，炭场子依旧大门紧锁。装炭的口袋还在垄沟里躺着，只是被马蹄子踢破了，上面溅满了马粪。

"哥哥！……"

"哥哥！……"

龙杰从炭场子来到躲身的枯井，循着老路再回到红庙，然后又踅回段店，哪里有哥哥的影子？他砸了几下炭场子的大铁门，大头孙没好气地说："砸打什么？你哥哥找你去了！"

龙杰忙问："大叔，我哥哥上哪儿找我去了？"

龙杰第一次喊大头孙大叔。

"你把个炭袋子扔在门口兔子一样窜了，你哥哥怕你抓了丁，找你去了。"

"到哪里找我去了？"

"我哪里知道？我又没跟着他！去了济南啦！可能。"

去了济南？去了济南怎么办？去了济南可怎么去找？龙杰正着

急呢，赵品一和乌包赶着马车喤嘟喤嘟过来了。中央军进了城，老赵惦挂着他咸菜总店的生意，正好要去济南。搭他的车去吧？龙杰试着和赵品一商量，哪想老赵十分痛快："怎么不行？兵荒马乱的谁愿意出门？一块做个伴吧！再来买咸菜时，别忘了多支上两块钱就行！"

赵品一是辛庄酱菜铺的掌柜，他的酱菜总店开在济南。老赵经营的酱菜酸、甜、苦、辣、咸五味俱全，因此又叫"五味酱菜园"。乌包是赵品一不远的邻居、生意上的搭档，一匹白马一挂车，经常为赵品一送咸菜。因为乌包额头自小有一大块青不青、红不红的胎记，因此都叫他乌包。

赵品一和乌包这一阵子很心盛，因为老赵新娶了美女甜点心。甜点心原是跑马泉春草楼的名妓，上过张宗昌的花床，是赵品一卖了三年的酱菜赎了来的。甜点心娶进来的时日不长，就把辛庄酱菜铺经营得比个蜜罐子还甜，直把赵品一嘻得大嘴咧到耳根子上。他说，三百六十行，行行出状元。杜十娘为什么怒沉百宝箱？那是李甲没长眼。我老赵是干什么的？我是李甲他祖师爷！不是吹牛，自打年轻我就会麻衣相，头一趟去跑马泉，我就看准了甜点心的旺夫相，要不，我会花那么多银子去赎一个妓女？老赵说得一点不假，自从娶了甜点心，辛庄酱菜铺的买卖一天比一天红火，不仅乌包拉料、进货成了白帮忙，母狗眼和小虾米隔三差五也去买咸菜，更不要说红眼司务长，有事无事常在酱菜铺里，落得天天咳嗽。

枪炮声已过去了老长时间，呛鼻子的火药味仍然令人胸闷气短。赵品一坐在车上不住地咳嗽，红红的大脑袋，一次次涨得发紫。龙杰嗓子也发干、发痒，好像有蚂蚁在嗓子眼里爬，但他尽量忍着不出声。大路上到处都是丢弃的东西：破了的包袱、烂了的箱子、散了的被服、麻经子串着的布鞋……老赵两眼放光，圆脑袋在肩膀上转个不停。生意人本来贪财，更何况，天上掉下来的馅饼哪能不接着？赵品一捡到了一只沉甸甸的小皮箱，皮箱的小铜锁他打不开，掂掂分量，他眼珠转了几圈。趁着乌包低头换鞋的工夫，他用力掀开箱子的一角，不出所料，全是崭新的中央票子。伸手再探箱子底，他摸到了几块有棱有角、骨牌状的东西。用力夹住一块慢慢抽回手：哇！金砖？！赵品一的心几乎要蹦到嗓子眼里。生怕被乌包发觉，他故意歪歪搭搭提回箱子，随便往马车上一丢，然后一屁股坐上。

"这只破皮盒子，回去给俺老婆当个梳头匣子吧。"

乌包斜了一眼小箱子，随口说道："当个钱箱子也行！"

赵品一毛了："哪里有钱？打不开，里边净是些账本子。"

乌包说："神仙！打不开就知道是账本子。没有用你别扔了，给我留着，我记账好用。"

赵品一急了："你他娘的就是一匹马、一挂车，连上你也就是个一加一再加一，还用记吗？"

乌包斜了一眼："看把你吓的，别说是账本子，就是一箱票子、一箱子金砖俺也不和你争，那是你的财运。"乌包一边说着一边跳下车，将路边一顶半新子斗笠捡了起来。

"人家没有拾帽子的！"赵品一将小皮箱掖到被子底下。

乌包将斗笠戴在头上："不拾帽子，是怕着了秃疮，中央军里还有长秃疮的吗？再说啦，我这顶帽子一戴，说不定张宗昌见了也害怕哩！"

赵品一打着哈哈说浑话，你上车，我下车，忙个不停。东西敛合了满满一车，不明就里的，还以为是给中央军运送给养的呢。

龙杰的心思只在找人上，他想象着哥哥找他的情景，心里火烧火燎。一路之上，趴在墙上的猫、门后卧着的狗、坡野里奔跑的兔子……凡能看得见的活物，都没逃过他的眼睛，哪里有哥哥的影子？搭人家的车，急不得，催不得，快走慢走得由人家。赵品一和乌包不时地上车下车捡拾东西，他只能心乱如麻地坐在车上候着。

日头压山进了济南，龙杰觉出不对来了。老赵的酱菜铺离趵突泉不远，但是能走的路都走不通了。天还不算晚，家家户户都关了门，大街小巷，有的堵了，有的截了，有的拦路修筑了工事，还架上了机枪、大炮。再看工事里的军人，既不是张宗昌的兵痞，也不是穿灰军装的中央军，一律是身着黄军装的矮个子，鼻子底下还有小胡子。早就听说日本人占了济南，难道这就是日本人吗？龙杰悄悄拽过一床被子，努力把身子蜷缩在被子下面。因为他看见工事里跳出两个杀气腾腾的军士。

"八嘎！"

缰绳被扯住了，马车停了下来。白马仰起脑袋喷着响鼻，两只前蹄嗒嗒敲打着路面。随着又一声"八嘎"，乌包的斗笠嗖地被洋刀挑起，打着旋儿飞向远方。矮胖子军士一抡胳膊，洋刀闪电一样在乌包的脖子上划了个弧，乌包的脑袋就像熟透的西瓜，咚地砸到地上。坐在车辕另一边的赵品一还没回过神来，上半截身子也已被劈成了两半。

龙杰躲在被子下面，只觉得车身一震，紧接着一个土坯样的重物砸在身上。他本能地一闭眼，一股热乎乎的流汁灌进了他拽着被角的袖筒子。龙杰斜眼一瞧：血！他大气不敢出，一动不敢动，不一会儿，头脸、身子全都泡在血泊之中了。日本人三脚两脚把乌包的脑袋蹬到路边的水沟里，又嘻嘻哈哈回来扯拽两具尸体。

逃！快逃！！

龙杰迅疾地溜下车，以最快的速度钻进街口的一个厕所。

天还没有完全黑下来，日本人开始翻看马车上的东西。找我吗？龙杰一阵紧张。只见一个鬼子从车上拽下一个包裹，扯下几床被子，又拖出一串带血的草鞋；另一个鬼子则把赵品一的小皮箱子掼在地上，一次一次狠命地摔打。这里不能久待！龙杰想，日本人一旦来上厕所，还误不了丢命。看看不远处站着一个地瓜炉子，他立刻老鼠一样钻进去了。

天黑下来了，血腥恶臭搅得龙杰直想呕吐。枪声此起彼伏，脑袋说掉就掉，必须尽快逃离才行！龙杰悄悄爬出地瓜炉子，听听街上没有人走动，他贴着墙根急速地向城外爬去。一出济南城，龙杰飞也似的向着大南山狂奔。他心里明白，济南的南边是连接泰山的群山，只要不跑回城里，命就保住了！

一连翻过几座山头，渐渐地，灯火看不见、枪声听不见了。龙杰定定神，找块石头坐下来。黑血浸透的衣服黏黏糊糊，比刷了糨糊还难受。两只脚，疮跳脓一样疼痛。他想脱下鞋子让脚歇一歇，凝血把鞋子和脚都粘在一起了。这是一双新鞋子，是乌包在马车上硬让他换上的。虽然新鞋的鞋帮磨破了他的脚踝，但是夜里爬山还是帮了他的大忙。他搭车是出来找人的，赵品一和乌包发财他不眼馋。应了那句"人为财死，鸟为食亡"的老话，两人辛辛苦苦一路，东西敛合了一车，未能享用半点，反而掉了脑袋，不值啊！

汗水湿透了血衣，身上黏痒得难受。龙杰转动了一下脖颈，抹了一把脸上的汗水，只觉得额头、脸颊火辣辣地刺痛。为了逃命，这一阵连跑加颠、又滚又爬，哪里还管上坡下坡、有路没路！酸枣树、棘针棵的钩、针、刺一次一次扯拽住他的衣裳，划破他的手脸，血糊糊的手指头时时地粘在一起，这一切，他都顾不上了。翻越千佛山时一脚踩空，若不是死死抓住一棵酸枣树，他也许早就没命了。

季春时节，南风徐徐地吹，隐约传来路人的说话和咳嗽声。他摸索着又翻过一个山包，见山下有一条灰白的小路，路上匆忙的人流暗渠一样涌动。什么人？半夜三更，哪来的这么多走路的？龙杰小心地蹲下来，终于从路人断断续续的谈话中听明白了：日本人偏袒奉系军阀张作霖，断路筑壕就是冲北伐的中央军来的。一场血战已不可避免，济南人是往泰安逃难的。

乌包怕不是戴了一顶中央军的斗笠惹的祸吧？龙杰心想。

龙杰站起身来辨别了一下方向，济南人去泰安，不用说，是往南走。参照路人南逃的方向，直角线穿过去应是正西。他抬头望望天空，盯准了西边天上一颗最亮的星星：只要走不偏，翻过几道山梁就应该离白马山不远了。

第二章

兰　花

济南没法混了，哥哥的小车子又推回了落凤坡。

出门难，回家来还是难。家里只有淬泥河边二分薄地和凤凰山上一块岭地，打下的粮食还是不够吃，还得去要饭。苦日子熬过一年又一年，听说济南的英美烟草公司招收盘站的力工，哥哥和几个穷朋友就又去报了名。盘站就是在火车站的货运站台上卸货装货，短途运输。临行前哥哥笑着挤挤眼："盘站用不着拉车子了，你也长大了，再和兰花过一年家家，也去济南盘站吧！"

再和兰花过一年家家？龙杰的脸腾地红了。

多大了还过家家？哥哥什么意思？那是哪个朝年的事情啦？

兰花姓崔，自小和龙杰青梅竹马，两小无猜。崔家和龙家，家是近邻，地连在一块。大人忙干活的时候，龙杰总是领上兰花打草、挖菜、拾柴火。春天的日头大，风也干，挖出的荠菜一会儿就蔫了。龙杰就教兰花在有湿土的地方挖个坑，把蔫了的荠菜埋进去，等到大人们快要收工回家的时候，再把荠菜扒出来。一边扒还一边唱："荠菜窝，荠菜窝，越扒越多！荠菜窝，荠菜窝，越扒越多！"湿土里扒出的荠菜，水灵灵，汁生生，一棵一棵鲜活鲜活。原来只埋进土里半篮子蔫荠菜，现在却扒拉出来满满一筐子。

孩子们有的是用不完的时间，除了打草、挖菜、拾柴、捞火，兰花更喜欢拉着龙杰过家家。过家家，就要有吃有穿、有家有住有人口。兰花掐来一张南瓜叶当被子，把两个土豆和一根小黄瓜盖在南瓜叶下面，那是他们正在睡觉的孩子。兰花对龙杰说："你是爹，我是娘，黄瓜是我的闺女，土豆是你的儿子。我也不能再叫你小三叔！"龙杰说："黄瓜也是我的闺女，土豆也是你的儿子，过完了家家，该叫什么还是叫什么！"龙杰找来一个洗刷干净了的铁盒子，把饭汤罐子里的米汤倒上一小碗，用两块砖头支起"饭锅"，兰花则忙着生火做饭。龙杰从外边"种地"回来了，兰花饭也做熟了。兰花"抱"起黄瓜，安排好土豆，"一家人"便围着铁盒子"吃饭"。

后街上的皮猴子任五六来了，拧拧着头，斜斜着眼，一看就知道是发坏来了。任五六有好几次邀着兰花过家家，兰花讨厌他，一直不理他。任五六袖筒里袖了两个屎壳郎，一抖袖口，把屎壳郎顺进了过家家的"饭锅"里，又从兰花的怀里夺过黄瓜狠狠咬了一口。

"你坏！你坏！皮猴子！坏蛋！"兰花急了。

"丢人不？你俩还以为真是两口子？你叫他小三叔哩！"任五六一指头戳在兰花的额头上。

兰花大哭："皮猴子！屎壳郎！你就是个屎壳郎！"

龙杰的大哥跑过来了：

"王八羔子任五六！你想找挨揍吗？"

任五六一溜烟蹿了。

骄阳似火，凤凰山的梯田里涌动着滚滚热浪，高粱地里没有一丝丝凉风。

锄地锄了两个来回，龙杰的嗓子眼里渴得冒火，衣裳全湿透了。他摘下挂在桑树上的瓦罐，咕咚咕咚喝下半罐子米汤，汗水全攻出来了。高秆庄稼旺长的时令，正是山豺狼出没的季节，这个时候，女人和孩子一般不再上山，高粱地里自然就成了男爷们的天下。龙杰脱下褂子，擦抹了一下前胸后背，瞧瞧四下里无人，干脆把裤子也脱了。落凤坡祖辈有光着身子锄高粱的习惯，龙杰决定也学老辈的样子，痛痛快快地锄一回高粱。

光着身子锄高粱，凉快、利落、痛快！不能不说是庄稼土孙的一种高等享受。不同于玉米、谷子、小麦等庄稼拉拉扯扯的毛刺扎人又划人，高粱圆滑的秸秆、软缎一样的叶片，不仅对人体没有丝毫的伤害，那轻敷了一层白粉的叶裤、叶条一经贴身，还会有一种冰冰爽爽的惬意。而这种涤心的舒服，是除落凤坡以外的庄稼人享受不到的。龙杰清清嗓子，咪咿吗呀喊了几声，准备"开戏"。祖辈流传的规矩，光着身子锄高粱，要在地里不停歇地唱戏、唱歌，以警示那些不小心跶到地边的女人和孩童。女人们只要听到高粱地里有人在唱，就会自动驻足，不再近前。

与龙杰家的山地接壤的是兰花家的高粱地。兰花的爹爹崔老大，近几天伤风感冒出不了门，家里的两头老牛饿得哞哞直叫唤。往常，崔老大上山下地，臂弯里总少不了挎个草筐，挂个钩镰。干活之余、回家路上，顺便捎带着背一筐青草回来。如今有病窝在家里，老牛的吃饭也断了顿。

"兰花，牛没得吃了，你去割草我不放心，到咱的地里打两抱高粱叶子吧！看看听听凤凰山上有没有干活的，只要有干活的就不用怕。记住，高粱地里不能乱串！打下的叶子，够牛吃一顿的就赶快回来！"

兰花一边答应着，一边匆忙在门后的镜子里照量了一番，手心里滴了几滴桂花油，合掌搓搓抹在头上。她早就听见龙杰在山上唱戏，她可以放心大胆地去打高粱叶子了。

风来了，路边的高粱叶哗啦啦絮语。

兰花闪身进了高粱地，桂花油香翻了凤凰山。

"井水者不把河水犯，定给俺大姐报仇冤！……"

龙杰高唱着莱芜梆子，锄头拖拽得呼呼响。锄着锄着，锄到了和崔家接壤的地头上。

"呜——，呜——"

近地的大石堰上，猛地传来了野豺狼的嗥叫，龙杰一惊：狼？！

"呜——，呜——"

"小三叔——，小三叔——，狼、狼、狼！……"

对面高粱地里呼啦啦冲过来一个人，一抬眼，兰花光着上身跑过来了：藕瓜一样的胳膊交叉在胸前，奶头像要弹出的红豆，一双好看的丹凤眼也吓直了。龙杰急忙将兰花护在身后，这才想起自己没有穿衣裳。他噼里啪啦胡乱打下几把高粱叶塞在兰花胸前，才要去地头上穿衣服，随即又一声鬼哭样的狼嚎，大石堰上唱开了柳琴戏：

"青的山，绿的水，花花世界……"

"？！"

"？"

"是人！不是狼。"

"谁？"兰花埋进龙杰怀里，嘴唇铁青，浑身发抖。

"皮猴子……任五六！任五六学的狼叫！"

"我的褂子不见了！我脱下来搭在高粱棵上，才打了几把叶子，狼就叫了，回身穿褂子，褂子不见了！……"

"皮猴子！他的地就在石堰上，肯定是他！你抱住高粱叶子先蹲下，我穿上衣服和他要去！"

龙杰和崔兰花大白天在高粱地里光着身子抱在一起的丑事，并没有在村子里传开，更没有传到外村里去，鬼精灵的任五六只告诉了兰花她娘一个人。兰花娘涕泪纵横，跪在地上求告任五六：

"她五六哥，你行行好，再不能和第二个人说啦！一旦传扬出去，你兰花妹妹，这一辈子就别想再找个婆家啦！"

任五六拉起兰花娘："不说不说，我哪能说？婶子，兰花叫龙杰小三叔，他俩差着辈分哩！再说，龙杰是个犟断筋，成不了大事，我以后混混就比他强！我早就喜欢兰花！她那两只大眼睛，天天就像灯一样在我心里点着哩！我和兰花从来都是兄妹相称，我喜欢她！我不嫌弃她！让兰花给我做媳妇吧！婶子，我求恁啦！"

任五六也跪下了。

兰花她娘作难了，她是眼看着这几个孩子在身边长大的。虽然兰花叫龙杰小三叔，那不过是按照老庄乡的称呼。兰花和龙杰从小就是玩伴儿，上坡下地，从不拆对。至于皮猴子任五六，人长得猴头猴脑不说，歪心眼子忒多，还有小偷小摸的毛病……可是，事到如今如果不答应，一旦让他传扬出去，两家人的脸面不仅都丢尽了，兰花可就真的嫁不出去了。

兰花娘拉起任五六："五六啊，你别心急，我和她爹商量商量再说行吧？"

"还用商量？婶子，我保证给俺妹妹保密！兰花成了我的媳妇，我要说出去了，绿帽子、屎盆子，不都是往我自己的头上扣吗？婶子，不，娘！你答应我吧！娘！你若不答应，我就不起来！"

任五六扑通又跪下了。

"起来起来！本情啊，论人品、论小伙，你都没法和龙杰比呀！唉！人就是个命啊！"兰花娘的眼里溢满了泪水，"这样吧，我和俺娘家姐商量商量，把俺姐家的三外甥闺女景景给龙杰说说，尽快了结了那一头，回头再说你们的事，明天我就回娘家找俺姐去。"

"娘——！"

任五六咚地磕了一个响头，爬起身来拍拍膝盖上的土，笑了。

父母之命，媒妁之言，亲事很顺利。满村人都夸景景是落凤坡娶进的头一个俊媳妇，又说景景和兰花，虽然表姊妹俩长得像，但是景景比兰花俊得多。

不管外人如何评说，新婚第二天，龙杰就去济南打工了。

鬼子又来了

人都说冤家路窄，只是龙杰不明白，他和日本人到底有几世的冤仇？十年前来济南差一点让小鬼子用刀劈了，这次来济南怎么又遇上了鬼子？

一九三七年十二月二十七日，日本鬼子攻陷济南，韩复榘带上队伍窜了。

早在八月的济南军事会议上，李宗仁训话：

"日军进逼，形势严峻，黄河是第一天险，济南是战略要地，韩司令务必守住黄河！守住济南！阻挡日军于黄河以北！"

韩复榘向与老蒋有隙，时任国民党山东省主席、第五战区副司令长官、第三集团军总司令的他，歪着脑袋斜了一眼，慢慢从座位上站起身来：

"山东军队一定服从中央指挥。只是本部火力不足，请李长官拨重炮三十门，小弟誓与日军血战到底！"

车辚辚，马萧萧，徐州重炮旅移防济南，沿黄河布下铁防。

南京总统府内，蒋介石沉吟半晌：

"娘希匹，重炮都给了山东王，啥人还能管得了他？淞沪战场吃紧怎么办？"

津浦铁路北段线，国军八十一师在冯玉祥的指挥下连续收复德州、桑园……

黄河南岸，重炮旅奉蒋委员长之命，匆匆撤防黄河，开赴上海。

韩复榘大光其火：

"他娘的！只顾他娘的嫡系嫡系，我们都是后娘养的？老子在前线和日本人拼命，老蒋背后釜底抽薪，想借日本人的刀来杀老子？老子不干了！参谋长！电令八十一师展书堂，要他十个小时之内撤至禹城待命，不得有误！"

华北平原枪炮隆隆，硝烟弥漫。展书堂率部大败日军，占领桑园。正欲乘胜追击，突然接到韩复榘命他撤退的电报，展书堂大惑不解。

日军逼近黄河北岸。

为阻挡日军于黄河以北，韩复榘被迫渡河。韩部在济阳县与日军遭遇，日军炮火猛烈，攻势凶顽。韩部被日军包围在一个小村庄，枪炮声洪泄雷滚，国军血肉横飞。韩复榘的卫士、卫队长一个一个相继阵亡，韩复榘只带少数几个人逃回济南。

韩复榘命令：拆毁黄河铁桥！部队全部撤至黄河南岸设防。

日军乘势攻打济南。

守军二十二师师长谷良民报告：日军渡过黄河！已经占领门台子黄河渡口！

韩复榘：没有大炮我们挡不住鬼子！命令你部撤出战斗，到周村集结待命。其余各部迅速向泰安、兖州方向撤退！

军队跑了，政府跑了，资本家跑了，济南市民能跑的也都跑了。

龙杰没有跑。公司老板要他留下看家。

早在十天以前，老板就把龙杰叫到办公室。老板笑嘻嘻掏出一盒红锡包香烟，推让之中，烟卷已递在龙杰手里，转眼又在桌子边上擦着了洋火。

"小龙，"老板给龙杰点上烟，"你虽然年轻，但是我看出来了，你是个能成大事的人。现如今上海、南京都陷落了，鬼子的飞机天天在黄河以北刮着地皮打转转，过黄河、进济南，早晚的事。打仗为的啥？为的是经济，争的是买卖。别看咱们是英美烟草公司，日本人一旦过河，公司的买卖就得搁车。咱们马经理是你们泰安人，兄弟爷们也都是奔着他来的。快过年了，公司想留你和泰安的几个亲戚朋友临时看看家，你看行不行？"

"行！怎么不行呢？没有不行的事！"龙杰一点头答应了。

端谁的碗，服谁管，这是规矩。不管什么事，龙杰从不怵头。

白天在烟草公司看家，晚上溜回顺祥街过夜。果然照了老板说的，眼看着日本人的买卖就多起来了。鬼子把街上大店小铺的老牌、旧匾三下五除二扒拉下来，一律换成了他们的门头。搭眼望去，满街筒子的膏药旗。英美烟草公司所在的二大马路纬七路，几天的时间，马路两边的店铺几乎全换了主：三井洋行、高冈商店、鹿奈料理、龟寿药店、饭哩岛、海棠村……统统成了日本人的买卖。

天气越来越冷，日本人好一似到济南来越冬的候鸟，越聚越多。大街小巷，"八嘎呀路"的喝骂声不绝于耳；哐哐响的大皮靴，踢得石条子路面噌噌地冒火。小鬼子随意抢来了穷人的手推车、地排车，拖来了老百姓的桌椅板凳、门窗户搭……统统堆在当街，连劈加砸，点起火来取暖。一条条街道浓烟滚滚，一个个路口火光冲天。听着烈焰中噼噼啪啪的爆响，小鬼子手舞足蹈，鬼哭狼嚎一样唱歌。鬼子烤烫了手，烤热了脚，烤得眼角淌脓，眼珠子发绿，就再也见不得女人。只要一瞥见大姑娘、小媳妇，立刻饿狼见了小羊一样没命地追赶。

"哟西哟西！花姑娘子好好的，塞古塞古地哪！——"

吓破了胆的女人很容易就被追上了。小鸡遇上了恶雕，绵羊落进了虎口，鬼子把苦苦挣扎的女人拖到火堆旁边，留着小胡子、脑袋长得像咸菜疙瘩一样的军曹，几下扒拉掉女人的衣裳，流着口水的狗嘴里不住声地："哟西哟西！哟西哟西！"

眼见鬼子大白天如此作恶，龙杰的肺都要气炸了。他无论如何不明白，堂堂一个大中国，有几万万人口，养了那么多军队，怎么会叫小日本欺负到这种程度？中国人，亡国奴当定了吗？

走在街上生气，回到住处憋闷，弟兄爷们坐在一起相对无言，一个个吃了屎一样地腌臜。除了一袋接一袋抽烟，便是接二连三地叹气。

顺祥街

龙杰他们住在顺祥街的院子，一宅两院，里外两个天井。进门是个大院落，一溜五间北瓦屋。院子里，水破天心一口水井，两棵柳树弯腰弓背。再往里去，穿过月亮门是个小院落，里边的两间草房里，住着龙杰一伙穷弟兄。

进门的大院落一共住了两户人家，一户是在警察局里供职的李训官，靠里的三间大房他占着；另一家是暴发户苟传旺，住在紧靠院墙的两间小房里。苟传旺原来也是个混穷的，也曾在英美烟草公司推过一阵子小车。可是，这小子虽然生在穷根上，心底里却不愿意和穷人一口锅里摸勺子。他钻圈弄鬼，扒瞎溜实，小车子推了没几天，就再也不摸车把。出来混穷不到两年，就从小天井搬进了大院落。

刚搬进这所大院子时，苟传旺自觉着比人家矮半截，见了李训官，总是点头哈腰，满脸堆笑，天天叭儿狗一样。他搭讪着和李训官说话，李训官也只是眼睛看着天，鸡巴样的雪茄，在大瓮沿一样的嘴唇上一撅搭，算是作答。苟传旺鬼精灵，他不仅惯会溜须拍马，更有着"漫着锅台上炕沿"的本事。在外，他宣称和李训官是知己亲戚，打着李训官的旗号，很容易加入了青红帮。一踏进青红帮的"山门"，苟传旺脱胎换骨一样变了另一个人，一袭长袍，手摇纸扇，再也不是"混穷"的乡下人。李训官想和他套套近乎，苟传旺的脖颈儿反而挺起来了。

济南的青红帮又叫三藩子，"在帮不在帮，请问聂洪昌"，纯是一伙以流氓手段榨取钱财的黑骗。自从加入了青红帮，苟传旺上蹿下跳，四处钻营，凭着"见人说人话，见鬼说鬼话"的八面玲珑，很快混成了小"当家"，成了韩复榘的座上客。各地青红帮的枪支弹药、活动经费，全由他转手提供。苟传旺一步登天，蜂子蜇着尿蛋——大发啦！

苟传旺自小做的富贵梦，因此找媳妇也特别地挑剔。他的老爹为了给他成亲，几乎卖尽了家产，最后找了一个七十二泉敢照模样、八卦楼里敢比姿容的美女。美是美，就是结婚两年了没生孩子。苟传旺的大舅子哥是个精明人，他见妹夫能说会道，聪敏过人，绝非久困之辈，便把六岁的女儿杏雯送给了他。一来图个亲上加亲，牢固了妹妹的姻缘；二来指望能给妹妹带个孩子。"带孩子"是泰安、肥城一带的风俗，"解怀"晚的女人先讨养一个，自个儿往往也能随后就生了，就叫带孩子。可是，苟传旺的老婆压根是一朵只好看、不坐果的谎花，小肚子年复一年鼓不起来。苟传旺几次借酒盖脸发酒疯，闹来闹去，心里总是舍不下那朵谎花。好在杏雯一天天长大了，慢慢地，苟传旺也就无心再闹腾。

杏雯长大了，转眼已是二八的年龄，活脱脱一枝临风的春桃、出水的芙蓉。在养父母面前，她左一个爹，右一个娘，比亲生的还要亲。眼见杏雯的脸模样越长越俊，花褂子底下的胸脯子越鼓越高，苟传旺沉不住气了。这些年来，他白天出入帮会官场，晚上眠醉花街柳巷，家里的一切，他疏忽了。好宝贝不能轻易就送了人，苟传旺拿定了主意。一天，趁着老谎花不在家，他把杏雯糟蹋了。杏雯红着脸一个劲地挣扎，"亲爹亲爹"地哭叫连声。苟传旺涎着脸："好闺女，自打六岁我就天天夜里搂着你，你哪里胖，哪里瘦，哪里有疤，哪里有麻，我比你娘都清楚，有啥不好意思的？再说，你长得和你娘，不，和你姑哪里都像，我是你姑父，咱便宜还能出外吗？……"

苟传旺把杏雯糟蹋了。老谎花回到家里，见杏雯的俩眼肿得像两个铃铛，再三追问怎么啦，杏雯哇地哭出了声："俺爹！……"老谎花什么都明白了，她摸过凳子就砸："你这个做瞎了的老畜类！"苟传旺一把夺过凳子不说人话了："你屙血！你爹你娘不是畜类能有你吗？你再撒泼我就娶了杏雯当小！你自己还不明白？你还算个女人？你除了有个脸模样，有个好条个，别的还有法看吗？你看你那两个妈妈头，就像猪苦胆甩到墙上风干了三年似的，指望你吗？以后我还得指望杏雯去给我走红门呢。再说啦，她早晚不得嫁人？我还能白养她十年吗？不就是这么点事吗？什么大不了的？"

苟传旺有钱又有势，老谎花只哭不闹了。

三个女人

日本鬼子进了济南，韩复榘窜了圈，李训官和苟传旺也不见了踪影。

过了冬至是小寒，天特别地短。眼看太阳一竿子高了，喝稀饭的黑碗刚刚摞起来，就听外院的大门砰嚓一声被踩开了。

"八嘎！"

院子里响起杂乱的皮鞋声和拉动枪栓的声音。

不好！鬼子！

一听鬼子来了，龙杰迅捷地往墙跟前一蹲，哥哥、表哥踩上他的肩头就越过了后院墙。龙杰和住在里院的另几个弟兄也迅速翻过后墙，躲到公司里去了。

苟传旺的屋里，老谎花、杏雯和李训官的儿媳梨花，正盘腿坐在炕上做针线活儿呢。虽然差了辈分，但是三个女人一台戏，嘻嘻哈哈的笑声传得很远。苟传旺家新添了一架憋来气炉子，为了省炭，老谎花昨天找人把个直筒子炉膛套成了罐子样，才一点火，放炮一样嘭地一声，把老谎花和杏雯吓了一大跳。炭是李训官让部下送来的精煤，才加了几块，烟筒就烧红了。轰轰的响声里，红红的烟筒不住地啪啪爆火星，老谎花忙说："快拿点孬炭盖盖，你看看这个拔劲，烟筒都快吸扁了！"

屋子里一暖和，人就舒开了身，谈话也有了兴致。老谎花见杏雯今儿说话总是红着脸，言谈举止有意避着她的眼睛，就没心没肺地说："杏雯今日怎么啦？小白脸子这么红？"

杏雯闭紧了嘴巴没了笑意，一双眼睛还是不看她。憋了老大一会儿才说："还能怎么的？烟筒烤的，屋子里这么热。"

"你的眼怎么啦？怎么不敢看我？"老谎花又问。

"看你干吗？"杏雯抬了一下眼皮，脸更红了。

老谎花还想再说什么，自己的脸却腾地烧了起来。她忽然想起夜里两口子在闺女面前可能丢了丑，老谎花不再看杏雯了。

苟传旺躲在外边五天不进家门了，昨天晚上不知在哪儿酒又喝高了，一回来就温习"旧功课"，吆吆喝喝发泄完之后，山呼海啸打起鼾来。苟传旺睡了，老谎花也才想起杏雯来：坏啦坏啦！杏雯醒着还是睡着？"杏雯……杏雯……"她连叫了几声，杏雯没有反应。老谎花心想：坏了，杏雯若是真睡着了，也早该叫答应了。"杏雯，杏雯！"她又叫了两声，杏雯纹丝不动，连喘息的声音也听不见。老谎花彻底明白了，她一边假装咳嗽清痰，一边若无其事地下得炕来，扳起屁股噼啦噼啦撒了一大泡尿。偷偷瞥了一眼"睡死"了的杏雯，捏了捏"猪苦胆"，咳嗽一声又躺下了。

不用说，杏雯还记着昨天晚上的事。听见、看见了也没办法，好在杏雯不是自己亲生的，再说杏雯已不是小孩子了，也不是没见过世面，随她吧。

屋子里越来越热，老谎花红着脸给炉子加了几块炭，把驼绒坎肩脱了，上身只剩了一件白镶边的绿缎子对襟袄。老谎花在照背镜子里照量了一下，哼！不输墙上"玉堂富贵"里的绿牡丹！她望了一眼梨花和杏雯两人汗津津的额头，就说："在自家屋里这么暖和，你两个把大襟袄解开透透气吧，捂巴得这么严实，不憋得慌吗？"

梨花笑了，露出一对好看的虎牙："还真是有点憋得慌呢，三个月不来啦，胸脯子也胀得难受，硬得邦邦的。"

梨花一番话，杏雯才要退烧的脸，一下子又红了起来。老谎花对梨花说："别看我一辈子没解怀，外人嚼舌头叫我老谎花，可是这些事我比生了孩子的还明白，有了喜就得好生护着点。"老谎花伸手要捏梨花的奶子，梨花立刻把胳膊抱在胸前。老谎花说："你看你，我摸摸怕的什么？"老谎花隔着棉袄捏了一下自己的"猪苦胆"："咱女人胸脯子上这两坨肉，孩子的命，男人的魂。孩子不吃就饿，男人不见就想。东西是好东西，可就是不保值，不结婚它是金的，结了婚就成了银的，生了孩子就是狗的啦！"

梨花哈哈大笑，两个虎牙像长蹿了的姜芽子，揉着胸脯笑岔了气："既然是好东西，怎么不涨钱光擦价？"

老谎花说："这可不是越放越值钱的老古董，擦价是必然的。咱这两个宝贝，男人不见的时候是金的，过了男人的手就成了银的，等生了孩子就藏不住、掖不住了。惊了奶，衣裳湿一片，孩子饿，哭着要吃奶，不管是守着公公、婆婆还是外人，你就得拽出来喂孩子，还不和狗的一样啦？"

梨花笑得不行了，揉着心口窝捯气，嗓子眼里发出鹅子一样的叫声。

杏雯涨紫了脸："狗欢无好事！你还有个老人样吗？……"

"花姑娘子的有？"

门帘挑下来了，门口堵满了鬼子。

"哟西哟西，花姑娘子大大地哪——！"

不由分说，鬼子抓住杏雯和梨花就往外拖。两个女人吓傻了，脚不沾地被架出了门外。老谎花也不狗乱了，发疯一样扑上前，磕头，作揖，去求，去夺。上来两个鬼子，抓住老谎花的胳膊把她摁到了炕上。

梨花和杏雯被拖到天井里，小鬼子嘻得前仰后合。有一个鬼子抱来一床红被子，把杏雯和梨花赤条条扔在上面。连冻加吓，两个女人发疟疾一样打摆子。一个班的鬼子排成两行，交替着将两人轮奸了两遍。兽性发泄完了，鬼子手舞足蹈，又鬼哭狼嚎一样唱歌。军曹龇着大黄牙从兜里掏出两块洋糖，剥掉锡纸，将糖块塞到梨花和杏雯的嘴里。趁着鬼子歇息的空儿，梨花比画着要去厕所撒尿。军曹咧着大嘴："好好的！快快的！"

杏雯、梨花互相搀扶着向厕所走去。路过吃水井，两人紧走几步抱在一起跳进了井里。

知道鬼子晚上没走，龙杰他们躲在公司里没敢回来。第二天，确信鬼子吃过早饭以后走了，冻了一宿的伙计们这才记挂起通铺上的几床盖头。

"这些家伙这么糟践人，别把咱的被子烧了。"刘金胜说。

"说不定，这些个狗东西，什么事办不出来？"表哥说。

"得想法回去看看才行，回家过年还得带着呢，烧了可就麻烦了。"老玄哥刚从家里带来一床新被窝。

"是啊，就怕烧了，再说，你那是一床新被窝。"杨丰年说。

"也算是三表新吧，里表都是新的，棉花也算是新的，是从俺爹送老的寿衣被里抽出来的。俺娘说'人死了还有冷暖？'，匀出来给我做的这床被子。误不了这些狗东西昨天夜里的盖着。光盖盖倒没啥，烧了可就麻烦啦。真要烧了，回家过年只能去钻麦穰垛了。"

"鬼子在那里住了一宿，误不了的盖着暖和。除了玄哥的被子新，其他净是些破烂被子，点着了也是光冒烟不着火，鬼子不可能拿它烤火，不好着啊！"

"我那枕头底下还有两块钱，昨天赵大庆刚还我的。"刘金胜突然想起了他的钱。

"那个不会给你留，要烧要拿都不费事。"

"还是得回去看看，光猜不行。"

"是啊，回去看看就明白了。"

……

就像老鼠开会商量给猫系铃铛，都说必要，都说重要，就是没有敢出头的，害怕丢了钱的刘金胜也不说回去。见各人都从心里打怵，龙杰说："你们在这儿等着，我先回去看看吧。"

"你回去？"

大伙儿异口同声瞪大了眼睛，看来，都等着他这句话呢。

龙杰站起身来，挽了挽烟袋插进腰里。

腊月的太阳像个贫血的病人，失神地瞩望着沦陷后的世界。惨白的阳光穿过冰片一样的云层，蜷缩在院子里簌簌地发抖。

龙杰进了大门，院子里死一样地沉寂。搭眼一望，一宅两院如同刚出了殡样一塌糊涂：破了的缸、烂了的瓮、碎了的盆、扁了的桶、摔了的茶壶、掏空了的日本罐头盒子……院子里的家家什什没有一件是囫囵的。一只尿罐子带着尿液摔碎在井台上，尿液结成了茶黄色的冰碱，罐子也只剩下一段锈得发红的铁丝和两个不离不弃的罐子鼻儿。井台旁边，一床揉搓得肮脏不堪的红缎面被子，阳光下邪火一样灼人的眼睛。

空气凝固了一般，院子里静寂得让人虚惊。穿过连通两个院落的月亮门，龙杰几步来到住处。几个土布枕头，被鬼子用刺刀挑出了门外，谷糠、麦穰、荞麦皮……扬撒得到处都是。赵大庆还给刘金胜的两块钱倒是没丢，扔在炕下的大便里。几床破被子虽然未烧，但都让刺刀挑了个稀里糊涂扔在当门，烂被套上沾满了草屑、谷糠和灰土。只有老玄的新被子还在炕上，到底让鬼子给烧了。看来鬼子夜里曾盖着老玄哥的被子取暖，早晨临走时点的火，有一个被角还没有烧完，还在明明灭灭地冒烟。找找平日里用的家什，锅里、盆里、碗里，不是屎便是尿，再也无法使用。龙杰屏住呼吸先把鬼子的屎尿打扫出去。还好，水桶、铁壶、几个茶碗还干净着。料定这些没人性的东西实在是屙光尿尽了，否则，他们是不会放过的。

屋子里收拾得差不多了，龙杰提了水桶走出月亮门。他想到井上打桶水，洗刷一下碗筷和一些还能用的东西。

自从梨花、杏雯跳了水井，老谎花一个人对付一个班的鬼子，可就遭了大难了。吃过早饭，鬼子又把老谎花轮奸了一遍，嬉笑哗声地走了。鬼子走了，老谎花无论如何下不来炕了。听到院子里有动静，老谎花像得了牙痛病，开始咿咿呀呀地呻吟。听见呻吟，龙杰没有在意。往常，大小北屋里打仗撕毛是常有的事。门槛不一样高，肩膀不一般齐，走路碰个对面，只有给人家让路的份儿，人家甚至连眼皮都不翻。一宅两院从来都是井水不犯河水，这一雯照样不能多问。

这是一口吃水的老井，井台旁边的两株垂杨结满了雾凇，枝条银丝绦样纷然披落，像两架招魂的白幡。虽然已是深冬，石砌的井口，一圈水草仍然蓬蓬勃勃。井口上的双把小辘轳，摇把让小鬼子毁了一个，双把已变成了独臂。龙杰看着乱糟糟的院子，想象着小鬼子在这里作恶的情景，辘轳上的绳子不知不觉多放了一圈。只听得井里咕噜一声，龙杰手中的摇把一顿，水已经满了。他慢慢将摇把回转，觉得手里挺沉，再将摇把松松拧拧，上下掂量了一下，水桶上好像挂上了什么东西。

"？……"

"大叔……"

"？……"

"大叔……"

哪里叫大叔？龙杰心里一惊，刚刚二十的年纪，喊的我吗？龙杰四顾无人，听错了吗？

几只麻雀哧呤呤从院外飞了进来，像高高低低突然扔过来的几块石头，穿过垂杨噗噗落在地上。柳绦抖落的霜雪，掉进了龙杰的脖子，他激灵一个寒战，很响地打了一个喷嚏。麻雀像弹起的石块，立刻又扔了出去。一阵旋风溜了过来，沾着霜花的纸片、枯叶，打着旋儿似乎要飞起来。龙杰冲着风旋儿吐了一口唾沫，四顾仍然无人。

没听错吧？听错了吗？他又拧动了一下摇把。

"大叔……"

"大叔！"

没听错，这么耳熟？怎么像是井里的动静？井里怎么会叫大叔？

龙杰心里有些虚惊，他扶住辘轳摇把俯下身子，努力往井里探看。井壁上水草葳蕤，挤挤挨挨，只把井口闪出一个西瓜大小的窟窿。他拨开水草往下看，不看则已，一看吓了一跳：井下有两双眼睛闪着亮光。

"谁叫大叔？是人？是鬼？"他大着嗓门，心里直发毛。

"人！人！是人呀大叔！我是梨花。"

"梨花？你怎么在井里？"

"哎呀，没法啦大叔。大叔，鬼子走了吗？"

"走啦，吃过早饭就走啦。"

"这就好了大叔，你把俺俩救上去吧？"

"那一个是谁呀？"

"我呀大叔，我是杏雯。"

"你俩都在水里泡着吗？"

"不，大叔，井下有一圈坎台，我俩都在坎台上哩！昨天鬼子朝井里打了一阵子枪，要不是这坎台，俺俩早没命了。"

对，吃水井里一般都有坎台，打水的多了，井用的时间长了，水撞井壁自然会冲刷出一圈坎台来。如今是隆冬，水位下降，坎台自然就抬高了。坎台之上是一圈直径大于井身的穹隆，躲在里边，鬼子的子弹够不着。

辘轳只剩了一个摇把，龙杰一个人很难把她俩救上来。他快步跑回公司叫来了哥哥、表哥、老玄、孙家国、刘金胜、杨丰年等兄弟爷们。人命关天，这一霎顾不得别的了。绳子续下井去，可是两个女人抓不牢绳子，也不会系扣。龙杰只得再回到屋里，找来了一床破被单。哥哥把被单从中间一撕两幅接在绳钩上，等了半天，两个女人还是上不来。哥哥命令龙杰下井，下去帮忙拴住两个女人的腰。怕的是她俩拴系不牢再掉下去，再掉下去就更麻烦了。

龙杰下到井里，这才发现两个女人光着身子什么也没穿，龙杰的眼睛不知往哪里看了。他耷拉下眼皮，将床单绕过女人的腰系牢，然后挂到绳钩上，又教她俩如何伸展手臂牢牢抓住绳子，以防身子一打躬让井壁碰破了头。一满家子拧的拧，拽的拽，总算把两人弄上来了。

人上来了，井上的人同样没有想到两个女人会是一丝不挂。梨花的身上紫青烂黑，咬烂了的奶头汪汪着血水。杏雯的鼻子被啮成了紫山楂，肩膀上、脖子里到处都是牙咬的血印子，腮帮子也叫小鬼子咬得青一片，黑一片。顾不上男女了，先架她俩回屋吧。可是，人架起来了，腿不听使唤，两人一步也不会迈。不会迈步就得抬，抬吧！

门口一阵响动，一见伙计们抬进来两个光腚子，老谎花哭号了一声"我那娘哎"，口吐白沫，翻了眼珠。

鬼子一时半霎没有撤出济南的意思，年关不到，公司老板又偷偷摸摸回来了。公司一开门，穷人还得靠干活吃饭，还得到火车站上盘站运货。

自从鬼子进了济南，公司到车站的路，一天也没有顺畅过。一大早，十字路口又堵住了。一见不能走了，龙杰把车子平放在路上，掏出烟袋打火点烟。忽然，聚在路口的人好像羊群里闯进了狼，一阵嗨呀呀挤疙瘩上垛。随着一声尖叫，人堆里钻出一个衣衫不整的女子，跑近了看，是一个二十岁不到的女学生。女学生披头散发，脸色蜡黄，眼睛骇得要弹出的一般，一边跑一边没人腔地喊救命。

人群的疙瘩解开了，闪出两个背枪的鬼子。跑在前面的是一个黑漆漆、弓着腰的瘦猴子，军腰带尾巴一样拖在身子后边。紧随其后的是个头圆身子扁、提着裤子的萝卜头。光天化日之下，两个鬼子明目张胆逞淫威，一街筒子的中国人竟然没有一个敢上前拦一拦。龙杰的怒火腾地燃爆了：日你祖宗小鬼子！大天老白夜，你也忒欺负人啦！他一下抄起空车子，眼见鬼子近了，猛地将车子向鬼子投去。

小车唰地冲出去了，没跑出多远，车身一侧棱，歪倒在街当央。瘦猴子躲闪不及，一下子扑倒在车子上，女学生飞身钻进了一条小胡同。

萝卜头揪着裤子跑过来了，他看准了是龙杰撒出去的小车，举起枪托子就朝龙杰的头上砸去。嗡地眼前一黑，龙杰半边身子没了知觉。瘦猴子骂着"八嘎"爬了起来，两支枪托子，眼看又要一起砸到龙杰的头顶上，姑表哥一个箭步抢上前去，枪托子就同时落在了他的头上。

鬼子继续追寻那个女学生了。几个混穷的伙计七手八脚把龙杰和他的表哥抬回住舍。龙杰肩膀脱了臼，黑了半边脸；表哥重度脑震荡，七天七夜不省人事。

　　济南又没法混了。

第三章

年　集

回到落凤坡，龙杰才知道泰安也早已驻进了鬼子。这下可完了，中国怎么成了日本人的天下？堂堂大中华，果真就没有站着撒尿的了吗？

龙杰绝望了。

春节就要到了，再苦的日子也得过，死不了还得过年。

北方的集场，大都五天一个轮回。腊月二十八，是夏庄一年来最后的一个大集，买与卖，都是年内最后的一次交易，也是大集最热闹的一天。

今年的年集不行了，集市像经了霜的晚庄稼，无精打采，蔫蔫巴巴。人们受了惊吓似的诚惶诚恐，躲瘟疫一样行色匆匆。大集上买卖冷清，赶集的稀稀拉拉。青菜市里，龙杰买上芹菜、芫荽、菠菜等几样，干菜市里又买了半斤金针、二两干蘑菇、几块笋干，肉市里又割上一刀猪肉，过年的东西就算置办齐了。虽然都是穷，但是在外边混穷的，用不着卖了粮食再去买菜割肉，比在家里的还是要活便一些。兵荒马乱的年月，老百姓一年也喂不肥一头像样的猪，肉架子上的猪，要么还像一个猪崽子，要么是个皮壳洛，一身老皮松松垮垮，很难找见半指肥膘，想割一块肥一点的当油吃也难。但是，卖肉的却一个劲地用刀拍着松皮夸口："还是这号肉有咬嚼啊！多煮一滚子，一勺子肉汤就能炖一颗大白菜，多放点盐，能吃到明年的三月三！"

买完了香烛纸马，龙杰这才想起来还没有买鞭炮。一想到买鞭炮，他这才惊异地发现火鞭市里没有炮仗响。咦？这是怎么回事？

往年的年集上动静最大、最热闹的要数火鞭市。卖火鞭的小贩多为外地人，鲁西北、鲁西南、徐州、枣庄、黄河西……哪里的都有。可是，当地百姓最看好的是河南开封府来的"半块嘴"。曾经生龙活虎的他，年复一年，黑头发上挂了霜，囫囵嘴丢了半片子，半块嘴就成了夏庄年集上的炮仗名片。三年前，半块嘴的嘴唇还完好无缺，就在那年的大集上，他千里迢迢带来了千头一盘的急炮仗。急炮仗身子粗短，一律由麻经子绑缚了后腚，半块嘴叫这种炮仗为"缚腚炮"。缚腚炮引芯短、燃火疾、声音爆、威力大，炮仗一炸，纸片纷纷如同撒雪。不像当地造的那些草纸裹的土炮仗，一半子噎炮不说，响了的也是扑哧一声呲个屁。开膛破肚的炮仗皮，还会乌嘟嘟一个劲地冒黄烟。那一年赶集的多，卖炮仗的也多。菏泽的炮仗贩子和半块嘴是邻摊，他见人们起着哄去照顾半块嘴的买卖，立刻亮出了看家的旱天雷。咚的一声巨响，地动山摇，人们的耳朵里铮铮地叫上半天。好家伙！年五更里发纸马，谁不图个大动静？买火鞭的立刻打着涌忽轰地围过去了。此时的半块嘴，虽然嘴还囫囵，可是嗓子已成了一窝要出飞的家雀，沙沙地响。他见煮熟的鸭子起了群，立刻扯起沙嗓子拼了命地喊："又来咧！又来咧！缚腚子一炸，吃香喝辣！缚腚子一响，黄金万两！"他把烟袋杆儿咬在嘴里，两只手分别高挑了两根细竹竿转着圈子放。震耳欲聋的爆炸声中，碎纸屑旋风雪一样围着他的身子飘。转着转着，有一挂鞭炮突然崩断了鞭芯，半挂缚腚炮搭上了他的烟袋杆儿，不仅炸飞了烟袋，还生生撕走了他半片子嘴唇。从此，相爷府来的老客，就成了不喜先笑的半块嘴。

龙杰来到半块嘴的炮仗摊子跟前，半块嘴上站岗的俩牙立刻变成了四个。

"星弟，来呀来呀！"

半块嘴急忙给龙杰拿鞭炮，嘴唇不完全，连"兄弟"都说不清爽了。

"今年发财呀！"

"哈啥财啊？都气听舌诗的了！"

半块嘴指了指说书场，做了个打渔鼓的动作。嘴唇丢了一半子，"发"说成"哈"，"去"说成"气"，"说书"也成了"舌诗"。

"都年二十八了，还有工夫去听说书的？"

龙杰扭过头，果见许多人还在往书场那边跑，龙杰的好奇心来了。

说书场挂在集市的尾巴上，是个专搂闲人的地方。经常来说书的大老王家是苏、鲁、豫、皖四省交界的安徽亳州，和三国时期的曹操是亲老乡，因此苏、鲁、豫、皖的口音他都有。他书中的人物，不管中国的、外国的、古代的、现代的，一律会骂"奶奶个×"。渔鼓老王年纪五十开外，戴一顶红疙瘩的青帽垫，小团脸皱皱巴巴、黑黑红红，像个玩熟了的响核桃。老王身架不大，却在条凳上坐得端正。书一开场，他左手揽了渔鼓，右手打着檀板，肚子里的故事，像蜘蛛后窍吐不完的黏丝。听书人，绵羊卧地一样无声无息。抽烟的不再敲打火镰，一举烟袋，就有另一支烟袋锅趴过来对火，心照不宣，顺理成章。整个书场，只听见老王嘭嘭的渔鼓、啪啪的檀板和他的软唇咿咿呀呀的说唱。

今天的书场大不一样了，书场里没有了坐着听书的人，一个个伸着脖子踮着脚尖推来搡去。渔鼓老王没有来，取而代之的是两个背枪的青年和站在凳子上一个五大三粗的汉子。汉子长方脸膛，一头密发，两道刷子眉刷出一对闪闪发亮的豹子眼。一张能够放进拳头的大嘴，讲起话来粗粗拉拉打雷一样，三个老王也抵不上他。

"……国难当头，责无旁贷，全中国人民要团结起来，不能眼睁睁地当亡国奴，不能抻着脖子等着鬼子来砍头！……"

终于有敢站着撒尿的了！龙杰血脉偾张。

"这是谁？干什么的？"龙杰小声问身旁一个听书的。

"干什么的？共产党！阳历年举行抗日武装起义、大雪天打开肥城杀汉奸、半夜里摸进火车站砍鬼子的那个人。"

"厉害！"龙杰肃然起敬，"厉害！厉害！有种！有种！"龙杰用力挤到近前，汉子的话语，像重槌一样猛敲在他的胸膛上。

"……凡是热血青年，凡是有骨气的中国人，不分男女，不管长幼，不分贫富，不论贵贱，都有抗日救国的责任！为了把日本鬼子赶出中国去，有钱的要出钱，有人的要出人，有物的要出物，全国人民只要横下一条心，拧成一股绳，就一定能把小日本赶出中国去！……"

"一定！"

龙杰几乎要大声喊出来。他想起日本鬼子在济南奸淫烧杀的情景，想到几乎变成了废人的表哥，又摸了一下自己青黑的脸和至今不敢乱动的肩膀，一团烈火在胸中燃烧。当汉子讲到岱西已经成立起抗日自卫团，号召大家把钢枪、土炮献出来打鬼子时，龙杰忘记了肩膀疼痛，他猛地举起手中的筐子：

"献！"

献？龙杰哪里有枪？

红枪会有枪，他们献吗？

过　招

岱西紧邻水泊梁山，是水浒遗风？是瓦岗留韵？梁山、东平湖一带世代不乏绿林响马。旧中国军阀割据，天下大乱，这爿在中国历史上从来就不安分的土地，一下子变成了土匪窝。恶霸土匪黄汉卿，有一个团的兵力，配备有咣咣响的两门小炮，走到哪儿，两匹火红的骡子就歪歪搭搭驮到哪儿。花脸土匪邓四，一脸麻子使双枪，拉着百多号人的武装，人手一杆"汉阳造"。至于昼伏夜出偷鸡摸狗的小股土匪，更是多如牛毛。有钱有势的大户人家怕抢、怕夺、怕"架肉蛋"，就买了钢枪招募了家丁看家护院。

泰肥路上有座小镇叫道朗，镇子不大，却是山东腹地西通中原的咽喉。道朗以南不远有个雪家岭，虽是山村野店，但是骑缝岗岭，八面来风，形有东龙西虎，势可俯察南北。庄前又有一座小山如同蓬莱仙岛移来的一般，因此雪家岭出了个人物叫雪宝骏。

雪宝骏原是国民党岱西老二区的区长、红枪会的老会长。他的家中供七路神仙，烧八炉高香，门徒天天吃符念咒，功夫练得炉火纯青。要说本事，刀枪不入在他的门下已算儿戏，雷人的是，扔给他的徒弟一个炸弹，故意摔都摔不响。游击队拜到他的门上商量借枪，雪宝骏的眼珠子瞪成了牛尿。

"借枪？说得轻巧！借给谁？你们的枪怎么不借给我们？共产党还有三头六臂吗？韩复榘跑了，我们不跑！我们打鬼子！我们打出来的枪照样当当地响！为什么非要借给你们呢？"

雪宝骏不借枪，游击队转而再找龙别军。

龙别军又叫"龙别队"，老百姓习惯叫他们"别队"，是由秦启龙、徐继龙、平玉龙三"龙"组织的队伍。"三龙"原都是泰安师范的学生。他们上的是教育人的学校，骨子里却看不起穷人。见共产党拉起了队伍，秦启龙一脸不屑："这是什么年成？蛤蟆老鼠都拉队伍？"游击队去和他们借枪，秦启龙眼一斜，嘴一撇："这不是说梦话吗？"

狗叫声汪汪喳喳，一支队伍急急忙忙开出了李家庄。为把岱西的凶顽牛希武、欧阳厚丰赶过黄河，自卫团从游击队紧急抽调一个连，赶往肥城参加战斗。

自从岱西爆发抗日武装起义，财主们看准了，也明白了，共产党游击队和他们是两股道上的跑车，走的不一条路。游击队先是来骗他们的枪，还没成气候呢，就又想分他们的房子分他们的地，还眼馋他们的小老婆。这伙穷光蛋一旦得势，天下就得大乱，就别再想过一天安稳日子。趁着他们羽毛未丰，现在又只剩下一个连队在李家庄驻守，消灭他们可谓天赐良机。

往日里心照不宣，现如今一呼百应。大、小财主奔走相告，各路行会紧急串联。雪宝骏的皇协军大旗插在了车庄、孙庄、李山头一溜北线的制高点上；陈习增率兵围堵了车庄至张山头的西北面；林汉卿从张山头撒网，一直拉到风门子口，围严了李家庄的西南面；正南和正东方向，龙别军的人篱笆扎了一层又一层。黑云密布，山雨欲来，游击队处在了四面八方的包围之中。

李家庄，南北长，东西短，一条车大路北接道朗，南达宁阳，是个往来南北的隘口。庄前的小河，架有一座两孔的青石桥。石桥古朴墩重，桥面的条石足有尺半厚。中间深深一道凹槽，是独轮木车子千百年来碾轧的杰作。石桥以北，一高一矮两棵树。西边高高的青杨树里藏了一个喜鹊窝，两只哑巴喜鹊好似立足不稳，头尾交替，一翘一落。东边矮的一棵是柳树，柳树老了，像个渴极了的佝偻，趴在河里饮水不休。

太阳出来了，晨光铺满了桥面，泼洒在浅浅的流水上。田埂上拐悠拐悠走来两只绿脖鸭子，脖子里的寸毛，闪着荧荧的电光。鸭子大摇大摆来到河边，沿河边的滓泥"呷呷呷呷"乱戳一通，突然呱呱几声大叫，一下子把小河从宁静中叼了出来。

其实，小河的宁静并非鸭子打破的，它只是把石桥南北箭在弦上的气氛挑明了。

石桥以北的佝偻柳树旁边，站桩儿一样立着游击队的一个岗哨，鸭子的叫声首先惊动了他。他环顾一圈，理了一下枪带，重新把枪背在肩上。西边青杨树下，是游击队的另一个岗哨，长枪始终提在手里，一双骨碌碌的大眼睛，机警地观察着小河的对岸。

石桥的南头也有岗，不过，那不是游击队的岗哨，是龙别军头子平玉龙的弟弟平金贵。平金贵一身好武艺，他手脚不闲，时不时地捣捣拳、蹬蹬脚、拉拉身架、亮亮造型，没是没非地喊牛一样吆喝一两声，不像游击队的岗哨那么本分。平金贵见小露身手没人理会，他黄眉毛挑了几挑，眼珠子瞪了几瞪，罗圈腿踢了几踢，一猫腰，扑扑棱棱耍起红缨枪来。龙别军队伍里有人拍着巴掌高声叫好，桥北头的岗哨权当没看见。

李家庄里的游击队风雨不动，土岗子上的平玉龙有些着急了：兵临城下，四面楚歌，游击队为何没有一点动静？游击队没有动静不要紧，围剿游击队的各路人马，为何也按兵不动？雪宝骏自从被洋鬼子"钦封"了皇协军，牛罐子吹得呜嘟嘟响，这会子怎么啦？怎么也成了捏了脓的鸡巴？包而不抄，围而不攻，这算哪门子的战法？有后怕吗？怕什么？怕游击队那个连队突然回来？回来又怎样？娘的！你们怕，我不怕！我先和共产党过过招，不信我动了手你们这些小子会干看着？想到这里，平玉龙心里自有了主张。当着游击队的面，他觉得要弄个花拳绣腿是丢人现眼，不玩花的来实的，不要虚的动真的！平玉龙像一只发狂的狗，对着石桥汪地叫了一声。桥上的平金贵立刻停下花枪，伸手从腰里掏出符咒吃上，双手合十念了一通咒语，蹦猴儿一样几步跳过石桥，红缨枪一抖，照着卧柳旁边的游击队岗哨就扎了过来。

　　游击队的岗哨早有防备。他见红缨枪到了，身子一闪，红缨枪扎了个空。当第二枪再扎过来时，游击队员一个顺手牵羊把红缨枪抓住了。枪是抓住了，但是没能夺过来，两人在桥头上扭成一团，滚上桥面。按说，平金贵挺枪来刺，游击队员满可以一枪就把他放倒。可是，游击队组建的时日尚浅，既无稳固的基础，又没有过硬的实力。再说，党的政策是尽量团结和争取抗日力量，即便吃点亏，受点气，不到万不得已，不打第一枪。

　　平金贵见游击队员一个劲地退让，就越发蹬鼻子上脸。平玉龙在高岗子上又喊了一声，平金贵红缨枪一扔，伸手就来和游击队员夺枪。徒手格斗，游击队员不行了。平金贵专门练过拳脚，闪展腾挪猴子一样灵活。转眼之间，游击队员就被别倒在石桥上。平金贵跳起身来，照着游击队员的胸膛狠命一脚，下腰就来夺枪。青杨树下的岗哨急了，端起快枪咣地一枪，平金贵扑通摞倒在桥面上，胸口的鲜血泉水一样向外喷涌，染红了桥面，淌满了辙沟，汩汩流进了小河。小河的水变了颜色，水中的鸭子一边"呷呷呷呷"咀嚼着血水，一边呱呱大叫。

　　平玉龙见弟弟被打倒在桥面上，发疯一样冲了过来。他手提大刀几步跨过石桥，照着游击队员劈头就是一刀。游击队员反应倒也敏捷，身子一拧，大刀咔嚓一声砍在斜披的子弹带上。一看自己的战友要吃亏，青杨树下的岗哨又连发两枪。平玉龙见势不妙，下腰抄起平金贵，三步两步跨过石桥，回到南沙岗子哭天喊地。两位游击队员既不追赶，也不再发枪，仍旧木桩一样立在桥北，村里的游击队依然没有动静。

　　龙别军出师不利，平玉龙哭天喊地。其他包抄游击队的各路人马，看似人多势众，毕竟是些临时纠集的乌合之众。他们见平金贵轻易就丢了小命，谁也不再逞能。如此骑虎难下相持半月，执行任务的连队突然回来了。游击队一出夏庄就与龙别军接了火，一直憋在李家庄的留守连队，像"二人抬"出膛的火药，轰的一声冲了出来。龙别军应付不了游击队的两面夹击，仓皇翻过平家岭，顺着大河沟撤到东向。游击队乘胜追击包围了东向，把龙别军打了个稀里哗啦。

参与包抄的各路人马见势不妙，闻风四散了。

凉 秋

自从红枪会在李家庄和游击队过招，龙杰于晚间把村里的"二人抬"土炮和五十斤黑药偷偷送给游击队，就一直心心念念参加这支共产党领导的队伍。将息了大半年，耳朵不再叫，手臂也能转动了，可是游击队却找不见了踪影。龙杰四处打听游击队的下落，有人说去了北山，有人说去了河西，也有人说游击队早就散了烟啦。他多次去夏庄大集的说书场，却再也没能碰上那个说话如同打雷的刷子眉。龙杰心里着急，两只大手天天攥得咔吧咔吧响，心火把嘴上烧起一串一串的燎泡。

时间已是九月的凉秋，大地脱去轻裳，露出坦坦荡荡的赤诚。岭地里的秋秸攒如同硕大的跳棋子，在梯田逶迤的棋盘上蹦上跳下；新耕翻的茬子地里，耩子摇着耧槌，咚咚咚咚把麦种播进湿土；收获后的高粱、谷子、豆子地里，各色蚂蚱挓挲着五颜六色的翅膀飞来飞去；草窝边、柴垛旁，脚步到处，蟋蟀纷纷如洒急雨，扬洒出一阵又一阵欢唱……

龙杰家中的地少，用不着犁耕耧耩。昨天挑好了沟子，今天一大早，他提了布口袋趁墒到顺河地里撒麦种。麦种是昨天晚上从根生家换来的。去年种的"葫芦头"，今年换了"蝈蝈肚子"。成熟了的"蝈蝈肚子"，穗头黄中透红，穗儿大，粒儿饱，像个大肚子蝈蝈。穷人没有大奢望，有数的几分薄地里能多打几斤麦子，过年的时候，多吃两个馍馍，多吃一顿饺子，也就心满意足了。

龙杰提了麦种才要出村，忽听得庄外的枪声爆豆儿样响成一片。四坡里正在干活的百姓，丢下工具撒丫子往村里跑。出了什么事？游击队回来了吗？他从鞋里倒出一颗石子，捏了一下口袋里的麦种，快步来到村口一看究竟。

刚出村口，就见黑压压的人群如同雨前的云头滚了过来。嘎嘣脆的快枪、粗嗓门的土炮、明光光的大刀片子、红缨似火的枪头子……看来看去龙杰明白了：不是游击队，是宋继昌、王传孔的红枪会收拾龙别军来了。

平玉龙带着龙别队的头头们跑过来了。

平玉龙左手搊了大褡子，右手提了匣子枪，眼睛瞪得溜圆，鼻孔张得老大，干黄的脸上，汗水赶点儿往下滴。呼哧呼哧的喘气声，百步以外都听得清楚。紧随其后的是徐继龙、李吉泰几个龙别队头子，他们一个个灰头土脸，张皇失措，慌不择路，连滚加爬……龙杰正看得兴致，红枪会的队伍里突然蹿出一个穿裋裋、背大刀的大胡子。大胡子一脸杀气，挺枪扎了过来。

龙杰身子一闪："干什么？干什么？我是这村里的老百姓！你要干什么?！"

大胡子还要扎，就听得远处一个沙拉嗓门："哎哎！别！别！那是俺兄弟！"

喊话的人叫伊正强，伊家庄人，他也曾在济南推过一阵子小车。

"别误会，俺兄弟，都是一家人！"

伊正强手里也把着一杆红缨枪。

大胡子没再说什么，抄起枪继续往北冲过去了。望着大胡子的背影，龙杰哑然笑了：好个不管不顾的莽撞鳌，如果他真是龙别队的人，这一枪扎过来，不穿个透心凉才怪呢。

红枪会势如卷席，穷追猛打溃不成军的龙别军。大胡子真是个干家，工夫不大，就把龙别队的干将李吉泰从扫帚棵子里拖出来了。大胡子提着李吉泰的领口，扔死狗一样在地下胡乱一掼，背后抽出大刀，照着他的脊梁就是两刀。两刀砍得很重，但是用刀背砍的。李吉泰号叫着在地上滚来滚去，鼻子、口里不住地往外蹿血，把一地金灿灿的菟丝子都染红了。

这里李吉泰正在打滚，石湾子以东，龙别队队长徐继龙正使出吃奶的劲爬石堰。石堰很高，没抓没捞，徐继龙一次次从堰上跌下来。大胡子一见，扔下李吉泰立刻奔徐继龙去了。

两刀背未能伤及李吉泰的要害，他见大胡子去追徐继龙了，慌忙擦擦血嘴从地上爬起来。虽然两刀背没要了他的命，但是大胡子手重，李吉泰跑起来已经跟跟跄跄。活该他倒霉，跑到沟崖了，不知为什么，猛然想起他的匣枪来了。李吉泰慌里慌张抽出匣枪，没头没脑连打了三枪。枪声一响，惹急了红枪会一个手持三观刀的红脸汉子。汉子粗壮矮小，脚步儿生风，手里的三观刀寒光闪闪，一溜小跑追上去举刀就砍。李吉泰一看不妙，赶忙抱头一蹲。矮汉子手起刀落，咔嚓一声，李吉泰的手像一只蹦出去的血蛤蟆，脖子以上只剩了半个脑袋。

大胡子追到石堰跟前，徐继龙正扳住石堰上一块突出的大石头拼命往上爬。大胡子喊了一声"哪里跑"，红缨枪唰地就跟上了。长矛从屁股以上的腰眼里捅进去，斜着从肚脐旁边扎出来，枪尖啪地顶在石头上。大胡子回手一抽枪，随着一股喷溅的脏血，徐继龙尺把长的肠子，咕噜从肚子里淌出来了。

徐继龙又从石堰上跌下来了，肠子里的大粪流了一地。他托住热嘟嘟、臭烘烘的血肠子，慌里慌张往肚子里塞。

大胡子爱干半截子活，他扔下徐继龙又去忙别的了。

趁着混乱，徐继龙捂着肚子跑回落凤坡村口的照壁旁边，他大概想找个地方坐一坐。才一下腰，肠子又淌出来了。又是血，又是屎，腥臭难闻。龙杰转身要走，徐继龙连喊了两声"哎"字。

"哎！哎！兄弟，求求你！你别走，我打听一下，你庄里田新文在家吗？"

"不在家。"龙杰说。

徐继龙说："在家，在家！昨天晚上我还见他来。俺俩是表兄弟，快叫他来救救我，求你了好兄弟。"

龙杰没有动，因为田新文从他家的厕所里早就探出头来向龙杰摆手呢。徐继龙见龙杰不理他，又慌忙掏出一块钱来，央求雇个人，赶快推他去于家官庄药铺。龙杰仍然没有动。

　　见徐继龙掏钱，"自来笑"李春才牵着一只山羊猴子凑了过来。他看了一眼龙杰，笑嘻嘻地把那张血钱接了。徐继龙狠狠地剜了龙杰一眼，呻唤不止。稍不留神，血肠子又掉出来了，肠子粘连的黄花油上又是血，又是粪，臭烘烘令人恶心。等了半天，好容易等来一个推车子的，却是一提龙别军就气得鼓肚子的马腾。马腾是落凤坡有了名的武愣皮，胖胖壮壮，五大三粗，说话做事，不管不顾。马腾推了一辆光腚木车子，一副满不在乎的样子。他本来就同情游击队，痛恨龙别军，一看淌肠子的是徐继龙，马腾又是气，又是喜，心里想：可有了解恨的机会了！一辆木盘木轮的光腚车子，平路上就咯咯嘚嘚颠得厉害，车上没铺没垫，坐上去哪里还有好滋味？马腾人壮实，小车子推个二三百斤都觉不着分量，这下更不惜力气了。好路他不走，车轮子偏往石头坷垃上轧。车子走得快，轮子几乎是蹦着前进。徐继龙呼天喊地，哭爹叫娘。明明从肚子里淌出来的肠子，可是无论如何塞不进肚子里去了，徐继龙只得把一大盘血肠子抱在怀里。肠子越淌越多，肚子越来越瘪，车子还未推到于家官庄，徐继龙就一命呜呼了。

第四章

分队长

一九三九年三月，遵照中共六届六中全会"巩固华北、发展华中"的战略方针，陈光、罗荣桓率领一一五师挺进山东，建立抗日根据地。

落凤坡要建立农会，枣树上的喜鹊对着叫了一个早晨。"狗蹦子"马岱走街串巷，铜锣敲得咣咣响。

"开会啦！开会啦！关帝庙集合啦！听得见爬得动的，一个不落都要参加啊！开会啦！开会啦！……"

一家的大门开了，两家的大门开了，家家的大门都开了。咳咳嗽嗽，各家门口，先是走出了当家主事的男爷们。他们手里端了烟袋，东瞅瞅，西瞭瞭，烟袋锅子在鞋底上磕得唧唧响。身后的门提搭嘭地一声，关在家里的看家狗蹿出来了，一只、两只……跟在马岱的身后边狂吠不止。马岱乐了，敲着敲着，他突然拧过身子，迎着狗头猛砸一锣槌子。吠狗屁股一蹲，哼哈一声，龇出满嘴不友好的牙齿。马岱更乐了，边走边转着花儿敲锣，锣声、狗吠响成了一个团儿。

村民流水样向关帝庙汇拢，一会儿工夫，庙里庙外已人头攒动。虽然同在一个村里过日子，集合在一起开会，不少人还是头一回。大闺女、小媳妇平日里大门不出，二门不迈，很少见过这样的场面，婆婆头前走，她们用鞋底、鞋帮子等针线活儿，半遮着脸面紧跟在身后。婆婆一本正经，和婶子大娘的嘘寒问暖煞有介事，妯娌们则趁机嘁嘁喳喳、嘀嘀咕咕。来到关帝庙门口，看到那么多人为她们闪开一条欢迎的夹道，年轻媳妇们裹了放、放了裹的小脚几乎不会迈步了。哄笑声中，她们红着脸一个紧拽了一个的衣角，"老鹰抓小鸡"样穿过人墙的"胡同"。

"惊堂木"敲了几下，区动委会的领导开始做动员报告。陶区长首先报告了中国共产党六届六中全会精神，传达了毛泽东主席"派兵去山东"的重要指示，报告了在敌后、在农村建立农会的意义和任务，紧接着宣布落凤坡农会成立，公布农会会员名单。当田东端着花名册点到龙杰的名字时，不知从哪里学来的规矩，龙杰往前大迈了一步，高声回答了一个"有"字，唰地引来会场上一片惊异的目光。

农会一建立就有了工作，工作一开展就投入了斗争，就是面对面、硬碰硬的兑现。多少年来，财主、乡绅执掌着村里的生杀大权，穷人被压得喘不过气来。他们今日敛钱，明日派捐，后日摊粮，没完没了。穷苦人家种的山岭薄地、顺河涝滩，能打多少粮食？能有多少钱捐？可是，叫你拿，你就得拿；叫你摊，你不敢不摊。典房卖地、卖儿卖女他不管，只要能交上钱粮就行。有一年马岱他娘被逼得走投无路，想一死了之。穷人家上吊也找不着一根新绳子，人刚挂上去，绳子就断了。人没有吊死，摔折了一条腿。老村长王四升赶来了，文明棍敲得马岱他娘的头顶唪唪响："你他娘的吓唬谁？该缴的粮食，少一蚊子屌也不行，缴完了钱粮再死也不迟。不用着急，我先派人到阎王爷爷那里给你告假去！"

王四升说话不算话，假没告下来，马岱他娘当晚拖着断腿跳了水井。

有钱的管着没钱的，读书的管着不识字的，这是中国农村千年来不变的规矩。穷人要和财主们算账，这明明是要夺乡绅们的大权。老百姓嘴上不说，心里嘀咕：农会里这些年轻人，除了要饭讨食的叫花子，就是割草放牛的毛孩子，他们知道官怎么当？他们就能说了算？能管得了乡绅？不可能，根本不可能！嘴里说着不可能，心里又纳闷起来：奇怪呀！自从农会组织起来，财主们还真的不敢吭声了？莫非这世道真的要变了？要不，马岱走在当街打锣，财主们一个一个都溜了墙根？以往谁也瞧不起的李春才，居然也敢笑嘻嘻地走在街当央？财主们不仅不再厌恶地朝他吐痰，还点头哈腰和他嘿嘿地笑。财主们这一嘿嘿不要紧，李春才蒙了，他前后左右笑嘻嘻地看了好几遍，始终没明白财主们是和谁笑的。

账目很快查清了，原当权者王四升和牛玉珠，两人新买的六亩大地和两处新宅子，都是用敛来的钱财置办的。账目一公布，穷苦的百姓都急红了眼，纷纷跑到农会诉苦要钱。农会趁机夺回了王四升、牛玉珠执掌的印把子，收回了他们新买的地，又勒令他们包了一部分款子。

财主们咬牙了。

区里建起了自卫队，各村也要组建自卫队分队。区领导见龙杰大胆泼辣，敢闯敢干，就指派他当了自卫队的分队长。时间不久，龙杰就光荣地加入了中国共产党。入党宣誓那天，当宣读到最后"永不叛党"时，龙杰自己又加了一句：谁叛杀谁！

工作需要，田东和张大柱被抽调到区里任职，任五六因为没有当上分队长，赌气参军当了兵。村里就只剩了董义坤、马文林、牛炳金和龙杰几个年轻人。

农会的主要负责人一上调，村里的斗争立刻尖锐起来。财主们又挺起了肚子仰起了头，可劲地放着屁，很响地吐着痰。李春才看不出个眉眼高低，照例走在街当央，一边走一边还故意看着王四升的脸傻笑。王四升瞪了他一眼，喀地一口浓痰吐过去，李春才的朝天鼻子立刻变成了汝瓷的。老百姓开始议论纷纷，有的说："田东和张大柱都调走了，剩下这几个小毛孩子，他们就能当了家主了事？指望他们给咱穷人办事不就毁了？"也有的说："董义坤、马文林，三脚踢不出个屁来，嘴比棉裤腰还笨，他就会当官？黄鼠狼子骑刺猬——凭人还是凭马？"还有的说："罢罢罢！快夹起尾巴来吧，可别跟着这伙二青蛋子瞎呼隆了，到头来非吃亏不行！"更有胆小的，夜里偷偷来找农会，要求把新分的土地再还给财主……

形势严峻起来，董义坤、马文林紧急召集会议商量对策。可是到会的不是闷头抽烟，就是唉声叹气，谁也不知道该怎样办才好。龙杰沉不住气了："调走了两个人就塌了天吗？树身子不动，树枝子还不是瞎摇晃？值得大家这么犯愁吗？"大伙儿你看看我，我看看你。龙杰继续说："有人看不起咱，说咱不行，咱干出个样子不就行了吗？有党的领导，有上级支持，咱抱成一个团，痛痛快快、利利索索办几件大事，形势不就扭过来了吗？"

"你说得简单，有什么大事办？"董义坤说。

"怎么没有大事办？"龙杰反问道，"眼前办不了的不都是大事吗？哪个难办咱先办哪个，就不怕群众不服，就不怕乡绅不怕！"

"你想先办哪个？"马文林问。

"先办哪个？牛玉珠的款子不是说凑不足一直拖着不缴吗？咱今天就和他玩现的。我带上两个人上门去要，他要好说好拉痛快倒还罢了，他若和我支二点，我先称粮食后牵牛。他不是有三头牛吗？一头不够我就都牵着，称了粮、牵了牛，再把他的红木床、紫檀木的八仙桌子也抬着，我看他缴不缴！"

龙杰说完了，董义坤看了一眼马文林，马文林没有抬头，只是一个劲地啪哧啪哧敲打火镰。众人低着头，谁也不吱声。一看这个阵势龙杰急了：

"咱农会是干什么的？都怕得罪人还革什么命？"

他挽起烟袋往腰里一别，赌气叫上两个人走了。

不足两袋烟的工夫，牛玉珠跑得热汗直冒，大圆头像个露水南瓜，该缴的款子全拿来了。

过　堂

好景不长，落凤坡的形势又复杂化了。

问题还是出在缴公粮上。

缴纳公粮，共产党的四字政策是"合理负担"。看似非常原则，其实尺度十分清楚：贫雇农没有土地或者只有很少的土地，一年之中有半年是要饭讨食的日子，这样的户，连自己嘴都顾不过来，就一律免缴。中农和富裕中农，根据实际情况缴纳一部分。贫雇农拿不出的部分，由地主、富农承担。所有缴纳的粮食，要求一律送到凤凰山以西的胡家庄、宋家庄。

这一下，财主们恼了：这算什么合理负担？这不是打着共产党的旗号明抢、明夺吗？我们的地多是不假，可那都是祖祖辈辈省吃俭用过下的。我们的粮食也多，可是再多也不是偷的，不是抢的，是我们自己的地里长的、场里打的。替你们这些懒鬼、败家子缴着粮食，还得替怹下着力，这算哪门子的合理？纯粹是这伙鸡巴孩子使坏、逼人命！财主们识文解字的多，于是就写了一封又一封的告状信，把成立农会以来所受的委屈，全都编成了状子告到了区上。

一听说财主们上告，董义坤、马文林又没了主意。龙杰说："让他们告去吧，狗黑子叫门——不理熊就是。咱们做的工作，都是按照党的方针政策和区公所的部署干的，有领导，有政策，担心什么？怕什么？阴沟里翻不了船！"

财主们想的不一样，他们以为农会里多是些目不识丁的睁眼瞎，只要一告状，就一定会害怕，就会自动收敛、收手或散伙。所以状子一交上，他们就像已经赢定了一样，阴阳怪气，小动作频频。后来发现，农会里压根就没有理着他们这个茬，财主们急了。状子越写越多，行为越来越横，一来二去矛盾公开化，于是动了官司。

田东和张大柱调走以后，落凤坡的领导力量确实是弱了。村里接任的董义坤和马文林，工作没说的，就是嘴不行，说话不赶趟。平时工作顺妥了，小会议、小场面、商量个事情不成问题。问题出在关键时刻，关键时刻非掉链子不可。尤其是面对面的辩理、争论，只要一接火，两个人立刻就成了灭了引信的炮仗、噎了喽的糗子。脸气得干黄，脖子鼓得老粗，半天说不出一句囫囵话来。区里的领导为了做到心中有数，曾几次来落凤坡召集双方调查、座谈。该讲话的时候了，董义坤和马文林茶壶里煮饺子——有嘴倒不出来。工作人员启发、引导了老半天，好容易挤出一句两句能上绳墨的话，对方立刻连珠炮一样堵上了。区里一看也没有好办法，决定改日来村子里过堂，借机重新推动村里的工作。

区领导也犯愁:村班子忒弱啊!

过堂就是审案子,老百姓都习惯了这种千百年来的说法。一听说要来过堂,这可把财主们乐坏了。他们是原告,状子都是他们写的,过堂正是他们求之不得的事情,于是凑在一起通宵达旦做准备。董义坤和马文林表面上不慌,心里着急,尽管明知道区里来过堂,就是来为农会撑腰的,他俩愁的还是说话。财主们无理都能多三分,到了时候可怎么办呢?

听说要来过堂,村里看热闹的多了。平时不露面的露面了,不出头的出头了。中间分子和落后分子,向来是"吃瓜""扎堆"的积极分子,他们是看出丧的不怕丧局大,看打仗的不怕打破头。这些墙头草,正要看看哪边风大好选择倒向呢。

大堂设在张天龙的大院子里,时间尚早,会场上熙熙攘攘,呜呜呀呀。前来过堂的原告、被告对垒分明:原告在院子的东边,被告在院子的西边,看热闹的群众大都集中在院子的南边。原告一方情知胜券在握,巧声怪气,张张扬扬;被告一伙心里没底,耷拉着眼皮,只知道打火抽烟;李春才不识好歹,满脸讪笑站定在院子的正当央,组织会议的一次又一次把他归拢到看热闹的人群里,刚一转身,他又甜丝丝地站到了院子中间。直到负责过堂的陶龙翔区长和动委会主任李汉昌来到后,会场才逐渐安静下来。

陶区长是个大个子,不喝酒鼻子也通红。他紧绷着脸,右手始终按在匣枪的枪把上。因为是有备而来,表情特别严肃。他也考虑到董义坤和马文林说话成问题,如果关键时刻两人果真都闷了缸,他这当区长的只能公开站出来为农会说话了。不过,那是万不得已的时候。只要董义坤、马文林有几句话能说到点子上,他就可以见机行事。

张天龙的屋门口安了一张八仙桌子,桌子上放了一块桑木镢楔。虽然用镢楔当惊堂木,却也很有审案子的样子。陶龙翔把匣枪揽到怀里坐进太师椅,惊堂木连敲了两下,院子里静了下来。

过堂一开始,原告抢先发言。老庄长们都是私塾底子,一张嘴,狗撵鸭子——呱呱叫,一连串的帽子就扣上了。王四升说:"长官过堂明镜高悬，百姓在场无藏无掖，咱今日打开窗户说亮话，自从董义坤、马文林在咱村当家主事以来，把咱好端端的一个落凤坡，弄成了一个狗尿不臊的烂鸡窝。大伙看看他们主的什么事？想想他们当的什么家？咱几百年来平平安安、一团和气的落凤坡，到了今天，鸡犬不宁，民不聊生，没了一天素净日子过。什么土地回赎？完全是高压手段，强压着、硬逼着你回赎。他们吐口唾沫是个钉，说出话来噎死人。他们是对也对，错也对，就是你不对！说孬说好你只有听着。这是哪门子政策？我觉着这不是共产党的政策！共产党要是真有这号政策，叫董义坤、马文林当着大伙的面念念我们听听！"

人群中有人窃笑，原告一方颇有起哄的意思。王四升的胆子更壮了："咱再说借粮吧，你哪里是借粮？成大瓮的粮食挖了去，连个白条子都不打，你不是明抢吗？不是明夺吗？谁敢说不借？答应得慢了都不行，就恨不得要了你的命！……"

牛玉珠也激动了，他抢过王四升的话："一点不假，答应慢了就能一把火把人家的宅子点了！能逼得人家寻死上吊！这叫什么政策？这是他俩在被窝子里蒙住头憋出来的政策。不信你叫他俩念念，咱不难为他，他会念吗？他们连自己的名字都不认得，他懂什么政策？共产党是个好党，政策也是好政策，就是叫一帮不懂政策的鼓捣瞎了，干了一些专门往共产党脸上抹黑、往共产党头上扣屎盆子的坏事。他们不是误解了共产党的政策，而是根本就不懂共产党的政策。完全是压制民主，强迫民意！咱再说过堂吧，过堂该是个光彩的事吗？老少爷们出去庄打听打听，哪个村里有过堂的？也就是咱落凤坡吧！官逼民反，老百姓不得不反。老百姓只要有一线之路不走这一步，不会麻烦长官来过堂！"

牛玉珠说完话双手抱拳，先是向着陶龙翔、李汉昌，然后向着满院子的百姓点头示意，作揖见谅。

陶龙翔坐在太师椅里没气、没火，也没表态，他手按在匣枪把上，把脸转向了西边。

西边麻烦了。听着人家口若悬河的状告，董义坤、马文林气得老母猪筛糠，嘴唇哆哆嗦嗦嗫起来了。别说是发言，一个字也抠不出来了。牛玉珠见状冷笑道:"嘿嘿! 说吧! 说吧! 有理走遍天下, 无理寸步难行。你们尽管说吧! 你那嘴呢? "

陶龙翔也有些急了, 区政府名义上就是来过堂的, 被告总不能一句话也不说, 等着他再来解释政策, 那样就忒被动了。不过, 陶龙翔表面上仍然不着急, 他不紧不慢又点上一袋烟, 鼻子可是更红了。他用手背下意识擦了一下鼻头, 干咳了几声, 眯起眼睛看着董义坤和马文林。董义坤、马文林红头涨脸, 脖子鼓得老粗, 一个低头挖烟袋, 一个抠巴手指甲, 眼看就要闹出笑话来, 坐在磨盘上的龙杰沉不住气了。龙杰在磨盘的边沿上磕打了一下烟袋, 慢慢将烟荷包缠上烟袋杆儿插进腰里, 咳嗽一声站了起来。王四升、牛玉珠、全场的百姓都瞪大了眼睛, 李春才笑嘻嘻地走过来了。

龙杰从磨道里来到大堂桌子的一边, 李春才也笑眯眯地随后跟了过来, 人群里发出了逗乐的笑声。龙杰伸手拽住李春才, 狠劲把他按坐在一捆扁倒的棒子秸上, 会场立刻静了下来。龙杰知道满院子的人都在看他, 他一下子来了精神。

"我说两句吧。"龙杰看了一圈会场, 牛玉珠的金鱼眼瞪得溜圆。

"刚才这些老庄长、老士绅的讲话咱们都听到了, 有文化的人拉呱说话就是中听, 一句一句, 一件一件, 就好像刚从棵上摘下来的鲜果一样。如果我们不是落凤坡的村民, 不在落凤坡住, 都不了解真实情况的话, 董义坤、马文林现在拉出去枪毙也晚了不是? "

人群里一阵骚动, 财主们张着大嘴直了眼。

董义坤、马文林的脸上好看了许多。

陶龙翔红鼻头亮了, 亮得要放出光彩。他烟袋锅在烟荷包里剜了两剜, 很快换了一袋烟点上, 示意龙杰继续讲下去。

"在场的都明白, 咱们村的村干部, 平日里是认干不认说, 谁都知道咱农会的两个领导为人老实, 可是他俩老实我不老实! 当着乡亲们和区里来的领导, 我先问一下: 土地回赎、合理负担, 究竟是共产党的政策, 还是董义坤和马文林他俩造的? 你们是对着这两个村干部, 还是对着共产党? 土地回赎, 是共产党解救咱穷人的好政策! 若不是共产党的政策好, 若不是共产党给咱穷人撑腰, 咱有半天的好日子过吗？你既然知道他俩笨得连话都不会说，他会造政策吗？他们两个不过是咱共产党政策的执行者。老庄长们今天编派的他俩这不好，那不好，看来谁也不如你们好？你们这么好，怎么去干龙别队？为什么把你们的枪献给了敌人？为什么帮着龙别军去打共产党的游击队？如果你们不服气，我可以一一给你们点数出来。你们当村长时，大吃二喝，用敛来的钱财，自己盖了宅子买了地，查出你们的问题来了，才撤了你们的职。你们怀恨在心，这才想方设法来报复。这不都是秃子头上的虱子——明摆着的吗？当着大伙的面，你们大白天扒瞎话，拿着不是当理说。谁逼谁寻死上吊？咱落凤坡几百年来，只有马岱他娘上吊不成跳了井，那不是你们逼的她吗？别光扣大帽子，你们仔细说说，董义坤、马文林到底哪一条不好？哪一件不对？哪一条不是为了抗日？哪一条不是为了打鬼子？哪一条不是执行的共产党的政策？哪一桩不是为了穷苦老百姓？你们说说让大伙评评吧！"

人群里嗡嗡了起来，有人小声拍呱。李春才又站起来了，他左看右看眉开眼笑。

龙杰说完回到磨盘上坐下了，抽出烟袋来继续抽烟。刚才那帮老庄长嘴巴子呱呱的，正自以为得计，没想到半路里杀出个程咬金，他们的嘴立刻蜡封了一样。陶龙翔的鼻子红得发了紫，他镢楔一拍站了起来："把王四升和牛玉珠带走！到区里改造好思想再回来！"

两根绳子把王四升和牛玉珠拎走了，原告一伙彻底傻了眼。看热闹的村民呜呜呀呀先出了大门，他们一边走一边就议论开了：

"蹊跷！厉害！龙杰这孩子真没看出来，怎么会有这么把嘴呢？什么时候学的？"

"你别说，共产党里真出人才，要不是他，今天的过堂就冷了场了。"

"冷了场？就输定了！"

……

穷人走完了，财主们也腌腌臜臜垂头丧气地走出来了。他们先到王四升和牛玉珠的家里劝慰了一番，然后凑在一起生闷气：龙杰这个小熊孩，一个打草放牛的二青蛋子，他逞的什么屌能？鸡蛋里淌出狗屎来——这可不是个好黄子！咱告的是董义坤和马文林这两个笨猪，这个小熊打的什么抱不平？我们跑了这些天了，该赢的官司败在一个鸡巴孩子手里，忒冤！

牛玉珠、王四升在区里"学习"了十天放回来，他们也才明白打错了算盘。即使龙杰不站出来说话，他们也不是赢家。不过，还到不了当场绑人的地步，顶多为董义坤、马文林打打圆场，说说好话。那个陶龙翔也不好轻易就翻脸动绳子。这倒好，两个笨猪没放出屁来，却叫这个小熊孩在满村的百姓面前把他们摆摆臭了，这可真是丢透了人！如果不把这小子尽早地"销"掉，将后患无穷！

财主们放出风来了，要把龙杰"销"到黑虎峪，农会和村里的百姓都为龙杰捏了一把汗。

黑虎峪又叫"鬼愁峪"，是凤凰山一侧一个人迹罕至、连鬼都不敢待的鬼谷。黑虎峪紧傍一面遮天蔽日的万丈崖，崖下的山洞凉风飕飕，洞洞通连，水声泠泠，深不可测。谷底一条小路忽宽忽窄，七折八拐，杂草荆棘，高过人头。早年间就有放羊、打柴、探险的经常在黑虎峪里神秘失踪，而且都是活不见人，死不见尸。要在黑虎峪砸死个把人，埋都不用埋，烂没了也没人知道。附近村庄的人有的一辈子也不曾到过峪口，就连打围的猎人都轻易不敢进去。

阴风邪气将龙杰的两个耳朵里灌得满满的，他不得不向区里汇报。区公所的领导听完了汇报，反倒问他："你说怎么办呢？"

"怎么办？"龙杰笑了笑，"会叫的狗不咬人，我不害怕！既然打算害死我，他们不会先放风，黑虎峪他们也不会轻易就去。他们的目的很明白，就是想用恐吓的办法逼我退缩。把我吓跑了最好，即便正常调动，也正好中了敌人的诡计。第一，我不害怕；第二，我不能走；第三，我提一个小要求，只要领导能答复就行。"

"有什么要求你提吧。"区委姜平书记给龙杰装了一袋烟，龙杰把烟袋还给姜书记："我要求给我们几条枪，有了武器，我们就不怕他捣乱了。一是能够自卫；二是能镇一下村里的邪恶势力；三呢，闲来无事，我们也和游击小组那样，去惹惹鬼子，也好痛快痛快，反正不能让日本鬼子过得忒舒服了。"

姜书记听了龙杰的一番话笑了："你提的这个办法倒是不错，我和区队长商量一下，看看能给你们几条枪。"

姜书记一走，龙杰坐不住了，他没想到领导答应得这么痛快，就紧随其后来到了区队。

老二区的区队长是孙宝荣，姜书记和他一说，他答应得很干脆："行！给他们五支吧？"

龙杰一听赶忙上前："再加一支吧，六六大顺，六支行吧？"

龙杰没敢多要，五支他也没有想到，孙宝荣果然就给了六支。六条枪，十二排子弹，还给了二十颗手榴弹。孙队长一再嘱咐注意保管，注意保密。

龙杰嘴上应着，心里明白：保存、保管都没有问题，保密可就说不准了，因为要了枪来就是故意让对头们看看的。

有了枪，龙杰的心里有主张了。夏庄的鬼子据点离落凤坡只有四里路，晚上，龙杰带上几个年轻人，转悠着从不同的方向朝着炮楼打几枪。这里一打枪，鬼子的机枪小炮就忙活大半天。时日一久，他们的行踪被王四升发觉了。

"小心吧！龙杰这个小子，没把他唬住不说，他居然弄了枪来惹鬼子，防着点吧！"

玄副官

鬼子开始扩充地盘，要在白楼、车庄、无梁殿等村子安据点。

董义坤脱产当了区里的工会主席，上级委派龙杰当村长。

上任第三天，龙杰就被召到区里，找他谈话的正是崔天亮，就是大集上演说的刷子眉。虽然已不是第一次见他，但是面对面谈话还是第一次。

龙杰刚坐下，崔天亮就和他交代了任务：

"敌人要在白楼安据点，下午召集会议。大家一致认为你胆大心细，头脑较灵活，因此派你去参加一下他们的会。与会的差不多都是白楼乡属下的村干部，不管别人怎么样，你尽量少说话，最好不讲话，不发表意见。别看是个不讲话的差事，但是还很重要。要做到眼观六路，耳听八方，着重留意观察敌人的情况和动向。"

落凤坡去白楼，要翻过一架山梁、两道大坡。十几里的路程，一个多小时就到了。带领到白楼乡安据点的鬼子队长叫"野驴"，个子比一般的鬼子要高大，铁青色的搓板脸，一撸袖子，两根胳膊像长扁了的黑山药，一看就知道是个很凶暴的家伙。鬼子的翻译官姓金，哈尔滨人，一张宦官面皮，一对黑黄的蚂蚱牙。蚂蚱牙有一颗是斜着向外长的，把个烂糟糟的嘴唇都撬偏了。另一个姓玄的副官，青黄脸皮，鼻子溜尖带钩，稀疏的倒八字眉下，一对又凉又滑的贼眼，总是用眼角睖人。常言道，斜眼瞟人不用刀，一准是个阴险奸诈的玩意儿。

第一次去白楼开会，龙杰就记住了这三个家伙。才隔两天，敌人又在车庄安据点，崔天亮又派他去参加会议。

车庄是伪县公署驻地，这一次，还是野驴召集会议。他带了一个班的鬼子，比在白楼乡安据点的时候阵势要大。不知为什么，上次开会时，那个姓玄的副官就不怀好意地拿眼直瞟龙杰，这次更不例外，玄副官的两只眼睛好像长钩带刺，不住地往龙杰身上乱戳乱蜇。开完会回来，崔天亮还在等他。

"这次会议怎么样？"

"和上次一样，老一套。"龙杰回答。

"能不能讲一下我听听？"

"好，"龙杰说，"鬼子讲，中日亲善，大日本帝国是来保护中国的，日本和中国，不过是分了家的弟兄，本来就是一家人。真正的敌人只有一个，就是共匪。为了建立'满洲国'，实现大东亚共荣圈，同心同德，维持治安，消灭共匪，安居乐业。更为了保护白楼乡的老百姓，保卫白楼乡老百姓的财产，白楼乡要设立政府机构，乡里要有乡长，村里要有保长，建立起一套完整的对付共产党的地方政权。"

"你去当乡长吧？"

"我？"

"你！"

崔天亮回答得很肯定。

"你去任正乡长，马贤良、李长军去当副乡长，组织上就是这样决定的。"

"我不干！灰大褂子我不穿！别说乡长，区长我也不干！不管明的暗的，沾汉奸的事儿我不干，灰大褂子我不穿！高低不穿！"

人们习惯把当汉奸叫作"穿灰大褂子的"。

龙杰万万没想到，崔天亮两次派他去开会，是为了叫他去当伪乡长。

崔天亮也没有想到龙杰居然不接受任务。

"你是党员吗？这是党的决议，是党员就必须服从党的组织分配！"

"什么都可以，死都可以，叫我去伺候鬼子我死也不从！灰大褂子我说什么也不穿！除了这一样，叫我干什么都行。如果说不当乡长我必须死，我宁肯这就去死！"

崔天亮万没有想到龙杰会一碰南墙不回头，考虑到他是个新党员，只好作罢。龙杰见崔天亮拧着刷子眉不再说什么，知道崔天亮在生他的气。生气就生气吧，只要不穿灰大褂子，不让人家把自己当成汉奸，他情愿挨批评、受处分。

乡政府成立那天，龙杰早早地就赶到了。虽然没当成乡长，但是他被指定为村长兼任四乡联合办事员。乡长马贤良见龙杰老早就来了，赶忙把他让进屋里递烟拿火。

"兄弟，怎么和你谈的？"

一句话，问了龙杰一个愣怔。他想，领导和自己的谈话不能随便往外说，这是个组织原则问题。

"谁？谈什么？"龙杰假装没听明白。

马贤良见龙杰如此回答，苦笑了一下没再吱声，龙杰也不再说什么。

"灰大褂子"让出去了，但是四乡联合办事员仍然少不了往乡政府里跑，还是少不了和鬼子、汉奸打麻缠。

据点安好了，各村开始散发"良民证"。玄副官带着汉奸队，耀武扬威来到了落凤坡。尽管龙杰跑前跑后忙得满头大汗，玄副官的青黄脸却始终像驴屌摔了八遍。这家伙好像不是在中国这块地里出生的一样，除了不称心，就是看不惯，横挑鼻子竖挑眼。好在随行的有个刘队长算是个老熟人，见面打几句哈哈，多少缓和一下气氛。

龙杰第二次去乡里开会的时候，认识的这个刘队长。那天刚迈进伪乡政府的大门，就是这个刘队长把他喊住了。

"喂！姓龙的！你等等走。你看你，狼掉了羔子一样，慌的什么？有个事你还记得吧？昨天夜里我睡醒一觉想起来了。"

龙杰说："谁想起来都一样，你想起来你先说，我们这些跑腿的，整天端着个针线笸箩，头绪多，记性不好，一时还真想不起来呢。"

刘队长用一把细钥匙剔着他的黑牙缝。"估计你是忘了。"他在袖子上抹抹钥匙，"事情过去了六七天了，还是你第一次来开会的时候，也忘了你是急着干吗用，反正是等着花钱，你不是和我借过二十块钱吗？"

龙杰眉头一皱，"哎呀！你看我这记性，对！就是上一次来开会的时候借的。昨天晚上睡觉以前，一想起今天到乡里来开会，也是想着有个事咪，可就是没想起来是个什么事。"龙杰拍了拍脑门儿，"你看我这记性！你这一说可不咋的，借你的钱都忘了。这两天手头还是紧点，这样吧刘队长，今天若给不了你，明天一准给你送来。实在对不起，实在对不起！耽误队长怎花钱啦！"

又其实，哪里有影的事呢？谁和他认识？头一次来乡里开会，谁敢和他借钱去？他睡醒一觉想起来了，他说想起来了你就得应着，不应着哪能行？龙杰是四乡联络员，经常往各乡里跑，你不应着，说不定什么时候就掐亏给你吃。

一开完会，龙杰问马贤良："有钱吗？先借给我二十块。"马贤良二话没说从腰里掏出二十块钱，他立刻就去找刘队长。

"刘队长，不好意思，耽误你花钱了，实在对不起，我先给你借来了。"

刘队长面露尴尬："嘿嘿，这倒好，你怎么当真事？咱不是闹着玩吗？"

龙杰说："怎么是闹着玩？咱不是朋友吗？"

龙杰把钱递给刘队长："二十块钱还算钱吗？不是朋友能闹着玩吗？"

刘队长嘻得和个海狗一样，忙不迭地把钱接了。打那，只要见了龙杰，总是皮笑肉不笑地十分客气。

落凤坡地瘦岭薄，自古在外混穷的多。闯关东的、跑天津卫的、混济南的都不在少数。在哈尔滨酒店里拉木锨的杨宇安，赶巧刚从东北回来，也来领良民证。杨宇安自小娇生惯养，小伙白白净净长得刷滑，因为穿的一件黑褂子是机器缝制的，玄副官和刘队长就把他扣住了。

"一看你穿的这件褂子就知道是个八路！"刘队长敲得杨宇安的头顶啷啷响。

"我不是八路，我光棍一条，在哈尔滨混穷，没有老婆也没有孩子，我这衣裳是裁缝铺里给我做的。"杨宇安解释说。

其实，汉奸的心里也和明镜一样，如果真是八路，他会挂个八路的幌子来领良民证吗？汉奸们不过以为凡是闯关东的都有钱，正好趁着散发良民证敲诈两个花花。

杨宇安不承认是八路，刘队长就动了手。先是拳打脚踢，拳打脚踢不承认，抽出长枪的探条来就猛抽。嗖的一探条抽下去，褂子立刻刀裁的一样豁一道口子。钢条把褂子抽烂了，身上的皮肉被抽得紫一道，青一道，汪汪着血水肿得老高。杨宇安哭天喊地，一个劲地辩解自己不是八路。嗖的又一探条抽在鼻子上，杨宇安的鼻子里立刻黑血直冒，鼻梁塌架歪在了一边，捂着鼻子没人腔地在地上叫唤。他的邻居张勤生也来领良民证，见杨宇安被打得血头血脸，才为他说了两句好话，被刘队长回身抽了两探条，右耳朵抽得豁了口子。张勤生抱着个血头在地上打起滚来。

打倒了张勤生，两个汉奸掉过头来继续再打杨宇安。

龙杰回家为两个汉奸拿烟、提水回来了。眨眼的工夫，两个来领良民证的面目全非。他见张勤生抱着个血头蜷在地上呻吟不止，又见杨宇安被打得血肉模糊还不放手，再打就能出人命，便快步走上前去。

"刘队长、玄副官，别生气，别动火。不看僧面看佛面，咱看面子。我是村长，咱们又都是老相识、老朋友，有什么大事值得恁俩动气？有事好商量，该我办的我去办就是了。"

玄副官把头一拧接话了："谁和你是朋友？看谁的面子？你有什么面子？你个屌鸡巴子算个什么僧什么佛？这些天来，我就没估准你到底是个卖什么果木的！你看你，见人说人话，见鬼说鬼话，到底是人是鬼，我还没估准来！"玄副官斜着眼睛白瞪着龙杰。

龙杰说："我自小在济南混穷，一直是跑北站拉洋车。'七七事变'后回到家来，凑巧恁和皇军也来了。为了联络关系，给恁和皇军操心办点事，也是为了保卫咱白楼乡，村里临时叫我当个村长，有什么事别不好意思讲，我尽力而为就是，再说啦，都是庄邻庄乡的兄弟爷们……"

"砰"的一声枪响，把龙杰的话打断了。

"怎么回事？"刘队长和玄副官立刻掏出枪来，贴着墙根站在了一边。

龙杰也吃惊不小，他也不知道发生了什么事情。

枪声是从村里传出来的。

为了保证散发良民证的安全，汉奸在落凤坡村西头的十字路口，临时设了一个岗哨。这个站岗的小子天生的贱骨头，他不老老实实地站岗，而是叫人给他搬来一把椅子，又给他沏上一壶茶。他腆着个肚子歪在椅子里，茶水另放在一个矮凳上慢慢喝着。枪里明明顶着上膛火，他坐在椅子里不安分，嘴里哼着浪荡调，右手捂着枪口把个枪托子在地上胡乱蹾打，蹾打、蹾打……结果就走了火。子弹从手心里穿过去，鲜血直流。他五哭三叫，硬说是八路打的，落凤坡藏着八路。

玄副官见状借机发话了："小小落凤坡不简单！你这个小保长更不是个简单人物，你村里窝藏着八路你不会不知道，带走！"

玄副官发了威风，刘队长没敢吱声。那个岗哨的手心都让枪火烧煳了，他能不明白是走了火吗？玄副官见刘队长没表态，眼睛一瞪："村里的八路打了咱的哨兵，保长能不知道？这小子肯定和八路有联系，什么也别多说，都给我带着！"

龙杰一看不好，刘队长当不了玄副官这个小子的家。趁着乱哄哄的当儿，龙杰偷偷递话给杨如玉和黄福祥："敌人要把我带走，赶快想办法。"

杨宇安已被绑起来了，歪鼻梁还在流血。玄副官说："小保长，小村长，我不管你是个什么长，你这个家伙人小鬼大，我早就看你不是个简单玩意儿，别装了！一块走！"

玄副官枪口顶着脊梁，没办法，龙杰只得一块朝庄外走去。

走过滓泥湾，滓泥湾的鸭子呱呱大叫；踏上青龙桥，青龙桥上狗跳鸡飞。转眼间，杨如玉和黄福祥从后面赶上来了。

"玄副官、刘队长，恁不能带着俺的村长说走就走，有些事情还急等着他马上去办哩！他走了可怎么办？这不，这是夏庄据点来的条子，这是车庄据点的条子，还有这几张条子，都是给恁和皇军要急办的事情。夏庄据点交代的事情，今天还必须得办妥。恁把俺的村长带走了，别人说了不算，事情就办不了，我们谁也负不起这个责任。看看，这是据点里来的条子，点名叫村长亲自去，他若去不了，皇军怪罪下来怎么办？反正都是一回事，恁看这样行不行，咱们两接就，先把村长给俺留下，办完这些事情以后，你们随叫随到，还用得着你二位亲自来吗？一个口信不就跑不迭吗？"

汉奸当然知道鬼子的厉害，玄副官一时语塞。刘队长见状顺水推舟："事情赶快办，办完赶快回来！哪里也不能耽误，你先回去吧。"

眼看着汉奸队押着杨宇安往北去了，龙杰一时想不出更好的办法救下他。西北上一阵狂风卷来了滚滚乌云，一个闪紧跟着一个雷，天空中突然下起了瓢泼大雨，庄稼地里一片噼里啪啦。

从落凤坡到伪县公署驻地，一路之上，没有能避雨的大树，他们只得紧跑慢跑来到李家庄南的石桥底下。大雨如注，石条子桥缝里挂起了水帘，玄副官点上烟，喷云吐雾说话了。

"我说老刘啊，你是个傻蛋还是个傻屌？你到底算的什么账呢？你该真傻吗？怎么关键时刻就犯糊涂呢？咱今天泥里水里带了这个家伙来，他值个狗屁？他浑身上下值半刀火纸钱吗？那个小保长不该叫他滑了套啊！他自己说打小就混济南，那可不是个简单人物，那才是一块有肉的骨头啊！你信不信？我已注意了他老长时间了，这个小子开会从来不说话，但是俩眼贼得很！他肯定和八路有联系！要想花钱，还是那个有挖掘头啊。你倒好，偏让他回去了，咱扔了西瓜不是捡了粒芝麻，而是捡了一个芝麻皮啊！"

刘队长说："瓷瓮里还能跑了瘸鳖？他是四乡联络员，逮他还不容易？以后不有的是机会吗？再说，若是给皇军误了事，你我更吃罪不起啊！"

"话是这样说，"玄副官一袋接一袋抽烟，"那个家伙鬼啊，你别看他年轻，那是个递不上枪的红毛兔子，精啊！当然，暂时是跑不了他，可是一旦让他溜了，就是个钢钩也抓不住的琉璃蛋啊！所以，还得尽快想法治他！"

野驴队长

新据点一安下，又要修碉堡，又要挖战壕，不是今天这里要人，就是明天那里派夫。因为碉堡里干活的人手不足，伪县公署点名叫落凤坡把杨宇安保出来干活去。信中还特别提到，小保长龙杰要亲自去保，别人讲不清楚保不出来。

事情来得突然，又没有余地，怎么办？马文林说："悬啊，信上虽然点了你的名，可是又叫写好保状去两个人，除了你不就是我吗？哪能叫别人去？可是，我看咱俩都不能去，误不了放了杨宇安，咱俩就回不来了！"

龙杰说："悬是悬，明摆着的悬，可是悬也得办！我们不去，特别是我不去，杨宇安肯定保不出来。要是没人去保他，他就在劫难逃。而且，他们更会来找麻烦。很明白，这是那个玄副官捣的鬼，就是冲着我来的。瞎子打孩子——早晚脱不了，写好保状再说吧。"

保状好写，尽拣好听的说就是了。无非证明杨宇安是一个大大的良民，因为在哈尔滨混穷，没有家口，穿了一件机器做的衣裳，被误认为是八路。两位村长敢拿着自己的人头担保他不是八路云云。

保状写好了，怎样进据点去保人又成了问题。因为此行凶多吉少，得先和两个乡长商量一下。乡政府和伪县公署共在一个大院里，乡政府在里院，伪县公署在外院，进门出门的难度也正在这里。如今火烧眉毛，逼上梁山，龙杰决定利用中午吃饭的时间硬闯。

要进乡政府，必须先进伪县公署，还要经过一个长长的过道才能进到里院。龙杰和马文林快步经过大院来到过道，见过道的一侧有一间耳房的门半开着，他俩一闪身就进去了。屋子里堆满了牲口草料，脚下一动弹，立刻发出窸窸窣窣的响声。干草里半埋着一架铡草的铡刀，稍微关一下门扇，两人都坐在了铡床上，四只脚再也不敢挪窝。

正是中午开饭的时间，半天听不见有人走动，龙杰心里暗暗着急。好容易听得有人过来了，侧目一瞧，玄副官！玄副官发觉了吗？不像，他怎么会去后院？他到后院里干吗去？

玄副官拿着个日本饭盒只顾走路，做梦也没想到他要找的人就在眼皮子底下。龙杰庆幸没有先进后院，两人大气不敢出，更加小心了。又过了一会儿，一阵小碎步子由远而近。听得出此人走路很快，脚步儿很轻，有些耳熟，谁呢？龙杰从门缝里一瞧，是乡公所的通信员土元。

"土元！"龙杰低而重地叫了一声。

"谁呀？"

土元站住了，脑袋转了一圈推门进来。这是一个头扁、脸扁、身子扁的小胖子。因为他的长相很像土鳖子，有人开玩笑说他是土鳖子转世，因此土元的名字就叫响了。

"嘿嘿！怎么是你俩？在这里干吗？走，吃饭去。"

龙杰向他招招手，土元立刻走近了问："有事吗？"

龙杰说："赶快告诉你们乡长，就说我有要紧的事情找他。不要让其他人知道，叫他自己赶快来一趟。"

土元答应一声，扁着身子踏着小碎步走了。不一会儿，马贤良急急忙忙赶了过来，手里还拿着半块高粱面窝头，一页疙瘩咸菜。

"怎么会是你俩？在这里窝着干吗？什么事这么用急？晌午了，吃了饭再说，我先泡壶茶去。"

龙杰赶忙制止他，将事情的原委匆匆讲了一遍。马贤良一听，眉头皱起来了。"见了县公署的人就麻烦了，他们都认识你。"马贤良想了想，"反正人在据点里押着，能不能来个漫着锅台上炕沿，迈过县公署这一关，直接去找金大牙和野驴呢？"

马贤良说的金大牙就是金翻译。

龙杰一想，也只有这个办法了。马贤良说："现在是午饭时间，县公署的人都吃饭去了，过来过去的人不多。这样吧，我到饭堂前的路口，继续无事一样吃我剩下的这块窝头，如果我面朝东站着，就证明他们还都在吃饭没有人过来，你俩就快点走。再过一个十字路口，就是鬼子据点，一般都不敢靠近。"

"刚才玄副官去了里院没有回来。"

"那正好，这小子是趁着这点工夫去找他的小女人去了。放心吧，一个钟头回不来。"

马贤良起身走了，边吃窝头边转了一圈，然后朝东站着打火点烟。

闯出县公署一直往北去，不一会儿就到了车庄据点。进据点，先得通报，野驴批不准，岗上不放进。龙杰满脸堆笑先给站岗的鬼子行了鞠躬礼，小鬼子夹着个三八枪把肚子挺了挺，算是还礼。龙杰把来由讲清楚，站岗的鬼子进去通报。面子不小，野驴招手让他们进去。

天气很热，知了拖曳着滚动的长音无休止地聒噪，野驴独自享受着老槐树下的阴凉。老槐树体魄很大，裸露的树根盘虬一样缠来绕去，接就树根的空隙，安放了一张桌子和一架木床。野驴正枕着一个印花布枕头，躺在一领软席子上闭目养神。

龙杰掏出保状先叫金翻译看过，说明因皇军修据点急需大量民夫，县公署让他们来保杨宇安出去，给皇军效劳。还一再说明杨宇安就在金翻译的家乡哈尔滨混穷，无人给他做衣服，穿了一件裁缝铺里做的衣裳很正常。为了一件衣服，就说他不是良民，忒冤枉了他。如果不是良民，就如这保状上写的，敢用两人的脑袋担保。

金翻译看过保状，又将保状递给了野驴。野驴接过保状，耳听着金大牙的翻译，驴眼一眨不眨地大瞪着龙杰和马文林。金大牙翻译完了，龇着个大牙等着野驴发话。野驴寻思了半天，张开驴嘴打了个臭烘烘的哈欠，舌头和后槽牙都是黑的。

野驴坐起来了，晃了晃脑袋，耸了耸肩膀，驴一样打了一个响鼻，黑鼻孔里淌出来两条清鼻涕。他掏出手绢擦擦鼻涕，又把保状仔细看了一遍，搓板脸黑虎着没有变化。金大牙又叽叽呱呱说了一阵子，野驴又打了一个长长的哈欠。

在龙杰所见的日本人当中，野驴算是个大个子。熟悉野驴的人都知道，平常他黑虎着脸反而没事，若是他突然哭一样地笑了，就非有人倒霉不可，不是打，就是杀。凡是在据点干过活的人，都知道野驴的脾性。

"老百姓的，放他。"

野驴下了床摆摆手咕噜了一句，转身向屋里走去。龙杰明白鬼子要放人，连忙掏出早已准备好的天坛牌香烟，跟着野驴往屋里走。龙杰给野驴递烟，野驴摇摇手，反而从他的桌子抽屉里也拿出两盒烟，分给他和马文林一人一盒。两人不敢接受，野驴又捧出一捧洋糖让他们吃。

"你们好好的保状，我的看了，你们的良心大大地好！好好地干！"

龙杰、马文林跟着野驴又从屋子里来到槐树底下，野驴端了一把茶壶给他俩倒水。屋里的电话铃响了，野驴放下茶壶急忙去接电话。金翻译舔着那颗歪了的蚂蚱牙问："你们想想，还有事吗？"

马文林人老实，一副感恩不尽的样子："没事了，没事了，麻烦您了。"

金大牙舔了舔蚂蚱牙："是没事了吗？"

龙杰赶忙说："怎么没有事呢？野驴队长在跟前有事也不能办，咱们到留狗处再说好不好？"

留狗处是岗楼下边的一间小屋，门上写着"留狗处"三个字，日本鬼子抓来的人，一般都在这里关着。

金大牙在前，龙杰在后，相跟着一块向留狗处走。龙杰一边走一边对金大牙说："金翻译，今天的事情多亏你，小小礼物，小意思。"顺手塞给他二百块钱。

金翻译接过钱来看也不看就往自己的口袋里塞，没想到野驴打完电话出门正巧看见了。

"什么干活？"

金翻译吓毛了，蚂蚱牙差一点把烂嘴唇扒出一个豁口来。龙杰赶忙迎上去："小小意思，出门的，兵的干活五块，门外兵的干活五块，让金翻译的去给，行吧？"

野驴哼了一声："多了的不行！"

够朋友！金大牙一块石头落了地，赶忙把留狗处的门打开。

门开了，放出来的竟然是两个人。原来前天杨宇安的父亲来看他，也给关起来了。

野驴拿出保状抖了抖，叫金大牙念给他爷俩听。杨宇安和他爹听完了保状，趴下就给金大牙和野驴磕头，磕完了头，从地上爬起来不敢动了。

"野驴队长，我们开路开路的吧？"龙杰问。

"八嘎！"野驴的驴嘴一歪，照着杨宇安的屁股就是一脚，杨宇安扑通一声趴在地上，半天没爬起来。

龙杰吓了一跳，连忙问金翻译怎么回事。金大牙也糊涂了，问了一下野驴才说："野驴队长说，保状写的你俩是用人头来担保他，是拿两条命来换他，他应该先给你俩磕头才是。野驴队长生气，怪他不懂礼貌才踩他。"金大牙又转向杨宇安爷儿两个："快跪下，给两个保长磕头。"

杨宇安和他父亲赶忙趴下给两人磕头，因为害怕再挨踢，磕头如叨米不敢爬起来了。

野驴鼻子里哼了一声，阴沉着脸转到一边。

龙杰说："野驴队长，他们小小老百姓的干活，礼貌的不懂，我们开路开路的吧？"

"好好的！"

谢天谢地，总算离开了虎狼窝，可把心放到肚子里吧！

出了据点的大门，问题又来了，往哪里走好呢？如果再往南去，还要从伪县公署门前走。四个人走路，目标很大，一旦撞上伪县公署的人，还是麻烦。往西北倒有一条大路，但那不是回家的路，会引起野驴和金大牙的怀疑。怎么走才好呢？龙杰突然想起他们庄北的西山上，有不少人正在那里打石头。有了！他反回身来，又给野驴鞠了一个躬。

"野驴队长、金翻译，我有一件事情还得报告一下。我们村里的石匠都在庄北的西山上给皇军打石头，"龙杰往西北山上指了指，"都是为咱修炮楼备石料的，好几天不见他们了，我想从这儿顺路到西山看一下，看看我们村里的活干得怎么样了，千万不能给皇军误了工程。如果石料供应不上，我想再增添人手，或者直接把他爷儿俩留下，您看如何？"

金大牙把龙杰的话翻译了一遍，野驴从心里乐了。毛茸茸的大手不住地拍打着龙杰的肩膀，一个劲地夸赞。"好好的！好好的！你的，中国人的这个！"野驴伸出大拇指，"良心好好的，大大地好！"

当　兵

鬼子不断增加新据点，落凤坡更没有闲人了。早饭以后，出夫的照例在关帝庙前集合。人还未齐，大家三三两两凑在一起拉闲呱。远远望见村东的大路上，急匆匆拐过来五六辆洋车，骑车的一律青裤、白褂、黑礼帽，丁零零径直朝落凤坡驶来。

龙杰到后街上催人刚刚转回来，洋车从他面前一闪而过往西去了。到了关帝庙门前，洋车一支，枪掏出来了。

不好！特务！

特务抓龙杰来了。

玄副官两计均未得逞，他急了。这次他派赵金彪和张传忠带着四个特务来落凤坡，任务很明确：捉拿小村长！活要见人，死要见尸。

一看情况不妙，龙杰立刻转到自家的门前，隔壁田二叔，正在大门一旁晾晒垫栏的圈土。龙杰说："二叔，赶快把这个账簿子给我埋到土里，特务抓我来了。"

龙杰把印花包袱递给田二叔，抽身又来到庄后。

前来捉拿龙杰的特务，都是龙门山人氏，他们原来都曾是龙别军的小头目。龙别队垮了，他们就当了汉奸。因为龙杰穿得破烂，账簿子用个蓝印花包袱包了随便夹在胳肢窝下，看上去也像是个出夫的。特务从他的身旁经过，没有在意。他们不认识龙杰，也幸好民夫都在关帝庙前集合，特务的注意力都集中到庙门口了。

敌人没有抓住龙杰，却很容易逮住了李春才。出夫的看事不好，匆忙都溜了。"自来笑"李春才正笑嘻嘻地优哉游哉闲逛呢，特务的匣枪顶上了他，走一步，打一巴掌。李春才不笑了，一把鼻涕一把泪，领着特务去抄龙杰的家。

龙杰的家，坐落在马金秋的菜园子前边。特务枪顶着李春才拐过菜园的西北角，赶巧，龙杰的妻子景景刚好从家里出来。李春才揉揉红眼一指："那就是村长他老婆！"特务随后大喊了一声："站住！"

一声吆喝把景景吓了一跳，定睛一看，李春才被几个汉奸用枪顶着直接奔她来了。不好！景景一猫腰钻进了菜园。

刚刚吃过了早饭，天还没有热起来，马金秋正在菜园子里拧独杆子浇菜，小辘轳放得哗哗响。他一眼瞥见龙杰的媳妇急急火火进了菜园，又听得园子外边没人腔地吆喝，立刻明白了是怎么回事。马金秋使了个眼色，景景下腰钻过黄瓜架，迅速往北去了。

汉奸特务进了菜园，找来找去，没有找见要找的人。有个特务扯住正在拧倒罐的马金秋猛力一搡，马金秋一溜手，辘轳呱嗒呱嗒跳跶了三圈，吊水罐的棉绳啪地拽断了，水倒罐呼嗵一声蹾到了井底。

特务把马金秋拖到井旁边的花椒树下，一边打一边问："进来的那个娘们呢？你把她藏到哪儿去啦？"

马金秋说："你们这就冤枉人啦！你们又不是看不见，我在井上打倒罐浇菜，一心不可二用，我哪里看见咪？再说，我手里拧着倒罐，脚都不敢挪窝，我有工夫藏人吗？"

"放你娘的狗屁，她是村长的老婆，你眼瞎吗？"

马金秋嘴不让人："我瞎你们可不瞎，再打我也是没看见。我一个人拧独杆子，我敢松手吗？我怎么藏人？就这么个菜园子，没处藏没处掖，你们来和我要人，我上哪里给你们淘换去？"

"再嘴硬？再嘴硬？还是欠揍！你他娘的装呆卖傻，我就不信你没看见！"

特务又抽了马金秋好几个耳光。

马金秋抹抹血嘴："你们一个劲地打我一个六十多岁的老头子，不怕伤天理吗？我和村长一不沾亲，二不带故，我何苦藏他的老婆？你们说是看见了，看见了你们怎么不逮住她？她就是真跑到这个园子里来，她是个带腿的活人，哪里去不了？你们逮不住她，反而来打我？我在这儿浇菜，手没离开过辘轳把子，我亏不亏？"

特务不再打他了，就在菜园子里踢翻着乱找。有个特务一脚踩进了刚刚浇过的韭菜畦里，蹾了一腔泥巴，火气又来了，踢茄子，砸黄瓜，骂天嚼地，没好气地拔了几棵豆角。抡起镢头，刨了几镢头花椒树，青花椒、花椒叶震落了一地。

景景出了菜园，一看无处可去，匆忙钻进了路北边的阴沟。阴沟里臭气熏天，苍蝇乱飞，死猫烂狗、砖石瓦块什么都有。脚下不时有东西绊脚，身怀六甲的她，行动不那么方便了。一连摔了几个倒，她觉得肚子里一阵阵撕裂地疼痛。忽然觉得腿上有热乎乎的东西往下爬，一低头，淡淡的血水顺着裤管流下来了。景景估计是羊水破了，但是，初为人妇的她却不知如何是好。她往阴沟的深处爬啊爬啊，好容易爬到一堆烂草窝里躺了下来。三天以后，有人发现有野狗从阴沟里叼出一个死婴的脑袋，龙杰才找到了他尸首不全的结发妻子。

景景走了，永远地走了，龙杰的心里疼痛难当。他难过，更多的是内疚和自责。他愧对景景，结婚三年了，他对景景一直不冷不热，景景没有过上一天真正快乐的日子。下葬时，他几次想跪下对即将入土的发妻说一声"对不起"，可是，晚了，什么都晚了，说什么景景也听不见了……

一夜无眠，龙杰只觉得头脑昏昏。临天明才要迷糊一会儿，忽听得街上人仰马翻，大门被踩得丁零当啷。坏啦！特务和汉奸包围了院子，跑不出去了。

磨道里，龙杰的嫂子一大早正在磨煎饼糊子。磨盘底下挖有一个藏身洞，是龙杰前不久为防不测刚挖的，没想到这么快就派上了用场。

挪开磨盘口下的糊子盆，就是新挖的藏身洞口。本来只能半蹲着勉强藏下一个人的洞，如今多了一支长枪，还有腰里的手榴弹，就别扭了。龙杰把枪口塞好斜抱在怀里，枪苗子还是能触碰到盆底。他用力把枪筒子压进洞壁一侧的泥巴里，头顶上响起了隐隐的雷声。

老百姓家的破烂大门，搁不住汉奸的连踩加砸。转眼间，就听得两页门扇哐啷啷倒在了大门以里。步子住了，雷声停了，天井里脚步杂沓，满院子里一片叮叮咣咣地摔砸。

"……你小叔子呢？"

"我不知道，昨天刚给俺弟妹出了丧。"

龙杰的大嫂抱着磨棍，站在磨道里不敢动弹。

"他老婆死了他没死！昨天晚上还在家里喝酒，你把他藏到哪儿去啦？"

"喝酒不假，他没在家里住。"

"放屁！他给他老婆出丧能不在家里住？你把他藏到哪儿啦？"

"他没在家里住，这才叫我来看家。就这么个家，能藏到哪里去？"

"混蛋！问你呢！他又不是七十二变的孙猴子，不是你藏了他，能找不着吗？"

"昨天出完丧，他和俺婆婆都没住在这里。"

"妈的，刁婆娘也不是好东西，搜！"

龙杰的家宅，一共两间北屋加一间饭屋。屋里没有像样的家具，只有一口盛粮食的大瓮，已经打破两回，锔了两回。天井里，一口水瓮一盘磨，水瓮里，一瓮凉水看到底；磨盘一遭，是汤汤水水的煎饼糊子。找来找去找不到龙杰，有个满脸骚疙瘩的咧瓜嘴，抢起枪托子，就把磨眼旁边的粮食盆捣了。盆沿和盆碴，捣进了磨盘上的煎饼糊子里。捣烂了粮食盆，咧瓜嘴又一枪托子，把磨盘接口下的糊子盆捣去了半边，大半盆煎饼糊子淌了出来。龙杰的嫂子倒抽了一口凉气，一看盆底没有坏，她假装收拾盆碴，赶忙把糊子盆护住。

龙杰正侧耳细听着院子里的动静，先是听见啪嚓一声，坏了！什么东西？接着头顶上的糊子盆又嘭地一响，看来非拼不行了。龙杰摸摸盆底，发觉糊子盆没有被完全打破。他将枪贴在胸前，一边听着地面上的动静，一边轻轻地抽出左手放在脸的一边遮着，防备糊子盆底一旦打破，煎饼糊子突然盖脸妨碍了战斗。当紧接着嘭的第二声撞来时，他差一点就要一推糊子盆冲出去。与其让敌人捣烂了盆底，还不如趁盆底囫囵一掀冲出去。所幸，盆底仍然没有打破，只是听见嫂子"亲娘祖奶奶"地哭叫连天。

敌人踢蹬了半天没搜出什么，又摔又砸，拿着屋子里、院子里的家家什什出气。临走，咧瓜嘴照着龙杰的嫂子再踹一脚，嫂子又一头攻在糊子盆上。一看盆底还囫囵着，女人这才搂着糊子盆"亲娘祖奶奶"地号啕大哭。

"妈的，装什么蒜？亲娘祖奶奶能当什么？告诉你小叔子，他就是孙猴子，也跳不出如来佛的手掌心，我们还会来找他。"

敌人三天两头来围堵，看来玄副官找不到龙杰不会善罢甘休。这下麻烦了，没法工作了。龙杰早就心心念念参加游击队，听说县委和游击大队的领导正好都在区队里开会，他快步跑到区队，如实反映了自己的情况。有领导建议他到新六区当区长，龙杰则一再表明当兵是他最大的心愿。游击大队长王东山看他当兵的决心很大，就说："看来再在地方上干确实有困难了，答复你！当兵吧！"

第五章

收容难

一九四一年一月六日,"皖南事变"发生,国民党反动派的第二次反共高潮开始。日伪军的"烬灭作战"使得共产党的军队和机关已无法继续在岱西立足,司令部决定将地方武装全部转移到黄河以西进行整训。

敌人的据点越安越多,形势越来越严峻。明明是武装人员整训,整训人员却大面积缺席,而且很大一部分是领导干部。岱西游击一大队指导员周义举、游击二大队队长张冠武、泰山大队队长吴敬三等几个主要领导没有到位,一般干部和战士不归队的就更多。游击二大队因为队长缺席,不归队的战士就有两个班,整个泰山独立营,参训人员集合了不到一半。

整训一直在黄河西进行,由于缺员太多,司令部只得根据队伍现状重新组编。原来的区队、游击一大队、游击二大队、泰山大队统编为岱西独立营第四连,连长米来福由营部委派,指导员的位子,仍给周义举留着。游击大队长王东山,只能屈居副指导员的位置。

周义举原来是游击一大队的指导员,号称文武全才。抗战初期,他带着自家的八条枪参加了革命,是名噪一时的抗战模范,赚足了名声和荣誉。如今环境恶化,眼看共产党要完,他后悔了。组织上三番五次通知他到河西整训,他今日推到明日,明日拖到后日,推病装差，拒不前往。上级领导多次提醒他一个人在家危险，他借口以防万一，反而将大队长王东山的花口撸子留下了。指导员借故强留了队长的枪，队长又不能和他夺。追要得紧了，他翻了脸："怎么着？我八条长枪换一支短枪，共产党是吃了亏还是咋的？"

心里早就和共产党分了家，哪里还有归队的意思？

自从参军入伍，龙杰始终未能正式固定在某个班排。四连的建制尚不完全，营特派员找龙杰谈话，决定委派他做特派员工作。

一说让他当特派员，龙杰立刻掂量到了担子的分量。因为特派员的工作任务主要是反奸、肃特，是个半保密性质的工作。在形势严峻、环境困难、思想混乱时期尤为重要。如此一来，龙杰的活动范围就更大了。

进入十一月份，天气转冷，黄河以西有时连续几天黄沙飞扬。早晨出操遇上大风，一套操跑下来，从脖子里灌进去的沙子，能从腰里抖搂出一大把。刚刚做好的一锅米饭，一不小心让大风揭了锅盖，一满家子只好将就着粗嚼慢咽了。

生活是苦了一点，但是训练辛苦很正常。不正常的是整训已经三个月了，委任的干部一直不到位，不少参训人员借故离开也不再回来。缺员越来越多，同志们思想混乱，营部会议决定派龙杰同志回岱西收容部队。

一说收容部队，龙杰为难了。虽然他已在做特派员工作，但是不归队的大都是些领导干部。一个入伍时间不足一年的新战士，去收容他的顶头上司，终究不是那么回事。安春华营长好脾气，话也讲得很客观："带着司令部的公函，先找到几个连职干部，让他们帮你收容就省事多了。"话虽这样说，正是这些领导干部不归队，才造成了这种局面，收容肯定不会那么简单。

军人的天职就是服从，龙杰立即动身。

出了司令部天色已晚，西北风仍然不住地扬撒着沙子。过了黄河风势渐弱，正值长河日落的悲壮时刻。看如血的残阳渐渐消融在滔滔东去的黄河水上，龙杰加快了脚步。

一进家门，母亲见儿子蓬头垢面，衣服、口袋里都是土和沙子，老人家一迭声地："嘿嘿嘿嘿，怎么成了土驴子？"拿过扫炕笤帚又是扫，又是拍。龙杰端过脸盆，才洗了几把，已是满盆的泥巴汤子。母亲从煎饼瓮子里拿出早晨摊下的煎饼，又端出一个盛咸菜的黑碗。龙杰连说不饿，喝了几口水，便去找任五六了。

敲开任五六的家门，任五六不在。问他哪里去了，家里人说不知道。

不知道？哼！还能哪里去？肯定去找崔兰花了。

敲开崔家的西屋门，兰花见是"小三叔"来了，匆忙躲到里间屋里去了。

一见龙杰来了，任五六的脸呱嗒落了下来。任五六当兵比龙杰早一年，是连里的政治委员。这次虽然没有参加整训，仍然被提拔为三排的排长。龙杰耐着性子和他汇报了整训的情况，传达了安营长的指示。任五六抓抓头皮："试试看吧，不一定晃得动。排长算个嘛？排长哪能当了指导员的家？"

是啊，指导员这个人很难说话，要收容他，肯定难度很大。一旦他当了拦头垒，后边的工作就更不好做了。但是，不先收容他，又能从谁开始呢？两人掂量来掂量去，总觉得原泰山大队队长吴敬三的工作可能好做一些。虽然吴敬三爱慕虚荣，有热长毛的毛病，但此人快言快语，还算直爽，也没有多少架子。估计他的工作可能好做一些，就决定先从他入手。

找到吴敬三，龙杰才知道估计错了。吴敬三脸不是脸，鼻子不是鼻子，一千一万个不耐烦。龙杰这里才说了几句，他那里摇头摆手已经明白了。龙杰见他不耐烦，知道他这个人爱面子。光顾面子可不行，必须得把话说完、说透，这是他的责任。吴敬三手捏着下巴颏，咧咧着嘴，眯眯着眼，面无表情，胡乱答应，根本就没有听龙杰在说什么。见龙杰还要往下说，吴敬三手一扬："停！甭多说啦！你前脚走，我后脚组织起队伍跟上不就是吗？"

痛快！既然答应得如此干脆，别人那儿就先不去了，有一个算一个，稳扎稳打吧。只要吴敬三能去黄河西，一旦开了好头，后边就好办了。

三天过去了，并不见吴敬三集合队伍。吴敬三一如既往，依然拷着个枪到处吃吃喝喝，捎带着这里那里搞女人。离开队伍浪荡惯了，吴敬三什么事情都不在乎了。他的兵，早已各回各的家，枪都插起来了，哪里有集合的意思？

龙杰沉不住气，过了一集又去找他，家里人说他昨天出门没有回来。昨天就出门了？出门动员他的战士了吗？打听到最后，才知道是去了官村的芙蓉苑。吴敬三新认了官村的资深妓女老芙蓉为干娘，芙蓉苑昨天举行认娘纳儿仪式。

说起老芙蓉，方圆百里没有不知道的。老芙蓉原来叫水芙蓉，是闻名泰、肥两境的名妓，自打年轻就半掩门子接客。现如今水芙蓉老了，看家的本事传给了她的女儿芙蓉花。老芙蓉原先就有干儿五十多个，排到吴敬三，恰巧是一个甲子的吉利数，老芙蓉特地设宴款待众干儿。老干儿赴宴差不多都是当天打来回，只有吴敬三这新宠，要和干娘同床共枕，细叙母子之情，就理所当然地在芙蓉苑住下了。

吴敬三不愧是个玩家，龙杰赶到官村时，吴敬三正在芙蓉苑里玩"双飞"哩。他左手揽定老芙蓉，右手搂着芙蓉花。老芙蓉大敞着怀，两只奶子搭在吴敬三的脖子里，一双油腩腩的老手，摩挲着吴敬三新剃的光脑袋，娘儿俩活像在共孵一个鸵鸟蛋。见龙杰进了屋，老芙蓉以为来了新客人，忙不迭托着两个长奶站了起来。

"小俊哥快来暖暖手，来来来！我给你暖暖，天怪冷的。"

老芙蓉两眼放光，一脸亲热，皱纹里都流淌着爱的老蜜。她用脚扒拉了一下火盆，长奶下抽出右手来拉龙杰，龙杰往后一趔趄。

"吴队长！"龙杰压着火气小声喊道。

青光光的鸵鸟蛋在芙蓉花的怀里一转，一颗红桑葚噗地从吴敬三的嘴里蹦了出来。吴敬三赶忙站起身来，尽管脸如红布，还没忘记先把扔到炕上的匣枪挂到脖子里，然后整理衣裳。

"嗨，大冷的天，何必劳驾你再跑一趟？我把队伍集合得差不多了，因为咱们快走了，我到俺干娘、干妹妹这儿来看看，说句话，道个别。七情六欲，人之常情嘛！"

一看不是客，坐在火盆边显摆大奶子的芙蓉花匆忙扣好大襟袄。老芙蓉觍着个老脸冲茶倒水。

龙杰不坐也不喝，眼睛一直紧盯着吴敬三，他压根儿没想到吴队长已经堕落到这种地步。吴敬三不愧是个老流氓，转眼之间风平浪静，无须龙杰再说话，他居高临下背书一样念完了他那一套，故意让龙杰看出他根本就没有诚意。

看来吴敬三不好办了，他离不开"双芙蓉"了。

晃不动吴敬三，龙杰和任五六只得硬着头皮再去找他的指导员。尽管他俩都怵头和指导员说话，但是，丑媳妇早晚脱不了见公婆。满以为见面后周义举一定会龇牙，哪料想，指导员出奇地热情，话也说得圆滑：

"大冷的天你俩来啦？我是你们的老领导，用得着你俩来动员我吗？你们不干了我也得干吧！别忘了，队伍里还有我的八条枪呢！我原先就是你们的指导员，改编以后我还是你们的指导员，觉悟再低，也不至于低到叫战士来做我的思想工作吧！你们先集合着别人，把他们集合起来，我带上就走。"

先集合着别人？集合谁去？别人好集合吗？

出来周义举的家，他俩又找到一排长徐海成。徐海成的回答更轻巧："前有车，后有辙，领导走，我就走！临走号我一声，随叫随到，随到随走，半步也落不下！"

说得都挺好，就是没有一个打算走的，一晃七八天过去了。龙杰想，再到老三区找找张冠武吧，哪怕有一个主要领导回去，也不算白跑一趟。走到龙门涧一打听，张冠武在萧家林被捕了，现在关在哪里还不知道呢。

人没收容起来，第一次做特派工作就交了白卷，龙杰感到很丢人。一回到家，他和任五六商量："五六，看来人是收容不起来了，咱俩先回黄河西吧？"

任五六说："没收容起人来，我回去干什么去？你自己回去不就是吗？我离不开！"

龙杰说："你这就不对了，你是排长俺是个兵，你怎么不回去？"

"排长算个嘛？这么多连职干部，他们凭什么不回去？"

"他们叛变你也叛变吗？"

"别吓唬人，有那么严重吗？"

"严重不严重你明白。别人我不管，你必须和我一块回去！"龙杰的口气很坚决。

任五六憋了半天，只得跟着龙杰回黄河西。

军分区司令部临时设在黄楼，龙杰和任五六赶到时，黄楼土场的戏台子上正在扯黑布，挂白幡，忙忙活活布置追悼会场，有几位干部牺牲了。

司令部的气氛十分紧张，上上下下都在忙活追悼会的事情，龙杰打算先到四连看看情况。李恒福说："安营长在，你们先汇报去吧。"

安营长正在营部召集会议，一见龙杰和任五六到了，喜出望外。

"怎么样？都回来了吧？"

龙杰苦笑了一下，没吱声。

安营长见龙杰脸上的表情不对，临时休会。

"回来了几个？"安营长迫不及待地问。

"还能几个？就这些。"

龙杰觉得很丢脸，他将情况如实作了汇报，安营长大感意外。

"啊呀！真是没有想到！你很辛苦，虽然没有收容起人来，但是跑了腿，磨了嘴了。我们原先对情况估计不足，抓紧休息一下还得回去。"

"还回去？谁想去谁去我是不回去啦！人家根本就不听我的，我再回去不是耽误事吗？"龙杰急了。

"不用着急，"安营长笑了笑，"别人回去更不行。再回去时派个人和你一块去，你先抓紧时间休息吧。"

心里窝窝囊囊，龙杰回到了四连。

四连的指战员，泰、肥两县交界的最多。龙杰尽管心情不爽，一回到连队，哪里还捞得着休息？自从整训以来，同志们都还没有回过家。形势如此严峻，大家思乡心切，一见龙杰回来了，都轰地围上来问这问那。正拉得热火呢，就见三匹马哗哗哗地跑过来，又哗哗哗地跑过去了，有人看见马上坐的是辛主任。辛主任是司令部的政治部主任，家里捎信来说，他的老爹打水时，不小心让撅杆打破了头，叫他赶紧回家看看。他操持着布置完会场，匆忙买上二斤点心，带上两个警卫员，趁这点小空回家瞧瞧。

时间不长，从三匹马跑去的方向传来三声枪响，工夫不大，有一匹马浑身大汗飞一样跑回来了。

辛主任的家在野鹊窝，离司令部不远。三个人来到村口下了马，辛主任生怕都家去会耽误时间，就把缰绳交给警卫员说："咱们还得迅速赶回去开会，家去的人多了说话就多，耽误时间。我一个人家去看看，和老人说句话就回来。"

警卫员接过缰绳在村头候着，一会儿工夫听得两声狗咬，辛主任咳嗽一声出了大门。才走出几步，咣咣咣三声枪响，辛主任扑倒在街心。两个警卫员闻声跑了过去，见子弹击中了辛主任的头部和脖子，人已经不能说话，鲜血咕嘟咕嘟往外冒。追悼会场是辛主任亲自安排、布置的，会议程序、悼词都是他写的，万没想到，他竟成了追悼大会上被悼念的第一人。

情势更加紧张了。

李铁山

龙杰和任五六又回来了，营特派员李铁山带着他的通信员夏东水也来了。这样他们就有了四个人，龙杰的心里主张多了。

过了黄河，穿过黄山李峪，到了田家峪，先派人找来了吴敬三。吴敬三见特派员亲自出马，掂出分量来了。通过谈话，吴敬三承认了错误，一口应承下来："请组织上相信我，我安排安排，交代交代，收容收容，说走就走。"

果然，才两三天的时间，吴敬三就收容起二十多个人。龙杰和特派员又抓紧活动了几天，连同独立营和游击大队队员，一共收容起四十多人，成绩还算可以。

吴敬三的工作做通了，特派员又派人找来了周义举。周义举是新四连的现任指导员，这次必须动员他回黄河西。这么大一个新连队，指导员不归队哪能行？可是，万没想到，周义举根本就没把李铁山放在眼里。

"兴师动众的没有必要！就是老天爷来，说走就走是办不到！我还有几件要紧的事情，别人谁也办不了！有几个战士的思想工作还得做，一时半霎还不一定通。到了该走的时候我带上就走，用不着把简单的事情搞得复杂化，就这样吧！"

周义举话说得轻松，态度强硬，行为很蛮横。他没容特派员再说什么，便头也不回地走了。

徐海成和周义举是一前一后来的，他见周义举走了，态度也硬了起来："都在天底下过，谁没有事？"

还好，虽然攀比，徐海成没有走。龙杰提议，不能再在几个老滑头身上耽误时间。既然已经收容起四十多个人，先将队伍带回去才是上策。李铁山则认为来一趟不容易，多带回一个是一个。

一九四二年的元旦到了，一行四十多人的队伍来到老虎官庄。新年第二天，他们从老虎官庄转移到陈家洼。临时炊事班刚刚支起做饭的锅头，突然传来了八区区队让敌人打了包围的消息。

一听到这个消息，吴敬三的眼里掠过一丝不易察觉的惊惧。大家你看我，我看你，气氛骤然紧张起来。晚饭还没有做好，龙杰一个人来到陈家洼地势较高的大场院里观察情况。大场院挂在村子的西南角，场院边上摇晃着几个快要瘦尽了的麦穰垛。一冬抽薪烧火，原本臃肿的垛身，中间只剩了几拃拃粗细，溜溜的北风里，摇摇晃晃要倒的样子。场院里有几个竖着、躺着的碌碡，龙杰随便拣了一个坐下来打火点烟。才抽了两口，就见好几副担架从场院西头匆匆抬过来了。

不好！龙杰感到情况不妙，他快步回村向李铁山作了汇报，再次建议尽快转移。李铁山立即召集会议，他说："根据当前的情况来看，这样大呼隆是不行，我们人多目标大，又没有多少战斗力，遭遇到紧急情况不好应付，必须尽快离开平原进入山区。如何带领这支队伍？我决定，吴敬三为总负责人，徐海成为副领队。徐海成同志，捎了个口信便赶来了，虽然有情绪，但关键时刻表现了很强的组织观念。你们二人迅速将队伍带回山区待命，我和夏东水绕过东向再往西走一走，尽量组织一下西部的人员，然后带着同志们赶到北山去找你们。会合以后，再研究如何回黄河西。"

匆匆吃过晚饭，吴敬三带上队伍往北去，李铁山则带着警卫员奔了正南。

天阴得很重，不时有凉丝丝的雪花飘落到脸上。冬至十天阳历年，当是天交二九越来越冷的时候。

陈家洼离东向不远，走了不长时间，已听到东向的岗楼、碉堡上狼咋虎叫。夏东水说："特派员，等等再走吧！"

夏东水说话娘娘腔，听起来细声细气没脾气，特派员一直很喜欢他。

"有事吗，小夏？"

"你忘了我是东向人吗？我想回家看看。"

夏东水一边说话，一边把特派员的匣枪打开机头。特派员的驳壳枪一直是由他背着的。

夏东水掂着驳壳枪："我想回家看看，出来这么长时间了，谁不想家？咱不要老的，可是当老人的记挂着咱啊，今晚说什么我也得回家看看。"

李铁山一听："不行啊小夏，你是东向人我能不知道？可是东向现在驻有鬼子，这么大一个据点，你这不是明明往危险里钻吗？天亮以后，派人把老人们接出来，见见面，拉拉呱，不就行吗？我身上还带着点钱，或者给老人买点东西，或者给老人留下点钱，这样多好？你现在回家去，明摆的凶多吉少，这种情况下，你进去还能出得来吗？谁敢保证不出问题？"

"我自己敢保证不出问题，我不怕危险，说什么我也得回家，你把你那份好心先放到肚子里吧！"

娘娘腔的夏东水，突然声色俱厉，驳壳枪也端起来了。

"夏东水你想干什么？你敞着机头对着谁？"

"对着你！"

"你想干什么？"

"干什么？我不干了！我跟着你整整三年了，我干够了！念你三年来对我不错，我下不得狠手，我还讲良心。如果你是周义举那号德行，我早就扣了机子啦！你知道不？"

"不干也可以，把枪留下，不强迫你。"

"什么？"夏东水把枪一抖，"把枪留下？你说得轻巧，我这是本钱！我留你一条命，只借你的枪使使，就够便宜你的了，你知足才是！从今以后，你走你的阳关道，我过我的独木桥，咱各人干各人的吧！"

夏东水匣枪大敞着机头对着李铁山，李铁山的手枪在皮带上穿着挂在屁股后面，一时没法掏，即使掏枪，也没有夏东水来得快当。

"好吧小夏，不愿意干也可以，革命不能强求。不过我提醒你，希望你能把眼光放长远一点，总有一天我们会胜利的，你还可以再考虑一下。"

"我早就考虑了八百遍了！别再啰唆了！再啰唆我就烦了。"

"好，小夏，你走吧。"

李铁山万万没想到，平日里一个百依百顺的娘娘嗓子，今天居然背叛了他。他想，只要你转过身去，我掏出枪来就打死你，哪想夏东水更不傻。

"哼哼！我走？你先走吧！有我在这里保护你的安全，你放心走就是。来！向后转！快走！"

没办法，特派员只得转过身去先走。约莫走出二十多步，李铁山偷偷回头，哪里还有夏东水的影子？

夏东水溜了，李铁山这才明白，夏东水一个劲地撺掇他再到西边收容收容的真正意图。夏东水在自己家门口，趁着天黑要走，要溜，如鱼得水。李铁山是齐河人，对这一带地形不熟悉，夏东水这一走，他不知道该往哪里去了。

一九四二年的阳历年，正好赶在岁次辛巳的十一月十五日。是日是十六，天上应该有月亮。但由于天阴得很重，李铁山又有夜盲症，距离很近的东西，在他看起来也只是影影绰绰。李铁山走着走着就迷失了方向。忽然发觉已来到了一个村庄跟前，他心里说着"不能进村"，转身就往回走。模模糊糊看见迎面来了敌人，"不好！"他连打了两枪赶快往一旁跑，这才发现四面八方都有敌人。李铁山又发两枪，敌人仍然没有还击，看来是想抓活的。一支手枪能打死几个人？死也不能当俘虏！李铁山见前面有一口水井，就一头扎了进去。

井是个土井，筒子不算多深，但是井水不浅。好大一会儿工夫，李铁山才从水里泛上来。他觉得头有些痛，仔细摸了摸，还好，没有磕破。再仔细听听，井内只有呱唧呱唧水撞井壁的声音，井上的枪声停止了。

这是一眼不曾甃的土筒子水井，李铁山用两只带水的手去抓，手发滑，什么也抓不住。没办法，李铁山只得将手指头狠力插进井壁，泡在水里等时间。李铁山明白，天冷了，没人浇菜浇庄稼了，自己在水里能坚持多长时间很难说。

李铁山以为夏东水带人来了，其实没有。

南乡一带是平原，村庄周围菜园、瓜地多，地里隔不远便是一口水井。南乡靠近大汶河，井浅水深，打水浇地一般都用独杆子辘轳，所以井口上都栽有一块支架辘轳、一人高低的井桩石。李铁山不熟悉情况，眼睛又不好使，月黑天里，他误把井桩石当成了敌人。

冬天里，农村勤劳的人家起得早。赶集上店、拾柴捞火，各忙各的营生。拾大粪的用粪叉子挑了个粪筐，走街串巷溜坝堰，惹得狗咬邦邦……这些，李铁山在井里都听到了，他有了信心。

也该特派员有救，这口井恰巧是滕家庄子一口吃水的新井，一早一晚少不了打水的。

滕家庄子又叫新宅子，只有几户人家。这几户人家其实又是一大户，住着滕老二的兄弟爷们。快进腊月的天气，雾蒙蒙的原野一片白茫茫，晨霜把田间的小路装饰成一条一条曲曲弯弯的素绦。天亮了，滕老二的孙子滕小担着两个木水桶来到井边。他揉揉眵目糊眼，慢慢把水桶放进井里，漫不经心摇了几下，忽然觉得有些不对劲，好像有什么东西把水桶挂住了？他低下头又把绳子摇了几下。

"兄弟救救我！"

井口袅袅升腾着白气，飘摇的水汽里突然钻出这么一句话，吓得滕小差点一头栽进井里。他心神一慌，绳子嗦啰一声溜下井去，滕小没人腔地喊叫着往回跑：

"哎呀呀！哎呀呀！……"

"怎么啦？怎么啦？"滕家四五户人家全跑出来了，滕小的嘴脸变了形。

"了不得啦！了不得啦！活见了鬼啦！活见了鬼啦！"

"吆喝什么？你吆喝什么？有什么事情你赶快说！"滕老汉说。

"井里有鬼！咱吃水的井里有鬼！我差一点成了替死鬼！"滕小面色干黄，浑身打战。

"放屁！到底怎么啦？快说！"

"不！不！我不骗怹，是有鬼。一个跳了井的冤鬼。他拉住井绳，还叫我兄弟，差一点把我拽到井里当了替死鬼！可把我吓死啦！"

滕小把经过说了一遍。

滕老汉想：这口井才打了不几年，没听说井里淹死过人，哪来的冤鬼？井筒子又不深，昨天傍晚还有人打水，井里怎么会有人？哦，半夜里响了一阵子枪，怕不是有人掉到井里去了？他问滕小："你没看看这个人穿的什么衣裳吗？"

"吓都吓屙了还敢看他穿什么衣裳？"滕小说。

滕老汉想，备不住是个当兵的掉到井里去了。于是就说："凭夜里响的那一阵子枪，兴许是个当兵的掉到井里了，咱爷们去看看把他捞上来吧？"

"捞这个干什么？谁知道掉进去了个什么人？"有人反对。

"咱那水桶和井绳还都在井里呢！"滕小说。

"不管他是个什么人，他既然已经求救，咱们不能见死不救。不管他是好人歹人，先救上来再说。即便是坏人的话，捞上来再和他计较也不迟。"

滕老汉说话办事很倔强，他又从家里找来一根粗棉绳，带着儿子、孙子一大帮直奔水井。

雾气渐渐散去，井桩石结满厚厚的霜雪，像个白衣孝子站在井边。离井还老远，大家已觉得头皮发麻，一个一个陆续站住了。滕老汉看孩子们不敢再往前走，就一个人来到井口旁边。

天已经大亮了，滕老汉蹲下身子，用手不住地拨着井口里的热气。他看见两排白牙、一对眼睛正对着他。

"你是干什么的？"

"八路，我是个八路。"

滕老汉再仔细看看，果见这人穿了一身黄军装。不管是不是八路，他就把绳子续下去了。滕老汉的大孙子抓着绳子随后下去，他用绳子拴住李铁山的腰，然后抓住棉绳先爬上来。滕老头一再嘱咐李铁山一定要用手扶住井壁，以防碰了头顶。

一满家子把李铁山拽上来了，听说话口音不是本地人，看看衣裳和帽子，像个八路。滕老汉让滕小背上李铁山回家，还未走到家门，李铁山的衣服已冻成了冰甲。

回到家，滕老汉仔细询问了特派员的情况，确信是个八路无疑。滕老汉给他脱下军装，拿出自己新做的、准备过年的棉裤棉袄，熬好姜汤让李铁山喝下盖上被窝先发着汗。滕老汉一路打听着到李家庄找县政府去了。

一夜之间

一行四十多人的队伍，由吴敬三带领着从陈家洼往北来。形势严峻，气氛紧张，队伍里除了脚步声，几乎没有其他动静。有时一声咳嗽，能震得大伙儿眼珠乱转。过了刘家庄再往北，来到了王家店村南的小河口。走着走着，龙杰发觉两个临时负责人鬼鬼祟祟，不住地偷偷交换眼色。一到商量事情的时候，总是故意落在队伍后边咬耳朵，好像有什么事情瞒着大家。联想到两次来收容遇到的不痛快和目前李特派员不在的这种情况，龙杰提高了警惕。当他俩借故撒尿再度落在后边咬耳朵时，龙杰冷不丁地问道："吴队长，今晚咱住哪？"

"干什么？"

吴敬三和徐海成几乎同时停止了撒尿。

其实，龙杰早知道今晚住皮家庄，他俩如此警觉，反应如此敏捷，更增大了龙杰的疑心。

龙杰偷偷对任五六说："五六，好话不背人，背人无好话，你仔细注意一下咱这两个队长，一到商量事情的时候，就故意落在后边，喊喊喳喳，很不正常。我猛丁地问了一句住哪，他俩都尿不出尿来了，肯定有事情瞒着咱。"

"你这个人就是属司马懿的。"任五六说。

"不，"龙杰说，"他俩有事！反正已经来到家门口了，咱俩借故回家看看，一是看他们有什么反应，二呢，咱俩可等一夜，瞧一瞧。要知道，这两个人，要不是特派员亲自来，光靠咱俩，肯定还是收容不起来。今晚定的住皮家庄，你去和吴敬三商量一下，就说咱两个顺便到家里看看，明日一早去找他们。"

任五六说："我和他从来不对头你不知道吗？我不去。"

龙杰一下子想起他和吴敬三为了一个小娘们争风吃醋的事，既然任五六不去，龙杰就得去，谁知话才出口，吴敬三就变了脸。

"哪里去？！说得轻巧！依你吗？这是什么时候？还想回家住一宿？要是都回家住一宿，还用我带队吗？甭想！要走明天走，今晚谁也不能离开队伍，现在我说了算！"

龙杰继续好说好商量："明天走，怎么个走法？趁着夜里没有人，我们才好顺便回家看看。再说啦，现在就在家门上，明天我们走远了，又是个大白天，哪能再回来？返回来折回去不误事吗？"

"误事是误大家的事，只要不误你的事就行！"吴敬三没好气地回道。

"吴队长，我出来的时间不短了……"

"鸡巴子炼大油——你屌啰唆什么？甭际着扯罗，不行就是不行！你问上一千一万遍也是不行！"

吴敬三不准假的态度越是坚决，龙杰的疑心就越大。龙杰耐住性子不紧不慢又激了一句："特殊情况也不能照顾照顾吗？"

"你什么特殊情况？爹没了，老婆死了，不就是还有个女老的吗？我看你是想捣蛋！"

　　见吴敬三的态度如此蛮横，愈加证实了他的怀疑，龙杰心中更有数了。他不慌不忙又将了一句："要是非走不行呢？"

　　"干吗？！你究竟想干吗？我看你是想要滑头！"吴敬三眼珠子大瞪着，"你得服从领导！遵守纪律！李特派员的交代你没听见？是你为主还是我为主？你要明白，我是总负责人，你要绝对服从命令！有什么要求明天答复，今晚趁早掖起回家的那条子心！"

　　吴敬三如此的失态，事情已经很明白。即使不是有其他情况，这小子也是想趁机报复，因为两次收容都是龙杰来的。大白天他逛窑子搞女人，也是龙杰碰上的。这次特派员亲自来了，特派员是干什么的他心里清楚。迫于无奈，他才不得不领起队伍归队。现在特派员不在，谁知道他又想要什么鬼点子！

　　龙杰的火气也上来了。

　　"吴敬三，我干吗还是你干吗？我没有说你不是领导。你别弄颠倒了，要滑头的不是我！如果我要滑头，我不会二次来收容你！要按说，你是不归队的，我是受组织委托来收容你的，跟你请个假就是面子你！就是高看你！"

　　"你拉这个？你他娘的拉这个我毙了你这个小舅子！"吴敬三抽出枪来对准了龙杰，脸上的横肉挤了疙瘩。

　　"大胆！吓死你！"龙杰拽了任五六一把，"走！我看他敢开枪？狗胆！"

　　任五六还在犹豫，龙杰推了他一把："走！"

　　吴敬三啪地把匣枪的机头打开。

　　"大胆！"

　　"就是大胆！胆子小了不来收容你！"

　　"龙杰——！"徐海成一看僵了局赶忙出来圆场，"你咋这么犟？你这么犟干吗？明天走还不行吗？"

　　"不行！必须现在走！一霎也不等！"

　　龙杰斩钉截铁，拽上任五六头也不回往西去了。

　　北风呼呼地吹，如同刀子割脸，两腮生疼生疼。走到平家岭，龙杰提议休息一下。因为从陈家洼出来一直还没有歇息，有些事两人也得合计一下了。

来到一个大坝堰跟前，风立刻小了许多。身后一人高的坝堰上，一棵酸枣树上挂了一块破衣裳，被风吹得忽闪忽闪。龙杰知道坝堰顶上是个乱葬岗子，是老百姓扔死孩子的地方。乡里不成文的规矩：没出满月的娃娃、不成人的孩童，一旦夭折，一般不能入土，更不能埋进老林，包块草苫子扔在舍地里故意让狼拖狗拉。就因为坝堰顶上是块舍地，经常有狼和狗在舍地里争吃死孩子，这样一个地方一般人害怕，尤其在夜里，都会远远地躲着走。所以选这个地方休息，一般不会碰上人。

两人靠着坝堰坐下来，龙杰从腰里摸出火镰打火点烟。还好，堰下背风，火绒一下就点着了。

龙杰说："五六，看出来了吧？能是我多疑吗？他俩根本不是个正劲。说是回家，今晚咱说什么也不能回去了。说不定他能叫人跟上咱，或者家去堵咱，然后摁个罪名除了咱。反正今晚不能回家，只能在平家洼住下。"

"说的是回家怎么又不回了？回去吧！这个庄能行吗？"任五六不高兴了。

龙杰说："说的回去，才不能回去！这个村里我有关系，咱们转到村后找到郑崇喜，秘密地找个地方窝一宿就行，他们也找不到。"

既然找地方住，时候早了还不行。任五六一心想回家，龙杰说什么也不同意。天交过半夜找到郑崇喜，老先生说："屋里的炕小挤不下，屋当门里又忒冷，上别人家去我还不放心，抱床被窝在饭屋里将就一宿吧。"

两人在小饭屋的柴火窝里趴了一宿，心里有事也没睡多少觉。第二天早晨回家看了看，还好，一切正常。任五六一个劲地埋怨，埋怨龙杰神经过敏。龙杰知道任五六为什么不高兴，就一再解释非常时期还是小心一点好，其他都是次要的。任五六赌气不再吱声，龙杰也不再解释。吃过早饭，两人直奔皮家庄。

天仍然阴沉着，东北风夹着小雪花，手指头的骨节冻得生疼。走到李家山头，远远看见对面走来一个人。一看他轻快的小碎步，就知道是皮家庄的皮明白。皮明白走路往前探探着身子，总好像后边有枪攘着屁股。不光脚步子快，嘴也赶趟。无论什么事，只要你提个头，他就知道尾，是个有了名的天下知。

"这不是明白哥吗？这么急，干什么去？"

皮明白一见是龙杰和任五六，上下打量了一番，眉头皱了起来。

"你俩干什么去？"

龙杰说："不是到你庄里去吗？"

"到俺庄里去？到俺庄里找哪二大爷去？"

明白人装开了糊涂。

"找部队去。"

"找什么部队去？"

"你真是的，我们还能找汉奸队去吗？"

龙杰一想，这可不是开玩笑的时候。皮明白说起话来没完没了，一旦归队晚了，还不知道要听吴敬三多少话呢。龙杰摆摆手要走，皮明白挓挲开两手把路拦住了。

"慢着！是我糊涂还是恁糊涂？你们的队伍都当了汉奸了，你俩不知道？"

"谁说的？！"

"我这不是还没说完吗？"

"可能吗？"

"怎么不可能呢？这种事我还能胡说八道？天交过半夜走的，我还听见吴敬三提你的名字呢。"

两人瓷住了。

昨晚，吴敬三带着队伍就住在皮明白的家里。有人提出设岗，吴敬三说："冷冷呵呵的设什么岗？谁也别再去挨那个冻了。情况已经搞清楚，敌人不知道我们的行踪，也不出发，大家把心放到肚子里吧。一个黑夜里，他们不敢轻举妄动。这几天怪苦啊，一会儿东，一会儿西，阳历年也没捞着过。今晚咱过年，大伙犒劳犒劳睡个安稳觉吧。

我已叫房东去找村长了，让村里破费一点，弟兄们少喝点酒，面条吃饱，再背他二十斤花生果来香良香良嘴头子，彻底放松放松。"

皮明白家有两间大东屋，地上铺了厚厚的干草，游击队员都坐在干草上，你一把我一把剥着花生，一片窸窸窣窣、哗哗剥剥的声音。一天行军确实累了，吃完了花生，队员们就相继倒下睡了。

躺下不久，街上突然传来咕咚咕咚的跑动声。一听动静异样，有个姓卢的班长还未睡稳，他爬起身来就摸枪，吴敬三堵在门口先把匣枪指上了："镇静！镇静！谁动打死谁！"

不知什么时候大门已经打开，二鬼子转眼间塞满了天井。门口、窗户全给枪口封住了。战士们躺在地上谁也动不得，吴敬三开始讲话了。

"弟兄们，弟兄们！"吴敬三很激动，"实话实说吧，我是为了解救弟兄们才走的这一步啊！大家应该明白，共产党是彻底完蛋了。听夏东水说，八路军政治部的辛主任，在司令部驻地被杀了，我们还到黄河西干什么去？去送死吗？你们不知道，李铁山糊弄着咱们去黄河西，其实他和夏东水今晚投了东向了。他不比咱们更明白吗？八路就是会吹牛，今天胜利，明天胜利，可是胜利在哪儿？在云彩眼里呢！盼着去吧！大家都知道，我原来是泰山大队的大队长，经的见的比你们都多吧？为什么派个李铁山来收我们？他是锄奸的！我们早就成了有罪的人了，到了黄河西还有我们的好果子吃吗？我们纵有一千个好，一万个好，也换不回不归队的孬来！归了队就算留你一条命，不归队的黑锅你得背一辈子！看出来了吧？龙杰这个狗小子，他才当了几天兵？这样的人就已经骑到咱们的头上拉屎了。你想想，归了队还有我们的路吗？他今日来收容，明日来收容，他算老几？他不过是一杆枪，一头邪驴，咱不杀他，卸了磨共产党也会宰了他！不信走着瞧，他绝对没有好下场……"

"要是共产党胜利了呢？"说话的好像还是卢班长。

"哎呀你怎么还糊涂？"吴敬三不高兴了，"共产党它能胜利吗？他龙杰能耐不小，请来了专门锄奸的特派员，可为什么游击大队的指导员就不尿他？人家是秀才挎枪，文武全才。秀才不出门，便知天下事，胜利不胜利人家早看透了。我豁上掉脑袋拉着弟兄们走这一步，还能是往火坑里跳吗？别光听共产党叫人家皇军是小日本，秤砣虽小坠千斤！这么大个中国，怎么叫人家占了呢？这就是天意！天意不可违！往后，咱们只要抓住皇军的裤腰带别松手，就有饭吃，就有钱花，就能糊口，就能养家，还能睡娘们。表现得好了，皇军还会给咱一个日本小娘们睡睡，那才是神仙日子啊！长话短说，现在白楼据点的弟兄们亲自接咱们来了，天怪冷的，也别让皇军久等，咱们马上列队开进白楼享福去！"

被收容人员本来就是些墙头草，经吴敬三这么一"开导"，一个不落，全都进了白楼据点。

周义举

内部来了命令，除掉周义举。

可靠情报，周义举已暗中投敌。

周义举是周家庄人，他的老爹周祥瑞，是当地有名的大士绅，与红枪会头子陆炳麟是磕了头的拜把子兄弟。

周祥瑞的家族很大，老弟兄们有好几个，到了周义举这一辈上，兄弟、叔兄弟、堂叔兄弟又是一大帮，是远近知晓的"名门望族"。周义举带着八条长枪当了八路，当父亲的表面上不好再和共产党继续唱对台戏。可是形势一恶化，眼看着共产党要玩完，周家爷们的心里就像吃了乌烟油，肠子都悔青了。周义举几次催他老爹去找陆炳麟，商量一个万全之策。至于归队，能拖就拖，能延则延，单等合适的机会一来，他就和共产党摊牌。

周义举当年带枪当了八路，因为有文化，嘴巴子又会说，一参军就当了干部。这次部队整训调编，不管他的表现如何，领导仍然高看他一眼，不考虑王东山的职务安排，先把指导员的位子留给了他。对于组织的这一决定，周义举压根就不买账。这会儿别说是个指导员，就是给他个教导员他也不稀罕。他认为共产党这是看着自己快不行了，不过是在想拉住他，因为部队里还有他的八条枪呢！他佩服老爹的眼光，投靠陆炳麟的心更铁了。

周祥瑞是家喻户晓的三藩子头目，他的深宅大院一个大门进去，递进式三个院落，最后一个天井是个闲园子。虽然是个闲园子，但是墙高树古，庭院深深，三间北屋，白墙黑瓦，很是气派。加之园子近路傍林，既适于藏身，又便于逃逸。周义举只要回家，一般就住在后园子的这三间屋里。如今上级命令要尽快除掉他，这么长时间了，他还住在那里吗？如果去找他，他不在家怎么办？如果一时半霎靠不上他，走漏了风声或让他发觉了又怎么办呢？

未干特派员之前，龙杰曾经去过周义举的家，对他的家算是熟悉的。虽然他和周义举相处的时间不长，但是龙杰的机警干脆、关键时候不怕死的血性他看准了。所以有两次回家，他不带通信员而带龙杰。其实，龙杰实在不愿意进他那个家，但是领导看中了还不能不去，心里不情愿还不能说。周义举毕竟是土豪家的公子，养成的还是地主性，颐指气使，装腔作势。只要一回到家，他把枪往八仙桌子上一放，嘴里嘟嘟囔囔着走路走乏了，一屁股蹾在太师椅里不再动弹，他老婆就得撅着个大腚给他洗脚，揉腿。龙杰在他家里，被使唤得和个仆人一样，烧水倒茶，擦桌抹凳，择蒜剥葱……一刻也不得闲。有时稍慢了一点或不合周义举的意，他就喊喊喳喳，吆吆喝喝，尽显自己的威风，一点儿也不体谅下级。他那个老爹更看不起穷人，只要他的儿子一回到家来，老狗熊就坐在八仙桌子的另一边一动不动，专等着龙杰和那伙娘们来伺候他。

如今周义举已经叛变投敌，杀他的任务交给了王东山和龙杰他们几个。周义举在不在家？怎样才能找到他、接近他、除了他？虽说三个臭皮匠顶个诸葛亮，同志们凑在一起熬了一宿，也没能想出好法子来，最后还是王东山出了招。

"只能是这个办法了，"王东山长出了一口气，"周义举虽然已经暗中投敌，但是他现在还在装好人，还没有找到非常有把握的立功机会。他们家里的人，我都认识。能否这样，吃过早饭我先去他家求见，只要他在家，见上他按说不成问题。通过谈话，看看他到底回头朝哪。如果情报不准确，他根本就没有叛变，皆大欢喜，再慢慢做工作。他要留我，我就扰他，叫吃就吃，叫喝就喝。如果真是叛了，我就和他磨时间，待在他家不走。你们吃过午饭再往那赶也不迟，争取在太阳落山之前赶到就行。他若不在家，我立马就回来，再等机会。"

行，这个办法行！大伙又高兴又紧张。龙杰他们理解队长对周义举抱的最后幻想，毕竟两人共处了四五年的时间。但是，既然来了杀的命令，就不会冤枉了他。

早饭没有吃好，王东山就上路了。心里有事哪里还吃得下去？他知道周祥瑞好吃油果和马蹄酥，一大早打发龙杰专门从夏庄点心铺子买来了。

王东山一走，龙杰一伙沉不住气了。有的说，这个时候天短，得早吃饭；有的说，吃什么饭，杀了周义举再吃也不晚；还有的说，吃饭早晚还在其次，就害怕王队长提着点心回来了，那可就狗咬尿脬空欢喜了……尽管七嘴八舌乱攒纲，其实大家怕的还真是这最后一句话。就怕王东山见不上周义举，提着点心回来了。战士们高兴而又忐忑，恨不得马上出门，好像出了门就不用再担心这那，即便队长回来了，也能再把他堵回去的一样。不到饭时，大家草草吃了午饭，迫不及待地上了路。心里有事走得急，时间不长就靠近了周家庄。拿出行头匆忙化好装，就在周家庄以西的郑家林里悄悄埋伏了起来。

这次行动一共五个人，除了队长王东山以外，另有程山、李炳太、李明珠和龙杰。程山带的是一支撸子，龙杰则带了一支火头鱼。火头鱼是套筒子长枪改的，把枪托子卸了，再把长筒子锯了去，看上去像条火头鱼。李炳太使了一支阎锡山造的冲锋枪，李明珠背了一支马枪。对付一个人，这些武器足用了。

郑家林很大，林墙一人高低，满林的坟茔只露半个坟头，金秆子黄草能漫过人的头顶。

趴在郑家林的黄草里，一不能抽烟，二不能说话，只有苦等。因为是执行特殊任务，谁也没有带水。跑了这一段路，出汗多，各人开始害渴，都觉得时间长了。看看太阳，太阳好像钉在了天上，一直那么高。再看周家大院，大门紧闭，无声无息，既不见人进，也没有人出。等着等着，各人嘴上不说，心里可就长了草：王队长啊王队长，你到底怎么样了？见没见上周义举？见不上就见不上吧，你早出来也行啊！你搞不掉他不要紧，可别把自己搭进去了！千万别让周义举看出了破绽，先搞定了你，再等我们去自投罗网啊！周家大院这么一大户人家，这么长时间了，怎么会没有一个人出入呢？有个鸡叫狗咬也算是个信啊。

急人！真急人！

原先怕王队长提着点心回来了，这一会儿，恨不得王队长马上就来在面前。

王东山赶到周家大院的时候，太阳才一竿子多高，叫了半天门，好容易听得老狗熊在里边嗡了一声。又等了好大一会儿，门环一响，黑漆大门打开一条细缝。老狗熊眯起眼睛看准了是王东山，再伸头看看，门外确实只有他一个人，老狗熊这才把大门打开。

王东山一进门，周祥瑞忙不迭又把大门插上了。

老狗熊把王东山领到后园子，周义举正歪在太师椅里闭目养神。见王东山进屋来了，他抬了抬眼皮欠了欠腔，面无任何表情。王东山见状，泪水立刻如断线的珠子。

"义举，你倒好啊，吃得下，坐得住，不愁不忧的，这一阵可把我难为坏了，要逼命了！赶快想想办法吧，难死我了！怎么办呢？"

周义举歪靠在太师椅子里没吱声。半天了，他乜斜着眼睛冷笑了一声：

"什么事情这么难？值得你哭得和刘备似的？"

"什么事？咱成了光杆司令了。程山、李明珠、李炳太、龙杰都投了敌了。"

周义举坐直了身子，盯着哭得红鼻子大眼的王东山看了半天，鼻子里哼了一声。

"都投了敌了？不准吧？你听谁说的？你说别人投敌我信，你说龙杰投了敌我不信！他来收容我两回了。"周义举鼻子里又哼了一声，"那个家伙，你别看是个小要饭的，一个放牛的，那是条汉子，宁折不弯。谁投了敌我也信，他投了敌我不信！那个家伙投不了敌！"

周义举又看了一眼王东山，捏了捏鼻头开始抽烟。

"看你说的，我还能骗你吗？我们两个是邻庄还沾点亲戚，他那个脾气我能摸不着？你别光看他是条汉子，那是个莽撞鳖，有勇无谋，一旦翻了脸，六亲不认。我倒不担心别的，我考虑他这一投敌，算计你还在下一步，必然先对着我来。我们两家老分上有些解不开的过节，他非弄我不行。"

王东山越说越伤心。

"龙杰投了敌？……"周义举放下烟袋，翻翻眼珠站了起来，"根据我平时的观察，那个小子血性得很。你要欺负他，他可能一甩枪不干了，但是投敌？……不可能！即便投了敌，也未必是真的，其中肯定有诈，不信你走着瞧。"

周义举拿过烟袋交与老狗熊，端过茶碗呷了一口，鼓起腮帮子在嘴里呼噜呼噜地漱了半天。看来他要认真思索一番，因为两次收容都是龙杰来的，他的投敌在周义举看来太突然、太有些不可思议了。

"你也别光看他硬的一面，他的软肋巴我比你清楚。"王东山见周义举还在龙杰的投敌上动脑子，就又说："越是他这样好装种的人，就越好糊弄。他又不大识字，别人说一是一，说二是二。再说了，他来来回回去了几次黄河西，嘴上不说，形势他也明白，想对付他不是很容易的事吗？我唯一怕的就是他较真，他可不管亲戚朋友、上级下级，越是亲的、近的，他下手越狠，我最了解他。要不是他投了敌，我还用得着来找你吗？这一霎你我难不难？咱还有一个兵吗？"

王东山说着说着就又哭了起来。

周义举拧别着身子靠进太师椅里，眯眯着眼睛看着屋顶。老狗熊走过来了，手里端着一盆温水，他从水里捞出一条印有"祝君早安"的白羊肚子毛巾，拧了一把递给王东山。

"老侄子，看把俺那孩子难为的！别哭咧！告诉你吧，你俩的事啊，我给你们做了主啦！知道不？为了你俩的事，我典了二亩大地啊！义举为什么不归队？还不就是等的你吗？那个姓龙的穷小子，他投也好，叛也好，咱管他干吗？他算干吗的？不就是个大兵吗？他和咱肩膀不一般齐，咱和他说不着话！他还来收容义举呢，他算什么狗东西？咱没和他翻了脸要了他的小命，他就得感激咱。谋事在人，成事在天，我盼的就是你兄弟俩今天的团聚。树挪死，人挪活，千条大路，任咱选，任咱挑！人还能在一棵树上吊死吗？不瞒你了老侄子，不用愁啦！我为你俩想好了办法，选好了路啦！"

"大爷，不管你老人家想的啥办法，只要能救我一命，你老人家怎么说，我就怎么听！"

"这就对了！"周祥瑞露出满嘴的猪屎牙，嘿嘿地笑了。

"老侄子，咱和那些穷命鬼不一样，他们把咱掺和瞎了。自打你和义举括伙计，你大爷我，从来就没把你当外人。一个队长，一个指导员，一根玉藤上的两个金瓜啊，哪里去找你们这样的亲兄弟？义举整天夸你人品好，随和，有勇有谋，更有肚量，夸你是个宰相肚子，事事都能接就人。天下哪里去找你俩这样的伙计？这不就是缘分吗？漫说现在八路不行了，它行又怎么样？不就是一伙打家劫舍的穷鬼、一伙要饭花子吗？跟着八路干，大梁当了椽子用，瞎了你这块好材料哇！"

老狗熊扶住王东山的肩膀，把他按坐进太师椅里，把还没动嘴的茶水泼在地上再换上新茶。又拿过一杆烟袋装上烟，递到王东山手里。

"你看看，情况已经是这个样了，投的投，散的散，队伍也不行了，还有什么想头？什么盼头？共产党、八路军，明摆着的不中用了。当初咱若不是相信它，拥护它，咱能献上八条枪吗？可是，他们说人话不办人事，说是借枪，结果枪一到了他们手，立刻翻脸猴子不认人。卸磨杀驴能长久吗？要不是为了讨回那八条枪，要不是盼着你来，我早就叫义举把腔一拍走人了。今日把你盼来了，那八条枪咱暂时也不和它要了，到头来它还得乖乖地还给咱！"

老狗熊的大嘴，呱唧呱唧不停歇，嘴角的唾沫攒成了两个白球球，王东山赚了一脸的唾沫星子。

"老侄子，不是你大爷和你要情分，为了你俩的事，我去炳麟那里多少趟了？别看俺俩是老兄弟、老朋友，这号事他也小心得很。送了多少大洋、多少烟土就不能再和你拉了。谁和钱有仇？前两天我又去给他送地契，他高兴得不得了。他说：快叫他们来吧，我亏待不了他们。官是俺爷们坐的，福是咱弟兄们享的。侄子在八路那边背匣枪，来到这里咱挎洋刀！老侄子，这就是你兄弟们的缘分啊！狼走遍天下吃肉，狗走遍天下吃屎。炳麟说了，到了他那里，先给你个中队长干着，你看怎么样？"

周祥瑞摸索着把夹在嘴角的两个白球球抠掉，将憋在肚子里的话全都倒了出来。王东山趴到地上给老狗熊磕了三个响头：

"哎呀大爷，全凭恁老人家操心了！"

周祥瑞忙把王东山拉了起来，王东山又哭了。

周义举死定了。

"老爷们了，用得着这些礼数吗？你也别再哭了，我也是为了你和义举的前程，爷们还客气什么？"

周义举一动不动坐在太师椅子里，嘴角上挂着浅笑没有说话。王东山心想：好小子，你真叛了！上级没冤枉你啊！

老狗熊又发话了："老侄子，你来了就不让你走了，咱爷们好好喝一盅。哪里也别去了，晚上我就带着你俩去找炳麟去！"

王东山一听：好悬啊！我来探你，你在等我，幸亏商量的方案妥当，要不然就吃大亏了。

情况彻底弄明白了，王东山的戏反而不好演了，再往下没有剧本了。坐在太师椅里，王东山也觉得时间长了。他后悔让龙杰他们太阳压山才来，也幸亏周祥瑞打算晚上行动。

周祥瑞的家族大，不出门已凑了八个菜。老狗熊抑不住心里的高兴，屁颠屁颠地跑动。

周家爷们越是热情，王东山就越觉得别扭。

王东山的戏虽然不好演了，但心里的石头总算落了地。埋伏在郑家林的龙杰他们，心都提到了嗓子眼里。大半天过去了，不见一点动静，王队长你到底是死是活？眼见太阳就要压山，他们迫不及待地跳出了黄草窝。

周义举的宅院和郑家林之间，是泰安经由夏庄通往边院、肥城、东平、梁山的一条大路。如果一行人齐呼啦地一块上，目标太大。龙杰说:"他的家只有我熟悉,我在前头领路,程山第二,和我尽量远一点。李炳太第三,李明珠第四,都拉开二十步的距离,等门开以后一拥而上,速度要快。"

一出郑家林,龙杰脚下就像踩着风,他第一个来到周家大院的大门上,程山快步跟了上来。龙杰抬手才要敲门,凑巧周祥瑞要出来望风探情况。闻听得院子里瓮声瓮气地一声咳嗽,脚步声已来到了大门底下。龙杰一摆手,后边的人立刻加快了脚步。

周家大门的门插关上有暗锁,老狗熊在里边一阵当啷当啷地拨弄,大门吱扭一声开了一条缝。还没等周祥瑞伸头,龙杰眼疾手快,反手扳住门边就往里挤。老狗熊慌了手脚,急忙关门,龙杰的一条腿,已经伸进了大门的提搭里了。

"大爷是我,别关!别关!"

"干吗干吗?你干吗?"

周祥瑞做梦也没有想到,大门底下大白天藏了人。他死命地将门扛住,说什么也不让他们往里进。

"大爷你开开门,我去见一下俺的指导员,我来还能干吗?"

"他不在家!"周祥瑞用力往外推龙杰,龙杰的一条腿早已经插进了提搭里边,人推不动,门也关不上了。老狗熊想喊人,但不敢,因为龙杰的枪口抵上了他的胸膛。后边的人一拥而上,大家一用劲,周祥瑞一个仰八叉摔在地上。龙杰低低吼了一声:"搜!"

周家大院前、中、后三个院落都搜了一遍,没发现要找的人。龙杰说了一声:"后园子!"一个眼色,李明珠立刻去守住大门口,程山、李炳太一步不落地跟着龙杰往后闯。

王东山在屋里听见外边有动静了,心中暗喜:老天爷爷,可来了!周义举也听见了动静,他瞥了一眼王东山,机警地竖起耳朵,才要起身到门外看看,龙杰已旋风一样蹿了进来。他一伸手就把周义举的领口薅住了,程山、李炳太拧过他的胳膊把他捆了起来。周祥瑞领着一帮人,咕咚咕咚随后跟着进了屋。

"干吗干吗?大天老白日怎么来抄家绑人?"

李炳太冲锋枪一摆:"别动!谁也别动!这事你们谁也管不了,

闪开！"

绑好了周义举，一看王东山坐在椅子里低着头没吱声，龙杰说："好啊王东山，你狗小子也在这里！"一个耳光扇过去。龙杰觉着没用劲，王东山的半边脸上已印了五个手指印子。拧过王东山的胳膊绳子一缠，让他把绳头攥在了手里。

"带走！"龙杰下达了命令。

周家爷们见势不妙，呼啦啦拥上来十几个人，个个手里抄着家伙。

"俺犯了什么法？你们这是来活挟俺吗？"周祥瑞已看出龙杰一伙根本不是从据点里来的，他觉得大事不妙了。

"明白的都靠边，我们是执行公务，谁敢上前阻拦，枪不认人！"

常言道，好汉打不出村去，更何况是在周家大院。周家大院老少弟兄十几个，差不多都会使枪弄棒。这种情况下，既不能让他们靠前，更要防他们近身。一旦短兵相接扭到了一块，就非吃亏不可。但是，周家大院也绝不会让他们轻易地就把周义举带走，十几条汉子手拿铁器堵在路上不让出门。龙杰说："打！"李炳太端起冲锋枪，朝他们的头顶上哗就是一梭子，把周家爷们逼到墙角里去了。

"走！"

拧着两人出了周家大院，周家爷们随后跟了出来。一见龙杰他们并没有顺大路去无梁殿据点，而是横跨大路直奔西北而去，周家大院的人更明白了。一家人疯了一样哭着，叫着，齐呼啦地上了大路。李炳太端起冲锋枪，一梭子子弹又泼在了他们的脚下。土雾腾腾，火星飞迸。龙杰拔出火头鱼："不要命的，有狗胆的，你给我跨过大路来！"

周家爷们一看没了指望，哭着、喊着、叫着……眼睁睁看着一行人推推搡搡遁入黄昏。

将周义举押至风门子口，天渐渐黑了。一看给王东山解了绑绳，周义举全明白了。他一边哭诉，一边承认错误，看在老战友、老搭档的面上，请求王东山向上级打报告，饶他一命，他一定戴罪立功。

王东山心里明白，周义举不可能戴罪立功，他的要求王东山也无权答复。但是王东山是个菩萨心肠，周义举越是求告饶命，王东山就越是无言答对，甚至比周义举哭得还要恸，周义举更知道不妙了。他声泪俱下，历数与王东山并肩战斗的艰苦岁月和情同手足的兄弟情谊，这可气坏了龙杰：咱们现在的任务是杀他，紧着听他拉这个还有什么用？拉到天明也还是得杀他吧！王东山你宣布杀他的命令，叫他死个明白不就行了吗？不能再等！龙杰瞅准了堰旁一块三四十斤重的白石头，他想一石头把周义举送回老家算了。龙杰把火头鱼递给李明珠，下腰搬起石头猛地砸向周义举。周义举这一霎的眼睛特别好使，月黑天里，他早有防备，脑袋一偏，石头擦着耳门子咚地落在地上。

绑缚周义举时，为了演戏的需要，龙杰故意用大绑而没用小绑。小绑虽然叫小绑，但是绑得紧，勒得狠，一般是对付要犯和极刑犯的。大绑虽然绑缚了犯人的脖颈和臂膀，但是两手交叉在腹前，可以活动。初次绑人没有经验，又经过这一路的推推搡搡，绑绳早就松了。周义举不愧是练武的出身，他手疾眼快又把石头搬起来了。

"好小舅子！"

他骂了一声，照着龙杰的脑门砸了回去，龙杰往后一跳。

周义举一石头没砸上龙杰，伸手从李明珠手中把龙杰的火头鱼抢在手里撒腿就跑。

"坏啦！坏啦！坏啦！"

大家都傻了，王东山也不哭了。

"坏了什么？！快追！"

龙杰急了。熬煎了一整天，费了这么多的口舌，若是再让他跑了……没有时间多想，龙杰赤手空拳第一个追了上去。

周义举在前边不要命地跑，龙杰在后面舍了命地追。周义举毕竟被绑着，跑起来不那么顺当了。眼看跑到一条大坝堰跟前，月黑天辨不出堰上堰下的高低，一犹豫的工夫，龙杰追上来了。他一个前扑抓住周义举的领口，周义举身子一拧一震，把龙杰甩出老远。周义举往堰下一跳，凑巧绑他的牵绳在坝堰上一挂，他一个狗吃屎趴下去了。龙杰随后跳下去，两脚正好踩在他的脊梁上。龙杰伸手提住他的领口，周义举一个挺身又站了起来。周义举个子高过龙杰一头，又练过武术，若在平时，龙杰绝对不是他的对手。如今被绑缚着，周义举有劲施展不开。尽管如此，龙杰几次想把他摁倒，总也摁不倒他。

龙杰大声喊："逮住啦！逮住啦！快快！快点啊！"

喊话的当儿，周义举的身子又猛力一抖一震，龙杰差一点又被甩飞。龙杰很明白，周义举拳脚很好，一旦被他甩到前边，用身子压也能把他压死。他抓住周义举的袄领子死活不放，另一只手使上全力扳住他的肩膀，然后死死咬住他背后的棉袄，拼命坠在周义举的身后。

几个人都赶上来了，李炳太从身后将周义举的两腿一抱一提，周义举扑通一声趴下了。龙杰趁势跪在他的脊梁上，用力卡住他的脖子。但是周义举已是绿了眼的疯狗，龙杰还是压不住他。

李明珠说："你那枪！他把你的枪夺了去了！"

龙杰一惊，急忙从周义举的身子一边硬插进手去，正巧抓住了枪的机柄。啪地一拽，子弹甩出来了。这时候周义举也才想起来打枪，扳机扣得吧唧吧唧响，打不出子弹来了。王东山不再是老善人，他挤过来摸索着将手插进了周义举的裤裆里，一下把他的命根子薅住了。

"我采住尿蛋啦！我采住尿蛋啦！"

薅住了周义举的尿蛋，周义举挣扎得不那么厉害了。龙杰说："快打！快打！"

两人趴在一起，月黑天分不清哪个脑袋才是。程山舍不得用手枪，他跟李炳太要过冲锋枪来："哪个头？哪个头？"

龙杰用手拍着周义举的头："这个！这个！"

"拿开手！"

"手不要了！快打！"

一扣扳机就是三发子弹，周义举一动没动。龙杰一屁股坐到他的脊梁上。

虽然枪响了，因为枪口离得脑袋近，又是向下发射的，声音嘭嘭嘭很沉闷，夏庄据点的鬼子根本听不到。

过了一小会儿，王东山说："走吧？"

龙杰没有搭腔。

王东山说:"咱们回村去,扛几张铁锨来出个坑子把他埋埋。人死无罪了,别叫狼拖狗拉的。"

"你们去吧,我在这儿和他做做伴,也好抽袋烟歇歇。"

龙杰坐在周义举的身子上,一动没动。

第六章

血染马虎台

军分区结束了全部整训，龙杰跟随部队又返回岱西。腊月初五，部队抵达黄山李峪，腊月初八，队伍到了马虎台。

腊七腊八，冻杀叫花，天没了张力，地没了弹性。北风似刀，割得手脸生疼，呼气吸气，鼻子里像灌辣椒水，眼睛痛得一串串落泪。

从栾湾崖去马虎台时，安营长和教导员没有再让龙杰跟随部队一块行动。夏庄以东还有十几个战士没有归队，他俩想让龙杰趁此机会再去动员一下。独立营回来了，战士们再也不是无根的浮萍，不归队说不过去了。

腊月初八又逢夏庄大集，天不亮，大路小路已人如潮水。兴致很高的赶集人说话、咳嗽、擤鼻涕的声音很响，很干，于天寒地冻中传得很远。

太阳还没有冒红，龙杰就赶到了夏庄以东的大苏家、小苏家、孔家等几个村庄。要找的战士除了个别的早起准备赶集外，大部分还都在热被窝里赖炕呢。一听说岱西的主要战力，都合并到独立营打回老家来了，大家很受鼓舞。队伍回来了，有了盼头了，都答应明天一定归队！

完成了任务，从孔家庄再回返落凤坡，还得经由夏庄大集。一进夏庄街口，龙杰愣住了：据点门外的大街上突然拉起了铁丝网，赶集的老百姓都转悠着走了小胡同。再看夏庄据点，鬼子、二鬼子正列队开出据点的大门。二鬼子在前，鬼子随后，荷枪实弹，杀气腾腾，样子不像一般的扫荡，像是要去执行一次紧急的军事任务。

鬼子前面走，龙杰后边跟。鬼子的行军速度突然加快，龙杰的心一下子提了起来：鬼子要上哪？扫荡？不像！鬼子扫荡从来不这样慌慌张张。该不是奔独立营吧？独立营刚刚到，会这么快吗？眼见鬼子的队伍出了夏庄街口，几乎是小跑着径直往西去了，龙杰快步来到了马家园。

自从除掉了周义举，王东山就开始发脾寒，一泯一发，病病恹恹，身体一直不见好转。部队在运动之中没有治疗条件，只能暂时住在马家园老家养病。龙杰向王东山报告了鬼子的行动去向，并说这是近几年来，他所见到的鬼子出兵最多的一次。王东山想了想说："麻烦，误不了要接火打上。独立营刚刚来到，鬼子就出发了，而且是往西开拔，看来就是奔马虎台去的。鬼子已经走在前头，咱俩无论如何也跑不过他们了。信没法送，又没有更好的联络办法，怎么办呢？"

龙杰说："鬼子的行军速度很快，出了据点几乎是小跑，真要去马虎台也用不了多长时间。"

王东山说："看来是去马虎台，不过也不用太过担心，咱们的部队才经过集中训练，虽然各部都有减员，但是现在合并到一块，成了一个加强营了。这么大一个加强营，又新发了两挺机关枪。几个据点的小鬼子都加起来能有多少人？能经得住揍吗？不用担心，让他去吧，去也是送死！等着胜利的消息吧。"

绷紧的心弦稍稍放松了。

端下烟笸篮，王东山沏上一壶茶，两人慢慢喝着。龙杰的烟荷包空了，他先装满了烟荷包，再装上一袋烟点着，把收容的情况汇报了一下。王东山很满意，一边喝茶，一边分析部队下一步的行动计划。才两袋烟的工夫，就听得西南方向突然像开了石灰锅，又像鞭炮市里着了火，枪炮声刮风一样，几乎听不到间隙。茶喝不下去了，龙杰决定回落凤坡，那里靠着凤凰山，战场上的消息来得快当。

马家园和落凤坡虽然只隔了三里路，但马家园在夏庄据点的眼皮子底下，消息一般不往那里送。落凤坡依山顺河，地形复杂，既便于情报传递，又利于应付各种情况，因此一直是八路军的老根据地。

出来马家园，只见马虎台方向天地相接处烟雾腾腾，枪炮声依然响成一个蛋。路上、村口到处都是左顾右盼、惊慌失措的百姓，龙杰加快了脚步。还未走到村头，就见从风门子口方向接二连三跑回来许多战士，有的提着长枪，有的空着血手，有的乌眉皂眼衣衫不整，有的血头血脸一瘸一拐。龙杰迎了上去，走近了才看清，差不多都是他们四连的战友。战士们一看到龙杰，先是一愣，随即失声痛哭，一边哭一边把枪往龙杰的怀里塞。战士们哭诉说，这一仗打得太惨了，谁死谁活都不知道了，他们是拼死突围出来的。

龙杰安慰战士们不用害怕，杀出来就是好样的。他把战友集合了一下，先把枪点数好藏起来，随后又拿来了热水、煎饼和窝头。可是，战士们都说不饿，只有负伤流血的战士觉得口渴喝了几口水。他们一致表示随时听通知，需要什么时候归队就什么时候归队。战士们都是好汉，这一阵子也确实吃不下去，只好先送他们上路回家。

望着走远了的战友，龙杰对任五六说："咱俩到营里看看去吧？"

任五六说："已经这个样子了，看不看的还有什么用？"

龙杰火了："怎么没有用？那不是咱的部队咱的战友吗？这时候怎么说这种话？"

任五六不吭声了，龙杰赌着气走，任五六只得跟上。

打听到突围出来的部队已经撤到上王庄一带，两人就直奔上王庄。上王庄村里村外都是伤员，到处是哀号和呻吟。听说安营长伤势很重，他们就先去看安营长。安营长在一堵北墙根下躺着，胸部中了一枪，伤了一块肺叶。前胸后背都让鲜血泡透了。听见龙杰呼唤，安营长努力睁开眼睛看了看，嘴唇动了动没能说出话来。安营长是一位很受人尊敬的干部，平时就像一个无微不至的家长，对谁都一样热情，一样关心，龙杰非常敬重他。看着安营长痛苦的样子，龙杰强忍着泪水，握了一下安营长冰凉的手，眼含热泪看着担架把他抬走了。

赵教导员来了，头上缠着绷带，胳膊吊在胸前。龙杰问伤在哪里，教导员说子弹擦着头皮穿过，没有大碍，胳膊打了一个窟窿，也没伤着骨头。龙杰简单地向他汇报了收容的情况，汇报了新接收枪支的储存和突围战士的情况。赵教导员说："今天这种情况谁也没有料到，更没想到这一仗打得这么惨！这样吧，明天你收容多少带多少。枪，能带的带着，不能带的一律插好、存好，明天一准赶到黄山李峪。"

龙杰问："现在我们能不能到战场上看一下？"

"那就更好了，"赵教导员说，"不过，千万要注意安全，我们的损失已经够大的了。"

雨山沟据点的鬼子，还在不断地打着冷枪。

龙杰和任五六急匆匆来到马虎台。

马虎台到处弥漫着令人窒息的火药味和血腥焦臭，散落的、炸碎了的衣物，还在冒着黑烟。

战场早已被敌人打扫过，阵地上随处可见战友们血肉模糊、身首异处的尸体。远远望见前面一道土坎上横七竖八躺着十几具尸首，龙杰想过去辨认一下有无熟悉的战友。才走了几步，一个血糊糊的人头绊了他一跤，他小心地抱起人头端详了半天，正想查看是哪具尸身的，一个微弱的声音从死尸堆里飘了出来：

"我没死，我没死……"

声音很熟，谁呢？跑过去仔细一看，原来是他们连的李文阁。李文阁是四班班长，因为两条腿都断了，走不了，动不了，就装死躺在了血泊中。打扫战场时，鬼子把他踢了好几个过儿，才要摘他的枪，他下意识地去护，鬼子一看他还活着，抢起洋刀，照他的脖子里又是一刀。巧在他的脖子旁边有一块小石头，刀没砍到地，脖子没有完全砍断，气管还连着。先顾活人要紧，龙杰找来担架，把他小心地放到担架上，让人往上王庄一带快抬。

石开山来了，他是六区的区长，情况了解得比较清楚。一说起这场战斗，石区长咳嗽连声，激动得两手抱不住烟袋。他说独立营之所以遭受如此大的损失，一是敌人要消灭独立营蓄谋已久，他们掌握着独立营活动的可靠情报；二是我们的部队目标太大，对这场战斗毫无防备。敌人在充分研究、分析了独立营的行动路线之后，集合了夏庄、东向、边院、雨山、安驾庄等十几个据点的鬼子、二鬼子三倍于我的兵力，实施了统一合围。加上我们的麻痹轻敌，所以吃了大亏。

了解了大致的情况，认领了牺牲的战友。点数了一下，四连一共牺牲了十七名战友。有十二个可以就地掩埋，有五个需要往他们的家里送，可以先抬到落凤坡。龙杰对任五六说："咱俩留一个，走一个。因为烈士的家庭还都不知道，有的家远，有的靠近据点。你先回去安排一下，该通知的，设法尽快通知，我带五口棺材随后就走。"

任五六走了，龙杰又找到石开山，让石开山帮助兑合棺材。石开山带领六区的工作人员在当地凑合了五口寿棺，龙杰把五个人的尸首找全装殓好，准备上路。

参加打扫战场的老百姓，从来没见过如此血腥的场面。找来的民夫，让他们掩埋一下尸体还可以，一听说要送棺材，一个一个就往后退。有的耷拉着脸不高兴，有的拧着头撂撂打打，还有的假装没听懂，转悠着想溜号。看得出，所有被找来的人，一说叫他们抬死人，谁都不情愿。场面惨烈，老百姓害怕可以理解，但是这种时候，光靠自觉和觉悟可不行！对谁也不能客气了。龙杰拔出枪来，后退了几步跳到一个高岗上。

"乡亲们，父老兄弟们！天这样冷，大家担惊受怕都很辛苦，我也理解大家的心情。但是到了眼前这种地步，不是听我说客气话的时候。大家看到了，我们的同志死得这样惨，是谁杀害的他们？他们又是为谁死的呢？日本鬼子难道只是他们的敌人吗？他们为了咱穷苦人的解放，为了把鬼子赶出中国去，头都掉了，命都没了，咱们今天帮忙送他们一程还不应该吗？安全送到目的地，共产党感谢你们，人民感谢你们，烈士们的在天之灵感谢你们！别看这是五具尸体，他们比你我都重要！比你我的命都值钱！要像对待自己的父辈兄弟一样去护送！今天我先把丑话说到前头，如果摔着、碰着，或者在路上调皮捣蛋，别怪我不客气！"

大家都不吱声了，一个一个挂下眼皮，脸色也不再那么难看。七手八脚系好绳索、拴好抬杠，将五口棺材顺利抬到落凤坡。五位烈士中有三个已通知了家属，他们家的来人接过棺材便抬走了。只有李兴旺和梁雪涛，因为他俩的村里都有据点，一时没法通知，即便通知了也不好往家抬。龙杰临时决定，在落凤坡以北石湾子的庙地里埋上李兴旺，落凤坡河东全真观后边的罗锅地葬上梁雪涛。

天黑了，再去收容人已经不可能。第二天一早起来，龙杰和任五六急三火四就往黄山李峪赶。走到栾湾崖，迎面又来了头破血流的担架队。抬担架的上气不接下气："完啦完啦全完啦！赶快回去吧！比马虎台还厉害哩！"

敌人吃准了独立营的退却路线，估计部队必然从黄山李峪一带走，纠集了泰安、界首、鱼池、道朗据点的鬼子、二鬼子，又打了独立营的埋伏。

刚刚合并、组建起来的独立营，转眼之间被彻底摧垮了。

小汉奸

独立营垮了，日伪的扫荡和杀戮到了疯狂的程度。

夏庄以北的车庄据点，鬼子队长本来就凶残，二鬼子自从换了章丘的高部队，据点里接二连三地杀人。高部队队长高玺印，苦瓜头，鞋拔子脸，三角眼上两道鬼眉，尖额头垂下一个鹰钩鼻子，一看就是个没有人性的家伙。

高部队到车庄才几天，巧木匠就遇害了。

巧木匠名叫李先增，河西村人，做的一手好木工活儿。他打的小板凳，四腿八爹，坐得溜明了不崴不晃；他打的车盘子严丝合缝，扔到水塘里泡上七天，打开卯榫不见潮湿。因为是个独生子，二十几岁的人了，在爹娘手里还是个娇娃娃。他母亲给他做的对襟褂子，两排十三太保的核桃扣，褂子一穿，人显得干净利落，很招眼。

河西村距离车庄据点并不远，下步走，也就是两袋烟的工夫。巧木匠到车庄据点出夫的第三天，就因为多看了一眼高玺印的鹰钩鼻子笑了笑，高玺印一怒就把他抓起来了。高玺印硬说巧木匠是八路，威逼他交出枪来。李先增曾在区工会里接受过培训不假，算是个积极分子，哪里会有枪？高部队捆了他的手脚，用铁丝拧了他的两个大拇脚指头，头朝下，拉到槐树上吊了起来。直吊得李先增头脸青紫，七窍流血，红眼珠子凸出来二指。第五天从树上放下来，鼻子和嘴里已往外爬蛆。

下马威吊死了李先增，高部队又瞄上了孙光景。孙光景粗眉大眼，虎背熊腰，是龙湾村的骨干分子，党员培养对象。高部队下乡抓夫，枪筒子顶着孙光景的脊梁进了据点，孙光景一肚子的不服气。他对给鬼子下死力的民夫说："给洋鬼子干活，不能当真，得学会磨洋工，还得学会干眼前活。常言说，不打勤力不打懒，单打你那个不长眼。"又说，"鬼子好糊弄，小心提防那只夜猫子，这个家伙不是个中国人，比鬼子还促狭！你看巧木匠在他手里死得多惨？"

夜猫子就是高玺印，因为不仅他的鼻子长得像夜猫子的弯喙，而且一笑起来总是先咕咕一阵子，就像夜猫子叫唤。

野驴队长监工来了，孙光景甩开膀子，镐头抡得呼呼生风，铁锹扬得像大热天的蒲扇。野驴队长歪着驴头看了一会儿，咧开驴嘴竖起了大拇指："你的，中国人的这个！良心大大地好！"野驴转过身去走出没有多远，高玺印紧走几步哇啦了几句半生不熟的鬼子话，野驴脸上的笑意顿失。他转身走回来，翻起驴眼狠狠瞪了孙光景半天，突然一声吆喝，上来两个鬼子就把孙光景拧起来了。野驴左右开弓连抽了孙光景十几个耳光，直把孙光景打得脸腮青紫，鼻口蹿血。野驴活动着打痛了的手指，弹了一下孙光景瘀血的腮帮，龇着黑牙笑了："你的，良心坏了坏了死啦死啦的！"孙光景大骂夜猫子不得好死。高玺印捏着长鼻子咕咕地笑了："嘿嘿！看看到底谁不得好死！"

鬼子要杀孙光景，陪绑的还有栾湾崖的小周，因为小周也曾在区工会里接受过培训，罪名同样是私通八路。

据点门外的开阔地上，二鬼子威逼、集合来了据点里干活的民夫和周围村庄的百姓，金大牙站在椅子上宣布了两人私通八路的罪名。坑子挖好了，孙光景把脚一跺："二十年后又是一条好汉！"自己先跳到坑子里去了，小周随后也被推了下去。高玺印指挥着二鬼子铁锹砍，石头砸，把两人活埋了。

奇怪了，车庄据点周围是老根据地，即使环境最困难的时候，李家庄、河西村、落凤坡仍有党组织和工作人员在村子里坚持工作，敌人始终都不摸底细。高部队是二百里外的章丘人，为什么自打他们来了以后，就不断有革命同志和积极分子遇害呢？他们怎么会对十里八乡来出夫的人如此摸底呢？分析来分析去，目光落到一个小汉奸身上。

小汉奸不过十五六岁的光景，是伪县公署老伙夫随身带着的小儿子。小汉奸穿得破破烂烂，棉袄袖子露出的棉花像两朵开败了的葫芦花。小汉奸走到哪，人们只当是个小要饭的，谁也不承想他是个汉奸。时间一久，他人学懒了、学乖了、学鬼了，远处不再去，开始在据点周围的村里转悠，被混在民夫里的侦察员发觉了。

小汉奸头前走，侦察员随后跟。小汉奸来到李家庄，见庄头上有人正在晒白菜，他左看右看，一边踢着石子一边凑了过去。先是假装问路、问村名，然后打听村长是谁，村里有多少民夫在车庄据点干活，民夫里谁是八路的干部……活该这小子倒霉，晒白菜的正是李家庄的村长。李村长见这个小要饭的问得蹊跷，便反问他问这个干什么，小汉奸人小鬼大，他用破袄袖子擦擦清鼻涕，说是不愿意再在伪县公署待了，更不愿意往据点里跑了。他想投八路，找不着引路人。李村长稳住他，立刻将情况报告了负责跟踪的民夫，民夫又迅速将情况报告给李炳太和李明珠，两人就把小汉奸擒住了。

逮住了小汉奸，却找不到负责人。王东山养病不能工作，程山单独活动也不知在哪。大白天解着个小汉奸不能到处乱去，他俩又没权处理。好在李家庄离落凤坡不远，他们就把小汉奸解到了龙杰的家里。

这下麻烦了，龙杰也是个当兵的，也没权发落他不说，把个汉奸弄到家里来，龙杰一拍屁股可以走人，可是，家呢？家怎么办？跑得了和尚跑不了庙，老娘和兄弟们怎么办？从不皱眉的龙杰这次可真犯愁了。按照党的政策是不杀俘虏，可是，这种情况下放他回去能行吗？千不该，万不该，不该把个小汉奸弄到家里来呀！

程山来了，任五六也来了。龙杰提出先到庄西头的场院屋子审问他一下，因为他还是个孩子，别吓唬他，更不能冤枉了他。一审不要紧，小汉奸倒爽快，裙带关系也扯出来了。高玺印是他三姑父，他爹这个当伙夫的活儿就是他三姑父给找的。况且，他如何打听、如何告发、如何向鬼子和汉奸报告情况、一条情报给他多少钱……他竹筒倒豆子一样全说了。就连告发孙光景背后如何鼓动磨洋工、骂高队长是夜猫子、骂野驴队长是驴日的……都说了。

这下更不好办了，不除掉他没有别的路了。龙杰提出来马上毙了他，任五六不同意，坚持等王东山来了再说。

王东山发脾寒一直不好，一到了下午还总是冷一阵热一阵的。听说逮了个小汉奸，他拖着个病身子赶到落凤坡。听了龙杰的汇报，看了一眼小汉奸，王东山坚决不同意杀人。龙杰问不杀怎么办？王东山也说不出怎么办来，只是一个劲地强调共产党的政策不能杀俘虏，我们这几个人无权决定杀人。

龙杰沉不住气了："你没有权，我有！我先杀了他，你们再杀我！只要能保住这几个村和我们的党组织不至于遭到进一步破坏、几个家庭不受损失就行。"

王东山轻易不发火，这次他真火了。也可能是病还没好的缘故，浑身打摆子。

"龙杰你是党员吗？作为一个党员能这样意气用事吗？你懂不懂？你这样武断行事，直接危害的是党的威信！你这是目无党的纪律，你要犯大错误！"

"好，你执行的是党的政策，你维护的是党的威信；我违反的是党的纪律，我危害的是党的利益，那好吧，我承认错误，咱们不杀他，那请把俘虏领到你家里去！你不是有病吗？我们帮你送了去，叫他在你家里住上一宿，你再放他吧。"

几句话，把王东山噎得浑身哈撒闷了缸。龙杰站起来挽挽烟袋："你讲政策，我犯错误，我把他送到你家里，你教育教育让他立功赎罪去吧。"

"别急！别急！龙杰你等等，咱商量商量再说。"

李炳太、李明珠把龙杰按到座位上，王东山也不知说什么好了。养病本来忌了烟的他，又开始抽烟。讨论来讨论去，还是倾向龙杰的多。情况太特殊了，环境恶化，骨干分子能活动的已经不多，经不起再受损失。当然，不杀他也不是不可以，先找个地方押起来等候处理也行，可是往哪里放他？押他几天？落凤坡距离车庄据点不到四里路，鬼子、二鬼子来找人怎么办？再说，他是夜猫子的妻侄啊。大家将情况一分析，王东山虽然坚持不杀，但是究竟怎么办他也没了主意，事情僵住了。

天黑下来了，办法没有想出来。

村头上狗咬，接力一样传到门前，大门上响起了脚步声。岱西县委书记邹靖国从田家峪来到了落凤坡，他的通信员任爱国和老特派员张奎山也来了。来得巧！都听县委书记的吧。大家嘴上不说，心里松了一口气。

邹靖国可不是为了小汉奸的事情来的，他从军分区赶到肥城，研究从自卫团抽调两名干部去岱南任职，更重要的是来落凤坡部署战斗任务的。他见几位同志都在，马上召集会议。

"夏庄的鬼子队长，自从换上三元以后，情况已不同往常。三元这个家伙，老奸巨猾，阴险毒辣，特务工作做得地道。马虎台之战，从侦察到作战部署，全由他一人策划，独立营吃亏主要吃在他的手里。因此，组织上决定利用夏庄大集，豁上牺牲几个人也要杀掉三元。只有除掉了三元，才能打开马虎台一战的被动局面。军分区对这个任务十分重视，考虑到目前这种情况下，只有王东山小组在座的几位同志能够打进据点，因此将任务交给你们，还必须尽快完成。现在开个诸葛亮会，先集体讨论一下，有什么困难和问题直接提出来，然后再研究方案。"

龙杰心里有数，任务必须接受。不用问，也不用多想，杀三元的的任务跑不了是他的。但是龙杰不吭声，他心里还窝着八分气呢。

邹靖国讲完以后开始争取意见，王东山一直低着头，压根没打算第一个发言。邹靖国点名叫龙杰谈，龙杰摇摇手，把头拧到了一边去了。憋了老大一会儿，始终没有人说话，邹靖国额头上急出了一层细汗。他第一次在这个小组遇到这种情况，便直接下达了任务。

"龙杰、任五六、程山，你们三个人从夏庄集上混进去，想办法靠近三元，打掉三元，只要死的不要活的。王东山、李炳太、李明珠你们三人听到枪响以后，马上在夏庄以西、以南往据点打枪，迷惑、吸引敌人，转移敌人的注意力，以便他们三人完成任务后能从东边迅速撤出来。"

王东山不再打摆子了，点头说"行"，算是接受了任务。龙杰拉着个脸，还是不吱声。邹靖国见龙杰的态度不同以往，发觉这次会议的气氛也和以前大不一样，就笑眯眯地问："龙杰，怎么啦？有顾虑吗？"

"没有顾虑！我有意见！"龙杰没好气地说。

"什么意见？任务分配得不合适吗？"邹靖国仍旧笑眯眯的。

"不杀小汉奸我不干啦！我缴枪！"

"怎么回事？"邹靖国看了一圈，他丈二和尚摸不着头脑。龙杰就把小汉奸的事情从头至尾说了一遍。

王东山接话了：

"龙杰同志太执拗，杀俘虏明明违反党的政策。现在县委书记在这儿，邹书记你说说，我有权决定杀人吗？再说他还是个孩子，你能说杀就杀吗？"

"你不杀俘虏，你没有权力杀，可是，你怎么不把小汉奸领到你家里去？你们把他解到我家里来，你们东的东、西的西走了，我怎么办？家怎么办？我往哪里搁他？你们这不是给我出难题吗？"

李明珠、李炳太赶忙解释："我俩当时也没考虑这么多，别人一时找不到，又解着这个小汉奸，转来转去目标太大，怕出别的问题，就带着小汉奸直接到龙杰家里来了，现在来看确实欠妥。"

听了一番争执，邹靖国沉吟了一会儿龇牙一笑。"按照我们的政策是不能杀俘虏，但是，这一阵子，车庄据点残杀了我们不少无辜的同志。根据你们的审讯，他确实又非一般的汉奸，带有特务性质，又是铁杆汉奸的知己亲戚。年纪虽然小，但是破坏性很大。到了这种地步……"邹靖国哺哑了一下嘴，"到了这种地步，不杀他也还真是难以处理。龙杰提的问题很实际，也很有道理。这个包袱他自己背不动，放虎归山更危险。这样吧，既然我在这里，也用不着再请示别人，我决定了吧，龙杰同志，就依你的意见行不行？马上杀他，我批准了！"

一块石头落了地！杀了这个小汉奸，等于解了坠石啊！

县委书记做了决定，王东山也不好再说什么。为了不使他难堪，龙杰对王东山说："我也能理解你的心情，换位思考的话，我也无权轻易批准杀人。但是，把汉奸领到家里来了，不杀又怎么办呢？这事放到谁身上也犯愁。幸亏紧要关头咱们的县委书记来了，这不就好办了吗？这样吧，你们先忙你们的，我先把这个小汉奸送回老家吧。"

王东山说："杀小汉奸不慌，先研究一下邹书记的住宿问题。"邹靖国提出来住落凤坡，可是落凤坡已经名声在外，敌人看得很紧，昨天晚上敌人突击搜查过全真观，如今又逮了小汉奸，不敢保证安全。龙杰建议邹书记到陈山头住一宿，山区相对安全一些。邹靖国略一思忖，决定住温家岭，那里的情况他熟悉。

邹靖国一行三人出了门，王东山仍回马家园，程山再回王家店，两个老李各自找地方，落凤坡最后又只剩下了龙杰和任五六。

杀了小汉奸，龙杰匆忙回到刚才开会的地方。屋子当门铺了许多谷草，旱烟袋磕下了一窝一窝的烟灰，他必须尽快给房东拾掇一下。如果敌人突然来了，房东受不了。再说，解着小汉奸来来回回好几趟，万一小汉奸在关他的房子里或走过的地方留下什么暗记，那将后患无穷。

龙杰屋里、屋外、院子里转了一圈，先看看地上有没有小汉奸丢下的异样的东西。发觉没有什么，然后又到房东的屋里收拾谷草。正忙活着，就听得有一个人哭哭咧咧进了院子。谁？怎么啦？龙杰立刻拔出抢来，仔细一看，是邹靖国的通信员任爱国来了。

"塌了天啦！了不得啦！"

"什么塌了天？！怎么啦？别哭！别哭！快说！"

"陆琪同志遇难了！"

邹靖国的另一个名字叫陆琪。

"胡说！"

"打死我也不敢胡说！"任爱国还是一个劲地哭。

"到底怎么回事？在哪儿？快说！"

"到了温家岭，我们找到刘村长，他给俺找的草苦子，还有两个破大袄。陆琪、张奎山和我，抱着这些东西正准备去北山上的石窝里睡一宿。刚出大门，敌人就把我们围住了。有个特务问：'干什么的？'张奎山说：'老百姓。'有个特务说：'邹靖国，邹靖国！'先前问话的特务冲上来就把陆琪抱住摔倒在地上，陆琪同志立刻拉响了手榴弹。手榴弹一爆炸，特务们这里藏、那里躲，我才趁机逃了出来。"

情况又太突然了。急三火四收拾好屋子，龙杰对任爱国说："你在这里住下吧？"

任爱国说："我回去吧，敌人要是抄家呢？"

"你自己一个人，路上行吗？"

"这个时候了还怕什么？"

劝　降

一夜北风刮得天寒地冻。

水瓮激烂了，大半瓮凉水漏了个精光。整整一个早晨，枣树上的三只喜鹊，扯破嗓子打山仗。

吃过早饭，龙杰肩挑了两个瓦罐去井上打水。第一罐水打上来再放下第二只，手里试着水满了，开始慢慢往上拔。

"你们村里有叫龙杰的吗？"

听到有人打听他的名字，龙杰提住水罐立起身来。抬头看，是邮差背了个绿褡子，正在向牵了一只山羊猴子的李春才打听他。龙杰习惯地摸了摸腰间，没好气地对李春才："干吗的？"

"找你的。"李春才满脸堆笑，用羊鞭指了指邮差。

"找我？"龙杰很奇怪，他用脚踩住提着瓦罐的井绳，等邮差过来。

"你叫龙杰？"邮差手扶鼓鼓囊囊的信褡子走过来了。

"找我干吗？"

"你的信。"

"我的信？谁给我写信？哪来的？"

邮差看了看信封。

"济南，邹……邹……邹靖国。"

"邹靖国！济南？"龙杰惊喜异常。

自从邹书记温家岭遇难，一直活不见人，死不见尸，没人知晓他的下落，一满家子还都在着急、纳闷呢。龙杰几次去温家岭打听，刘村长也说不出个所以然来，估计鬼子、汉奸把邹靖国的尸体运到泰安去了。可是，怎么会是在济南？邹书记还活着吗？

龙杰踩住井绳的脚不再挪窝，接过信就拆开了。

亲爱的龙杰同志：

别来无恙。

自从落凤坡分手，幸遇皇军搭救，否则，我无法估计还要在苦海之中挣扎多少时间。回首昨日，看看今天，再想想将来，足见我们以往的信仰是多么可笑，我们信仰的主义，我们期盼的胜利，不过是镜中花、水中月，到头来黄粱一梦。静心想一想，我们一帮泥腿子怎能和大日本帝国抗衡？天大的笑话！再说，即使日本人走了，还有强大的国军，我们靠几条土枪、几把大刀片子就能赶跑日本人？就能打败国军？这不是痴人说梦吗？中日亲善，日本皇军构想的大东亚共荣圈才是中国人理想的天堂。

亲爱的龙杰，我知道你是一条铁血汉子，是个有骨气的中国人，大日本帝国远涉重洋来到咱们中国，为的就是两国的共存共荣，就是为了振兴我们东亚病夫这个可怜的民族。中国人辨不清是非打死了皇军挑起了战争，大日本皇军只是做了有限的还击。若要真打，我们能是对手吗？马虎台一仗还不就是明证？强大的国军在皇军面前都一败涂地，我们土八路能有多大能耐？即便建立起新中国，也不是我们吹嘘的什么共产主义，而是孙中山先生的三民主义。别忘了，推翻清政府的不是共产党而是中华民国。

亲爱的龙杰同志，就你的水平早该是个县级干部，可是共产党武大郎开店……

"汉奸！汉奸！汉奸！"

龙杰将水罐猛力一提，井绳长蛇一样从井口腾跃而出，罐子像一颗水弹，砰地在水井口沿上爆炸，喷了邮差一身的水，半只罐子嵌在龙杰的肩膀上。

邹靖国从军分区一回到田家峪，特务的若干双眼睛早就远远近近把他盯紧了。在落凤坡，他批准杀了小汉奸，龙杰痛快地接受了除掉三元的任务。为了住宿的安全，龙杰曾劝他到陈家山头住一夜，他个人坚持到温家岭去找刘村长，结果被敌人包围了。叛徒张波猛地从身后将他抱住，邹靖国拉响了手榴弹。轰的一声，他和张波都在爆炸中倒下了。虽然两人都震昏了，但是，腊月里都穿着厚棉衣，自制的手榴弹爆炸威力不强，谁也没有炸到要害部位，张波也只是崩去了半块耳朵。当邹靖国醒来时，他已经躺在了鬼子的担架上，而偎在他身边满脸堆笑的不是别人，正是他开会部署准备要除掉的鬼子队长三元，另有一个是专门从泰安城赶来的鬼子中队长小山次郎。活捉了共产党的县委书记，鬼子如获至宝，仅在夏庄据点停留了半个小时，就连夜把邹靖国送往济南去了。

怎样对付邹靖国？鬼子的心里很明白。既然邹靖国能拉响了手榴弹自尽，那他早已把生死置之度外，皮肉之苦对他来说毫无用处。不能用硬的，只能来软的！他们将邹靖国直接护送进了日本领事馆附近的八卦楼，县委书记破天荒掉进了"蜜罐子"。鬼子从"行居乐部"找来六个花枝招展的随军妓女，对邹靖国进行"狂轰滥炸"。一开始，邹靖国还对鬼子的这一套嗤之以鼻，钢牙咬得紧紧的。无奈六个脱光了的美女天天围着他转，变着花样"折磨"他……邹靖国紧咬的钢牙，在日本军妓奶枪腚炮的轮番围攻下慢慢松动；裆里那话儿，也不知不觉自高自大起来。终于，县委书记就像六月里的麦芽糖瓜，软了，化了。十天之后，邹靖国随身带着两名日妓返回了泰安。

田　东

落凤坡村南有一条东西向的干沟，叫杨家沟。上通凤凰山，下连滓泥河。虽是一条土沟，却是游击队打仗、老百姓逃反的生命通道。

只要进了杨家沟，便能迅速攀上凤凰山，遁入北部山区。

杨家沟西高东低，曲曲弯弯，向阳的坝堰上有早时挖好的许多堰洞。由于沟里植被丰茂，草木繁荣，即使到了叶落草枯的冬春二季，外人也很难发现洞口。堰洞里白天晚上都可以住宿、藏人。

自从邹靖国叛变，村里一天也不能住了。龙杰他们餐风宿露，几乎是打一枪换一个地方。昨天夜里宿在黄崖头，今天晚上就住到了杨家沟。

初春时节，向阳的堰洞里比较干爽，和衣坐在地上，总也睡不踏实。龙杰、董玉坤、李汉常、马昌礼四个人背靠着堰洞磕头、磕头地打盹。

天交过半夜，随着两声清脆的枪响，洞口里噗隆滚进来一个土驴子。来人一头乱草，一坐下就习惯地撸拉下巴、搐耸鼻子，龙杰一眼认出来是田东。田东随身带了一把撸子，他说自己刚从郭村一带过来，路过温家岭和敌人遭遇，子弹打光后被迫跑回村里来了。

田东是新四区上任不久的书记，看他那一副狼狈相，龙杰的心里犯了嘀咕：温家岭南去不远，洞门口也是朝南开的，虽然天交过半夜，但是大家也只是靠着堰洞打瞌睡，谁也没有睡死。夜里的枪声传得很远，为什么两声枪响之前，压根就没听见有别的动静？再说，县委书记刚在温家岭被捕，敌人又去温家岭干什么啦？去温家岭找谁？田东说敌人撵他，他打光了子弹才跑到这儿来，可是，两声枪响分明就在洞门口？……一连串的问号，涟漪一样在龙杰的脑子里一圈圈地漾开，龙杰的眉头皱起来了。

田东进洞以后，大家一直侧耳细听着洞外，洞外寂然无声。再看进了洞的田东，既不惊慌，也不着急，靠在洞门口继续搐耸着鼻子，拿眼瞟来瞟去。一个新的疑问流星一样在龙杰的脑海里划过：田东也接到劝降信了？……龙杰有数了，他把脑袋偏向一边假装睡着，另外三个人也不和田东接话。田东见说话没人接茬，自觉没趣，一会儿便嚷嚷着要走，龙杰偷偷示意不要留他。

田东一走，龙杰他们随后就转移了。

杨家沟一别，田东人间蒸发了一样不见了踪影。大约过了个把月，田东忽然在村中出现了。重新出现的田东，四处打听党组织的下落，迫不及待地要求工作。田东一个多月没让见人，谁也不知道他去了哪里，现在突然变得这么积极，为什么？那晚他说的在温家岭和敌人遭遇，组织上已调查过。那一晚温家岭什么事情都没有发生，田东说了谎话。

田东找得越来越勤了，前脚刚从龙杰家里出来，后脚就进了任五六的家。一会儿诉冤，一会儿认错，一会儿要求见领导，希望尽快分配他工作。鼻子搐耸得更厉害了。

对于田东的表白，龙杰一直是这个耳朵进，那个耳朵出。在问题没有弄清楚之前，龙杰不会轻易就相信他，更不会带他去见领导。任五六见田东表现反常，也警觉起来，干脆不再理他。田东见任五六连腔也不搭了，就认准了龙杰。龙杰也烦，但是光烦还不行，因为问题还没有真正弄清楚，只得强打精神把重复了若干遍的俗套络子再一遍一遍地重复给他听。无非是现在情况特殊，各级党组织都遭到了严重破坏，区政府大多数都已停摆，已不可能再正常开展工作。县委书记一叛变，走的走，逃的逃，有出去的，有回来的，人心隔肚皮，谁是朋友？谁是敌人？谁是同志？这一雾很难分清楚，必须耐心等一段才成。

龙杰沉得住气，可是田东没有耐心。谈一次话，顶多安稳个三两天，随后又找上门来了。龙杰也明白，田东是四区的区委书记，龙杰是个什么角色他摸底，如果一直推说找不到领导，田东也不会相信。无奈，龙杰只得向几位主要领导汇报了这一情况。

听完龙杰的汇报，崔天亮笑了。他对在座的说："都说龙杰莽撞，但粗中有细，心里很有把握，我们的同志在艰苦的对敌斗争中成熟了。"崔天亮把脸转向龙杰："你跟他谈得很好，就得这样应付他，先稳住他，别让他作了大坏。找个适当时机，我跟他当面拉拉。现已查明，这个家伙已经彻底坏了。收到邹靖国的劝降信，他立即去了济南，从济南回来后又直接面见了邹靖国。他是带着特殊任务回来的，要严密注意他的行动，千万不能麻痹大意。"

时局发生了变化，曾任军分区司令员的崔天亮，又回来兼任了敌工部长，情报不会有错。

岱西地理位置上依偎着济南，县委书记一叛变，岱西县委上上下下不少人跑到济南来了。李长会原是岱西县的工会干部，来到济南后，他头上包块毛巾，拿起煎饼筢子摊起了泰山煎饼。李明珠也来到了济南，但是除了摸枪，他没有别的拿出门的手艺，就在地下党员李夫瑞开的厂子里倒腾炭黑。有手艺的靠手艺，没手艺的寻门路，有的摆地摊，有的卖地瓜，也有的拉车下苦力……岱西跑到济南来的人越聚越多，敌人的捕杀也随之开始。先是一个老家住肥城南门里的老共产党员被特务杀害，紧接着李长会、李明珠被捕。两人刚被抓走，李夫瑞就接到了想尽一切办法尽快救人的指示。李夫瑞匆忙卖了五千斤麦子，托人转面子好容易将两人保了出来。人保出来了，内线却告诉不过是临时给个面子，因为他俩是岱西共产党的重要人物，是敌人决计要捕杀的两个人。李夫瑞一听哪里还敢怠慢？立马打发他们快走，走得越快越好，离得越远越好。果然，两人出狱不到半个小时，特务就又包围了李夫瑞的炭黑厂，枪点着李夫瑞的头顶要人。李夫瑞说："他们都是一些临时在这里干活的，这样的工人多了去了！人是你们放的，何时放的，他们去了哪里，我一概不知道哇！"

特务将李夫瑞的住所和厂子里里外外搜了个遍，折腾了半天也没见人影，只得悻悻地离去。

离开落凤坡，田东当夜来到了济南玉皇山。玉皇山上的伪警察所长是他的大舅子哥，田东躲进了避风港。

警察所不是大杂院，躲避个三天两天还能将就，时日一长，一个穿便服的天天在这里出出进进，就惹眼了。见不少熟人进了仁丰纱厂，田东也厚着脸皮混了进去。

此时的仁丰纱厂，以干活的名义来避难的已不下几十个人。他们见四区的区委书记也来了，大有夜猫子进宅之感。又得知他是从伪警察所里来的，对他更是敬而远之了。

进了仁丰纱厂，田东发觉岱西来的人，走路故意躲着他，谁也和他不热乎。他只得觍着个笑脸，点头哈腰去和人家套近乎。张玉宝上厕所去解大手，田东嬉皮笑脸随后跟了进去，一蹲上茅坑，他又递烟，又点火，思想工作也做上了。

"玉宝，困难是暂时的，共产党这个买卖，咱还得干！你打听一下咱岱西来的还有几个愿意干的，实在回不了泰安的话，咱们在济南成立临时组织也行，在哪里干不是革命？你说呢？"

张玉宝心想：好小子，你套我的底来了。普通党员都难逃敌人的魔掌，你一个区委书记哪来的这么大便宜？在哪里干也是革命？说得轻巧！你在济南当谁的区委书记？谁知道你葫芦里卖的什么药？

张玉宝顺水推舟："不瞒你说，想干的话，我就不来济南了。你是区委书记，和俺老百姓不一样！明说吧，除了你，凡是跑到济南来的，恐怕就没有一个打算再干的。人家县委书记都投了日本人了，咱和县委书记比比，不就是草木之人吗？我是拿定主意了，谁来动员我，我也不干了！"

田东从张玉宝那里虽然没有得到什么，心里却踏实了，因为他知道岱西县委是彻底垮了。

田东回泰安面见了邹靖国，把在济南的情况向邹靖国作了汇报，邹靖国大喜。他对田东说："离开岱西这一个多月，从皇军方面讲，你在济南力所能及地做了工作，有贡献！从共产党方面讲，是形势所迫离开了岗位，有点错误也不大，情况特殊嘛！不跑的不也都藏起来了吗？你就是躲得远了一点，关键是要咬住牙！现在不是还有不少人在济南吗？是环境逼迫你们脱离的岗位，你就说在济南干了几天纱厂，倒腾了几天炭黑，别的什么也没干，还能多大的错误？目前岱西的政府机关里，这里踩着那里掮着，依来靠去就只剩下崔天亮、王国强、武环宇、李振义这几个人了。军事上也只有王东山、龙杰、任五六、程山几个。紧着他们能，紧着他们蹦跶，看他们能能到哪里去？回去以后，第一，保护好你自己，千万不能露了马脚；第二，要尽快摸清他们的底细，争取早日把他们一网打尽。你想想，只要把这几个人搞定了，岱西还不成了太平天国？"

邹靖国笑了，笑得很自信。

一阵香风袭来，身穿和服的日本妓女双膝跪地，把茶水托到了田东面前。田东慌了手脚，忙不迭地跪下接茶。邹靖国大笑："你怎么也跪下？你跪下干什么？女人就是伺候男人的，这是大日本帝国的规矩，快起来！"

看到昔日的县委书记对自己如此垂爱，田东激动得摩拳擦掌。他一边挤着嗓子咔咔地笑，一边搐耸着鼻子，不住地为邹靖国出谋划策，好像活捉崔天亮一伙探囊取物的一般。邹靖国说："我强敌弱的形势十分明显，但也要充分估计到困难。因为这几个小子都很刁滑，搞起来不是那么容易。你和龙杰是一个村，你应该了解他。别看他一直当大头兵，那是个有勇有谋的家伙。回岱西以后，几个重要人物你一时半霎怕是见不上，能打上交道的，恐怕就是龙杰和任五六。任五六是个滑头，一身贱毛病，办事也不如龙杰牢靠。千万别以为龙杰只是一杆枪，他是崔天亮的一个杀手，更是一个谋士，是个不可小觑的人物！你要先取得他的信任……"

枪口下的周旋

突然来了情报，邹靖国、三元带领张冠武、孙国栋、霹雳将军、龙王爷爷等几个叛变投敌的汉奸头目，另有一百多人的特务队来到了夏庄。看情势，不小于当年活捉邹靖国的阵势。

论季节已近小暑，天气异常炎热。马家园的核桃树下，一只倒扣过来的草筛子上，摆满了盛着绿豆汤的黑碗，崔天亮正在召集紧急会议。与会者围着草筛子坐了一圈，除了王国强因事未到以外，几个月以来一直坚持地下斗争的几位主要人物都到了。针对突如其来的敌情，大家进行着认真的分析和研判，决定有重点地敲掉几个特务头子。

日头明晃晃当空照着，树上的知了用永是撕不断的珠串一样的歌声，远远近近扯拉着透明的网。崔天亮靠着核桃树面北而坐，突然，他的两道刷子眉竖了起来。

"别光顾了说话！眼睛都管点事！"

龙杰唰地抽出枪来，正前方和左右两边都未发现异常。一回头，田东从东北角溜过来了。崔天亮说:"振义,过去和他谈谈,就说正在研究恢复他的工作,一步也别让他再往前走,安慰他一下,叫他快滚!"

李振义提枪迎过去了,三分钟后,田东点头哈腰走了。

龙杰本来是和崔天亮面对面坐着的,李振义一回来,他立刻提着枪来到会场东边的一个土堰上。土堰上有一口井,井口旁边竖着一块井桩石。这儿地势高,又有井桩石作掩护,便于观察四面八方的动静。

日头早已把单薄的井桩石晒透了,脊背一贴上,立刻像背上了一盘热鏊子,烙得龙杰浑身冒汗。为了不暴露目标,龙杰的后背,必须要和井桩石贴在一起,一会儿的工夫,他的褂子就只剩了两个角还干着。

过了麦的天,是晚玉米靠苗的旱天,午后两三点钟是一天最热的当口,路上、地里,几乎看不到活物。坡野里蒸腾的热气,远远看去像一汪悬浮的清水,在青苗的上方粼粼地波动。身上出透了汗,口觉得渴了,龙杰很想到核桃树下喝碗水。可是一去一回目标太大,他只得随手拔了几棵苦菜,摘下苦菜的叶片贴在嘴唇上,又摘了几片艾叶,拿在鼻子上嗅着。烟瘾上来了,摸出火镰来又放下了。这会儿他坐的位置最高,一冒烟就会暴露目标。

掖好火镰,龙杰下意识地抓起了枪,因为他看见从夏庄村口往落凤坡方向走来一个人。此人光着上身,一件白汗褂子搭在肩膀上。天这么热,日头这么毒,他倒不紧不慢地迈着四方步?龙杰不错眼珠地盯上了。眼见得这个光膀子的男人拐上了通往落凤坡的小路,本来慢慢悠悠走路的他,突然改成了小跑,龙杰立刻警觉起来:什么人?他要干什么?汉奸?特务?……他东西南北看了看,没有别人,只有他自己,龙杰啪地打开了匣枪的机头。

来人小跑着过了淬泥河,居然径直朝会场这个方向来了!眼下的青苗还未高过膝盖,转遭看了一下,确实只有他一个人。龙杰心想:来吧,只要你一个人就好办!他身子贴紧井桩石,枪口早已瞄上了。眼见那人越跑越快,越来越近,而且准确无误地冲核桃树下的会场而来。龙杰飞身下堰,枪口抵上了来人的胸膛。

"不许动!哪里去?"

"我……我……我找崔天亮……我来……送情报的……我叫……燕锋……地下党……"来人上气不接下气，举了举手中的一把青草。

"你找崔天亮？崔天亮在哪？"

"我知道，都在核桃树底下开会呢。"

龙杰疑惑地看着来人，抽下他肩头的白汗褂，摸了一下他的后腰，又捏了捏他手中的青草，青草里有一封信。龙杰端着枪，两人一块上来坝堰。

开会的都站起来了。

"哎呀，你们还真是都在这儿啊！"

燕锋大张着嘴巴，用力喘着粗气，一边打手势让大家坐下，一边把手里攥着的青草递给了崔天亮。燕锋又是紧张，又是激动，眼圈子里泪花直转，热汗瓢浇一样。龙杰赶紧为他倒上两碗绿豆汤，示意让他先喝喝，燕锋点了点头。

青草里边是一封信，崔天亮展开信笺仔细看完，然后把信递给了陶龙翔，陶龙翔看完以后，把信递给了李振义，李振义看完又给了王东山……信转了一圈，脸都绷起来了。

绿豆汤凉得差不多了，燕锋一气喝下两碗，见大家都看完了信，他擦了擦嘴角："这个人就是这个村的，我多少也认识他，好像还是哪个区里的干部。穿的不新鲜，说话点头哈腰，不住地搐耸鼻子，一笑起来，嗓子眼里咔咔地响，一听，就知道是强装出来的假笑。他进据点以后，直接找到邹靖国报告的，说你们正在落凤坡开会，一满家子都在马家园的核桃树底下，就差一个王国强，他掌握得这么准！"

根据燕锋的说相，大家立刻明白了。看来田东这个家伙是从落凤坡以北绕过平家洼去的据点，所以大家都没有发现他。

崔天亮说："情况紧急，敌人要先下手了。根据情况判断，敌人在天黑以前不会有大的行动。现在敌人并不知道我们已经掌握了他的情况，既然知道我们在这儿开会，晚上肯定会来偷袭。"

情况已经很明白，会议不能再继续往下开，要敲掉几个特务头子的打算也只能往后放一放。崔天亮和王东山往南去，程山、李振义、陶龙翔，分别往西、往北去了。龙杰、任五六有任务不能远离，在不让敌人抓住的情况下，要把情况搞清楚，进一步弄准确报告人是不是田东。

根据崔天亮的吩咐，龙杰和任五六马上通知村干部、党员和其他工作人员，以最快的速度转移出去。天黑以前，全部离开落凤坡。村南村北的老熟窝子，也不能再去，弄不好会连累群众。敌人虽然兴师动众决心很大，正如崔天亮分析的，若是田东在这次行动中唱主角的话，即使没有多少收获，也不至于烧杀抢掠，他还得为自己留后路。但是为防不测，伪保长龙信忠也不能在家，也叫他尽快躲到庄外去。这个人虽然不坏，但是骨头软。敌人抓不住要找的人，会逮不住兔子扒狗吃，一旦让敌人揍急了，他会领着敌人到各家各户逮抗属。

根据崔天亮的指示，龙杰和任五六找到了董义坤和马文林，通知他们，马上到村西南的黄家场里躲起来，秘密带上伪保长一块走，越快越好！

村里都安排好了，龙杰和任五六来到了村西北的石湾子。

麦后的天，热且长。龙杰站了老半天的岗，情况又来得紧急，没吃饭，也没喝水，蹲在石湾子听了半天也没有听到什么动静。他对任五六说："一宿还早呢，咱得想法弄点饭吃才行，也得喝点水。西场里不是有凉快的吗？你去那里找个人，弄点面条也行，拿几块面饼或者煎饼来也行，反正肚子不能空着。"任五六说："刚下来麦子，吃饭不成问题了，弄好饭以后，我叫人放到场院西边的庄稼地里，即便敌人来了，撒岗也不会撒到那个地方。"龙杰说："趁着天快黑的工夫，我再转到庄东看一下，然后到场西边的地里去找你。"

转过几个麦秸垛，任五六来到西场院的中间。面案一样的平地上，横七竖八躺满了乘凉的人。大家把鞋子扣起来当枕头，摇着自编的麦秸蒲扇，仰面朝天数星星。田二叔带着他的双胞胎小孙子，望着天河拉着牛郎织女的故事。小孩子性子急，故事没听完，就一定要爷爷指出哪颗星星是牛郎，哪颗星星是织女。田二叔说："别急别急，你俩仔细看。天河这一边，你看你看，这颗星星亮不亮？这就是牛郎星；你再看看，牛郎星的前后各有一颗小星星，不如中间这一颗亮，这就是担子两头挑着的两个孩子。"

"哪颗是织女？哪颗是织女？"

"嗨，织女还不好找吗？你再看天河那边，和牛郎星斜对着的，你看你看，看见那颗最亮的星了吗？那就是织女星。你再看，织女星的跟前还有三颗星，一个三角，这是个牛梭头，就是牛拉犁耕地护肩膀的梭头。两个人隔河不能相见，是牛郎扔给织女的念想。男人嘛，摔鞭打牛，扔石头放羊，有力气，有准头。女人气力小，你再看织女扔给牛郎的织布梭子，离牛郎还远着哩！看见那四颗星星组成的菱形了吗？那就是织女抛出去的织布梭子……"

晚上来场院凉快的，差不多是清一色的男人，黑灯瞎火光着露着没有讲究。任五六提醒大家别光顾了凉快，敌人可能要来偷袭，要做好跑的准备。一听说敌人要来，田二叔爬起身来拎起孙子就走。满场院里来乘凉的，一个个好像被火烧着了一样，跳起来四散离去。听说任五六和龙杰还没吃饭，黄老三和杨如玉急急忙忙回家去给他们拿饭。

龙杰从庄西头转到庄东南角，来到白天开会的地方。听听还是没有动静，他又来到核桃树北边的十字路口。十字路口有不少的柿子树，他躲在一棵树下站了半天，偶尔听见蔫了的青柿子噗地落地的声音。天已经完全黑下来了，龙杰转身再往西去，他想回家和老娘说一声，顺便喝口水。

龙杰顺着胡同往回走，脑子里不住地诘问着为何还没有动静？是情报出了差错？还是走漏了风声？再或者敌人临时改变了计划？往回走出二十几步，听得纷乱的脚步声从东边传来，而且越来越近。

来啦！龙杰的心里一块石头落了地。

反正天已经黑了，来不来的先回家喝口水吧。

龙杰的母亲是个很在行、很仔细的人，虽然过了一辈子的穷日子，但是操持家务井井有条。只要是夏天，她知道下地干活出汗多，容易害渴，总是准备好一盆绿豆汤，放在门前的厢石上凉着，谁渴了谁喝。

龙杰闪身进了院子，刚端起水瓢，就听见宅子后边咕咚咕咚急促的脚步声，敌人已经来到家门了。不能再走大门，他一跃跳过院墙，一个箭步跳进了路北的菜园里。

马金秋的菜园，约有二亩地的光景，井旁边那棵年老的花椒树，正好可以遮身。他悄悄地在花椒树下的石头上坐下，想起了特务搜捕他的妻子景景和马金秋挨打的情景。如今，他又进园来了。

菜园子西边的土场里乱哄哄一片，敌人正在集合。花椒树离土场虽然只有十几米远，但是隔了一道石墙砟子，就截然把土场和菜园分开了。有几个特务坐在石墙砟子上，正叽里咕噜说话。龙杰想听听他们说什么，可是土场里的嘈杂声干扰得厉害，无论如何听不清楚。龙杰伏下身子，顺着菜垄沟爬了过去。

"……这些小子，"一个齇齇鼻子说，"今天在这里开了一天会，情报很准确，一个也跑不了。外围已布置好岗哨了，我们的任务就是挨门插户地搜。估计可能有走了的。崔天亮这个老小子，以前蹲过模范监狱，老奸巨猾，他把韩复榘都骗过了，很难对付。任五六、龙杰他俩是这个村的，他们走不了，陶龙翔、李振义也走不了这么快。真要搜不出来，就说明他们已有了准备。不过，即便都走了，龙杰那个狗小子也不会走，崔天亮会叫他卧底听动静。"

这个说话齇齇鼻子的家伙，声音挺熟，但是龙杰一时想不起谁来。这几个人不去站队集合，反而散坐在墙砟子上闲扯，是特务的小头头无疑。

龙杰慢慢爬到墙根前，发现墙上一共坐了三个人。仔细看看，他们的胳膊上都系有一条白毛巾。哦，这是他们的暗记。龙杰腰里也掖有一条白毛巾，他慢慢抽出来摸索着系上。因为这几个家伙面对着土场，背对着菜园，土场里灯笼火把，人欢马叫，龙杰这边只要不出大动静，他们很难察觉。

"口令是什么哝？"

又是那个齇齇鼻子，他坐在三个人的中间。

……

"哎哎，口令是什么哝？你俩聋了吗？"

"你大大那个皮鞋，你是干什么吃的？连命都不要了？"

骂人的是个公鸭嗓子，说话上气不接下气。

"我忘啦，传口令的时候我正巧打了个喷嚏，没听见。"齇齇鼻子说。

"没听见想什么咪？前天晚上你小子一夜不归，再际着作腾非毁了你不行。那不是个蜜罐子，那是个盐罐子啊，齁死你这个没出息的！"公鸭嗓子说。

"行了！别闹了！口令到底是什么咪？快说给我，说给我！"

"别说给他，腚后头菜园子里有人怎么办？"

坐在北边的特务一边说，一边拧过头来往后看了一下。

龙杰一阵紧张，幸好特务的话是随便说说的。他听出来了，三人中有两个是龙门山人，就是多次到村里来找他麻烦的家伙。

"菜园里有茄子！咱这是执行任务，今晚上不光咱三个人。你要不告诉，一旦误会了，别人打了我活该，我要是伤了别人呢？怨谁？"

"怨谁？怨你！你那耳朵是刁翅子吗？"公鸭嗓子抬手拧了一下齉齉鼻子的耳朵。

"我打喷嚏没听见！"

"告诉你也行，你得向我保证，这次完成任务回去后，借你的翻毛鞋穿穿。"

"行行，别说穿，你钻进去回回炉再托生一回也行！"

"日你祖宗！"公鸭嗓子一胳膊肘子，差一点把齉齉鼻子捣下墙砟子，齉齉鼻子恼了：

"奶奶的，你到底说不说？不说俺问别人去！"

坐在北边的特务说："'完成'。"

"回令呢？"

"'胜利'。"

口令听明白了，齉齉鼻子是谁也想起来了。捏捏嗓子，娘娘腔，夏东水！背叛了特派员的夏东水！他娘的，冤有头，债有主，今天夏东水你犯在我龙杰的手里，可该我为特派员报仇了。你们这些个汉奸、败类，你们的暗号我知道了，你们的口令我也知道了。走？我还不走了呢，我还得借你们这几个家伙的脑袋试试我的小三把呢，打死你们几个，我再和你们这些小子转悠一宿吧。

龙杰心里盘算好了，开枪先打夏东水。

龙杰的枪口，离他们三人的脑袋顶多十米远的距离，他把背褡子从肩膀上取下来，里边装有四颗手榴弹。如果打死这三个人，再扔出一颗手榴弹，敌人必然炸窝。趁着混乱，兜着圈子耍弄他们一阵子，还耽误不了走人。

想到这里，龙杰摸出手榴弹，把弦拉了出来，匣枪也举起来了。

枪苗子伸了两伸，龙杰犹豫了：眼前打死这几个汉奸太容易了，但是敌人吃了亏，又找不到人，能舍弃吗？肯定会残害抗属和无辜百姓，也会放火烧村子。以后村里的人骂他是小事，更重要的是他任务在身，一旦打乱了计划，搞不到真实情况，怎样向组织交代呢？不能轻易就打，不能感情用事，先忍一忍，让夏东水再多活几天吧。龙杰伸出去的枪，又收回来了，手榴弹再装进背褡子里，悄悄退了回来。

任五六在场院里待的时间不长，黄老三和杨如玉就把面条做好了。任五六接过面条盆，准备去庄西的棒子地里去等龙杰。端着面条才跑了几步，就被敌人发现了。他把面条盆扑哧一扔，一弓腰钻进谷子地，顺着杨家沟上了凤凰山。这样，村子里就只剩下龙杰还在敌人的包围圈里了。

敌人的搜查已经开始，只听见各家的大门接二连三被踹开。接着便是嘭嘭嚓嚓、噼里啪啦摔盆子砸碗、踢罐子、捣水瓮的声音。一时间，落凤坡孩子哭，老婆吵，鸡叫狗咬驴呱呱，开了锅了。

敌人折腾了大半宿，没捞到什么，重新集合在菜园子以西的土场里。就听一个高八度的尖细嗓子在讲话："……现在，我们已经把庄子围了个风雨不透，弟兄们尽管放心，只要他们不是七十二变的孙猴子，就甭想跳出我们的手心去！长官有指示，这次活动情况特殊，只逮共匪，不碰家属，更不能杀人放火，谁也不得违犯！不过，保长已被我们抓住了，一排长！"

"有！"

"押上小保长，你们保护着三元和田中队长，到黄家场一带再去搜，其他人原地待命！"

龙信忠被抓住了？任五六呢？龙杰心里一阵着急。

龙信忠确实被抓住了。原先，他是按照吩咐跑出去了的。可是，跑出去他又返回来了。龙信忠人很孝顺，他的老娘病得很厉害，跑出去了，他放心不下，又偷偷回来看他娘，很容易就让敌人抓住了。敌人开初问他，他推说是在村外乘凉，什么也不知道，听得村里乱哄哄的才回来看看的。他是保长，敌人哪里会相信？拧过胳膊连扇了几个耳光，摁在地上一个劲地乱捶，揍得他实在撑不住劲了，就把敌人领到黄家场院去了。

三元、田中一伙人，呼呼隆隆去了黄家场，西土场里的敌人又稍稍安静了。

龙杰一直还没有喝上水，他想趁这个机会再回家喝口水，于是从菜园里爬出来又进了家。家里翻腾得乱七八糟，好像刚出了殡一样。厢石上的绿豆汤盆已被砸得粉碎，只剩了一块水瓢。他拿起瓢碴子看了看，老娘在屋里听见了。

"谁呀？"老娘没敢大声。

"我。"龙杰答道。

"嗨，我那儿哎！你怎么又家来了？可了不得啦！"

"我知道，我家来喝口水。"

"盆让他们砸了，锅里还有，喝口水赶快走吧！"

"甭害怕，喝口水我就走。"

落凤坡的西南方向，突然爆响了哗哗哗的机枪声。枪声截断了夜的大幕，山乡的舞台在枪声中发抖。

黄家场原来一共有四个人，龙信忠执意要回家，场院里就只剩了董义坤、马文林和杨宝庚。天气闷热，三人干脆将裤子脱下来铺在地上，再把两只破鞋扣起来当枕头，四仰八叉躺在了场院里。

龙信忠将鬼子、特务领到黄家场，特务用刺刀顶了一下他的腰，龙信忠朝场院中间指了指。

打麦场上，堆了好几堆黑乎乎的麦糠，看不清楚到底躺了多少人。田中以为场院里躺的，就是白天开会的一伙，虽然拿了手电，也不敢贸然打开，只是屏住呼吸，伸长脖子，使劲地朝场院中间看了又看。半天了，他突然拔出洋刀："统统死啦死啦的！"

机枪、步枪刮风一样向场院中间扫射。

枪弹多是冲着麦穰垛和麦糠堆发射的，一阵枪响过后，场里的三个人都不曾伤着皮毛，一骨碌爬起身来，光着屁股钻进谷子地，顺着杨家沟上了凤凰山。

敌人一边打枪一边慢慢地将场院围了起来，凑到中间一看，丢在地上的是三双破鞋、三条烂裤子和两杆旱烟袋，敌人才知道这并不是他们要找的人。

听着这一阵枪声过去，龙杰也就喝足了水。他从家里出来，一想，往西去不行，大部分敌人还都在西场。往南？也不行，黄家场院的敌人肯定还会返回来。只能往东去。

往东才走了几步，猛然发现十字路口的柿子树下，影影绰绰有个岗哨。正犹豫到底往哪儿走才好呢，有两个特务从西边跑过来了，他们显然发现了龙杰。

"谁？干什么的？"

如果龙杰拔腿就跑，特务的子弹会马上跟上来，岗哨也会朝他开枪。

"混蛋！没有口令吗？妈了个巴子！"

两个特务站住了，他们以为碰上了当官的。趁此机会，龙杰往南紧走了几步，又来到了白天开会的地方。

天交过半夜，核桃树下比白天凉快多了，他重新回到白天坐过的石头上。模模糊糊看见刚才问话的两个特务，犹犹豫豫来到十字路口。

"刚才过来的谁？"

"没过来人。"岗哨说。

"怎么没过来人？眼看着过来一个，还骂你妈了个巴子，你没听见吗？"

"我听见你们说话来，骂你妈了个巴子我也听见了，可是没见有人过来。"

"不对，这就蹊跷了，那能是谁呢？"

龙杰坐在石头上差一点笑出声来："婊子生的！谁呀？你不认识，

你爷爷我哩！"

特务还在争执，龙杰一想，这个地方冲着北边一条大路，又是个十字路口，也不安全！还不如到白天放哨的地方，井桩石当靠背，转遭又是棒子地，先坐到那儿舒服一会儿吧。

龙杰又来到井上，前后左右看了一圈，然后靠着井桩石坐下来。井桩石还没完全退热，身子一靠上还暖乎乎的。

井上坐了一会儿，忽听井北边的棒子地头上，有呜噜呜噜的说话声。听动静人不少，说的什么，听不清楚。龙杰一想，地北头也是个小场院，场院北边就是田东的家，敌人会不会在田东家开会或者在商量什么事情呢？侧耳细听了一会儿，说话的都在田东大门前的小场院里。

龙杰开始顺着棒子垄沟往前爬。棒子棵刚有膝盖高低，只有爬才不至于暴露目标。

未曾经雨的垄沟土质疏松，脚一蹬上去，身子纵不出多远。背褡子搭在肩膀上爬起来碍事，龙杰干脆摘下褡子放在背上驮着。虽然是两手扒着前进，端枪的右手，只能靠胳膊肘用力。才爬了几步，问题又来了：棒子棵太矮，底下的叶子几乎贴着地皮。下半夜，庄稼水分上来了，拐断一根叶子，就发出啪的一声脆响，很容易让敌人听见，龙杰只得停止了前进。

龙杰想了想，他背过手去从背上取下褡子，找出一把平时割纸用的小刀。割下一根棒子叶，他往前爬一步，割下一根棒子叶，再往前爬一步，不一会儿就爬到了地北头。

地北头也有一堵矮墙，正好给龙杰当掩体。

不少人正聚集在田东大门口的场院里，嚷嚷着说话。龙杰把匣枪打开机头，然后又摸出手榴弹。

从矮墙到田东的大门口，不足三十步远，说话的声音已经听得很清楚，邹靖国正在低声但很严厉地训斥田东：

"真是胡闹！你怎么搞的？谎报军情，瞎折腾一宿，反而打草惊蛇。田中和三元正在那边生气呢，我们的工作就这样做法吗？"

田东像一只受了委屈的狗，哼哼着辩解："靖国同志，确确实实没有错，白天他们开会时我闯的会场，看得一清二楚，文的、武的，就缺王国强一个人。是李振义这个狗日的把我支开的，还是哄我的那一套。咱们当时不敢下手，如今一个大黑夜里，搜不着能怨我吗？我敢保证，他们肯定走不远。龙杰属泥鳅的，贼心眼子多，滑得很！任五六这小子好搞破鞋，绝对走不了！黑更半夜咱没法细找，能怨我吗？现在青纱帐还没有起来，只要外围围得好，明天我们豁上一个白天，不信他们插了翅膀……"

好小子田东，这回可冤枉不了你啦！龙杰掂了掂手榴弹。如果田中、三元都在这儿的话，豁上犯错误也会和他们拼了。可是，眼前只有两个汉奸，他还真怕浪费了这颗手榴弹呢。

邹靖国、田东带着人又往西去了，龙杰又返了回来。他心里燥热，又害起渴来。再回家喝水已不可能，他慢慢迁回到滓泥河边，蹑手蹑脚登上河岸边的一个沙土包，这里地势高，四下里都能看得清楚，而且还凉快。

小河对岸就是落凤坡张守田的西瓜地，瓜地里有两个特务正在骂骂咧咧地挑西瓜，一口一个"妈了个巴子"，直骂瓜不甜。

张守田知道特务的厉害，一个劲地说："弟兄们，我拢共才种了几棵瓜？我下午摘下来准备明天赶集的瓜，都叫弟兄们抱走了。他们抱走了好的，我才摘的这些瓜，能多甜？"

"你妈了个巴子谁给你抱走的？吃你个鸡巴瓜是看得起你，你刁啰唆什么？"

张守田不吱声了，就听两个特务砸瓜的声音。瓜不熟，瓜不甜，还是一口一个"妈了个巴子"。

终于，两个特务一人抱了一个西瓜往村口去了，龙杰悄悄从河西崖溜了下来。可能是白天出的汗太多了，两瓢绿豆汤也不知喝到哪里去了，还是口干，他也想吃个西瓜解解渴。

月牙儿出来了，景物变得清晰起来。蹚过河去，轻手轻脚走到瓜地头上，见个人枕着双手躺在地上，仔细一看，是帮助张守田看瓜的张云帆。龙杰弯下身子：

"云帆吗？"

张云帆假装睡着了，没有搭腔。龙杰用脚顶了他一下，张云帆显然是害怕，不睁眼也不吭气。龙杰径自朝瓜地的窝棚走去。

张守田看瓜的窝棚搭得很简单，几根木头交叉支撑在地上，苫上了几个草苫子，地上胡乱铺了些干草，一张狗皮是防地里的潮气的。

张守田也瞧见有人来了，他原以为又是那几个胡搅蛮缠的特务，听见喊张云帆的名字，他听出是龙杰来了。

"三哥吗？"

龙杰排行老三。

"是啊。"

"哎呀我那祖宗人家，你怎么在这里？快走！快走！你快走吧！"

"什么事把你慌成这个样子？"

"什么事？两个特务抱了西瓜刚过河，你该没看见吗？你快走吧！"

"快走？多么快？我也怪渴，也想吃个瓜哩。"

"熟的没有了，你挑一个快走吧！"

"你说得巧，好瓜都送了人了，生瓜我怎么吃？我也得挑个熟的吃。"龙杰半开玩笑地说。

龙杰蹲下身子挑瓜，张守田见龙杰认起真来，从心里急了。

"地东北角上还有几个熟瓜我没摘，你快到那里去摘吧！"

龙杰说："钱呢？"

张守田更急了："你可别和俺拉这些事咧，这是什么时候你还和俺支二点，你快去摘一个吧大爷人家，你快摘快走，你是个好大爷，我求你啦！"

张守田确实从心里害怕，龙杰不再和他闹了。

来到瓜地的东北角，还真有几个大瓜没摘。瓜大不一定熟，还得挑个熟的吃。龙杰瞅准了几个，挨个弹一弹、拍一拍：哪哪！咚咚！……

特务又回来啦，还是嫌瓜不熟、不好吃，开口闭口还是"妈了个巴子"。

张守田吓毛了，他假装为特务挑瓜，快步走了过来。

"祖老爷，你耳朵聋还是眼睛瞎？你还不摘一个快走？怎么还际着挑三拣四的？你可别再敲了，他们一旦听见和你打起来不就毁了我吗？你这是成心想要我的命啊！"

月光下，张守田吓得浑身哈撒，牙齿也碰得嘚嘚响。不能再为难他了，走吧。

离开张守田的瓜地，往东不远有一口井。龙杰接就井池子把西瓜磕开，不错，西瓜还是个沙瓤的。

特务还在继续糟蹋张守田的瓜，还是骂着妈了个巴子瓜不熟。龙杰笑了："吃你妈了个巴子去吧，熟瓜，爷爷我吃了。"

一个西瓜吃下去，心里不冒火了。龙杰接就草上的露水，划拉了一下发黏的手指头，又往东走了不远上了一道坎，坎上是一块春棒子地。春棒子虽然不高产，但它是老百姓的接口粮，种得早，收得也早。麦子吃没了，秋庄稼没下来，这就是常说的青黄不接，就要靠春棒子来接口。春棒子刚刚收过，鲜棒子秸都扔在地头的小沙岭子上。龙杰想，别走远了，就在这儿歪一会儿吧。心里想着就坐了下来，随后就躺下了。一天一宿的折腾确实累了，一躺下就迷糊，一睁眼天已大亮了。

是一声咳嗽把龙杰聒起来的。

来人是从村子里走出来的，肩上扛了一张木锨。龙杰看准了，来人不是外人，是本家的一个兄弟龙玉会。龙杰纳闷：不扬场，不倒囤，他扛张木锨干什么去？等龙玉会慢慢走近了，龙杰轻轻咳嗽了一声，吓得龙玉会跳了一个高，木锨几乎也扔了。

"哎呀我那老哥哎，你吃了豹子胆？你没看见咱村的坝堰上站着四个特务吗？村里又开始搜了，俺奶奶送老的衣裳他们也抢，寿棺也劈了。我怕在家里惹麻烦，借口出来顺顺沟子，好说歹说，岗上的特务才让我出村，他们发誓要把咱们村挑成湾哩。"

龙杰说："不就是几个鬼子汉奸吗，有什么好怕的？"

"不怕？他们找不着怎能不急吗？你还敢在这里睡觉？你也不看看，你和他们才隔着几步远？祖宗人家，你可真是天胆，俺可走啦！"

龙玉会扛上木锨，头也不回地走了。

太阳露脸了，落凤坡还笼罩在一片混沌之中。

平家顶

龙杰睡觉的不远处有一条大路，又逢夏庄大集，路上三三两两已有了赶早集的人。这个地方不能再继续待下去，得换地方。

龙杰提起枪，来到了平家顶。

平家顶又叫点将台，是平家洼村的一块高地。站在平家顶，夏庄、马家园、落凤坡、车庄……一览无余，风吹草动都看得清楚。

来到平家顶，龙杰找块石头坐下来，这才觉得肚子饿了。一个西瓜不顶用，两泡尿又没了。到哪里去弄点吃的呢？

太阳老高了，龙杰发觉大路以东的王家林里有好几棵小柏树，林子里边肯定风凉，到那儿再说吧。

林子里边是风凉，可是，风凉治不了饿。地里有麦子的时候搓穗麦子吃，现在除了红地便是青苗，哪个也不能吃。龙杰饿得火烧膛，浑身发热出虚汗，腿也软了。

林子以北，是落凤坡张玉春的一块谷子地，地里种的早谷子。杨富贵打短工，正光着膀子给张玉春家锄地。谷子地的南北沟子很长，杨富贵锄地一起一伏，活像在绿泳池里练习游水。不一会儿，就见张玉春挑着担子送饭来了，龙杰的肚子更觉得饿了。嗨，先到他那里要个干粮吃，顺便再喝他两碗汤吧。

张玉春一见来的是龙杰，先是吃了一惊："老天爷，你怎么在这里？"

龙杰笑了笑："饿坏了。"

张玉春连忙给龙杰拿饭。

篮子里有大白馍馍，还有煎的小烤鱼。张玉春先拿出两个白馍馍，分别掰开夹上小烤鱼，一个劲地让龙杰先吃。

又渴又饿的时候，喝水比吃饭要紧，要不，咽不下饭去。龙杰先喝了两碗汤，绿豆放得不少，汤成了紫红色的。才喝完汤，见大路上又来了一个卖饭的，是李家庄的李长福。

"赶集去吗，大叔？"龙杰迎了上去。

"啊啊！龙杰吗？你咋在这里？庄里怎么样啦？"李长福和龙杰很熟。

"还翻腾着哩，我没回去，你给我一斤馍馍，我还没吃饭哩。"

李长福放下挑子，一下子给龙杰抱出来两斤。

龙杰说："一斤也吃不了！"

李长福说："吃了这一顿，谁知道下一顿到哪里吃去？不多，都拿着吧。"

既然已来到大路上，不能再回王家林了。往东北看，是河西村张家的一片林地，坟头不少，只有一棵歪脖子柏树，三面种的都是高粱。龙杰心里盘算，到那里吃了馍馍，再到平家洼的桃行里找点水喝，回头再枕着这个破褂子在坟头上睡一觉吧。

来到张家林，龙杰拿着馍馍却吃不下去了。一天一夜几乎没有休息，现在又饿过了头，嘴里发黏，咬下的馍馍在嘴里翻打滚不往下咽。他把背褂子一叠，干脆躺在了坟头上。

李振义自打昨天离开落凤坡，一直在凤凰山下转悠没有走远。落凤坡和李家庄隔得很近，夜里落凤坡那阵子机枪响过以后，他很担心，估计龙杰很可能和敌人遭遇了。一个大黑夜里，既不知道敌人到底来了多少人，又不知道龙杰和任五六究竟遇到了什么情况，听枪声的激烈程度，他心里急得没抓没挠。好容易等到天亮了，李振义扛着锄头慢慢向落凤坡靠近，但不敢进村。走到三真观，落凤坡的李润之正在庙后干活，老远看见是李振义，李润之连忙摆手。李振义大着胆子又往前靠了几步。

"别再往前走啦！前面有岗哨。敌人把俺村子围了一宿了，现在又重新搜查呢。"

李润之生怕李振义惹了乱子。

"出事了没有？"李振义问。

"没有！没见逮住什么人，也没见死了人。"李润之回答。

李振义放心了。

李振义了解到了真实情况，心里轻松多了。可是，没有见到龙杰和任五六，心里还是不踏实。敌人什么时候才能走呢？龙杰和任五六又到哪儿去了呢？他四下里打量了一下，觉得东边有个林子不错，地势高，三面种着高粱，既便于观察，又利于隐蔽，他就朝这个林子走去。

李振义看中的这个林，正是龙杰躺身的张家林。李振义肩上扛了把锄头，匣枪挂在一边，嘴里哼着梆腔，若无其事的一样，眼睛可是四下里转悠着没得闲，一会儿便来在高粱地头上。

刚刚蹿起个子来的高粱，上边的叶片稠，下面的叶片稀。高粱地里光线暗，从外边往里边看，看不真切；从里边往外看，居高临下，一目了然。李振义到了地头上略一定神，哈腰钻进了高粱地。刚走到坟头旁，龙杰大喝一声：

"什么的干活？！"

李振义锄头一扔，趴到地下就抽枪。

"是我！你想干什么？"龙杰躺在坟头上没有动弹。

"哎呀我那老天爷！"李振义两眼放光，大嘴咧到腮帮子上，"老天爷爷，怎么是你？你怎么在这里？"

"可不在这里。"龙杰坐了起来，简单把情况讲了讲。李振义高兴得直拍巴掌："罢罢罢，龙杰你真能干，任五六呢？"

龙杰说："我也不知道他上哪儿去了，我俩昨天天没黑就分手了，我叫他去弄点吃的，可是再也没有碰到一起。可能上了凤凰山了，估计也没有问题，他不会轻易进庄的。"

"没有问题就好！没有问题就好！夜里响了那一阵子枪，我一直担着个心，生怕你和敌人遭遇了。"

"响枪的那一阵，敌人去打的黄家场，龙信忠到底叫敌人给逮住了。"龙杰说，"不过他们什么也没有得到。你渴吗？"

"怎么不渴？"李振义说，"一宿没有准信，心里刨燥得难受。出了这阵子汗，又叫你吓我这一跳。可是，天过晌了，上哪里弄水喝去？"

"平家洼。"龙杰说。

"平家洼行吗？这个庄里的人可是够呛。再说，咱俩目标又大。"

李振义说。

“咱在这号地方害怕什么？”龙杰说，“敌人在落凤坡，据点在夏庄，还能到处都是敌人吗？我找的这个人是我邻居的一个亲戚，保险走不了风声。你在这里等着，我拿水去。”

龙杰进了平家洼桃行，又找到郑崇喜。自打他和任五六半夜三更来借宿以后，还一直没见着老人说句客气话呢。郑大爷人老实，办事实在，一听要喝水，手一挓挲：“看看，忒不巧了，一壶新茶我刚喝完，剩了一壶乏茶了。你先喝一碗解解渴，水一会儿就开，我另给你冲新茶。”

郑大爷等龙杰喝了一碗水，就把壶里的乏茶甩了，又从茶篓子里抓出一大把茶叶放上，说：“等一会儿我给你们送了去吧！”

龙杰说：“恁老就别跑腿了，等水开了，水壶、茶壶我一块提着，俺俩有这一大铁壶足够了。”

回到张家林，泡上茶喝着，龙杰把情况详细汇报了一下。李振义高兴得直搓手：“好！好！完成这项任务也只有你龙杰，若是第二个人，谁也不能把情况搞到这种程度，立了大功啦！”

说着说着，太阳又压山了。送回茶壶茶碗，他们转悠着来到李家庄西的沙岗子，早晨赶集卖馍馍的就住在这里。龙杰说：“振义，这回可是真累了，弄点好菜喝个酒吧？”

李振义说：“当然了！”他对李长福说：“大叔，你去给俺买只鸡吧？”

李长福说：“怎么还买鸡？我这么多鸡干吗？留给汉奸吗？杀一只吃就是。”

菜齐了，他们开始喝酒。再看落凤坡，折腾了一天一宿的汉奸队已出了村口，疲惫不堪的身影，在黄昏中东倒西歪……

第七章

"一个姑姑子！"

邹靖国的活动公开化了，日伪军的铁壁合围成了家常便饭。

附近的村庄都不能住了，老堰洞也不再安全，游击小组只得另挖新洞。挖一窖新洞并非易事，白天不能挖，外人在场不能挖，只能靠深更半夜偷偷摸摸倒替着干。有时连续挖了几个晚上，眼看要大功告成了，一旦被人发觉，又不得不舍弃。

挖洞虽然不易，但是，最大的困难还不是挖洞，而是队伍里多了一名女同志。

夏庄是个古镇，原有南、北两个镇门，镇门上建有南、北两阁，阁内住着出家人。北门北阁早年拆毁，只剩下南门南阁，祀天官、地官、水官，因此又叫三官阁。三官阁的尼姑一共有三个，老尼姑法名魁，魁的徒弟叫弘，弘的徒弟则是一个小沙弥，法名宽。小沙弥来自泰安城南琵琶泉，因为家里穷，老人把她送到南阁当尼姑混口饭吃。

小尼姑刚出家时才六七岁，不少人见了她有事无事地故意喊一声："小姑姑子！"小尼姑回回头，翻翻白眼就跑开了。虽是出家人，毕竟年龄小，整天价光头、光脊梁满街跑。龙杰那时也不过十来岁光景，每逢赶集，总见她在集上乱转悠，到处伸手要东西吃，有时龙杰也故意喊一声"小姑姑子"。

日本鬼子侵占泰安，山东省委派张柏华、远静沧来岱西发动武装起义。一直泡在苦水里的小尼姑，毅然还俗参加了革命，改名肖兰芬。肖兰芬虽然已是个大姑娘，仍然穿着对襟褂子留分头，风风火火像个男小伙子。

县委书记叛变，把共产党的家底全部交给了日本人。鬼子、汉奸按图索骥，各村各户对号抓人，革命活动只得转入地下，肖兰芬再度落发。

肖兰芬终究不是以前的小沙弥了，回到南阁的第二天晚上，特务汉奸就包围了南阁。幸亏她的师父发现得早，肖兰芬接连跳过了三个院落，总算逃了出来。尼姑当不成了，可是又能上哪里去呢？想来想去哪里也不安全，只能找龙杰一伙有武装的游击小组。

游击小组居无定所，肖兰芬跑遍了顺河柳林、一溜山头，最后才在徐家小庄的树行子里觅得了行踪。徐家小庄的树行子很大，龙杰一伙正坐在树下盘算一天的活动呢。远远看见有一个人向他们跑来，大家立刻警觉地站了起来。来人越来越近，看着装像个男人，跑动起来又像个女人，大伙儿猜了个八九不离十。果然，来人正是肖兰芬。一见面，肖兰芬泪如雨下，抽咽了半天说不出话来。同志们一个劲地劝说，她这才一边哭，一边将满肚子的委屈倒了出来：如今落了发，尼姑当不成，不男不女的又没有地方去，要求和龙杰他们一块活动。

这可真是个问题。龙杰、任五六、程山他们三个都不是正式负责人，谁也不敢答应。肖兰芬见没人答应，泪水更是赶点儿滴，一天下来一口饭没吃，一口水没喝，眼睛哭得像两个核桃。龙杰只得答应晚上找到领导商量商量再说。肖兰芬不哭了，晚饭还是不吃。

到了晚上，龙杰向崔天亮、陶龙翔、王国强汇报了肖兰芬的情况，几个领导一听也难住了。陶龙翔不住地捏鼻头，崔天亮的浓眉又拧了起来。憋闷了半天，崔天亮发话了："龙杰，咱们在座的都是共产党员，肖兰芬也是共产党员，咱们还封建吗？我们本来就是反帝反封建的先锋战士，现在这种情况下，把她放到哪里也不安全，只能跟着你们活动！"

从不皱眉的龙杰眉头皱起来了，程山一个劲地朝龙杰挤眼，任五六把头一拧，压根装作没听见。崔天亮见大家都不发话，知道同志们心里不乐意，没等他们再说什么，就直接下了命令："肖兰芬同志，从今晚开始，正式随龙杰这个组一块活动。现在王东山不在，由龙杰负责口头通知他，就说这是组织的决定！"

组织已经决定了，再不同意也没了办法。

肖兰芬高兴得又哭了。

肖兰芬高兴了，游击小组的同志可就作难了。虽说是随大家一块活动，但是活动已经转入地下，一个没结婚的女同志突然掺和进来，就不用说麻烦有多大了。白天，他们把肖兰芬安插在某个村庄，晚上又必须叫上她一块活动。游击小组有时住在山沟里，有时住在石窝里，有时又住到堰洞里。男女终究有别，说话、拉呱、解个大小手，都来了不方便。天冷的时候，各人穿的棉袄棉裤，可以不敞不露，晚上囫囵睡觉也还能凑合。可是天热了，各人穿的单裤单褂，肖兰芬也是个大姑娘了，长得又胖壮，和几个男人住在一个洞里，一百个别扭就不用说了。游击小组一再向领导请求解决办法，可是崔天亮不是"等等看吧"，就是"过几天再说"。

麻烦，究竟要等到什么时候？

游击小组来在凤凰山一带活动，崔天亮突然来了。

崔天亮满面春风，肯定带来了战斗任务或者什么好消息。一阵寒暄过后，崔天亮笑嘻嘻地喊龙杰。

"龙杰，你过来一下。"

什么事？单独叫我？这么高兴？……龙杰看了一遭，脑子里飞快地闪过几个念头。

"过来过来，你过来！"崔天亮的眼睛笑得眯成了一条缝。

龙杰左看右看、忐忑忐忑来到崔天亮身旁。

"坐下坐下！"崔天亮笑意盈盈从兜里掏出一包烟，抽出一支递给龙杰，龙杰赶忙抽出烟袋。

"我有！我有！我抽烟袋，我抽烟袋。"

若在以前，这烟龙杰也就接过来了。如今他猜不透崔天亮为啥突然这么高兴，坐下来了，心里咚咚地跳个不停。

"龙杰，你说肖兰芬的事情到底怎么办？"

果然是让他担心的话题。

以前为这个事，他三天两头找领导反映，领导一直没有好办法想。现在领导主动找他了，也不知为什么，龙杰反而担心起来。

"我哪知道？领导有了好办法了？"龙杰试探着问。

"两全其美的好办法！"

"什么好办法？"龙杰的脑子里嗡地一声。

"咱给她找上对象，叫他俩结了婚，爱怎么住就怎么住，不就万事大吉了吗？"

"上哪里给她找对象去？"龙杰差一点没说成"谁要个姑姑子"。

"远在天边，近在眼前。你老婆景景不是月子里小产死了吗？我们考虑到你们两个最合适！这可不是叫你去当伪乡长穿灰大褂子，这是革命的需要！这是帮你成家立业。为了革命，为了家庭，为了保护我们的妇女干部，这个任务你必须接受！这是组织决定！肖兰芬，也只有你能保护得了她！"

"不行不行可不行！绝对不行！不是，我有了，俺一个村的，领导把她说给别人吧！"

"说给谁？"

"谁也行！反正我有了！程山弟兄仨，一个也还没有找上来。"

"那不行，肖兰芬得工作，不能脱离革命队伍。"

"那就给程山！他俩都胖胖壮壮的，最般配！"

"龙杰，这是个政治任务！组织已研究决定，任命你为游击小组副组长，王东山身体一直不好，这种情况下，打游击没有指挥员不行。我今天就去通知王东山，尽快来小组宣布决定。以后他不在，由你行使组长的权力。咱俩这次谈话先不要告诉别人，你先考虑你的，你若家中真的有了，那没办法，程山的工作由你去做，好事尽量往好处办，还得尽快办成！这种事情虽不好强迫他，但也必须告诉他，这是领导和组织的决定！"

"好！我尽量做工作！"

"不是尽量，而是一定要做成！这是给你这个新组长肩膀上压的

第一条担子！"

崔天亮笑盈盈地走了，龙杰的心里却像塞上了一团乱麻。正发愁怎么和程山说呢，程山过来了。

"崔司令这么高兴，和你说的什么？"

龙杰笑笑："你猜猜？"

"我不猜，和你说的事情，我猜不着。"程山说。

龙杰看了一圈压低了声音："崔司令给你说了个媳妇！"

"别闹啦！给你说的吧？"程山的脸唰地红了。

"我是盼着呢，但是捞不着！为了保存咱们的战斗力量，为了保护好我们的妇女干部，组织上决定让你和肖兰芬成亲。"

"可别胡乱安排啦！要成你和她成，我不要！"程山一拧头。

"怎么？哪一点不配你？"

"哼！一个姑姑子！你要你要，我不要！"

"你怎么还看不起姑姑子？那不是叫旧社会逼的吗？"

"你不嫌，你怎么不要？肯定是给你说的，你不要，才胡乱安排。"

"我想要，可是家里又有了。"

"我不信，哪里的？我怎么没听说？"

"本村的，姓崔。"

"那个崔兰花不是嫁给任五六了吗？"

"还有一个，你不认识。"龙杰只得乱编。

"你玩人！我也有了！"

"崔司令说啦，这是组织决定，政治任务！崔司令叫咱俩今晚上就到你家和老人商量去。"

"去就去！反正我定了亲了。"程山一脸不高兴，"一看他笑嘻嘻的，说话和求着你一样，我就觉着不是好事。哪有这种事情？叫谁谁也不愿意……"程山嘟嘟囔囔。

龙杰的心里七上八下，程山嘟囔的什么他也没听见。他在考虑晚上怎么去跟老人说，如果程山真的定了亲，那可怎么办呢？

程山的家境很贫寒，父辈上老弟兄三个，有两个是老光棍子。程山也是小弟兄仨，上边有两个哥哥，到现在一个也还没有成家。他的家在王家店村南头路西，石头垒的趴屋子，树枝子编的篱笆门子，门上的杆杆棒棒让手摸得溜滑。打开篱笆门子，天井里的羊屎蛋儿像撒了一地软枣，离家老远就能闻见膻气味。龙杰和程山到家时，程山家的一条瘦狗有气无力地叫了一声，随后就光拨拉尾巴不再吱声。

说程山家穷得叮当响，一点也不过分。天井里，陪伴一地羊屎蛋儿的，只有一只掉了底的破筐和半截水瓮。两间趴屋子里，几乎看不到有什么东西。屋墙经过长期的烟熏火燎，黑得发亮。石缝里一根木橛子上，挂着一团花油一样的黑被套，那是冬天的全部盖窝。家里长不起油灯，见程山和龙杰回家来了，程山他娘赶忙在锅台沿上插一串蓖麻子。蓖麻子点灯，燃烧起来噗啦噗啦响。火苗子大，烟比火苗子还大，榆钱大小的灰蛾子到处乱飞。一串不亮，程山他娘又点上一串，一会儿工夫，满屋子飘起了黑雪。

见龙杰和程山一块回家来，家里不知道发生了什么事情。程山自从进了家门，绷着个脸也一直没有说话，两位老人心里不安，还不好先问。程山他爹嘴里说着"我拿烟去"，从墙旮旯里找出一个破瓢头子，端到灯下："咳咳，烟也不多了，还够两袋。"龙杰瞥了一眼忙说："怹老人家甭客气，我烟布袋子里还满着呢。"程山他爹一个劲地表示歉意："按理说，爷们轻易不来的，咱得弄个菜喝一盅才是。可是，你看你大爷混的，要嘛没嘛，可真是对不住了！"

程山他娘说："连一捏茶叶也没有，石榴树叶子、酸枣树芽子都喝没了，我烧壶开水咱喝喝吧？"

一看这个情况，龙杰心想，可别难为两个老人了，就赶忙说："俺饭也吃饱了，水也喝足了。大爷、大娘，怹老别再忙活，俺不是来吃饭的。今天我和程山回来，有件事想和老人家商量商量，来听听老人们的意见。"

"什么事还和俺商量？"老人们很感意外，因为程山一直还没说话呢。

"程山自己回来不好意思讲，领导上叫我来和两个老人说一声。"

"什么事？"老人有些紧张，谁也不再忙活。

"不是孬事，是个大好的事情。俺领导给程山说了个媳妇，叫我来和老人们说说，争取一下老人的意见。"

"真事吗？"老人们喜出望外，程山的大爷也来了，眼睛不住地看程山。

"我能敢和老人家闹着玩吗？为了这个事，领导专门派我来的，还能有假？"

"哪里的闺女？多大岁数？"程山他娘急不可待地问。

龙杰说："这个大闺女，家也不算远，泰安城南琵琶泉的。人长得不错，身体也很健康，比程山小两岁，是个革命干部。"

龙杰这么一说，程山他爹高兴了："咱穷得当当的，能有跟咱的就不错了。漫说还是个干部。"

程山他娘也说："山在外边叫领导和兄弟们操心了，漫说还是个干部，要饭的咱也不嫌。咱过的日子还强似那要饭的吗？可不孬，多亏领导和同志们操心了！可得谢谢领导和同志们！"

程山蹲在黑影里一直没有吭声，他见父亲、母亲一个劲地道谢，没好气地哼了一声：

"哼！光知道感谢，恁还不知道哩！"

"不知道什么，山？"程山的小名叫山。

"一个姑姑子！"

"姑姑子？"

程山他娘脸上的表情立刻凝固了，他爹张着大嘴也不再说话。

"姑姑子？哪里的个姑姑子？"程山他娘没了笑容。

"远了人家还不知道哩，就是南阁那个姑姑子！"程山没好气地。

一家人都不吭气了，都认识她。

"她参加了妇救会，如今没法活动了，才跟着俺。大伙都嫌不方便，领导才想的这号主意。"程山委屈得似乎要掉泪。

"哦——还是个姑姑子……"程山他娘也没了主意。

"大娘，是这样，"龙杰赶紧做工作，"程山这个媳妇，是崔天亮和陶龙翔我们两个主要领导给他牵的线，想叫他俩尽快成亲，程山也非常愿意，但是不敢当家，领导特地派我来和老人们商量。崔天亮同志叫我来说明情况，打通一下老人们的思想。当姑姑子是穷逼的，如果不是领导操心，姑姑子谁给咱说？咱这个家，祖祖辈辈放羊，还能嫌人家是姑姑子吗？再说啦，她现在是我们的革命干部，领导全县的妇女工作。不能光看人家小的时候，小的时候都不懂事，谁不光着露着？要说穷，咱谁没要过饭？能强似那姑姑子吗？"

"哼！恁都不要才叫我要。宁要兔子嘴，不要姑姑子！"

"看你胡说！"程山他娘扬起巴掌，脸上又是气、又是喜的样子，巴掌并没有落下来。

龙杰不明白："什么兔子嘴？哪来的兔子嘴？"

程山他娘不好意思地笑笑："哪里有兔子嘴？他说的是他姨家表妹巧儿，我的外甥闺女。巧儿长得可俊呢，就是嘴上有个小豁子，福上带下来的，一点点小毛病……"

"豁唇子还是小毛病？"

"你还说？"程山他娘又扬起巴掌，程大娘真生气了。

"两家早就商量叫他俩定亲，山一直不痛快，巧儿比山小三岁，年龄还小，也没慌着。再说，程山上边还有两个哥哥，实在不行，把这个姑姑子给山他哥哥说说行不？"

"可不行！"龙杰急了，"为了革命，为了工作，领导才做的这种决定，两个人成了亲，不能离开队伍。程山，"龙杰脸转向程山，"你到底回头朝哪？"

"我决定啦！定亲！宁要豁子嘴，不要姑姑子！"

"那，还得向领导再报告、再请示。"

"请示吧！报告吧！反正我不要姑姑子！我早有啦！"

万丈高楼一脚蹬空，麻烦啦！龙杰的心里五味杂陈。当夜回到太平山三皇殿住下，龙杰向崔天亮汇报了事情经过，崔天亮反而高兴起来。

"别再让了，就是给你准备的媳妇，这又不是灰大褂子，你还想让给谁？"

龙杰要哭了，他万没想到这个天天想扔的包袱，最后要背到自己身上。当王东山来游击小组宣布他副组长的任命时，王东山私下问:"你和肖兰芬怎么样啦?定了吗?"龙杰脸一耷拉:"定什么?以后再说!"

环境实在太恶劣了,由于一直分散活动,一晃俩月又过去了。和肖兰芬的事情,龙杰自己不提,也不许别人再说,原先他总是盼着崔天亮来小组作指示、下命令,现在他最怕崔司令又笑嘻嘻地来了。他心想:挨一天是一天吧,只要形势一好转,就好说了。

这一天,游击小组住到了南寨,王东山也来了。崔天亮让在屋头上扣下一个草筛子当桌子,摆上茶水、香烟、洋糖,要龙杰和肖兰芬当面谈谈。人是感情动物,虽然崔天亮也和肖兰芬谈了话,由于肖兰芬和龙杰始终没有交换意见,两人不但不亲近,反而更疏远了。崔天亮喊了两遍,龙杰红着脸就是不跟肖兰芬谈。

崔天亮问:"怎么啦龙杰,还害羞吗?"

"哼!一个姑姑子,有什么谈头?"

"有什么谈头?真成问题!你是共产党员吗?游击小组长,出尔反尔,怎么领导队伍?你够一个党员的资格吗?"

龙杰拧着头抽烟,崔天亮朝王东山一努嘴,躲到一边去了。

王东山笑嘻嘻地在龙杰的身边坐下来。龙杰一脸的不高兴,看也不看王东山一眼。

"龙杰,"王东山发话了,"你现在是咱们游击小组的副组长,没有组织原则了吗?这是小孩子过家家吗?一满家子都同意,肖兰芬也表了态了,你怎么又反悔?这是三斤萝卜二斤葱吗?你这不是白找挨熊、自找难看吗?咱们和她在一块活动这么长时间了,说句到家的话,饭吃在一起,觉睡在一起,尿罐子都合用一个,就只差举行个结婚仪式了,怎么又没了谈头?你要是再找一个和景景一样的老百姓,她早晨后晌能跟你在一起吗?你和肖兰芬结了婚,天天一块工作,一起战斗,这才叫革命夫妻哩!"

"话虽这么说,你没看见人家都挤眉弄眼的?"龙杰想起只要一提肖兰芬,任五六就哭笑难辨的神情,"你看人家程山,宁要个豁子嘴,也不要姑姑子。说句实在话,找个姑姑子,还不如找个豁子嘴呢!"

"哪里去给你找豁子嘴去?崔司令早就告诉过你了,这是革命的需要！你以为豁子嘴就跟你？你这是死了老婆续弦，姑姑子跟你就不孬！怕人家笑话？谁笑话？谁笑话谁？龙杰你这么聪明还犯傻，那些挤眉弄眼的，他们是急眼，是嫉妒！人家整天说咱是土匪、共匪，咱都听着，咱都不怕，咱还都愿意听。如今你找了一个革命干部当老婆，谁敢笑话你？他们不是急眼是什么？这样的革命加同志、同志加爱情的美满婚姻哪里找去？你不是故意找难看又是什么？"

龙杰叹了口气，赌气不再吱声。

崔天亮招手又让王东山过去："锣鼓长了无好戏啊，不能再耽搁，明天就叫他俩结婚，生米做成熟饭，钉子揳到木头里，就好办了。"

结婚的日子定了，在哪里举行结婚仪式呢？选来选去，选中了西马村水车井的井台。西马村的水井上架有财主家的一挂大水车，井旁一左一右两棵青杨树也像一对夫妻。崔天亮让西马村的村长具体去操办婚宴酒席。村长接受了任务不敢怠慢，跑前跑后弄了八个菜，另外买了一条香烟、二斤洋糖，结婚仪式就在水车井的井台上举行。拜天地，拜高堂，拜媒人，入洞房。龙杰和肖兰芬挨着磕头，算是拜了花堂，崔天亮和游击小组七八个人连同村长一块喝喜酒。由于崔天亮是月老，王东山是主婚人，少不了得多喝几杯。一边喝一边狗乱了一通，既是贺婚，也算是闹洞房。

喝完了酒，大家都在青杨树底下喝茶。崔天亮又安排他两个在离井二十多米远的花生地里谈话。谈话不能站着，他俩只得面对面坐在花生地里。日头当午，花生叶害羞样一律闭合了起来，好像捂紧了耳朵。龙杰一直低着头，肖兰芬叫了好几声"龙杰"，龙杰笑了笑，抬抬眼皮，满脸是汗。

肖兰芬说："龙杰，今天是几月几日？"

龙杰说："我知道。"

"还有什么想法吗？"肖兰芬问。

"没有。"龙杰说。

"今后怎么个住法？"肖兰芬又问。

"还能怎么住？该怎么住就怎么住呗。"龙杰一笑，又低下头。

"有什么想法，有什么意见，晚上或者以后再说也行。"肖兰芬说。

"还说什么呢？……"

花生地里的沙土，被太阳晒得滚烫。密密麻麻的小蚂蚁，在忙忙活活地搬家。谈了不到十分钟，两人已大汗淋漓。龙杰和肖兰芬都举起手来，主动要求结束谈话，结婚仪式正式结束。

天黑了，程山和任五六陪同两位新人从西马村一直来到太平山，"保护"着两位新人入洞房。因为村里不能住，夏天的堰洞里潮湿、憋闷，不好住不说，更不能保证安全，所以洞房就选在了太平山的蛤蟆口子。

太平山虽然也叫山，但在泰山面前只是个山伢子。太平山下有个地方叫蛤蟆口子，一条蓊蓊郁郁的深涧沟里，一座大石光梁平平展展，洞房便选在了这里。

新人的洞房，和程山、任五六的营房都在这架大石光梁上，石光梁最平坦的地方有两个屋当门大小。龙杰、肖兰芬一对新婚夫妇安排在石光梁的左边，程山和任五六露营在石光梁的右边，中间只隔了几步远。头半夜的石光梁，还热得发烫，虽有习习凉风，身子一挨上就出汗。任五六对程山说："结婚三天无大小，你过去听听房吧？"程山说："我是小兄弟，应该听听！"

泰安的风俗，结婚第一晚上得有人闹房、听房。闹房就是没大没小地和新人乱腾，听房则是待新人睡下以后，听听新人说什么、做什么，听听房里有什么异样的动静。

程山偷偷爬过去了，靠近些，再靠近些。日久天长，石光梁已晒成了灰白色，看得出两人正抱在一起。

程山又靠近了些。

石光梁上热，新人心里热，抱在一起更热。"床"上不软和，既无枕头，又无盖头。两人搂抱在一起，朝这边躺不合适，朝那边躺也不合适，朝哪躺，皮肉都硌得生疼，翻来覆去，煎咸鱼一样。就听得肖兰芬说："龙杰，抽出手来我给你握着吧？在身子底下把皮都硌破了。"

一阵翻动。

"龙杰，你说实话，还嫌我是个姑姑子吗？"肖兰芬声音很轻。

"不嫌了。"

"龙杰，你一定说实话，我知道咱俩的事，你一直不痛快，我知道你嫌弃我，谁讨个姑姑子做老婆也不好听。我也不愿意当姑姑子，是穷逼的。六七岁上老人就把我送了来，年龄小，又不懂事，当姑姑子也是为了让我活命。早知今日，我去要饭，去拉打狗棍，也不进这空门。"

"你现在就是头发还短一点，早知道，不落发就好了。"

"没法估计，哪想到形势会这么险恶……"

过了好大一会儿，肖兰芬又说："龙杰，这新婚之夜，盖着天、铺着地、月亮照明、星星点灯的，除了你我恐怕不多。你的心本来就很大，以后啊，更要像天一般地高，地一样地阔。有什么不痛快的事，今晚你尽管说，有解不开的疙瘩，今晚一定得解开。"

"别的都没什么，脑子里总是抹不掉你小时候光着脊梁的样子，赶集的没有不认识你的，心里多少还是别扭。"

"爱情是自私的，这我知道。可七八岁的孩子哪有懂事的？穷人家的孩子哪有不光着露着的？你也是穷人家出身，小时候哪有衣裳穿？你们十来岁不是还光着屁股吗？我不过就是落了发，十岁以后谁还见我光脊梁来？你看，你看！以前我是这样子吗？"

肖兰芬捉住龙杰的手，按了这里按那里，嘤嘤地哭了。

会客洞

自从邹靖国叛变投敌，他的劝降信几乎到了人手一封的程度，岱西上上下下成了扒不开的麻穰蛋，一满家子分不清了敌我。此一刻谁投了敌、谁没投敌、谁准备投敌、谁还在犹豫，只有天知、地知、他自己知道了。

民国三十一年大见年，全中国闹饥荒。公粮要保证供应正规部队和救灾，鬼子、二鬼子直接明抢明夺，穷苦的百姓大都挎起了要饭筐。原来游击小组的吃食，靠一家一户去敛，现如今敛也没处敛、要也没处要了。

环境越是恶劣，敌人的气焰就越是嚣张。被打倒的土豪劣绅东山又起，龙别军的残余势力和皇协军的老底子，就像没有捏净的脓疮，又复发了。

泰安城西有个杨家庄，庄里的奸商地主杨兴周从来就和共产党势不两立。他一看时机成熟，便以不纳粮的名义重新组织红枪会，到处游说大日本皇军是天皇派来保护老百姓的，中国的敌人只有一个，那就是共产党。只要参加了红枪会，就不纳粮、不缴税，就保证饿不死……民以食为天，一听不纳粮谁不喜欢？杨家庄的红枪会很快就发展起来了。

杨家庄的红枪会发展起来了，东马村的红枪会也成了小把戏玩的洋茄子，越吹越大。这两个村子一个临近泰城，一个靠近据点，村子里原来就没有共产党的党组织，如今又以不纳粮、不派捐的名义成立红枪会，共产党就更插不进去脚了。鬼子、二鬼子为了扶持红枪会，一段时间内，确实没有再向周围的老百姓征集粮食。老百姓一个甜枣吃不了，因此干起红枪会来死心塌地。杨兴周"宁当亡国奴，不过穷日子"的口号天天喊在嘴上，而东马村的吴立友，更是大会小会地宣扬："皇军爹，警备（警备队，伪军）娘，入了红会不纳粮，共产党是白眼狼。"他勾结叛徒特务米乐喜、高三坏，把东马村周围的村庄都搞成了土围子。仰仗着距离鬼子据点近、交通方便，因而不许共产党、八路军傍边。凡是被他们捉住的人，只要和共产党、八路军有牵连，立马就宰，眼都不眨。

遵照指示，游击小组于天亮以前集合在会客洞里。

会客洞，挖在凤凰山下一道面北的坝堰上，是游击小组专门掏的一个稍大一点的洞。自从邹靖国叛变，游击小组差不多天天住堰洞，这个当口如果有外人突然闯了来，不让他进洞吧，如果他确实是自己人？让他进洞吧，一旦是个还没有暴露的叛徒？或者已经是个成了叛徒的特务？所以，尽管凤凰山下已经掏了七八个洞，游击小组又不得不专门掏了这一孔稍大一点的会客洞。对那些不分早晚突然闯了来、不是很熟悉、大伙心里都没把握的，就临时秘密地把他们藏入会客洞里。

会客洞，会客的时候毕竟少，洞门几乎天天垒着，如果不是开会，同志们一般不进会客洞。洞里本来就潮湿，铺在地上的谷草经过了一个冬天，有一股子令人窒息的霉味，屁股坐得久了潮湿得发黏、发痒。会客洞最里边堆放着一堆芋头，是供同志们解渴止饿用的。春天一到，芋头瓜子开始发芽，陆续长出霉斑，空气里充斥着呛鼻子的苦味。除了苦味和霉味，还有油烟子味，安放在洞壁坎台里的铁老灯，白天点上从外边看不见，也发现不了。可是点下一天来，各人都熏得乌眉皂眼，吐黑痰，擤黑鼻涕，灯影里你看我，我看你，不是黑头，便是花脸，一满家子都成了唱武戏的。而且只要进了洞，拉尿都在洞门口的尿罐子里，味道更难闻。早饭差不多都是喝了一肚子的汤汤水水，大家的尿也多，越是闲着越是尿，我尿、你尿、他也尿，相互传染一样。一个只能容下七八个人的洞，霉草味、烂芋头味、老灯的油烟味、尿臊味，还有你一袋、我一袋、一袋接一袋地抽烟……任五六说："幸亏是人，什么野物进来了，也甭想活着出去！"一句话把大家都逗乐了。

太阳下山了，洞里的光线渐渐暗下来了。老油灯旁边，不怕呛的蝈蝈娘子在洞壁上张扬着巨大的身影。一天下来尿罐子也快满了，粗腿大胳膊的程山第二泡尿才刚挨上号。

"哪！哪！哪！"

洞口的石头敲响了三下，程山的撒尿声戛然停止了。

"哪！哪！哪！"

又是三下。

崔天亮来了！

洞口拆开，崔天亮带着他的通信员小陈爬进洞来。

洞里本来已有六个人，再挤进他俩来，就没了一点空地方。程山趁机把尿罐子提到洞外，崔天亮咳嗽一声，大家自觉安静下来。

崔天亮的情绪不如以往好，根据经验，大家知道一定遇到了不好办的事情。沉默了老大一会儿，崔天亮叹了一口气。

"目前有个难度很大的任务需要完成，今天特地来和大伙开个诸葛亮会。"

语气很沉重，谁都没接话。

"有个重要的任务，需要我们去完成，但是难度很大，"崔天亮重复说，"县委考虑来考虑去，大事还是得靠恁这个组，在目前这种情况下，别人谁也办不了！"

崔天亮语气很肯定。

"没有办不了的事！"

谁都没接话，龙杰沉不住气了。

"要除掉汉奸吴立友！"崔天亮继续说，"杨兴周离泰安城太近，势力也强，先放一放，所以先考虑吴立友。这几个铁杆汉奸，煽动力大，破坏力强，如果不及时除掉他们，我们下一步的工作就更难办，处境就更困难。老百姓都是好百姓，他们上当、受骗、受蒙蔽，只不过是贪图少缴几斤粮食，少拿几块钱。但是，他们的矛头对准的是共产党，直接受到威胁的是我们！所以岱西县委决定，首先除掉吴立友！他多存在一天，我们就多一天的损失，因此要坚决除掉他！能逮活的逮活的，逮不住活的要死的！"

崔天亮谈话的声调不高，但是任务明确，语气坚定。

"接受任务！"

崔天亮刚刚说完，龙杰又抢话了。他见王东山和任五六都不吱声，生怕让崔天亮失望，更来劲了：

"干！保证完成任务！没有办不了的事！"

崔天亮点头笑了笑："龙杰态度不错，有勇气，敢于接受任务。但是，除掉吴立友不是那么简单。咱们以前也除掉了不少的汉奸特务，一是能进得去，二是有内线。比如住在什么地方、什么相貌特征、有多少人、用什么武器、布防情况、活动规律等等，我们都能掌握一些，干起来就顺手一些，容易一些。可是东马村这个地方我们进不去，更没有内线接应，你们又只有几个人，谁也不认识吴立友，那怎么才能除掉他呢？"

大家都不吭气，烟袋也收起来了。

"据了解，吴立友手里有一部分快枪，多数还是土炮和枪头子。

如果我们硬闯，你不打他，他会用土炮轰你。我们当然不能睁着挨打，必然还击。这样，除不了吴立友，反而伤害了老百姓和损失了我们自己，所以难度很大。再说，我们现在满打满算还有几个人？负了伤到哪里治疗去？弄不好牺牲上一个怎么办？所以，必须开动脑筋，想个万全之策。"

崔天亮一席话之后，龙杰也不言语了。

用什么办法呢？抽烟的又摸出烟袋，没有烟袋的开始卷纸烟。只听见烟袋锅子嘶啦嘶啦响。过了老大一会儿，程山打破了沉默：

"这样行不行？咱们避开他的岗哨密集区，从他们村庄某个角落里偷偷摸进去。避开正街、正门、大胡同，因为他们的岗哨和巡逻的，大都在这些地方。咱们可以从老百姓的房院墙上爬进去，慢慢地摸到团部，然后再逮吴立友。"

崔天亮说："程山我问你，你认识不认识吴立友？"

"不认识。"

"不认识你怎么逮他呢？"

"不认识不要紧，咱们可以潜伏到团部的窗子后边，或在团部的一旁偷听，偷看。吴立友不是团长吗？从他们的言谈话语、行为举止以及别人对他的称呼，我们不就清楚了吗？看阵势也能看出个一二三来。"

崔天亮摇了摇头："你怎么潜伏到团部的窗子底下？团部在哪里？哪条街？哪个院？几道岗？你爬多少房院墙能到团部？别忘了你是个生人，有狗怎么办？碰上人怎么办？团部后边如果没有窗子，去的人靠不上团部又怎么办？一个人进去不行，进去的人多了也不行。这个办法容易暴露目标，不是个好办法。"

程山不作声了，又是一片烟袋锅子响。

过了一会儿，任五六咳嗽了一声："确实是个难题，是得好好想想办法。"任五六看着洞顶，摸了摸下巴。大伙儿长出了一口气。

"是不好办，"过了好大一会儿王东山说，"虽然说硬闯不是个好办法，但是不入虎穴是不行，就看怎么个闯法。有一点很清楚，早了不行，这些小子夜里欢，他们仗着我们对他无奈，天天过年一样盛腾，现在当在个兴头上，一个一个疯狗一样。交了过半夜，他们踢腾够了，累了，乏了，困了，我们能否两人一组，用程山想的这种办法摸进去，先抓住一个，不管是团丁还是老百姓，枪顶到脊梁上，他不敢不和我们说实话。用这个办法抓住吴立友，再叫吴立友送我们出村，谁动打死谁。红枪会都是些乌合之众，依不得他们狗乱，真打起来没有多少战斗力，睛着咱们走人！临出村，能带则带，他要要孬，打死也就算了。"

崔天亮点点头："东山这个办法可以考虑，但是有一个问题不好解决。如果我们去的时候，吴立友赶巧不在团部，或者有其他事情根本不在东马村，再或者我们正巧抓住个死硬分子，他就是不听话，不说实话，那你怎么办？别忘了我们是在敌人的心脏里边。常言道，好汉打不出村去，他们窝狗子行事，你很难和他纠缠。一旦打草惊蛇，即便不被蛇咬，以后再抓他就不那么容易了。这个办法有可取之处，但是还得动脑筋。"

大家又陷入了沉思。

村子里的鸡鸣已打了三遍，仍没有好办法想出来。崔天亮看来有些着急，不时地干咳几声。

洞里一片沉默。

村子里的鸡又叫了。

"鸡叫四遍了，天快明了。"崔天亮沉不住气了。

"我想起一个办法，大伙看看行不行。"

龙杰是第一个表态、第一个抢着接受任务的。接受了任务，一时也没想出什么好办法，现在他觉得该发言了。

"吴立友，是个彻头彻尾的汉奸，他们仰仗的是小鬼子，所以见了鬼子、二鬼子比他亲爹亲娘还要亲。不用说，是汉奸就亲日，红枪会若没有鬼子撑腰，也不至于这么张狂。如果我们装扮成敌人，有鬼子，有二鬼子，再带上翻译，我们就大模大样地进去，他们一定会恭恭敬敬地迎接。只要把我们带到团部，就不愁见不上吴立友。只要见到了吴立友，我们叫他走，他不敢不走，真不走就干掉他。枪一响，吴立友一死，他们自己就乱了营。一个黑夜里，他们摸不清我们有多少人，真交了火我们也不怕，他们经不住真打。别看这些小子平日里耀武扬威的，只要吴立友死了，爹死娘嫁人，也就各人顾各人了。"

龙杰讲完了，大家都看崔天亮，崔天亮拧着的眉毛舒开了。

"别说，龙杰想的这个办法，还真是不错，好！能行！用这个办法，如果第一晚上搞不掉他的话，下一次，还可以用同样的办法，因为敌人摸不清真假。即使第一次碰巧见不上吴立友，这个办法也不能再使用，最起码，我们熟悉了他的老巢，算是一次有效的侦察。只要吴立友在家，就不愁见不上他，一听是他的皇军爷爷来了，他个人再有要紧的事情，也一定会撂在一边赶忙出来迎接。用这种办法，也不容易伤害老百姓。这个办法好！这个办法不错！不过，好是好，如果考虑不周密，工作不细致，一不小心露了破绽可就坏了。一定要仔细地分析研究，充分估计困难和问题。我个人同意这个办法，大家如果同意，围绕这个办法再想困难、想问题、出点子，拿出具体方案。"

崔天亮既已同意，大家当然没有意见。心情轻松了，气氛活跃了，七嘴八舌争先发言。意见很快得到了统一，酝酿到最后便是具体方案的制定。首先是角色分配，龙杰个子不高，但身体棒实，浓眉大眼大鼻子，自告奋勇充当日本鬼子军官。他要讲日本话，就得有翻译官，王东山队长委屈一下，当一回日本翻译。程山虎背熊腰大屁股，走路一摇一晃，穿上鬼子衣裳也不像个中国人，可以当个鬼子兵。任五六别看是个排长，平日里猴猴七七、哆哆嗦嗦，就是个狗腿子样，打扮个汉奸再像不过。还得有个二鬼子，角色分给了李炳太。把他平常使用的阎锡山造冲锋枪，套上件机枪衣当机枪，晚上也看不出真假来。

崔天亮对角色的酝酿、分配十分满意，他又和大家初步研究了从哪里进、从哪里出、说什么话。龙杰则提出了道具的问题。假戏真唱，必须有道具。要装扮日本鬼子，起码得有货真价实的鬼子军装、皮鞋、皮包、指挥刀、眼镜等等，这个不能糊弄，一糊弄就难免露馅，一露了馅就不好收拾。

崔天亮对提出的要求一口应承下来："这些都不难，都不成问题，现成的鬼子军装咱有好几套。天马上就要亮了，你们抓紧休息一会儿，天亮之前，赶到凤凰山的柏树林子里，借山神庙的供桌，在那里研究一整天，晚上先演一遍我看看，所有需要的东西，后天晚上我全部带过来。"

崔天亮和他的警卫员走了，天也微微亮了。大家匆忙爬出会客洞，悄悄上了凤凰山。

智除吴立友

山神庙坐落在凤凰山的西南坡上。庙是一座石庙子，没有山神塑像，只有一个牌位。山神庙周围是密匝匝的柏树，山风一吹，满耳都是飕飕的呼哨。站在山神庙前，远村近树一目了然，就连四里之外据点岗楼上的鬼子哨兵都看得一清二楚。同志们在山神庙前排演了一个整天，晚上，崔天亮踏着月光来了。大家按照白天的排练，演了一遍让崔天亮看，崔天亮嘻得咧着大嘴直点头："行！行！行！准行！明天晚上我把东西送过来，没问题！行！"临走，龙杰又把所需要的东西细说了一遍，崔天亮都一一记下了。

第二天晚上，东西带来了。二十尺白洋布，一千元雪青色的日本票子，两条天坛牌香烟，二斤洋糖。衣服也都合适，只有程山的鞋小了一些。程山从小放羊不穿鞋，脚比别人的胖大。

崔天亮问："你们打算什么时候行动？"

"不能久搁，最好明天晚上就去。"

龙杰的老毛病又犯了，队长还没吱声，就因为成了鬼子小队长，他更抢到头里去了。

崔天亮转过脸来："东山，明天晚上怎么样？"

王东山说："是不能久搁，明天晚上吧！"

崔天亮说："好，明天晚上就去，要有绝对把握！"

乘着月色，他们把该穿的穿上，该背的背上，又重新演了一遍让崔天亮看。崔天亮一边看，一边嘻得咧着个大嘴拍手："哎呀，行！准行！准能成功！我等着你们胜利的消息！"

晚上有重大任务，白天的两顿饭又吃不安心了。好容易盼得太阳落山，大家急不可待地穿衣戴帽。龙杰第一个披挂整齐，又仔细检查了他的队伍。

"好好的！开路开路的哟！"龙杰把洋刀一抽又一送。

天黑下来了，薄云悠悠，极力想把月亮掩藏起来，一行人下了凤凰山。

月光如水，一队鬼子兵悄然前行。才到花水泉村口，村里慌慌张张冲出一个人，和扛"机枪"的李炳太撞了个满怀。

"你的，什么干活？！"

来人破衣烂衫，听李炳太猛地一吼，又是鞠躬又是行礼。

"皇军老爷，皇军老爷，我是落凤坡爱护村的，我叫张登科，我二哥死咧，我二哥叫张延年，我这是报丧才回来。我是个好老百姓，爱护村的良民，没有错！没有错！"

张登科一个劲地表白，因为东边不远就是据点，张登科把他们当成真鬼子了。

龙杰挎着洋刀，几步赶上前来，果然是他们村的张登科，论庄乡，龙杰还得喊他叔哩。

"你的，好老百姓的，开路开路的哟！"

张登科连忙给龙杰鞠了一躬，又转遭给各人都鞠了躬，头也不回急急忙忙地走了。龙杰捂着嘴笑了："这是我的老邻居啊。"

再往南走，就到了何家宅的鬼湾子，这里有一条直通周家坡的大路。人还没过鬼湾子，就听见东边传来唰唰的脚步声。听齐刷刷的脚步和吱嘎吱嘎的声音，大家一下子紧张起来：坏啦！假鬼子遇上真鬼子啦！那吱嘎吱嘎的声音，分明是机枪腿甩动发出的声音。这一带是一马平川的平原，开春不久，又没有青纱帐掩护，跑和躲都已经来不及了。龙杰一挥手，大家立刻趴到麦地里。

论季节已是清明，按说，寒食的麦子漫老鸹。可是一冬雨雪少，春脖子又长，麦苗才一拃高低，插香一样又稀又薄。老鸹藏不住，更甭说藏人。做着战斗准备的同时，龙杰也在做着最坏的打算。

云彩越飘越薄，月亮越擦越亮，抬头看能望出去老远。听脚步声越来越近，大家也越来越紧张。龙杰紧握匣枪，大瞪着眼睛注视着来人的方向。一旦看事不好，他将先下手为强，打死几个算几个。

镜头越拉越近，越来越清，嘿！来的不是鬼子，是一个肩挑担子的小货郎。因为他闪起担子走路，钉了铁鞋掌的鞋底，发出有节律的唰唰声。吱嘎吱嘎的声音，来自他肩头一闪一闪的担子，猛一听，不像鬼子行军才怪哩。虚惊一场！既然来了，就让他快过去吧，反正是些好百姓，也别让他害怕了，省得麻烦。

龙杰是这么想，但是这个挑担子的小货郎眼尖多事。他吱嘎吱嘎来到近前，发现地里有人，反而不走了。他侧着头照量了一会儿，俯下身子问："喂，你们是干什么的？"

"什么干活！"

李炳太兀地从地里站起来，"机枪"先指上了，吓得小货郎挑子一摆跪下了。

"皇军老爷，我是周家坡的小货郎，我是个回民，小买卖的干活……"

小货郎吓得说话都变了音，龙杰一看，确实是个小货郎。

"你的，小买卖的干活，开路开路的哎！"

小货郎忙忙地爬起身，拉起挑子一溜烟窜了。撒在地上的针头线脑、泥巴哨子……他一概不要了。

从鬼湾子以东，爬上爬下越过了敌人的封锁线，东马村已东望不远。

东马村的东、南、北三面都被栅栏、围墙圈了起来，只有西边一面没有设堵，直通通一条东西大路直逼街口。离村老远，就听得村口虚张声势，吆天喝地：

"干什么的？站住！不回话我们可要开枪啦！"

任他们怎样吆喝，龙杰一伙权当没听见，故意把皮鞋跺得哐哐响，径直朝街口走去。

"哎！哎！干什么的！怎么不回话？老子可真要开枪啦！"

皮鞋声越来越响，团丁的嗓门越来越低。李炳太骂了句："真他娘的有眼不识泰山！"两下里便照了面。这下双方都看清楚了。对方一共有十几个人，两条快枪，多数是大刀、枪头子。一见来的是日本皇军，他们都吓傻啦。

龙杰咕噜了几句鬼子话，王东山马上翻译：

"我们是皇军机动队，山本队长要到你们团部去！"

话音才落，这帮经过训练的团丁，立刻将武器举到胸前行举枪礼。平时都是些拿锄头、扛镢头的老百姓，挺胸的、鼓肚的、探头的、罗圈腿的，歪七扭八。身子虽然不直，一个个却如揳进地里的枣木橛子，一动不动。

龙杰故意把脚抬得很高，落得很重，皮鞋踩得很响。程山的鞋挤脚，挤脚也没有办法，也得有声有色。一行人旁若无人，只管昂首挺胸往街里走。王翻译在后边又发话了：

"你们好好地站岗，八路的来了立即报告，来不及报告鸣枪示警。我们直接到团部去，你们来两个弟兄领着。"

一听说领路，呼啦凑上来好几个。王翻译把手一挥："两个！"

吴立友的团部，设在村中一栋四合院里，大门朝南，门前站着双岗。两盏闪闪烁烁的马灯，吊在门口两边，院子里呜呜呀呀乱腾着三四十号人。龙杰他们大摇大摆进了团部的大门，满院子的虾兵蟹将立刻停止了聒噪。一问他们团长，团长不在，龙杰的心里咯噔一声。翻译告诉团丁，山本队长有要事要和他们的团长商量，有个小头目模样的人赶忙把他们让到团部办公室。王东山指了指八仙桌子旁边的太师椅，向龙杰一鞠躬：

"屁股凳子哭咧哇！"

龙杰一腚坐在了太师椅里，洋刀一拄，目不斜视。程山、任五六赶紧划火点烟。任五六穿了件大褂子，点头哈腰，跑前跑后。龙杰又咕噜了几句鬼子话。其实，龙杰哪里会鬼子话？只不过是听得多了，夹二蹦三地带出几句鬼子话音，拿拿鬼子的架势，装装鬼子的腔调。他的日本话也只有他们自己懂得，他们排练了好几遍了。

"皇军问，你们的团长干什么去了？"王东山说。

"团长他娘病得怪厉害，听说相，不一定能熬到天明。临走时他嘱咐了，一般情况就不要再叫他，除非是共产党闯进来了。"

也难怪这些团丁，团长不在，皇军深更半夜闯到村里来，他们害怕是来杀人放火的，不敢近，也不敢远。翻译官见几个小头目不做主的样子，就说："共产党、土八路的算什么？有大日本皇军重要吗？皇军现在来到你们村，不是来杀人放火搞花姑娘子的，是有要紧的大事。赶快把你们的团长叫了来，谈完事他可以回去，让他跑步前来，这是皇军的命令！"

"好！照办！照办！我去！我去！"那个小头目模样的团丁施了个礼，背起枪就走了。

过了一袋烟的工夫，听得院子外边脚步跑动声，龙杰心里暗喜：来了。

前去叫团长的小头目回来了，他紧张地跑到龙杰面前：

"报告太君，实在的不巧，团长不在家！"

龙杰嗖地抽出洋刀："胡说八道！死啦死啦的！八嘎八嘎！团长的哪里去了？！"龙杰差一点都说成了中国话。

王东山也紧张了，他怕龙杰性急露了马脚，一把薅过团丁："刚才还说在家，一转眼又不在家，老实说！团长干什么去了？和皇军扒瞎话就砍了你的头！"

龙杰手握战刀也逼过来了，小头目扑通跪下："皇军老爷、翻译官老爷，团长去了东向了，一会儿就回来。小的说的实话，小的不敢扒瞎……"

坏啦！暴露啦！东向据点近在咫尺，这个家伙是逃跑了呢，还是给据点的鬼子报信了呢？看来第一个方案要失败了！龙杰和王东山的脑海里闪过一个又一个的可能和对策。程山、李炳太也都听见了，趁着真鬼子还未赶到，团部既然已闯，不如放把火走人。程山举起板凳猛砸在桌子上：

"统统放火放火地走人！"

"八嘎！八嘎！"龙杰也有些紧张，但是他没有慌张。他回头瞪了程山一眼，将刀架在团丁小头目的脖子上："卡大一码！团长的走了多长时间？快快告的呀！"

"刚刚，刚刚……"团丁磕头如捣蒜。

龙杰、王东山都稍稍松了一口气，两人交换了一下眼色：还来得及！尽量不暴露，迅速撤离！就在这时，院子外边一阵脚步跑动声。坏啦！遭遇啦！大家立刻做好了拼命的准备。谁知小头目却说："团长回来啦！团长回来啦！"

吴立友满头大汗赶来了，因为李炳太在门口端着"机枪"，他先是对李炳太一鞠躬，然后直接朝屋里跑来。吴立友个子不高，一进屋门，接二连三地鞠躬，头恨不得拱到地上：

"皇军来啦，我们事先的不知道，有失远迎，该死该死！"

龙杰脸一沉："卡哇伊，黑更半夜马希达？东向的多少人？"

翻译官赶紧翻译："刚才去叫你，说你带人去了东向，你去干什么啦？带了多少人来？快说！"

吴立友不敢正眼看皇军，忙不迭向翻译解释，东向来了一个人，刚才送走的也是一个人，谁也没有带。为了反共，忠孝不能两全。老母亲重病染身，一直抽不出时间找个大夫看看，没想这病就耽搁了。如今病得不得命，听说东向有个会扎针的大夫，请了他来给老娘放放血，可是血也放不出来了。大夫要回东向，他把大夫送出庄去，回家就听说皇军来了，于是就赶快跑来了。

一块石头又落了地，龙杰放心地狠狠哼了一声，王东山也长长地出了一口气。

"皇军怪你来晚了，讲明情况皇军会原谅你的。"

吴立友见皇军不高兴，连忙向龙杰深深鞠了一躬："为了大日本帝国，老母该死，该死！"

龙杰瞪了程山一眼："你的，打巴沟的拿来！"

"哈依！"程山一低头，赶忙掏出天坛牌香烟，刺啦撕开封纸，十盒香烟全撒在八仙桌子上。吴立友赶忙进了里屋，也拿出一条天坛烟来，拆开以后逐个分烟。龙杰一挥手：

"我们的不要！"

吴立友很尴尬，只得把烟也放到桌子上。

"达达哇，哭咧哇，崔天亮的三个希哎？"

翻译问："你们村南有个叫新宅子的吗？"

"有的，有的，有的。"

"一共几户人家？"

"五户，五户。"

"崔天亮带着三个人，今晚正住在那里。崔天亮很狡猾，他懂得灯下黑的道理，知道离你们越近，你们越容易忽略，越不容易发觉，也就越安全。他们是对着你来的，想搞掉你。我们半路上得到这一情报，决心逮住他，也好除去皇军的一块心病。又考虑到我们人手有限，而土八路是专门搞你来的，所以才来找你们帮忙。拢共五户人家，我们一打包围，他就插翅也难飞了。"

"好的！好的！好的！只要消灭了崔天亮，我们死上十个八个也值得！办得到！一定办得到！"

"你们有多少人？"

"四十八个人。"

"赶快把你们的队伍集合好，我们要打崔天亮个措手不及，要快！"

"好的！"吴立友又是一躬。

"集合！"哨子急促地吹了两下，人已围拢来不少。因为团丁们早就看见皇军来了，都知道一定有要紧的事情。工夫不大，四十多人的队伍集合好了，队伍横列站了三排。龙杰走到队伍前面，洋刀一拄，转头对程山：

"你的，布的拿来！"

程山"哈依"一声，慌忙把白布拿出来了。

王翻译说："这白布，每人撕一块系到左胳膊上，这是暗号。没了暗号，枪一响就会当八路打，到了时候只认记号不认人。"

程山把布扔给吴立友，吴立友立刻叫小头目把布撕开挨着分发，满院子里一片刺啦刺啦的扯布声。为了讨好吴立友，小头目撕了一块大的给吴立友系在胳膊上，吴立友吩咐布条不要太宽，要给皇军节省着用。龙杰暗自笑道：吴立友你也不算亏，四十多个人给你戴孝了。

白布很快系扎好了，龙杰开始讲话。讲话不能太多，一多了怕露马脚。

"啊答一哇！崔天亮的拿来！金票大大的有！"

程山闻听此话，立刻从皮包里掏出一千元日本票，往堂屋的桌子上一甩，茄花色的票子漫散开一大片。

"崔天亮的捉住，一千块的给！死啦死啦的，五百块的给！跑了跑了的，杀头的干活！"龙杰唰地抽出洋刀。

王翻译开始讲话，他吹嘘说山本队长是有名的中国通，中国话虽然讲不好，但是大家讲什么，他基本都能听懂，他还会说不少的泰安话，所以大家讲话一定要谨慎。山本队长已经指示我们了，如果能逮住崔天亮，抓活的，赏一千块；打死崔天亮，赏五百块。我们把崔天亮包围起来，一旦让他从包围圈里跑了，从谁的间隙里跑的，相邻的两个人，都要杀头！如果是两个人同时把崔天亮擒住了，每人各赏一千块。

这个每人各赏一千块，是王东山临时决定的，他总觉着转来转去，转不出一千块钱去不行。

队伍里鸦雀无声，团丁们明白此次任务非同小可。吴立友知道他手下的人胆小，他生怕冷了场丢了面子，连忙上前又给龙杰深深鞠一躬：

"一定照办！一定照办！这样的办好！这样的办好！"

龙杰把洋刀插回刀鞘，吴立友开始狐假虎威地训话。龙杰也不听他讲的什么屁话，径自来到队列的一旁，查看了一下各人胳膊上的记号。吴立友开始分配任务，龙杰随便站在一旁假装清点人数："三一喜、萨一及、狼狗里、打马蹄……"

龙杰数不了几个数，这几个也是看鬼子集合站队时听的、猜的、临时琢磨的。"别数啦！"翻译也忘了是在和山本队长讲话，"不用再点数啦，这些个人完全有把握捉住崔天亮！赌好吧。捉住他的小意思！"王东山想起他是翻译官来了。

龙杰又来到队前，他照量了一下整个队伍，然后转向吴立友：

"你的，口令的给，外边告告的哎！"

翻译对吴立友说："皇军叫咱们商量一下口令，然后回来挨个传下去。队伍面前不好商量，咱们出去把口令定好，由你传达给各队长，到达地点以后再传达给团丁。没有口令，怕是发生误会，自己打了自己。"

"好好好好！"

程山已把日本票子装进兜里了，两条天坛烟，桌子上只留了两盒。团丁们都站在院子里静静地等着，他们叫上吴立友出了大门。

团部大门朝南，出来院子往东一拐，再往北去，转过后墙顺大路往西。走了几步，迎面好像有人过来了，右转再往北去。

吴立友说："咱们在这里定吧？在咱的地盘上，到处都是自己人，用得着跑那么远吗？"

龙杰假装没有听懂，径直往北去。王翻译说："山本队长不停步，咱也不敢挡哎！"

目的很明确，尽量带个活的回去。吴立友小子不笨，他觉出不对来了，他不走了。

"商量口令还用跑到村外去吗？在咱自己村里怕什么？一院子的人在等着咱，用得着跑这么远吗？我看在这里就行。"

吴立友说什么也不再走，看来活的带不成了。龙杰回过头来，眼镜子一摘，小胡子一揪："吴立友！你这个狗汉奸！瞎了你娘的狗眼，你仔细看看，我是你皇军老爷还是你八路爷爷？"

吴立友扑通跪在地上磕起头来。

"我错啦！我错啦！我知罪！我改过！"

"你知罪？你改过？你先报一报杀了我们多少人了吧！"

"看在有老有小的分儿上，先饶我这一遭。我老母也快过去了，先让我打发她老人家归了天，再处置我也不迟。八路爷爷手下留情，我以后立功赎过，立功赎过！"吴立友只顾趴在地上磕头，说什么也不起来了。

"吴立友你走不走？"

吴立友一抬头，几只枪口一齐对着他，他知道死到临头了："我也知道活不了了，死，我也死在村里，我不走啦！"

时间长了怕出问题，看来活的带不成了，龙杰把几支枪一拨拉，唰地抽出洋刀。

"吴立友，你不是为了皇军忠孝不能两全吗？还你个忠孝两全，提前到那边为你母亲安排住处去吧！"

手起刀落，吴立友的脑袋掉下来了。

砍了吴立友，别的就不用管了，让那帮团丁在院子里等口令去吧。

龙杰他们不再走西门，直奔北门而去。到了北门，有六个岗哨正站在那儿发愣。他们接到的命令是：坚守岗位，保护皇军。

龙杰问："你们的，什么干活？"

"自卫团的！自卫团的！"

龙杰心里骂道："你娘的，我能不知道你是自卫团的吗！"

"唔，马猴子的那边的去哎！"

"什么？什么？皇军说的什么？"团丁一个劲地问翻译。

王翻译说："马猴子就是八路，上那边去了没有？"

"没！没有！没看见！"

"什么的没有？马猴子东门的跑过来，大大的有！给我快快地追！"

龙杰把洋刀往北一指："杀给给！——"

六个团丁傻里傻气地往北跑，龙杰他们一转身往西去了。

嘿嘿！不跟你跑了，回落凤坡吧。

救命榆叶

回到落凤坡，天也快亮了。忙忙活活大半宿，又是一口水也没喝上。

会客洞里，铁老灯里的豆油早就熬尽了，胖胖的棉灯芯烧成了一捏捏灰。黑暗里，芋头辨不清好赖，咬着一口不烂的地方，有点甜滋味；一口咬到黑斑上，苦得吐都吐不迭。想了一圈，也没能想出解渴止饿更好的办法。唉，先睡觉吧，睡着了也许就不饿。可是，饿得厉害了睡不着，迷糊一阵，肚子里还是火烧膛。天大亮了，四坡里的老百姓都在忙活拾掇春茬子地，再渴再饿也出不了洞了。吃了几块烂芋头，好容易挨到中午，盼得坡里地里干活的人都陆续回家吃饭了，他们藏好衣裳、道具，一个一个做贼的一样匆忙溜了出来，只好再上凤凰山。

没有了排练任务，他们不再去扰山神爷爷，而是直接来到了山神庙以北的卧云台。

卧云台是凤凰山顶的一个平台，阴雨连绵的季节，平台上经常有白云浮动，就连泰山上的云彩也常常飘移到这儿隐遁，所以又叫栖云台。

清明时节，天气逐渐转暖，山上的林木刚刚冒出小芽芽。较之山神庙，卧云台在地势上可谓更上层楼。站在卧云台居高临下，远树若荠，汶水带然，四面八方尽收眼底。卧云台上到处是一堆一摞的红石板。红石板大大小小、厚厚薄薄，有的金丝满布，可做成文人墨客喜欢的金丝砚；有的可直接拿来当作小学生写字的红石板。因为这里不长庄稼，光顾者也少，倒是挤挤挨挨的酸枣、荆棵、赤李子以及蓬间不时鸣叫着飞出的鹌鹑、狸头子、鸭兰子等一些草鸟，给卧云台平添了不少生气。聚在卧云台没事儿干，他们就在地上支起薄石板，玩起了打瓦的游戏。

打了几遭瓦，手里的石板捏不住了，虚汗湿透了衣裳，饿得更厉害了。堰根旁，败叶下，能吃的野菜还未出世。找来找去，只有向阳的石缝里尚有越冬的、挂着蛛网的苦菜。龙杰放牛娃出身，程山从小放羊，他们年年要饭讨食，知道什么能充饥，一看小榆树上的榆叶要爹翅，他俩便开始撸榆树叶子吃。小榆叶虽然没有榆钱那么甜，刚入口时毛毛糙糙，但是嚼不了几下就又黏又滑，好吃又能咽，很容易下肚，不一会儿，饿也就止住了。

任五六见龙杰、程山的嘴唇和牙齿都发黑，就问："你们吃的什么？"

"榆叶。"

"榆钱好吃，榆叶也能生吃吗？"

"好吃，可香哩。"

"准吗？"任五六也试着吃起榆叶来。见任五六吃，李炳太也跑过来撸榆叶。一会儿，饿都止住了。

自从结束打瓦，王东山一直垂着个脑袋呆坐在石头上。突然，他身子一软歪倒在地上。

"坏啦！坏啦！完啦！完啦！我不行啦！"

大伙吓了一跳，赶忙跑了过去。只见王东山面如黄蜡，额头上沁出一层汗珠。

"坏事啦！我不行啦！天旋地转，两眼发黑，我得了大病啦！我觉着要完，毁啦毁啦！真不行啦！我的眼睛看不清人啦！完啦！完啦！"

"别紧张！别紧张！完不了！你不是大病，用不着害怕。"

龙杰知道王东山从小没有吃过大苦，肯定也是饿坏了，而不是其他毛病。

"怎么不是病？我的眼都看不清了，浑身抽了筋，散了架，瘫啦！不能动啦！"

龙杰说："你不是病，是饿过头了。你别忘了，两三天以来，咱们还没有好好地吃过一顿饭呢！"

"不是，我可不是，我是得了大病！我觉得我不行了！"

"这种滋味，俺都经得多啦，要不信，你也吃一把榆叶试试。"

"榆树叶子能止饿吗？"

"嗨，止饿不止饿，你先吃一把试试。"

"你们可别玩我啦，我真的是病，赶快想点办法吧，我不行啦！"

程山说："你就是饿的，我们饿急了，也是头晕眼花拖不动腿，一样的滋味。要不怎么说人是铁饭是钢？刚才我们都撑不住劲了，打瓦的石头都捏不住了，这不，吃了几把榆叶都好了。要不，你先尝一下，好吃，你就吃。不好吃，你就不吃。只要能吃上几口，你就知道是病还是饿。"

榆叶撸来了，王东山侧棱着身子接连吃了三捧，比药还特效，头不再晕，心里不再烧，两眼不再发花、发黑，也能坐起来了。他说："行！哎呀还真管用，看来还真是饿的！"又吃了几把他不愿意吃了，再吃，他觉得榆叶发苦了。

吃榆叶也只是临时止止饿，不见点粮食还是不行。天刚擦黑他们匆忙下山，想趁着晚间到萧家林一带去找点吃的。崔天亮夜里十二点才来开会，反正不能抱着饿肚子。

太平山以南有个叫老婆腔的山旮旯，山旮旯有一个透风撒气的小石屋子，小石屋子住着程山他大爷。放羊之余，老人临时在那儿开了点山地，他们就奔那儿去了。

程大爷也没有可吃的东西，拱碹到顶的石屋子里，除了倚墙竖着的一把开荒的镢头，石灶上一把半截嘴子的生铁壶和地炕上一床烂被窝以外，满眼是乌黑的石头。一盏蓖麻子灯在石头缝里插着，火苗子上的黑烟，甩动着忽左忽右的长笔锋，无休无止地给石屋子书写着墨宝。

程大爷见大伙饿得东瞅西看，他却拿不出能吃的东西，急得满屋子转花。他让几个人在石屋子等一等，拿起包袱跑回家去给大家弄吃的。目送程大爷深一脚浅一脚遁入黑夜，时间不长，就听王家店的狗咬起来了。盼啊盼啊，终于，程大爷回来了，破笼布里包回来两个攥不拢的萝卜缨子菜窝头。两个菜窝头也金贵，程山赶忙支起石头烧水。山黄草烧了一大堆，生铁壶黑着脸半天不吱声，好容易盼得铁壶里铮铮地响了，忙将窝头掰碎用热水泡开，迫不及待地分开喝了。天交二更，大伙儿匆忙赶回会客洞。

夜半，崔天亮来了，大喜过望的他，把大家的手都攥疼了：

"旗开得胜！旗开得胜！祝贺你们立了大功！我代表县委给你们庆功！"

崔天亮随身带来了二斤高粱酒，荷叶里包来三斤猪头肉、十个咸鸭蛋、一包花生米、五头醋蒜。没有酒盅，一只黑碗轮流传递，你喝了我喝。没有筷子，五根手指头两双半，荷叶里下把抓着吃。别管洞里臊气臭气，大家喝了酒，又吃了一瓦罐煮烂了的面条。

崔天亮说："搞掉了这个大汉奸，是个大震动，但是敌人不会善罢甘休。同志们原地休息三天，三天之后，我们会有一连串的任务！"

泪洒白马寺

三天熬过去了，果然来了命令，游击小组迅速集结鸡毛店。

鸡毛店地处夏庄以北，一条梭头峪，三面环山，和杨家庄只有一山之隔。不用问，要打杨兴周了。

铲除吴立友的办法已不能再用，只能就近组织起闲散在家的战士，用实力对付他。马虎台、黄山李峪战役中冲出重围的战士回来了，始终没有归队的战士归队了。崔天亮来了，陶龙翔来了，神枪手李廷杰来了。龙杰他们游击小组，还有老三连连长孙宝荣、排长杨西元都到了。好久已没有这样的集体行动，同志们久别重逢，心情格外激动。虽然只有五十多人的队伍，而且已经好长时间不打仗了，但是，经过几天的训练和准备，打据点不敢说，打杨兴周，应该是绰绰有余。

按照作战计划，侦察员夏德从杨家庄侦察归来后，战斗于夜里一点钟准时打响。

崔天亮开始不断地看表。

夏德出发前，崔天亮曾一再嘱咐他，无论遇到什么情况，晚九点半以前，务必赶回鸡毛店。可是，已是晚上十点半了，仍不见夏德的影子，领导坐不住了。崔天亮紧绷的嘴角，把大嘴拉成了一条直线，两道刷子眉又几乎竖了起来。陶龙翔手按着匣枪把在门口来回踱步，不时地捏捏鼻头，一袋接一袋抽烟。外围侦察、接应的同志陆续回来了，都说杨家庄的狗咬得很厉害，但是没见有人出村。眼看已是打响战斗的时刻，崔天亮一想，不好！夏德是杨家庄人，到现在还不见回来，不是被捕，就是投敌了，转移！

部队迅速向栾湾崖撤退。

队伍跌跌撞撞拉到栾湾崖，天已放亮，小山村蜷缩在山怀里还没有睡醒。才要坐下来休息一下，侦察员报告：栾湾崖后山发现敌人！崔天亮紧握手枪，爬上一块高地观察，见西山和东山的山脊上已人影憧憧，空谷里不时传来山石滚动的嘎啦啦干响。

"东边山上，是无梁殿的伪军；西边山上，是白楼的汉奸队无疑！"

"后山是吴敬三的白楼二中队！"北路侦察员补充道。

崔天亮点点头："敌人准备得比我们充分。"

南来的大路上，一百多人的汉奸队，已经拉出了夏庄据点。一过王家店，急行军变成了小跑，哐哐的跑步声传出很远。

太阳刚要冒红，一声枪响打破了山乡的宁静。干霹雳的回响，碰撞在大山的壁掌之间。

"投降吧！跑不了啦！崔天亮，你黑了天啦！你们被包围啦！"

"跑不了啦！赶快投降吧！"

……

子弹拖着凄厉的颤音，在空中交织穿行，四面八方响起了汉奸的吆喝声。部队刚刚凑集起来，干部又是临时配备，多数人开始不听指挥，有人趁机溜号。结果，一个跑都跑，队伍乱了。指挥员身边，刚刚还聚集着那么多的干部战士，转眼之间，又只剩下游击小组他们几个人了。

李炳太拎着机枪气呼呼地跑过来了，他把机枪横在崔天亮面前，嘴里不住地骂着孙宝荣。机枪，是崔天亮在鸡毛店亲自安排孙宝荣掌管使用的，结果他开溜了。崔天亮果断地命令："龙杰充当临时射手，保管好机枪，掩护撤退！"龙杰答了一个"是"字，下腰把机枪抄了起来。崔天亮简单地分析了一下形势，决定把突围点选在白楼二中队打伏击的后山，估计吴敬三他们兵力不足，防线相对会薄弱一些。

崔天亮选择的路线，是一道直达后山口的山沟。山沟约有一里路长，沟的两边和半面山坡上，散兵游勇样野生着东一棵、西一棵一人多高的柏树。因为山沟年年走洪，水石相搏，把山沟冲撞成一个疾笔草书的"之"字。而在山口的石崖之上，一块不大不小的探海石，像沉重的一点，稳稳地压在游动的"之"字上。

龙杰保护着崔天亮，很快接近了山口，正暗自庆幸这里没有敌人的兵力部署时，"之"字一点的后面，突然蹦出一个汉奸。

"站住！哪一部分的？"

大家迅速卧倒在山沟里，没想到敌人会在沟口上设有埋伏。龙杰提着机枪，一猫腰藏身在一株柏树后面。柏树的枝叶团团裹严了树身，像个超大号的鸡毛掸子，刚好把龙杰遮蔽起来。

"我们是无梁殿便衣队！你们是哪一部分的？"龙杰回问。

"白楼二中队，你们跑上来干吗？"

崔天亮果断地命令："打掉他！"

"来帮你们打阻击的！"

汉奸瞭望哨手搭凉棚伸着脖子向山沟里探望。考虑到机枪的嗓门太大，也不好瞄准，李炳太递给龙杰一支三八大盖。龙杰端起枪来瞄了一瞄，叭勾一声脆响，汉奸瞭望哨应声滚下探海石去了。

吴敬三的白楼二中队兵力有限，他们不敢分散部署。包围圈的枪声一响，他们的注意力，全都集中在了山下溃散部队的运动上。山沟本来就低，又有柏树遮挡，这儿发生了什么他们全然不知。

翻过山垭口撤到山后，提着的心总算放下了。匆匆行至大圈村西的河道里，见天平店方向呜呜开来了两辆汽车。龙杰招呼大家隐蔽好，他快步爬上河堤，趴在一棵倒了的平柳树干上观察动静。

土大路上，鬼子的汽车像两只拉烟的炮仗，黄色的烟尘远远拖曳在车后。

汽车开过大圈河，嘎吱一个急刹车不再西进，车上急急忙忙跳下近一个连的二鬼子，集合整队后，沿着龙杰他们刚才的撤退路线，一溜小跑向山上奔去。擦肩而过，好悬！眼见得敌人去远了，同志们以最快的速度越过公路，直奔道朗以北的白马寺。

白马寺地处泰安、长清两县的交界处，这里青山如屏，禅寺如画，泉水漱玉，环境清幽。一见是老熟人到了，白马寺里七八个和尚，淘米的淘米，生火的生火，一会儿就为大伙做好了早饭。出家人的吃食也简单，一人喝了两碗稀饭，崔天亮两眼含泪召开会议。

"同志们，我们没能打掉杨兴周，反而让敌人把我们冲散了。如果夏庄的敌人再快一步，或者我们的行动再慢一拍，敌人的包围圈一收缩，必定打得我们不可收拾。我们现在在座的，就是瓦岗寨贾柳楼结拜的弟兄们。我们既是出生入死的战友，又是患难与共的兄弟。形势已经残酷到这种程度，正是考验我们的时候。岱西革命的担子，已经重重地落在了我们每个在座的肩头。今后怎么办？怎么干？我想先听听大家的意见。"

崔天亮很快地装上一袋烟，由于心情激动，火镰敲打了几次，火绒没能引燃。

"怎么办？怎么干？死不了干到底！反正不能输到汉奸手里！"

龙杰抢先发言了，虽然一句简单的表态，大家的情绪多少有了点掌控，众人开始纷纷发表意见。王东山说：分明的敌强我弱，硬碰硬，看来暂时还是不行，必须再捡起我们的老文书，用我们的老办法来对付他！宋西田说：领导的用人是个大问题，派夏德去侦察就是个大错误。一个酒晕子，他又是杨家庄人，怎么会把这么重要的任务交给他呢？再比如孙宝荣，巧说会啦，没有一句实话。无论什么事儿，只要够了他自己的就行。身为一个连长，枪一响他扔下机枪就跑了，关键时刻连一个普通战士都不如，这样的人，怎么当上的连长呢？任五六说：马虎台的教训一定要记取，我们还是有麻痹大意和轻敌思想……

崔天亮说："大家批评得很好，对于打杨兴周，我们估计不足，主要责任在我。我们原来的一些想法和办法都不行了。王队长说得对，下一步我们不得不再捡起我们的老文书，重新拾起锄奸铲特的老办法来了。打不了的，我们可暂时放一放，集中打击最坏的，最大限度地争取和瓦解敌人。吴敬三是明摆着的一只狗，这样的东西不可怕，我们也容易避开他。邹靖国这个家伙比较难对付，他的劝降信迷惑性很大，杀伤力很强，我们的队伍又一直处于分散状态，所以，叛徒、特务会随时出现在身旁。在这种情况下，我们只能采用以特制特的老办法，再划分成小组进行活动。"

一共剩下十几个人，根据原来的活动范围，崔天亮将在座的临时划分为两个特务小组。夏庄以南为一组，宋西田为组长，主要是搜集情报和信息传递，为县委决策提供依据。夏庄以东、以西、以北为另一组，由王东山、龙杰一伙成立短枪队，见缝插针适时打击敌人。对于在栾湾崖临阵脱逃和被冲散的人员，一律不准进入这两个特务小组。

王东山带着原班人马回来了。屁股还没坐稳，夏庄以南就来了情报：宋西田领着情报站长于为臣、情报站通信员周尔谦，还有游击小组文书张舒祥，带着枪投了鬼子。

对于宋西田的突然叛变，崔天亮始料未及，龙杰他们也没有想到。从个人感情讲，是崔天亮帮助宋西田成家立业，又亲手把他提拔起来的。

宋西田原是八路军主力部队的一个班长，因为吃不了野战部队的苦，借回家探亲再也不回部队，之后混进了岱西独立营。因为他干过主力部队，有经验，有见识，很会说，进了独立营表现又积极，很快当上了独立营的副连长。他的"二次革命"，不仅洗掉了变节、逃兵的罪名，独立营的活动范围，也满足了他享受老婆孩子热炕头的天伦之乐。如今形势残酷，他胆小鬼的面目又暴露了。白马寺会议上，崔天亮于危难之中授命于他，对他已是十分信任。会上，他还批评崔天亮的用人政策，现在看来，他分明是在开崔天亮的黑色玩笑，实际上他早就有了当汉奸的打算了。如今，他不仅拉全组人马叛变投敌，最可恨的是将独立营藏起来的九条长枪也当作见面礼献给了鬼子。

三元带着宋西田找见了邹靖国，邹靖国差一点嘻掉了下巴。当即拍板成立了以宋西田为队长、于为臣为副队长的反共突击队。回到夏庄，宋西田又把据点周围原属老独立营的孙木兴、苟庆仁、郑太牛等一些老战士全都拉拢到他的反共突击队里了。

一个回马枪，宋西田把夏庄以南的共产党组织，几乎杀了个片甲不留。

第八章

王叫驴

夏庄曾是古驿道上的一个重镇，是泰安重要的陆路商埠。这条古驿道，始于秦，盛于宋，末于清。清宣统二年津浦铁路通车，清廷"裁驿归邮"，驿道、驿站的作用才逐渐衰弱。正因为夏庄驿曾经"南引金陵，北达燕京，往来行旅络绎不绝"，所以夏庄街面虽然不大，但是历史悠久，宗教文化也盛极一时。不仅南、北两阁驻有出家人，夏庄街中间一座轩辕庙也香火极盛。鬼子来了以后，"伪乡长"梁达林在轩辕庙废圮的配房里，开了一家叫作"聚八仙"的饭店，能吃饭，能住宿，生意很红火。由于饭店离据点很近，鬼子、汉奸经常光顾。三元的翻译王叫驴，既是个色狼又是个酒鬼，因此是"聚八仙"的常客。

王叫驴来自哈尔滨，但他并不是哈尔滨人，而是一个闯关东的山东老客。

王叫驴原是泰安以东，葫芦山下的牛马沟人氏，祖辈做赶脚的生意。王叫驴的老爹天生会使唤头牲，跑驴调教得好，活儿也干得在行。几年工夫驴财大发，他爹成了闻名遐迩的王头牲。只是王头牲命里克妻，王叫驴三岁上就没了娘。尽管驴背上大闺女、小媳妇迎来送往不知有多少，王头牲却一直未能再续。但是他大白天插上大门和驴腚亲嘴的好戏，却被邻舍拧屋脊的看了个至明且白。

自从和草驴有了暧昧关系，王头牲对他家一公一母两头跑驴的态度就完全两样了。只要是单差、远差、累差，他一准打发他的叫驴披挂出征，草驴则在家悉心保养她的花模样。有一年铁桶湾的陈财主要去蒙阴送亲，王头牯想让他的叫驴去应差，哪知陈财主连连摇手，高低不用。陈财主说，你这头叫驴生性好色，脾气暴躁，这一路锣鼓喧天大红大绿的，怕是把它惊了。不敢用！不敢用！商量再三，老财主非草驴不雇。蒙阴送亲一去一回二百多里，大闺女未婚先孕身子重，可把个草驴累草鸡了，累到连主人的恩爱、温存也成了多余。或许是受了送亲的刺激，王头牯一回到家，插上大门搬了个杌子就和草驴忙云雨，把一旁的叫驴气得又刨蹄子又龇牙。草驴心想：老官人啊，这二百多里山路，我四条腿的都跑累了，你才两条腿，还能比我轻快了吗？人家都是越老越明白，你怎么越老越糊涂？你有叫驴哥的本钱吗？你有叫驴哥的本事吗？歇息歇息抽袋烟多好啊，咋就不知道爱惜自己？……草驴用后蹄子轻轻划拉了一下，只这一划拉，王头牯扑通一声从杌子上跌下来，胳膊断了一根，后脑勺在杌子角上磕了个黑窟窿，血流不止。王头牯抱住驴腿想站起来，草驴以为是杌子绊脚，又轻轻一刨后蹄子，王头牯四颗门牙掉下来两对。虽然不出一月王头牯就一命呜呼了，沾了他的光，一家门口不出五服的亲支近分就都成了"驴家院里"的。大驴家、二驴家、三驴家，男人按辈分、按年龄排下来就是老叫驴、大叫驴、二叫驴、三叫驴、小叫驴、驴驹子……女人都成了老草驴、小草驴、半大草驴、草驴妞子……亲戚成了驴亲戚，朋友成了驴哥们。

王叫驴的原名王教儒，是按他王家门口的辈分起的。只因"王教儒"和"王叫驴"近音，王教儒就叫成了王叫驴。因为他爹王头牯的名声太大，王叫驴不好再在牛马沟继续混下去，趁黑夜跳后窗子下了关东，名字也改成了"王教之"。可是好事不出门，坏事传千里，来东北闯关东的山东人毕竟太多，不到半年的时间，王叫驴的名字就又传响了。传就传吧，当地人只知其一，不知其二，随他们的便吧。

王叫驴先是在日本鬼子建的水电站上当了一阵子博役，后来混进了哈尔滨洋行给鬼子当了翻译。三元欣赏王叫驴的名字生动响亮，又知晓王叫驴的老家是山东，就带他一块来到了泰安。

王叫驴不愧是王头铫的儿子，改不了他爹的禀性。只要三元不出发，鬼子不扫荡，王叫驴天天这个窑子里进，那个酒店里出。得空就红红着俩眼蹓摸女人。一到夏庄大集，王叫驴一准红红着两只醉眼，到处转悠着敲竹杠。三转两转钻到粮食市、麻布市里女人多的地方，伸手动爪耍流氓。老百姓喂只鸡，下个蛋舍不得吃，攒个十天半月拿到集市上来卖卖，王叫驴买了鸡蛋不但不给钱，反而捎带着揩油。卖鸡蛋的大姑娘、小媳妇央求说："老总老总你行行好，家里还等着卖了鸡蛋称盐打油哩！"王叫驴伸手抓住女人的奶子："你把这两个大软蛋让给我，我给你双份的钱。"

马虎台一战，老谋深算的三元情知自己罪孽深重，躲进据点轻易不再露面。王叫驴虽有收敛，但他总以为三元是三元，叫驴是叫驴，误不了隔三差五照样出来作坏。

自从鸡毛店遭袭泪洒白马寺，龙杰受命重新拾起旧文书，先杀谁？能杀谁？天天在他的脑子里转悠。邹靖国是个老狐狸，鬼子对他的保护措施又严密，要想搞掉他，一时半霎不行；叛徒宋西田、于为臣，新官上任，兴头正高，平时住据点，出来就结帮，他们又都熟悉龙杰的活动规律，暂时也递不上刀子……划拉来，划拉去，龙杰一下子想到了王叫驴。且不说王叫驴是鬼子在"满洲国"精心培养多年的汉奸，也不说他为了洗雪家耻，早就想跟着鬼子去日本，再也不愿意当中国人，就凭他挎着枪在大集上调戏妇女、砸杠子这两条，杀了他也不解恨。

龙杰找到王东山，谈了自己的想法。王东山说："靠不上三元，先杀他的翻译倒是个好主意！但是有难度，而且难度还不小！我们刚刚遭遇了失败，如今两个小组又只剩下我们自己了，我们伤不起，更牺牲不起了！"

龙杰说："正因为我们刚刚遭遇了失败，目前又只剩了我们这一个小组，敌人才更不把我们放在眼里，才利于我们尖刀插心。王叫驴最爱赶大集、逛窑子，还有天天喝二两的习惯，大集上、酒店里杀他再合适不过。"

"能杀了当然好！会震动很大！但是怎么杀是个问题。王翻译不比吴立友，他是鬼子的贴身翻译，他自己也有护兵，即便单独行动，也是在他们的狼窝里转悠。根据他的活动规律和活动范围，夏庄大集上见到他倒是有把握，只是大集上人挤人，一怕误伤了百姓，二怕响枪以后撤退有困难。他去酒馆倒是个好机会，可是酒馆就在鬼子的眼皮底下，等于虎口拔牙，必须周密考虑。"

"我已多次去侦察过，进路、退路我都看好了。他们以为独立营被打垮了，岱西已经成了他们的天下。我们正好利用他的狂妄、麻痹，捅上刀子就走。你坐镇指挥，我和程山、李炳太三个人就满能办得了！"

"酒店里杀他再合适不过，但必须得有绝对把握！"

"我有绝对把握！"

"三个人少吧？"

"多了用不上！"

"那咱们就得好好计划，不能有半点闪失！"王东山装上一锅烟，"这是真正的深入虎穴杀虎子，必须好好研究，而且要做好两手准备。打得上就打，打不上就跑，速战速决，不能恋战，更不能硬拼。我们牺牲不起了，没有人啦！"王东山苦笑了一下。

王东山一再嘱咐，龙杰一再地答应着。其实，龙杰的心里早已做了最坏的打算。马虎台一战，窝囊气还没出呢，接二连三又碰上这么多的不痛快。再不出出气，可真要把人憋死了。龙杰一边往枪里压火一边说："手是痒痒了，可是杀个汉奸小流氓，还真心疼我的子弹呢！"

轩辕庙饭店紧邻鬼子据点，王叫驴在这里喝酒，就像坐在了保险柜里，尽可以放心大胆地灌。独立营喋血马虎台，三元深居简出，等于给王叫驴放了长假，因此只要不外出，王叫驴几乎天天中午来饭店里喝二两，龙杰决定趁他喝酒的时候收拾他。

轩辕庙有两个门，正门朝南，侧门向东。庙东对过是金字黑匾的恒泰昌酱菜铺，酱菜铺利利索索的少掌柜姓范，共产党员。龙杰他们一早就埋伏在了恒泰昌酱菜铺里。

第一次设埋伏，王叫驴没有来，白等了一天。

第二日在酱菜铺里窝憋了一整天，王叫驴还是没有出现。

怎么回事？不找他的时候，低头不见抬头见。现在想杀他，却又不见了踪影。该不是保密出了问题？

见不上王叫驴，龙杰吃不好，睡不稳，眼睛都红了。王东山建议能否先放一放？龙杰的犟脾气又来了："头一桩买卖做不成，以后回回放空。豁上我死，也得杀他！"

第五天又逢夏庄大集，终于把王叫驴盼来了，原来他跟着三元去了泰安城。几天来，王叫驴跟着三元鞠躬行礼也累了，他先是在鸡蛋市、麻布市里转了两圈，没有发现中意的女人，便急三火四地来到了轩辕庙。王叫驴背了一支勃朗宁，嘴里哼着"小蜜蜂蜇了小二姐的手指头"的二人转，一晃三摇进了庙。他的护兵紧跟着也进来了，站在庙门旁边的一棵小松树下边。

按照以往，王叫驴一般午时进店，未时还喝不完酒呢。这几天跟着三元进城，一直捞不着喝酒，酒虫子早就上来了，所以，巳时刚过，他就来到了饭店。梁达林见恒泰昌酱菜铺的两扇门还都开着，知道埋伏的人都还没到。梁达林只得先给他拿来一盒烟，随后冲上一壶黄山茶，再打开菜谱让他看菜。王叫驴的红眼眨巴了几眨巴：

"还用看？大补的，壮阳的，治白头发的，上就是！"

王叫驴脑袋后头的馋窝里长了一撮白头发，兜里天天装着炒黑豆。吃了黑豆好放连环屁，他一个人走在路上，就像两三个人在唠嗑。梁达林屏住呼吸暗笑：你他娘的还壮阳？你那臭屁快放到头了，再放就放挺身屁了。

王叫驴把勃朗宁揽到怀里，开始吸溜吸溜地品茶。侦察员皮友亮赶到了，他和梁达林对了一下眼光，寒暄了几句，也要了一壶黄山茶慢慢喝着。皮友亮是负责侦察的，他知道王叫驴晌午饭时才来，哪里想到王叫驴先他早到了。皮友亮没有杀过人，心里盛不下事，他一会儿门外看看，一会儿厨房转转，茶碗端在手里没喝几口，心里有事，坐在椅子里一个劲地打哈欠。饭馆本来就不大，客厅里也只有他和王叫驴两个人。王叫驴发现这个既不吃饭也不打算喝酒的家伙，要了一壶茶根本没喝几口，而是坐立不安地打哈欠，心里想：这个小子哈欠连天，肯定心里有事！别是算计我吧？王叫驴几次斜眼去瞟皮友亮，每次都见皮友亮盯着他的目光慌忙躲开。

"小子！他在盯梢我！他在等人！"

王叫驴心眼子贼，他一边想着一边就站起身来，歪歪搭搭假装到厨屋里看菜，经过皮友亮的身边时故意拐了他一下，冷不丁就从皮友亮的腰里摸出了匣枪，王叫驴反手就把皮友亮拧起来了。

梁达林一见王叫驴拖着皮友亮往门外走，知道事情不妙，赶忙上前解劝："怎么回事？怎么回事？王翻译，误会误会！王翻译，菜好了马上就上，今天有好菜，壮阳的、治白头发的都有！还有甲鱼呢！你等会走，稍等一等，有话好说，有事好商量，先别上火，王翻译，王翻译……"

王叫驴小子贼精明，他知道既然想搞他，就绝对不会是一个人，梁达林明明是在故意拖延时间。他眼睛一瞪："妈了个巴子梁达林，你还放什么屁？你这里窝藏着带枪的八路，分明就是搞我来了，你还有什么屁放？"

梁达林说："王翻译，你用不着这样，你怎么知道是对着你来的？事情还没弄清楚，何必这样呢？咱们不都是中国人吗？"

"你妈了个巴子！什么中国人不中国人的？中国人有你这一户吗？你也一块走！跑了别人跑不了你！"

推搡之间，王叫驴猛然发现有几条不熟悉的汉子进了东门。王叫驴虽然年轻，毕竟是个老特务，他放开皮友亮就想开溜。一看他要跑，龙杰掏枪从背后先递了一枪。王叫驴中弹，但未能伤及要害，子弹从背部穿过，脊梁上开始流血。王叫驴哪敢怠慢拔腿就窜，他的护兵也早已跑得无影无踪。

龙杰几个人是从东门堵进来的，王叫驴只得冲着庙的前门跑。王叫驴中了弹，腿脚跑动起来不那么利索了。出轩辕庙南大门，往西是土地庙，拐过土地庙往北就是天庆泉酒店，鬼子的碉堡，就安在天庆泉酒店里。如果让王叫驴进了酒店，再收拾他可就难了，龙杰紧接着又发了第二枪。

王叫驴一直低头弓腰往前跑，龙杰的第二枪从他的腰部穿了过去，王叫驴踉跄了一下，仍然没有致命，但是跑动已很困难，他挣扎着继续往炮楼的方向逃。

碉堡上的鬼子已经听见了枪响，他们想不到土八路会在大白天来杀他们的翻译官，把在碉堡的垛口上东张西望。

王叫驴快要跑到范家戏台了，炮楼上的鬼子才看清楚，跌跌撞撞跑动着的竟是他们的翻译官。岗楼上的哨兵哇啦哇啦，对着院子里的鬼子一个劲地比画。事不宜迟，龙杰及时发了第三枪。王叫驴像一根迎风的秫秸，晃了两晃，一头攘到地上了。

邱大元

杀了王叫驴，先给三元找上点头痛，回头再给邹靖国添点麻烦。

县委书记自从被日本妓女彻底俘获，他自己再也当不了自己的家了。鬼子中队长，隔三差五陪他去济南，到了济南就是美酒美女的醉生梦死。他的通信员邱大元也跟着过惯了打破锣、喝刷锅水的下三烂日子。久而久之，邱大元搞女人也上了瘾。他终于明白县委书记为什么会叛变，原来共产党都是些苦行僧，压根不知道什么叫享福。即便当个小小汉奸，也比共产党的县委书记强得多。邱大元仗着穿了一身汉奸皮，身上背着匣子枪，腰里又揣着大把的金票，要想搞女人，就好比锅算子上抓窝头——手到擒来。

游击小组一时靠不上邹靖国，邹靖国同样也找不上游击小组。虽然宋西田的反共突击队张牙舞爪，但是邹靖国明白：跟着鬼子去扫荡，狐假虎威充个人数还行，真要把他们当刀用，刀刃先就卷了。游击小组天天活动在乡下，要想搞到可靠的情报，探寻到游击小组的活动轨迹，只有渗入到农村、隐伏在乡间，才有可能找见他们的行踪。他知道，游击小组的主要活动范围离不开夏庄据点，因此就着手在夏庄周围收买、布设眼线。什么人做眼线合适呢？思来想去，邹靖国龇牙笑了：锔锅的、修伞的、打锡壶的、要饭讨食的、抢刀子磨剪子的……

夏庄东去不远有个小村叫曲水，村里的小货郎被邱大元收买当了密探。八月十五中秋节这一天，小货郎左肩挑了小挑子，右手拧动着货郎鼓子，嘴里吆喝着："卖洋红卖洋绿，找了麻绳头子换洋火了！……"丁零当啷进了落凤坡。

落凤坡村子不大，小货郎的货郎鼓却从午前一直摇到黄昏。当天夜里，反共突击队突然堵了龙杰的家门，幸亏龙杰和肖兰芬早有防备，天一擦黑就奔蛤蟆腔去了。

肖兰芬带领抗属在西乡逃反已是两个多月不回家了，龙杰的母亲得了伤风感冒，肖兰芬接就八月十五请假回来看婆婆，没想到在落凤坡只待了半天多的时间，敌人夜里就找上门来了。反共突击队指名道姓，硬逼着龙杰的母亲交人，打一巴掌问一句："那个给你买线的秃子呢？你那个姑姑子儿媳呢？她给你留的钱呢？……"肖兰芬中午时分，曾从货郎挑子上为婆婆买过一桃子青线、一个顶针。当时小货郎还说："这么有钱，就买一桃子青线？"

明白了，小货郎是邱大元的眼线。他利用货郎挑子走村串巷，刺探共产党的情报。然后视情报轻重缓急，或直接送，或等邱大元来取。

初来曲水收买情报，邱大元来去匆匆谨慎加小心。每次下乡，他都要精心化装，从来不是一种打扮。情报一到手，他会放下钱立马走人，从不敢在乡下多待。一来二去时间一长，邱大元闯开胆了，弦放松了。慢慢地，他把小货郎的家当成了自己的家。特别是当他发现小货郎家中藏有一个美人时，他的腿拉不动了。跟着县委书记虽然也算交了桃花运，但喝的刷锅水，玩的破尿烂蛋，心里天天窝窝囊囊、腌腌臜臜。常言说得好，宁吃鲜桃一口，不吃烂杏一筐，这一回他不仅交了桃花运，而且是苔下韭、花下藕，他要尝鲜了。

特务的妹妹叫玫瑰，二八芳龄，身材窈窕，正是花苞含露的好时光。有一天，邱大元来到小货郎家里取情报，连叫了两声"大哥"没人应承，玫瑰只得走到了前台。

"俺哥哥下乡还没回来。"

邱大元虽然已是职业流氓，但是他不敢相信面前这个唇丹齿皓、眼若点漆的娇娃就是小货郎的妹妹。

"你是……？"邱大元口水都流出来了。

"我是他妹妹。"玫瑰一抿小嘴。

"哎哟！小妹妹长得天仙女一样！这么俊！叫什么名字？"邱大元浑身酥了。

"玫瑰。"玫瑰眼睫毛一闪，头一低。

"玫瑰？我说闻着这么香呢！哎呀真香！野玫瑰吧？"

"你才是野的咪！"玫瑰一翻眼皮。

"人家都说玫瑰有刺，你有刺吗？我摸摸！"

邱大元搞女人早已是轻车熟路，他一下捉住玫瑰的手就把她拉进怀里。自此，玫瑰就彻底把邱大元迷住了，曲水村变成了邱大元的行居乐部。

天赐美女，邱大元不按规矩出牌了，不管阴天下雨有无情报，他得空就往曲水跑。把从鬼子行居乐部和八卦楼里学来的十八般武艺，全都用在了玫瑰身上。时间不长，玫瑰的床上功夫就练到了文武带打、炉火纯青的地步。邱大元原先在城里的、乡里的、据点里的、窑子里的老情人一概都顾不上了，三天两头来曲水赏玫瑰。他觉得共产党已经不得势，乡下办事又素净，曲水村就是世外桃源，玫瑰的胸膛就是人间天堂。

情况一经摸清，邱大元就数着日子活了。

这次执行任务，龙杰挑选的任五六。程山胖壮，不适合翻墙跳院。任五六身手轻捷，龙杰胆大心细，两个人配合可以优势互补，而且任五六最乐意干这种差事。任五六有个毛病，兴他自己热长毛，别人热长毛他眼红。一听说要杀热长毛的，他立马像抽了大烟一样来了精神，好像要杀的人是他的情敌一样。

得知邱大元又来曲水度良宵，龙杰和任五六趁黑夜摸到了小货郎的家。

曲水村庄子不大，看上去清幽静美。村落沿一条扭动的小河疏密有致地摆列，有一种不紧不慢的悠闲。

自从决定杀邱大元，龙杰已化装来侦察过多次。玫瑰的家在村子的西北角，一溜三间北屋住着她哥哥全家，两间西屋，是玫瑰的闺房。玫瑰家的院墙不高，不用费劲就能跳进去。任五六是第一次来，他扳住墙头一纵身：麻烦！北屋门口的水缸旁边，有一只大黑狗正趴在那里。大黑狗似乎已听见了动静，嘴里不住地发出低沉的呜呜声，一有大的响动，它必然会汪地放出狂咬。

"家里有狗怎么办？"任五六小声问。

"没事，我早知道，得先和狗交朋友。"龙杰小声回答。

怎样对付大黑狗，龙杰早有准备。他轻轻爬上墙头，把预先装来的肉包子贴着地皮轻轻扔过去一只，大黑狗呜的一声扑上去就咬住了。大黑狗误以为袭来的是一块砖头、石头什么的，猛一下口，才知道是一只香喷喷的肉包子。大黑狗喜出望外，狗头拖了两拖，一只包子下了肚，友善地摇摇尾巴抬起头。龙杰又扔过去一只，再扔过去一只。狗吃恣了，确信来人是大大的良民，是亲善行为，就只顾吃包子不好意思呜呜了。龙杰和任五六贴着墙角趁机翻越墙头，立刻蹲在院子西南角的厕所里假装解大手。黑狗吃完了包子凑过来了，龙杰啧啧了两声，又扔给它俩包子，大黑狗恣得直摇尾巴，连呜呜也没有了。

该行动了，龙杰随手将剩下的包子全都丢给大黑狗，两人轻步来到西窗户下。听听屋里，土炕上一片啪啪的响亮，呻唤之声令任五六头昏脑涨，任五六不会走了。龙杰用力拽着他离开窗户来到门前，两人退后两步摽起膀子，然后一个垫步上前，两只大脚同时跺在门缝子上。"咣！嗡！"门跺开了，断了的门插关呼啸着射向黑暗。几乎就在门开的同时，两人又唰唰扔出了自制的硫磺弹。硫磺弹一沾上墙皮立刻呼呼燃烧，小西屋刹那间明晃晃如同白昼，邱大元正大汗淋漓骑在一堆白肉上。还没等这对狗男女反应过来，龙杰抢上一步，唰地从他们的枕头下抽出枪来，邱大元的匣枪还大敞着机头呢。

两个黑洞洞的枪口同时顶在了邱大元的脑袋上，邱大元一动不敢动了。一根白大腿从邱大元塌了架的肩膀上滑下来，玫瑰一丝不挂，什么也藏不住了。她挣扎着从邱大元身子底下抽出另一条腿，龙杰伸手抓住，噼嚓一声把她扔在了当门。龙杰照着披头散发的玫瑰使劲跺了一脚："没你的事！老实在地上躺着！"回手一把揪住邱大元的耳朵。

"邱大元！"

"有！"邱大元忙不迭地回答。

"跟着邹靖国当汉奸享够了福啦！今天你先走一步，到阴间里给你们的汉奸县委书记打个前站去吧！"一枪就把他安排在床上了。

打死了邱大元，龙杰和任五六又迅速冲进北屋里，玫瑰的哥哥早已吓得老母猪筛糠，嘴里不住地说："我改了！我改了！……"

"你在这边改不好了，上那边改去吧！当汉奸特务担惊受怕也不容易，成就了你们这对老搭档，和邱大元一块做伴去吧！"

枪一举，小货郎的头也爆了。

狄连义

找上活了，越干越顺手。不到个把月，张冠武的通信员、口口声声"当汉奸是曲线救国"的宁宝盛，到处宣扬"皇军胜利了老百姓光享福"的傅昕明，乡自卫队大队长朱曦光、陈峰、王照三等一帮铁杆汉奸，都在龙杰小三把的枪口下报了到。

自从杀了狄连义，龙杰的"活阎王"更叫响了。

狄连义原是六区的一个办事员。此人生性乖巧，善于溜须拍马，两片薄嘴唇说出话来总是甜丝丝的，因此外号"一嘴蜜"。就因为他的嘴甜，眼皮子活又干得恰到好处，有不少的人喜欢他。

狄连义巧说会拉，但是心口不一，是个私心很重的人。而要命的还不是他的私心重，而是拨弄是非。哪里只要有了他，哪里就平地起风波，哪里就无风三尺浪。不知不觉之间，我和你有了矛盾，你和他有了过节，两口子也闹分家。就为这，石区长不知批评过他多少回。

狄连义也接到了邹靖国的劝降信。邹靖国之所以想起了他，不只因为狄连义的脑门子上长了一个和金丝小枣差不多大小的红肉瘤，让人过目不忘，更因为他的嘴甜。邹靖国来区里检查工作时，狄连义借着端水、倒茶、递烟、打火的工夫，一面极力趋奉县委书记，一面又转弯抹角给石区长告小状。邹靖国见此人犬齿尖尖，嘴皮溜薄，说话时眼无定珠，把鸡毛蒜皮的小事当状告，料定必是个是非之人。邹靖国毕竟读过几年私塾，深谙"巧言令色鲜矣仁"的道理。不过现如今他当了汉奸，狄连义在他的心里就另有了位置：眼下正需要这种咬人的狗哩！

接到邹靖国的劝降信，狄连义的心口怦怦地跳个不停。他插上大门将信看了一遍又一遍，饭吃不好，觉睡不香。虽然邹靖国已经成了汉奸，但是县委书记给部下发信一般还到不了他这个层级。一个没有具体职务的普通办事员，投降了也难有大作为。怎样才能像邹靖国说的"做大事、成大器"？狄连义动起了脑筋。

自从邹靖国叛变，县委和各区的工作都已转入地下，大部分工作都停了下来。六区"守摊子"的就只剩下狄连义和狄元岭。狄连义年轻，腿脚灵便，嘴又会说，上传下达，跑跑颠颠，捎带着偶尔的接待和外联。狄元岭年纪大了，耳朵又背，主要就是烧烧水、倒倒茶、扫扫地、看看家。其他的事儿他不干，也干不了。但是有一条，眼睛好使得很！他发现，自打石区长来过区里一趟，狄连义突然变得心神不宁，坐立不安，两只眼珠子时不时地发呆、发直，这让狄元岭起了疑心。区长晚上要参加一个碰头会，完会以后准备回区公所里暂住一宿，他认为偶尔在区里住个一宿两宿敌人找不上。因为区公所值班的床铺只有一个，区长夜里要来宿住，狄元岭晚上就不用再在区里看家了。

石区长晚上要开碰头会，区公所里白天的接待工作忙了起来。午前陆陆续续来了一些生面孔，与往日不同的是，这些客人来到以后，没有客套，没有寒暄，好像早有预约的一样，进门就往里屋里钻，连个招呼都不打。进了里屋，听不见大声说话，更没有以往的嘻嘻哈哈，只是嘀嘀咕咕咬耳朵。客人要走了，反常的是狄连义概不送客，甚至连屋门都不出。狄元岭和往常一样烧水、送茶，狄连义挡在门口很不耐烦地摆手："不喝，不喝！一会儿就走，没工夫喝水！"

来的些什么人？说话背人？

狄元岭耳朵背，聋得连打雷都听不见，但那是他的右耳朵，左耳朵可是灵得出奇。这个秘密只有他自己知道。午饭以后又来了一个人，狄元岭一眼认出是宋西田的大舅子哥张树洋。张树洋装猫变狗，假装不认识狄元岭，一头钻进里间屋，又和狄连义咬上了耳朵。

好话不背人，背人无好话。联想到区公所一上午的反常现象，狄元岭一心想弄个明白。区公所的办公室原是一间大屋，为了方便工作，临时隔开了一个里外间。隔墙是糊了草泥的秫秸箔，年岁一久，秫秸箔上的麦糠泥脱落，秫秸墙早已不再隔音。狄元岭随手拿起一把扫地的笤帚，把左耳朵贴在了秫秸箔的墙缝上。

"……"

"……他睡觉头朝哪？"

"朝外，朝外，他不朝墙睡，他嫌憋得慌。朝外，头搁这儿。"

"就用这个开？"张树洋接过一截砸扁了的粗铁丝。

"好使！好使得很！我开了若干次了。一共就这两道门，里屋门还是苇席的。一会儿我把聋汉支走，我从里边插住，你先开两次试试。"狄连义指了指外间屋。

"我还是有些害怕，一想到杀人，手脖子就发软。"

"你看你，老鼠胆还能办了大事？该是比你偷牛、偷羊、东岳庙里盗宝容易！你跳墙头大半辈子了，这还算点活吗？"狄连义拍拍张树洋的肩膀，"他睡觉好打呼噜，不喝酒，打湿呼噜；喝了酒，打吹呼噜；喝多了打喝呼噜；喝醉了，打干呼噜。有时候也不打。你放心，交了过半夜，他就肯定睡死了，他不能熬夜。你只要出手快，下手准，猛地卡住脖子别松手！两分钟就……嘿嘿，很容易！"

听得出，狄连义在精心吩咐。

"能行吗？"

"你看你，我不行你还不行？你看你那两只手，就像两个狗熊护搭子，手指头和棒槌一样，别说是卡个軥喽匠子，老虎也能给你卡出屎来！"

石开山区长有气管炎，外号"軥喽匠子"。只要一咳嗽，嗓子眼里就嘶啦嘶啦地剥茧抽丝。

狄元岭吓了一大跳，反共突击队要杀石开山啊！好在石区长亥时才回来睡觉，送信还有时间！

里屋板凳响，狄元岭赶忙离开秫秸墙，继续弓着腰扫地，耳朵仍旧聋得打雷也听不见。

"二大爷，你去端两块豆腐吧？晚上咱吃咸鱼头炖豆腐！"

狄连义手拿一个大黑碗，戳了一下狄元岭的后腰。论辈分，狄元岭比狄连义高一辈。

"啊？哦！"狄元岭回头看了一眼戳他腰的大黑碗，狄连义指着黑碗大声说："豆腐！"狄元岭接过碗伸出一个指头："一块？"狄连义笑着摇摇头，伸出两个手指头。狄元岭点点头端着大黑碗走了，狄连义要传授开门技术了。真是外贼不怕，就怕内鬼啊！趁着买豆腐的工夫，正好把信送出去。

傍黑天，咸鱼炖豆腐的异香飘出了门外，狄元岭刚从锅里盛出豆腐，就听院子外边闯进来一帮人。

"狄连义，狄连义！狄连义呢？"

"谁呀？来得恁巧！正好一块来喝一盅！来！谁呀？谁找我？"

狄连义喜滋滋地从里屋里跑了出来，手里拎了个酒葫芦。

龙杰一步靠上薅住了他的领口：

"今晚你要掐死石区长？"

"不敢！不敢！我可不敢！是张树洋！"

"好！不冤枉你！"

龙杰身子往后一闪，李炳太一个箭步抢过来，抡刀就向狄连义的脖子砍去。

这次砍人，是李炳太主动请缨的。李炳太家有一把传世的七星宝刀，大刀片子上红铜镶嵌着七星北斗，一有要紧的事情，他就将刀背在身上。虽然宝刀在手，龙杰还是怕他误事，几次问他：你行吧？李炳太抽出大刀掂掂："赌好吧，削铁如泥！"抡刀的时候他劲头还挺足，刀一往下落，手脖子又软了，刀口一偏砍在脖颈儿上，啪哧一声，刀刃崩了个大豁口。狄连义头没掉下来，脖筋却砍断了，血溅如喷泉一样。狄连义眼睛瞪得像铃铛，扛着血头原地转花，血雨淋了李炳太一头一脸，他不敢近前了。一见李炳太怕了，龙杰手挡血雨快步上前，抬腿踩倒狄连义，又一脚踩上他的胸脯，下腰拃住狄连义的血头咔嚓嚓转了三遭，把头拧下来了。

我那老天爷！众人吓酥了。

天黑下来了，大家七手八脚把狄连义侍弄好，抬放到石区长准备睡觉的床铺上。天交过半夜，张树洋蹑手蹑脚来到窗户下边，听听屋里没有动静，他顺利地拨开办公室的门闩，轻手轻脚来到石区长的床前。见石区长蒙头睡得正香，张树洋拼上全力猛地一拎，扑通一声，被窝子里蹦出个血头。张树洋赶紧划着洋火，啊呀一声瘫在地上。

屎尿屙了一裤筒，张树洋疯了。

"伤天理"

工作顺手了，活儿也接上了，可是吃饭问题一直解决不了。

县委东拼西凑给游击小组拨来的一部分款子，被尚天礼拐走了。

尚天礼是县委食堂的司务长，因为他家也是夏庄附近的，县里托他把钱捎给游击小组。尚天礼自己开着茶行，钱一接手，他立刻换成日本票子，跑到安徽贩茶叶去了。

和尚跑了庙还在，好在他家不远，登门去要吧。

尚天礼的家在平家洼，他的父亲尚学儒，七岁就玩秤头子。贩茶叶，他一百斤能卖成一百五；贩羊毛，他五十斤能倒腾成八十斤，是远近闻名的"坑杀人"。就凭坑杀人的本事，尚学儒过下了八亩大地、两犋牛，盖起了一溜小瓦屋。屋头、屋梢……哈巴狗子、张口兽一应俱全。青砖大门楼下边的两个石狮子，比大财主家的还阔气。

来到尚天礼的青砖大门楼时，石狮子后边，一只狼毛色的四眼子狗，龇着牙不让进门。大门外吆喝了半天"打狗啊！打狗啊"，尚学儒拉着个吊瓜脸没好气地"谁呀？谁呀"走出门来。一见是王东山和龙杰，老家伙心知肚明，但是装呆卖傻，一张烂糟糟的地包天嘴，呱啦呱啦东扯葫芦西扯瓢，就是不问来干什么的。龙杰终于耐不住火性："你等一会儿扯这些闲篇子行吧？俺来听你说书的吗？你知道俺来干吗的？你先听听俺领导说两句行不行？"

尚学儒斜了龙杰一眼，装出一脸的茫然与无辜。王东山就把当前队伍的困难情况讲了一遍，说明为了救急，县委拨来一部分款子。是一次又一次打报告才批下来的，很不容易。因为尚天礼家也在夏庄，又是县炊事班的司务长，领导信任他，很放心让他代领了出来。说的是马上送过来的，可是尚天礼又忙着贩茶叶去了黄山，一时半霎怕是回不来，家里能不能先凑一部分，有多无少，先解决同志们的吃饭问题。

奸商奸商，尽管王东山把话说得转弯抹角、哀哀怜怜，尚学儒鞋拔子一样的弯弯脸，始终毫无表情，说了半天等来了老狗两句话："你们公家的事我不知道！他领钱不领钱没和我说，我哪里有钱？我没有钱！"

如果尚天礼领了钱就直接去了安徽，压根没有回过家，家里真没有钱也没有办法，总不能逼命。可是明明有人看见尚天礼是从家里走的，而且尚学儒还亲自送他到庄头上。县委书记捎来的口信哪能错了？但是不管怎么说，尚学儒一口咬定不知道，两人只好等一等过两天再说。可是没想到的是，去了一趟又一趟，尚学儒一趟更比一趟穷。好像不是他儿子拐了政府的钱，而是政府想坑他一样。尚学儒的敞栏子猪圈里，喂着四五头唉唉叫的大肥猪，先卖一头救救急也行吧？也算是个懂人事的吧？

一趟一趟没有结果，好容易听说尚天礼贩茶叶回来了，郭村、夏庄、王家店、汶阳、边院的茶店、茶行都新上了尚天礼的雨前新茶。即便把公款当了本金，这茶叶一批发出去，款子也该回来了。王东山叫上龙杰和李炳太又找上门去。

尚天礼是个鬼攮子，明明有人见他回了家，可是家里根本就找不着他。大门底下仍是那只四眼子狗，见谁和谁龇牙，没有人出来打狗，依然进不了他的家。王东山知道尚天礼已经回来，茶叶也都批发下去了，下决心要回一部分钱来。王东山好脾气，一口一个"尚大爷"称呼着，话说得真诚委婉，实心实意地和他商量。谁知老狗不但不给钱，反而翻了脸。

"吃柿子都是专拣软的捏，你们怎么就摽上我了呢？你们说钱让尚天礼拿走了，他又没给我，我又没见钱的面！我和公家井水不犯河水，我从来不问你们公家的事情。你们说他拿钱贩茶叶去了，贩茶叶我也不知道，我也没见他回来。我是没一点办法，有本事你们还是得找他去，指望我这个老头子办不了事！"

"这么说我们是诬赖他、讹诈你了？"龙杰实在是沉不住气了，"他领的钱，他签的字，拿上钱，他一屁日了个兔子——窜了，我们上哪里找他去？你想不拉理吗？"龙杰把右手按在枪把上。

"商量着办，商量着办，和气生财。尚大爷，恁老人家先少给一部分，我早就和恁老人家说过，尚天礼回不来，你算救救急还不行？我说过了，有多无少，先让同志们吃上饭。从小处说，是行好；从大处说，是对革命有贡献。饿了给一口，强似饱了给一斗。大伙哪能忘了你老人家？事情是天礼办的，恁老人家不了解实情也难怪。公家的事，哪能会去坑他个人？再说了，夏庄、郭村集上他已经卖了茶叶，回民茶行的马老板一个人就买了他一千块钱的，而且是给他的现钱，还能错了？恁先替他办办，我们忘不了恁，天礼以后见了我们也有法交代。咱们县政府以后给恁老人家送把万民伞，送面万民旗，名垂史册，万古流芳，多好呢！不管怎么样，咱火烧眉毛顾眼前，救急救急，先叫大伙吃上饭。恁能忍心看着我们整天抱着个饿肚子吗？再说了，这一段时间，我们吃饭吃菜赊账忒多了。恁开茶行你懂的，老百姓都是些小本买卖，这样赊下去，人家还有法干吗？你说是吧大爷？"

"你拉的是不错，我不是跟你们说了吗？和我拉这些没有用，钱要是坷垃块，我到坡里、地里给你们搬去，钱不是石头、坷垃，我确实没有办法！"

真是个奸商！好个奸贼！王东山转弯抹角好话说了九千六，老小子的狼心如同六月里的凉水——一动（冻）没动（冻）。

"尚学儒！"

龙杰站起来了，小三把点到了尚学儒的额头上。

"咱俩有点亲戚粘连着，过去我叫你个姑父，今天我喊你个尚学儒就是面子你！你说，尚天礼回来了没有？"

"没有。"

"你有钱吗？"

"我上哪里捞钱去？"

尚学儒眼珠一转，脑袋螳螂一样转到一边去了。

"好！我就等你这句话。没有钱好，没有也不等了！我看你这个老混蛋还值半只狗钱，我今天也饿急了，我们一趟一趟地跑，你这开茶行的穷得连壶茶也下不起，连袋旱烟都舍不得给抽了。你还混个什么屌劲？也别紧着过这号穷日子了，我今天就拿你当只老狗，扒扒吃了先顶一部分款子，回头找着尚天礼，我再去扒那个小舅子。我们耐着性子一回一回地来找你，可是你这个老东西吃狗屎不吃香肠子，纯是叫狗子坐轿——不识抬举。李炳太！拿绳子！绑起这只老狗来，我活扒这个老畜类！"

李炳太立刻从腰里掏出准备好的绳子，上来就绑尚学儒。尚学儒一看绳子是早为他准备的，他素知活阎王的厉害，嘴里一迭声地："别绑！别绑！别绑！好说！好说！好说！我看看，我看看，我看看天礼的箱子里有没有？唉！你们是不知道哇，他不在家，我从来不敢乱动他的东西啊！……"

尚学儒进得屋去，转眼之间，变戏法一样把钱拿出来了。

早就准备好了的，一分不少。

高部队

高部队一桩新罪把游击小组气炸了，会客洞里又点起了铁老灯。

北山赵家胡同一对挖荠菜的小姐妹，被高部队四个汉奸挟持到窑厂，轮奸以后填了水井。

北山赵家胡同李石匠，为鬼子修炮楼时不小心砸断了腿。卧床仨月的他，一心想喝荠菜粥。他的两个女儿大英和小英，跑遍了村前村后的田头、堰埂挖荠菜，路过窑厂时，碰上高部队解差归来的四个汉奸。

"小孩偷的啥？拿过来！"

"挖的荠菜，不是偷的。"两个孩子吓坏了。

"快挎过来给你洗洗！不洗洗咋吃？"

"这里没有水，俺回家洗去。"

"过来过来！这里有现成的水，还是热乎的，快过来！"

两姊妹挎着篮子战战兢兢凑了过去，汉奸们解开裤腰，一泡泡黄脓尿噼里啪啦洒在了小姑娘的胳膊、手上和篮子里。眼见四个汉奸都往菜篮子里撒尿，两姐妹吓傻了。瞧着小姑娘呆乎乎的样子，汉奸们淫心顿起，遂将姊妹俩挟进窑厂轮奸了。九岁的姐姐大出血，六岁的妹妹当场身亡，汉奸自觉不妙，死的、活的一块填了水井。

消息传到会客洞，游击小组一个个恨得咬牙，又是你一袋我一袋，一袋接一袋抽烟。啪嗤一声，龙杰的琉璃烟嘴不知怎么咬断了，他悄悄吐出半截带血的烟嘴，只觉得舌头火辣辣地痛。王东山赶忙递过一张草纸："别急，别急，办法得慢慢想，还是那句话，心急喝不下热黏粥，光撒急不行！"

不急？心里痒痒捞不着抓，能不急吗？打，高部队有好几百人，共产党在岱西已没有了正规武装，根本不可能。杀？游击小组才几个人？敌人驻守据点统一行动，就像一窝马蜂，既没法近前，也无法深入，更谈不上里应外合。狗咬刺猬——没处下口，到底该怎么办呢？

龙杰用牙齿狠狠挤了一下舌尖，吐出一口血水："这是一窝马蜂，不是单个的王叫驴和邱大元那样的屎苍蝇。这种情况即便能递上刀杀他一个两个，既出不了毒，又解不了恨。要打算惹他，就得想法摘他的马蜂窝，把这帮东西一锅端！问题是怎么端，谁能端得动？谁能端得了？"

"谁能端得了？"王东山说，"就是鬼子能端得了，可是鬼子不会轻易就宰了自己的看家狗。"

"所以我在想，能不能想法叫鬼子去杀他们？"龙杰说。

"对！对呀！有啦！"王东山高兴地把手一拍，"借刀杀人，借鬼子的刀杀汉奸！好主意！好主意！再议！再议！"

一天一宿下来，游击小组一个一个又都熬成了大花脸。办法终于想出来了：巧用离间计，借鬼子的刀，杀二鬼子。不是杀一个，而是灭高部队的两个中队！

离间计要想使得巧、用得好，就得千方百计制造高部队和鬼子之间的矛盾，离间高部队和鬼子的关系。最好的办法就是发动各乡、各村，去鬼子那里告发高部队。但是，政府没有了，武装没有了，党的活动都已转入地下，既不能组织，又不能发动，还有哪个百姓敢去冒死告状呢？点子很快又想出来了：造！写假状子上告！只要鬼子识不破就是胜利。即便敌人发觉状子是假的、造的，他们知道是八路干的，也不会把老百姓和村干部怎么样，离间计还可以变换着方式继续使用。

方案既已确定，打听得老君堂有个杜姓刻章的高手，龙杰提着点心连跑了几趟。三顾茅庐，终于把杜先生请来了。

杜先生来了，高高的个子，弓弓的腰，头上圆圆的青帽垫，像弯弯的豆芽顶着的一丸绿豆皮。杜先生不紧不慢从褡子里顺出笔、墨、纸、砚、大小刻刀、镊子、夹子七零八碎一大堆，大褂子一揽桌前坐下，二柄眼镜一撑，狗鼬胡须一捋，造假工厂就开了工。

杜先生字写得好，章也刻得好。为了求快当，他试着先用洗衣肥皂刻了一方，章虽好刻，但不好盖印。劲用小了印文不清，劲用大了，本来有棱有角的字，趴下没了正形，纸上还留下一股肥皂味。

肥皂不行就改用芋头瓜子，论材质，芋头瓜子比肥皂强若干倍，刻起来比肥皂还快当，而且字口也清晰。刻了一方效果倍儿棒，只是也要轻轻地按，劲用大了芋头瓜子挤出水来，盖出来的朱印、蓝印，干了发白。

状子是以各村的名义写的，文稿一概由狄胜武起草。狄胜武原是老七区的区长，念过私塾，一肚子好文化。一说让他起草状子，他抓起芋头瓜子揶揄说：我和芋头瓜子，今天才算是人尽其才、物尽其用了！

狄胜武号称"化学脑子"，事情想得周全，文字组织快当。一会儿的工夫，状子底稿就起草了好几份。虽然长短不一，但是大同小异，矛头直指高部队。王东山、龙杰请来了当地写得最好的六位写家，除了篆书以外，行、楷、草、隶都用上了。一夜之间，各色书纸、草纸、白纸、黄纸的状子写了好几摞。状告的大意不外是：日本军队是天皇陛下派来的皇军，是来拯救东亚病夫的。皇军远涉重洋来到中国，一心一意打造大东亚共荣圈的太平，为中国人民创造安居乐业的美好环境。可是，皇军来到中国，人地生疏，真假难辨，让坏人乘机钻了空子。目下皇军重用的高部队，完全是外乡袭来的一帮组织严密的土匪。他们杀人越货，敲诈勒索，保护皇军是假，借机发财是真。模范村有多少良民被杀害、爱护村有多少人家遭抢劫、有多少顺民被绑架、有多少女子被奸杀。北山赵家胡同李石匠，给皇军修碉堡砸断了腿，对皇军有大大的贡献。就在两天以前，高部队奸杀了他的两个挖野菜的幼女，生生逼死了李石匠一家……高部队不给良民以出路，老百姓逼上梁山，不得不投靠八路，不得不和皇军作对。老百姓实指望在皇军的庇护下，共存共荣过好日子，可是高部队硬把百姓赶到了八路一边……天皇圣明，如果皇军继续重用这样的部队，中国的老百姓必然和皇军离心离德，不共戴天。土八路就会东山再起，卷土重来。长此下去，与皇军大大地不利云云。

状子写了好几摞，戳子刻了一筐箩，圆的、方的、椭圆的、长方的……然后盖印的盖印，封信的封信，一天一宿紧忙活，岱西几乎哪个村都有了状子，哪乡、哪区也有了呈子。状子、呈子想方设法直接投送车庄据点和鬼子总部。

各村一起告，邮差不住歇地往鬼子总部和据点里背邮件。打开状子，各村、各镇、各区、各乡众口一词都告高部队，而且奸杀幼女的罪案就发生在眼前。泰安城的鬼子不住歇地打来督查的电话，野驴队长坐不住了。他斜着驴眼咬着驴牙，不住地骂"八嘎"。长此下去，可真是与皇军大大地不利了！

状纸递上第三天，高部队突然接到总部领饷的命令。二鬼子以为后方的鬼子越来越少，如此铁了心为皇军卖命，主子必然要大大地犒赏，一个个手舞足蹈、兴高采烈地整队前往。

领饷地点设在泰安火车站，一进车站广场，他们嗅出不对来了，因为十几挺机枪首先把他们看上了。高部队蒙了，惶恐中匆匆立正报数，一声"下枪"，汉奸们傻啦！下了他们的枪，班长以下的二鬼子全部押上站台，塞进了开往东北的铁闷子车，丹东、旅顺港的大轮船，正等着这批去日本挖煤的新劳工呢。广场上剩下的汉奸小头目惊恐万状，不知所措。他们东瞧西望，不知道皇军主子究竟要干什么。

鬼子挥舞着洋刀，指拨着这帮铁杆汉奸站成一排，一律面南背北跪在地上。咋啦？不是来领饷吗？这到底是咋的啦？偷眼往身后一瞧，啊呀！十几挺歪把子机枪正对着他们的脊梁呢。汉奸们吓酥了，他们死也不明白究竟有什么过错犯在了主子手里。随着鬼子队长的手势一劈，十几挺歪把子骤然爆响，已经荣升为正副中队长的吴敬三和徐海成，两人一块在皮家庄叛变投敌，一块在高部队提拔荣升，现在又一块让鬼子打成了蜂窝煤，西方路上继续结伴而行了。

高部队被鬼子一锅端了，死心塌地为鬼子卖命这么多年，做梦也没有想到主子一翻脸，就像捏死个蚂蚁一样轻而易举地把他们处置了。

游击小组同样也没想到，没想到鬼子这么听话，更没有想到这么快当就彻底解决了高部队。

"门楼子高哎！门楼子低哎！门楼子底下一群鸡吧……"

龙杰唱开了大花脸。

明百川

处置了高部队，车庄、白楼据点又换了陆部队。

二鬼子换了，车庄据点的鬼子翻译也换了人。新上任的翻译叫明百川，南乡人士，鬼子话说得不算好，干汉奸算得上是老资格。常言说得好：不是冤家不聚头，明百川上任不久，就和游击小组在李家庄十字街口上演了一出"槐荫会"。

李家庄有南北、东西两条大街，一长一短在村中呈"十"字交会。南北大街约有一里多路光景，北接车庄据点、伪县公署，南行四里便是夏庄。这条街，鬼子、汉奸走得多，三天两头呜呜地跑汽车。而东西街，虽长不过南北街的一半，却东通平北岭，西达凤凰山，是游击小组周旋于张山头、程山头一溜山头和鸡毛店、栾湾崖的要道。两条道路相交在村中的老槐树下，老槐树底下就成了"槐荫会"的大戏台。

在山头村吃过早饭，崔天亮带领龙杰一伙翻过凤凰山往东要去裴家庄。太阳刚刚一竿子高低，蓝瓦瓦的天空，大朵大朵的白云惬意地舒卷；老槐树上的斑鸠，颤着嗓子凄婉地喊着："恁姑——，恁姑——"

早年间，传说有一家养蚕人住在大王山下，姑嫂二人天天到大王山采桑。有一次两人内急，瞧瞧四下里无人，就在大王庙旁方便了一回。第二天再来采桑，绿油油的桑田突然变成了漫山遍野的菠萝树，姑嫂二人傻了。家里一匾一匾的蚕宝宝等着喂养，采不到桑叶可怎么办？两人围着大王山转啊转啊……日头偏西了，仍没能采到一叶桑。嫂嫂泪眼汪汪问妹妹怎么办，妹妹说："昨天咱俩在庙旁解手，怕是触怒了神灵吧？听老人们说菠萝叶通神，咱求求山大王和菠萝神吧？"嫂子一听赶忙跪下祷告："菠萝菠萝你变成桑，我把俺妹妹嫁给山大王。菠萝菠萝你变成桑，我把俺妹妹嫁给山大王……"话音刚落，晴空一声霹雳，一道红光过后紧接着万道绿光。天籁声中，漫山遍野的菠萝叶翻滚如卷潮，两人转眼间置身于绿桑的海洋之中了。嫂子赶忙起身招呼妹妹快采桑，可是妹妹不见了。嫂子急了，是她带着妹妹出来采桑的，如今找不见了妹妹，回去可怎么交代？她一边"恁姑恁姑"舍命地呼唤，一边山前山后苦寻。声嘶力竭的哭喊，吓躲了弯弯的晓月，惊落了满天的星星，哪里找得见妹妹的影子？

太阳冒红了，大王山飞出了一只哭叫不休的斑鸠：

"恁姑——，恁姑——"

龙杰和程山头前走，崔天亮、王东山拉着呱在后边不近不远地跟着。龙杰和程山刚踏进十字街口，就见明百川骑着洋车带着四个护兵从北边闯过来了。狭路相逢，躲藏都已经来不及，龙杰和程山抢上一步掏出了枪。

"站住！"

"站住！"

猛然的断喝吓坏了明百川，他一摁车把跳了下来，洋车喝醉了样摇摇晃晃冲出老远跌倒在地上，后面四辆洋车提溜扑哧撞在了一起。明百川傻了，吊在屁股后边的匣枪哆嗦着闪亮的紫穗子，他不敢掏了。负责保护他的二鬼子，跌跌撞撞爬起来，打怔了的鸡一样也不敢再动。等全部缴下他们的武器，崔天亮、王东山也走到了关帝庙前。

"把他们带过来！"崔天亮微微一笑招招手。龙杰、程山押着五个人来到了关帝庙。

一进关帝庙，蔫蔫的明百川突然像一只上足了发条的玩具狗，点头哈腰、打躬行礼紧忙活。崔天亮说："和我们用不着对付鬼子的那一套！"可是，明百川点头哈腰已成了职业习惯，嘴里应着："是！是！是！"溜明的大分头，还是鸡叨米一样不住地乱点。崔天亮耐心地给他们上了一课，讲了国际、国内反法西斯的新形势，讲了革命必胜、侵略必败、日本鬼子必然垮台的大趋势。告诉他们既是中国人，就都是同胞兄弟，中国人的共同敌人是日本帝国主义，而不是同胞兄弟之间的兵戎相见。崔天亮以高部队为例，指出了当汉奸的可悲下场。启发教育他们说，如果觉悟得快，能尽快脱掉这身汉奸皮最好。如果暂时脱不了，也不能再死心塌地地给日本鬼子卖命了。日本鬼子信仰的是武士道，他们最痛恨变节，更看不起汉奸，高部队就是最好的例子。要时刻不忘自己是一个中国人，起码要为自己留一条后路……

明百川不住地点头，崔天亮说什么，他应什么，今后的保证下了一条又一条。看他的态度确实不错，崔天亮想尽力团结、争取他。告诉他，既给日本人当翻译，当然要首先糊弄好鬼子，但更要为抗战多做一些事情。翻译官作为鬼子的心腹，作用不可估量，只要诚心诚意做工作，天天都有立功的机会。到全国解放的那一天，你们将是人民刮目相看的抗战功臣。

明百川应诺连声，一连串的"是的，是的，是的""好的，好的，好的"。

谈完话，崔天亮挨个把枪挂到他们的肩上，友好地拍拍他们的肩头，非常客气地和他们握手道别。走出老远了，明百川还几步一回头频频鞠躬。

明百川走了，虽然表现出的是一副贱相，但是这些毛病都是在日本人跟前逼出来的。总的看，这个人还算老实，可以利用。半路上捎带着办了这么一件大事，大家心里都很高兴。

吃过午饭，明百川从夏庄回来了。李家庄的杨老头正在大槐树一旁晒圈粪，明百川四下里瞧瞧，突然掏出匣枪照着杨老头的头顶上当当当就是三枪。子弹擦着杨老头的头皮钻进了大槐树，吓得杨老头一腚坐到了大粪里。明百川疯了，牛犊子脸变成了紫茄子。他觉得一个堂堂的日本翻译官，不该在这个常来常往的李家庄丢了面子。他骂天嚼地，暴跳如雷，枪点着杨老头的脑袋，叫他快去喊村长。

杨老头挣扎着从大粪堆里爬起来，一溜小跑去找村长。工夫不大，脚前脚后村长来了。

"有事吗，明翻译？"李村长白羊肚子毛巾搭在肩膀上，老远就笑着打招呼。

明百川左手叉腰，右手提枪，挺着个肚子并不搭话。只等李村长来到他的面前，他狸勾着两个黄眼蛋子，枪点着李村长的额头耍开了威风。

"好啊李村长！你个狗东西！你私通八路，窝藏共匪，你敢叫八路在这里打我们的埋伏，今天看我起了你的皮！"

李家庄地处交通要道，村里的人经多见广，李村长更是出了名的铁嘴老鸹，不仅不怕事，嘴还不让人。

"明翻译，你起了我的皮容易，但是，说我私通八路，你没有根据！你说俺村里窝藏八路，你敢保证你村里没有八路吗？想当年游击队在俺村里驻着，照你的说法，红枪会、龙别军、皇协军就得把俺村的人都活埋了吗？你整天过来过去又不是看不见，又不是不明白，南北、东西两条大街，这是两条路啊！不就是让人走的吗？你们走，八路他也不会飞哎！他们也长着腿，哪里不去？你有事说事，别乱扣帽子。你给俺扣这么大个帽子，我一个小老百姓戴不动！你说我窝藏八路，你什么根据？就咱现在说话的工夫，我们村里有没有八路我还不敢说，我不敢保证！这是一个十字路口，要是这时候再来个八路呢？你们和八路在这里碰巧了，这能怪我吗？你要不是打发人把我叫了来，我还四指不摸呢！"

村长一席话，明百川白愣着眼珠子噎了楼。他原是想哪里跌倒哪里爬，吓唬吓唬老百姓，在四个二鬼子面前也好找回一点面子。哪承想这个李村长说话和爆豆子一样，理比他还足。他眼珠转了几圈，觉得李村长话里有话，不能再紧着扯络了，万一再出来个八路呢？明百川只得自找台阶赶快溜。

"李村长，许你这一次，如果再有第二回，别怪我不客气！"

李村长并不领情，白毛巾右肩抽下搭上左肩，冷笑一声，头也不回地走了。

明百川枪打槐树撒泼发疯的事情，崔天亮当天就知道了。考虑到和他有过公开接触，明百川算是当过俘虏。一是不光彩，二是怕鬼子不再信任他，不装装样子鬼子面前不好交代，因而，没有放弃争取他的希望。

岱西姓明的人家，在大汶河以北就那么几个村庄，西牛乡公所里有个副乡长叫明光村，和明百川是邻庄，论家族关系，明百川还得喊他个叔叔。崔天亮想利用宗亲的关系，叫明光村暗中去和他谈谈，看看他到底回头朝哪。于是，明光村提了酒和烟，另包了两包好点心找到明百川，趁着屋里没有别人的时候把来意点了点。谁知话没说完明百川就瞪了眼。

"混蛋！你他娘的是个干什么的？谁和你是一姓一家？老鸹窝里抱兔子——你算哪支子人烟？你小子当着乡长还私通八路，我看你是想往死里钻！今天若不是看你沾了'明'字的光，立马叫你眼前发黑躺到这儿。赏你个脸快给我滚蛋！再来第二回，进门我就崩了你！"

明光村挨了个没脸，灰溜溜地回来了。原想把明百川争取过来能成点事，不想这小子王八吃秤砣铁了心。既然敬酒不吃吃罚酒，那就套用老办法，借鬼子的刀杀他。

反间计得熟了，十里八乡又开始大告明百川。状告明百川在皇军的眼皮子底下和皇军耍两面三刀。某年某月某日，明百川精心设计了与岱西共匪头子崔天亮十字路口巧会面，在李家庄关帝庙里密谈了一个上午。崔天亮对明百川委以重任，寄予厚望。他安慰明百川，既做卧底工作，就不能在乎一时的曲解和误会，鼓励明百川勉从虎穴暂栖身，长风破浪会有时。等到抗战胜利庆祝大会上披红戴花时，人们才真正识得英雄面！

明百川是日本鬼子的贴身翻译，一时半霎告不倒。告不倒就继续给他加罪过，加了罪过再接着告。罪过越加越大，事儿越说越真。以前给高部队的信件是以各村、各镇、各区的名义写的。而写给明翻译的信件，有崔天亮的亲笔，有组织部的任命，还有岱西县委、县政府的红头文件。而这些信件，要想方设法尽量先叫鬼子得手。

各村的状子、检举信如同雪片一样又上来了，状告明百川暗中保护了多少八路，杀了多少忠于皇军的良民，打着皇军的旗号摊派了多少粮食，罚了多少款项，钱和粮食又如何送给了八路……状子还极力颂扬皇军如何爱护中国的百姓，如何为民除害以求共存共荣。既然吃里扒外的高部队都除了，为何还留个共匪在身边呢？皇军不是在搂着个炸弹睡觉吗？

鬼子又烦了，再也不信明百川了。因为他们从明百川的住舍里搜出不少盖有军区、军分区、岱西县委大印的委任书、信函和文件，还有关云长"身在曹营心在汉"的秉烛夜读图。

时间已进腊月，山冷得躲，地冻得炸。鬼子弄来了一个博山产的粗瓷缸，装满凉水以后，让光着屁股的明百川搂住水缸，然后将他的手脚紧紧绑在水缸上。鬼子一边往明百川的身上浇凉水，一边继续盘问他哪一年入党，怎样和八路联系，为八路提供了多少情报，偷运过多少粮食……明百川口喊冤枉不承认，鬼子就慢慢地往他的头上浇凉水。三九严冷天，明百川抱着水缸冻了一宿。第二天一早，缸里的水冻实了，明百川也变成了一尊玻璃釉下的堆塑。一群麻雀不识得明百川是个活物，一边叽叽喳喳打嘴仗，一边撅起尾巴在明百川的头上、肩膀上拉屎，鬼子乐得拍着屁股转花。眼看太阳就要升起，鬼子生怕太阳一出会破坏了他们的作品，于是解开捆绑明百川的绳子，四个鬼子分别拽住明百川的手脚，嗨的一声，把与水缸冻在一起的明百川刺啦一声扯了下来。随着冰甲丁零当啷一阵脆响，明百川的胸膛、肚皮、连同裆里的皮毛都粘了下来，鸡子、尿蛋有一多半冻在了博山瓷缸上。

明百川血肉模糊，只有出气没有进气了。鬼子也无心再和他游戏，直接把他拖到范家林里剁了头，填了水井。

将计就计

夏庄、东向两大鬼子据点，是鬼子侵占泰安后在西南乡安得最早、驻扎人数最多的两个老据点，是日伪军在岱西进行军事扫荡和战事组织的指挥中心。因此，两个据点之间的电话线，一直是游击小组施行破坏的重点。线路巡修，也一直是小鬼子最头痛的事。自从有了反共突击队，替死鬼送上门来了，鬼子巡查线路的活儿，理所当然就落在了宋西田一伙的头上。

宋西田的反共突击队，本来就是些墙头草，心思只在升官发财上。鬼子命令他们巡查线路，心里装着一万个不情愿，也只能是哑巴吃黄连。或白天，或黑夜，或风里，或雨里……只要电话机的手摇把子一没了分量，鬼子就把话机摔得噼里啪啦，宋西田的突击队就得赶忙出发。

宋西田觉着不划算了，常言道，久了没有碰不见的亲家。苦累尚在其次，出门多了、野外作业久了，怕的是遭遇游击小组。到底怎么办才好呢？宋西田吃不香，睡不宁，绞尽脑汁想歪门。终于，"就近解决"的毒点子想出来了。只要电话线路遭到了破坏，破坏地点离哪个村子近，就由哪个村子负责修复，并且先打后罚，捎带着抓人。如果被破坏的地方，正好处在两个村子中间，那就各打五十大板，两个村子都脱不了干系。这样一来，老百姓吃亏了，破坏工作只得暂时停下。

游击小组收了手，下一步的棋怎么走还没想好呢，电话线又断了。北驿、柳行两村之间的电话线被剪断，相邻的两根线杆也拉倒了。奇怪？会有第二个游击小组吗？不可能。夏庄以南的党组织已遭到全面破坏，分散的武装工作人员，也已被宋西田全部笼络到反共突击队里去了，会有隐藏很深的独立作战单元吗？不可能！绝对不可能！那又能是谁呢？

这次的电话线被剪，破坏程度很轻，只是铰断了一个地方，拉倒了相邻的两根线杆，又该怎样解释呢？

"五六，交了过半夜，咱俩也去巡查一趟吧？"龙杰提议道。

"老李和程山不是巡查了两个晚上了吗？"任五六有些不情愿。

"对呀，咱和他俩换换班吧？"

"这一鼓捣倒好，都给鬼子当了巡线工了。"

"不花费点工夫能套到兔子吗？"

"操那个心干吗？替咱干了活，不正好省了咱们的事吗？"

"现在不是老百姓吃了亏吗？"

"谁吃亏也是亏哎！为了打鬼子吃点亏又怕嘛？咱们牺牲了那么多战友又怎么说呢？"

"你这话就不对了，我们是子弟兵，是保护老百姓的，怎么能叫老百姓无缘无故吃亏呢？如果这个剪电话线的确实是自己人，就必须告诉他暂时停手，想法先破了宋西田的'就近解决'再说。如果是有人趁机添乱，或者另有别的目的呢？"

"都是给鬼子制造麻烦，不叫鬼子素净呗，还能什么目的？"

"那就不一定了……"

"不一定？"任五六略一思忖，"也是呵，老百姓没有敢的，还能有谁呢？"

龙杰笑了："所以才得会会这个人。"

小满已过，春夜浸润着甜丝丝的清凉，坡野里到处飘散着熟麦子的香气。借着满天星光，两人一前一后来到柳行村南的一块台子地里，随手薅了几把麦穗，坐在垄沟里慢慢搓着吃。夏庄和东向相距二十里的路程，夹在中间的北驿和柳行虽然相隔不远，但两个村子之间是一道不大的丘岭，电话线经过的地方沟沟坎坎、起起伏伏，极便于隐蔽作业。根据电话线的破坏程度，此次作案的人手不多，很可能是一两个人，而且是拉倒线杆以后，剪断电话线立马走人。如果下一次破坏还是独立作业的话，估计他还会选择这个地方下手。

星光如钻，布谷飞歌。蛾眉月飘上来了，像半页切偏了刀的黄瓤西瓜。晨曦初露，不远的土岗上人影一晃，逆光里走来一个戴着"三扇子"棉帽子的人。龙杰和任五六立刻扔掉麦穗，停止了咀嚼。就见那人急急忙忙从随身背着的大包里扯出一根长绳子，接就土岗子起伏的地势，很容易把绳子搭上了电话线。绳子一搭上电线，来人就迅疾地背过身子，拉崖头样扯住绳子死命地拉拽。电线越拉越低，越拉越低，眼看线杆就要扑倒在地面。任五六突然一个很响的喷嚏，吓得那人赶忙松手，电线带着绳子，弓弦一样嘣地弹了回去。那人急了，赶忙扯拽住缠在电话线上的绳子，狠命地一拖、一拖……，绳子拖断了，人影消失了。

"追吧？"

"太远，下沟爬崖追不上，你听！"

两人不再说话，土岗子那边的大路上传来哗啦啦洋车子疾驰的声音。

"骑洋车来的，五六，看出是谁来了吗？"

"有点眼熟，谁呢？反正眼熟。"

"你看他的个头、走相、动作，像不像于为臣？"

"于为臣？唔，还真是有点像，能是他？"

"问题复杂了吧？走，过去看看去。"

两人爬上爬下来到土岗子，发现这儿沟沟坎坎高低不平。站在土堰上，电话线显得特别低。根本用不着爬线杆，绳子很容易就搭上去。

"这是什么？"任五六弯腰捡起几样东西拿给龙杰看。

"老虎钳？牛皮绳？这都是据点里的东西，老百姓哪里有这个？恶毒不？你能想到反共突击队来剪电话线吗？"

"他娘的，还真是突击队干的咪！"

"没白给鬼子当巡线工吧？"

"值！值了！"任五六高兴了。

万没有想到反共突击队会来这一手，看来宋西田、于为臣也活到头了。

自从想出了"就近解决"的馊点子，反共突击队歪打正着吃上了甜柿子。只要线路一出问题，他们又打又罚，敲诈百姓，钱财全部入了他们的腰包。游击小组的破坏活动一停止，他们的财路反而断了，于是就演起了监守自盗、贼喊捉贼的把戏。

两三天过后，等来了一场春雨。游击小组一夜之间将夏庄通往东向的电话线全部割完。趁宋西田还在熟睡，共产党员、二鬼子班长冯春礼借查岗、巡逻的机会，很容易将宋西田的皮鞋偷了出来交与龙杰。龙杰蹬上皮鞋，哪儿的路湿踩哪儿，哪儿的地松软踩哪儿，哪里破坏得厉害踩哪儿……抓紧操作一番，又赶紧将宋西田的皮鞋交回到冯春礼手中。

　　第二天一大早，沿电话线路村庄的百姓，带着老虎钳、牛皮绳头、破电线，齐呼啦拥到鬼子的据点喊冤：电话线一夜之间全割了，割电线的穿着皮鞋，使的牛皮绳、老虎钳。地里、路上到处都是皮鞋印子……小鬼子一见老虎钳和牛皮绳，一边骂着"八嘎！"，一边急三火四回据点报告去了。

　　宋西田昨天晚上喝了花酒，早上比别人起得晚。下得床来才要穿鞋，伸出去的脚又缩回来了：哪里踩的这么多泥巴？什么时候踩的？他拿起皮鞋左看右看正纳闷呢，气哼哼闯进来两个鬼子，一把将皮鞋夺过去了。

　　鬼子提着宋西田的皮鞋，很容易找到了电话线沿途有皮鞋印子的地方，鞋底安到哪个鞋印子上，大小都合适；鞋子放到哪个脚窝子里，也可卯可榫。三元一蹦老高："突击队的，统统死啦死啦的！"

　　处死宋西田的日子定在五月初八的夏庄大集，地点选在大路以西范家园的水车井旁。"五月里芒种割后"，老百姓正忙着给小麦浇灌回根水，大水车当当当敲个不停。老槐树下，等待换班的老黄牛不紧不慢地交错着嘴巴，嘴角的牛涎像挂下的冰条。

　　鬼子来了，一刀挑断牛绳，照着牛肚子就是两脚。老黄牛不知道自己犯了什么过错，慌忙站起身来，"哞哞！"叫着撒开四蹄跑远了。鬼子在井旁挖了四个没过膝盖的土坑，将一张条桌的四根腿下到坑里，然后用土石砸实。

　　埋好了桌子，三元狞笑着把军刀往外一抽又猛力往回一捅："宋的！于的！统统死啦死啦的！"

　　"冤枉！冤枉！我冤枉——！"

　　宋西田吓酥了，一边没命地给鬼子磕头，一边哭叫连天喊冤枉。

三元烦了，上去就是一脚："你的！什么的冤枉！"

桌子整理好了，两个鬼子来抬宋西田，宋西田嗷嗷叫着不让鬼子伸手。小鬼子火了，一下子又上来两个人，扯住他的胳膊和腿，把碰头打滚的宋西田架到桌子上。宋西田蹦虫儿样，一纵一纵拼命地挣扎。鬼子见宋西田差一点就要把桌子弄倒，一边骂着"八嘎"，一边将一根皮带套到他的脖子里用脚一踩，宋西田的喉头勒住了，嘴里没了动静，眼珠子瞪出来了。鬼子把宋西田的衣服剥光，再用绳子将他的手脚分别摽绑在四根桌子腿上。

刚过端午节，正是老百姓赶麦集的时候，大路上人来人往本来很热闹。风闻鬼子要在大集上杀人，不少人半道上就吓回去了。许多被鬼子强行拦下的路人，一听说要把活人大卸八块，立刻腰膝酸软不会迈步了。

水车早就住了，鬼子从井里打上来一桶凉水，冲净了宋西田屙在桌子上的挣命屎。一个前胸后背披着黑毛的鬼子，左手提了一把斧子，右手捏了一把尖刀，笑嘻嘻地来到宋西田身边。他用刀把敲敲宋西田的头顶，然后围着宋西田的光腚子看了一圈。宋西田脖子里的皮带已经取下，又在不住地呼叫"皇军老爷"。毛鬼子左手按住宋西田的胸膛，右手的尖刀一下插进了他的胸口，胳膊向下一带，尖刀唰地从胸口划至宋西田的性命根子上，轻轻一挑，只剩了一层皮的小鸡子就一分为二了。划完了竖刀，小鬼子接着从宋西田的腰部横着切了一刀，宋西田的肚皮渗着血水、冒着黄油，呈十字花状翻开来。

宋西田仍是没人腔地叫唤，肚子开了膛，五脏六腑争着往外挤，喊叫声越来越弱了。被强行赶来的百姓，一个个吓得别转了身子，哪里敢正眼瞧？有个小脚老太太，眼见刀子切豆腐一样扎进了肚子，叫了一声"我那娘哎！"，便咕咚昏死在地。有个闭眼不睁、浑身发抖的女人，被鬼子强行拖到桌子跟前，扒开她的眼皮。一见宋西田的心、肝、肺和一肚子沾满血的红肠子都在动弹，女人立刻大小便失禁，人事不知。小鬼子在宋西田的胸膛上擦净了尖刀，鹰爪一样的黑手扑哧插进了宋西田大敞门的肚子，只一薅，心、肝、肺一挂下货全提出来了。鬼子将宋西田的五脏六腑放进早已准备好的二盆里，回身再剜眼睛、割耳朵，直至剁下脑袋，卸下他的胳膊、腿，再把宋西田剩下的上半截身子剁成四块扔进井里。

眼见大卸了宋西田，于为臣吓得死过去又醒过来，醒过来又死过去。屎和尿装满了裤子，瘫在地上拿不成个了。鬼子来架他，他又醒了："皇军老爷！我冤枉！我有话说！我还有大大的贡献！"

"什么的贡献？我们的不要！"

哭叫声中，于为臣也被架上了桌子。

鬼子把两个汉奸的心肝肺挂上夏庄街口的老槐树，不住歇地向着路人宣传："宋的、于的，良心大大坏了坏了的！"

大小黑

夏庄一带的汉奸、特务接二连三地毙命，陆炳麟的二鬼子部队也成了夹尾巴狗。才要静一静心，铁路以东汶口、洪埠的特务跑到西乡逞能来了。村里、乡里白讹白抢，打打杀杀闹得很凶。几次想打他们，总是靠不上。

转眼已是农历的八月，游击小组被召集到太平山三皇殿开会。根据可靠情报，汶口、洪埠的两个特务头子大黑、小黑，明天上午由反共突击队的残余护送，取道东马村回汶口、洪埠，命令龙杰一伙在东马村庄外打截击。同时接受任务的还有北部的郭志东、王廷杰和刘志刚。特务汉奸赵国栋、黄天霸和龙王爷爷，明天将从泰安去鱼池执行特殊任务，也务必在路上将其擒获。兵分两路，务求完胜。

赵国栋、黄天霸和龙王爷爷，原先都是岱西革命队伍里的骨干分子，邹靖国叛变以后，他们都跟着当了汉奸。

既然决定明天上午截击大黑、小黑，龙杰他们当晚就赶到了东马村。东马村的庄东南角有一条大路，大路拐弯处，有个不小的打麦场。乘着夜色，大伙儿便都埋伏在了麦场里。

夏季已过，晚间的天气转凉。天交半夜，场院里新起的绿豆棵挂满了露珠。几个胖胖大大的麦穰垛，静静地闲坐在绿豆地里。

若在以往，龙杰接受了这样的任务一定会精神亢奋，小三把会擦了又擦，拳头子也会攥得咔吧咔吧响，备不住又哼唱他那"门楼子高，门楼子低，门楼子底下一群鸡"的大花脸。这一回不，虽然埋伏下了，龙杰的胸口像压了一块土坯，憋闷得难受。他对作战方案有意见，任务接受得不痛快。

若依他的看法，这次行动根本用不了很多人。情报已经很准确，再职业化的特务也不是孙猴子，有他和程山、李炳太三四个人足够了。在三皇殿会议上自由发言时，龙杰曾再三说明，对付这样的特务不必人多，由他们三四个人化装成割草的老百姓，直接埋伏、守候在路边。等敌人来到近前，给他个措手不及，伸手就可以把他从车上或马上薅下来。可是，组织会议的高明不同意，他批评龙杰想得太简单、太容易，是轻敌。高明是县委委员，会议的组织者，说了话当然比龙杰算数。为了证明自己正确，高明还就龙杰的提议进一步分析说："龙杰的办法为什么不可取？别忘了这是两个职业化特务，肯定身手不凡、本领过人！我们的人手少了哪能行？他们向东去，我们向北来。到了拐弯的地方碰了面，只要我们一说洪埠，他就知道是来接应的，接近他就不困难，捉活的就有把握！"

"你这个办法才不强哩！"龙杰的脑袋一拧，直接顶撞上了。

"怎么不强？你说怎么不强？"

"怎么不强？你这不是此地无银三百两吗？你既然知道他是职业化特务，那他就不是一般的特务。你装扮成洪埠的特务来接应，洪埠的特务哪一个他不认识？再说，情报并没有洪埠来接应一说，你说你是洪埠的他能信吗？人家是属于秘密行动，你这不是故意露馅子吗？这还叫强？"

"什么金子银子三百两四百两的？怎么会露馅子？说洪埠怎么还不信？信！强！很强！他俩在这儿待了好几个月了，如果是你，你不想家吗？肯定想家！一说洪埠，他就会觉着亲，觉着近。就这么办！很强！！"

很强就很强呗，龙杰不再吱声。高明是县委领导，叫这样办就只能这么办。龙杰一肚子的不服气还不能再说，这是领导的决定，只有服从。服从归服从，心里装着一百个别扭，有多憋气就甭提了。

高明、王东山还有程山都到南边去了，龙杰故意不跟着他们走，而是一直在场院边上转悠。他有他的想法：敌人这次行动是秘密行动，"洪埠"既不是口令，也不是敌人规定的联络信号，这样一吆喝肯定会打草惊蛇。如果大家都跑到南边去了，都从正面去迎击敌人，敌人一旦发觉不妙往回跑怎么办？往西边跑又怎么办？不行！豁上犯错误也不能放跑了敌人！龙杰开始盘算他的，他把李炳太安排在离场院不远的一堵小墙后边，一再嘱咐，敌人一旦往西或往回跑就坚决开枪，这种时候不能含糊，更不能考虑犯不犯错误，打死总比让敌人跑了强！

高明见龙杰故意磨磨蹭蹭落在后边，知道他闹情绪，一次次传命令要他往南去。龙杰无可奈何又往南走了几步，身子一闪，撤到草垛后边去了。他必须做好敌人往回跑的准备，这是经验告诉他的。

一夜的露水把衣裳打得精湿，贴在身上又痒又难受。直到太阳一竿子高了，敌人才从西边骑着洋车子哗啦哗啦闯了过来。眼看大黑、小黑车把一拐往南去了，就听得南边无头无脑地喊了一声："洪埠！"

一声"洪埠"不要紧，大黑、小黑跳下车子拔腿就窜。连同跟随他们的护兵，有的往西，有的往北，有的干脆钻了庄稼地。

高明和王东山从南边跑过来了，他俩抓住了一个跑得不快的护兵。那人一见跑不脱了，一下子跪在了地上："二老爷！二老爷！别杀我！我是王小鹏。"

原来是王小鹏，让宋西田弄到反共突击队的王小鹏。王小鹏和王东山是一个村，他叫王东山二老爷，最没有价值的一个。

其实，几个跑不快的，都是知道自己死不了的。而大黑、小黑则死里逃生没命地窜。龙杰朝大黑发了一枪未能击中，他立刻跟在大黑后面紧追不舍。脚下一个趔趄，他又打出两枪，还是未能击中。龙杰心里着急，七发子弹已经打了三发了。

李炳太见特务往西跑，赶忙从墙里跳出来。敌人身手轻捷，疾步如飞，李炳太根本断不上他们。大黑、小黑年轻力壮，又受过职业化训练，连蹦加跳跑得比兔子还快。稍一迟延，冲锋枪用不上了。特务已经跑到东马村村口。街口的水车井上，老牛拉着翻斗水车叮当叮当地车水，大闺女、小媳妇围在井上叽叽嘎嘎洗这洗那。枪声一响，洗衣裳的四散奔逃，冲锋枪不敢用了。

程山虽然被高明安排在最南边，但是他脚步子快，几步从南边追了过来。龙杰和程山集中追击大黑、小黑。常言道，好狗撵不过爬狗，追着追着，大黑、小黑分了手，他们俩也只得分头追。程山追大黑，龙杰撵小黑。

大黑使一支匣枪，跑着跑着，回头朝程山一枪。就在程山侧身躲避子弹的刹那间，大黑飞身越过一道土墙钻进了棒子地，程山紧跟着也钻了进去。

还不到掰棒子的时候，程山的身子胖壮，紧走了几步，棒子、棒子叶被拐得噼里啪啦一片乱响，他拿不准该朝哪个方向追了。

小黑的腿脚比大黑利索，他忽左忽右，七折八拐，想尽力甩掉龙杰。龙杰眼都红了，哪能甩得下？小黑急了，回头朝龙杰连开数枪。枪在这时候就顾不上准头了，小黑的几枪也都没能伤到龙杰。眼看小黑回身又打了一枪，一闪身钻进了一户人家的大门口。龙杰紧追不舍，急忙跟了进去。

老百姓上坡下地，饭吃得晚，这家人家还都在吃早饭。龙杰快步来到堂屋，见一满家子没事一样照常吃饭不抬头，看得出，都害怕。

"进来的人呢？"龙杰问。

"没进来人。"有个年轻的翻了翻眼皮，坐在板凳上没有动弹，其他人也都没抬头。

"他在你家大门口打枪你没听见吗？"

"没有！"

"你贼聋吗？！"龙杰火了，"这一阵枪响我不信你们听不见，我眼看着敌人进的你们这个家，怎么会没进来人呢？告诉你，我是八路！刚才跑进来的是特务，洪埠的特务！他在这儿折腾了大半年了，横抢了竖抢，你们不知道吗？"

龙杰一发火，更没有一个人回话了。龙杰急了，一把抓起刚才说

"没有"的小青年劈头就是两个耳光，小青年的两个腮帮子立刻肿胀了起来，可是，还是不吱声。一家人眼里汪汪着泪水，饭也不吃了。

虽然打了那个青年，龙杰也能理解他。因为一说是特务，老百姓都害怕，怕的是说出去全家人都没了命啊！

不告诉也不能再打了，自己找吧。

龙杰搭眼看了一下这两间北屋，既没有耳房，也没有后门，没遮没挡，藏在这屋里已不可能。见这家人的西南角有个小园子，难道钻到小园子里去了？龙杰随手摘下挂在门口的一根单三绳子，快步来到园子里。

小园子不大，但是墙不矮，一地乱草没有树。他只要不会飞檐走壁，这点工夫还跳不出去。

园子是个闲园子，贴着西墙攒了一大垛旧棒子秸。仔细看看，龙杰发觉有两个棒子秸好像刚刚拉动过。龙杰用枪一指：

"小黑出来，不要怕，可能误会了，你现在出来吧！"

等了半天，棒子秸里没有动静，龙杰发觉刚才说了些废话。

小黑不出来不好办，龙杰在明处，小黑在暗处，这么大一个柴垛，龙杰的枪里一共还有四发子弹，打哪里才是呢？如果小黑摸清了只有他一个人追到这里，一旦从暗处开枪，龙杰就非吃亏不可。只有让小黑出来才好办，只要他露头，就能递上枪了。

"怎么？真不出来吗？告诉你吧小黑，我们就是专门为你来的。四处都已经围好，你插翅也逃不掉了。出来不出来？你若真不出来，那就先给你一颗手榴弹！既然想顽抗，死的活的都一样啦！"

龙杰开始摸索着从腰里解手榴弹，其实他腰里哪里有手榴弹？可是，没想到这一招还真灵，话音刚落，就听得柴垛里说："老爷！老爷！我出来！我出来！"

一阵窸窸窣窣的响动，小黑顶着一头碎棒子叶钻出来了。龙杰拧过他的胳膊，照着腿腕子就是一脚，小黑扑通一声跪在了地上。

"你的枪呢？"

"老爷我没有枪。"

"妈了个巴子，没有枪，用你大的鸡巴子打的子弹吗？你使了一支撸子我不明白？我们的人都来了，我也不绑你，快进去把枪拿出来！"

一连催了好几遍，小黑跪在地上就是不动弹。见他不听吩咐，龙杰两个耳光抽过去，给他嘴角打出血来了。

"拿不拿？不拿我就毙了你！"

"老爷，我拿我拿。"

小黑钻进棒子秸垛，哗啦啦一阵响动，龙杰紧张地握着小三把。

枪拿出来了，果然是一支撸子。一拉套筒：啊！没了子弹啦！下了小黑的枪，又把他捆了个结结实实，然后带着他来到村头上与大伙见面。

这一仗打得不好，回来的路上，龙杰一句话也没说。

泰肥路上就两样了，郭志东、王廷杰他们恰恰用的就是龙杰想的这种办法。四五个人化装成村民在路边割草。一边像模像样地割草，一边瞭着从泰安方向来的每一个行人。黄天霸、龙王爷爷一伙特务是坐洋车来的，看看来到近前，郭志东嗷的一声，他们一拥而上把洋车掀了个底朝天。拉洋车的还没明白是怎么回事，几个汉奸已被捆了起来。

战斗总结会议上，高明作了检讨，表扬了龙杰。听着这种表扬，龙杰觉得比挨骂还难受。至于检讨，龙杰更是不愿意听，让不该跑的敌人跑了，检讨得再好又有什么用呢？

虽然跑了大黑，终究逮住了小黑，汶口、洪埠一带的特务再也不敢来了。

第九章

一百八十毛

西部热闹起来了，东部老三区却过不去了。共产党派去的代理区长，在东区待不下去了。

东区的代理区长名叫张华山，外号"魁星"，是在泰安上学时冯玉祥给他起的。冯玉祥见他长得黑眉葫芦眼，腿粗胳膊壮，就给他取了个魁星的外号。没想到冯玉祥给他取的魁星没有叫响，他一不小心给自己起的"一百八十毛"，却窗户棂子里吹喇叭——名（鸣）声在外了。

张华山是泰安师范毕业的学生，原来派在黄家庄教学，一个月二十块钱的薪金，曾让不少人眼热。可是，这二十块的薪金并不好拿，原因是，黄家庄是个杂姓大庄子，村里的财主多，识字的也多。张华山年轻，没有多少社会经验，师范里接触的多是新思想，教的也是新文化。村里的私塾先生，对新文化本来就抵触，如今张华山又抢了他们的饭碗，这就得罪了那些老先生。他们处处给张华山出难题、使绊子，挑动着学生拿四书、五经甚至《山海经》上的东西，出张华山的洋相，背地里把张华山编派得狗屁不值。张华山实在待不下去了，就想法调到了苏家小庄。苏家小庄村子小，学生少，待遇自然就低一些，一个月少两块钱，十八块。知就里的就有意无意地逗他："张华山你可真蹊跷，放着二十块钱不拿，怎么偏去挣那十八块呢？"张华山随口答道："俺就是愿意挣这一百八十毛，你眼馋吗？"从此，"魁星"没人再叫，这"一百八十毛"可是说什么也抖搂不掉了。

一百八十毛在东区没法混了，照了他在泰安上学时，岱庙后门的"一眼明"给他看的面相：处处犯小人。但是，这次他犯的小人，不再是私塾先生，而是五马乡的伪乡长冯三江。伪乡长状告张华山吃喝嫖赌，破坏团结，故意拆散别人的家庭，还企图强奸他的儿媳妇……

张华山喜好喝酒，但酒量不大，三两酒下肚就往往走形，这谁都知道。开始研究他去代理区长时，也考虑过他这个毛病，只是没有更合适的人选。在敌伪区当区长，好汉子不愿去，赖汉子干不了，因为是硬往敌伪政权里边掺沙子，这颗沙子就要经得起挤对、研磨和摔打，并且还要时刻提防不测。张华山做事虽然毛毛躁躁，说话不管不顾，但是毕竟有文化，不怯场，哪里也能下得去脚，把他派往东区也算合适。可也正是因为他的这些毛病，时间不长，人就得罪了一圈。

敌伪区的共产党区长，没有催粮征款的硬任务，明里、暗里监督着汉奸、特务别做了大坏就行。因此，平日里的张华山，看上去并没有多少事儿可干。张华山一出学校门就参加了革命，二十六岁了还是单身，不少人就撺掇着给他说媳妇，张华山少不了隔三差五地请酒。他请媒人，媒人也请他，真心玉成的少，蹭酒喝的多。到头来，媳妇没说成一个，"媳妇迷"的外号又赚上了。

五马乡的伪乡长冯三江，是个有名的笑面虎。见人三分笑，不喜不说话。他坐镇一方，根本就没把共产党派的这个干部放在眼里。但是共产党在这里安上了牌位，不情愿也得烧香。因此，虽然看不起张华山，他其实又害怕张华山。他自觉着和共产党心不一条，路不一道，他怕这个不管不顾的区长和他较起真来，他会吃亏。见别人都请张华山喝酒，掂量再三，他也邀张华山到他家里喝二两。当张华山跟着冯三江第一次走进他的家门时，冯三江的小儿子正拿着桑条子抽打他的姐姐。挨打的姐姐并不还手，只是左躲右闪。

"福蛋子！混账东西！怎么又打她？"冯三江怒吼道。

"黑夜睡觉她又没脱衣裳！光知道搂你不搂我！"福蛋子歪着头、撇着嘴大声分辩。

冯三江一阵脸红："放你娘的狗屁！你俩滚得远点，有伙到你们屋里打去！”

进了屋，上了茶，张华山笑笑：

“这是他姐弟俩？一儿一女一枝花，冯乡长好命啊！”

冯三江的脸又红了：“不是不是，儿子、儿媳小两口，淘气啊！”

“童养媳吗？”张华山把茶碗往桌上一蹾，笑眯眯地问。

“不是，儿媳妇今年虚岁十九了，去年过的门，明媒正娶。”

“你家福蛋子才几岁？”

“七岁。”

“你儿子还不懂事啊！”

“哎！家里缺人手啊！丈母娘常年有病，老婆在她娘家待的时间，比在这个家里的时间还长。幸亏小梅过了门，要不，俺爷俩就得喝西北风去。”

说话之间，小两口又打起来了。只听见女人没人腔地叫唤了一声，冯三江赶忙跑出门去。

“怎么啦？又怎么啦？”

“他咬我！他咬我的胳膊！”

拿过儿媳妇的胳膊，冯三江心疼得喀喀连声，一巴掌扇过去，福蛋子一屁股坐在地上，咧开嘴大哭。

冯三江快步回到堂屋，抓起桌子上的酒瓶就往门外走。

“一斤酒咱俩也喝不了，我先用一点。”

好喝酒的心疼酒，张华山不知他拿酒要做什么，随后跟了出来。

“这个私孩子，胳膊都给他老婆咬青了，我用酒给她起起瘀血，咬了两排青牙印子！”冯三江一边解释，一边忙忙地跑进儿子的小屋。他小心地抬起儿媳妇的胳膊，左看了右看，先是轻轻吹，然后找出一张火纸，对折叠了几叠，用白酒将火纸浸湿，轻轻敷在福蛋子咬出的牙印子上。

儿媳妇犟着鼻子哼哼了两声。

“忍住！忍住！”冯三江托着胳膊，轻轻地拍打。

张华山漫不经心地在天井里踱步，这一切全都看在了眼里。接下来，他酒喝着不香了。三杯酒下肚红了脸，说话也越来越没了准头。

"我说冯乡长，头一回见你这号请酒的！你不懂'上了菜的宴席，下了桌的酒'吗？你把好酒都让你儿媳妇的胳膊先喝了，剩下的这些酒发酸、发苦，你喝出来了吗？"

冯三江一愣："哪里话？不都是一个瓶子里的酒吗？怎么还有酸的？苦的？"

"看看，你又装孙！好酒都漂在顶上，你不知道？买酒的时候，为什么卖酒的要用酒提子搅一搅，不就是上边下边的掺一掺吗？你倒好，顶上一点点好酒都倒在你儿媳妇的胳膊上了，把剩下的这点苦酒底子叫我喝……"

"张区长你这是什么话？小梅的胳膊上咬了两排青牙印子，我倒点酒给她起起瘀血还不应该？我就是两盅酒的量，这大半瓶子难道还不够你喝的吗？"

"不够！这点苦酒底子什么喝头？小梅小梅的，酸汤泡了似的，你哪里来的怎些酸劲？我看怎这些当乡长、村长的，都跟着日本鬼子学坏啦！我看你待爬灰！"

一句"爬灰"，冯三江恼了。

"张华山！你算什么区长？你这是拉人呱吗？我请你来喝酒的，我请你来骂我的吗？一进我这个大门我就看出你不地道来了！俺那儿不懂事，就是你懂事！怪不得都叫你'媳妇迷'，你就是个媳妇迷！我看你是想打俺儿媳妇的主意！"

张华山哈哈大笑："别急别急！谁打主意谁明白。"

"当然明白！你把咱全区的乡长、村甲长都骂了！"

"什么时候骂的？我没骂！"张华山没了酒。

"你没骂？你不是说乡长、村甲长都跟着皇军学爬灰吗？"

"哈哈！日本鬼子也爬灰？这可是你说的！"

好事不出门，坏事传千里。"张华山图谋讨巧，冯三江引狼入室"的新闻，立刻在全区传得沸沸扬扬。再加上冯三江添油加醋，煽风点火，那些一提共产党就恨得咬牙的伪保、甲长都大着胆子来告张华山，甚至把汉奸、特务干的坏事也都安在他头上。张华山只身一人在东区，有一万张嘴也说不清楚了。

东区的伪乡长和一些伪村长，倒替着来告张华山。因为张华山有过被捕的经历，算是历史污点，有人提议除掉他算了，省得一再惹麻烦。别看张华山师范毕业，又当过教书先生，但是，应变能力很差。让他照本宣科教书、插科打诨、囊尻话，他都行。到了拉正事，讲个理、发个言时，他就知不道说什么好了。冯三江这个笑面虎，一个混社会的老油条，是块煮不烂的滚刀肉，十个张华山也说不过他。张华山因为身背了一个曾经被捕的包袱，又在留党察看时间，就越加打不起精神，人们的疑心也就越大了。

县委在黑翠家里召集会议，专门研究东区的问题。一向爱说爱笑、骚话不离嘴的黑翠，看出了这次会议的不同寻常，只顾闷着头烧水、冲茶，忙活饭食，一句话也不多说。

黑翠姓路，原名路桂花。面皮虽然黑一点，但杏眼蛾眉，酒窝含笑，牙排碎玉，口似桃花，是个标致的黑美人。就因为她人长得标致、俊俏，所以得了个"黑翠"的雅号。一次黑翠去夏庄赶集，正巧碰上鬼子往据点里抓人。她一眼认出被抓的是她娘家村里的三娃子，黑翠的心一下子提到了嗓子眼。三娃子在外当八路，执行特殊任务路过家门口，不想刚到家里落落脚就被抓进了据点。黑翠的鼻子尖上渗出了汗珠：完了，三娃子这下完啦！

"花姑娘子好好的！"

黑翠正着急三娃子，不料有人猛丁地从背后把她抱住了。一看毛茸茸的两只黑手，黑翠就知道是鬼子小队长高桥一树。对于黑翠的姿色，高桥垂涎已久，夏庄大集上，他曾经尾随过黑翠好几次，始终未能得手。如今黑翠自投罗网送上门来了，高桥哪里还会放过她？

黑翠是个结了婚没解怀的女人。虽然丈夫过世三年了，有相好的接济着过活，她什么都不缺，什么也误不了，也就无心再嫁。黑翠不缺钱花，又不愁下坡种地，因此赶集、上店、串门子就成了她的整事，风流寡妇从此名播远方。

高桥扯住黑翠往炮楼里拽，一边拽，一边大把大把地往她的腰里塞钱。黑翠是个见钱眼开的女人，眼瞅着金票，半推半就进了鬼子的据点。她答应了鬼子的要求，但是提出了一个条件：放了三娃子！三娃子是她表弟。高桥咬着嘴唇寻思了半天，果然放了三娃子。

放走了三娃子，高桥急不可待地来扒黑翠的衣裳。一脱下黑翠的上衣，高桥呆了，他发现黑翠的乳沟里，居然有一块铜钱大小的红胎记。这胎记不仅酷似他们膏药旗的图案，那帖红膏药还会一闪一闪放光。高桥震惊了，害怕了，他要剖腹！是黑翠死死把刀夺下。高桥一边狠抽自己的嘴巴，一边对着黑翠的胸膛连连鞠躬。他称黑翠是太阳花、扶桑女神。他让黑翠端坐床上，先行鞠躬礼请罪，然后小心翼翼地上床云雨。事毕，再鞠躬谢罪，最后左右开弓抽自己十个嘴巴。高桥认为黑翠是天皇送来的女神，太阳花能保佑他。从此以后，高桥就像侍奉祖奶奶的一样侍奉黑翠了。

考虑到高桥和黑翠，一个贪色，一个图财，黑翠又舍身救了八路战士三娃子，组织上决定不追究黑翠的汉奸行为，反而利用她获取鬼子更多的情报。因为鬼子宠着黑翠，汉奸害怕黑翠，老百姓恶心黑翠，巧用灯下黑，组织上有些小会议就选在黑翠家里召开。在黑翠家开会不仅安全，而且好吃好喝什么都不缺。有一次，李振义一边喝酒一边说：咱这不是一伙子吃软饭的吗？在座的一下子都笑喷了，黑翠瘫在地上，嘻得尿了裤裆。

这次在黑翠家里开会，说是研究东区的问题，其实就是研究处置张华山。因为东边的乡政府和老百姓，还是一个劲地来告他。张华山不仅已无法再继续坚持工作，照此下去，共产党也将在东区彻底丧失威信。考虑到张华山曾经被捕过，历史上本来就有污点，一个代理区长，留党察看期间又屡犯错误，留下也是个祸害了。

墙倒众人推，七嘴八舌头，眼看要杀张华山，龙杰沉不住气了。

"咱们不能光听伪乡长的！张华山再孬，我觉得他比伪乡长好。张华山还跟着我亲手杀了两个汉奸呢！说是杀个人比杀只鸡容易，也分杀谁！"

"你屌鸡巴算个干什么的？你一个大头兵，又没通知你参加会议，你发的哪门子的言？"李振义有了酒，说话就带口头语。

"我是个党员！游击小组的副组长！还是个锄奸分子！大头兵也

有发言的权利，说杀就杀？杀个人就这么随便？"

"党员多的是了！这是县委会议，你发不着，按说你都没有资格听！"

"黑翠能听我就能听！我不信我还不如黑翠有资格！"

崔天亮一摆手："叫龙杰说完，他和张华山在一块的时间长一些。"

"我也不用多说！我总觉得咱共产党这么大一个军分区，一个县委，叫一个伪乡长牵着鼻子走，不丢人吗？不明不白说杀就杀？张华山到底有什么问题？什么罪过？罪过多大？有几条？你们有调查吗？有落实吗？不能光听伪乡长过来败坏一通，咱就杀自己的干部！"

"不听伪乡长的听你的？谁去调查？谁去落实？屌鸡巴你去？"

"叫我去我就去！叫我杀人我还得杀人呢！"

龙杰又犯了他的犟脾气。

"你是活阎王！屌鸡巴你能！你敢去你去！"李振义堵他。

"去就去！这有什么难的？县委叫我去我这就走！最大不就是个死吗？连我也杀了不就更利索了吗？"龙杰一句也没让他。

会议让龙杰这么一冲，闹了个不欢而散。决议没有形成，饭也没有吃好。

事情过去了五六天，王国强找龙杰谈话。

"龙杰同志，有个要紧的事和你商量一下。现在，那边还是一个劲地告张华山，政府也很为难，考虑到你的意见也是对的。张华山到底咋样，有多大的错误，究竟是不是我们的人，必须搞清楚才行。考虑再三，那边谁也去不了，还非你亲自出马不可，你考虑一下怎么样？"

"还用考虑吗？我知道我得去，我等了五六天了！"

"怎么？你怎么知道你要去？"

"还用紧着拉吗？意见是我提的，别人去不了，不就得我去吗？不用考虑，完成任务！什么时候走？"

"你说呢？"

"我不说，叫走马上走！"

"那，你先准备一下……"

"没什么准备的，这就走！"

龙杰当天潜入了东区。

捉　奸

夏天出发在外，吃饭住宿已都不是问题。青纱帐也起来了，好隐蔽，好藏身。虽然蚊虫咬起了满身的红疙瘩，但是冻不着，饿不着，住宿也好凑合。龙杰在东区秘密转悠了五六天，利用一早一晚，找到几个告状的村长落实张华山的"罪状"，几个伪村长都说是乡长叫他们去的，如何说，也都是乡长教给他们的。到了第七天上，龙杰突然闯到伪乡长的家门前，决定登门拜访。

正是下地干活的时候，冯三江家插了大门。他家的大门东边有一盘碾，有个穿花鞋的小媳妇正在轧碾。龙杰连叫了几声"大嫂"，问乡长在不在家，那个女人眼皮没翻，装作没听见。龙杰心想，这小子该不是知道我要来有了安排吧？既然来了，就一定要见上他！这样想着，伸手就把碾墩子扳住了。

"你聋吗？问你三遍了怎么不说话？告诉我，乡长在不在家？"

推碾的女人脸红了："他打发儿子上学去，刚把大门插上。"

几天来调查明白了，别看这个小子是一乡之长，却是一个远近闻名的老流氓、老爬灰头。张华山说得一点都没错，东乡里谁都知道，他的不懂事的儿子娶了大十二岁的媳妇，老东西一直霸占着，莫非老小子在家……？

冯三江的家是个四合院，西边是个厂棚。老百姓一般讲究东青龙、西白虎的风水搭配，厂棚一定是个磨坊。磨坊和堂屋之间有一道空隙，那是两座房子之间空出的雨淋子。雨淋子的墙外有一堆乱石，龙杰蹬着乱石，一个纵身扳住墙头，翻身进了院子。

果然不出所料，老小子"爬灰"当在兴头上。他的儿媳在小旱磨上磨面，他把儿子打发走，两人就把磨盘当成了春床。老东西的裤子褪到脚脖，肥嘟嘟的两只手，正好扳住两个磨拐子，身子急风暴雨般地向着磨盘上的一堆白肉发力。湿透了的绵子裆，水淋淋贴在身上，只有下摆随着剧烈运动簌簌地抖……

龙杰轻步跳了下来，慢慢踱到了冯三江身后。磨盘上的小女人抬眼看见有人进来了，赶忙拧着身子说："不行不行不行！"冯三江的身后没长眼，他以为小女人是在撒娇，更加疯了一样："谁不行？谁不行？行行行……"

"乡长你是真行啊！"龙杰笑眯眯打火点烟。

"啊？！"冯三江毛了，他万万没料到身后有人。他想退后一步，可是裤子绊住了脚，没打折扣一腔坐到地上。磨盘上的女人，一时调整不过姿势来，裆里、身上、散乱的头发上满是面粉和麸皮。

"张华山说错了吗？没冤枉你吧？天底下还有跟你行的吗？快穿好衣服，把大门打开！"

大门打开了，小女人转眼不知去向。冯三江红着脸直把龙杰往屋里让。冯三江要沏茶，龙杰说："你那茶能喝吗？净灰！"冯三江红着脸赶忙递烟，龙杰看也不看只顾抽自己的烟袋。冯三江一脸尴尬，又给龙杰拿蒲扇。龙杰说："我不热！看你累得这身汗，你扇吧！"

"不巧，不巧，实在不巧！对不起，实在对不起！"

"哪里不巧？正巧！你这正道是戴着乌纱帽日驴，人物头子不办人物事咧！张华山冤枉你半点了吗？你不是爬灰是什么？"

"嘿嘿，难说。"

"怎么还难说？这个小女人，她是你的儿媳？还是你的老婆？"

"家务事，家务事。"

"这号家务事？你这家长、乡长当得称职啊！"

"夸奖，夸奖。"

冯三江的威风全没了，舌头不再灵，也不知说嘛好了。龙杰将他和某些村长反映张华山的问题一一进行对证，他支支吾吾，什么这件事是听人说的，那件事也是听人说的。半天了才说："老总原谅，我这个乡长不好当啊！六十头子我都得应酬，我没法不得，我也是难啊！"

"就难在共产党派来的一个张华山身上了吗？他怎么难为你了？张华山有时说话不顾面子，可是他说错了吗？你不就是个老爬灰头吗？堂堂一个乡长，大白天你插住大门强奸你的儿媳妇，不是畜类又是什么？说你是个爬灰头、老流氓，冤枉你半点吗？张华山的那些罪过谁给他编的？他们不都是听你说的吗？你挑动着那些村长、甲长一个劲地告张华山，不就是想借刀杀人吗？告诉你，我们共产党不偏袒错误，只要你说出告的哪一条状子是真的而不是假的，书面写好，按上你的手印，我们立马处置他。话又说回来，如果你是胡编乱造，陷害我们的干部，我们也绝对不会饶过你！"

"这样吧，我有错误我改过。如果他们反映的有出入，我再给领导上解释，尽量给张区长正名，挽回影响。"

龙杰说："算了吧，他们谁说的？不都是听你说的吗？你给区长正名？怎么个正法？你先证明你是爬灰头吗？哼！别再装猫变狗的啦！今天碰上你这出戏算我倒霉，有账，咱们今后再算吧！"

萧家林

调查清楚了张华山的问题，龙杰又顺便到满庄西南的姜家园，了解了一下高三坏的情况。吃过午饭，来到了张华山的老家萧家林。

萧家林是个闻名遐迩的村庄，明朝万历年间，出过兵、刑两部尚书萧大亨。站在萧家林举目四眺，龙山、金牛山、龙门涧、金水湾环抱一周，山清水秀，风景宜人。萧家林村西北的山峪里，有个占地几十亩的大桃行，水流四季，静寂清幽，张华山就经常利用这个地方藏身。

龙杰一来，张华山就把他领到桃行里去了。

萧家林的村长个子不高，团团的脸上瘪着个扁嘴，不多言，不多语，说话做事像个老太太，人送外号"卧奶奶"。知道龙杰来了，卧奶奶拐呀拐地送来了馒头、煎饼。看桃行的杀了个小鸡，炖上地蛋，张华山又忙着到村里去打酒。

吃饭的时候，卧奶奶家中有事，先回去了，饭桌上只剩了龙杰、张华山和看桃行的三个人。一只小鸡，一人三两酒，吃的、喝的都挺舒服，也是七八天以来龙杰吃得最舒心的一顿饭。晚饭以后天还不算晚，龙杰第一次有兴致欣赏起山水景色来：暮霭中，梯田一层一层垒到山顶，桃林一片一片铺到山下。放响的狗，这村那村、远远近近、高高低低传递；唱晚的鸡，山上山下、长长短短、粗粗细细应答。龙杰醉了，他这自小和山岭打交道的山里娃子，第一次领略到了山乡的美，悟到了和平的珍贵。如果不是战争，如果不是日寇侵略，如果不是剥削压迫，人们过的该是多么舒心的日子……

　　看桃行的小屋前边有一块平地，看样子是个用过的小场院。小场院平整又干净，靠门口铺了一领缺边少沿的苇席。三个人坐在席上喝茶、聊天。看桃行的没有酒量，三两酒早已面红耳赤，一碗乏茶没喝完就哈欠连天，自个儿先进屋睡了。龙杰和张华山也顺势躺在苇席上，闲看满天的星星。一颗流星划过夜空，龙杰一歪头吐了一口唾沫。习惯成自然，老人们打小就教给他的，只要看见天上落"灾星"，就赶快吐一口唾沫，不然就会有灾祸降临。龙杰虽然不信邪，但是积习难改。张华山的心够大的，鼻子早已风儿风儿吹起哨子来了。

　　张华山睡着了，小屋里也传出阵阵鼾声，龙杰无论如何睡不着了。他脑子里划拉着几天来的活动情况，整理着汇报提纲。又一颗流星划过夜空，将灰蓝色的天穹擦出一溜明火。这一次龙杰没再吐唾沫，他轻轻地推了推张华山。

　　"唔，唔，干什么？干什么？"

　　"走！"龙杰低声说。

　　"走？上哪里去？"

　　"挪地方，挪到顶上去，这里不行。"

　　"你看你，用不着！敌人从来就没有来过这里，可别这么小心。"

　　不管张华山怎么说，龙杰硬把他拽起来了。拎着席子，接连爬了三道坝堰，然后把席子铺在地上。

　　"用得着吗？这儿是我的根据地，敌人从没有来过一次。"

　　"那是敌人还没想杀你！"龙杰毫不客气，"你想想，我在这一带走村串巷这些日子，还捉了乡长的奸，能轻易让我回去吗？来到你们村，村长送饭你打酒，村里人没有眼吗？敌人摸我的底，知道我是为什么来的，你又经常住这个地方，他们不会放过我，不会让我利利索索地走。咱俩上来这三道坝堰，居高临下，敌人真的来了，能经得住咱俩揍吗？一旦打不了，咱也有退路哎。"

"哎呀，你也忒小心，根本用不着！"

"你先别说用不着，听我的没有错。"

是三两酒起了作用吧？铺下席子，张华山的鼻子不一会儿又吹起哨子来。龙杰再把他拉起来，干脆不让他睡了。大约又过了两袋烟的工夫，果然就听得山下有动静，声音越来越近，是急匆匆、乱七八糟的脚步声。看不清来了多少人，听动静至少有二三十个。

来人包围了小屋，把看桃行的从屋里拖出来了。

"人呢？"

"谁呀？"

"你妈了个巴子还有谁？张华山和那个家伙呢？"

"啊呀，你说的他俩，刚才还睡在这儿咪！"

"人呢？"

"刚才还在这儿。"

"我问你什么时候走的？上哪儿去啦？"

"我睡着了，我不知道。"

"放屁！你怎么会不知道？他在你这里睡觉你不知道？"

"我在屋里边，他俩在外边，他俩拉呱我睡着了，我咋知道他上哪儿去了？"

"两个共匪住在你这里，找不着就是你藏起来了。"

"你们这是冤枉我，我又不认识他，那个人也是头一次来，我没有办法。再说了，这是个桃行，谁没来过？"

"……"

龙杰对张华山说："仔细听听，这个问话的是谁？"

张华山说："听清楚了，乡自卫团长梁乾坤，人也是他带来的。"

"你一定要听准！"

"没错！"

龙杰说："再上一道堰吧，这些小子找不到咱，还会撒岗搜查。"

两人拽着席子又上了一道坝堰，不过五分钟，岗哨果然就撤到了他俩刚才坐过的地方。张华山一个劲地说："悬悬悬！哎呀！你怎么就像诸葛亮呢！"

敌人已离得很近，举起匣枪投倒几个毫无问题。龙杰还是放弃了，他们多是些老百姓，又在张华山的老家，会给张华山惹麻烦。

敌人搜索了一阵子，骂骂咧咧走了，天也渐渐亮了。既然天已经亮了，就再下去喝点水吧。昨天晚上喝了酒，吃了鸡，还没有好好地喝壶茶呢。

两人一回来，看桃行的吓傻了，半天没说上一句话来，只是连声地啊呀啊呀。

龙杰说："老哥，你也别啊呀了，我们自己烧点水，你再回村给俺买点干粮吧？"

看桃行的接过钱，一溜小跑下了山。龙杰和张华山在桃行里吃了早饭，下午就回到了县委驻地。龙杰直接向崔天亮、陶龙翔汇报了张华山在东区的真实情况。崔天亮眼睛一瞪："好小子，大胆！东区就剩了这么根小茼秆子了，还想给我折断？逮他！"

风门子口

接通知，龙杰和任五六晚上到马家园开会。还特别嘱咐龙杰一定把刀带上。

"杀谁？"龙杰一愣。

吃过晚饭，龙杰和任五六来到马家园村学的后场院里，崔天亮和王东山早已在那里等候。崔天亮笑嘻嘻地刚说了一句："五六来啦！"程山和李炳太上去就把任五六绑了。

这次绑任五六用的小绑，是让他倒剪着手绑的。任五六没有反抗，下他的枪时他才说："我怎么啦？"

"你怎么啦？"崔天亮说，"怎么啦你自己不知道吗？到风门子口再说吧！"

一说去风门子口，任五六明白了，龙杰也明白了。

民国三十一年大见年，日伪军强力推行"三光"（烧、杀、抢）政策，很多党员干部和家属相继遇难。为保存革命力量，县委和地方武装大都转移到了黄河以西，留在当地的也都转入地下活动。为了躲避敌人的杀害，岱西几位主要领导骨干的家眷和亲属二十多口子人，由妇救会肖兰芬统一组织，分散转移到肥城、泰安邻界的偏远山区避难。住宿倒不用发愁，游击小组在各处挖的藏身洞，肖兰芬基本上都能找得到。但是，要保证二十多口子人的吃喝拉撒和安全，难度可就大啦！灾害连年，加之日伪的"强化治安"，岱西的老百姓，十家有八家出外讨饭去了，肖兰芬只能找到那些还没有关门的人家去讨、去借。好在肖兰芬一直做妇女工作，经常往各村里跑，人们大都认识她。在村干部的帮助下，她打了条子，还能借出一些钱粮来。但是，老百姓锁门闭户出去要饭的多，家里有存粮的更少，二十多口人一天吃不上一顿饭的情况时有发生。几个月下来，有三位老人和一名孩童还是饿死了。

为了这批抗属的吃饭，县里曾经下拨了三千块钱，让因事请假回家的任五六亲手转交给肖兰芬。不巧的是，任五六经过官村大集在地摊上吃豆腐时，不小心让人掏了包。据任五六说，当时他背的褡子里，一边放了五个煎饼，一边就放了这三千块钱。他褡子放在小条凳上，两毛钱吃了一块豆腐蘸辣椒，可是，等吃完饭提起褡子往肩上背时，发觉钱让人掏了。大集上人来车往，吃饭的起来坐下。任五六既不敢声张，也不敢多问。坐在条凳上愣了半天神，最后只得哭哭咧咧找王东山汇报去了。

钱被偷了，形势又如此紧张，没法追、没法查，也没处找。一提这个事，任五六就捶胸顿足，珠泪涟涟。同志们心中存疑，也只是乱猜，没有证据。

任五六把钱丢了，这下可就苦了肖兰芬。二十多口子的吃喝，只有赊账打条子一条路了。县里很穷，不可能马上再拿出三千块钱来，所有的赊欠只能先打了条子、记了账以后再说。

任五六大集上被人掏了包，大家一直半信半疑。对于任五六一次又一次的赌咒发誓、哭叫连天，崔天亮不置可否，王东山也不多说什么，龙杰则觉得任五六好像在演戏。俗话说，久了没有不透风的墙。夏庄有个老嫖客，一次在芙蓉苑里喝高了酒，拍马屁说，进了芙蓉苑的新客房，感觉就像娶媳妇的头一晚上……大醉的老芙蓉眉开眼笑，绵手摩挲着老嫖客的光头说："好啊！那就天天在这里住着别走啦！恁也学学落凤坡恁任五六哥，要不是他，我能翻盖了宅子买了地？好儿不用多了，一个就行！……"

消息传出来，崔天亮安排程山、李炳太去芙蓉苑秘密调查老芙蓉。一连去了两次，老鸨子牙关咬得紧紧的，一千、一万个"没影的事""嚼舌头""醉话不能当真"！第三次去，程山将老嫖客也带去了，老芙蓉吓黄了脸。程山枪苗子点着老鸨子的头："说实话没有你的事，不说实话就崩了你！"老鸨子才不得不说是赌钱赢的任五六的。问什么时候认识的任五六？老芙蓉说："老交情、老主顾啦！自打他当了兵，不大来了。没当兵的那会儿，每次路过这里，他总要进来坐坐。我也许下他了，我说了，我又没有儿子，就一个芙蓉花，我死了以后，这芙蓉苑就是你们的，你来和你妹妹挣大钱吧。"

任五六的事情坐实了，组织上决定立即除掉他，这才叫程山通知龙杰和任五六到马家园开会。唯恐任五六嗅出不对来溜了，下了通知以后，程山始终未敢远离，一直在落凤坡西场和杨家沟边上转悠。村东路口的庄稼地里，李炳太也在那里守候了一天，生怕出了意外。

将任五六解到风门子口，扶他坐下。崔天亮说："五六，老革命了，你自己做的事情不用别人提醒，就问你一个事情，县里让你捎给肖兰芬买粮食、吃饭的那三千块钱，你到底在哪里、叫谁掏了去啦？怎么掏了去的？好好想想，对组织说实话！"

"我在官村大集上，两毛钱吃了块豆腐蘸辣椒，褂子放到条凳上，赶集的又多，一时没注意，光顾了吃饭，不知叫谁掏了去了！"

"不是掉到芙蓉苑里了？"

"？！……"

任五六憋住了。

"老同志、老革命了，你也审过人，你也杀过人，不用我多说，拉拉你怎么给芙蓉苑的吧！"

"当时酒喝多了，老芙蓉见我带着这么多钱，生怕路上出了差错，一定要我住一宿没了酒再走。晚上她非要和我推牌九不行，叫芙蓉花光着屁股坐在我的腿上帮我看牌，我哪里还能赢？第二天醒了酒，我一想可坏啦！肖兰芬还等着这个钱买粮、还账呢，可是，说什么也要不回来了。我给老鸨子一个劲地磕头，老鸨子心黑，钱，她早让别人藏起来了。她说：我就这么个家，紧着你翻吧，翻出来就是你的！我上哪里翻去？我告诉她逃反的二十多口子人还等着这个钱吃饭呢！饿死人了怎么办？你给我一半子也行啊！她说：给你一半子？那一半子呢？掉钱还有掉一半的吗？你就说都掉了，叫人家都偷了，谁能知道？唉！老鸨子心忒黑了！现在说什么也晚了。但不是我送给她的，是她娘俩坑的我！我想法还钱就是了。"

"任五六，你胆子可真够大的！拿着县里给的救命钱，又逛窑子又赌博！"

"她娘俩把我灌醉了，她娘俩把我坑了！"

"听老鸨子说，以后宅子、地、芙蓉苑都是你的？有这话吗？"

"婊子无情，戏子无义，我才不信老鸨子的话呢！"

"五六，这个事情你说怎么办呢？"

"留我一条命，我卖宅子卖地、砸锅卖铁，想法尽快把钱还上！再立功赎罪。"

"饿死的四个人你怎么还？"崔天亮问。

任五六又不吱声了。

"五六，长话短说，你是个明白人，走到今天，谁也不能怨，现在说什么也都晚了。事情明白了，就不用再啰唆，该是个什么罪过你自己也清楚。你和龙杰打小一块光着屁股长起来的，有什么嘱咐的，留点时间，你和他再拉拉吧。"

崔天亮、王东山、程山、李炳太都走了，风门子口只剩下了龙杰和任五六。

"龙杰，你得救我！说什么你也得救下我！我给你跪下啦！"任五六扑通跪在地上，"咱俩自小一块长大的，一前一后当的兵，你不救我还有谁能救我？我尽快想法还钱不就是吗？咱以前吃了那么多的苦，受了那么多的罪，一块杀了那么多人，你能再杀我吗？龙杰，对你、对崔兰花，我问心无愧，我给你俩保住了名声，你在村里、在队伍里也才有今天，我对得起你啊！"

"崔兰花都成了你的人了，我哪里对不起你？"

"我知道，崔兰花真心爱的是你，你也忘不下崔兰花，我把她还给你！说什么你也得救下我！"

"笑话！我又不是没有老婆，崔兰花早就是你的啦！你还我，我能要吗？我们都发了誓的：井水不犯河水！"

龙杰拄着刀站起身来。

任五六慌了："别！别！龙杰！我把崔兰花还给你！龙杰！你别杀我！我给你磕头！你赢啦！"

"五六，你明白，我是在执行命令！我只能按照领导的吩咐去做！至于崔兰花，你走了以后，她嫁人不嫁人，嫁给谁，那是她的事情。就像她对你我下的保证，我们永远井水不犯河水。他们几个回村扛锨镢去了，你也明白，就把你安排在这里，你安心上路就是。"

任五六气急败坏："龙杰！你以为你那个姑姑子干净？早就烂透了气啦！这几个想杀我的家伙，都是她的奸汉子！你以为这些家伙是好人？他们杀我是为了灭口！他们的事，我最清楚！旁人也都明白！就是你蒙在鼓里！你头上戴着多少绿帽子你知道吧？……"

龙杰笑了："放心走你的吧！别再乱操心了，我们结婚时肖兰芬是女儿身！"

任五六更急了："呸！呸！你就自己哄自己吧！"

……

第十章

"吃夜宵"

一九四三年五月，美军在太平洋上的"越岛进攻"，切断了日军与南洋入侵部队的海上联系。为从陆路打通中国与越南的铁路交通，一九四四年四月，日本侵略军发动了中日战争以来最大规模的豫湘桂战役。七个月的时间打垮了国民党百万余众，大片国土沦丧，造成了中国正面战场的第二次大溃败。

正面战场吃紧，敌后压力减轻，军分区立即派张奎山来岱西重新发展队伍。

张奎山曾是岱西独立营的老特派员，对夏庄一带非常熟悉。他以夏庄短枪组为基础，很快组建起夏庄区队，随后又建立起了道朗区队。各区区队纷纷建立，时间不久，夏庄区队就发展到了七十多人。

队伍迅速壮大，军分区及时对岱西的政工干部和军事干部进行轮训。作为夏庄区队的队长，龙杰参加了第一期训练。

习惯了独立作战和游击生活，一纳入正规训练，开初总有些不大适应。每天一大早按时起床，风雨无阻出操跑步。然后是各类军事、政治的训练和学习。由于粮食紧张，学员们一天只能吃两顿饭，而且每顿饭的定量只有两个窝头或一碗米饭。一日三餐的肚子，突然改成两顿，肚子受委屈了。训练的强度大，年轻人胃口也大，消化又快，不到开饭的时间，各人早已相互听见肚子里唧唧地叫了。

正月里入校时，恰逢年后第一场大雪，学员们穿着棉袄棉裤来到了学校。进了农历的四月，南风劲吹，小麦开始一坡一片变黄，地里干活的农民也早已是单裤单褂，而训练班的同志们棉袄棉裤却脱不下来。老百姓揶揄学员们是"老母猪去赶集——出来进去一身皮"。没办法，谁都没有替换的衣服，学员们只是一笑了之。又其实，热一点并没有什么可怕，受不了的是痒。四个月下来，从来不曾洗换的衣服里，虱子已经繁育了好几代，参训学员身上的虱子，几乎都成了亲戚连亲戚。棉衣棉裤不能拆洗，谁都没有衣服替换，不管衣服里的虱子有多多、身上有多痒，只能苦挨到晚上的"吃夜宵"。

俗话说：下来麦糠，冷一后响。晚上穿着棉衣站岗、学习，并不觉得有多热。白天就不行了，一上操就出汗，一出汗就招惹得藏在衣缝里的虱子、虮子扶老携幼，倾巢出动。一套操跑下来，学员们耸肩的、够背的、摸腰的、抓裆的、扠头皮的、拧身子的……洋相百出，就连队伍面前表情严肃的指挥员也不能例外。农村出来的土八路，没有穿内衣、内裤的习惯。熄灯哨音一响，你看吧，一通堂的地铺上坐了一拉溜的光腚子。战士们坐在各自的铺头上，一个一个饿极了一样，抱着个棉袄、棉裤沿着衣缝猛咬、猛嚼。没有人说话，没有人缺席，只有一片细碎的噼噼啪啪咬虱子的声音。觉可以少睡，虱子不可不咬，因此有人取乐这叫"吃夜宵"。

天气越来越热，稍一活动就冒汗。身上一出汗，虱子、虮子就会全面出动，又吃又咬。换不下棉衣来可怎么办呢？……龙杰搜肠刮肚想办法。忽然脑子里灵光一闪：穿着棉衣热，把棉花掏出来不就不热了吗？对，掏棉花！龙杰把棉袄的里袖和棉裤内裆各拆开一个小口，然后将两个手指头伸进衣缝，把棉花一点一点夹出来，直到把棉花全部掏干净。大伙一看：行！这个法子好！大家也都学龙杰的样子开始掏棉花。一个晚间，棉裤棉袄全都变成了夹裤夹袄。虽然抽了棉花的袄裤因为不能洗、不能熨，一件一件像吹足了气，但是身上不热了，抓抓扠扠容易了，衣缝里的虱子也好咬了。军装在身上不下架穿了四个月，有的已脏得分不清原来的颜色。可是再脏也不能洗，因为做军装的布是自己织的，黄颜色是自己煮的。一旦把军装搋进水里，搓不了几下，军装就会变成花的。别说没法洗，就是有法洗也不敢洗。

衣服没法洗，学员们的头发照样没法理。刚入校的时候，战士们差不多都是新剃的光头。参加训练的学员多，学校里条件又有限，四个月过去了，同志们的头发都长到一拃多长，脑袋差不多有两个大。特别那些长有连鬓胡子的学员，一个一个不是毛张飞，就是黑周仓。尤其是早上起来，不刷牙，不洗脸，你看我，我看你，个个厉鬼一样。有战士开玩笑说，就现在这个样子，如果突然上前线或者打据点，一枪不放，也能把鬼子、汉奸吓个半死。

大路上行进着一支队伍。

第一期参加集训的学员正式毕业了。

因为不是紧急行军，一行人拖拖拉拉、松松垮垮。如果不仔细地观察、研究，谁也猜不透这是一伙干什么的：头发乱得像疯子，衣服脏得像要饭的。每人的肩头上还都掮有一捆或黑或白或灰或黄的破烂棉花。每经过一个村庄，惹得家家户户狗咬邦邦，大狗、小狗、白狗、黑狗、花花狗……成群结队地跑出村口，狂咬着追出好几里路远。直到看清楚了挑着烂棉花的是一杆一杆长枪，人们这才明白是一支军事队伍。

队伍一路走到黄楼，正巧遇上王东山到军分区开会。虽然隔得老远，但王东山曾是泰山大队的第一任大队长，不少人都认识他。

"王队长！王队长！……"

王东山愣住了：这是一伙干什么的？怎么认识我？

"王队长！"

"王队长！"

声音咋这么熟悉？……瞪大了眼睛走近来看：啊?！他做梦也没想到这竟是他的队伍！当他看清楚这帮人确实是他的弟兄们时，王东山的眼泪唰唰流下来了。他轻轻理一理战士们乱草窝一样的头发，又捏捏各人肩头上背着的烂棉花，再低头看看同志们的脚：四个月的摸爬滚打，各人穿的鞋子，不是前面钻出了脚指头，就是后边露了脚后跟。龙杰更利索，两只鞋的鞋帮子全断了，前后鞋底磨没了，只剩下脚腰里的一块。实在挂不住脚了，只好光着脚板提着鞋走路。一看到龙杰这个样子，王东山的泪水更加止不住了。他把随身背着的一双新鞋掏出来硬给龙杰穿上，因为急着要到军分区报到，几句话以后就匆匆泪别了。

一回到老区，就像新媳妇回到了娘家，只觉得山亲水近、天高地阔，一草一木都是满满的亲情。终于有了工夫洗洗换换，终于有了条件一天能吃三顿饭。人多了免不了卧虎藏龙，没费力气就找出好几个会剃头、会刮脸、会挑疱、会穿刺的能工巧匠。战士们从老百姓家里借来了剃头刀子，各人都用热水洗了头，一个一个挨着刮、挨着剃。成了绺的长头发里满藏了灰草和沙土，一着水，就如山羊毛淋了雨，一绺一绺，烂毡片子一样。扒拉一下，藏在头发里的虱子比沙子还要多，往往一个头还没剃完，刀子已锛了好几个豁口。但是头再脏、再难剃，总比打据点容易。剃了头，刮了胡子，离家近的回家拿来衣服换换，如此一拾掇，队伍整齐多了。

小满那天，队伍来到河西李家庄，军分区重新着手组编独立营。由于人员不足，独立营临时编为两个连。龙杰为一连连长，年增宝为二连连长，泰西独立营又正式建立了。

夺　粮

独立营一建立，接手的活儿追三压四，保卫麦收排在了第一号。

自从鬼子在夏庄安了据点，老百姓从来没有素素净净种一天地。累死累活，到头来总是眼睁睁看着敌人把粮食抢走。如今岱西又有了自己的队伍，老百姓到口的粮食，说什么也不能再落到敌人手里。龙杰的一连做好了护粮准备。

蚕老一时，麦熟一晌，南风的神来之笔，一夜之间把夏庄南北的大田涂抹得一片金黄。敌人收缴粮食，也从据点的周围开始：城子寨、南寨、平家洼、落凤坡、马家园、孔家庄、张家庄……几天时间，征集起麦子两万多斤。眼看着鼓鼓的麻袋和两头挺的布袋装上了车子，征粮的鬼子和汉奸，嘻得如同煮裂了的狗头。敌人学乖了，不再要求一家一户、一车一担地往据点里送，他们从警察所里调来八个警察，押送着五十多辆车子上了路。

后方的鬼子越来越少，无梁殿的鬼子据点早已撤除，王家店到关口一溜漫上坡，正是一连布阵截粮的好地方。天近晌午，警察押着车子队来了，大路上一溜摆开五十多辆木车子，一辆紧跟着一辆，吱扭吱扭响成一串。那阵势，既让人气，又让人喜，更叫人紧张。

龙杰心里有数，他们是一个连来对付八个警察，单从力量对比上，那是没说的。可他们是一支新队伍，战士们大多数没有打过仗，武器也不行。有的枪打出一发子弹就拉不开栓了，要想再拉开，须得用脚踩。打出第二枪去就更麻烦，枪筒子热了，不能再打，必须赶快解开裤腰带往枪筒子上撒尿。一泡尿撒上再打一枪两枪，就又不能用了。更令人担心的还不是枪不行，而是战士们的枪没准头。五十多辆小车子，不是一拉一，就是二拉一，光是送粮食的队伍就有一百四五十号人，他最担心的是误伤或者打死了老百姓。因此制定了"吓跑警察，截下粮食"的作战计划。

平家顶到无梁殿，是个近似"√"的大跨度的上下坡。车子从西边来，下坡很顺，再从王家店往东去，负重爬大坡，爬陡坡，速度快不上去了，手推车一个劲地哎呀哎呀嘶鸣。驾小车的差不多是些青壮劳力，上坡路上抻着头，蹬着腿，不像走，更像爬。拉车子的多是老人、妇女和孩童，上坡拉崖，身子弯成了弓，脑袋几乎触碰到地面。如果有车子慢了或队伍稍有脱节，警察便挥舞着洋刀吆吆喝喝、比比画画。眼看着运粮车队进入了他们的伏击圈，龙杰的小三把及时朝天发了号令，一溜漫坡乒乒乓乓响起了枪声。虽然枪口都是冲天放的，押车子的警察却知道中了埋伏。他们什么也不顾了，撒丫子往无梁殿山口猛窜。战士们跳出掩体，一边朝天放枪，一边吆喝着追赶，撵兔子样一直把警察赶过了卧牛石。

区里带队运粮的是狄元岭，老熟人。他见截粮的是龙杰，咧嘴笑了笑。龙杰害怕送粮队伍里有汉奸，假装不认识。

"喂！老头，你是来带工的吗？"

"啊？啊？"狄元岭偏着耳朵、伸着脖子使劲听。狄元岭的老毛病，一到紧要关头，耳朵就石聋，打雷也听不见。

"你是带工的吗？"龙杰用手比画着大声问。

"啊！啊！"

"按照县委的指示，粮食是哪个庄的，再回哪个庄，谁的麦子还给谁！用的谁的车子，再给人家送回去！不允许出其他问题！我们虽然截了粮食，但是我们一粒麦子也不要。如果敌人追查，你们如实报告：麦子，八路截了！"

"啊？哦！"狄元岭把手张在那个不聋的耳朵上，好像没听明白。送麦子的人可是都听清楚了，一个一个吃了欢喜糖一样。爬坡的时候，推车的不愿意走，车轮子不愿意转，木车轴扯着嗓子哭叫连天不情愿。如今一溜下坡往回返，木车子咯咯咯咯一路撒欢。

警察所的警察吓窜了，各村的粮食也都推回了各村，龙杰惦记着担任警戒的一个班。他来到山口望了一圈，见敌人没有新的动静，便及时下达了撤退的命令。

飞机头

刚刚整好队伍准备回撤，见关口下边又上来四个当兵的。什么人？干什么的？龙杰一摆手："等一等！"

冲着山口来了四个伪军，屎壳郎滚屎蛋样推拉着一辆三轮洋车，洋车上坐了一个花花绿绿的美人。美人梳着油光光的"飞机头"，两个发髻成掎角之势趴在额头上方，山风拂来，两撮"趣毛"好像在飞。蛤蟆腚上插鸡毛——这是个什么嘎嘎鸟？龙杰让大家都隐蔽好，原地不动等等看。

无梁殿到关口的一截路，是一段坡度很陡的崖头门子。四个伪军背着长枪，车子推得十分吃力。走近了看，美人银盘大脸，丰乳肥臀，大屁股把车座子塞得满满当当。只是苦了四个背枪的屎壳郎，两个在前边拉，两个在后边推，气喘吁吁，大汗淋漓，比滚个铁蛋还难玩。

眼看着洋车走走停停来到近前，美人的胖身子左一拧，右一拧，从麻袋一样的腰里摸索出一块丝手帕，印了印血红的、故意噘紧了的樱桃小口，又从脚蹬子下边的箱子里，抽出一个黑玻璃瓶子。有个当兵的，用手背抹了一下脸上的汗水，忙不迭地帮着美人把瓶盖子撬开。胖美人用手帕轻拭双颊，跷着兰花指把瓶子攮进嘴里，咕噜咕噜往肚子里灌黑水。才顺下两口，就像黄鼠狼放屁，接连打出了一串响嗝。明明是她自己放的嗝气，还故意用手帕扇来扇去。

"站住！干什么的？！"战士们呼地站了起来。

猛然的断喝，胖美人哎呀一声失手把瓶子扔在一个当兵的头上。当兵的连扑了两扑没有接住，瓶子口像宰猪杀呛了的气嗓，咕嘟咕嘟没完没了地往外冒着血色脏沫。

"干什么？干什么？妈的！这是陆太太！"

"什么路太太？路太太怎么不走路？滚下来！"

车子停了下来，四个当兵的气哼哼地把枪从肩膀上摘下来。陆太太嘴噘得老高，鼻梁上拧满了斜纹：

"好大的胆！反了你们吗？让老娘我下去干吗？你们的眼都瞎了吗？"

陆太太以为碰上了汉奸队，根本没把这伙人放在眼里。

"谁的眼瞎？你妈了个巴子什么路太太？屌毛灰！滚下来！"

战士焦海伟一边骂，一边把枪端了起来。

"你们？……"

"八路！"

"啊？！"

一听是八路，陆太太像个大肉蛋样一骨碌从洋车上滚下来，别在飞机头上的两个化学卡子也掉到地上踩碎了。她偷眼瞅瞅龙杰他们戴的帽子，可不是八路怎的？美人的樱桃小嘴哆嗦个不停，四个当兵的，头耷拉了，枪放下了。

从关口顺山梁往西，有一条小路可通鸡毛店。押着陆太太拐过山嘴，焦海伟从箱子里拿出四个瓶子，用刺刀把盖子都撬开了。

"陆太太能喝，我们也能喝。"

"怎么是黑的？是黑酒吗？喝了尿黑尿吧？"

"陆太太都不怕尿黑尿，咱怕什么？"

一人一瓶，各人疑疑惑惑先尝了一口，哇！酸、麻、辣、甜，舌头上像有万根钢针乱戳……我靠！这是什么酒？比醋还难喝？呛鼻子，扎舌头，接着就生气、嗝气？可了不得！可了不得！不能喝！药不死人也得拉肚子，不能喝！

"这是什么驴马尿？"焦海伟把瓶子扔出老远。

谁都不喝了，焦海伟抬脚把箱子蹬到山下边去了。

带着陆太太来到鸡毛店，营总支书记于华给陆太太上了一课，把枪还给四个护兵，让他们继续送陆太太回去。陆太太有心计，她怕路上再出问题，说什么也不走。龙杰说："只要我们不动你陆太太，谁敢动你陆太太？你尽管放心走就是！"

陆太太哭丧着脸不吱声，看来不派人送她，她不走。派谁去呢？思量了一圈都不妥，就派报告员吧。报告员经常往据点里跑，敌人不会把报告员怎么样。鸡毛店的报告员叫羊嘎嘎，一笑起来像个刚会叫唤的山羊猴子。别看是个羊嘎嘎，有他送，陆太太敢走了。

人送回去了，羊嘎嘎不久也回来了。陆太太的丈夫、二鬼子中队长陆平安火气冲了顶梁。

"土八路羔子大胆！截了粮食打了警察不说，还敢截我的老婆？真他娘的活腻歪啦！这口窝囊气非出不行！"

陆平安是陆炳麟的侄子，有了名的陆虎，很恶，很横。中午头刚过，他带着二鬼子邀着真鬼子出动了。

龙杰料知敌人会来报复，羊嘎嘎和陆太太一走，他们一连就在拉车山前摆开了战场。因为只有一个连队调度，龙杰在鸡毛店村的正前方部署上一个排，拉车山上埋伏了两个排。

敌人越来越近了，一阵排枪突然打响，仅有的一挺机枪也开始发言。土造的竹节炮虽然不顶打，但是这一次居高临下打得很巧，轰的一声，一个火球落在鬼子的面前。虽然没有炸死敌人，却把鬼子小队长轰了个乌眉皂眼。敌人害怕了：怎么还有掷弹筒呢？不好！不像土八路，是主力！鬼子以为中了埋伏，捏着血鼻子掉头往回窜。鬼子一跑，二鬼子跑得比鬼子还快。队伍里的几支三八大盖打警察时没舍得用，这次也用上了，叭勾！叭勾！声声脆响，敌人更以为不是土八路了。

第十一章

行军路上

一九四五年春夏之交，鬼子在太平洋战场上节节失利，日本的海军几乎全军覆没；在湘西，国民党军队消灭日寇四万余众，拿下了南宁、柳州、桂林等大城市；共产党领导的八路军、新四军相继收复了华南、华中、华北众多的中小城市，并开始进行局部反攻。

小鬼子哪里也顾不上了。

军分区突然接到部队升级的命令，独立营全部补充到基干一团，参加山东省军区组织的"讨李战役"。

工作向地方上稍作交代，辎重暂时交由地方，独立营迅速编入正规部队。

地方部队入编正规军，军容焕然一新，待遇也立刻两样，战士们不仅换上了新军装，每人还发了一顶军用草帽。草帽是竹篾子编的，外边用帆布包裹，式样形同日本的钢盔，白天行军，队伍整齐又威武。

麦季刚过，地里几乎看不到青苗，一行行的麦茬，游丝一样飘挂在鲁西平原的热土上。长天老日头，天热、口渴加上肚子饿，还没走出二十里地，战士们的衣服就湿透了。行军途中，大家恨不得豁开鼻孔喘气，眼里、嘴里、鼻子里，好像都在蹿火。终于来到了一条小河边，渴极了的战士，抢上几步趴到河里就喝水。紧贴着河岸的细水流，覆盖着厚厚的青苔，龙杰扒开青苔，看也不看就狠狠地喝了一大口。啊呀！滑溜溜的什么呀？仔细看，蛤蟆卵！一挂珍珠一样的蛤蟆卵喝到肚子里去了。珍珠里面包裹着的一个一个小黑点，那是蝌蚪。龙杰一阵恶心，不喝啦！

"喝两口，马上跟上队伍！"参谋长站在河边大声喊，龙杰爬起来几步赶了上去。

太阳下山了，晚霞悄悄关闭了夜的门扉，灰黑的天幕上闪烁着数不清的星星。

部队的宿营地，选在黑魆魆的两座大山之间，不见村庄和人家，只一条小河从身旁静静地流过。

一天的急行军，同志们只吃了一顿饭。下午的行军路上，肚子早已咕咕叫了，不用说，此一刻谁的肚皮也都贴上了后脊梁。龙杰还是口渴，但一想起白天不小心喝下的蛤蟆卵，就又是想吐。好在这条河要宽得多，水也大，龙杰看准了水中的小沙汀，他在沙汀上扒了个坑，放心地喝饱了肚子。战士们也都一样，一个个背包不放，先喝点凉水止止饿。有爱干净的战士卷起袖子和裤管，抽出腰里的毛巾，撩着河水又抹又擦。炊事班开始生火做饭，磨起脚疱的战士接就灶膛里的光亮，用长长的棘针挑脚疱。更多的凑在一起抽烟、歇息，轻声地拉着路上的见闻。

"同志，我们是黄河大队的，请问，你们是岱西来的部队吗？"

火光灯影里来了两个人，是黄河大队的两个干部，他们听说此地有驻军，专门赶过来的。

来的两位干部，见人先递烟，不喜不说话，他们是来营部通报情况的。

龙杰带着两人到了营部，见过了营首长，香烟递了一圈，少不了又一阵客套。来的两位干部通报说，他们的部队今晚要打四台寺。因为四台寺据点卡在咽喉要道上，妨碍了"讨李战役"的部队调动，上级命令，今晚必须拔除它。战斗打响以后，一是怕岱西独立营的同志们不了解情况，发生误会；二呢，四台寺据点虽然不大，但是真正攻打起来，力量稍嫌不足，要想全歼敌人，有一定困难。估计敌人可能会突围逃窜，如果有可能的话，帮助打一下截击最好，这种情况下再让敌人跑了太可惜。他们还进一步解释说，东南方向，顺山峪上去有个山口，敌人若是逃跑的话，这个地方是个必经之路。只要有一个连在那里一堵，就能歼灭他们。

来人说完话，烟又递了一圈。两人见营首长笑眯眯地听完，只是眨巴了几下眼睛，赶忙又说，看来独立营一天行军很辛苦，现在也还没能吃上第二顿饭，能去则去，不能去不能勉强，尽管好好休息，到时候别误会了就行。

两位干部谈吐很有分寸，说话的时候，渴盼的眼睛一直紧盯着营首长们的面孔。话虽说得婉转，可是谁的心里都明白：他们盼的当然是能帮他们一把。可是，大家实在太累了。

安营长非常友好地笑了笑："哎呀，真是对不起了！我们是急行军接受任务来军分区的，同志们跑了一天路了，都确实累得够呛，到现在还没吃上晚饭……"

教导员也说："帮助你们一下很重要，也很应该，主要是我们的战士太疲乏了，怕是撑不住劲。一天才吃了一顿饭，一百多里路跑下来，实在无法支撑。"

来人一边点头，一边不好意思地苦笑着说："是啊，是啊，战士们是太累了，太辛苦了。哎呀，不好意思了，我们考虑的只是少跑几个敌人。可是，战士们太累了！确实太累了！"

"安营长，"龙杰的老毛病又犯了，"安营长，我插句话行吧？咱们都知道求人难，来的兄弟部队，人家确实遇到了难处，大老远找到咱的门上来了。今晚这个情况等于河梁子张鱼，下不了多少力，也用不着去多少人，我觉着我就能把事情办了。我想带我们这个连去助他一臂之力，如果领导同意的话，我带上两个排就足够，身体弱的，根本用不着去。我们这么一支队伍驻在这里，眼看着让敌人从咱的眼皮底下跑了，也说不过去。都去也没有必要，都很累，我们两个排可以对付他们两个连。既然是逃跑的敌人，就已经是夹着尾巴的狗了，不会有多大的战斗力。兄弟部队有难处，不得已才来求咱，我去一下吧？"

来的两位干部一听龙杰这么说，惊喜的目光一会儿看看龙杰，一会儿看看营首长。

安营长笑了："你同意去的话，可以。行吗？能撑得住吗？战士们吃得消吗？"

"没问题！只要领导批准，我马上就带人出发！"

兄弟部队的两个指挥员，别提有多么高兴了，他们盼的就是能去帮他们一把。他们见营长和教导员都点了头，两人激动地上前和大家挨个握手。最后攥住龙杰的手不住地说："谢谢！谢谢！对不起！叫你们受累了！"

回到连队，龙杰向大家一说，战士们立刻来了精神，三个排长情绪高涨，都争着要去。龙杰把人大致选了一下，三排原则上在家看守，他带领一、二排以最快的速度赶到了埋伏地点。

正如两位同志介绍的，此地两山夹一峪，是一个非常险要的山口。兄弟部队若从正面进攻四台寺，这条山峪是敌人退却的必由之路，别处他无路可走。

看了一下地形，龙杰命令一排把住山口，二排兵分两路，路南一个班，路北一个班，另有一个班待命出击，准备拦截敌人的后路。龙杰提醒大家，敌人进入伏击圈后，不要操之过急，等全部进了圈子，枪响就是命令。只要前边堵得住，两边一夹击，他们必然往回窜。但是，往回窜也只是临时顾命，没有多少意义，因为他们是从四台寺跑出来的。那边的地势又像一个瓶子口，只要有一个班，就能赶羊一样再把他们轰回来。

龙杰简单地分析了一下作战形势，布置了作战计划，战士们迅速进入了战斗岗位。一会儿，四台寺方向乒乒乓乓响起了枪声。

抱着枪看别人打仗，比饿极了看别人吃饭还难受。整整一夜，四台寺火光闪闪，枪声不停。龙杰着急啊，不仅是看别人打仗心里发痒，还因为饿。他饿，战士们也饿。有的战士摸黑拔来了不少野菜，大家也不管是菜是草，是苦是酸，也不管扎嘴不扎嘴，抓过来就狼吞虎咽。更令人不安的是，敌人一直没有向这边逃跑的迹象。一个黑夜里，既看不见，又没法联系，只能饿着肚子等。有人开始说黄河大队的闲话，捎带着对接受这次任务的不满。龙杰听见了，听见了也得沉住气，他领的任务，他得尽力安慰和解释。他对战士们说，如果敌人不从这里突围，那就证明被全歼了，敌人被全歼了不是更好吗？即使空守一宿，也算是尽了兄弟部队的情谊，我们也算是尽到了责任。

天麻麻亮了，战士们开始害困，有的一闭眼就打开了呼噜。一夜的露水把各人的衣服都打湿了，摸摸哪里都发潮。龙杰也觉得两眼发干，眼皮沉重，看来这一宿是白等了。

突然，峪口有了动静，零乱的脚步声由远而近，影影绰绰有人正往这边跑，老远听见气喘吁吁的声音。来啦！是敌人无疑。龙杰大喜："别困了，来啦！"

一听说敌人来了，战士们的眼珠子立刻瞪起来了。看阵容，逃过来的敌人不足百人，走近了看，衣衫不整，狼狈不堪，确实没有多少战斗力。眼看着他们全部进了山口，龙杰枪声一响，堵在正面的机枪、步枪一阵猛射。敌人措手不及，有的趴在地上不再动，有的试图沿土坡往山梁上爬。山谷里杀声一片，四面八方响起了枪声。时间不长战斗结束了，清点了一下，打死打伤了十一个，俘虏了七十六人。

四台寺据点打开了，龙杰他们也押着俘虏回到原防。营长、教导员看着押回这多俘虏，又看看各人吃野菜、树叶染绿了的嘴，一边笑，一边掉泪。早饭已经为他们准备好了，战士们反而不觉得饿了，还在兴致勃勃地谈论着战斗。

兄弟部队的首长，亲自带着饭菜慰问来了。焦黄的小米干饭，两大盆苔菜炖肉，大肉片子一块像巴掌，饭菜尽可以敞开肚子使劲吃。一排长开玩笑说："可别撑得走不动了，咱还得行军呢！"兄弟部队的首长们见大家吃得这么香，一再挽留独立营住一天或者下午再走，利用上午的时间，给独立营开个小型的庆功会。但是，部队是在行军途中，哪能停留？兄弟部队首长一个劲地致歉："战士们跑了一天，又饿着肚子在山上趴了一宿，临明天又打了这么一仗，实在是太累了，说什么也得让他们休息一个上午哎！"

安营长说："情谊我们领了，但是，我们任务在身，不能停留，这是命令。有关俘虏和东西你们清点一下，我们必须迅速出发。"

"俘虏我们留下，武器、东西我们都不要了。"

兄弟部队首长显得十分不安，可是正在行军之中，独立营带一些东西有什么用呢？商量到最后，龙杰的连只答应留下缴获的三挺机关枪，别的一概不要。部队又继续前进了。

号房子

部队中午赶到荏南，才要开饭，又来了命令，晚上驻防荏北。

匆忙吃过午饭，队伍立即开拔，荏南荏北，又是近百里的路程。一个下午加整整一夜，到达宿营地时天已经大亮了，部队已来在高唐、禹城敌占区。

鲁西北一带的村庄，老百姓的房子大都是土墙土顶的平屋，本来就有些死气沉沉。历经长期战火和敌人破坏性的盘踞，这一带已经被糟蹋得不成样子。墙倒屋塌，残垣断壁，几乎找不到一处完整的宅舍。路边的水沟、水塘里，漂着泡涨了肚子、臭烘烘的死猪烂狗和被敌人砸烂的大车小车，一片破败的惨象。

按照统一安排，通信员陆来带着分配的号码去看房子。一连走了几家，差不多是进了大门，往里一伸头就回来了。满面通红站在大门口，不再往里走。这是怎么回事？不进家能看了房子吗？龙杰生气了。

"怎么回事？"

"不敢进去。"陆来面露尴尬。

"有敌人吗？"龙杰问。

"没有，老百姓。"

"哪里没有老百姓？老百姓怎么啦？老百姓有什么怕的？"

"女老百姓。"

"女老百姓你怕她干什么？"龙杰觉得又好气又好笑。

"连长，你不害怕，你进去看看。"

"我进去看看？怎么啦？我进去看看能怎么样？怎么还怕女老百姓呢？"龙杰觉得很奇怪。一来到鲁西北，通信员怎么连个房子都号不了了呢？

陆来也不服气，他领着龙杰来到一家有号房的。陆来在大门口站定，不再往里走。龙杰瞪了他一眼："哎呀，连个房子你都看不了还能干点什么呢？"抬腿进了大门。

这家进门是一棵大枣树，院子很宽绰，迎头"气死猫"的窗户下，砖垒的鸡窝子里，两只母鸡脸憋得通红，正在下蛋。见有生人进来，母鸡铆足了劲，把蛋屙下来了。下了蛋的鸡好像害怕被别人发觉，这边那边匆忙啄起乱草遮盖它的宝贝蛋，一边却又此地无银三百两咯咯嗒嗒骄傲地高唱。屋门口的蒲团上，几个年纪不过四十岁的女子并不理会鸡的报功，一个个哆嗦着黑红的奶子，正围着大瓷缸摇着蒲扇拉大呱呢。

怎么会这样？没见过！还真是没法进。龙杰扭头退回来了。

"是不能进吧？"

陆来一脸坏笑，龙杰忍不住也笑了。

这是怎么回事？不想让我们住吗？龙杰让陆来快去喊村长。

村长来了，脚有点跛，一走得快了，有三步并作两步的感觉。

"怎么啦？不都安排好了吗？"村长满头大汗，一脸疑惑。

"这家不让咱住吗？"

"怎么可能呢？咱都是安排的进步人家，都是自己人！"

"你进去看看。"龙杰说。

村长疑疑惑惑一个垫步进了门，一阵聒聒啰啰的对话，村长又一个垫步跃出门来。

"哪里不让住？这不烧好了一缸绿豆汤在等着恁吗？"

"怎么都光着脊梁？"

"什么？……哎呀！"村长如梦初醒，笑得前仰后合，他跛脚点地转了个花，"这有什么奇怪的？我们这儿的人都这样。别说在家里，上坡下地也都是光着脊梁，这个怕什么的？不要紧，都这样！你没看见都晒得红黑吗？她们不怕恁，恁怕她们干什么？"

原来如此！

不怕就不怕吧，部队总算是住下了。

刘庄据点

部队住下了，龙杰坐不住，他抽了一袋烟，带上机动排来到村外。

机动排往往是先头部队，因此武器、装备要比别的排好得多。如今，新缴获的机枪就在机动排，龙杰心里痒痒哩！

麦收后的鲁西北平原，广袤而坦荡。长天的穹隆，在阔远的周边与大地结合为淡淡的灰紫。麦地里接茬的玉米，蔫蔫地卷着紫熟的叶片。只有沿沟顺河成行的绿树，起起伏伏，出类拔萃，显得十分生动。

平原上有了河道，地势就有了变化。树行子拐弯的地方，堆有一个灰不灰、黄不黄的土岗子，上面有一座青砖到顶的河神庙。由于年久失修，小庙破败不堪，窗户上挂满了蛛网。庙前一棵长歪了的柏树，被野火烧净了枝叶，像兀然伸出的一杆土枪。一只不怕枪轰的老鸹，站在枪口的"准星"上愣神。

龙杰之所以对河神庙感兴趣，是因为河神庙后的树行子里，裹掩着刘庄据点。从土岗子向正北望过去，刘庄据点的西门外是一条小河，河水凉凉滑滑，如同锡壶匠从炼炉里倒出的化锡。河上有座跨度不大的吊桥，河水从桥下无声无息绕过来，爬到庙后往东一拐，再往南一撑，悄然去了。

小环境看上去倒也安静，但是据点里的敌人早已心神不宁。大后方的鬼子越来越少，大东亚共荣圈早已是痴人说梦。虽然他们并不一定知道岱西独立营已经兵临城下，但二十里外的薛官屯，战斗正在激烈地进行，他们已经得到了薛官屯据点即将被八路攻陷的消息。

天依然是热，大地像一盘烧热了的鏊子，把人烙得没处钻没处爬。这一带一马平川，只这座破庙是唯一的制高点。龙杰带领队伍快步来到破庙的后院墙，见土墙上有不少大大小小的豁口，正好可以做观察瞭望用。龙杰扒在豁口上，发现小河拐弯的地方有一泓平静的水面，一大群洗澡的光腚子，正在水里打泱撩槌追逐着狗乱。有几个没下水的正蹲在河边洗脸洗头，白背心、白裤头显得特别扎眼。这里没有大的学校，老百姓更不穿白裤头，是二鬼子无疑！

一个机动排五十多个人，在高地上一转悠目标很大。战士们向河神庙一集结，河里洗澡的开始纷纷从水里往外爬。看他们跑上沙滩拎起衣服鞋袜头也不回匆忙就走，看来是发觉不妙了。

"一排长，你再仔细看看，这帮家伙见了咱就开溜，肯定是做贼心虚。这里没有大的学校，老百姓又没有这种穿着，看准！别打错了。"龙杰说。

一排长凑上墙豁口，眼睛瞪得溜圆。

"是敌人！没错！他们已经发现咱们了，要溜！"

"给我来挺机枪，我先招呼他一下。"龙杰见了敌人手心就痒痒。

机枪手来了，三挺机枪都架在墙豁口上。小鬼子的歪把子机枪枪腿高，目标大，机枪一架，敌人开始逃窜。龙杰说："打！"三挺机枪一齐开火，步枪也凑热闹打了一阵子排枪。敌人有的往东，有的往西，有的往北，不知往哪里跑好了。看到不少的二鬼子还光着屁股，龙杰命令停止射击，给他们一个穿衣服的机会。敌人把倒下的同伴连拖加拉弄回据点，吱吱地拉起吊桥，没了动静。

第二天吃过早饭，司令部来了命令，营长、教导员到司令部开会，研究具体的整编事宜。

领导走了，龙杰又坐不住了。刘庄据点近在咫尺，昨天已经招惹了它一下。根据火力侦察，这个据点已不难打，他决心趁歇息的这点空闲拔除它。

说干就干，龙杰紧急集合队伍。村东的小庙是唯一的高地，龙杰安排两挺机枪在这里盯上。西门上，由火力强大的一个班堵住村口，主攻力量都集拢在吊桥旁边。

敌我双方均已在射程之内，一连开始向据点打冷枪。虽是打冷枪，孬枪还不能用，叫口不好，还怕敌人笑话。龙杰的小三把射程短，也不能用来打冷枪，于是他接过一支三八大盖，叭勾就是一枪，天静无风，如同放了一支钻天猴。随后，三班长的汉阳造，也在肩膀上咣地一跳，紧接着，机枪哗哗哗长啸了两声。可是，任凭冷枪紧打，据点里的敌人捏死了一般，一枪不发，偶有躲在城墙垛口后边的，也只是伸头探脑看动静。

独立营的侦察班来了，部队升级以后，侦察班新配了马枪。见侦察班来到城墙下边，龙杰趁机对城墙上喊话：

"弟兄们，小鬼子眼看就要完蛋了，你们的汉奸还能当几天？跑又能往哪儿跑呢？咱们都是中国人，希望你们放明白点，我们既然来了，就没有打算让你们过夜，如果执迷不悟，打开据点以后，即使你们大命的还活着，也是俘虏，也算是顽抗到底。如果能及早地放下枪，愿意和我们一块干更好，不愿意干的，发给你们盘缠路费，回家安分守己种地过日子，你们仔细考虑考虑吧！"

过了不长时间，炮楼上有人答话了：

"八路弟兄们，你们说得很有道理，我们从昨天就已经在考虑。刚才我们队长说开会商量一下，因为我们是两个中队，如果都同意，我们就都缴枪。请你们别急也别打，我们开完会再告诉你们好不好？"

情况出乎意料，没想到敌人会有如此回答。请示营长已经来不及。小庙暂时仍由两挺机枪守着，龙杰又调来一个排，在西门外的小树林子里待命，双方静静地对峙，都在等待着商量的结果。

刘庄据点的会议室里，此刻如同野鹊窝挑了一杆子，吵吵嚷嚷一片混乱。驻守刘庄据点的有两个中队，一中队队长叫刘德义，络腮胡子大长脸，小心眼子不少，但是没有主见。他原先曾是八路，被敌人俘虏以后就当了汉奸。如今大事不好，他想趁机立功赎罪。二中队队长叫贾国山，一脸黑麻子，个子像麻袋，他的老爹是身负三条人命的恶霸地主，和共产党有世仇。八路一围上据点，他咕咚咕咚灌了一瓶子泥窖酒，提着个盒子炮骂骂咧咧发酒疯。他主张拼死守住据点，晚上突围。谁歪嘴，他就崩了谁。

剑拔弩张，两个中队长话说不到一家去了。你一言，我一语，话越说越难听。你说我是地主，我骂你是叛徒，吵到最后骂了祖宗。贾国山提着枪的右手才要动作，平时没有主见的刘德义这次早就拿定了主意，手起枪响，死心塌地当汉奸的贾国山应声倒地了。

"弟兄们，八路大军压境，日本鬼子泥菩萨过河，已经自身难保了。咱这个汉奸还能当几天？咱们都是中国人，现在共产党八路军兵临城下，已经把我们包围了。他们顾惜我们都是中国人，给我们一个改过立功的机会。如果我们再不识时务，等待我们的不是死路一条吗？弟兄们，八路的喊话咱们都听到了，只要我们愿意缴枪，八路一定会像亲兄弟一样来对待咱们。弟兄们都好好想一想，我也不强迫大家，何去何从由大家做主……"

又是一个小时过去了，龙杰的枪把子攥出了水。敌人要滑头吗？他不耐烦了。突然，城内枪响，城门楼上人头攒动，炮楼上开始喊话：

"八路弟兄们，八路弟兄们！我们已经商量好了，真正的汉奸中队长已被我们击毙，我们马上放下吊桥，全部缴械投降！"

吊桥哆嗦了两下，呱嗒落下来了，两个中队哗地拉出据点分列在吊桥以外，请求接收。

情况太突然、太出人意料了！龙杰又激动又高兴，他一面派侦察员火速到司令部报告，一面整理队伍进据点，接受他们投降。

侦察员打马如飞，一头大汗赶到司令部。警卫还没来得及问话，他大喊了一声"报告"就闯了会场。与会人员见侦察员上气不接下气闯了会场，都唰地站了起来。一听完汇报，会议室里沸腾了。首长们喜出望外："哎呀！看人家岱西部队，行军路上四台寺捎带着个胜利。这不，营长、教导员来开会的工夫，一个连长指挥着拿下了一个据点，岱西厉害！不愧是岱西，真厉害！"

司令部临时休会，打马刘庄，接收投降部队。

刘庄据点里，龙杰正在犯愁呢。这么大两个中队，四五百号人，不能光叫人家站在那里。据点里那么多的武器、弹药，还有那么多的东西，他一个连长无权处理。正心急如焚呢，司令员和首长们都赶到了。司令员下了马，一边擦汗一边拍着龙杰的肩膀："了不起！了不起！真是了不起！我代表军区司令部，向你们祝贺，给你们请功！你叫什么名字？"

"报告首长，泰安独立营一连连长龙杰！"

"龙杰，好名字！飞龙在天，角立杰出，应当嘉奖！"

司令部一来，一切都好办了。几百人长期盘踞的据点里，抢来的、夺来的、横征暴敛的……物资堆积如山。司令部命令：枪支、弹药等军用、军需品一律上缴，一般的吃喝拉撒、盆瓢锅碗等生活用品，一概交由当地百姓。通知附近村干部来开会，能认领的认领，不能认领的，全都分给附近的百姓。

独立营忙碌起来了，他们的主要任务是伺候俘虏，大锅、小灶一齐给俘虏烧水喝。汉奸反了正，老百姓也有了欢喜脸。看着部队忙不过来，老百姓搬来了家里的风箱，支上大锅小灶帮忙烧水。战士们借来几个大筐笋，又买来好几捆旱烟叶，一连串的喷嚏声中，筐笋里搓满了旱烟叶子。有烟袋的抽烟袋，没有烟袋的，战士们齐下手卷纸烟。司令部见一个营接待这么多俘虏确实有困难，立即决定将俘虏全部转移到军分区司令部。

俘虏们要去司令部，东西自然要运到司令部。龙杰不馋别的，他眼馋那三挺机关枪。司令部来人问安营长："老安，你们留点什么？"安营长摸摸下巴笑着说："留点子弹，留下三挺机枪吧。"不谋而合，安营长想留的，正是龙杰想要的。安营长转过头："龙连长，战斗是你指挥的，先尽着你们连吧？"龙杰一听也不客气了："三挺机枪，我们要两挺。"

哈哈！龙杰的一连，光机枪就有六挺了。

北埠高庄

部队正式整编，龙杰的连队被编为一团一营一连。

一团原来的一连，是个回民大队，打仗拼命，作风顽强。几次战斗下来，减员很大，一个连队只剩下了四十几个人。

一连原来的连长是南白楼马家院人，六次挂彩，外号拼命三郎。打宁阳时，他眼馋敌人的一挺铜腿机关枪，冒着密集的炮火，只身一人匍匐接近敌人的阵地。就在机枪射手换梭子的一刹那，他一跃而起，举起手榴弹就把机枪手的头顶砸开了花。敌人喊叫着围上来好几个，他攥住机枪的铜腿，一边扫射一边向阵地外边翻滚。虽然没丢了性命，身上又钻了五个窟窿，只好养伤去了。

副连长姓范，三十出头，举止老练，只可惜有夜盲症，一到了晚上，只能看见星星月亮。即便如此，范副连长也不能走，他走了，这个连里的元老就只剩下一个赵指导员了，赵指导员还很年轻，二十刚刚出头。

和龙杰一块派到一连任副职的还有程山和指导员宋文瀚。龙杰和程山本来就是独立营一连里的一正一副，又补充进一个指导员，连长成了一正两副，另有两个指导员。

人多了是好事，但是回、汉两教的人集合在一块，生活上不那么方便了。龙杰只得把一个连分成两个伙食单位。司务长是个回民，他争取龙杰的意见，问他参加哪个伙食单位。龙杰说："我跟着你们回民吃饭。"司务长很惊讶："哎呀，连长也当回回？你习惯吗？"龙杰说："怎么不习惯？你们怎么习惯呢？我也习惯。"司务长更高兴了："新来的连长真不赖，人家也跟咱当回回哩！"

龙杰带来的这个连，原来就有一百多号人，加上回民大队四十几口子，这个连就很大了。虽然原回民大队的队员已经剩得不多，但是还有五挺机枪，再加上带来的六挺，一共是十一挺机枪了。一个连队三个连长，两个指导员，一百五十号人，十一挺机枪，谁都眼红。

正式打据点了，各连队都分配了任务，一连分的北埠高庄。

北埠高庄据点不大，驻有两个中队的伪军。虽说是两个中队，其实已不足二百人了。龙杰带领队伍于晚间悄悄将据点围了起来，经过仔细察看，发觉据点的北门和东门是出口要道，但是城门紧闭，动静杳然。龙杰让同志们隐蔽好，他自己单独来到东门的下边，两只眼睛倒替着在一指多宽的门缝上瞧了半天。门内一团漆黑，看不见一个人影。龙杰笑了：一个人毛也没有，该不能钻了鳖窝吧？

东门没看到什么，龙杰又来到北门。北门外有一个柏树林子，树木虽然不多，但是老少几代。林子里有几个不大的坟头，还有两重不戴帽子的石碑。在土壤都很难找到的荏北平原上，这应该是最好的遮蔽和掩体了。

天亮了，太阳越升越高，头顶上开始下火。虽然说"有钱难买五月里旱，六月里连阴吃饱饭"，可是旱象实在太严重了：棒子苗像失了奶的月娃娃，黑漆着脸，挣扎着长了一拃高低不再有幻想；谷子苗的瘦根牵着一根游丝，被热风吹得东倒西歪，眼看就要把命挣断。就连生命力极强的杂草也几乎全都晒干了叶子，一支火柴就能点得着。队伍是夜里急行军来到这里的，战士们仍然喝水不足，嘴唇干得爆皮。虽然后半夜还算凉快，各人还能坚持得住，但是早饭以后，太阳一撒开火网，大地这盘鏊子就越烧越热了。

宣传战打响了，战士们开始轮流向敌人喊话。粗嗓、细嗓，大声、小声，快说、慢拉……无论谁喊、怎样喊，敌人一概不予理会。北门城楼上过来过去明明有人，可是一个一个都是哑巴。这里喊破了嗓子，那里一言不发。侦察员和一排长见没人回应，就一边喊着一边往前靠，眼看就要凑到城墙跟前了，可是，无论喊什么，城门上的人仍然和聋汉、哑巴一样，孬好不回话。敌人既然不答话，处在他们的枪口之下，相持下去会有危险。龙杰害怕上当，命令大家立即返回。一排长是个大咧咧，回头一咧大嘴：

"怕嘛？根本没有动静！"

龙杰急了："服从命令！赶快回撤！有了动静就回不来了！"

一排长撤回来了，心里不服气："没有动静连长你怕的什么……"

话音未落，枪声爆豆儿一样响起。龙杰瞪了一排长一眼，一排长伸了伸舌头笑了。

敌人后悔了，他们盼望把大部人马诓过去打个措手不及，因为贪心，到了口的肉反而吃不上了。

敌人没好气地发泄，密集的子弹打得老树树干叭叭作响，小柏树簌簌落叶，坟头腾腾冒烟。茌平盐碱地多，土地板结得厉害，一会儿工夫，坟头就被子弹打得筛子底一样。同志们趴在坟头后边，尽量一枪不发，因为战士们的子弹还是不足用，不能随便耗费。再说，敌人都躲在垛口后边也不容易打着他们，先尽着他们闹腾吧。

天上晒，地下烙，四下里蒸烤，战士们早已渴得眼冒金花。但是敌人的火力压得厉害，水送不上来了。盐碱地的坟头上，光秃秃连草都不长，想嚼一棵野菜也找不到。后边的第二道防线能搞到水，但是送不上来。渴急了眼，办法也想出来了，第二道防线的同志们将一只木桶盛满水，用一根长绳子拴住水桶的腰，然后将绳子甩给第一防线，让他们慢慢拖过去。

八路的一举一动，城楼上的敌人看得清清楚楚，水桶还没拖到柏树林子，就给居高临下的敌人打成了马蜂窝。反反复复，一连打烂了三只木桶，送水仍未成功。

敌人发神经样突然又一枪不发了。枪声一停，周围的热度似乎又陡然上升，一恢复了平静，反而更渴、更难受了。敌人大概悟出点什么，因为这一次的打法已和以前大不相同，刘庄据点刚刚收复，一溜十八屯正打得热火，离这里不足二十里的杨家圈也响着激烈的枪声，他们不得不考虑考虑了。

据点里的敌人一不打枪，龙杰他们就又展开政治攻势。喊了大半天，敌人仍然哑巴。天已正晌午，太阳针刺一样烤灼着皮肤，头脸、脖子里像无数的蚂蚱在撕咬。午时已过，别说吃饭，水也还没喝一口呢。龙杰在坟头后边趴不住了，他估计敌人暂时不会再开枪，命令同志们隐蔽好，他一个人站在坟头上，把在刘庄据点讲的那一套又搬了出来，没想到城上果然有了回声。

"八路老大哥们，你们别心急，我们也不糊涂，自从你们围住据点以后，我们就没打算和你们对抗，也没真心实意打枪。我们一直在开会，有的同意投降，有的不同意。人和人不一样，心和心不同岁，不同意就还得做工作。你们最好别打也别攻，你们先沉住气。从现在起你们只要不爬围墙，我们就保证一枪不发。"

发话人躲在城墙的垛口后边，看不清模样，不过看来这个小子说话还算有些权威，敌人从此一枪不发了。

只要不打枪，水就能送上来了，同志们都渴坏了。

午饭以后，龙杰继续和他们对话，城墙上的回话还是那一套，还是什么正在开会做工作，什么十个指头不一般齐啦，什么心急吃不下热豆腐啦一些没用的屁话。龙杰明白了，看来这帮小子是想磨到天黑以后突围。为了证实自己的判断，天在大黑以前，龙杰又喊了一通话，回话仍是啰啰唆唆的老一套。敌人的意图已经很明显，他们想趁着天黑搞突围。

马副教导员来了，他来检查一下一连的部署。龙杰谈了一下他的看法和天黑以前的部队调度：敌人的碉堡靠近北门，但是敌人在白天已经看清楚了我们的主力都在这个地方。尽管目前整个营的兵力并没有暴露，但是他们能估计到，北门这个地方会有重兵等着他们。而西门外是一望无际的庄稼地，虽然无遮无碍，但是没有路。而东门则是往济南方向去的，估计他们的主要力量会从东门突围。夜里交起手来，北门很可能是虚晃一枪，然后从东门逃窜。龙杰认为他的连可以一分为二，一个排守在北门，他自己带两个排盯住东门。

　　马副教导员听了龙杰的分析很满意，从口袋里掏出香烟，用食指和中指夹出一支给龙杰点上。马副教导员的右手在一次战斗中打掉了大拇指，食指一直当作大拇指用，而且看上去比大拇指还熟练，还顺手。他高兴地拍着龙杰的肩膀："龙连长，今晚主要看你的啦！"

　　天已经完全黑下来了，再向城墙上喊话，敌人仍然耍嘴，而且比白天说的还好听：会议马上开完，估计可能是投降。八路老大哥别心急，沉住气，好事多磨，天不热了有水喝了，最后的结果不仅会让恁满意，甚至比恁想象的还要好……敌人说的比唱的还好听，看来想寻找时机突围已确定无疑。

　　转眼已是晚上十点钟，再喊话，城墙上嘎地没了动静。炮楼上、垛口上，都扑死了一般，一根人毛也找不见了，龙杰命令做好战斗准备。忽然，北门枪声大作，连带着一片声嘶力竭的"冲啊！杀啊！"，敌人开始突围。蹲守在北门的二排"发言"了，枪声、喊声一浪高过一浪。有人害怕敌人从北门突围，二排会堵不住，提出支援北门。龙杰果断命令：原地不动，准备战斗！

　　城北门的枪声大约响了十五分钟，猛听得东城门呀的一声打开，突围的敌人冲出来了。可他们哪里想到，两个排、八挺机枪正在这里等着他们呢！

　　一个小时的时间结束了战斗，北埠高庄的敌人全部被歼，龙杰的一连，竟然没有一个挂花的。

老寨子

打掉了北埠高庄，部队迅速地撤回到司令部附近，队伍休息三天，"讨李战役"正式打响。

李连祥，禹城人，外号"坏山"，从小就是个泼皮刁顽。一九三七年抗日战争全面爆发，国民政府南逃，李连祥一看占山为王的时机已到，他便以抗日为招牌，自封为团长，在国民党的老七区当起了草头王。八路军萧华纵队来到高唐、茌平以后，曾以纵队司令的名义捎口信、书函，规劝他改邪归正，李连祥不屑地说："二十里一个皇帝，谁听谁的？"一九四二年，李连祥公开投日当了汉奸，被禹城伪县长委任为伪自卫团长、警备队长。一九四四年，李连祥部又被编为国民党山东保安第九旅，成为日伪盘踞鲁西北最大的恶势力。

攻打李连祥，山东省军区一共组织了三个团的战力。因为他的老巢——魏寨子，不易拿下，决定先从老寨子下手。一团主攻老寨子的东面和南面，三团对付老寨子的北面和西面。二团驻守在远离老寨子据点的东南方向，以防济南的敌人打增援。

难怪李连祥自诩他的寨子固若金汤，他的据点确实难打。老寨子最外一层，是捆绑了铁蒺藜的桩橛和两道木寨。第二层是木寨伪装过的十米宽、四米深的水壕。放下吊桥过了水壕，才是据点的围墙。围墙高四米，厚两米，胶泥土坯垒砌，铜浇铁铸的一般。碉堡的工事有三层围墙，三层火力，垛口配备有轻重武器，碉堡中间有火眼，距离地面五十公分处，还有一层火力网。即便进了他的院子，他还备有向院子里开炮的火眼，全是交叉火力，防守相当严密。

晚间赶到指定地点，一连的指战员立即开挖工事。没有锹，没有镐，挖战壕的工具只有一把刺刀。大家一边挖，一边用手向外捧土。

战壕要挖成蛇形战壕，曲曲弯弯前后两道。禹城一带是胶泥土，天旱了，地比砖硬；地湿了，泥比胶黏。如今天旱地干，一刺刀下去噔的一声，剜不出多少土来。大半宿的时间，挖出的掩体工事，还没有两个镢头深，天快亮了，相邻之间先匆忙挖通。低下头，敌人平射的枪弹兴许够不到。只要一抬头，敌人的枪准能打上。

龙杰趴在距离敌人最近的前沿阵地上，他侧起脑袋，仔细观察敌人的碉堡工事。围绕老寨子一圈的水壕，颇像古代城池的护城河。由于水壕的阻隔，即使工事挖到水壕边上，手榴弹仍然够不到敌人的火力点。

天已经大亮，工事不能再挖。城内李连祥，也正加紧部署准备迎战。敌人的飞机来了，呼啦啦牵布一样，贴着地面来回拉网。它无法往下投弹，地面也无法对它射击，战士们只能趴在干透了的热壕里，堵住耳朵熬时间。约在中午十二点钟的光景，驻济南的国民党十二军突破二团防线冲进来了。一团扼住了李连祥，十二军围住了一团，整个形势，卷苫子一样裹起来了。

部队腹背受敌，情况十分危急。

同志们夜里挖工事早已出透了汗，现在在太阳底下又晒了整整一个上午，因为一口水也没能喝上，人人渴得头晕眼花，心里刁燥，嗓子里冒火，鼻孔和嗓子眼干得啪啪响，汗也没有了。龙杰想撒泡尿润润喉咙，几次褪下裤子，将并拢的手指接在小便上，用上半天劲，鼓不下一滴尿来。龙杰苦笑了一下：完啦！别说敌人还打我们，不打我们，再过俩小时喝不上水，渴也能把人渴死。

突然，枪声刮风一样响了起来，仔细分辨，是外边向里边打枪。龙杰估计十二军冲过来了。他动员大家做好战斗和牺牲的准备，牺牲是光荣的，战死比渴死还要好受一些，来吧！

绿色的信号弹，接二连三地升起，枪声铺天盖地越响越近。老寨子的各层火力也相继撒开了火网，阵地上烟雾腾腾，子弹飞蝗一样四处乱跳。在内外火力网的笼罩之下，龙杰他们眼没法睁，头没法抬，更不知到底该往哪里打。就在这时，外围的敌人大约有一个排接近了他们的阵地。到了这种时候，也只能拼个你死我活了。

敌人近了，更近了。打吧？战士们侧着脑袋看着龙杰，龙杰突然意外地做了一个不许射击的动作。他发觉冲过来的部队，着装不像十二军，怀里一律是汤姆逊冲锋枪，而且一直是平射着前进。他们一边打一边焦急地呼喊，枪声太响了，听不见喊的什么。等他们靠到近前，才听见有位领头的沙哑着嗓子喊："一团同志们！一团同志们！谁是一团的？谁是一团的？我们是渤海铁一团，我们是渤海铁一团尖刀队！谁是这里的负责人？谁是负责人？！"

啊？！原来是渤海铁一团！龙杰简直不敢相信自己的耳朵，他猛地从战壕里站起来："我是负责人！请指示！"

"我们是渤海铁一团！十二军增援李连祥，军区司令部怕你们吃亏，让我们来支援你们。你们的任务是坚决顶住李连祥！不许他出城门一步！只要他不主动出击，你们就按兵不动。记住，枪只能往里边打！不要朝外放！我们铁一团正在围堵十二军。"

谢天谢地，总算得救了！信号原来是渤海铁一团发的。地方部队通信联络本来就不行，新兵又多，懂信号的人又少，而且每个人都在单人掩体里，彼此没法联系，哪里知道绿色信号弹是谁发的、又是什么意思呢？铁一团看看联系不上，这才冒死组织尖刀队插进来的。

大家曾经渴到了无法忍受的程度，现在反而又不觉得渴了。李连祥的通信联络要好得多，他大概早就知道了外边的情况，所以一直闭门不出。一团的同志抱着枪静静地趴在地上，只用眼睛紧盯着李连祥的城墙、城门和碉堡。外围的枪声鸣一阵，鸣一阵，手榴弹的爆炸声好像开了锅。十二军元气大伤，开始往济南方向回撤。

枪炮声渐渐稀疏下去，一团接到了撤退的命令。

李富元屯

渤海铁一团回撤了，龙杰他们也撤到茌平县南部的赵官镇。休息了三天，指挥部来了命令：暂时放弃李连祥，集中攻打李富元屯。

李富元屯也是一个大寨子，整个村子就是一个大据点。把守李富元屯的寨主是李潮平，他的哥哥李潮升于一九三八年被八路军击毙，李潮平从此与人民为敌不再回头。

同李连祥的据点一样，李潮平的据点也异常坚固，同样的胶泥坯围墙，木寨墙插得连狗猫都钻不过去。禹城，是大禹治水的地方，沟沟汊汊不缺水。据点外的海壕又宽又深，最浅处的水深也有三米，水下钉有梅花桩，人一旦掉下去，淹不死也要被梅花桩扎死。

这次战斗，二团仍打截击，依然是准备应付济南方面的敌人。三团的大部队因有其他任务尚未赶到，但是先头部队已来了一部分，不影响计划部署。

负责攻打据点的仍然是一团。

最初的兵力部署，一团负责北门和东门两线。龙杰这个连，全部部署到东门去了。这次的作战方法和攻打老寨子基本相同，仍然是趁夜晚潜伏到敌人尚不能发现的地方，然后再偷偷往前爬，贴近敌人时再开挖工事。有了上次的经验教训，同志们知道了胶泥地为什么比砖还要硬，原来鲁西北盛酒的泥窖，就是这种泥。连酒都不渗漏的黏土，晒干了哪有不硬的道理？

这次挖战壕，战士们带的工具有镐有锹，不再指望刺刀，工事挖得很顺利。两条战壕挖好以后，为便于部队的运动，再在前后两道防线中间，开挖纵向的蛇形交通沟。掩体工事挖好以后，连部又组织专人向城门方向挖洞。挖洞的战士夜以继日，力争早日打通一条通向城门的地下通道。

龙杰的一连，驻在东门外一个财主家的大场院里，场院里的大车屋，就是他们一连的连部。禹城、高唐一带是平原，人们习惯用大车，一般的场院里都有车屋。车屋一人多高，是一大间筒子形的平房，是专门为大车盖的房子。农闲时，大车派不上用场，就停放在屋里，虽然剩不下多少空间，但是大车的两边能走得开人。

将据点围上以后，并不能立即进攻，因为岱西军分区三个团都没有炮。攻城没有炮，就像老百姓耕地没有犁杖，成功率要大打折扣。按照上级部署，四面攻城的部队，先要将地洞挖到敌人的水壕边，用超常的爆炸，破坏掉敌人的木寨墙和水壕，然后大举进攻。因此，自从将敌人围定，四面打洞的任务就没有停止过。

刚刚包围上据点时，天还晴着。因为双方没有交火，天虽然很热，同志们既没有饿着也没渴着，打洞的速度很快。三天以后，天突然阴上来了，黑云层层叠加，越积越厚，整个天空阴成了一个几乎要垂到地面的水嘟噜。终于，呱啦一个炸雷裂开了水嘟噜，大雨劈头盖脸浇下来了。闪电在脚下抽，霹雳在头上炸，坡野里不时有落雷爆开一个个耀眼的火球，全世界似乎都罩进了哗哗的雨声里。

刚开始下雨的时候，别提大家的心里有多高兴了：我那老天爷！可凉快凉快吧！再也不热得难受了！可是，六月的连阴天开始了，天像漏了一样再也堵不住，大一阵小一阵，几乎没有了间歇。同志们都露宿在一马平川的野地里，无遮无挡，时间一长，又撑不住劲了。

自从作战以来，部队战士已全部换上了八路军帽，这种帽子的帽舌头是软的，不能遮雨。大雨一打，正好耷拉下来遮挡了视线。把帽舌头拉过去朝后吧，也不行，铜钱大的雨点子打得满脸生疼，眼皮都打得肿成了肉包子。如果敌人于大雨中突围，还真是个问题！这可怎么办呢？

轻易不皱眉头的龙杰眉头皱起来了。他想抽袋烟，烟全湿了，火绒也点不着。他在场院里转了几个花，不远处一块烟地引起了他的注意。就在阵地后方不远处，有一块东西短、南北长的烟地，约有两大亩的样子。旱烟旱烟，越是天旱，烟叶越是上烟。前一阵子没下雨，烟叶子都长得肥肥厚厚，毛毛茸茸，叶面疙疙瘩瘩像涂了一层绿油，手一捏上去能黏手拔丝。懂行的一看就知道烟叶上足了烟。这时候如果把烟叶打下来，不仅能晒出斤两，抽一口，能顶得抽烟人连连打嗝。但是由于麦收之后敌人的骚扰，老百姓哪里还有工夫打烟叶？随着连阴天的来临，没打的烟叶会一天天变薄、变黄，油和疙瘩会全部褪尽，最后变成一张黄纸，老百姓叫这为"倒烟"。"倒烟"之后，只能盼望天晴了再慢慢"上烟"。

"一排长！"龙杰喊了一声。

"有！"一排长连泥加水滚过来了。

"带领一个班，到老百姓那片旱烟地里，打二百张烟叶子回来，要大的、肥的、厚的。"

"连长，纪律？"

"打过仗去再说，违反纪律我负责！快去！"

很快，烟叶打回来了，龙杰要全连每个人的帽舌头下垫上一张烟叶。帽舌头撑起来了，同志们的眼睛能睁开了。

老天好像是还账来了，大雨一停不停下了三天，仍然没有歇息的意思。坡野里处处沟满河平，蛙声一片。地里水满了，战壕里开始冒泉子。战士们在水里泡得浑身发白，手指头、脚指头像腌瘪了的白黄瓜纽子。你抽筋，我抽筋，他也抽筋，一个个痛得嗷嗷直叫。既然暂时不能攻城，敌人也没有突围的意思，为了保持战力，龙杰临时规定了三班倒的办法。战壕里始终有一个排监视敌人，另两个排可以不在水里泡着。因为雨水倒灌，打洞的工作时断时续，这样，场院里就始终有两个排在休息。虽然同样是淋着雨，但是在场院里坐着总不同于在战壕里待命。战壕里的战士，个个都是弦上的箭，不得有片刻的懈怠和疏忽。坐在场院里休息的，眼睛可以闭上，头也可以低下，身子更不用再在水里泡着。如此的轮班倒替，同志们身心轻快多了。

李富元屯被围困已是第六天了，敌人风雨不动。听听东城门上小秃子放的狂话，敌人不但不服软，而且还很狂。

头三天尚未下雨的时候，一连也曾一度展开政治攻势。话刚喊过去，东城门上冒出一个油光水滑的小秃子。小秃子光了脊梁，上身十字花斜披子弹带，下身只穿了件小裤衩。红火火的秃头，明光光像个冰糖葫芦。这个小秃子天生的孬种，你想好好地和他说句话吧，可是，他不拉人呱，日八辈儿祖宗地伤你。你若和他称兄道弟套套近乎吧，他就说："谁和你是弟兄们？我是你爷爷的爷爷，你的祖宗！"根本无法和他对话。后来，大伙见他是个死顽固，也就不再和他客气了。打又够不上，他藏在垛口后面的时候多，只能故意惹他，和他对着骂，哪个难听骂哪个。

"喂！小秃子，你这个做瞎了的日本汉奸，你也不想一想，你这个汉奸还能当几天？你摸摸你那个玻璃尿蛋，虽然明光光的，可是外明里不明，你里头不是装的脑子，你是装的㶆熊！"

"你妈了个巴子！我们是日本汉奸，你们是老毛子汉奸！"

"秃子儿啊，我可怜的蛋哎！等一会儿冲上去拧下你的头来做个蛋花汤吧？"

"小八路羔子你只管冲，只要不怕你儿子穿白鞋，不怕你老婆再嫁人，你只管冲就是！"说着，叭勾叭勾就是两枪。

小秃子使了个三八大盖，枪打得挺巧。龙杰的观察位置正好和他面对面，即使不对骂了，这小子也不住地朝这里打冷枪。令人奇怪的是，一连的工事，都是刚能伸出枪去的小炮眼，可是，小秃子能从火眼里打进子弹来。二班有位战士刚要到火眼上看一下，才一靠近，叭勾一枪打过来，子弹擦着脖子穿了过去，鲜血直流。这小子怎么会打得怎巧呢？而且，这里一伸头，他就会知道？龙杰仔细一想，明白了：工事上的火眼平时是敞着的，所以在小秃子看起来是亮的。只要有人一趴上火眼观察，火眼就必然一暗，他立刻就朝这个发了暗的火眼开枪。他的枪法又准，几乎打不空，龙杰心里那个窝火就不用说了。后来龙杰让大家把火眼都堵上一块砖头，所有的火眼都不亮了，打你娘的去吧！小秃子果然就狠打，打了半天，火眼还是黑的。小秃子知道八路做了手脚，不再愣打了。

就在第七天上，城里、城墙上的敌人蠢蠢欲动，迹象表明敌人要突围。憋在据点里七天出不了城门，汉奸们的心里大概也生厌了，大家都做好了战斗准备。

李富元屯的城门正北，有一个很大的村落，敌人知道军区司令部驻在那儿，他们不会往死里钻。估计敌人从东北突围的可能性最大，因此，龙杰故意在这儿卖了个破绽：白天这里既看不到有人活动，更看不到有部队调动。其实，机动防线早已设好，一到夜间，龙杰的一连便神不知鬼不觉迅速迁回到这儿。

夜里十一点钟，敌人开始突围。他们把城门的门轴上提前膏足了蓖麻油，城门无声无息、黑洞洞地打开了。果然，敌人出北门并不往北去，而是直接斜插东北而来，他们哪里想到，十一挺机枪正等着他们哩。

龙杰之所以将防线选在东北角，是经过仔细勘察研究了的。据点的东北有一条斜路，虽然挂在一个角上，但是这条路是李富元屯通往老寨子最近的一条路。老寨子是李潮平他们的老家，他若顶不住，估计必然往老寨子跑。一百五六十号人，十一挺机枪，只要调度得好，龙杰自信能顶得住。

白天分配任务时，遇到一点小不痛快。龙杰考虑到范副连长是一连的老连长了，便首先争取他的意见。他对范吉昌说："老范，十一挺机枪你带几挺？"

范吉昌笑了笑："我一挺也带不了！"

"怎么？"龙杰一愣。

"你忘了？我看不见！我不是个雀谷眼吗？我和你在一块，我听你的。"

是了，老范有夜盲症。但是，龙杰总不能一个人带十一挺机枪吧？就又对程山说："程连长，你带五挺吧？"

程山也推辞："哎呀老龙，你又不是不知道，锄奸我行，杀特务我行，指挥打仗我不中用，我从来就没指挥过战斗。"

"咱连配的干部都是双的，我自己看十一挺机枪像回事吗？你带五挺，听我指挥行吧？听我的口令看我的信号行不行？"

"怎么不行？行！"程山算是接受了任务。

天一黑，部队遵照部署进入了阵地。战士们可以趴在战壕里等待命令，一线指挥员要密切注意敌人的动向，随时准备发布作战命令。龙杰站在一个凸起的土堆上，一边观察着敌情，一边想去看一下程副连长五挺机枪的部署。突然有两只手一下抱住他的双腿，咣地把他撂倒在战壕里。龙杰火了，摸着黑一巴掌扇了过去。

"连长！……"原来是陆来。

"你干什么？"

"敌人冲上来了！"

"什么？"

话音刚落，敌人的机枪扫过来了。龙杰刚才站脚的地方，是雨天才蹿起的一片新高粱。这一阵枪过去，新高粱几乎削去了一半。

好厉害！要不是陆来，龙杰的身子早就截断啦！

敌人打过这一阵子枪去，又是嘎地没了动静，不喊、不叫，也不冲，看来是在投石问路。陆来搬来许多砖头，在龙杰面前垒起一个小垛口。

"连长，你这样看好不好？"

龙杰说可以。他也意识到晚上观察敌情，有时候站得高了反而看不远，尤其是近距离的敌人，贴着地面观察，反而比站高了效果更好。

陆来垒好了垛口，龙杰才要趴到垛口上观察，对方的机枪又刮风一样响了起来，刚刚垒好的垛口，又被敲下四五块砖头。

敌人两次扫射过后，又没了动静。

敌人很狡猾，东北方向声色不露，他们摸不着实底，这两次扫射分明是他们的火力侦察。约莫又过了十几分钟，敌人的大部队小跑着朝一连的怀里钻过来了。他们认为，要么东北方向根本没有设防，或者设防也没有重兵，这两阵枪打过去，也该差不多了。

"敌人来啦！"陆来说。

"看见了。"龙杰打开匣枪的机头。

"打吧？"赵指导员沉不住气了。

"再等一等。"

天半阴半晴，但是看得见敌人为了避免脚步发出响声，一个个迈着高起高落的小跳步，偷鸡贼一样，十分滑稽。

只有十几米了，龙杰匣枪一甩，随着一声"打！"，十一挺机枪几乎同时发声，一百多支步枪也集中开火，紧接着又是几百颗手榴弹连续甩出去。原本静如止水的东北角，一不小心成了点着了的火药桶，天地之间骤然翻了个过儿。敌人被打惨了，死尸像秋坡里割下的豆铺子，没有死的，哭着、叫着没命地往回跑。还没等龙杰下命令，战士们已冲出战壕，刺刀从屁股后面就跟上了。阵地上硝烟弥漫，火光冲天。敌人哭爹叫娘，四散奔逃。龙杰叫雷班长带一个班看好俘虏，刚一转身，就听"我那娘哎！"一声惨叫。

"谁杀俘虏？"龙杰转过身子，原来是小秃子躺在那儿了。行啊，这个坏东西，让战士们解解恨吧。

一个半小时结束了战斗，战士们陆续撤回到阵地，天也蒙蒙亮了。同志们又打扫了一下战场，一些没有死的仍在哭爹叫娘。据点里声息全无，不管死人活人，他们不敢出来搬运了。战场打扫到最后，龙杰发现有一具死尸穿得很阔气，手里握着手枪，怎么看也不像个一般干部。押过一个俘虏来辨认，俘虏说是李潮平。龙杰想，不管是不是李潮平，反正是个当官的，俘虏坚持说："李潮平！李潮平！"

好，敌人的司令官就死在龙杰面前不足三十步的地方，身上中了四弹。他的两个通信员，也都死在这里。

敌人的第一次突围被彻底挫败了。

佯攻变主攻

敌人故技重演，闭门不出。到了第八天上，上级指示一、三团调防。一团撤至西门、北门。三团调南门、东门。三团人少力量不足用，建议和一团借一个连，点名把一营一连借了过去。这样，一连实际上原地不动，不用再换防。

三团阵地以东，有两间稍大一点的场院屋子，三团团部就临时安在这里。团里召开股级以上的干部会议，龙杰接通知参加。一到团部，嘿！主持会议的赵团长原来是老熟人哩。赵团长微笑着和龙杰点了一下头，会议便开始了。会议主要通报了队伍的换防情况、下一步的作战方针以及针对所遇到的问题商量一下对策。散会时赵团长说："龙连长等等走，有个事情需要单独和你商量一下。"

什么事呢？还要单独商量？龙杰是个急性子，心里想，我是被借调来的一个连，因为开会来晚了吗？不至于吧，能是什么事呢？

与会人员陆续都走了，来团部里参加会议的，只剩下龙杰自己了。赵团长面无表情，也不说什么事情。他给龙杰倒了一杯水，招呼龙杰坐下，龙杰沉不住气了。

"团长有什么事就直说吧？"

"说什么，你不是有个毛病吗？"

"有个毛病？什么毛病？"一句话还真把龙杰唬住了。

"这些天来你茶也喝不上，酒更不用说，你到里屋去，里屋里有酒，你去喝一盅解解乏吧。通信员！"

"有！"

"找出咸鸭蛋来，叫龙连长喝两盅酒。"

所谓的里屋，就是场院屋子的一个里间。粮食收获季节，看场人单独睡觉的一个套屋。

通信员里屋忙活去了，赵团长拍着龙杰的肩膀："龙连长，你可不是外人，什么时候想喝酒，只管来就是。司令部每次开会，都点名表扬你这个连。你一个连能顶我们两个连用，是我直接提出来要你这个连的，有你在这里我放心。我提出来以后，你们团长说什么也不放，最后经不住我软缠硬磨。只要你在，我就放心。什么时候愿意喝酒，你只管来！"

赵团长知道龙杰爱喝酒，是因为他们老早就熟悉。赵团长原来在司令部的作训处工作，龙杰本家的一个四叔，也在作训处。每次龙杰去了，他四叔就说："嗨！老侄子又来啦，我又攒了俩月的钱了，去买个烧鸡，买瓶子酒。我是知道啊，俺那老侄子只要喝上两盅酒，走路没挡头，干事有劲头。"那期间，只要龙杰去了，只要赵团长在，总是凑场陪着一块喝酒，算是老酒友了。

十天过去了，敌人始终没有再组织突围，地洞也已经挖到木寨墙下了。洞既挖到这儿，不能再往前挖，因为过去木寨便是海壕，一不小心透了水，将会前功尽弃。地洞虽然离城门远一点，但是土造的灰药一下运来了十二布袋，只要多装一些药，依靠强大的爆炸力，把木寨墙炸出一个豁口，再能把海壕填堵一部分，就便于进攻了。

到了第十二天，上级下达了攻打李富元屯的作战命令。赵团长又把龙杰叫去了。

"酒我喝了，有什么事情你就吩咐吧！"

龙杰进门把话撂在了前头。战斗在即，正是龙杰兴致最高的时候。

赵团长笑了笑："龙连长，这次战斗，南门是主攻，东门是佯攻。但是我总考虑到南门力量弱了一点。作战命令很明白，南门，要想尽一切办法、豁上一切代价攻上去。东门的佯攻能攻进去当然好，攻不进去也实实在在造一下声势，做出坚决要拿下的样子，可以随机应变，主动性、灵活性大一些。北门和西门的任务是坚决顶住，不让敌人出城门、过吊桥。相对来说，只有南门的仗最硬。所以我想和你商量商量，能否借你一个班给我，支援一下南门？"

龙杰闻听大笑："哎呀赵团长，拉了半天，你还是和我说的两家话呀！我们这个连全归你指挥，你怎么还说借呢？任你调遣不就是吗？"

龙杰让人找来通信员，立即传令让马茂盛的班迅速赶到南门，听从赵团长调遣。

下午两点钟光景，作战部队从渤海军区借来一门炮，准备在总攻之前，四个城门每个门上先搂上两发炮弹。东门既是佯攻，打炮先从东门开始，顺序依次是西门和南门。北门先不管它。

炮手到来的时候，战士们已按照要求将防炮工事挖好。

炮手是个反正的老军人，看上去有五十多岁年纪，留着八字小黑胡，骑了一头小灰驴，腰里别了一支小手枪。根据他的要求，战士们又把防炮工事整理了一遍，然后用柳树枝子把工事全部遮蔽起来，以防敌人发现或遭敌机轰炸。

令人着恼的事情又出现了。不知为什么，李连祥的部队秃子特别多。第一次突围时，战士们杀死的小秃子并非东城门上的秃子，那个骂人当话说的小秃子，现在又出现在碉堡旁边。小秃子看到城下又有小活动，他死到临头不觉死，又骂起来了：

"小八路羔子又忙活地嘛？给你娘打急坟子吗？"

龙杰一听，好个小秃子，今日可不比往常了，我这里有了炮了，惹惹你吧。

"秃子！你这个玻璃尿蛋别再嘴牙硬了，趁着这几天不下雨，出来晾晾吧！你敢吗？"

"缴枪吧秃子！等一会儿给你开了瓢，就瞎了你那包孬种了。"

"小八路羔子，我缴枪？我还缴炮呢？我缴给你个子弹头吧！"秃子那里叭勾一枪，这里啪的一声断了一根柳树枝子。

因为和秃子对骂已成了习惯，龙杰他们没什么，炮手可是第一次听见，黑胡子气得直哆嗦。他一边校炮一边敲着自己的脑袋："妈了个巴子，再让你超过两分钟的活头，我这个脑袋不要了！"他命令副炮手："起箱子！"

箱子打开了，两发炮弹孪生兄弟一样静静地躺在里边。副炮手抱出一发炮弹装入炮膛。

"小秃子，顶多再叫你活一分钟！"

秃子并不知道有一发炮弹正等着他，还在城墙上跳着高骂土八路。炮手又将炮调了一下，这里咚地一响，城墙上咣的一声开了花。城头、垛口哗啦坍了一片。秃子的脑袋，果真如一个葫芦头滚了下来，有一条腿也飞起来了，像用力扔出的两截棍，扑扑棱棱一直飞到一连的前沿阵地上。阵地上一片喝彩，不知谁，不是喜不是哭地喊了一声："秃子！我那苦命的儿啊！"

炮手很冷静："向司令部调炮。"

副炮手重新架炮，别别愣愣拾掇了好一阵子，从炮镜里能看清城里的情况了。炮手说："龙连长，你来看一下，敌人开始往司令部里钻了。"

龙杰好奇地趴上炮镜看，果见汉奸如出窝的蚂蚁，纷纷向一个大院子里集结。

炮弹装好了，炮手说："发炮！"

咚的一声响，炮手连连顿足："废啦！废啦！过了十五米，没作用。"

炮手将炮拧了几下，炮口微微向上抬了抬，又发一炮。这一炮不偏不倚正好落进院子，整个司令部立刻像屎壳郎砸了一石头。敌人惊慌失措，连滚加爬向学校里聚拢。

龙杰问炮手："再给他一炮不行吗？"

炮手说："不行啊，咱们炮弹少，还有三个门。东门本来只有两发，可是为了这个小秃子咱多打了一发。倒也没浪费了，城墙给它裂去了一块，也只能打这些了。"

炮抬走了，一会儿工夫，西门、南门的两炮也都响了。

暮色将至，总攻即将开始。因为各个城门口，通过地道安放的炸药都大大超量，为了躲避爆炸的巨大声浪和冲击波，战壕里提前都挖好了掩体洞。一遍号响，参战人员全部进入掩体洞；二遍号响，半蹲在洞里，瞪大眼睛张大嘴。爆炸一过，各人迅速回到掩体，各就各位，只等第三遍号响，总攻开始。

这次战斗一连是突击组,爆炸过后,紧跟着往上冲的便是他们。耳听得第二遍号声响过,随着山摇地动的巨响,敌人的木寨墙哗啦散了架,海壕也被攻起的土浪填平了好几段。总攻的冲锋号刚刚吹响,黄昏中,敌人原本幻影一样的城池,刹那间变成了激情四射的火墙。层层交叉火力,织成一片片几何火网。

"爆破组上!"

掩护的枪声骤然爆响,爆破组冒着敌人密集的火力开始冲锋。第一组、第二组先后倒下,第三组、第四组随后跟上,有几位战士终于冲到了东门的下边。随着几声轰响,东城门被炸开一个大洞,城门垛子也被裂去了大半边。龙杰喊了一声:"冲啊!"他抄起一挺机枪,带着一个排首先冲了进去。机枪在怀里像一只抱不住的兔子,城上城下,枪管都打红了。

一连和爆破组几乎同时占领了城楼、城墙。龙杰站在东城门上开始发信号。这儿信号一发,南门的枪声爆豆儿一样更激烈了。东城门的守敌本来最强,为便于南门的突破,才把东门定为佯攻的。现在东门既已攻克,突击组迅速向城里挺进。

后续部队跟上来了。既已清楚敌人的指挥机关被逼进了学校,便直接把学校包围了起来。敌人没头没脑往学校的一个大屋里钻,闭紧了屋门,任你怎么喊,就是不开门。刻不容缓,哪里有工夫和这群汉奸磨时间?

"一排长!"龙杰大喝一声。

"有!"

"拉雷!"

"是!"

一排长将拉雷扛过来了。龙杰接过拉雷,扑通撞开窗户的木棂子,将拉雷捅了进去。随着轰隆一声震天动地的巨响,大屋的屋顶、梁架飞上了天空,烟雾中一片鬼哭狼嚎。

"缴枪!我们缴枪!"

"老爷!老爷!我们缴枪!"

……

枪支纷纷从炸开的窗户里扔出来了。一连迅速抢占了敌军司令部，龙杰又发出了第二次信号。

风风雨雨，李富元屯拿下来了。敌人除毙命的以外，连同他们的副司令官全部当了俘虏。战斗结束以后，所谓的黄河十大团，就只剩下李连祥蝈蝈腔上一根毛了。

"缴　枪"

军分区开始忙着筹备祝捷大会，连续有战地记者来到一连采访龙杰。他们对一个来自地方部队、初次参加大级别战斗的连级干部很感兴趣。且不说行军途中，饿着肚子帮忙打的阻击战，也不说刘庄据点不战而屈人之兵的近乎传奇，更不要说一个小时拿下北高庄据点全连无一人挂彩，李富元屯东门的佯攻变主攻，成了这次战斗浓墨重彩的一笔。

"龙连长，拿下李富元屯比原定计划提前了两个小时，你怎么看你们东门的佯攻变成了主攻？如果总结经验或者祝捷大会上让你披红戴花去发言，你准备谈些什么？"

"打仗不是为了披红戴花，这个我连想也没想。战争的目的只有一个，就是消灭敌人！主攻、佯攻战略、战术的运用，目的也只有一个：就是尽快地拿下城池。但是战场的情况瞬息万变，敌我双方需要把握的都是战机，而战机往往稍纵即逝。所以仗打起来，指挥员保有灵活的头脑非常重要。主攻、佯攻是战前根据敌我双方的兵力部署和破城的难易制定的。东门既已攻克，强敌一经制服，总不能因为是既定的佯攻，而丧失捣毁敌人司令部、提前结束战斗的大好时机。战术需要的是灵活机动，要服从变化了的战场形势。就像集体围猎，总不能因为你分配的任务是站哨、驱赶，而让已经撞到枪口上的豺狼跑掉吧？……"

"讲得太好了，我们回司令部给你争取，争取大会发言！"

"大会发言我可不行，也没资格，能参加祝捷大会，听听人家的经验介绍就很好了。"

记者们走了，龙杰被兴奋鼓舞着：披红戴花并不重要，好在没给岱西独立营丢脸！

"龙连长，龙连长！"

"到！"

龙杰一回头，是房教导员在喊他。

"你来你来，安营长找你。"

龙杰走进营部办公室，房教导员很客气地招呼他坐下。

"营长呢？"他发觉安营长并不在。

"他去司令部了一会儿就回来。怎么？记者来采访啦？叫你庆功大会上披红戴花？"

"记者是这样鼓励咱，表扬的是咱岱西独立营。披红戴花能这么容易吗？再说啦，咱们是一支新部队，又是第一次参加这种有规模的战斗，记者有意识地鼓励鼓励咱这些土八路就是了。"

"安营长回来了。"房教导员站起来，龙杰也站起来了。

安营长总是笑嘻嘻的。

"哎呀！你俩哪里来的这么多礼数，老老实实坐着不就是吗？"

"我以为你带命令来了呢！"

"嗨！别说没有命令，有命令咱也不是国民党那一套，一听到老蒋就必须唰地立正。据说，有一次老蒋视察防御工事，一声'蒋委员长到'，有个班长正在用水壶喝水呢，一听到口令立刻站得笔直，嘴里还咬着那个军用水壶哩！蒋介石也止不住笑了，嘴里连着骂了两个娘希匹。"

"赶快把水壶扔到地上不就完事了吗？干吗还咬着？"房教导员笑着说。

"口令一喊你突然扔出一只水壶，还不把你当成刺客处置了？"

"哈哈哈哈！也是也是。据说老蒋有一次过车队，路边有个解大手的赶忙起身躲避，被当成刺客一枪放倒那儿了。"

"你去买两个菜，打一斤酒，"安营长从口袋里摸出几块钱，"要他的泥窖。"

房教导员接过钱，看了一眼安营长，出门去了。安营长给龙杰倒了一杯茶水。

　　"营长我不渴，你今天咋这么客气？我还是头一回听你讲故事哩。"龙杰又站了起来。

　　安营长把龙杰按回到座位上："龙杰，明天大部队集合赵官镇准备开祝捷大会，你知道吗？"

　　"听说了，记者们告诉的，他们刚走。"

　　"记者怎么说的？"

　　"他们来采访说，咱们岱西独立营虽然新建不久，第一次参加这种大型战斗，表现很突出。特别表扬了咱们东门佯攻变主攻，还想给咱总结经验呢……"

　　安营长脸上的笑容突然消失了："咱们独立营全部归并到军分区一团，成为正规军了，你知道吗？"

　　"我也听说了。"

　　"你，我，还有房教导员，都不参加祝捷大会了。"

　　"为什么？这个，我不知道。"

　　"让咱们三个再回岱西组建新独立营。"

　　"那，咱可真成了兵贩子啦，还有谁？"

　　"就咱们三个，我主要负责县里的工作，独立营由你和房教导员负责组建。"

　　"定了吗？"

　　"命令、任命我都带回来了，有个事告诉你，你也不要有意见，你的副营长这次没能批下来，暂时还是连职干部，不要有情绪，慢慢来。组织上让我好好跟你谈谈，我觉得这对于你，应该不是个问题。"

　　"绝对没问题！连长营长一个干法！"

　　"不参加庆功大会没意见？"

　　"没意见！"

　　"连长营长一个干法？"

　　"一个干法！你这老营长难道还不了解我吗？"

　　安营长笑了，端起壶来又要给龙杰倒水。龙杰赶快抢过茶碗，拦住安营长的手。

"营长今天怎么啦？用得着这么客气吗？我的脾气你又不是不知道，咱是为革命干的是良心活，天天出生入死，该是为了披红戴花、为了提拔当营长吗？"

"我知道你能接受得了，但是有一件事，我反复考虑，你不一定能想得通。"

"什么我也想得通！还是那句话，党叫我去死，我立马去死！毫不含糊！"

"不见得什么都想得通，你可要有个思想准备啊。"

"不用经意准备，时刻准备着呢！"龙杰笑笑。

龙杰虽然嘴硬，安营长这一拐弯抹角，他也不知道还有什么事。近一个月来，龙杰的名字在战场上传得很响，要当营长的小消息到处乱飞。还能怎么着？难道还要再降我一级吗？

"我告诉你，你可要挺住啊！"

"刀架在脖子上，才知道是不是共产党员！"龙杰急于想知道什么事情。

安营长提了椅子，在龙杰的对面坐下来。

"如果这次你的副营长批下来了，你可以带着你的枪回去。副营职没批下来，你的小三把还不能再往回带呢。"

"为什么？"龙杰兀地站了起来。

"有规定，连级干部调动不能带枪。"

"我的枪不是基干一团发给我的，也不是战场上缴获敌人的。让我们补充到一团打仗，枪是我从家里带了来的，怎么就带不回去了呢？"

"规定很死，连级干部调动不能带武器。"

"报告营长，我挺不住！我不明白！我不理解！"龙杰转过身，头拧在了一边。

安营长眼里噙着泪花："我理解你，我相信你能挺得住！"

"我挺不住！你们还不如要了我的命呢！军区的领导不公平！我死也不理解！打了这一阵子仗，缴获了敌人那么多的轻重武器，就算奖励我的一支枪还不应该吗？奖励我一支枪也不过分吧？没有功劳我还有苦劳呢！泥里水里没白没黑地拼了一个多月，组织上怎么能缴我的枪呢？你们这不是要我的命吗？"

安营长擦了一下泪水："龙杰同志，有火你就朝我发吧，大家都很同情你……"

"同情有什么用？我就不明白，偌大个军分区，怎么就缺我这支枪呢？既然还叫我回去组建独立营，又没撤了我这个连职干部，为何缴我的枪呢？这不是故意伤害我、折磨我吗？你们不是不知道，这支枪，几乎搭上我一条命才换来的！我不明白！我死也想不通！！"

安营长含泪拍拍龙杰的肩膀："相信你的老领导，在会上该说的我都替你说了。不是哪个领导、哪级组织和我们过不去，是规定太死，又没有细则解释你这种特殊情况。一个军分区有那么多连级干部，这个事情只要有人提出来，就几乎没有余地。所以希望你也能理解当领导的难处。大家理解你，我更同情你！有火你尽量朝我身上发吧！再说啦，既然叫你回去组建独立营，还能不想法再给你配枪吗？"

龙杰简直要折磨坏了。

还是在短枪队锄奸的时候，龙杰使用的火头鱼，不仅因为是长枪筒子截成短筒子，一打远了就没有准头不说，更重要的是笨重、体量大，不仅不好带，而且容易暴露目标。有一次去鱼池执行任务，就因为这支不好带的火头鱼，差点让他丢了性命。

和夏庄据点一样，鱼池据点安得也早，算是鬼子的老据点了。正因为是老据点，敌伪工作做得很好。伪区政府的区长、乡公所里的乡长，差不多都是共产党员。据点里也一直是有敌人，无敌情。因为是在敌伪区工作，为避免暴露共产党员的身份，平日里各人打打闹闹，稀稀汤汤，每人都有一个以上的外号。乡长玄登亮，因为生天花，脸上落了个麻子套麻子，疤癞套疤癞，蝼蛄鼻子姜疙瘩。又因为他人长得胖壮粗笨，外号"花脸狗熊"。乡长有外号，副乡长、乡自卫团长甚至乡里的会计、办事员一个也落不下。所有的外号都是伪区长马玉川取的。马玉川天生的尖嘴巧舌，朋友请他喝酒，桌子上端上四个菜，他能挑出六个毛病。他除了会挑别人的毛病，总是嫌弃这个不行那个不行以外，再就是会胡乱编派，天底下好像只他一个是完人。又其实，他老鸹飞到猪腚上，光看见人家黑，自己长得并不争气。马玉川个头虽然不小，但是松松垮垮，懈儿咣当，就像驾辕的骡子松了褡腰，懈晃车子掉了楔子，看上去总觉得有些差池。因此他的外号有两个，而且还有简称。一个是"马傻子"，简称"傻子"；另一个是"穷腚筐子"，简称"筐子"。这个当然不是他自己给自己取的，而是他给别人起外号赚的。平时在一起工作，只要没有外人在场，几乎都喊外号，不叫真名。逐渐发展到你我互相编派，外号越叫越响，气氛倒也融洽。

鱼池新派来了一个鬼子队长，不用马傻子编派，名字先就响了。为什么？因为这个鬼子叫王八先生。日本人喜欢捡拾中国的文化垃圾，凡是中国人用来骂人、糟蹋人的字眼，他们都拿着当宝贝。现代汉语中，"王八"是个骂人很促狭的词儿，人们依据乌龟的生理缺陷和传说衍生的"王八羔子""王八蛋"，更带有侮辱、蔑视的成分。日本人则不然，他们认为乌龟、王八是吉祥、长寿的象征。中国的西汉史学家褚少孙，曾将神龟分为八种，而第八种就是"王龟"或"龟王八""王八龟"，久而久之，"王八"也就成了乌龟的别称。老鬼子都懂中国文化，而且王八先生很早就来到了中国，是个地道的中国通。他熟悉中国的风土人情，喜欢中国的春节、元宵、端午、七夕、登高等节令。不仅中国话讲得好，而且喜欢中国的唐诗、宋词、民族音乐，还会唱昆曲。平日里他大褂配礼帽，挂根文明棍，轻易不着军装。因为中国也有"千年王八万年龟"的说法，他认为中国人叫他王八是高称。王八先生自称王八，也无人再敢问他的真名。

鱼池是鬼子的一个大据点，而且盘踞在泰安通往鲁西、内地的交通要道上。邹靖国叛变之后，夏庄一带的变节干部，据说有不少躲进了鱼池据点，趁着鱼池大集，组织上派龙杰化装进据点侦看一下。那几天赶上闹肚子，茅厕解手系腰带时，一用劲，腰带断了，火头鱼咚地掉到了地上。这下可惹了麻烦，尽管敌伪工作做得好，但是鱼池据点鬼子队长有两个。除了王八先生，还有一个队长叫龟头次雄。龟头次雄人长得五短，脑袋像个地瓜面大包子，脾气暴躁，很难说话。再说，龙杰的火头鱼被几个特务强抢了去送给了鬼子，说他不是八路已经不行了。

别看花脸狗熊粗老笨壮，却是个精明人，他靠上了王八先生。

"王八先生，"花脸狗熊脸上的麻子挤到了一块，"你明白，我更不能骗你。打开窗户说亮话，他确实是个八路，一点也不假。可是，虽然是个八路，如果杀了他，你我恐怕都麻烦。今天这么大个鱼池集，推车的，挑担的，挎筐的，提篮的，很难说谁是八路、谁不是八路。八路要来刺探，也绝不会单枪匹马进来他一个人。他们又会伪装，这个大集上究竟有多少八路，只有他们自己清楚。他们的人被捉，他们肯定知道，说不定正在想什么法子。如果不放人，你我都很难素净。"

王八先生犯愁了，他挤了挤王八眼问花脸狗熊："你说怎么办才好呢？"

花脸狗熊说："我看最好放人！"

王八先生说："你说得是有道理，但是放人已经不可能了，已经明开脸了。龟头那里怎么办？那个家伙，我当不了他的家啊！"

王八一句话，花脸狗熊也没了主意，麻子挤到一块，反而看不出麻子来了。到底怎么办呢？一旦弄不好，热包子掉到地上，区、乡两级伪政权里共产党的底子就都要露馅。王八先生也急得转花，他更不敢背上私通八路的罪名。商量来商量去，只有一个法：杀！由据点的二鬼子派一个班晚上执行。这是王八先生和龟头次熊最后商量的结果。

天交过半夜，低沉的狗咬从暗夜的黑缝里挤了出来。沉沉的村庄，公鸡已在粗一声细一声地对歌；筐子里准备给龙杰领魂的大公鸡，咕咕咕咕也要放出声来。二鬼子扛了秫秸箔，押着龙杰，磕磕绊绊来到据点外的一块空地上。看着几个二鬼子打着手电筒忙忙活活挖坑子，龙杰知道活不了了。死不足惜，他仍在纠结白天解手的窝囊，后悔自己没有完成任务。

坑子挖好了，龙杰被五花大绑推搡到坑子边上。人还未站稳，三八大盖叭勾就响了，凄厉的枪声，像细鞭子猛抽在夜的胸膛上。

第一枪没有打中，龙杰没有倒下。才要喊两声，嘴上立刻被捂上了毛巾。紧接着第二枪又响了，还是没有打中，绑绳反而松开了，原来两枪都是朝天放的。两枪过后，二鬼子班长李刚用刺刀把大公鸡的脖子割断，倒提着公鸡在地上、秫秸箔上胡乱洒了一通，将秫秸箔一卷，埋到坑子里。李刚护送着龙杰出了鱼池，连夜奔落凤坡去了。

行刑的二鬼子回来了，花脸狗熊如释重负，脱掉鞋子才要上床，又一想：不行，龟头次熊心眼子多，他若看出破绽，再派人去扒扒看看呢？如果发觉是个空箔可怎么办？想到这里，花脸狗熊立即带人再去把假坟扒开，把秫秸箔抖擞开，制造了一个掘墓偷尸的现场，这才放下心来。

短枪组的装备本来就不行，最能干的龙杰，火头鱼还是长枪改的，现如今又被王八先生没收了，组织上决定尽快给他配备一支好枪。

陶龙翔同志一直是做敌伪工作的，他想来想去便在开明士绅金泰厚身上打起了主意。因为金泰厚和陆炳麟是拜把子兄弟，都是青红帮的头目，通过他弄出一支短枪来，应该说困难不大。陶龙翔直接找到金泰厚说明要弄支短枪，不管是手枪还是匣枪都行。金泰厚找到陆炳麟，说陶龙翔想要一支短枪。陆炳麟考虑了一下说可以，但是得买。金泰厚回来跟陶龙翔一汇报，陶龙翔说："咱哪里有钱给他？"只得再想办法。忽然想到南白楼大地主李家荣，虽然大地主出身，却是个进步人士，这个忙或许他能帮。陶龙翔找到李家荣，让他帮助想点办法。李家荣回答得很干脆："他娘的不就是想钱吗？咱给他地行不行？我有九十六亩大地，咱典给他五亩，还换不来一块铁吗？"

陶龙翔一想这个办法也行，可是陆炳麟这小子愿不愿意呢？就又打发金泰厚去问。没想到还挺顺利，写好了文契，五亩大地换来的这支德国造小三把。枪是全新的，较之二把匣枪，枪苗子稍微短了一点，看上去胖嘟嘟的像只蓝鹁鸽。谁见了谁喜欢，谁见了谁眼馋。龙杰恨不得天天搂着它、揣着它。后期锄奸、枪口下周旋、打大黑小黑、讨李战役……它跟了龙杰好几年了。如今打了这么多胜仗，缴获了敌人那么多的轻重武器，上级算是奖励他的还不行吗？不让他参加祝捷会、捞不着披红戴花，龙杰都没意见，他死也不理解强留他的小三把。岱西军分区三个团，难道就缺他带去的这支枪吗？

不管怎么说，枪还是留下了，龙杰这个连长干得伤透了心。

　　回到岱西，龙杰提出一辈子当兵不再当干部的要求。房教导员向司令部打报告，建议他当参谋，仍是连职级干部。参谋也不干，龙杰坚决要求当普通一兵。安营长好说歹说劝了半天，龙杰长叹一声不再吱声。

第十二章

硬任务

龙杰不当连长当了参谋，当参谋反而比当连长更忙了。

形势越来越好，时间不长，新独立营又组建起来了。军分区一团决定组织大反攻，拔除岱西所有的伪军据点。独立营仍然没有炮，攻城略地，还得靠古战法中的云梯，龙杰接受了打造云梯的任务。

打云梯是个看起来简单、听起来容易、干起来困难不小的活儿。首先是材料，打云梯要的是细长、轻柔、有弹性、有韧性而又结实的好木材。北方的木料硬杂木多，不仅长度不够，而且又重又硬，不好干活。第二个困难是保密。木工干活，少不了斧劈、锛砍、刨子刮，更多的是动用凿子的卯榫活，必然出动静，而且是大动静。要做到既不让外人知道，更不让敌人风闻，这就更加困难。再则，梯子并非一天就能打完，打完也不是马上就用。二十架梯子，一架一架长拖长拉，存放也是个大问题。要在保质、保量、保密的情况下如期完成打造任务，而且还要保证安全存放，这就难上加难。

难是难，但是再难的事情难不住龙杰。"能有多难？"他说，"还能比锄奸更难吗？只要下定决心，就没有过不去的火焰山！"

打云梯既然要做到"保质、保量、保密"，首先得考虑木匠的人选，活儿不仅要好，而且要忠诚可靠。思来想去，龙杰最后选定了牟家林一家姓崔的木匠。崔木匠爷儿四五个，老大是共产党员，老二、老三、老四都是抗日积极分子，而且崔木匠爷们的家具、农具活儿远近闻名。主意拿定，龙杰打上二斤酒、封上两包点心去请崔木匠。崔木匠人很客气，也很干脆，任务接受得很痛快。至于打造地点，龙杰心中有数，他早就看中了大山深处的雨山沟，这儿山高林密，地处偏僻，完成任务有保障。

木匠、地点都定好了，材料还没有着落，龙杰的烟袋锅，一个劲地在烟荷包里剜钻……他想啊，想啊，想啊……三袋烟抽完了，嘴里不觉溜出了"人人都说登天难，叫我说，搭起梯子能上天"的梆子腔，不期然一下子想起了故县店的戏台，想到了搭戏台的杉杆。对！杉杆，又细、又长、轻柔又结实，就是它！龙杰磕磕烟灰，别上烟袋上了路。

故县店是泰安、肥城交界的一个大村，每年的二月初十有个不知哪家奶奶的香火会，十里八乡都来这里赶会。香火会年年唱大戏，河南豫剧、山东梆子、莱芜梆子、柳琴……每年都唱对台戏。因为多台子唱戏，他们村有很多搭戏台、扎彩棚用的杉杆，正好可以借来打云梯。

为了稳妥，龙杰首先来到区里找到李云雷区长，向他谈了当前的大好形势，谈了军分区准备攻打据点和独立营分配的打云梯任务。李区长很高兴，马上吩咐治菜喝酒，提前庆祝即将到来的胜利。龙杰知道李区长最爱肥肠炖豆腐这一口，一斤大肠二斤豆腐，早就随身带来了。他见区长吃得香、喝得辣，就不失时机地对李云雷说："高兴归高兴，有个任务还得你帮忙哩。"

"什么任务你说吧！"

"领导把打梯子的任务交给我了，得用四十根杉杆。考虑到别处办不了，你们故县店，二月初十搭戏台用的杉杆，能否借给我四十条？"

李云雷夹起了那块几次都不好意思夹的肥嘟嘟的大肠头，一串话也立刻油漉漉的了："什么香火会不香火会，打据点比什么都要紧！等革命胜利了，咱请了胡大彩、李大兴、南瓜妞子、蒜窝子来整天起会唱大戏！"

胡大彩、李大兴、南瓜妞子、蒜窝子都是莱芜梆子的名角，泰安、莱芜没有一个不知道的。因为三百年前莱芜梆子（也曾叫本地梆、靠山梆、梆子腔、莱芜讴等）的第一个小班就是在夏庄打的，而且戏班里泰安人居多，因此自古以来就有"莱芜梆子泰安唱"的说法。不光李云雷喜欢莱芜梆子，泰安周边的老百姓也都喜欢。

龙杰看李区长挺痛快，就又补充说："目前打据点还在保密状态，还不能让外界知道我们是搭梯子。现在的形势一片大好，咱们独立营从重新建立到现在，还没有开过像样的大会，我们就说日本鬼子快完蛋了，我们搭戏台唱大戏。"

"没问题，我帮你办，我和你一块到故县店去。"

酒足饭饱，李云雷还一直被胡大彩、李大兴和南瓜妞子鼓舞着。一个饱嗝打上来，他开了戏："有啥吃无啥吃家中坐坐，熬南瓜，炒豆角，馏上窝窝……"

来到伪乡公所，一说是借杉杆搭戏台，伪乡长王连宝一口应承："办办办！值得庆贺，杉杆我全包啦！"王连宝六十多岁了，是岱西县委派进伪区公所的老共产党员。他们三人又找到村长，村长是个自来笑，未曾开口，一对虎牙先从两个嘴角钻出来了："嗨！这号事盼咐一声就行，咱们有多少力出多少力，别说四十条，七十条都运着也行，我们给你送去。"

龙杰说："不用送，我们来运吧。"

四十条杉杆两趟运回来了，崔家爷们立即在雨山沟铺开摊子。有了杉杆，打梯子就容易了。杉杆根根笔直溜滑，不用刮刨，不用续接，木身大的凿眼，木身小的绑扎。每架梯子的顶端再做上两个滑轮，便于梯子一贴上碉堡就能很快竖起来。

三天的工夫，二十架云梯全部做好了，前来验收的军分区首长，一边看一边高兴地直伸大拇指头。临走时反复叮嘱还要准备一样东西，就是竖云梯必备的长顶杆。因为梯子太高，一旦竖不正或者墙不平，不但竖起来困难，而且还会有倒的危险。顶杆最好是用细木料或者细竹竿之类，上面还要安个不大不小的铁叉子，梯子一靠上碉堡，顶杆一顶，不仅竖得快，而且不易偏斜，不易歪倒。

长顶杆……细木料？……竹竿？……龙杰的脑子里又开始飞快地转悠。他一下子想起了王家小庄的染坊，回到家换上一身便衣就又上了路。

王家小庄有家染房，晾布的架子比秋千架还要高，在庄外就能看得到。染好的浅蓝、毛蓝、深蓝布匹扯天拉地，飘飘摇摇，上架下架全靠长顶杆一匹一匹地往上顶，染坊里当然少不了长竹竿。

来到王家小庄，龙杰先奔村长王守和的家。一进大门，就听北屋里吵吵嚷嚷，吃天喝地。怎么啦？吃了枪药一样，什么人这么大嗓门？玩牢稳的吧，龙杰靠在影壁墙前抽出枪来，打开机头，把匣枪藏在草帽后边，然后一步迈出影壁，朝屋里就走。只见屋里的八仙桌子两旁，一边坐了一个人，手里都拎着枪，王守和正倚着门框和他俩一个劲地解释什么。

一看这个情况，龙杰几步退了回来，他后悔没仔细听听屋里是什么人、说的什么话就露了面。又一想，管他是谁，什么也不如借杆子重要。再次探头时，王守和正好转过脸来朝大门口看。王守和一见是龙杰，赶忙说："你不是来要牛钱的吗？"龙杰说："是啊！"王守和说："用不着找我，他们都在东院里，你快去东院里和他们算账去吧！"说话时又挤眼，又努嘴。

不巧，碰上敌人了。八成，特务正在敲竹杠呢，龙杰再退回到影壁前站下。就听得屋里一个特务问："这个人瞅瞅瞭瞭、抻头露头干什么的？"

"要牛钱的，买了人家的牛，还没给人家钱哩，人家要到门上来了。"王守和的脑子来得很快。

"什么要牛钱的？不像！这个人看起来不简单，我觉着有点面熟，绝对不是要牛钱的，我看像个八路！"

"还九路哩，就是个要牛钱的。"

"不是！不是要牛钱的，一个八路！"

屋里一阵拉动枪栓的声音。

龙杰不能走了，一走非但吃亏，而且还会连累王守和。他端好匣枪：等着吧，你只要敢出门，我就先撂倒你一个。

待了好长时间，特务没敢出门，而是继续朝着王守和发熊："你是什么眼？尿尿的吗？我看他明明是个八路，你怎么非说是个要牛钱的？要不，你去把他叫回来咱再看看。去啊！你说他是要牛钱的，把他叫回来问问不就明白了吗？"

"他上了东院了。"王守和说。

"东院还远吗？隔着院墙喊一声！去！喊他去！"

王守和没法再接话，龙杰不出场不行了，他把枪端好靠着影壁搭话了。

"有种的你给我出来！混蛋！照着老百姓要什么威风？你他娘的豆虫生曲溜缠——八辈子不带眼！也不看看到了什么时候了？还出来敲竹杠？没准，在路上就有砸你们的杠子的！你们还打算给自己留条后路吗？你俩给我仔细听着，实话告诉你，我今天就是冲你们来的，若是执迷不悟不识好歹，休想走出这个大门！看在村长的面子上，为了叫你们有个改过自新的机会，我故意放你们一条生路，否则的话，就别怪我不客气！自我介绍一下吧，我就是个八路！外号活阎王！听说了吗？"

"知道知道知道啦！恁老人家走恁的吧！我们有眼不识泰山！恁老走了，我们马上就走，对不起！对不起！"

王家小庄的顶杆暂时借不成了，龙杰只得往北再到李家庄去看看。李家庄也有染坊，就是小一点。

特务见龙杰走了，本事来了。

"王守和，好你个狗小子！你妈了个巴子的私通八路，还想叫活阎王来杀我们，大胆！不行！今天你跟着我们去夏庄说清楚了再回来，走！"

枪口顶上了后脊梁，王守和只得头前走。

王守和是个老村长了，说过书，唱过戏，应变能力很强。说走就走，他不在乎。王守和一边走一边思量对策。来到村头，见漫山遍野都是忙秋的人，王守和咳嗽一声开了腔：

"我说弟兄们，你看我多听话，你们叫走我就走。别说是拿枪顶着我，不顶着我也恨不得一步就到夏庄。咱们都是中国人，都是同胞兄弟。刚才我说是个要牛钱的，你们偏说他是个八路。是啊，他就是个八路！我是一村之长，不仅见过皇君、认得你俩，我也认得这个八路，谁叫我当村长咧？我糊弄着让他快走，好把你俩救下，结果你们故意让他走不了，反过来又和我过不去。你们谁不知道活阎王？皇军的翻译官、县委书记的警卫员，都是他亲手杀的，不信你们不知道！我看准了，他的匣枪就顶在草帽后边，今天他若真是冲着你俩来的话，还能活了你们吗？到最后，活阎王也没打算伤害恁。我救了你们的命，反而有了罪了？你们非把我带走不行，好！走就走！恁再看看这满坡的人，路上的、地里的、干活的、歇息的，你知道谁是八路谁不是八路？要不是我，活阎王能放过恁？你俩真要是不给面子，只管带我走，咱仨能否走到夏庄，还在两可之间。即使到了夏庄，我也还有话说。不出两天，你俩能不能保住性命也很难说。要讲朋友情场，什么时候也亏不了你们……"

话没说完，两个特务先站住了。

王守和仍然大步流星往前走。

"等等等等！王守和！你慢点走！你走这么快干吗？你说怎么办呢？"

王守和转过身来："我说了不算，咱仨的命还都在活阎王手里攥着呢！明明向着恁，恁却认为我害恁。我说了你俩又不听，我还说什么？到据点里说去吧！"

"别急别急别急！你急什么？这样吧，你先回去，有些事咱以后再说。"

王守和并不领情，说了声"后会有期"，一扭头走了。

不几日，一团拉过来了。夜里十一点，岱西同时爆响了攻打据点的枪炮声。一夜的时间，车庄、鱼池、天平店、边家院、安家庄、高於……十个伪军据点全部拔除了。只剩下夏庄、东向两个鬼子据点，还风雨飘摇在人民战争的汪洋大海之中。

一车窑货

一九四五年夏，日本政府拒绝接受美、英、中联合发表的《波茨坦公告》，负隅顽抗，垂死挣扎。八月六日、九日，美国在日本广岛和长崎分别投下了两颗原子弹；苏联红军在东北四千公里的战线上，向日本关东军发动全面反攻；八月九日，毛泽东发表了《对日寇的最后一战》，朱德总司令向解放区武装连续发出七道反攻命令。八月十五日，日本天皇发布《终战诏书》。

日本投降了，抗战胜利了，一心想过安稳日子的老百姓哪里想到，一场内战正山雨欲来。一九四六年三月，苏联红军刚一撤出东北，蒋介石就撕毁了全国政协协议和《东北停战协议》，开始向解放区发动全面进攻。为了变战略防御为战略反攻，毛泽东决定向蒋介石战略的薄弱后方发动进攻。晋冀鲁豫野战军在刘伯承和邓小平的指挥下，强渡黄河，直下大别山，取得了出击陇海、定陶、巨野、鄄城等一连串的重大胜利。

七月的一天，独立营参谋处突然接到军区司令部电话，告知有高级首长因事要路过鱼池，命令独立营做好接待工作。

战时的接待很简单，一不用酒，二不用肉，也没有生瓜梨枣的时鲜。通知没有说明随行的一共有几个人，也不知道要不要停留。同志们清水泼街，黄土垫道，将鱼池大街仔细打扫整修了一遍，在参谋部的院子里临时支起一口大锅，用山黄草烧了一锅开水，搓好了一笸箩旱烟叶子。可是等了一天，水烧开了好几次，始终没见首长们到来。天色将晚，龙杰电话摇到司令部，司令部回话说情况有变，首长明天才到。

第二天刚吃过早饭，村头的岗哨气喘吁吁跑来了："来啦！来啦！好几辆汽车哩！"

一听首长的车队来了，参谋处的同志立刻跑步到村口列队。只见从西边尘土飞扬处开来了三辆汽车，隆隆的马达声和刺刺的刹车声，让人激动得心口直跳。

头前是一辆大卡车，驾驶棚上架着机关枪，机枪手眉毛倒竖，目光如炬，右手搭挂在机枪扳机上，左手时不时地从枪身上拿下，触碰一下胡须浓密的下巴。大卡车车厢里约有两个班的战士，全副武装，精神抖擞。卡车后边二十米远，是一辆美式敞篷吉普，后座上一高一矮坐了两个人，不用问，一定是两位高级首长。吉普车的后面不远，又是一辆同样的大卡车。

首长的座驾来到面前，龙杰啪一个敬礼，汽车放慢了速度。那位戴墨镜的高个子首长，身子斜靠在座位上，欠起身子还了礼，嘴角微微一翘，现出些许笑意。右边的首长没有动，微微点了一下头。

车子开过去了，油门一轰速度加快。就在这时，意想不到的事情发生了。街北的小胡同里突然攻出一辆木车子，人还没出胡同口，一车窑货已堵在了路中央。这条街路本来就不宽，汽车刹车不及，小车子被哐啷一声顶到路南的土沟里。龙杰的心一下子提了起来，右手本能握住枪把。前后卡车吱嘎吱嘎紧急制动，气氛骤然紧张起来。

小车子是以一百八十度被拐到沟里的，原来朝南的车嘴冲了正北，木车盘子也翻了个过儿，一车子的罐子、盆瓮一个没剩，全碎了。小车子的车把断了一股，木车轮子因掉了一个车耳子而歪在一边。卖窑货的小贩被车襻甩到路南的沟沿上，他慌慌张张爬起身来，摸着头顶愣神儿。

汽车停了下来，戴墨镜的首长问龙杰：“你是这里的负责人吗？”

龙杰立正回答：“是！”

首长说：“我们有急事赶路，不能耽误时间，不知道这位老乡伤着没有？也不知道该赔人家好多钱，老百姓不容易，不能叫他们吃亏，如实打报告，由军分区包赔一切损失。”

首长嘱咐完毕，然后赔着笑脸转向卖窑货的小贩。

“非常对不起！非常抱歉！你放心，我们一定会赔偿你的损失的！”

首长外地口音，卖窑货的小贩似乎没有听懂，直瞪着两眼发傻。

首长又转向龙杰：“好的，拜托了。”

龙杰又打了一个立正：“请首长放心，我们一定会处理好！”

首长们点头致意，汽车开走了。卖窑货的小贩半天醒过神来，他拾起断了的车把，看看压在车子底下的破烂瓦片，然后又摸摸自己的头。一看手，手上有血！小贩突然一下坐在地上，亲娘祖奶奶地号啕大哭。

小贩坐在地上拉不起来了。龙杰看了一下他的头，后脑勺上擦破了一块皮。小贩五哭三叫，声泪俱下，一副痛不欲生的样子。

龙杰一边耐心地安慰他，一边命令村长，赶快到药铺里把看病先生叫了来，先把伤口处理一下。

药铺的大夫背着药箱子急急忙忙赶来了。仔细检查了一下，小贩的伤口不大，先用"二百二"抹了一遍，再在伤口上撒上一层止痛消炎的云南白药面子。一会儿的工夫，小贩的脑袋被包扎得黑白分明。小贩满脸的皱纹聚在一起，依然哭哭咧咧。虽没有多少泪水，但是任凭谁人劝说，仍是念叨个不停。

龙杰心里有数，整天下力混穷的百姓，这点小伤算不了什么，他主要是心疼那车窑货和那辆车子。

"喂！老乡，你先别和个冤瓜似的，首长讲话你一句也没听进去吗？首长说老百姓混穷不容易，你的伤我们保证给你治好！不就是那把车子和那车窑货吗？"

"倒了血霉了！赔了大本了！俺今后的日子可怎么过？"

小贩继续夸张地干号，不时拿眼瞟瞟龙杰。

"喂！先别哭了，车子赔你新的，窑货给你现钱行不？"

小贩的五官仍往脸的中间挤，他半信半疑。看护长见他一肚子不放心，便插嘴说："这是我们龙参谋，你把心放到肚子里行不行？我们有'三大纪律八项注意'，老八路给人家打一个茶碗还得赔哩，别说你这一车窑货了。首长有嘱咐，龙参谋也拾揽起来了，你咋还不相信？你知道车上是什么人吗？那是我们的大首长，八路军的大官！算你命大，要是碰上国民党这样的大官，早就一枪把你放挺了，你信不信？"

"信信信！不假！不假！一点不假！"小贩脸上的皱纹逐渐舒开了，五官也复了原位，"幸亏遇上的是共产党、八路军，坐车的那个长官说话撇腔，我听不懂他说的是嘛，我光听见他说得给我好多钱，脾气是真不孬……"

一句话提醒了龙杰，对！首长是四川口音！龙杰在济南混穷时，重庆的一位工友就总是把"多少"说成"好多"，他心里一阵激动：啊呀！高级首长？两位首长莫不是……？

"首长是南方人，和咱这里说话不一样，"好多钱"就是多少钱的意思，你以为好多钱是多少？"龙杰压抑着内心的激动。

"没想到八路军的大官脾气这么好！"小贩继续用粗手摸着头顶，眼珠子转来转去，脑子里看来还在划拉着长官说的"好多钱"。

见小贩情绪稳定了，龙杰便先领他到参谋部吃饭。肉炖粉皮一耳锅，一茶碗烧酒整二两。小贩可能早晨没吃饭，肚子也确实饿了。一连吃了九个煎饼，还喝了三碗稀饭。小贩饭吃得踏实，可是一想到要送他回家，龙杰又犯了愁：腰里没有钱啊！

小贩一心想着好多钱，而龙杰腰里没有钱，看护长也没有钱，但是首长的指示必须照办。打报告？哪一天能批下来？一旦有紧急任务走了，小贩找谁去？那将给共产党、八路军司令部造成多坏的影响？这件事儿不能拖，今天必须办利索，可又该怎么办呢？

寻思了片刻，龙杰猛然想起了马玉川。

马玉川是鱼池乡的老乡长、老党员了，奉命穿了几年的灰大褂子，当了几年的伪乡长。对！就找马傻子！他目前还是这个区的区长。

"通信员！"

"有！"

通信员是个不满二十岁的小青年。

"跑步到马家台把马区长请来，告诉马区长，有要紧事儿需要商量。不管他有啥情况，必须立即来参谋部。跑步前来，一刻也不得耽误！"

马家台离鱼池不远，工夫不大，马区长一身大汗跑来了。一见龙杰笑嘻嘻地看着他，便知道没啥了不起的大事，于是放下心来。泡上茶，点上烟，龙杰把情况对他一说，马区长傻呵呵乐了。

"嘿嘿嘿！我寻思就没啥大不了的事情，这点小事还用得着惊动军分区吗？地方上解决就行！放心吧，全包在我身上啦！"

话虽这样说，龙杰知道马傻子丢三落四的毛病，生怕再出差错。就对马区长说："咱把卖窑货的叫了来，当面处理好叫他走咋样？"

马区长不假思索："行行！最好这样，这样利索！"

小贩来了，一见马区长，还了位的五官，又挤到一块去了，他认得马区长。马区长虎了吧唧，杀汉奸不眨眼是远近出了名的，他从心里打怵。

马傻子斜一眼卖窑货的小贩，啥话也没说。

"老乡，你这把车子值多少钱？"龙杰问。

小贩偏着个脑袋，眯起眼睛想了半天，又偷眼看了一下马区长："一辆新车子，往少里说，最贱……最贱也下不来三十块钱。"

"哦，三十块钱。那你这车窑货能值多少钱？"龙杰又问。

"一大车子，我刚进庄，一个也还没卖哩，也不贱！"小贩扳起指头细算起来，"大瓮、小瓮、二斗瓮，大盆、二盆、三盆子，还有六个打水罐子、八个尿盆子……也下不来三十块钱，我估摸得四十块钱。差不多，得四十块钱。"

小贩用脏手一个劲地揉搓眼睛，到底能给他多少钱，他心里没有底。

"一共给你一百块钱行不行？"马傻子瞪起哑巴眼，来了大方。

卖窑货的小贩以为马区长在生他的气，没敢抬头，心里嘀咕：把钱说高了吗？……

"一百块到底行不行？"马傻子嗓门提高了。

"真……真给我一百？"小贩抬起头。

马傻子烦了："谁有闲工夫和你胡扯？"

"不少！不少！可是不少！"小贩满脸笑纹如同盛开的金丝菊，趴下就要磕头。龙杰一把拉住他："磕什么头？你别哭哭咧咧的就行，你还饿不？"

"不饿！不饿！煎饼粉皮，刚吃得饱饱的！"

"既然不饿，你要愿意歇会儿，就到屋里躺躺。你要不想歇，我们着人用车子把你送回家去。这把车子还是归你，家去换上一股车把，照样是辆好车子。你揣好钱，临时把开棍子摽上当车把，把你推回家咋样？"

"敢情！还能再麻烦恁送我？我自家推着车子走呗。伤得也不厉害，轻伤，自己能走，我家离这儿不远。"

小贩不住地推托，一边说话一边将开棍子摽绑上断车把。马区长把钱如数点给他，小贩数也不数，接过钱，欢天喜地就往腰里揣。马傻子说："你还是点一下吧，别到了家以后多了少了的又犯扯络。"

"哪能呢？"小贩这下踏实了，"八路军办事咱能不知道？一是一，二是二，吐口唾沫是个钉！哎呀，就是还有点头疼，不嫌麻烦的话，恁还是送我一程吧。那堆破烂我也不要了，有的镯一镯还能用，你们拣着用吧。"

小贩刚才还说自己能走，揣好钱，屁股已坐到车子上了。人坐在车子上，嘴可没闲着，还是一个劲地夸："嗨，嗨，幸亏碰上咱共产党八路军，要是撞在国民党手里，给你钱？哼！你想好事去吧！能留你一条命就不错了！嗨！老天有眼，托共产党的福啊！"

卖窑货的天天走街串巷，他比谁都明白。

断头饭

一九四七年春，国民党对解放区的全面进攻被粉碎，蒋介石转而集中六十个旅四十五万之众，对山东和陕北两个解放区展开重点进攻。根据党中央"多数转移，少数坚持"的战略方针，岱西军分区做出了"火速转移，避其锋芒"的决定。

岱西独立营突然接到命令：以最快的速度开往吴店，沿大汶河设防，阻挡、干扰新五军北进。只准坚守，不准撤退！

无疑，这是一道死命令。

新五军是国民党组建最早的一支现代化装甲部队，向以"铁马雄师"著称，是国民党军队"五大王牌"之一。一个组建不久的地方独立营，要对付国民党装备精良的十万之众，敌我力量，天壤悬殊，连以卵击石都算不上。只要新五军过河，就必然接火，只要接火，岱西独立营的覆灭，只在顷刻瞬间。

独立营迅速撤掉电话，收拾行装，跑步出发。

吴店又叫汶阳，南靠大汶河，北去一马平川接泰肥山脉，是春秋时期就有记载的天然粮仓。从鱼池到吴店近百里的路程，一路急行军，大半天的时间就赶到了。部队立即在吴店以南沿大汶河北岸的东史、三娘庙一带布开阵来。

战士们的行装都湿透了，放下背包来不及擦汗便开始在河堤上紧张地开挖工事。王营长、房教导员什么话也没讲，军装一扔也动手挖起来。传命令下去，不许侵扰百姓，一切等工事挖好进入阵地以后再说。

一刻未停的急行军，战士们早已出透了汗。到达目的地又是一阵紧张地挖工事，大家口渴得只舔嘴唇。不少人的嘴唇、嘴角凝着黑色的血块。虽然传达的命令是不许侵扰老百姓，一切等挖好工事再说，龙杰还是犯了好提意见的老毛病。他向营长、教导员建议，能否让通信员回村找个老百姓家，先烧点水让同志们喝一喝？

王东山已是独立营的营长，这一带他熟悉，通信员自己去他不放心，就让房教导员带上通信员一块进村。王营长的工事已经挖得差不多了，还剩几锹土的活儿。见教导员和通信员走了，龙杰从腰里抽出烟袋凑到王营长跟前。

"来！抽袋烟吧。"龙杰把烟袋递过去。

王营长扔下铁锹接过烟袋，一纵身跳出工事。他紧走几步察看了一下近旁的几个工事，见战士们的工事都差不多挖好了，他结结实实装了一袋烟用力抽了一口，酝酿了半天，从鼻孔里冲了出来。

"王营长，你往东看一下，看看好不好。"

"什么？"王营长转过身子，战士们正在整理自己的工事。河岸上的柳树、杨树在风中抖擞着零乱的枝条，枯枝败叶在工事里飘飞、翻滚。有一个战士不小心弄破了手，不时地将手指头放进嘴里用牙咬一咬。

王营长看了半天，问："什么好不好？哪里好不好？"

龙杰笑着说："你看咱的兵好不好？"

"嗨！兵哪里不好？这不都在紧张地挖工事吗？"

龙杰说："你再往西看看。"

王营长回过头来："看嘛？还是咱的兵哎，哪里有说不好的？不好能来当兵吗？这不准备打仗吗？怎么啦？"

龙杰说："咱们的兵都是打工扛活的苦出身，一顿饱饭也没吃过，一天好日子也还没过过，家里都有老有小啊！"

王东山知道龙杰又在卖关子，但是一时没明白他是什么意思。

"看你说的，谁无老无小？哪里去过好日子？不苦不穷能当八路吗？"

"是啊，少吃缺穿、苦水里泡大，如今成为一名扛枪打仗的八路军战士了，死了可惜，死了疼人啊！"

"你这是什么话？这种时候怎么说这样不吉利的话呢？幸亏战士们没在跟前，乱弹琴！"

"因为教导员和两个通信员都打发走了，我才跟你说实话。"

"什么实话？这个时候怎么说这种落后话？别忘了咱这是真正的大敌当前啊！"

龙杰微微一笑："王营长，你扣帽子我不戴，但是后一句话让你说中了。我问你，咱们二三百人的地方武装，来阻挡新五军的十万大军，你觉得怎么样？能顶得住吗？"

王营长一下子不吱声了，他抬头看了一眼河对岸，大汶河对岸密密麻麻的树林，像一道逶迤、灰色的幕墙，沿着大汶河曲曲弯弯无尽地延伸。

"你我都明白，这次任务光荣而艰巨，但凶多吉少也是明摆着的。当然，战士们不了解情况，否则会影响了战斗意志。既然上级命令我们剩下一个人也要顶住，你觉得我们顶得住吗？会有人剩下吗？我们一个地方独立营面对的是装备精良号称'王牌军摇篮'的军团，你觉得我们有生的希望吗？"

王营长没有说话，换了一锅烟继续点上。

"所以，在这种情况下，咱们的战士这样疲劳，不客气地讲死神就在我们眼前。说句好听的，我们是在挖战壕。说句实在的，我们是在为自己挖坟墓。你想想，我们既不能冲锋，又不能撤退，新五军一扑过来，这掩体工事不是我们的坟墓又是什么？是死是活你我心中有数，所以啊，这顿晚饭，是我们的断头饭啊！还能再叫战士们小米子干饭就咸菜吗？要叫我说，弄点好菜，犒劳一下咱们这些好弟兄，即便死了，心里也不亏啊！"

"这个可以！这个可以！"王营长的眼角湿润了。

"你带了多少钱？"

"你问我？"

"我问你。"

"我还有点钱。"

"掏出来吧，留着干吗？死了也得叫新五军掏了去。"

"你干吗用？"

"打酒。"

"这种情况下还喝酒？"

"这种情况下才喝酒！"

王营长摸遍了身上的兜，一共掏出七八块钱。

"喝酒，改善一下生活都不算问题，我想再争取一下房教导员的意见。"

"那就更好了，我在这儿挖工事，再督促检查一下，天黑以前工事全部挖完，你回营部和教导员商量去就是。"龙杰说。

回到营部，王东山将龙杰的建议原原本本讲了一遍。房教导员说："龙参谋说得很对，情况明摆着的，除非不接火，只要响枪，我们一个也活不了。我也早有这个想法，这顿饭尽量叫同志们吃得好一点，多花点钱不要紧，说不定这真是最后一顿饭了，一定叫同志们吃饱喝足，不能叫他们屈着肚子去送死！"房教导员眼里噙满了泪花，"先派人到杀猪坊看看，看看有肉没有。"

派出去的人很快回来了，巧得很，宰坊里刚好杀了一头猪。教导员命令炊事班赶快把猪买回来，又交代司务长："有了肉，尽量弄面，让每个战士都能喝上一大碗肉卤子面条。"

不愁菜了，龙杰摸出王营长给他的七八块钱，叫小宋到洼里的酒店里去打酒。龙杰好喝酒，盛酒的家什是随身背着的。那是一个日本鬼子的军用水壶，能装下老秤一斤十二两白酒。

洼里的酒店也是独立营和县政府办的，酒店在吴店西北的洼里村，不足一里的路程。酒店的老板正在店门口闲坐着憋闷，老远看见有个当兵的骑着洋车来打酒，赶忙站起来打招呼。

"打酒吗？"

"打酒！打酒！"小宋一面喘粗气，一面匆忙解水壶。

酒店老板接过水壶，拿在手里翻来覆去看了好几遍。

“你是独立营的吗？”

“是啊！是啊！”

“你给龙连长打的酒是不是？”

“吔？你咋知道？”

“我看这盛酒的家什像是他的，一斤十二两对不对？”

“对对！你认识我们龙参谋？”

老板笑了：“我也是老独立营的，我姓汪，在老独立营时，他是我的连长，你告诉他小汪，他就知道。今天用这个水壶可就不中用了。”小汪说着话，从柜台下边摸出一个只有在东北才能见到的、能装下十斤酒的牛皮葫芦，高粱酒满满装了一皮葫芦，然后又灌满一水壶。

“你回去告诉他，这十几斤酒，都是给老连长一个人喝的，战士们喝的酒，我们随后送到。我们也已接到全力支援独立营的通知，你们什么也不用买了，我带个猪去，馍馍我们也带着，你前脚走，我们后脚就到。”

果然，时间不久，洼里酒店的同志们抬着两片子猪肉和两大篓子白馍馍来到了营部。一进门，小汪激动地直嚷嚷：

“哎呀老连长，到了什么时候了恁还客气？我们还愁这十二缸酒敌人来了怎么办呢！我知道让大家敞开肚子喝，也喝不了多少。先挑来了三担子，如果不够，随时到洼里去挑。这个时候不叫战士们喝，还等到什么时候？我正打算叫乡亲们都灌了去喝了呢！谁愿意喝多少就喝多少。一旦来不及，就把酒缸全砸了，反正一滴酒也不能落到敌人手里。”

吃喝都丰足了，营里研究决定，按每人二两酒分下去，怕的是喝多了误事。大卤子面里的鸡蛋穗子黄灿灿，肉页子一片一片像木梳。战士们也明白了形势的严峻，连平日里滴酒不沾的也能喝个三两盅了。

太阳下山了，独立营全部进入了阵地。西天的火烧云渐渐收敛了光焰，最后冷却成了铁灰色，对岸的树林子也慢慢融入了暗夜。突然，汶河对岸刺溜溜升起几颗信号弹，河床里的水流立刻明晃晃地扭动。信号弹升腾到一定高度，蔫了的花一样垂下头来，暗淡下去、暗淡下去，大汶河像一溜逐渐熄灭的地火，汶阳田又悄然归于平静。

龙杰静静地走在阵地前沿的河堤上。他习惯地掏出烟袋，立刻又把烟袋别回了腰里。又有几颗信号弹，从不同的地点升起来了，很明显，信号弹升起的地方，就是新五军驻防的地方，敌人要行动吗？龙杰紧张起来。借着摇曳的光亮，他看见趴在战壕里的战士一个个瞪大了眼睛，一眨不眨地看着前方。夜很静，很紧，像一根紧绷得失去了弹性的弦，不定什么时候，这根过度紧张的弦条，会突然崩断发出毁灭性的巨响。几声狗叫，断断续续地从对岸传来，报告着敌人尚无大的行动。酒劲涌上来了，一阵一阵往上撞。究竟喝了多少酒，龙杰已记不大清楚，反正那只军用水壶里已经剩得不多，是小汪又重新给他灌满了的。龙杰摸着腰里的枪有些焦躁起来，已经做好了死的准备，迟迟不见敌人动手，反而陡添了一种壮志难酬的悲凉。

夜，痛苦难挨的夜，火烧火燎的夜，直至东方出现了亮色。汶水、林幔又逐渐从夜的大幕里走了出来。

此一仗若在白天打，那就更难了。

凌晨四点钟，军区派人送信来了：司令部、专署、部队已全部转移到铁路以东和泰山后，命令独立营迅速撤出阵地，跑步到栾湾崖。

人是活物，死之于人，有时是出于需要，更多的是迫于无奈。求生是生命活体的本能，因此，生比死更具诱惑力。需要死的时候，不光彩的求生是耻辱，有时甚至是犯罪；而当死神主动向你发放赦免证，命运之舟搭救你跳出死亡之海时，死定了的人又怎么能不高兴？

接到撤退的命令，龙杰并没有多么高兴，他是个从来不抱侥幸的人，他甚至还在为未发一枪而遗憾呢。服从是军人的天职，说走就得走！收拾好东西，集合起队伍，以最快的速度撤出阵地。

春天的早晨天亮得早，不到五点钟已大放天光。敌人的飞机追上来了，好像后悔睡过了头，又是轰炸，又是扫射，急三火四地兜着圈子。独立营一路小跑，四十里路到了蒯沟，敌人的飞机不再追赶，队伍也稍稍放慢了脚步。前边有一片树林子，部队临时集合到树林子里休息。趁着休息的工夫，龙杰想起有几件事还得说一说。刚一张嘴，嗓子干得啪啪响，怎么也说不出话来了。晚饭和夜里喝了那么多酒，紧张了一宿没能喝上半口水，天明又是连滚加爬四十里路的跑步行军，尿都从汗液里跑了，口里哪还有水？嘴张了几张，劲使了不少，没有发出声音来。小宋看出毛病来了，军用水壶早已空了，脚踏车上还带有一个牛皮葫芦呢。小宋把牛皮葫芦一歪，倒了半茶缸酒，给龙杰端了过来。

龙杰知道是酒，酒也是水，也能临时解解渴，喝几口能说出话来就行。他端过茶缸，咕咚喝了一大口，甜丝丝，凉滋滋的。干脆，半茶缸子酒全喝下去了。喉咙不干了，嗓子也能说话了。但是一转念，这是什么时候？怎么办这种没准头的事情呢？趁着酒劲还没上来，他匆忙布置完必须要急办的几件事情。

林子四周布好岗哨，炊事班已在忙着生火做饭。龙杰觉得酒劲上来了，他刚想坐下休息休息，屁股还没着地，就接到了到营部开会的紧急命令。

一接到命令，龙杰心想，坏了，这一下要丢人现眼了。虽然自我感觉没醉，可是他明白，肚子里除了酒别的没装下什么，就怕会上说了醉话。匆忙赶到营部，王营长腾出个座位让他坐下，会议就开始了。

龙杰尽量不出大气，心里不住地叮嘱自己少说话。尽管如此，坐在他旁边的人，趔趄着身子不住地看他，他假装不懂。还好，没有发言任务，只是传达了上级要独立营封存辎重、轻装赶到栾湾崖的指示。考虑到龙杰在这一带地理、人缘都熟，就把坚壁清野、封存辎重的任务交给了他。龙杰的头已晕乎，但是接受任务时却很干脆："保证完成任务！"会议室里发出了轻微的笑声，可能舌头不如以前那么灵便了吧？

两天完成了坚壁清野任务，龙杰匆忙赶到栾湾崖。部队大部分已经换上了便装，营部也早已为他准备了一套。根据上级命令，部队、县政府、区政府全部转移，一个区只留一个区长。部队也只留一个班转入地下，主要任务就是保持联络、互通情报。

不用说，龙杰又留下了。

血雨腥风

人留下了，却没处去了，还乡团回来了。

早在一九四六年五月，中共中央发出了《关于清算、减租及土地问题的指示》。岱西的地主恶霸、土豪劣绅抗拒不了土地革命的风暴，便勾结汉奸、特务以及龙别军、光复军、皇协军的残渣余孽纷纷逃亡济南。岱西地区虽然不是国民党进攻山东的重点，但岱西是王耀武的老家。作为国民党第二绥靖区的司令长官、山东省主席，家乡就在他的眼皮子底下，他能撒手不管吗？

王耀武既为国民党的高级将领，又是一个家乡观念极强的人。蒋介石不仅欣赏他的将才，还特别喜欢他"月是故乡明"的家国情怀。乡愁满满的王耀武，见昔日叱咤地方的亲朋乡党纷纷落难来到济南，禁不住涕泪满襟。在他的授意下，以他的侄子为首的逃难大军，很快在济南组织起同乡会。王耀武对这些患难与共、风雨同舟的同乡会员一律奉为上宾，天天发大洋，顿顿有酒肉，同乡会的发展就像大雪天的雪球，越滚越大。

同乡会发展起来了，但是蛰居济南吃喝玩乐不是常法，更不是王耀武的本意。一段肉山酒海的日子后，王耀武训话了：

"同胞们！乡党们！我患难与共的兄弟姐妹们！相逢何必曾相识，同是天涯沦落人！在黑云压城的危难时刻，我们在济南组织起同乡会，这是我们今生今世的缘分。但是，有缘分更要有使命！有使命就要有担当！因为我们不是无根的浮萍、流水的沙，我们不是无娘的孩子、没藤的瓜。我们有家，家中有老小；我们有土地，地里有庄稼。我们有钱庄，我们有作坊，我们还有工厂。我们上有高堂父母，下有孙男嫡女，前后左右还有我们的兄弟姐妹、乡邻乡党，远的近的我们还有亲戚朋友。我们是被穷疯了的共产党扫地出门赶出来的！逼出来的！我们出来了，别忘了我们的亲人还在水深火热之中，还在受苦受难受折磨！还在遭受共产党的虐待和屠杀！我们有家不能归，有地不能种，老少不能享天伦，夫妻不能得团聚，活着还有什么意义？那么怎么办呢？我一提出这个问题来，在座的同胞乡党们可能马上会想到两个字：还乡！对！还乡！同乡会不还乡，同乡会就失去了意义！我们不能舍了家！我们不能撇了地！我们不能丢下六亲不管！因此家要还！地要夺！耻要雪！仇要报！我们光是因在济南坐等，什么也等不来！等和盼，只能是坐以待毙！只能是赌着让共产党来砍我们的头！请乡党们放心，我们国民党有世界上最强大的美利坚合众国撑腰，我们有八百万国军铜墙铁壁一样的保护，只要我们勇往直前，我们就会所向披靡！同乡会要还乡！要斗争！要夺权！要拼命！不是鱼死就是网破！只有你死，才有我活！只有消灭共产党，我们才能有重新出人头地的日子！……"

会场上掌声一片、呼声一片、哭声一片……

"打回老家去！"

"夺我土地！还我家园！"

……

同乡会愤怒了、沸腾了，会场上炸开了锅。在王耀武的授意下，还乡团饿虎一样扑回了家乡。

还乡团回来了，山东老解放区刹那间昏天黑地，岱西的山山水水笼罩在腥风血雨之中。还没有来得及转移出去的共产党员、村干部、土改积极分子以及干部军人家属，纷纷落入了还乡团仇杀的魔掌。剜眼、扒心、砍头、放天花、长天灯、大卸八块……

"七七事变"之前，国民党康东乡乡长倪宏霖就曾是青红帮的帮头。他的父亲原是一个地保，是横行一方的恶霸。马虎台一战，独立营失利，老地保把独立营坚壁起来的枪支统统献给了鬼子。鬼子队长赏了他大大的金票，并高高地竖起大拇指："你的，中国人的这个！"形势一好转，这个卖国求荣的老汉奸就被伪区长马傻子捉住杀了。杀父之仇不共戴天，倪宏霖从此成了不折不扣的铁杆汉奸。鬼子一投降，倪宏霖逃到济南投靠了王耀武。他因为曾经是国民党的老乡长，又和王耀武是近在咫尺的同乡，遂成为同乡会中炙手可热的人物。同乡会一还乡，倪宏霖成了杀人不眨眼的魔王。

距离倪宏霖老家倪家楼不远有个马勺湾，其状如马勺，水下有四季不竭的灰水泉。因为马勺湾以西就是倪宏霖的祖林，里边埋着他的被马傻子杀了的汉奸爹，因此，倪宏霖决定选在这里作为他的杀人场。

倪宏霖家是大财主，父亲又是老地保，他家的祖林也气派。林墙里，古柏森森，石碑重重。林墙外，一棵五股八杈、空了膛的"祖宗槐"，树身子上有两处千年的大疤，据说是被瓦岗寨主程咬金砍的。就在这棵古槐下，倪宏霖安了一张八仙桌子，桌子上摞了十个青瓷大盘。天近正午，马勺湾周围的老百姓，硬是被倪宏霖强行赶了来，亲见他杀人祭父。倪宏霖提开寒光闪闪的大铡刀，又从破麻袋里倒出斧子、砍刀、挖耳刀、剔骨刀、靶齿、锥子、剪子、铁勺子……有团丁投开炉膛开始拉火，钢钎、靶齿、铁勺子一会儿在铁匠炉里烧得金星窜迸。

"当！当！当！"三声枪响，倪宏霖拧着一脸横肉走过来了，他咬着牙拧头看看天，大喊："午时三刻已到！"对着天空又连发三枪。不远处关帝庙的庙门吱呀一声打开，从庙里拖拽出一串跌跌撞撞、用铁丝穿连着的血肉模糊的队伍。走在最前边的白发老人一瘸一拐，脸上、身上全是血。车老大！人们一眼就认出来了。

车老大，是车头村村长车立伟的父亲，有了名的老抗战。因年过古稀，腿脚走路不方便，很容易就让敌人抓住了。还乡团把他吊上梁头，拷问他儿子藏到哪儿去了，车老大始终不开口。还乡团用点燃的香把子，围着他的腰烧出一圈血窟窿，车老大这才开口骂人。倪宏霖见他不会说话光会骂人，就用剔骨刀撬开他的嘴，把车老大的舌头生生割掉了。

车老大右肩的锁子骨断了，铁丝穿在左肩窝的锁子骨上。虽然走在最前头，但是无论如何走不快。倪宏霖骂骂咧咧跑过去，照着他的腿腕子就是一脚。车老大扑倒在地，后面的九个人，风摧篱笆障子一样相继扑倒在地。人们这才看清楚队伍的最后是两个女人：三亩地村的妇救会长和洗马河的青妇队长亲姊妹俩。两姐妹为娘家病故的父亲奔丧，还没来得及转移，藏在邻居的夹缝墙里被找到了。

"爹爹！爹爹哎！你睁眼看看，供品到了，儿子给你祭祀上供来啦！你老人家地下有知，也该消消气了！"倪宏霖对着老林双膝跪倒，涕泪横流，"杀你的马傻子，儿子我早晚还会擒住他！今天我先要叫他的同党十倍地为怹抵偿！"

倪宏霖将点燃的香把子插在香炉里，再将三刀火纸点着，咚咚咚磕了三个响头，然后站起身来没好气地干咳了一声。

"共匪、匪属，你们这些狗杂种们！能有今天你们没想到吧？你们这些狗东西都明白我父亲是怎么死的！杀父之仇不共戴天！今天我要一个一个铡下你们的狗头，凑足十个狗头丸子，祭奠我屈死的父亲！"

倪宏霖首先来到车老大面前："车老大，你会哆嗦，你会哈撒，你这个老屌头子下了个好种，下了个能给共匪当村长的好儿子，功劳大大的！来，先把他的屌头子旋下来喂狗！"

倪宏霖一摆手，有个膀大腰圆光脊梁的还乡团丁，拿了一把匕首来到车老大面前。车老大用力吐出两口血水，因为没有了舌头，血水顺着下巴流到胸膛上。车老大死死夹住两条腿，另几个还乡团丁呼啦上来，有的勒脖子，有的扯裤子，死死地扳开车老大的两条瘦腿。胖团丁几下把车老大的生殖器割了下来，转身丢给了倪宏霖家的大黄狗。看看车老大昏死过去，倪宏霖铡下他的人头，用豆青盘盛了，放在了供桌的正中央。

铡了车老大，倪宏霖指挥着又从铁丝串上摘下一个。谁？看个头、走路有些熟悉，因为一直低着头，五官看不清，不能断定到底是谁。还乡团把他摽上老槐树，又硬硬搬起了他的脑袋，人群里立刻哎呀呀一片惊呼。原来这个俘虏的上下嘴唇全被割掉了，鼻子也只剩下两个黑窟窿。没有了嘴唇的牙床，血糊糊瘆人，牙齿放射着惨白的光。

"这是谁你们认识吗？你们看准了吗？仔细认认！仔细看看！"倪宏霖用枪把敲着那人的白牙，"看出是谁了吗？他就是共匪的联络员、工会主席陈清敏！"

"陈清敏？陈清敏？哎呀！是他吗？"人群里又一阵骚动。陈清敏曾是区里的工会主席，经常往来各村，人们都熟悉他。可是今天无论如何认不出他来了。

"认出来了吧？这就是陈清敏。为什么给他割了嘴唇拔了舌条呢？就是怕他再给共匪通风报信。当年他给马傻子报了信，马傻子和车立伟才把我老爹杀了。你们想想，没有陈清敏这个狗小子使坏，我爹一个堂堂的地保，会死在马傻子这样的傻熊手里吗？所以今天我要给他吃吃小灶，单独奖励奖励！昨天晚上我先给他拔了舌头、旋了鼻子和嘴唇，今天我要叫大伙看着我割他的耳朵、剜他的眼，以防他到了阎王爷爷那儿再继续拨弄是非！"

倪宏霖手提尖刀，轻易地割下陈清敏的耳朵扔在地上，狼嚎一声"拉火！"，大风箱立刻鼓吹得炉火呼呼地响。一会儿，倪宏霖钳出两根迸着金星的靶齿，狠狠插进了陈清敏的两个眼睛。随着腾腾烟雾中吱吱的怪叫，两股火苗噗噗地从陈清敏眼窝里蹿了出来。黑色的浆血流下双颊，流下牙床。

一连铡下八个人的人头，倪宏霖余怒未息，他又用烧红的铁勺子生生剜下青妇队长两姊妹的乳房，再把两人的生殖器里插进烧红的钢钎，直至最后铡下两姊妹的人头……

不足一月的时间，夏庄以西的村庄几乎被倪宏霖血洗了一遍。

第十三章

押　解

独立营留下的人员毕竟太少了，虽说是留了一个班，一个班也要分散活动，跟在龙杰身后的又只剩下三四个人了。

晚上住在陈家山头，王营长来了。断头饭一别，又是多日不见，环境恶化到这种程度，见了面有说不完的话。黎明天，大伙儿悄悄来到泉子沟的石堰上，或坐或躺才要打个迷糊，猛听得夏庄方向炮火连天。

怎么回事？谁和谁接火啦？

陈家山头距离夏庄六里路，居高临下看得很清楚。天已经大亮了，眼见从夏庄街口开出来一支队伍，龙杰心里纳闷：哪里来的队伍？谁家的队伍？夏庄怎么会突然有了队伍呢？既然不是自己的队伍，那就肯定是敌人！眼看着这支队伍往西去了，龙杰一想不妙，别钻到敌人的包围圈里去了。哪还能睡觉？几个人赶忙奔西从黑虎峪下山，这才发现后洼村也已经布上了岗哨，而且当他们发现岗哨的时候，跑已经来不及了。好在大家都是便衣，只得握着匣枪硬着头皮往前闯。

一行人紧紧张张过了黑水泉，从玄家楼以西再往南折，经罗家堂和大、小柱寺村，翻过龙椅子山，穿过牟家林，就又到了雨山沟。

到达雨山沟已是早饭以后，他们直奔村长石运山的家。石运山不在，只他母亲一个人在家。一看龙杰他们来了，石大娘亲热得了不得。听说龙杰他们还没有吃饭，石大娘马上就喊她的大孙子。

"狗剩子！狗剩子！快给你叔叔大爷拿干粮去！"

石运山的哥哥开着馍馍坊，老百姓习惯称馍馍为干粮。

龙杰说："剩子，别和你大爷多拿，二斤就行。"

石大娘一听不高兴了："老侄子，这年头可别再省着了，四五个小伙子，二斤干粮能到哪里？背上十斤，这一顿吃了，下一顿还不知道到哪里去吃呢？狗剩子，听奶奶的，给你这个大包袱，背他十斤来！"说着，递给狗剩子一个大印花包袱。

狗剩子拿着包袱刚走，就见门口闪过七八个人。这些兵，个个留着分头，一律挎着短枪。他们看了龙杰几眼，顺着街往西去了。龙杰小声问石大娘来的什么队伍，老妈妈皱着眉头也说不出个二和三来。石运山家墙头不高，龙杰找个条凳放在墙下，趿在条凳上偷偷观瞧。眼看着这一伙人顺着山沟上了雨山口，龙杰一想，坏了！山口如果被敌人把住，再往哪里去呢？

十斤干粮拿来了，心里有事，各人又没了胃口。一个馍馍咬了几口，满嘴里打滚咽不下去。只得匆匆背上干粮，悄悄溜出村来。雨山后有他们的一个地洞，顺着东边的一条山峪来到山后，大家就又钻了洞。把同志们安顿好了，龙杰一个人出来地洞观察情况。他曾嘱咐狗剩子，打听好消息来说一声。

打听消息不会那么快，等了半天，狗剩子没来，龙杰又回到了洞里。抽了两袋烟，龙杰坐不住了：这可不是个办法！我们是干什么的？不就是了解情况互通情报的吗？我们怎么能躲进洞里等着一个小孩子来送情报呢？龙杰的脸发烧了。不行！必须亲自出马获取的情报才准确。龙杰提议出洞，有人担心，提议天黑以后再说，龙杰坚持出洞，大伙只得依从。

出来洞口，四周静悄悄的没有多大动静。他们慢慢试探着前进。当偎到蒯沟村边时，见小路上匆匆走过来一个人。来人越来越近，越看越面熟，几步上前，原来是李家常。李家常是李家康东村人，蒯沟和李家康东相隔不远，两个村的村头上都有岗哨，不用问，都驻了部队。

"老李，你知道村里驻的什么部队吗？"

"解放军，解放军，都是解放军！"李家常说得很肯定。

"不可能！怎么突然来了解放军呢？"

"那还有错？绝对是解放军！"

原来真是解放军！是山东兵团从胶东打过来了！临明天那一阵激烈的枪炮声，是解放军对马村乡公所还乡团的最后围歼。

既然知道了是解放军，心里踏实了。那些当兵的留的分头也看着顺眼了，说话也觉得亲切了。快步来到区里，区里只剩下李云雷区长一个人了。解放军一来，钱和粮票都要兑换，李云雷一个人管前顾不了后，忙得不可开交。龙杰几个人一到，就立刻帮忙跑腿、下通知、兑换票券……

忙过一阵子，沏上茶才要喝一口，区里又接到急信，说一百多名还乡团俘虏，现正在鸡毛店押着，部队要转移，需要地方上速速去接管。

一百多个还乡团，不算是个小数目。可是区里没有人，眼前也只有龙杰他们几条枪，怎么办？龙杰一看李云雷区长犯了难为，他立刻扛起机枪上了路。

龙杰主动接受了任务，但是，一百多名还乡团，三四个看押的实在是太少了。再说，形势动荡，环境也不行，这些还乡团都是些穷凶极恶的人，人少了镇不住他们。路过落凤坡，龙杰从村里又叫上了四五个民兵，不管会不会放枪，人多势众，先要从心理上压倒他们。

急急火火赶到鸡毛店，一打听，还乡团都在村东头的关帝庙里押着，他们迅速来到关帝庙。

关帝庙虽然还叫关帝庙，其实早已成了学堂。俘虏都在正殿里押着，解放军守在庙门口。

"哎呀！你们怎么才来？"解放军的一个大个子排长显然等急了，"我们已经接受了新任务，需要马上离开，就等你们了！"

龙杰简单地讲了一下原因，问一共有多少人？那位排长把一个大本子塞给龙杰："这里有名单，都在上面。"

部队有紧急任务，龙杰不好说什么。好吧，既然来了就交给我们吧，龙杰接过了花名册。

花名册上密密麻麻写满了人名，字迹很潦草。龙杰把花名册一合：这一霎先不能忙着对证在押的都是谁，应该首先考虑如何看牢这帮人，保证不出意外才行。他仔细看了一下这座庙四周的地势和建筑布局，命令拉过来一张桌子，将桌子放在离门口不远的地方，先把机枪架上了。

屋子里一阵骚动，龙杰喊了一声"安静！"，提着匣枪就进了门口。嚄！真是不少，满眼红火火的人头。由于太挤了，俘虏们肩膀挤着肩膀，脚不沾地，手都没法往外抽。龙杰大致照量了一下，才要清点一下人数，有一个还乡团把龙杰挤了个趔趄，一转头，那人沙哑着嗓子说话了：

"龙杰同志来了！"

龙杰定睛一看，不是别人，正是叛徒孙宝荣。自从栾湾崖突围他溜了号，就直接投了日本鬼子当了汉奸。干了没几年，日本鬼子投降了，别无他路，只得又当了还乡团。

"龙杰同志，请你多原谅，王云同志来了没有？"

孙宝荣说的王云就是王东山，王营长。孙宝荣熟悉龙杰的脾性，叫他死，他难活。王云脾气好，话好说。可是孙宝荣也不想想，即使王云来了，他能活得了吗？

"王云没有来，他这几年可是一直挂着你哩！老同志了，能不原谅吗？不原谅别人，也得原谅你吧！"

龙杰说完，再也没看孙宝荣一眼。他仔细清点了一下人数，一共一百一十五人。点完了人数，又讲了一下党对俘虏的政策，先给他们吃下一颗定心丸。出来庙门，龙杰犯了思量：这伙东西不好弄啊！虽然都当了俘虏，可这都是些无恶不作的罪人，而且其中不乏文武双全而又必须重点镇压的人物。还乡团一百多人，他们只有八九个人，而且有一半子不会打枪，现教也来不及了。天色将晚，一旦天黑了敌人起哄要跑，机关枪又能打死多少呢？出来个愣种硬来夺机枪，就麻烦了。再说，这些还乡团有很多人认识他，不认识的也都知道抗战时期的"活阎王"。如果他们自己觉得生已无望，在屋里一串通，豁上性命炸了群呢？一旦形成那种局面可就不好收拾了。大放羊不是个办法，必须先把他们捆起来才牢靠。龙杰安排机枪手，眼睛要一眨不眨地盯死门口，谁出门槛先打谁，随后着人将村长叫了来。

鸡毛店的村长姓刘，外号"滑头"，平日里办事总爱讨价还价，话说得很好听，办事不牢靠。龙杰非常严肃地对他说："老刘，以前耍滑头可以，今天若要再耍滑头，你我都得掉脑袋啊！"

"知道知道！不滑不滑！我明白！你叫我干什么吧？吩咐就是！"

"不能滑啊！"

"绝对不滑！"

"能完成任务？"

"刀山火海加油锅，该爬就爬！该下就下！"

"好！你马上给我弄十斤豆油，果油也行，但是不能少于十斤，另外找三个铁锅子或洗脸的铜盆，还要二斤棉花。"

"好！"刘村长要走。

"等等！还要一百二十根单三绳子，一根也不能少，越快越好！"

"是！哎呀……这一百二十根单三绳子，恐怕一时……"

"半霎也不能耽误，挨家挨户你给我抽架绳子，也得在一个小时内完成！"

"好！是！"刘村长赶忙走了。

没超过一个小时，所有的东西都拿来了。别看滑头平日里办事好打折扣，这一次他也瞧出厉害来了。油，提来了一大桶，绳子抱来了一大抱，一百二十根只多不少，而且有一半子是新绳。一个直腿子跟在村长的后边，背着一包棉花，筐里挎了三个铜盆，由于走得急，直腿子一步一挺，一挺一咣啷。

"怎么个用法？"刘村长问。

"你把东南角、西南角各放上一个杌子，每个杌子上放一个铜盆，倒满油，把棉花搓成大灯捻子先点上。这个盆，放在门口的一边也点上。"

油灯点上了，大大的灯头，晃得满院子明晃晃的，若有异常举动，看得一清二楚。

龙杰翻了一下簿子，心里想，必须先把几个要犯捆起来，只要把这几个缚起来了，屋里的人自然也就老实多了。他首先想到了孙宝荣。这个在关键时刻扔下机枪叛变了革命的叛徒，当了汉奸还不算，居然又干了还乡团。如果他和崔天亮今天犯在他的手里，孙宝荣绝对不会叫哪一个多活一霎。龙杰想到这儿大喊了一声：

"孙宝荣！"

"有！"

"出来！"

"是！"

孙宝荣出来门，皮笑肉不笑地看看龙杰，又看看对着他的黑洞洞的枪口，哆嗦着公鸭嗓子说："龙杰同志，多照顾！多照顾！"

"照顾，当然照顾！这不先照顾你吗？"

别人绑，龙杰不放心，他要亲自动手。一别胳膊，孙宝荣觉着了分量，疼得孙宝荣一个劲地喊"照顾！照顾！"。

一根新绳子把孙宝荣绑了个结结实实，孙宝荣"哎哟！哎哟！"呻唤不止，龙杰把他提进西屋，狠狠吐了一口唾沫。

十几个要犯都绑好了，然后按照花名册，叫出一个，绑上一个，绑好就塞到西屋里。绑了不到一半，龙杰的手已勒出了血疱。血疱磨破了，痛得火烧火燎，痛也没办法，再痛也得下死劲，绑绳丝毫不得松动。当一百一十五个人全部塞进了西屋，天已经大亮了。龙杰的两只手血糊糊的，疼痛如在火炉子上烧灼。

既然天已大亮，押着俘虏往回走吧。喊出这一百多名俘虏让他们站好队，排了三行，又是一个连的人数。龙杰苦笑了一下：不当不当，又当了连长了。队伍站好报完了数，龙杰又不放心了：别看这些俘虏一个一个倒剪着手，手是绑住了，可是腿脚没绑住，能走也能跑。如果有人半路上故意捣蛋，就是不愿意走了，那还好办一些，谁不愿意走不强求，连命一块留下也就算了。可是，如果半路上有人大喊一声炸了群，往四下里跑，那可怎么办？撵谁好呢？即便一个人能抓住三个五个，能抓回几个？即便都会打枪又能打死多少？不行！不安全，不牢靠，不能这么走！看看地上还剩十几根绳子，龙杰立刻有了办法。他将俘虏每十人穿成一串，一律从胳肢窝下掏过去，既不耽误走路，也不怕他们跑了。他对临时找来的几个民兵说："你们四个在前边领路，探听着前边的动静，耳朵和眼睛都要管事。要和这些家伙拉开一段距离，不能挨得太近，千万别让他们靠身。只要听着旁边或后边有枪响，你们就赶快趴下别动，但是眼和耳朵不能闲着。队伍发生了骚乱你们也别管，躲出你们自己来就行。"

都嘱咐好了，一百多人的俘虏队伍上了路，队伍的左边、右边各傍上两个人，几串要犯放在后边，龙杰和机枪射手小朱走在最后。

"哪里有情况，机枪就往哪里扫射！"龙杰吩咐。

"是！"

小朱一边答应一边说："老参谋，你真行哩！你咋这么能呢？要不是你来区里赶巧了，区上谁能来？不瞒你说，一见到这一百多号人我就愁坏了！我没敢吱声，愁的是这帮家伙怎么带？现在倒好，比赶猪还容易哩！"

龙杰笑笑没说话，小朱又说："这些人也是活该，碰上谁不好，偏偏碰上活阎王。"

龙杰向小朱一努嘴，小朱一抬眼，孙宝荣正在偷听呢。

"晚死不如早死啊！豁上吧！"

不测的事情终于发生，俘虏起哄炸群了！龙杰从小朱手中夺过机枪快步跑上高岗，朝着动乱的俘虏脚下一阵扫射。因为俘虏早就拴在了一起，少不了一跌都跌，有一串人拖挂在坝堰上自己救不了自己，龙杰端着机枪大喊着"不许动！"，指挥着把那串半挂在坝堰上的人拖了上来。按说，敌人逃跑，格杀勿论。但是龙杰也只是在他们的脚下打了两梭子，因为俘虏队伍里一旦有了伤号，就更难带了。

玫瑰露

把俘虏队伍押进平家洼，又一个一个塞进了村学的大屋里。

李振义来了，公安局长陈涛来了，区长李云雷也随后赶到，平家洼热闹了。看着满屋子红火火的人头，大家既高兴，又着急。高兴的是俘虏押到了，尽管多少受了点虚惊，所幸没有闪失。着急的是部队和县政府已全部转移，解放军又开走了，眼前这群家伙怎么办？他们被绑的时间长了，越来越不舒服，这个哭，那个叫，这个拉，那个尿，给他们服务成了整事。这样下去可怎么办？大家都没了主意。

"怎么办？"大家几乎都在问龙杰。

"好办！"龙杰心里有主张，"既然把他们都带来了，就得想法处置！"

"怎么处置？"几乎又是异口同声。

"审！马上突击审讯，审完以后过过筛挑拣一下，先把罪大恶极的杀掉，咱们不就轻快了吗？"

好！大伙一致同意龙杰的意见。四个人分成三伙，分头审讯。龙杰不能记录，他和李振义结合，陈涛、李云雷各自为战，从早到晚，整整审问了一天，根据罪恶大小，决定先杀十一个。

决定做出来了，上级也来了命令，晚上县政府和独立营进驻李家庄，命令他们带上这帮人转移到李家庄。

这就好了！龙杰的心里壮了。当带上这一串人马进了李家庄，恰好独立营也赶到了，俘房交由独立营一连看守，龙杰一块石头落了地。他对李振义说："我和小朱三天没合眼了，浑身乏得一点力气也没有，反正咱们把这些家伙交给独立营了，没有大事，尽量别叫我，让我休息一下。"

"好，睡醒以后再吃点东西吧。"

县政府的办公室是个里外间，里间屋里有一张床，床笆子是秫秸勒的。睡的时间久了，秫秸笆子塌下去一个大坑。有一床破褥子铺在床的上边，仍然能看出床上的坑窝来。人困了，走路、行军尚能迷糊着睡觉，蛤蟆口子的石光梁还能当新房，这床，比石光梁强多了。

紧张以后的松弛，龙杰觉得浑身没有四两劲，上上下下散了架一样。他觉得眼皮发涩，眼珠子发胀、发酸，闭上眼，无论如何睡不着。激动？兴奋？累过了劲？还是紧张过了头？龙杰在床上翻来覆去烙饼一样。他使劲挤挤眼，眼皮焦干，外边什么动静都能听得到。唉，睡不着也硬躺一会儿吧，躺一会儿迷糊一下也好。

不知过了多长时间，龙杰逐渐有些困意了。几天来的情况，刚才还在脑子里十分清楚，慢慢、慢慢就乱了套。孙宝荣、倪宏霖、王叫驴……都搅在了一块。突然有一匹马，独立营那匹白马跑过来了，任五六骑着白马点头哈腰，任五六转过身子又成了王营长，王营长又变成了邱大元，邱大元骑着马冲过来了，马蹄声越来越响，越来越近，龙杰大喝一声冲上前去……

龙杰睁开眼睛，屋里漆黑一片，耳朵里一阵细碎的马蹄声。嘿，这一躺还真迷迷糊糊做梦哩，独立营的马早让还乡团掠走了，哪里会有马蹄声呢？他又睡不着了。翻了一个身，他躺在床上没有出声。反正没有敌情，若有敌情，他们早该叫他了。没事，再睡！

"谁在这里啦？"

一个粗拉嗓子在问。

龙杰心里一惊：崔天亮？是崔天亮司令员来了！龙杰真想一下子从床上蹦下来。可是，他身子一动没动，眼也没睁。

"我，我在这儿。"李振义说。

"哦，是振义吗？"

"对对！"

一阵沉重的脚步声进得屋来。

"你和谁在这儿？"

"我和龙杰。"

"他呢？"

"在里间屋里躺着呢，先别叫他了，他和小朱三天没捞着睡觉了，累坏啦！"

"好，好，叫他睡一会儿吧。"

听脚步声一轻一重，进来的是两个人，坐下来说话才听出另一个是袁政委。龙杰不想起床，他们也没叫他。

崔天亮说："振义，一听到这个消息，我和老袁恨不得一步赶回来，来到你们的家啦，还得叫你受累。你看这几匹马累得和水洗过的一样，如果不遛遛，能把马闷死。通信员也很辛苦，能不能叫你那些侄子、孙子什么的给遛遛马呢？"

"这个还不好说？行！"

李振义出去了。不一会儿，几匹马呱嗒呱嗒走远了，李振义又回到屋里。

"振义，你快坐下，到底多少？"崔天亮问。

"一百一十五个！"李振义说，"你看看这个簿子吧，看看就知道了，都在上边呢。我们四个人审问了一整天，决定将其中罪大恶极的先杀十一个，就等着批哩！"

崔天亮说："老袁啊，幸亏咱来了吧？什么时候了，还这么手软？还留着这些东西回过头来再杀咱吗？这些家伙这么猖狂，作恶又大，有不少是咱多次逮住过、教育过、一次又一次放生了的。我们那么苦口婆心地教育，一再宽大，一再仁慈，可是这些东西狗改不了吃屎。他们死不悔改，顽固不化，专门转悠着和咱们作对。我们不是诸葛亮，他们也不是孟获，现在更不是七擒孟获的时候，手脖子要再软，我们就得掉脑袋了！"

翻动花名册的声音。

"嚯！孙宝荣也来啦？真是没想到！"

"有他！龙杰对我说了，孙宝荣见了龙杰，一个劲地叫照顾他，不住地打听王东山。龙杰第一个就先绑的他，我看见了，两只手都紫了。"

"活该！这个家伙向来口是心非，两片子巧嘴就会溜须拍马，因此蒙骗了不少的人。从干区队长一直到老二区的区长，后来整编到独立营任二连连长，一直是个别领导手里的红人。在鸡毛店和栾湾崖被包围时，他临阵脱逃扔下机枪就跑了，后来靠上了邹靖国，干了汉奸当了特务。日本鬼子一垮，他又跑到济南当了还乡团的小头目。"

听得出，崔天亮在向袁政委介绍情况。

"杀！"袁政委说。

"这样吧，咱们顺着簿子再理一遍。"

"好！"

"巩传玺，"崔天亮说，"这小子的家离这里不远，肥村的。还乡团回来以后，他把肥村的妇救会长亲手杀到河滩里。这小子手段很残忍，他先把妇救会长的衣服剥得精光，用刺刀割了妇救会长的两个乳房，剜了妇救会长的生殖器，最后砍的头。就因为在斗争他时，妇救会长诉过苦，给他提过意见。还乡团还乡，王耀武亲自钦点他当区长。"

"杀！"袁政委咬着牙说。

"这个小子是个官迷，又是个经不得册封的短命鬼。他白天来到夏庄，晚上召集会议，刚宣布了他的新任命，没想到当晚在李家庄就被解放军打垮了。他死里逃生跑到辛庄大岭，被我们的部队圈到里边，当了俘虏。"李振义补充道。

"杀！杀！"袁政委说。

崔天亮还要往下介绍，就听袁政委说："老崔，能不能这样，你这样一个一个地念，一百多人早呢，你也累，我也累，我也只是听。你最了解情况，振义、龙杰也都熟悉。你看哪一个够刀，杀无赦！我反正不了解情况，这样也太啰唆！"

"行！那我们就看着批啦？"

"批吧！"

又是簿子的翻动声。

过了一会儿，崔天亮说："行啦！一共二十五个。司令部你我都在这里，振义代表县委、李云雷代表区政府，公安局里有陈涛，明天就开公审大会，先杀掉这二十五个！来，把龙杰叫起来，别叫他睡啦，起来喝点水吧。"

"我早就起来啦！"一听说杀二十五个，龙杰就坐起来了。一下床，他觉得脚下无根，差一点要栽倒。他活动了一下腿脚，刚踱到房门口，正好崔天亮要叫他起来喝水。崔司令和袁政委赶忙起身和龙杰握手。

"怎么搞的？手怎么啦？血糊糊的。"崔天亮拿起龙杰的手。

"绑人绑的。"龙杰笑笑。

"龙杰，"崔天亮不敢用力握了，"真是好样的！振义已经汇报了，给你记大功，给你记头等功！我们刚从平阴赶过来，平阴山区很穷，也弄不着什么好东西，一共买来俩烧鸡，三瓶子玫瑰露，两竹篓子水果也只有几斤。别的也没带什么，我和老袁也是刚从司令部回来，一接到你们的报告，我们就马不停蹄赶过来了。"

崔天亮转向袁政委："老袁，幸亏咱来了吧？这个时候了还菩萨心肠，还能再放过他们吗？龙杰，你这有了名的活阎王，怎么手也软了呢？"

"杀肯定是得杀，但是你们不来，我们不能动手，不知道宽严尺度，有一些人不是太熟悉，情况掌握得不够，不敢定夺。"

"这就对了，大家凑一凑情况就明白了，也该你开开荤了。"

龙杰笑了笑。

说话的工夫，崔天亮已打开了鲜果筐子，里边装的苹果。袁政委用小刀削皮，龙杰一个苹果还没吃完，袁政委已把另一个削好，拿在手里等着。龙杰一个劲地说不用削皮，愿意吃几个就吃几个，可是，袁政委不依。

"这是庆功！给你庆功！这是我们的敬意，你只管坐着就是！"

崔天亮说："振义，还是那句话，今晚你得破费一点，弄点好菜好饭慰劳慰劳龙杰，出点血。"

"错不了！错不了！"李振义回答。

"龙杰，老袁知道你好喝酒，想多弄一点可是弄不到，一共带来三瓶玫瑰露，我们都不喝酒，际着你喝。"

龙杰说："好啊，我就不客气啦！"

龙杰心里挺满足，他也觉着三瓶酒受之无愧。袁政委把鸡撕开了，四根鸡大腿和两个鸡头都放在龙杰的面前，龙杰哪里愿意？让来让去，非让龙杰先吃下两根鸡腿再说。喝酒没有酒盅子，也用不着酒盅子，刚刚喝了茶的茶碗，茶水一泼就当了酒碗。袁政委和崔天亮轮流给龙杰斟酒，龙杰喝了一碗又一碗，到最后有些不好意思了："我自己来吧！我自己倒吧！"龙杰夺酒瓶子，崔天亮就是不让他沾手。他说："龙杰，这是给你庆功，给你满两个酒又有什么呢？"大概喝了十来碗了吧，龙杰的心里发热了。崔天亮问："龙杰，你的刀带着没有？"

"带着呢。"龙杰说。

"在哪里呢？"

"里间屋床上。"

"老袁，你不知道这把刀的厉害，一刀下去，脑袋好好地掉到裆里。杀这些东西，龙杰杀出经验来了。这些家伙有种的不多，杀他们之前差不多就瘫了，侍弄他们跪好，龙杰先用刀背在他们的脊梁上猛砸一刀，趁他们一挺脖子，刀就下去了，比削个萝卜顶子还容易哩！龙杰，今晚办完事我们就得赶回去，二十五个，明天下午全杀掉，试一下，看看明天你是否能都砍了？"

"一个我也砍不了了。"龙杰说。

"为什么？"崔天亮问。

"我想砍，刚才你也看见了，手不行了！我自己一宿绑了这一百多号人，这一歇息过来，手痛得攥不住刀把子了。解放军打了还乡团一个措手不及，往北去的这一百多人我们截住了，估计大部分往东北方向跑了，肯定进了泰城和藏到泰山上去了。我想带上一个排，趁热打铁去泰安一趟，先在城里转一转，然后上山，估计空不了手。再说啦，这一百多个还乡团已经是死狗了，独立营在这儿，公安局也在这儿，还非要我去宰这几个死狗吗？我的手抓不住刀把子啦，我领着人再去抓几个活的吧！"

崔天亮说："哎呀！你已经立下大功啦，又累成这样，我怕你受不了啊！今天休息一下，明天砍他几个解解恨多好呢？"

"要是图解恨，我早就把孙宝荣杀了。我想多逮几个回来！"

"多逮几个当然好，可是你太累啦！太累啦！"袁政委也说。

龙杰说："只要叫我去逮敌人，我就不累！"

生杀权

动员会开得很顺利，刚刚俘获了这么一批人，大家的情绪都很高涨。龙杰嘱咐司务长尽量改善一下生活，因为独立营也是今天刚到，行军很累，明天一早又出发，一定要吃好、休息好。

龙杰嘱咐让同志们休息好，自己反而没有睡好觉。因为两位首长在离开之前，把明后天的生杀大权都交给他了。崔天亮临走时，握着他的手郑重地说："龙杰同志，非常敬佩你这种精神，在收拾残敌过程中，估计会遇到不少麻烦。这些个家伙，我们和他们打了多少年的交道了，你基本上了解他们的情况。哪个好，哪个坏，你也清楚，带的人多了也太啰唆，太麻烦，逮住之后，根据其犯罪轻重、民愤大小，早晚脱不了挨刀的，你灵活处理就是。生杀大权交给你，不要再请示，但要记好账。"

一大早向泰城出发，到了六郎坟，听说独立营的老兵韩近村被还乡团起了肋条，现在死活还不知道，龙杰决定先去看一下。

韩近村原是独立营的老战士，年龄大了被分配到地方当情报员，还乡团一回来就把他抓起来了。还乡团先是用日本鬼子的办法给他灌辣椒水，然后拉上伪乡公所的梁头，用蘸了水的麻绳和皮带轮番抽。皮带抽断了，麻绳抽成了血绳，还乡团也累了，他们就用刺刀割开韩近村腋下的皮肉，用子弹头撬他的肋条。

韩近村昏过去了，还乡团几次用凉水泼，也没能把他泼醒。解放军到了门口，还乡团以为来了国军，点头哈腰赶忙往屋里让。

"这是什么地方？"解放军问。

"乡公所，咱们的乡公所。"

"乡长在家吗？"

"在家。"

"快请你们的乡长来！"

"是！"

穿黑大褂的伪乡长来了，他也以为国军来了，进门摘下礼帽先点了一下头，随即手一挥，眼一瞪：

"还闲着干什么？先抠下几根肋条来，剁巴剁巴，上午炖地蛋！"

解放军问："你是乡长？"

"不错，本人正是乡长。"伪乡长摘下礼帽一鞠躬。

"你们这是干什么？"解放军指了指吊在梁上的韩近村。已有两个还乡团用刺刀撬起了他的肋条，韩近村轻轻哼了一声。

"老总还不明白吗？这不是他妈的共产党吗？"

"什么？共产党？住手！把他放下来！不能跌着！慢慢放！"有个挎冲锋枪的战士在一旁命令。

"你们是……"伪乡长眨巴着一双老鼠眼，只得把人先放下来。

"把绳子解开！"

绳子解开了，解放军一拥而上把刽子手和伪乡长都绑起来了。

"好小子！对共产党仇恨到了这种地步，带走！"

伪乡长和几个刽子手都被带走了，韩近村被抬回了家中。

得到这个消息，龙杰直接去了韩近村的家。一见面，奄奄一息的韩近村只会流泪不会说话。他的母亲见龙杰来了，放声大哭。

"老侄子，没想到你兄弟们还能活着见上一面啊！再晚一步，近村就没了命啦！"

龙杰尽力劝慰着韩近村和他的老母亲，告诉他们解放军打过来了，还乡团没处跑了。邻舍一位老妈妈说："没处跑了又能怎么样？咱共产党的政策这么宽，抓起来，等等就又把他们放了。这都是些杀人魔王，放回来的，哪一个不是如狼似虎？这样下去的话，还有法过吗？有些事谁还敢说？"

"大娘，听恁这话恁是有事不说了？"龙杰笑着问她。

"俺可不敢说！前头说了，后头还不得掉头？有事还真不敢叫恁知道。"

"为什么？"

"为什么？像俺庄里刘庆俊、刘庆祥兄弟俩，这么大的罪恶，你们不管不问，当村长的还是当村长，杀了人的，到现在还威风得了不得。"

"谁当村长？"

"刘庆俊！日本鬼子在这里时，他是伪村长，鬼子投降了，他照样当村长，照样作坏，作恶！"

"你说吧大娘，他都有哪些罪恶？"

"哪些罪恶？日本鬼子来了不久，刘庆俊就领着鬼子来烧的俺们的村子。一百多户啊，差不多全烧光了。猪啊、牛啊、羊啊……烧死了多少？没死的也都烧得少皮无毛，满街乱跑，真惨啊！领着鬼子来俺们村时，刘庆俊戴了一架黑眼镜子，戴上眼镜子就不认识你了吗？扒了皮也认得你！打那以后，他就成了鬼子的上眼皮，经常往城里跑。就那一把火，砍了他的头也不解恨。可是怎么样？共产党来了，他比鬼子在这里时还吃香，人家照样是村长！"

"还有呢？"

"多啦！还乡团回来以后，他兄弟俩跑前跑后，领着还乡团挨门插户地搜。俺村里凡是干过民兵的、干过农会的、干过妇救会的、家中有干八路的，还有给八路跑过腿、送过信的，一个也不放过。他们把人赶到村西的大湾坑里，一个一个过堂审问。刘庆祥一边杀人一边吆喝：'看看共产党的头能不能填满这个湾坑！'真惨啊！活蹦乱跳的人，生生就地铡了！这样的人你们都不杀，都不管不问，谁敢再和恁说别的？怕死得慢吗？"

龙杰说："大娘你放心，如果你说的情况属实，我逮他！我杀他！行不行？"

"就该逮！就该杀！就该千刀万剐！我要是说瞎话，你们立马杀了我！不信，你问问近村侄子。拉梁头、起肋条，哪里少得了他弟兄俩？要不是解放军来得及时，近村早没命啦！"

韩近村不能说话，只是点头。

"你们不杀他，有些事谁敢说？说出来，你们前脚走，俺后脚里就得掉头啊！"

其实，对于刘庆祥的罪恶，龙杰也早有掌握。田老实的儿媳妇，因为参加过妇救会，刘庆祥带着还乡团去作害的她。当时田老实的儿媳正在鏊子窝里摊煎饼，刘庆祥一枪把她打死在饭屋里，又把她的身子摁到煎饼鏊子上，头和胸膛全烙熟了。还有张越秀的媳妇，因为是妇救会长，还乡团一回来，刘庆祥就带人先把她抓了起来，扒光了她的衣服，用烧红的铁勺子挖她的乳房。一把铁勺子一次挖不下来，就将铁勺子烧红了再挖，直到把两个乳房全挖下来，人也就断了气。刘庆祥还不解恨，照着她的头顶还打了两枪。

既然崔司令已把生杀大权交给他，根据刘氏两兄弟的罪恶和群众的要求，龙杰做出了"杀"的决定。

回到区里，龙杰把所见所闻和自己的想法跟区政府一谈，哪知道，区长邹步远一听就跳了起来：

"你是谁？你是干什么的？你有什么权力？你调查清楚了吗？罪恶再大由当地政府处理。你是军队，你没有权力杀人！逮他可以，他要跑，你打死他也应该。现在，人已经逮了，老老实实押在屋里，就应该交由政府处理，你们哪来的权力随便杀人？"

邹步远大瞪着两眼横竖不同意。龙杰心里窝火：怪不得老百姓有话不敢说，这样的坏东西区政府怎么还会袒护呢？桌子底下，有人轻轻用脚顶了他一下。坐在旁边的李恒柏，眼睛眨巴了两下出了门。龙杰估计这里边有说法，过了一会儿，他也装作解手出得门来。邹步远一嘴白沫，还在喋喋不休。

李恒柏有意让龙杰前边走，他打火点烟，故意跟在后边。李恒柏一边假装解腰一边轻声说："不好办啊，他们是知己亲戚，姑表兄弟啊，他能愿意吗？"

"亲的吗？"

"亲姑表兄弟。"

哦，原来如此！怪不得刘家弟兄这么坏而得不到应有的惩处，共产党的政府里有他的保护伞啊！既然如此，更是非杀不可！龙杰的火性又上来了，他对李恒柏说："明白了，坚决杀！我了解刘庆祥，先杀他！"

李恒柏说："行不行啊？咱们可是军队！"

"不用害怕，责任由我承担，你们不负任何责任！"龙杰说。

李恒柏还是怕惹了乱子，他让龙杰再考虑考虑。龙杰说："考虑好啦！"

范学立是区里的区队长，老侦察员出身，龙杰找到他，告诉他说要枪毙刘庆祥。龙杰说，因为有邹步远袒护，刘家兄弟自觉根子硬，有仗势，才敢这样胡作非为，根子就在邹步远。拔不掉这个钉子，坏人挖不出来，整个区里就永远是还乡团的天下。邹步远的威风打不下去，坏人就得不到应有的惩处，邪气就永远压不住！龙杰告诉范学立，子弹压满带好枪，随时听候号令。杀人的时候声势要大一点，动作要敏捷一点。要做到眼不眨，心不跳，手不软！

心里有了数，回到办公室以后，龙杰原本气鼓鼓的肚子反而消了。他又坐下来，继续和邹步远商量。龙杰不急、不慌，也不火了，他笑眯眯地一口一个"邹步远同志"、一口一个"邹区长"。商量来商量去，邹步远还是那一套。而且龙杰越是客气，邹步远就越是不客气，永远也别想商量下来。时间不能再拖，龙杰突然抽出匣枪嗷地喊了一声：

"范学立！"

"有！"

"命令你将刘庆祥拉到南河圈立即枪毙！打他三枪，一枪也不能少！打死以后，火速回来报告！"

"是！"

范学立啪地一个敬礼。

呼啦啦跟上几个战士，提上刘庆祥就出了区公所的大门。邹步远的脸唰地白了，嘴唇哆嗦个不止，一个字也说不出来了。不一会儿，就听得南河圈方向连响了三枪。听见枪响，没等回来报告，龙杰随后就赶到了南河圈。只见刘庆祥的头脸基本上没有了。龙杰一想到就是这个家伙剜了妇救会长的乳房不解恨，还又打了两枪……他唰地抽出洋刀，将刘庆祥狠狠蹬了一脚，没好气地将刀尖子吱地插进他的腔里，攘了几攘，又使劲搅了几搅。邹步远随后赶到了，嘴唇铁青，浑身发抖。

"对不起邹步远同志！没有按你的指示办，你告我去吧！"

龙杰前头走，邹步远丢了魂样跟在后边。李恒柏吓坏啦，他碰了一下龙杰："阎王爷，这么恶？小心别犯了错误啊！"

龙杰故意大声说："我就是不怕犯错误，再有这号东西，我打他十枪，大卸八块，还不叫旁人替我承担一点责任！"

趴牡山

邹步远报丧去了，龙杰提了洋刀再去找那位老太太。

"大娘，听你的话吧？杀啦！"

"准当吗？"

"刚才那三声枪响你没听见吗？你看我这把刀，五脏也叫我给他搅了！"

"好啊！好啊！可碰上了个青天大老爷！我说，我这就说！我放心了，我说出去，他们接着来杀了我，我也不亏了！"老大娘很激动。

"到底有什么事？"

"我说，"大娘用袖子擦了擦眼睛，"昨天晚上仗打起来的时候，俺村的油坊里正驻着一伙还乡团，还有一个当官的。枪一响，听说是来打还乡团的，别提我有多高兴了。我站在天井里听动静，子弹在头顶上啁啁地叫唤我也不害怕了。就听得油坊里那帮家伙慌了神，七嘴八舌地乱嚷嚷，有时和打山仗一样瞎吵吵。油坊里有个西厂棚，厂棚里有个闲置着的大牛槽，牛槽是个木头的，牛槽底下有个洞，这个我早就知道。我听见他们挪动牛槽，扑通扑通往下扔东西，藏的什么我不知道，大概有枪，洞里有没有人很难说，我看有几个好像奔曹家庄去了。"

"好啊大娘，谢谢恁！"龙杰说，"恁老提供的这个情报很重要，俺也为咱村报了仇了，刘庆俊这个小子也是早一天晚一天的事，恁老人家放心吧！"

"只要杀了这两个祸害，还乡团捅我八刀子，我也不觉得亏了！"

龙杰来到油坊里，果见西边有一个大厂棚。厂棚里有一个大牛槽，槽帮磨得溜滑放亮，但是牛槽空着，没有牛马拴在棚内，也没有蹄印屎尿，看来已经闲置了老长时间了。

牛槽虽然不小，由于经常搬动，移动起来并不费事。拉开牛槽，底下果然有个大洞，喊了两声没人答应，估计这些小子也不敢藏在里边，龙杰扳住牛槽的槽帮，一下子跳了进去。暗洞约有一间屋大小，看来是还乡团的一个临时弹药库。只见洞的一角插着步枪，数了数共有三十九支。步枪旁边放着两把匣枪，还有八箱子子弹和二十几颗手榴弹。收拾好这批物资，龙杰立刻带着队伍直奔曹家庄。

队伍进了曹家庄，龙杰和通信员并没有跟随部队一块进村，他叫通信员避在一旁，自己则蹲在村子的东南角，观察队伍进村后的情况。

紧靠曹家庄，是还乡团挖的一条封锁沟，由于开挖不久，新土还向两边翻腾着。过了封锁沟有个土丘，龙杰几步跳过去，蹲在了土丘后边。不一会儿，就见有一个人扛了一把镢头，从一个小胡同里溜出来了。

来人破衣烂衫，看上去像个普通老百姓。因为龙杰蹲在土丘的东面，逆光正好妨碍了来人的视线，这人就一直朝龙杰走过来了。来人越来越近，龙杰也看出毛病来了：走路就走路呗，可是这个家伙的眼睛和个日猫的一样，东瞧西看使唤不过来。再仔细看看他的打扮，明明单裤单褂，外边偏偏披了一件破棉袄，哪像个真正的庄稼人？

龙杰面前十几步远的地方，有一条小岔路，岔路旁边有个小麦秸垛。来人在麦秸垛旁哈撒着撒了一泡尿，前后左右又看了一遭，然后顺着那条岔路几步就过了沟。慌里慌张又往村里看了几眼。

自从队伍进了村，庄里只出来他一个人，龙杰心里有数了。

"喂！你慢点走。"

"干吗？"来人一回头，手打眼罩子仔细看，他万没想到土堆后边有人。

龙杰抽出枪来："你是哪里人？干什么去？"

"还能哪里人？这个村里的，我这不是干活去吗？"来人眼珠子乱转。

"你姓什么？"

"我姓张，我是好老百姓。"说着话，那人转身又要走。

"等等走！走得慢了还能没了你的好老百姓吗？"

来人只得站住了，龙杰端着枪走过去，那人的脸色唰地变了。走近一看，破袄里边是崭新的青裤白褂，哪里会有这么讲究的老百姓？不行，不能随便放他走。部队进了村，为什么偏偏他一个人溜出来了呢？

"走，回村！"

"我得干活去。"

"干什么活？你哪里像个干活的？先回村一趟，真误了你的活，我帮你干去。"

枪顶着，没法了，他只得垂头丧气跟着龙杰回村。刚进村口。就听见有人喊："张狼子逮回来了！张狼子逮回来了！"嚯，原来是恶霸地主张狼子，幸亏没让他走脱，加紧对这家伙审问。

张狠子很狡猾，很顽固，一问三不知，就知道他自己是个地主。地比穷人多，吃得不算好，但是饿不着，别的一概不知道。根据村里老百姓的反映，张狠子家一直是国民党的一个联络点，特别是在夜里，经常有还乡团头子走动。但是，张狠子不承认，人吊起来了，死也不开口。

龙杰派人把张狠子的小老婆叫来了，他的小老婆一见男人被吊上了梁头，立刻哭得出活丧一样。龙杰只是叫她看了一眼，便把她叫出去了。

"你还打算要你这个男人不？"

"俺的男人俺能不要吗？"张狠子的小老婆抽噎着。

"你这个男人脾气很怪，问他话，他吞吞吐吐说不清楚，说是有些事是你在家里操办的，我们不信，才把他吊起来了。又怕冤枉了他，所以再问问你。如果你老实交代了，对证一下，立刻就把他放下来，不再追究他。他没讲的，讲不清楚的，也不好再对证，也不再难为他。因为事实我们掌握着，就看你俩的态度了。以前，敌人在你这里又吃又住，又喝又抽，你们不得不应付。现如今敌人垮了，你自己不说，让别人揭发出来，命就得搭上。你考虑吧。"

张狠子的小老婆掐着手指甲寻思了半天，说："有些事，我说了不当家，老头子有时也是人家逼他。谁愿意当坏人？谁也不愿意。"

"对！你说得对！"

"我要说了，你们放他吧？若能把他放了，我就说。"

"那还有假？我们说话算数。"

"那我就说，你们可得放他。"张狠子的小老婆，眨巴着眼睛看着龙杰，"俺家里一早一晚是断不了人，说是看得起俺，还不是来吃大头？老头子年纪大，我还年轻，有些不正经的，好和我动手动脚，也是来想讨巧的。但是有一条，他们商量大事的时候，就让我回避了。他们也是怕遇到现在这种情况，从我这里坏了事，因此也不让我知道。"张狠子的小老婆见大伙听得认真，就继续说："俺家东北角那口北屋里，有个地窖子，他们经常往那里存放东西。究竟放的什么，老头子不让看，我也不知道，我也不打听。昨天晚上来了七八个人，穿的便衣，说是县公署财政局的。这伙人有几个我是第一次见，不认识。他们说哪里也不能去了，非在这里住下不行。俺也没办法，我又当不了他们的家。他们这一次正正经经，也没和我胡闹，好像是顾不上了。天不明就又嚷嚷着要走，临走藏了些东西，也不知藏的什么？真的，不让我看，我不知道。"

"还有呢？"

"就这些，别的没了。"

"没有了？"

"该说的我都说了，我还能误俺那老头子吗？"

"你谈的这一些，和你老头子讲的差不多，看一下地窖子，再谈你老头子的事情。"

地主小老婆头前带路，龙杰紧随其后，由她指点着，磨开小北屋门口一块几乎看不出破绽的接脚石，就见有一个洞口。洞不算大，里边放了七八个大包袱。看看洞里确实没人，龙杰就跳下去了。用手一提，包袱很重，一个人提不动。什么东西这么重？不是枪，比枪还重！三四个人从洞里举上来，打开一看，全是国民党的新票子，崭新的，一摞一摞、一捆一捆、一张也没有动过的新票子。八个包袱全举上来了，另有三支长枪，一把手枪，还有一把匣枪也递上来了。看情况，这帮人走得不会太远。再看看他的厨房里，摊煎饼的鏊子窝里有一堆新灰，龙杰下腰摸摸，灰烫手。家里一共才两三个人吃饭，这堆灰可是摊了不少煎饼。

"你还没交代完！"龙杰说。

"完了，别的没有了。"

"你不老实，有一件大事你还没交代。如果这样的话，你男人还是不能放！"

地主小老婆没抬眼，也没说什么，胖胖的小手又在那里掐指甲，龙杰心里更有数了。龙杰也不再说话，眼睛一眨不眨地瞪着她。半天了女人说："东西不是都弄出来了吗？"

"人呢？"龙杰兀地追上一句，地主小老婆身子一震，抬头看了一眼，又赶紧把头低下了。

"你男人说了，人上哪儿去了你也知道，到底怎么吃饭，他没啰啰清楚。"

没想到这几句话正中要害，张狠子的小老婆浑身哆嗦了一下，陡然变了脸色。龙杰趁机说："你别以为我们不知道，是在这里诈你，就看看你两口子到底是想死还是想活。"

"我做饭是不假，但是送饭不是我，人在哪里藏着我也不知道。"

"那还有谁知道？谁去送饭？"龙杰担心的是她男人去送饭，如果张狠子送饭，那就麻烦了，他不说。

"送饭是那个小织布的，人在哪里他应该知道。"

"小织布的在哪？"

"在南园里织布哩。"

龙杰快步来到南园，进门就听见咣当咣当的织布声。推门进屋，小织布的目不斜视，耳不旁听，一味地手忙脚乱。龙杰走到他跟前，他头不抬，眼不翻，拿着织布梭子，正手刨脚蹬地装孙呢。

龙杰伸手就把小织布的薅起来了，直截了当问他送饭的事。小织布的年纪不大，也是个扛活的穷人，在张狠子家混饭吃就是了。他一听主家都说了，只怕把罪过都加到了他身上，就说："我是个织布的，也是出来混穷的，端着人家的碗，就得服人家管。人家叫咱送饭，不管是谁吃，咱不能问，还不能不送。"

龙杰见他人还老实，说话在理，又是个穷人，就说："你没罪过，只要你交代就行。他们在哪里？"

"来！"

小织布的放下梭子出了织布机房，领着龙杰来到南园子的院子中间。

"你从这里往西看，那不是趴牯山吗？趴牯山东北面下来有一条沟，沟旁边有棵小柏树，你仔细看看，看看那棵柏树底下，柏树底下那不是坐着一个人吗？那里有个洞，洞也不是人掏的，是夏天下大雨发山水时冲出来的一棚洞，现在没有水了，垒上石头当了藏身的洞，县财政局来的人都在里边藏着。柏树底下坐着的，就是他们的岗哨。从小柏树的北边再往西去，看见那个大坝堰了吗？洞就在那里，你们去吧，很好找。"

"你得和我们一起去！"

"我去？"

"当然你得去！"

"怎么个去法？"

"你不是去送过饭吗？你提上个壶，挎上个篮子，平日里送饭拿什么还是拿什么，得像个正儿八经的送信、送饭的。我们去三个人，换上他们的衣裳跟在你后边，离得远一点，拉开距离，不能让柏树底下的岗哨怀疑。"

龙杰考虑，如果带部队去，反而打草惊蛇。弄不好，敌人会都跑了。敌人的岗哨已经知道部队进了庄，至于小织布的去送饭、送水或者假装送饭、送水去送情报，都合情合理。

小织布的提了一壶水在头前走，龙杰提了个包袱在后边跟着，远看就像提了一包煎饼。龙杰身后，是通信员小宋和区里的干部吴廷。他让两人尽量离得远一点，但是关键时刻必须冲上去。

龙杰和小织布的相距二十多米，小织布的前边走，他在后面不紧不慢地跟着。小织布的快接近柏树了，柏树底下的岗哨站了起来。

"村里怎么样啦？光是住的队伍吗？"

还乡团不怕正规队伍，因为正规部队，一般不管地方上的事情。

"光是队伍，还没走哩！"小织布的回答。

"你后边是谁？"

"都是你们的人，来了他仨，不敢一块走，你认识吗？"

哨兵将个脖子伸得像个咬人的鳖，龙杰加快了脚步。哨兵瞪着大眼仔细打量龙杰，他越看越觉得不对，才要跑，龙杰抢上一步将枪指上了。

"跑就打死你！"

哨兵傻了，龙杰一手端枪，一手把他的脖子揪了起来。这工夫，另两个人也从后边紧跑几步赶上来了。再看小织布的，水壶扔在地上，人已不知去向，壶嘴子咕嘟咕嘟往外冒水。

龙杰用枪顶住哨兵的脊梁："老老实实领着，把你们的人都叫出来，让你说什么你说什么！不让你说话就别说话！"

哨兵不过是财政局里的一个小干部，很听话，领上他们往西走。走了不远就看见了小织布的说的那个洞。哨兵下腰搬开洞口的两块石头，就听得里边急不可待地问："怎么样啦？什么情况？"

"没事，"哨兵说，"下边光是主力部队，都出来放松一下透透气吧。"哨兵按龙杰的吩咐说。

出来了，先是一个光头，头顶没毛，平头顶上塌下一个窝，像个蹲了腚的红葫芦。一出洞口，红葫芦就被枪点上了。

"那边去！"龙杰用枪一指，那边小吴和通信员小宋正等着。

"怎么啦？"里边有人问。憋在洞里的人，搞不清外边发生了什么。

"动作快一点，出来就赶快往那边去！"哨兵说，"一定别在洞口停留。"

一个一个都出来了，连同哨兵一共七个人。人都出来了，龙杰这才想起没带绳子来。这可怎么办呢？没有绳子怎么绑他们呢？

"你们七个听着，宽大你们这些文职官员，今天不绑你们，靠你们自觉。现在一律屁股朝里脸朝外，圈成一个圈子接起手来！快！"

小宋和小吴亲自拨弄着，俘虏们很听话，背过手去拉成一个圈子。

"就这样往回走，快点、慢点都没什么，可是谁若先松了手，我这子弹就找谁！"龙杰用枪点着说。

屁股朝里拉成圈子，走路很不方便，但是俘虏们谁也不敢松手。为防止一直倒着走会发晕，或跌倒，或绊倒，龙杰要他们拉紧手，转着圈子走。一群人做游戏一样，费了好大的劲才转回来。俘虏们连累加吓，一个个气喘吁吁、汗流满面。区里来的小吴捂着嘴偷笑："龙参谋你真能！你怎么会想出这种法子来呢？"

捡　漏

重点搜索了这两个村子，一行人进了泰安城。

泰安城内驻满了解放军，大街小巷人来车往好不热闹，龙杰他们的眼睛不够用了。

过了大车档，刚刚来到下河桥西头，就见河东有个人戴了一顶破草帽，披着一件破棉袄，弓着腰，低着头，从桥东头顺着河东沿往南走。这是什么穿戴？城里的老百姓哪里有这种打扮？不能放过他！一准不是个好东西。范学立也看见了，他说："肯定不是个好东西，要不，为何溜着墙根走？天又不热，他戴顶席角帽子干什么？还不是怕别人认识他！……等等，龙参谋，我怎么看着像满庄的大汉奸米乐喜呢？对！像米乐喜！是！米乐喜！"

"是吗？你可要看准！"

"没错！保险没错！就是他！"

"好，千万别走了他！你插过去，卡住元宝市这个街口，我和小宋往南走走，岔过河去逮他！"

奈河水不深，往南紧走了几步，龙杰和小宋先后都下了河，就像两只赶急了的鸭子，不管不顾，呼呼啦啦就过去了。一跳到岸上，龙杰伸手把那人的右胳膊拧住，枪苗子随后就把他的帽子顶下来了。

"你叫什么名字？"

龙杰背后这一拧，米乐喜自然就转过身子来了。

"你不是认识我吗？"这小子耍滑。

"当然！不认识就逮你吗？"

"那还用问？"

"问问是一礼！"

"我叫米乐喜。"

"逮的就是你！"

龙杰再拧过米乐喜的左手，把他捆了个结结实实。

刚把米乐喜交给看押的战士，回身又看见了大汉奸边云周。边云周几步过了石桥，顺着元宝市街急急忙忙往东去了。边云周是个死心塌地的铁杆汉奸，作恶多端，民愤很大。还乡团还乡后，他被重新任命为乡长，也是个杀人不眨眼的魔王。或许捉住米乐喜的情形他已经看到了，只是满城都是解放军，他不敢拔腿就跑。现在如果撵他，他肯定会发觉。看看这些家伙都是差不多的打扮，之间隔的距离不近也不远，白天的活动肯定有安排。这种情况下不能硬追，他若一跑，不但会惊动了他的同党，而且街上到处是人，又不能打枪，钻了人堆就更不好找他了。

龙杰急三火四来到桥头，正好从西边来了三个骑洋车的解放军。龙杰几步抢过去，站在桥中间两手一张，把洋车拦下了。有个胡子拉碴的矮胖子不高兴了，眼睛一瞪："干什么？！什么事？"

"借一下车子抓个坏蛋，他要跑，我们撵不上他！"龙杰用手往东一指。

"不行！"矮胖子说。

"怎么不行？"有个干部模样的说，"借几辆？"

"两辆！两辆！"

"三辆，三辆都给你！"

"谢谢！"

来不及客套，龙杰他仨骗上车子就加紧蹬。龙杰在前边，小宋和范学立紧随其后，脚下狠加劲，链条咔吧咔吧直响。猛蹬几下，超过了边云周十几步远，龙杰左脚一用劲顺势下了车子，端枪回过头来，就和边云周打了照面，毫不费力把他绑起来了。

边云周已经五十多岁，黑白参半的胡子一个劲地哆嗦。他一声没吭，明白为什么逮他。

带着边云周再回下河桥，一是给解放军送车子，顺便将边云周交与在桥头等待的两个班。

龙杰骑的车子刚才撞了一下，前叉子歪了，车把转起来不再灵活。他向解放军说明情况，提出来给他们修一修。矮胖子没吱声，那个干部摸样的解放军说："修什么？你们逮了这么些坏东西，摔烂了也值得，只要把坏人逮住就行了。车子坏了我们自己修修完事。"

龙杰再三表示感谢，目送解放军走后，再去找王天武。

王天武是秘密情报员，他的家离下河桥不远。

王天武当过和尚，心计很大。因为他是秘密情报员，不能让一般的战士知道，龙杰只得自己去找他。一进门王天武就埋怨上了：

"哎呀！怎么才来？你们这么沉得住气？就你一个人吗？可把我

急死啦！"

龙杰告诉他来了一个排，两个班还在下河桥。

王天武说："叫战士们家来喝点水吧？"

龙杰说不用了，尽量避免过早地暴露。

王天武说："也好，我这里藏有一个机枪班，是十二军的，十个人，两挺机枪。人和枪都在我家北屋的雨淋道子里，幸亏春天雨水少，快把他们憋坏了。我又不能领着他们出去，一怕暴露了身份，二怕引起驻城部队的误会，引起误会来更麻烦。可把我急坏了，你赶快领上他们吧。"

轻轻松松又收缴了一个机枪班。

从泰安城出来天已经不早了，龙杰带着这个排连同抓来的俘虏驻到了过驾院。眼看太阳下山了，泰山也悄悄地藏到了夜幕后边。龙杰将俘虏清点了一下，趁着天黑，派一个班将俘虏押回县政府。另两个班由龙杰带领，于夜色中分散布控在泰山前怀的大路、小路、沟头、河口上。

人都道泰山的神仙多，是因为泰山红门宫以上有个万仙楼。万仙楼紧傍王母娘娘的梳洗河，上接经石峪，下连虬龙湾，河道里的卧石如牛赛象，极便于敌我的藏匿和隐蔽。从万仙楼往东过了梳洗河，龙杰在一块有间屋大小、刻着"中流砥柱"四个大字的石头旁边埋伏下来。

一天下来累得够呛，此刻，除了埋伏没有别的任务，泉声、水声、松声如同天籁一样催眠，战士们枕着石头就睡着了。半夜醒来，觉得浑身黏黏糊糊的，下露水啦。

龙杰醒来以后就睡不稳了，他发觉石头太大、太光滑，反而不利于埋伏。天刚麻麻亮，他来到一棵大树后边，又仔细观察了一下昨晚的部署，基本上没有离开岱宗坊以上的泰山中轴线，还算可以。和这些家伙打交道多年，敌人熟悉游击队的活动规律，情知夜里待在家中不保险。一般是白天藏在家里，夜晚躲到山上，天亮以后再返回家中。如今解放军进了城，躲在山上过夜的，肯定好人不多。

太阳冒红了，鸟出林、兔子出窝了。大树上、堰洞里、石头后边、河沟里……慢慢有了动静。先是有痰无痰地咳咳嗽嗽，老鼠一样探头探脑。然后浑身上下拍拍打打，东瞧瞧、西望望。短时间的隐遁之后，又继续制造动静，证明着他们出场的合理。随着太阳逐渐升高，确信周围已无了危险，他们胆子大了。大着嗓门干咳几声，一个一个或拄了棍子，或背了柴捆，或提了水桶，或背了粪筐……陆陆续续往山下走。先是弯着腰，一边走一边左顾右盼。而后越走腰板越直，越走个子越高，逐渐大摇大摆，人模狗样了。正当他们前前后后、纷纷扬扬下得山来，不定走到哪条路口、哪个沟头、哪棵树下、哪块石头旁，猛听得身后一声断喝："趴下！"他们便无不顺从地扑通一声趴在地上。走在前边的趴下了，后边的继续朝前走，走着走着也趴下了。如此的守株待兔，一早晨的时间，共逮住还乡团大小头目四十六人，其中还有三个卧底的国民党营级军官。他们自以为躲到山上就万事大吉了，做梦也没想到，下山的路上早就张好了逮捕他们的网子。

下来泰山，龙杰骑上他带的那辆德国造破洋车，带上通信员小宋头里先走。两个班押着这群俘虏随后也跟上。到了幔子崖，见邹步远步行也到了这里，龙杰和小宋赶忙下来车子。

"邹区长来了！"

"来了。"

"累了吧？给，你骑车子吧！"龙杰把车子推给他。

"不会！"邹步远眼皮没翻，继续走路。

"你不是常骑车子吗？"

"不会！"邹步远面无表情，目不斜视。

"你不骑我就骑，一会儿见吧！"

不再和他啰唆，龙杰骑上车子带上小宋头前走了。

回到李家庄县政府驻地，大家欢喜得不得了。虽然才隔了一宿，同志们又像久别重逢，都出来和龙杰握手，龙杰也觉得很光彩。当汇报说后边又带回四十六个俘虏和十几支枪时，李振义和公安局长陈涛都说："哎呀龙杰！真不愧是大英雄啊！"

"什么大英雄？大英雄净犯错误！我负荆请罪来了。"龙杰把洋刀放到桌子上。

"犯了什么错误？"李振义问。

于是，龙杰就把枪毙刘庆祥的经过说了一遍。

"邹步远和我翻了脸，告我来了，随后就到。"

"刘庆俊也得杀！罪大恶极，一个也不能留！崔司令有交代，等邹步远来了我们批评他！"李振义说。

"你批评不了他，我枪毙的是他的姑表兄弟，他不会和我善罢甘休！"

李振义"哦"了一声，随后又说："你没错！只要罪证确凿，谁也保不了他们。越是亲戚越不能留情面，否则就别干共产党！"

"大家都还没吃饭，后边的马上就要到了。"

李振义说："还是我安排吧，准备点面饭，炒几个菜，叫他们喝点酒也好解解乏。"

第十四章

光脚站长

还乡团基本消灭了，少部分漏网的又焦头烂额跑回了济南。王耀武火冒三丈，他觉得在家乡父老面前丢了面子，立刻让高子岳带上十二军的四十三团卷土重来。

倪宏霖又回来了，李家庄、趴牯山又在安据点、修工事。县委决定，暂时避开倪宏霖，迅速转移到大汶河北岸的砖舍、姜行一带，帮助群众搞复查斗争，独立营随同县委一块活动。

来到砖舍的第三天，龙杰正要整理队伍出操，房教导员突然喊住了他。

"龙参谋！"

"有！"

"你来你来，今天不要再出操了，来了命令了。"

来了命令？什么命令？龙杰快步来到营部。

"什么命令？"龙杰问。

"工作调动。"

"工作调动？"龙杰的脑袋里嗡的一声。

"坐下坐下……之前，我曾为你打过一个报告，但是没有跟你说。我看你这个腿痛病，将来做部队工作是有点困难了。你很能干，这个有目共睹，是公认的英雄，尤其是这一段表现得很突出。说句到家的话，你是我们独立营领导班子的主心骨。但是从爱护你的角度，为了照顾你，我还是为你打了报告。"

龙杰没有吱声。房教导员继续说："从本心里讲，我也实在不愿让你走。但是由于卢超被捕，司令部情报处没有人了，组织上决定调情报站长张亮去情报处接替卢超，你去情报站接替张亮，这样你能半休半养，对身体也有利。情况还挺急，今天早晨喝个酒，吃了饭就动身。"

"到哪里去都一样，怎么不早告诉我？"

"命令刚到。"

"服从命令！"

龙杰虽然答应得很干脆，脑子里却没有转过弯来。他想，我这腿是有点毛病，那是抗战时期没高没矮跳沟爬崖摔的，阴天下雨是有些感觉，有时疼上来还挺厉害。我的腿痛我有数，我龙杰可从来没有因此耽误过工作，更没有提出过什么要求。哪里又有了不对的地方呢？去泰安不该骑个车子？生杀权用错了？邹步远的姑表兄弟不该杀？叫我半休半养，什么意思？领导什么时候把我看成了一个能闲得住的人？这里龙杰还在愣神呢，教导员已经吩咐将酒菜端上来了。

"老龙要走吗？"

老战友郭志东来了，眉头紧锁，一副不明就里的神情。

龙杰苦笑了一下："来！一块喝个酒吧。"

郭志东坐下了，一直耷拉着眼皮，面无表情。菜不错，但是酒喝得不高兴。龙杰平时最爱吃的辣椒炒鸡蛋，今天他一筷子也没动。酒杯子端在手里捻揉着转圈，谁谈话他也好像没听见。

郭志东也是独立营的老连长，龙杰的老战友、老搭档。对龙杰调到地方，他也觉得突然。心里一百个不明白、不理解，但是不能说，还不能问，命令来了只有服从。

一听说龙杰要走，通信员宋麦耕从一开始坐下就掉泪，不端盅子，也不动筷子。他哭，别人就都红了眼圈子，房教导员居然也落了泪。龙杰心里有疙瘩，一滴眼泪也没掉。大家含着泪一个劲地劝他，他始终什么也没说。憋到最后，龙杰喝了两盅酒，饭也没吃，起身就走。酒桌一遭的人都站起来要送他，他坚决谢绝了，只让通信员宋麦耕送他一程。小宋一边走一边抹眼泪，龙杰也不多劝他。他看小宋的鞋挂不住脚了，就说："麦耕，别再哭了，跟着谁干都一样，都是革命，爹娘还不能跟一辈子，何况是革命同志！虽然离开我了，但是还都在一个大家庭里，今后不论叫你干什么，一是服从，二是干好。送君千里，终有一别，送一里和送十里、送一百里都一样，所以你就别再送了。来，把你的鞋子脱下来。"

"干什么？"

"咱俩换换鞋子留个纪念吧。"

"不行，我这双鞋挂不住脚，后边没有鞋后跟了。"

"挂不住脚我才和你换，当通信员的整天跑跑颠颠，鞋不赶趟会误事。你先穿着我这一双，别看旧了一点，还算半新子，还能跟趟。回去以后我离家近了，想换一双也容易。"

龙杰把鞋子脱下来硬让小宋换上，大小正合适。龙杰再穿上小宋那双没了后跟的鞋，走了两步，一走一呱嗒，龙杰笑了。宋麦耕坚持再换过来，龙杰说："能赶趟还带响声，走路算是有个伴。我现在就在这里站着，看着你回去，服从命令！"

小宋知道龙杰说一不二的脾气，几步一回头，抹着泪水往回走。直到就要翻下一道坡，他再一次和龙杰挥挥手，龙杰这才脱下鞋子提在手里，回身继续赶他的路程。

龙杰回来的当天，又是夏庄大集。当是上人的时候，大路小道上推车的、挑担的、挎篮的、提罐的……纷纷向夏庄汇拢。走到赵庄西河一带，云彩里呼啦啦钻出来两架飞机，围着夏庄转了两圈，一头扎下来，咕咚咕咚打了几梭子机关炮。机关炮一炸，赶集的就像屎壳郎砸了一石头，拖着车子的、拉着扁担的、扛着担仗的，哭的、叫的、跑的、喊的……四散奔逃。

情报站设在王家小庄，龙杰先到王家小庄报到。一个萝卜顶个窝，他来了，张亮才能走。

来到情报站，又到了吃中午饭的时候了。龙杰早晨没吃饭，再一块喝个酒吧，一为张亮送行，二给龙杰接风。置了四个菜正喝着酒，张华山、郭子胜突然送来了四个俘虏兵。俘虏兵自称是国民党的逃兵，穿着军装，没带武器。既然来了，就让他们一块坐下吃顿饭，然后再把他们送到司令部去吧。突然增加了六个人，只得又端上两碟子咸菜。张亮的家是夏庄，他提出要回家看看。敌人的飞机在夏庄扫射了一阵子，他想回去瞧瞧家中有无损失，也好顺便拿双鞋子。因为明天一走，不知哪天才能回来。

龙杰说："咱一块走吧，我也回落凤坡拿双鞋子去。"

两人刚出王家小庄，敌人的飞机直接飞到王家小庄来了，朝着王家小庄又是几梭子机关炮。是敌人发觉了情报站？还是与那四个俘虏兵有关？不管什么情况，家是暂时不能回了，情报站必须迅速转移！龙杰抬脚甩掉了那双"呱嗒"鞋，光着脚急忙返回王家小庄。还好，情报站的几个同志们都在。简单说了一下自己的想法，龙杰带着站上的四个人顺着一条水沟奔西南而来。走到过村、何家庄一带，遇上了六区的武装区队和工商管理局的同志。交流了一下情况，看看天色不早，大家便都住在了何家庄。

有消息说，国民党的十二军驻进了马家园和落凤坡。龙杰笑了：看来一时半霎穿不上鞋子了。

何家庄距离马家园只有几里路，作为情报站长，龙杰必须尽快地掌握敌情。他和区队长商量了一下，决定让区队派出一名侦察员，到马家园一带转转看看。侦察员派出去了，半天没有回来，赶紧再派第二个，第二个派出去又是不见回来。鸡不叫，狗不咬，不动不静不回来，怎么回事？龙杰第三次一下子派出去了两个人，万一有什么情况也好有个信。眼见两个战士一前一后遁入了黑夜，等来等去，仍是泥牛入海。龙杰好生纳闷，他问区队长为什么四个人一个也没回来？区队长眨巴着眼睛，也说不出个所以然来。

天已经麻麻亮，龙杰不放心了。这是怎么回事？四个人都让敌人俘虏了？还是遇上特殊情况都溜了呢？指望破鞋扎着脚，还是自己亲自出马吧。

正是高粱、玉米旺长的季节，村边一片一片的麻地里，透一股冲脑子的清气，不难闻，也不好闻。龙杰在村头转了一圈，庄稼地遮挡了视线，没法往远处看。唧吟一声，一只麻雀落在了离他不远的一穗高粱上，歪着脑袋看了看龙杰，又唧吟一声落到一个房脊上。

土地庙？龙杰心里一乐。

庄头上的土地庙和麻地相邻，麻高庙矮，土地庙几乎全被遮挡住了，风摇麻叶，只是偶尔显露一弯屋脊。龙杰紧走几步，不管三七二十一就爬了上去。

土地庙虽然不高，但是，站在庙脊上，就等于站在了麻叶上，视野豁然开阔。龙杰手搭凉棚往东一望，啊呀！敌人的大部队正从这里经过呢！

何家庄的东边是一条大路，往南不远一个右转弯往西去，正好将这个村子圈住。

龙杰一步跳下土地庙回到村里。

"敌人来啦！赶快转移！"

"在哪？在哪？"

"就在村外的大路上！"

"怎么办？怎么办？"大家一时没了主意。

"转移！"

"往哪转移？"

"往哪？往哪？"

队伍一下乱了，七嘴八舌，各说各的。有的主张往西，有的主张往北，还有的主张往南，几十个人乱成一团。龙杰明白敌人的来龙去脉，他说："别吵吵啦！敌人从东边圈过来的，往西往南都不行，别说我们这些人，我们有一个营也突围不出去。敌人来的是正规军，是主力部队，这一带又全是平原，出了庄稼地就是大沙河，机关枪一扫，我们一个也剩不下。现在只有往北去，但是越往北走，地势越高，容易被敌人发现。不过，出了村口到土岗上，不足半里路的光景，跑出这三四百米从崖上跳下去，往西一转弯就万事大吉了。"

大部分人同意龙杰的分析，但是有的人还在犹豫，提反对意见。大敌当前，这可不是开民主生活会的时候。

"往北撤！这是我的意见！"

"撤不出去怎么办？"

毕竟不是在部队了，队伍成分不一，想法不同，时间又不允许争论下去，龙杰只得说："情报站的跟着我，马上往北撤！愿意活的就跟着，另有高明的我管不了！"

龙杰提枪往北走，大家随后都跟上来了。出来庄回头一看，敌人就在眼皮子底下。村子的东、南、西已形成包围圈，果然就只剩下这一条退路了。加快脚步往北撤，眼看就要到达崖顶了，敌人发觉了。枪声骤响，子弹在腿裆间嗖嗖地乱钻。龙杰大声说："弯下腰！赶快跑！跑过去马上跳崖！"

崖壁有三四丈高，堰边和石缝里钻出的酸枣树挂满了青果。崖下有一道小河，河水哗啦啦流着。人们不顾一切接二连三往下跳，转眼间崖上只剩下一个人。

"快跳！快跳！聋吗？"龙杰急了。

龙杰喊了几遍，那人和没听见一样，蹲在坝沿边上伸着头往下看。龙杰仔细一瞧，居然是情报站的小肖。龙杰大声喊："小肖快跳！等死吗？"小肖恐高，咧着个大嘴哭爹喊娘，就是不敢往下跳。不跳完最后一个人，龙杰不会往下跳。

"跳！再不跳我毙了你！"

"我那亲娘哎！我不敢，我那亲娘哎！……"小肖只顾咧着个大嘴哭。

"混蛋！你亲娘这一霎能救了你吗？抱住头！"

龙杰抬腿就把小肖蹬下去了，紧跟着龙杰也跳了下去。

机枪扫过来了，崖顶上的酸枣树被打得枝叶乱飞，小青枣和土石块砸得头顶啪啪响。小肖不哭了，但是哭歪了的嘴一时半霎归不了正位，眼睛也不敢看人。自那以后，小肖的"哭亲娘的"就响了名。

跳下大坝堰，各人都有划伤、碰伤，龙杰右脚的前脚掌里扎进了一根刺，所幸都没有重伤，总算都逃出来了。尽管后边已听见敌人的喊叫声，但是，崖下沟沟汊汊，起起伏伏，又有青纱帐作掩护，敌人绝不敢贸然下来。再说，往西紧走五十步，顺河沟一直下去就到肥城布山了。

进了沟，龙杰说："同志们，慢点走吧，保了险了，敌人不敢来追我们了。"六区里的工作人员和工商局的同志纷纷说："哎呀老龙，今天若不是你指挥，我们死不了也当了俘虏了。"龙杰说："这一带我熟，往南、往西、往东，都是往敌人怀里钻，赌着找死去，哭爹喊娘有什么用处？"大伙都笑了，纷纷看小肖，小肖的半边脸瘀青，鼻子、耳朵肿得放亮。见大伙都乱看他，小肖也不好意思地笑了。

这条路是龙杰的一条熟路，多少年来，他一直在这些沟里钻来钻去。从这里去东平，白天、黑夜，天知道走了多少个来回啦！不过，光着脚板走，这还是第一次。龙杰的右脚掌里扎进的棘针，走起路来钻心地痛。他抠了老半天也没有抠干净，用手一摁，还是痛。大伙替他着急，龙杰反而笑了："不急，让它在里边待着吧，过不了三天化了脓，它不想出来我这肉里还不搁它了呢！"

连跑加颠一早晨，大家都没能吃上早饭。发现前边不远有个村庄，才要进庄找点东西吃，结果又发现了敌人。看来，他们是和敌人齐头并进了。

敌人到了安驾庄的西山沟，龙杰他们抢先一步过了葫芦山口进了东平。到了东平，见到老特派员张奎山，龙杰及时向他作了汇报。张奎山说："同志们安全转移出来这很好，你是情报站长，还得回去！必须弄清楚后边是否还有敌人，到底有多少敌人，敌人这次兴师动众究竟为的什么。肥城县政府现就驻在葫芦山口，情况搞清楚后随时汇报和传递。"

大舌头

敌人驻进了南山沟村，龙杰和情报站的几个同志马上返回来了。

南山沟村离葫芦山口不远，顺山口往东，一条山沟从山顶贯通到山底，他们顺着山沟往下来。

风吹高粱叶唰啦啦响，借着青纱帐的掩护，龙杰直奔南山沟村口。青纱帐掩护了他们，可也庇护了敌人。才要钻出高粱地穿越一片空地，不好！空地不空，是一片瓜地。瓜地南边靠近高粱地的地方，立有一个岗哨，着装像是十二军的。他们只得隐伏下来，看看这个岗哨在给谁站岗。

瓜地就在沟边上，地不算大，地里的西瓜人头乱滚，并没发现有其他人。这个小子蹊跷，他跑到西瓜地里来站的什么岗呢？

龙杰正在疑惑，有个美国人突然出现了，牛×帽子斜砍在头顶上，黑眼镜子像两个黑窟窿。美国人倒背着两手，不紧不慢转悠着进了西瓜地，很显然，这个岗哨就是专门为他设立的。

"你看是个美国人吗？"龙杰问张华山。

"像！"张华山说。

"像？乍看像，仔细看不像！这不是个真正的美国人，是个用美国皮包装的串子。你看看他的眉眼，他的小趴鼻子，还有他那蒸包子一样的脸膛，纯是一个中国种。不过，看他穿的这身衣服，还有这顶牛×帽，一百八十毛还不一定能够买得了呢。"

张华山斜了龙杰一眼：什么时候还开玩笑？龙杰继续说："怎再看看他的做派，他的走相，最起码是个营职干部。咱们要想了解情况，抓个虾米没有用。正想抓个大的，这个家伙送上门来了，我看这个假美国人可以抓！"

一说要抓舌头，大家都很激动，也有人害怕，因为情报站没有抓舌头的先例。况且大军压境，敌众我寡，抓了放到哪？但是，打过仗的心里就不打怵，都争着要去。龙杰说："先别急，先说说怎么个抓法。"

大家不吱声了。

"还是听我的吧，"龙杰觉得不能再耽误时间，"亲自抓的任务，由我和张华山。于立坤守住地北头，郭子武可再往下走一走，注意隐蔽。我们一旦逮起他来，敌人发现不了，万事大吉。敌人一旦追上来，一要顶住，二要抢人。你俩掩护，我和张华山拖也要把他拖上山去。敌人若是包抄上来的话，我们就毙了他溜之大吉。"

龙杰和张华山从高粱地里往南爬到西瓜地边上，只见那个假美国人一边骂着"他妈的"，一边用皮鞋踢西瓜。踢来踢去，最后选了一个中意的下腰去抱。看清了，他的武器只有一把手枪，而且还在皮带上的枪套里。假美国人抱着个西瓜来到瓜棚前，撅起个大屁股切瓜。龙杰一看时机到了，他和张华山嗖地蹿出去，拧过他的手腕子把刀夺了过来。

"动就砍死你！"

张华山伸手掏了他的手枪，一脚把他踹在地上绑了起来。因为瓜棚旁边竖着半领秫秸箔，恰巧遮挡了哨兵的视线，加之风吹高粱叶子唰啦啦干扰，这一切来得又那么突然，岗哨浑然不知，仍然直橛一样戳在那里。

该走了，可是这小子不走，随时要喊叫。龙杰一看不好，他一眼瞥见秫秸箔上别着一个穿了粗麻线、缝麻袋专用的大弯针，"好东西！"龙杰心里说。他一把抓过大铁针，用枪探条撬开牛×帽子的嘴，将铁针从他的舌头中间琤琤地穿过去了。架起他来先进了高粱地，牵着他的舌头走，他不当家了。

顺着高粱地返回山沟，一招手，郭子武上来了，小肖也凑过来了，一脸的惊奇和高兴。龙杰在前面牵着俘虏，另外四人断后。虽然这家伙的舌头被拽在外边一块，小子不老实，伸着个脖子呜呜噜噜边走边骂人。骂就骂吧，暂时不和他计较，也不和他动气，反正他的舌头被拽着，骂人也骂不清楚，只要能跟着走就算听话。

顺着山沟往上去，时间不长又到了葫芦山口。

葫芦山口是个风景优美的地方，站在山口看两边的景色，颇有人间天堂的感觉。山口有一个道观，路南有戏台，有石凳，还有雅座，路北就是泰山行宫。有个老道士天天在行宫门口备着开水，不管走路的、干活的，只要渴了就可以随便喝。五六天以前，宁阳的土匪在这里开会，硬说老道士私通八路，还痛打了道士一顿。战乱年月，出家人也难。

牵着这个不大听话的家伙进了泰山行宫，才知道肥城县委书记、县长和公安局长都在这里。

"哎呀，我那老龙哎，你怎么把他给搞来了呢？你可真有本事！"

三位领导都喜出望外，尤其是武环宇县长显得格外激动，一个劲地夸赞龙杰，说龙杰又立下一大功。

"这个还算本事？抓个舌头立的什么功？"龙杰不明白。

"进来说！进来说！"武县长高兴坏了。

进了屋，牛×帽子反而更横了，一蹦一跳甩着脑袋哇啦哇啦骂人。武环宇示意抽下他舌头上的麻线，一抽了麻线，这小子更有了本事，一边朝看押他的人脸上、身上吐血水，一边蹦着高大骂武三卯。

武县长有个外号叫"武三卯"，没想到这小子竟也知道。虽然他骂不绝口，武环宇不但没有生气，反而亲热地称呼他"老同学"。不过，尽管武环宇一口一个"老同学"，这家伙软硬不吃，孬好不听。一直审到天黑，除了骂人，半句话也没审出来。

审不出东西来没有办法，也不见武县长有多大的扫兴，看来他早已料到了这个家伙的顽固。晚饭以后，武县长找到龙杰。他说："老龙，你也少见这么顽固的家伙吧？这个小子是北栏村的，姓严，叫严福俅，我们是中学同学。据了解，'七七事变'之前，他就是国民党的一个团职干部。日本鬼子进入山东以后，他突然疯了。从外地回到家里，发不剃，脸不洗，大腊月里，他砸开大汶河里的冰，在水里边洗澡。自己拉了屎，用手捏屎鸟、屎人，要不就捧在手里臭烘烘地到处乱窜。所以凡是熟悉他的人，都知道他疯透了。他有两个老婆，一直都跟在他的身边伺候。他从外边疯了回来，就只带回来他的小老婆。他的小老婆据说是北平哪个大学的学生，肯定也不简单。这个家伙卧薪尝胆、装疯卖傻十年，看来是决心顽固到底了。现在既然跳了出来，就证明他的潜伏任务已经完成。也不要再指望从他嘴里得到有用的东西，能及时发现他、捉住他就不错了，龙杰你也算是立了一大功。根据审讯的情况看，留他也没有什么用处。但是一旦让他跑了，将后患无穷。环境不允许留他，杀了算啦！"

"谁杀他？"龙杰问。

"当然是你。"武县长说。

"别价，"龙杰说，"你的公安局长在这里，我给你逮了来了，还得给你杀吗？"

"这种情况下不能打枪，他们谁也办不了，你处理就是！"

龙杰笑了笑，公安局还杀不了一个人？不愿意麻烦就是了。好吧，叫杀就杀吧！龙杰来到道士住的地方，绕着院子转了一圈，没有找到合适的器械。一眼瞥见西北墙角的炭池子里，有一根一米多长砸炭用的枣木棍子。他抓起棍子掂了掂，分量还行。好吧，就用这根棍子送他回家吧。

晚饭以后，龙杰告诉严福俅要送他回家，这家伙面无表情，无动于衷。装疯卖傻的聪明人，他大概明白是什么意思了吧？他在想什么？想他功败垂成的潜伏？想他两个老婆的今后？……想去吧，想也是白想了。

上路了，武环宇一再嘱咐，一定将老同学安全送到家。几个人有的前边走，有的后边跟，龙杰提了棍子跟在严福俅的身后，走在一行人的中间。下山的路是一道石条子路，光洁好走。龙杰嘱咐前边几个领路的，不要走得太快。他一边走，一边往两边瞥。见不远处站着一块断了半截的井桩石，他明白那里有一眼废井。龙杰把棍子攥了攥，掂了掂，稍一停步，抡起棍子就照严福俅的脑袋砸下去了。只听得噗嚓一声，严福俅像个土布袋，一声没吭倒下了。这可把一前一后的人都吓坏了，轰的一下跑出老远。都知道是送严福俅回家，没想到是出来杀他。天还没有完全黑下来，他们谁也没见过这种场面。

严福俅的后脑勺砸进一个大坑，嘴还一张一张的，还骂人吗？龙杰搬起一块石头，照准脑袋拍下去，噗的一声，脑浆迸射。有两个人吓瘫了，一迭声地："我娘哎！我娘哎！"还有一个当时就吓得拉了稀，裤子也提不上了。龙杰一看没人敢动手，只得自己拽起严福俅的一只手，一直拖到井桩石那儿，把他扔进了井里。武县长赶到了，他看已经处理妥当，告诉大家今晚就住北栏。

武环宇说："老龙啊，严福俅这个家伙没审出什么东西，死有余辜。咱们再连夜审他的小婆子，看看热闹吧？"

"好啊，看看热闹。"

龙杰确实想看一下，但不是看热闹，而是急于想弄明白这个家伙究竟是个什么角色。为什么装傻卖呆十多年？现在出山又是为了什么？

北栏住下以后，严福俅的小老婆带来了，人长得标致，操北平土话，一看就是个精明人物。但是有一样，一问三不知，而且条条是理，口口声声让交出严福俅来。龙杰心里好笑：哪里交去？早上阎王爷爷那儿报到去了。

根据事先对严福俅的分析，估计他是做特务工作的。可是他老婆和他一样，什么也不交代，嘴还很硬，脚跳得老高，一口一个要见严福俅。龙杰来了气，突然冒出一句："想见严福俅容易，先把你那电台交出来。"

"俺没那东西！"严福俅的小老婆一翻白眼。

"这些年来，你两口子装疯卖傻，为的什么？"武县长说。

严福俅的小老婆一时语塞。

"严福俅已经都交代了，你还顽固。"龙杰说。

严福俅的小老婆把嘴一撇："他都交代了，还问我干什么？"

武县长说："当然得问你，你俩都是特务，一是看他说得对不对，二是看你老实不老实。如果你不老实，我们就不客气！"

龙杰把枪抽了出来，严福俅的小老婆冷笑了一声：

"一块破铁，吓唬谁？"

"吓唬女特务！"

龙杰火了，一用劲，枪苗子猛顶在她的腰里，严福俅的小老婆被顶了个趔趄。

"他讲有几台？"女人毕竟心机小。

"我们问你！"

"一台，就一台！"她可能觉得失口了，抬头看着天，眼的余光却在留意着周围情况的变化。

"放在几个地方？"

"一部电台还能放几个地方？"

"你说的那个地方在哪？"

"你们不是全知道吗？"

"这是考验你，你也是个特务！"武环宇火了，"不用装猫变狗的，你俩用一部电台吗？"

"茅房里，就那一台。"

看好这个女特务，龙杰带人去搜厕所。别看严福俅整天玩屎蛋、捏屎鸟，看上去人不人、鬼不鬼的，但是茅厕里收拾得干干净净。看了一遍，未能发现什么，只有大便池对面的墙上，有一块砖头有些异样。仔细看，好像经常用手摸弄过的。抽开砖头用手电筒往里一照，正好看到了发报机的机柄，原来电台是垒在墙里边的，他俩一边大小便或者装作大小便，就可以随时发报。好一个精明的疯子！考虑到两个特务绝不止一部电台，连哄加骗，又从饭屋的墙橱子里找出第二部电台来。

情况调查清楚了，十二军只是来了一个四十三团，是王耀武给自己的老家吃的小灶，其他地方并没有国民党的军队。精明的王耀武，小算盘又拨错了珠子，不仅没有给家乡长脸，还白白输上了一个老牌特务。

时间不久，国民党的四十三团就撤回济南去了。

踏破铁鞋

情报站长的工作刚找上头绪，龙杰又接到了调令。道朗区区长薛迎春参加第二批整党学习，调龙杰去道朗临时任代理区长。

济南解放在即，支前工作千头万绪，地方上忙碌起来了。区里的几个干部，人人身兼数职，龙杰这个临时区长，天天忙得脚不沾地。

济南战役打响了，粟裕和王耀武，这一对中华现代史上的两员名将，第三次对决开始了。

早在一九三四年十二月，红军北上抗日先遣团，在皖南谭家桥伏击王耀武的追剿部队。由于红军的两个师协同不力，反被王耀武的三个团击溃，军团长寻淮洲也牺牲了。谭家桥战役的失利，直接导致了方志敏部的境遇恶化，以致最后几乎全军覆没。谭家桥一战的失败，一直是粟裕的一块心病。虽然在后来的莱芜战役和孟良崮战役中报了当年的一箭之仇，但是，真正洗雪前耻的两人对决，最终亮相在济南战役的"拳击台"上。一九四八年九月二十四日，在"打开济南府！活捉王耀武！"的呼号声中，济南解放了。

济南解放了，山东大地一片欢腾。

道朗区公所门前刚刚过完了秧歌队，就见陶龙翔和陈涛一人推着一辆自行车过来了。

"哎呀！怎么会是你俩？快到区里坐坐！"龙杰赶忙接过陶龙翔的车子。

陈涛微微一笑没说话，陶龙翔说："有事路过，一大会子不见你了，顺便到区里来看看你。"

龙杰一皱眉：一个敌工部长，一个公安局长，这个时候来看我？济南刚刚解放，地方上忙得一个人顶仨用，能有闲工夫来看我吗？龙杰略一思忖，这些年来的经验告诉他，没有大事、难事，领导不会来找他。果然，刚端起茶碗，陶龙翔就发话了：

"龙杰，有个事和你商量一下。你能否把区里的工作安排安排，由张区长和孙指导员代理一段工作，你帮我们一块到济南找一找倪宏霖、吴小鬼、郝运让这几个坏蛋呢？"

"我本身就是个代理区长，再让别人代理我吗？"龙杰笑了，"再说，济南刚解放，当前地方上的工作忙得扒不开麻啊！"

"忙是忙，可都是工作。而且，这事还非你不行！"

"现在没有仗打了，区里倒好说，县里同意吗？"龙杰的心里又有所动。

"县里你不用担心，不同意不是还有我们俩吗？"一激动，陶龙翔的红鼻头又放了亮，"我给你写个信，如果出了问题，责任我承担行吗？"

"剩下几个残敌都是些死狗了，济南又解放了，这点事还非得我去不行吗？"

龙杰突然想起了沉不住气的老毛病，自从离开部队，他反而成熟了。

"你看看，别人办得了还能来找你吗？非你不行！"

既然非他不行，龙杰的劲头又上来了。说句心里话，自从让他离开部队，离开战场，他总觉着和蹲了禁闭差不多。和这些坏东西打交道这些年，现如今他恨不得一把就能抓住他们。考虑到张副区长有文化，办事利落，日常工作处理得很顺手，没有让他不放心的地方。龙杰匆忙安排了一下，跟上他俩就奔了济南。

在济南一住就是十天，岱西逃到济南来的伪乡长差不多都找到了。第十天上找到了郝运让。这个老牌的国民党员，日本人一来，他跑到定陶县当起了伪县长。日本人一投降，他又跑到济南投奔了王耀武。可是眼前的郝运让，由于半年前得了脑中风，嘴眼㖞斜，不会走路，口水也兜不住。考虑到郝运让年龄已近八十，紧着他蹬跶也活不了多少日子了。三个人研究了一下，去他娘的！不要了！带着也是个累赘。陶龙翔跟他谈了谈形势和对他的宽大政策，郝运让只会眨巴着眼睛流口水，还不够恶心人的，也就放了他一条生路。

令人不安的是，没有找到倪宏霖。

自从进了济南，他们几乎没有错过一个机会，没有放过一张面孔，一心要找到倪宏霖。凡能说上话的都打听到了，可是问谁谁也没见，问谁谁也不知道。这下麻烦了，他们三个人百分之九十的目标和任务就是奔着倪宏霖来的，可偏偏没有他的消息。见不着他的影子，别提有多焦心啦！出来十多天了，区里不断地捎信传信，一大摊子事情放在那里，等着区长回去处理。地方上的工作确实紧张，没办法，龙杰只得再回道朗。

回返道朗的这一天，是农历的九九重阳节。早晨七点钟在济南喝了碗豆浆，吃了两根油条一个茶叶蛋。龙杰带上通信员小张，骑上自行车就往回赶。九月里，秋风凉，棉花白，谷子黄，这天正好刮北风，自行车如同安了风火轮，一路不歇息，中午就来到了界首。

界首村南有座铁路桥，叫花桥。花桥上人来车往，桥旁边有人在卖水。骑了一上午的车子，两人还没来得及喝口水润润喉咙。龙杰提议喝两碗绿豆汤再走，小张很乐意。虽然一路顺风，究竟一百四五十里路跑回来了，脸上也觉得干干巴巴。卖绿豆汤的是个白发老妈妈，矮桌子上摆的粗瓷大碗很干净。坐下来接过绿豆汤，才要抻嘴，就见南边急急忙忙来了一个老汉。老人手打眼罩子，一边急匆匆地走，一边不错眼珠地盯着龙杰，龙杰端起的碗又放下了。

老人越来越近，面容越端详越熟，谁呢？

来人站住了，胸膛一起一伏大口大口喘着粗气，并且不停地向龙杰招手。龙杰赶忙站起身，站起来也想起是谁来了：嗨！白水湾的村长李永生大爷，老干部了。在与村干部的交往中，龙杰觉得再没有比这位老人更实在的了。

龙杰快步迎了上去："李村长，恁老人家怎么来啦？"

"哎呀呀我那龙区长哎！老天爷！我可找着你啦！"老人一把抓住龙杰的手，扑簌簌就掉了泪，看样子受了很大的委屈。

"怎么啦大爷？出了什么事啦？"龙杰好生纳闷。

"我昨天吃过午饭就出门了，"老人气喘吁吁，"我到区里打听你，谁也不和我说你干什么去了，好像有什么秘密一样。我拄着这根棍子，"老人摇了摇手中的花椒木拄棍，棍子上半截的疙瘩让手摸明了，棍子下半截的疙瘩上还长着刺，"我拄着这根棍子满山满峪地找啊！找啊！找了一个下午，一个晚上。临明天了，才打听着你上济南了。到济南哪里去了？干什么去了？还是不知道，问谁谁也不说。这不，拼上老命我也要跑到济南去找你，半霎也不能再等啦！"

"什么用急的事让恁老人家受这么大辛苦？如果不是我回来，咱爷儿俩不是在这儿碰上，恁老人家哪天能跑到济南？恁上哪儿找我去？"

"这不说吗，这就是天意！怪不得人家说苍天有眼哩！"

老人眼含泪花，却露出了笑容。

"恁老人家有事快坐下说说吧！"

龙杰为老人舀上一碗绿豆汤，李永生四下瞅了瞅，卖水的老妈妈烧火去了，老人并没有喝水。

"倪宏霖有信了！"他尽量小声说，但是很激动。

"在哪？"这消息对于龙杰来说不啻一声炸雷。

"在章丘他姑家，还有一个叫宋少德的跟着他。"

"你怎么知道的？"

"我的侄子在章丘混穷十几年了，在那里成了家，落了户，和倪宏霖他姑家住得不远。这些年兵荒马乱的，我这个侄子一直没回过家。济南解放了，前天一大早他回家看我来了。上午老少一家在一块吃饭，他酒喝多了，话也多了：'倪宏霖这小子真能，跑到章丘他姑家去了，还有一个宋少德左右不离地跟着他。我一说要回来，倪宏霖就想跑。他姑说：你怕嘛？放心就是，这个李孩子是个老实孩子，从来不多言不多语的，又是老乡，又是邻居，他还能回去多了话？再说了，这号时候，你能往哪跑？出去就保不了命。你没听说王主席没过潍坊就叫人逮住了？老老实实在家里待着，哪里也不能去！我和李孩子住在一块多年啦，他还能回去卖了我？你放心就是。'我问他走了吗？他说：'我来的时候还没走，他姑嘱咐了又嘱咐，叫我别吱声。我吱声什么？我和谁说去？说了与咱有什么好处？可是现在走没走，我就不知道了。'我告诉我那侄子，倪宏霖是咱这一带罪大恶极的大汉奸，是还乡团的大头子，我们正在逮他。我那侄子一听就吓哭了：'我多了话啦！我多了话啦！'这就自己打自己的嘴，'你们千万别去，你们一去，不是明摆着我送的信吗？要是倪宏霖随后也走了，你们白落辛苦，我也赚个孬种，他们还不把我全家都杀了？'但是不管他怎么说，我是不能放他了。我对几个孩子说，看好你哥哥，一定当汉奸给我看起来，一时一刻也不能挪窝，拉屎尿尿都跟着他！看到我的态度坚决，半点情面也没有了，我那侄子只好说：'反正是这样了，我也说出来了，你们逮就逮吧，我不跑，叫俺兄弟守着我就是！'我一再嘱咐孩子，别光听你哥哥嘴说得好听，一步不离看好他！我这才抽身出来找恁，哪里会想到这么难找？两天啦！我能不急吗？"

李永生大爷不住地擦泪。

"昨天我从家里出来赶到区里，区里不痛快，也理不着，谁也不告诉恁上哪儿去了。没办法，我只得将情况和他们拉了拉。不拉不要紧，一拉更费事了，又是请示吧，又是打报告吧，那哪里行？咱的心里急得像火烧，人家没动心。我一肚子气，哪里有工夫等着他们打报告去？我下定了决心，跑到天涯海角，也得先找着你！"

龙杰说："大爷，恁老人家多谅解，一是区里忙，二呢，我到济南去干什么区里不能乱说。再说啦，逮不逮倪宏霖他们也做不了主。你提供的这个情报太重要了，我们在济南跑了十几天，就是专门去找他的！"

说话之间，保丁跑过来了。

"区长回来啦！今天九月九，我包好了水饺啦！"

龙杰问李村长："恁吃饭了没？"

"我还顾得上吃饭吗？不饿。"

"老赵！"龙杰喊保丁，"赶快下水饺，吃了就走！"

"好唻！"

"回来！还有，趁我们吃饭的工夫，你去雇一头好头牯，不要瘦驴，性子烈的也不要，吃完饭以后，就用雇来的这个头牯，把大爷送到白水湾，钱由我付。"

"咳，钱不钱的，端上水饺来我就去！"

李永生说："龙区长，你要干什么？"

"给你雇个头牯哎！"

"别雇了，我慢慢走就行，我怎么来的唻？"

"那不行哎！你拄着个棍子多旦能走到家？咱的任务又急，恁还客气什么？"

头牯在前边撒开四蹄麻利地走，龙杰、小张一步不落跟在后头。他们一块到了李永生的家，见到他侄子，先是表扬、安慰了一番，龙杰又把倪宏霖的情况简单地向他说了一下。他侄子说："反正是这样了，害怕也由不得我啦，干吧！俺大爷把我当汉奸看起来，我也豁出去了。不过我提个建议，如果我们这样去，恐怕偎不上他。"

"你说怎么办？"

"买点时鲜水果，如山楂、石榴、水桃什么的，挎个篮子去卖卖，闯到他姑家。他在就把他逮起来。他不在，也不知道是逮他的。以后还好说话，我也不至于落个不利索。当然，若能逮住他，我就什么也不害怕了。"

按照龙杰的想法，现在最宝贵的是时间。可是人家已经提出来了，他有他的难处，也有一定的道理，只得依他。黄山李峪一带上苗旺，水果多，龙杰立即着人去办理。一个来回六七十里路，五个鲜果筐当夜送到了大辛庄以西的桥头。公安员孙永茂带着三个兵来了，村里的积极分子老孟也赶到了界首。凑足人手，天已经大亮了。

赖 车

万事俱备，如何走法成了大问题。

自从济南战役打响，铁路已被破坏成一截一截的，乘火车已无指望。人好说，五个鲜果筐成了难题，怎样才能运到济南再运到章丘呢？正在犯愁，忽然听得远处呜呜地响。抬头一看，南边开来了两辆汽车。真是天无绝人之路，龙杰立刻让大伙准备好，随时准备截车。

汽车吭吭哧哧开过来了，驾驶棚上架着机关枪，车厢里挤满了身着黄军装的战士。济南已经解放，是解放军的军车无疑。只要看准了是解放军的车，我就敢截！龙杰心里想。眼看着汽车开过来了，果然是解放军，龙杰一个箭步蹿到路中央。司机一个急刹车，就听吱嘎一声响，车上的战士差不多同时被挤得"喂"的一声。

"干什么？干什么？不要命了吗？"司机从驾驶棚里伸出头来。

"我是这里的区长，有紧急任务，麻烦捎个脚。"

"闪开闪开！捎什么脚？闪开！"车顶上有人不耐烦了。

"我有公函，我有要事！我有紧急任务！"

"什么公函不公函？不管那一套！我们是军队，军令大于皇上圣旨，你懂吗？"

说话的解放军，红鼻子两边长满了冒着白头的红疙瘩，看样子像个排长。

"反正我得上车！"

龙杰用膝盖顶住车头，干脆要赖了。

"不管他！开车！不躲开就轧死他！"红鼻子出言不逊了。

"你敢？！我也是为党办事，你有天胆你就轧！"

龙杰的犟劲又上来了，他把头一拧，用膝盖顶住车头。汽车发动了，他被车头顶着后退了好几步，但是说什么也不躲路，汽车又熄了火。

"喂！你这个人是怎么回事？你和我们置的什么气？我们是先头部队，是尖兵，你也背着枪你不明白吗？我们的车顶上架着机枪，一路上谁敢拦？赶快闪开让我们走！"

汽车又呜呜地发动起来往前开，龙杰不看也不听，一直紧靠在车头上。汽车又熄了火，那位红鼻子反而软和了。

"同志，同志，好同志！俺是大部队行动，今天往北运队伍，这个你该不明白吗？我们是尖兵，怎么能让外人上车？如果有意外情况，不仅是我们失职，还有后果呢？要拦，你拦后边的车，别拦我们的车行不行？"

龙杰当然明白尖兵的任务，可是没有办法，再说，一旦放他们走了，后边如果没了车，那要得等到何年何月？他还是装作听不见、不明白，死死靠在车头上。

"同志，你放我们先走，后边第七辆车、第八辆车，有我们连长和指导员，你去拦他的车，先叫俺走行吧？"

"不叫上车就是不让你走！"龙杰上了邪性。

如果不带这些水果筐子，龙杰早就厚着脸皮爬上去了。可是脚下还有五个条货筐，车上的人又满，硬上上不去。不管怎样，车已经拦下了，不让上车也只有赖到底了。

僵持的工夫不大，后边果真有车开过来了，一辆接着一辆，果然是大部队行动。

"连长——！连长——！"红鼻子向着后边大声喊，鼻子两边和下巴都红了。

"什么事？"远远听见有接话的。

"有人拦车不让走！"

"谁敢拦车?！为什么不让走?！"

听出来，连长火了。

"他说他是这里的区长，上济南有紧急任务，他有公函，你和他拉拉行不行？这个人是个死牛筋，一直堵在车前头！"

连长下车来了，是个挺精干的小伙子。龙杰啪地一个军礼，这个连长疑惑地看看龙杰："你让他们先走，他们的车不能随便停留，有什么事情你跟我说。"

龙杰又打了一个敬礼："真是对不起！我们实在没有办法。"

龙杰让开道，汽车长出一口气开走了。龙杰把公函递给连长，连长看了一遍，喊指导员。

红鼻子说得不差，指导员就在第八辆车上。指导员也将公函看了一遍，两人商量了一下，问龙杰一共有几个人，龙杰说七个人，五个水果筐子。

"一个车行不行？"连长问。

"用不了！"龙杰说。

"张排长——！"连长喊，"你们二排下车，往后边的车上挤一下，腾出你们二排的车来！"

看看人家的车辆，无论是装人的，还是装军用物资的，都满满当当。七八个人怎么能占人家一辆车呢？

"连长，你调一个班就行，我们就在你的车上，下来一个班就行。"

连长很痛快："好吧！"

连长指挥着第七辆车下来两个班，张排长、连长帮着把水果筐搬上车，再把龙杰他们七个人一个一个拉上车去，指导员也由第八车凑到第七车上来了。

人上了车，心还是放不下，还挂着章丘那一头。人家的车是开往济南的，可是，从济南到章丘还有一百多里路，那个一百里怎么走呢？倪宏霖这个大汉奸，早一霎到或许能捉住他，凑巧了晚半分钟就可能让他跑了。想到这里，龙杰就瞟上了连长和指导员。龙杰说了许多感激、感谢、好听的话，连长、指导员不知道他有下文，拍着龙杰的肩膀直说不客气，都是一回事。既然连长和指导员都说不用客气，龙杰可就真不客气了。

"首长同志，我可是真不客气了。咱一家人不说两家话，因为我们这个任务十万火急，我想再提个要求。"

"什么要求你就说吧！"

"我不客气了？"

"客气什么！"

"您知道，我们是到章丘执行任务，济南到章丘还有一百多里的路程。早一分钟到，任务或许就能完成，如果晚半步，兴许就坏事，就可能扑空。抓这样一个杀人犯，是刻不容缓的事，岱西一带，直接死在他手里的共产党员和积极分子就有六七百人。一旦跑了他，我们就成了罪人。"

"你想怎么办？"指导员问，其实，他俩已经明白了龙杰的意思。

"两位首长可能也想到了，从济南到章丘这一百多里的路程，我们什么时候才能赶到？不管怎么样，你俩得给我们派个车，还有做戏用的这些水果筐，俺没法往那弄啊！还得求两位首长帮忙！"

听完龙杰一席话，连长笑笑说："区长的难处我们知道，也很理解你。可是，我们派不了车。这汽车上的人员、物资是俺的，可汽车不归我们管，我们不当家，说了也不算。你也明白，这是大部队行动，我们也只是服从调动安排。汽车属于汽车连的，我们无权派车呀！"

龙杰明白，连长说的是实话。

"我也知道你的难处，"龙杰说，"好办的时候我就不用求恁了。不管怎么说，咱们有缘分，还是得依靠恁和指导员。到了济南你俩一走，我们找谁去？"

连长和指导员都不吭声了，看来他们真是作难了。憋了老半天，连长说："车到济南以后，我们都得下车，物资也得往下卸，汽车随后都要入库。我看你这个区长也很有心计，能不能这样，还是采用你上车的办法，你们几个人赖着别下车。这一路不好走，司机也很累，免不了心焦。凶你、骂你、拖你、打你，你们就是别下车。当然，他也不敢打你，因为你是去执行紧急任务。还是采用你的老战术，你和司机磨嘴的工夫，我们到团部里给你请示一下，尽量满足你的要求。如果情况实在不允许，我们也就无能为力了。"

这个主意不错，龙杰的心里有了主张，再三嘱咐大家一定别下车。

车到济南，解放军立即下车整队离去，空出的汽车一辆一辆开走了。到了最后，就只剩了龙杰乘坐的这辆车。见他们七个人扶着果筐蜷坐在靠近驾驶室的角落里，压根就没打算下车，司机急了：

"怎么啦？坐不够了吗？下来！下来！"

七个人都成了哑巴。

司机一看这几个人推聋装哑不理他，知道这个区长难缠，就又说好听的。从普通一兵的身不由己，说到今天的辛苦。从军队的纪律，说到马上又会有任务。说了大半天，车上的人还是哑巴。司机急了，嘴里开始不干不净。

龙杰见他真要骂人，便笑嘻嘻地说："解放军同志你先别上火，我也是当兵的出身，俺能不知道军队的纪律？俺能不体谅你辛苦吗？颠咣了一路了，俺该不愿意找个店歇歇脚吗？可是，情况不允许啊！你急，俺更急！告诉你吧，连长、指导员给俺请示去了。在连长、指导员回来之前，我们死也不下车！"

司机没了辙，没好气地瞅了龙杰他们几眼，拤着腰在离车老远的地方狠狠地抽烟。一会儿，指导员跑回来了。

"行啦行啦！团长答复了，这是个重大任务！小林，麻烦你跑一趟，直接把他们送到章丘县城，我已安排司务长，回来吃小灶。"

司机的脸上阴转多云，他不敢不服从了。上路了，司机急着返回来，不时把车开到最高时速。七个人和那五个条货筐，就像簸箕里的豆子，差一点就要被簸到路上，一个多小时到了章丘。

凯　旋

进了章丘城里，龙杰立即找到章丘县政府和公安局，出示了公函，简单谈了一下情况。县政府和公安局答应得很干脆："你们先去看住他，我们随后到。"

倪宏霖的姑姑住在章丘城东门外，距离城墙有三十几米的样子，倪宏霖现在到底走没走？居高临下观察是最稳妥的办法。城墙上有解放军在站岗，龙杰找到值班班长谈了一下，班长很痛快，马上给他们拿来几身军装换上。这样，他们尽可以在城墙上大模大样地走动而不至于被发觉了。

一登上城墙，倪宏霖的姑姑家就晒在了眼皮子底下。一个东北大门，三间北屋新披了屋草，一溜屋脊和两个马头用烟子灰刷得崭新。两间东屋不大，门口、窗户正对着城墙。院子南头一棵大枣树，一树七零八落的叶子，枣儿已经打过。

"北屋里住着他姑，他们几个人都在东屋里。"小李提醒说。

东屋的榆木门半掩着，木棂子窗户上贴的窗户纸，有两个不易察觉的小窟窿。窗户纸和宣纸差不多，却比宣纸有拉力，但同样怕水。用唾沫蘸湿了指头，很容易就能捅出窟窿。别看是两个不起眼的黑窟窿，从窟窿里往外看，解放军的一举一动看得一清二楚。好贼！

城墙上踱了两个来回，龙杰的心里七上八下起来：北屋、东屋都没有动静，到底还在不在呢？有个鸡叫狗咬也算是个信啊！这一霎要是孙猴子就好了，变成个苍蝇，变成个蚊子，飞到窗户上听听，爬到窟窿上看看，不就放心了吗？东屋虽然半敞着一扇门，可是只能看见当门里边一角的地方，其他什么也看不见。走了怎么办呢？如果走了可怎么办呢？……

龙杰心里正一团乱麻呢，就见东屋门上有个胳膊肘子一拐，随后钻出来一个人。出来的人穿一件毛蓝大褂子，手提一把生铁壶出来装水。

"这是倪宏霖的表哥，他不会自己在东屋里喝水。"小李说，"看样子没走。"

他表哥出来灌水不能说明一切问题，但是，看铁壶灌进凉水刹那间的热气，分明是刚烧好了一壶水，又要再烧一壶，不排除屋里有喝茶的。

半天的时间，那扇半开的门又动了一下，出来一个穿灰大褂的，走路歪扛着个脑袋，一看就不是个好东西。

"宋少德！这个是宋少德！没走！没走！保险没走！"小李高兴了。

关于宋少德这个小子，龙杰只是耳闻，从未谋面。那个在李家庄一天杀五个人不黑天的就是他。龙杰仔细看了看宋少德的模样：一张粽子脸，五官紧凑，两只蛤蟆眼看天瞭地。宋少德茶喝多了，到厕所里解小手。

心里总算有了底，宋少德在，倪宏霖肯定就走不了。果然不一会儿，又出来一个穿青褂子的，圆圆的脑袋眯眯着眼睛，手里还是提着那把生铁壶，还是装水。

"倪宏霖！"小李差一点喊出声来，龙杰赶忙制止他。

"老天爷，可见上你啦！可见上你啦！！"

心里喊着老天爷，手可就痒了。情况已经明白，龙杰恨不得抻手就把他抓过来。可是，章丘县公安局的同志未到，不能下手。在人家的县里抓人，又已经打了招呼，自己先动了手不合适。急人！急人！真是急死人！这可怎么办呢？来不了可怎么办呢？

时间一分一秒地过去，龙杰的心里着了火。又过了一会儿，穿灰大褂的宋少德出来了，他从墙角拾起一架辘轳，扛在肩上出了大门。哎呀我那老天爷！难道这小子发觉了什么吗？或者倪宏霖让宋少德投石问路？再或者倪宏霖出门装水时，宋少德在两个窗户窟窿里发现了城墙上的异样？他走了，倪宏霖再走了可怎么办？一旦倪宏霖要走，他们总不能从城墙上一翅子飞到倪宏霖他姑家的院子里，等跑下城墙、穿过城门，再转到他姑家，岂不晚了三春？一旦让他跑了，人生地不熟到哪里去找？如果倪宏霖这霎这也要走，那可就一切都晚了！一切都完啦！章丘县公安局人还未到，逮人须有人家的配合，这是规矩，怎么办？怎么办？还能再等吗？

"他爱来不来，不能再等！如果让倪宏霖从眼皮子底下跑了，我们就犯了大罪！下手！"

龙杰果断地下了命令。

小李一见要行动，马上开溜了。龙杰他们几个把军装一脱，挎起提篮快步下了城墙。

倪宏霖他姑家的大门半开着，去年的大红"福"字还红红火火地贴在影壁墙上。孙永茂第一个进去了。

"水桃，水桃，大水桃！大水桃！……"孙永茂挎了一篮桃子，学着章丘话向东屋门口上靠。

"大白石榴，甜石榴！大白石榴……"小张也随后跟进。

北屋里跑出来倪宏霖他姑，老太婆挓挲开两手把小张和孙永茂挡住了："哪里来的卖东西的？怎么往人家的屋里钻？走！走！滚出去！滚出去！俺什么也不买！"

挡住了小张和孙永茂，大门外突然窜进了龙杰。龙杰从盛木瓜的篮子里抽出枪，篮子一扔，两步抢到东屋门闪身进屋。小张、孙永茂几个也扔掉篮子随后跟了进去。

倪宏霖他姑吓傻啦。

刚刚甩出的旧茶根泼在地上，倪宏霖和他表哥换了一壶新茶才喝第一碗。一听到天井里嚷嚷，两人不约而同站了起来。一抬头，龙杰已一步到了八仙桌子跟前，枪一顶，胳膊就拧过来了。小张将绳子套在倪宏霖的脖子里猛一拖，倪宏霖扑通一声被摺倒在地，随后绑了个结结实实。

"你叫什么名字？"龙杰用枪点着倪宏霖的脑袋。

"你们既然来逮我，还能不知道我的名字吗？我叫倪宏霖。"

孙永茂用枪顶住他表哥："你是什么人？干什么的？叫什么名字？"

"你们别难为他，他是我表哥。他是本分人，我的事连累不着他们。"倪宏霖说。

"宋少德呢？"

"给我浇菜去了。"倪宏霖他表哥说。

"在哪里？"

"北……北园里。"倪宏霖的表哥浑身打战。

"快领我们前去！"

龙杰看住倪宏霖，孙永茂等人去了菜园，一架辘轳好端端地放在井台子一边，还没往架子上安呢，哪里还有人？龙杰一听急得跺脚，急死也没用了，好在倪宏霖没有跑了！

这里人逮起来了，章丘县公安局也来人了。龙杰首先做了检讨，说明了为什么提前行动，即使这样，还跑了一个要犯宋少德。章丘县政府和县公安局对此表示理解，对于来晚了不住地道歉。龙杰最讨厌的就是这种赔礼道歉，什么用呢？没跑了倪宏霖算是万幸。龙杰和章丘县政府、公安局商量，能否帮助将罪犯送到济南？答应得很好，可是公安局抽不出人来，县政府也没有汽车，只有赶脚的马车。有马车也行，总比牵着走强，他们雇车，龙杰掏钱。

一切收拾停当，一行人急忙上路。

章丘到济南的大路，是古齐国的一条老官道。解放济南时，老官道又运物资又过队伍，满路上除了沟沟坎坎，便是坑坑洼洼。从济南坐汽车来章丘时，心里只有一个"急"字，任凭怎么颠咣也没觉得什么，现在坐马车回去，走起来觉着费劲了。

赶车的是个壮年汉子，四十几岁的年纪，干净利落，说话随和。一挂新车，骡子驾辕马拉套，很挺托。车上连同倪宏霖在内，一共九个人，不算多重。一声响鞭，马儿放开了脚步。

出来章丘县城，天已擦过晌午头，再回济南还是那一百多里路。龙杰买了两盒好烟递给赶车人，尽管赶车人年事不高，龙杰也高称人家大爷，这样称呼，说起话来方便，人家心里也欢喜。这一带的地理情况，龙杰他们不熟悉，怕的是天晚了有人劫车，那就麻烦了。好说好拉，就是为了叫他把车赶得快一些。

"大爷，叫你的骡子尽量放开步子，咱们争取早到，我再给你老人家加钱！"

前面一段路很平坦，龙杰又掏出五块钱塞给他。赶车人将钱揣好，连抽了三鞭子，马铃喤啷喤啷拖起一串烟尘。

车子正跑得快当，猛然间车身一晃，就听得赶车人"哎哟我那娘哎"，马车喤当一声翻了个过儿，车上的人全掀下来了。龙杰迅速抽出枪，仔细一看并无敌情。原来这一段路虽然平，但是偏坡子多，坡高处偏偏有一块石头，车子跑得太快，马车躲闪不及，车轮子轧在石头上，一下子把马车掀翻了。

车子翻了，马的边套长，反应也快，跌倒后就迅速爬起来了。骡子不行，它被卡在两根辕杆中间，没有多少活动空间，一块随车倒扣了过来，四个蹄子朝天又刨又蹬。倪宏霖也被压在了大车底下。

连带着辕骡，大车掀不起来。赶车人掏出刀子把辕骡的肚带、皮套割断，先把骡子牵出来看看伤了没有。龙杰几个人则忙着将大车翻过来，他们怕的是把倪宏霖砸死了。

还好，辕骡没有伤着，倪宏霖也没有砸死。倪宏霖虽然屁股冲天，眼睛还不住地眨巴。人没死就放心了，拉起来再装到车上。龙杰安慰了一番赶车人："大爷，别看翻了车，还是得赶快走，你老人家多辛苦点吧。"

"同志，俺满家人就指望着这挂车，要是死了这个头牯，俺一家就没饭吃了。"

龙杰又掏出十块钱塞给赶车人。

"大爷，再给你加十块钱，无论如何还得快走，早赶到济南，你我都安全。"

赶车人也觉得这趟差事非同一般，不敢懈怠。辕骡还是一溜小跑，眼看到了济南的东关，赶车人说："同志，济南也快到了，路也平了，咱慢一点走吧？你看牲口这身汗，如果再不慢点走，一停下车就得专门去遛。天还不算晚，咱走得稍慢一点当遛牲口行不行？"

太阳才压西山，济南已在眼前，慢点就慢点吧，各人这时候也才想起抽袋烟来。

赶到济南公安局已是黄昏时分。公安局大门口原来站的双岗，这会子只有一个人在值班。龙杰就将情况和那人谈了一下，没想到那人的脾气挺大。

"等等说吧，我们那位同志解手去了，等他回来再考虑。"

"我们自己进去不行吗？"

"你说的嘛？你自己进去？你怎么能随便进去？进也得我陪你进，这是公安局！不是你的家。"

龙杰看他脾气挺熊，也来了脾气："吆天喝地你干吗？都是革命同志，什么了不起的？"

没想到一句话把岗哨激怒了，他拉起架子黑虎着脸，像训犯人一样耍起威风来。龙杰不吃他那一套，岗哨的嗓门越来越大，公安局里有个干部模样的人走出来了。

"什么事值得在个大门口吵吵？不能小声说吗？"

"报告局长！这个人不讲理，不让他进，他非进不行。小阮解手去了，我想小阮回来后我陪他进他都等不得，非要自己进去不行。公安局哪能随便就进？"他又气哼哼地把脸转向龙杰。

"怎么不能进？我有重要的事情要面见局长！"

龙杰知道出来的是局长，胆子反而更壮了。

局长问："你们有负责人吗？"

龙杰立正答道："报告局长，我就是负责人！"

局长说："你进来吧。"

龙杰跟随局长来到办公室，在一张条凳上坐下来。局长给他倒上一杯水，龙杰把公函让局长看了，又谈了倪宏霖的情况，说明今晚必须住在这里，别处不能住。局长答应得很干脆："都是革命工作，又是一个要犯，我们公安局应该协助。不用担心，今晚就住在这里。"

局长喊来通信员，让通信员通知看守所长速速前来。

一会儿，看守所长来了，局长向他交代了任务，一再说明这是一个好不容易才逮住的、有几百条人命的要犯，一定要加倍小心。如果一旦死了或跑了，将由看守所长负责。

看守所长带着几个人把倪宏霖押走了，谢天谢地，总算把心放到了肚子里了。局长十分客气，他把龙杰一伙招呼到办公室，先泡上茶让他们喝着，又问龙杰打算什么时候走，龙杰回答说明天走。

"明天走还有什么要帮忙的吗？"局长问他。

龙杰微微一笑："有个小要求。"

"什么要求你就直说吧！"局长笑嘻嘻的。

"请求局长明天能派个车送俺一程。因为倪宏霖在我们一带作恶太多，在坏人当中也相当有影响，路上的安全是个大问题。济南到泰安几乎就是一条山沟，这一百五六十里路，怕有不测情况。跑了，死了，我们都没法交代。今天从章丘来，我们就担了一路子的心，直到进了咱公安局的院子，才一块石头落了地。如果明天能派个车，不管花多少钱，我们掏！"

局长考虑了一下："车……明天说吧，还有别的事吗？"

"还有个小要求，在这里吃顿饭，大伙一天没捞着吃饭了。"

局长笑了："这个不算要求，叫你们吃饱喝足就是了。有喝酒的吗？"

龙杰笑了笑。

"执行任务是个苦差事。通信员！"局长喊了一声。

通信员快步跑了过来。

"通知司务长，弄两瓶白干酒，炒上四个菜，量大一点，叫他们喝两盅解解乏。你们吃什么饭？"局长又问龙杰。

"什么饭都行！"甭提龙杰有多高兴了。

"下面条、馏馒头都行，准备面饭！"

通信员出去不多时，酒菜上了桌，人也饿了，饭菜又可口，连同那位赶车的老汉，一满家子吃得直打饱嗝。吃饱喝足倒头就睡，一觉醒来，通信员喊他们去吃早饭。

汽车已为他们准备好，局长招呼他们上了车。随后，看守所长带领一个班将倪宏霖押上车来，重新绑好，将牵绳交给龙杰，然后全班集合，列队欢送。这一招叫龙杰好生感动，一再说："谢谢局长！谢谢局长！"汽车已经启动，局长还一再嘱咐："路上注意安全！一定注意安全！"

车出济南，一路顺风，当汽车行驶到大辛庄以西的刘家店子，赶巧遇上辛庄大集，汽车走不动了。

自从济南解放，人们敢出门了，赶闲集的特别多。特别是当有人发现倪宏霖给逮回来了，而且就在车上押着。这一下，老虎拉碾——乱了套啦！小摊子不管了，菜挑子也撂了，大人孩子一窝蜂地往汽车跟前拥。本来村里的道路就不宽，也不好走，这样一来，汽车一步也挪不动窝了。有的人拿着扁担硬往前挤，看看挤不到车跟前，攥住扁担的一头往车上乱捣。也有的往车上扔砖头、扔石头，没砸着倪宏霖，反而把守护倪宏霖的小孙、小张砸了好几石头，周围一片"枪毙倪宏霖"的喊声。

场面失控了。

一看这个阵势，龙杰急了。好说歹说嗓子喊破了，人们哪里听得进去？这个乱法，一旦出了问题怎么办？紧急关头，区中队赶来了，干脆都下车，打发汽车回济南。区中队硬在前边开出一条路，费了九牛二虎之力才把倪宏霖带到一个庙台的后边。愤怒的群众还是挤成一个疙瘩往台上拥。龙杰喊了半天，好容易控制住混乱的局面。龙杰告诉大家，如果能安静守规矩，可以把倪宏霖带上台来亮亮相，让大家看一看。

台下一片欢腾。

吵嚷声中倪宏霖被带上来了，人群又开始躁动，台下的百姓又纷纷往庙台上爬，四面八方都往台上扔东西。有哭的，有叫的，有喊的，有骂的。龙杰一想，这可不行！不能再待，区队护送，马上转移！

　　岱西县委已迁至过村，从大辛庄到过村，少说也还有五十里路。汽车已经回了济南，大伙儿只能下步走，而且还得快走。考虑到辛庄大集人多，区队押解犯人没有经验，龙杰不放心，还得亲自带队。走到黑水湾，太阳下山了，从黑水湾到过村，还有三四十里路呢。

　　到了过村，已近夜里十二点了。

　　来到县委驻地，通信员告诉说别人都不在，只有副县长李振义在家，已经睡了觉了。

　　龙杰来到李县长的住处，接连敲了几下窗户，半天了才听得里边问："谁呀？这个时候啦干什么？"

　　"我。"龙杰说。

　　"老龙吗？"

　　"还能有谁？"

　　"回来了吗？"

　　"回来了。"

　　"怎么样？"

　　"给你提了货来了。"

　　"什么货？"

　　"倪宏霖。"

　　"带回来了吗？"

　　"带回来了！"

　　"在哪里？"

　　"门外等着你哩！"

　　"你快别闹了！"

　　"什么时候了我和你闹？"

　　"真的吗？嗨！嗨！真的吗？"听得出，李振义十分激动。

　　龙杰不再吱声，只听见屋里一阵响动。

　　"好！好！我马上点灯！我点上灯！我穿上裤！我穿上裤！……"

　　过了老半天，光听见李县长在屋里闹动静，就是不见点灯，也不见开门，龙杰沉不住气了。

"不方便吗？屋里不光你自己吗？你先开开门，我们先进去不行吗？"

"行行行行！怎么搞的？火也找不着，裤也穿不上？……"

"你不穿裤又怕什么？我又不是个大闺女。"

"不是不是，好好，穿上啦，穿上啦！哎？不对，还是不对，不行！我先开门，我先开门！"

门开了，龙杰提着倪宏霖进了屋。点上灯一看，李振义哪里穿的是裤子？他把两个褂袖子穿在腿上了。

"嘿嘿，我说穿不上，穿上也提不起来，还是褂子咪！"

"别看难穿，还难脱哩！"

龙杰也笑了。

第十五章

南　下

一九四九年春，为配合中国人民解放军打过长江去，解放全中国的战略部署，华东局决定从山东老区抽调一万五千名地方干部南下，支援江南的地方政权建设。

突然来了调令，要龙杰立即到县武装部报到。刘宏伟部长南下，龙杰接替工作。

命令来得突然，龙杰二话没说，背上匣枪快步赶到武装部。刘部长笑嘻嘻地从腰带上解下屋门、抽屉上的钥匙交与龙杰。转过脸去，眼泪瓜子一样啪嗒啪嗒掉下来了。

怎么啦？刘部长这是怎么啦？龙杰愣住了。难道……难道舍不得他这个部长的位子吗？心里胡乱猜度，不好随便发问，龙杰只得漫无边际地说："南下是好事，中央的精神是一切服从南下。全国就要解放了，革命不就是盼的这一天吗？"他见刘部长没吱声，就又说，"往南走就是离家远了点，这些年来咱们还不是处处为家吗？刘部长请放开心，家里有什么困难，还有我呢！"

刘部长擤了一把鼻涕，擦了擦眼泪："龙区长，你说的这些我都明白，俗话说，父母在，不远游，我家中有八十的老娘哦！这一走，还不知道能不能回来，我那老娘还不得把眼哭瞎？"刘部长叹了一口气，坐到凳子上继续掉泪。

龙杰万没想到刘部长是因为这个难过，就说："咳！这点事值得你犯难为吗？谁去不是去？你要真离不开，咱俩就换换哎！你去不了我去！我打小在外头混穷，我习惯了。"

"你去？"

"我去！我替你！行吧？"

刘部长擦了擦泪眼，怔怔地望着龙杰："能行吗？"

"你同意换不？"龙杰笑嘻嘻地问他。

"我……倒是愿意，可是……"刘部长又擤了一把鼻涕，皱紧了眉头。

"只要你同意，咱俩就换换，报告我打，行吧？"

"能行吗？……不准吧？"刘部长苦笑了一下。

"你不用管，工作我做，一切由我了！"

其实，要论家庭负担，龙杰的困难要比刘部长大得多。肖兰芬死了两年了，没娘的孩子还不满三岁。父亲离世早，老母亲也已年近七十，种地做饭、喂猪捣狗、拉巴这个没娘的孩子，全都指望她一个人。说句实在话，一迈出家门他就有挂心事。

慈善岭一战，龙杰病倒在战场上。没有地方治疗，组织上只好把他送回落凤坡，让肖兰芬请了假在家伺候他。一场大病龙杰没丢了性命，却转成了瘟疫伤寒。他活过来了，反而把肖兰芬传染了。肖兰芬刚坐完月子，身体虚弱，抵抗力差，病情一天天加重。组织上一看他俩谁也顾不了谁了，只得将龙杰临时转移到东城。一段日子以后，再转到王家小庄，最后转到马家园。在马家园住了三天，家里连续捎信来，说肖兰芬病得很重，一定要龙杰回家看看。马家园距离落凤坡三里路不到，龙杰干着急，走路迈不成步啊！晚上，家里又来人了，说肖兰芬昏迷好几次了，一醒过来就问："孩子他爹回来了吗？"龙杰哪能不想回去？他自己做不了自己的主啊！房东出主意，让龙杰坐在椅子里抬他回家看看，龙杰嫌丑，说什么也不让人家抬他。房东又牵来一头驴，可是驴上他也坐不住。最后只好趴到驴背上，两边各傍上一个人扶着他回了落凤坡。

一进家门口，见家里的人急急火火、出出进进，情知事情不妙。

龙杰被两个人搀扶着来到里间房屋子门口。前来瞧病的老中医，正坐在门口一旁抽烟，油灯漾动着不安的光波。

"老三回来了。"

"三叔你可回来了！"

……

见龙杰回来了，大家赶忙闪开屋门，两个人架着他来到里间屋的炕沿上。龙杰偎到炕前，见肖兰芬两眼紧闭，歪躺在嫂子的怀里。原本胖壮的身体，如今皮包骨头，脸也瘦成了巴掌大小，黄得像半张透明的火纸。

"他三叔回来了！他三叔回来了！"

嫂子轻轻摇醒气息奄奄的弟媳。

听见龙杰回来了，肖兰芬用力睁开眼睛，半天，蒙了雾一样的眼珠渐渐有了光亮。她直直地看着龙杰，又歪头斜了一眼不足三个月的孩子，然后用力睁大了眼睛：

"我……我不行了……孩子小……你别……别走远了……"

羸弱的声音，像风中的游丝，仿佛一把抓不住，会消失得无影无踪。

龙杰强忍着泪水，往前靠了一步俯下身子："你放心吧！我不走了，哪里我也不去了！"

肖兰芬的头一歪，咽了气。风中的游丝，轰然斩断了龙杰的心弦。

"我不走了，哪里我也不去了。"他曾告慰过她。但是为了革命，为了解放全中国，龙杰不得不食言了。

论农历已进三月，大汶河两岸春风又绿，各种水鸟在河滩、沙汀上追逐嬉戏，往来汶水南北的人，也开始扒了袜子过河。柳林春试马，如诗如画的顺河柳林里，民兵训练正搞得热火。伴随着出操跑步、号令、歌声此起彼伏。南下一天不走，就要坚持做好一天的工作，龙杰干工作向来就是这样。

民兵在汶河边集中训练，岱西独立营也在张家柳林搞整顿。自打从独立营老参谋的位子上转到地方，龙杰的心里一直挽着个疙瘩，因此他再也没有回过独立营。完成了最后一天的训练任务，回到县委驻地东向镇，可巧，独立营房教导员正站在西门口等着他呢。

"老龙，我在这里等你多时了！到营里来坐一会儿吧？"

"有事吗，教导员？"龙杰微微一笑，只得站住。

"怎么？没有事你进来坐坐还不行吗？"房教导员面露尴尬。

"老首长叫我哪有不行呢？嘿嘿……"他苦笑了一下，想起了调离部队时教导员跟他谈话的情景，龙杰心里的疙瘩结得很死。

"嘿嘿什么？工作需要嘛！"房教导员意识到龙杰想要说什么。

来到独立营，也算是回到了娘家。虽然独立营的人换了一茬又一茬，毕竟是自己的老单位，总觉得亲切。等熟人都走了以后，房教导员说："老龙，和你商量个事吧？"

"行啊，什么事情还和我商量？"龙杰苦笑了一下。

"咱俩再括伙计吧？"

"括伙计？"

"对呀！"

"怎么个括法？"

"你来当营长吧？"

"我？……"

"用不着转弯子，你来当营长！"房教导员说得很肯定。

"好倒是好，来不了啦！"龙杰微微一笑。

"怎么？"

"我南下啦！"

"什么？"房教导员愣住了，"我给你打了报告啦！车营长要调走，独立营缺营长，我估计你不会不同意，报告打上去，司令部已经批下来了，调令也来了，就叫你来当营长，别犹豫了！"

龙杰笑了笑："不是我犹豫，南下的报告也批下来了。我和刘宏伟部长调换了一下，我南下了！一切服从南下，恐怕不好再动了。再说，能打仗的有的是，现在解放了，也没有多少仗打了，你再物色一个吧。"

房教导员一下子闷了缸，半天没回过神来，烟也忘了让，茶也忘了冲了。他知道龙杰一直对他的工作调动有意见，虽然回到地方同样干得很出色，而且亲手逮住了大汉奸倪宏霖，但是他更知道，龙杰一直留恋部队生活。如今再调他回来当营长，估计他不会不高兴，疙瘩也就解开了。可是万没想到，龙杰会突然南下，因为一切服从南下，还不能说别的。坐了一会儿没有更多的话题，龙杰告辞了。

南下人员开始集合。岱西县近百人的南下队伍里，不少是见面点头微笑的熟面孔。两天的集中学习结束了，南下人员全部换上带胸牌的中国人民解放军军装。五十里路急行军，来到泰山灵岩寺以西的万德火车站。

火车站内，一列闷罐车正趴在道轨上喘粗气。眼见队伍开过来了，火车大着嗓门招呼了两声。同志们连拉加拽上了车，随着又一声吼叫，灵岩山在车窗里轻轻一晃，火车启动了。

虽然守着铁路过日子，乘坐火车，不少人还是头一回。好像理解大家初次坐车的不习惯，火车一起步，故意把速度放得很慢很慢，车轮一前一后坚定地重复着"咔吧咔吧"的钢铁节奏。山岭、坡地开始缓慢旋转，"泰山春耕图"的山水长卷，也在明媚的阳光下渐次展开。正是桃杏李花次第开放的时节，吆牛声里，耕地的青壮光了膀子，皮鞭摔得啪啪响亮，泥浪在犁杖下哗哗翻滚；耙地的老汉须发飘飘，手牵牛绳昂首挺胸，雕塑一样迎风而立，任胯下"目"字耙吐雾喷云；田间小路上，送饭的村妇一手挎了篮子，一手提了瓦罐，脚前脚后跑动着活蹦乱跳的花狗……

火车哐哐当当走了一天，傍晚到达了枣庄以西的临城，来到了铁道游击队"爬飞车、搞机枪"的地方。西边的太阳快要落山了，微山湖上的渡江演练依然热火朝天。小小的临城，也为迎来了一支南下干部大军，激动得彻夜难眠。为了行军和战斗的需要，南下队伍一律改为军队编制。一个县为一个营，县长是营长，县委书记是营教导员，武装部长就成了当然的副营长。早起出操跑步，睡前开会总结，全天训练学习。

剃洋头

在独立营的日子里，从营首长到战士，一律剃光头、蓄短发，概无二样。部队一到临城，新命令来了，男同志不仅不能再剃光头，而且要全部蓄起发来留洋头。据说，江南要饭的、拾大粪的都是留的洋头。过去剃光头是为了军容整齐，为了方便打仗，是为了革命；今天留洋头是为了更好地联系群众，为了融入群众，同样还是为了革命。江南人民长期在国民党的统治之下，耳朵里灌装的全是对共产党的反面宣传，要想尽快地和江南的老百姓打成一片，彻底改变"土八路"的形象，就先从留洋头做起。

一说要留洋头，年轻人如同犍子牛解了鼻钳和拴绳，高兴得又蹦又跳。口袋里小镜子、小木梳、搽手搽脸的蛤蜊油……都有了。年龄大的同志一时转不过弯来，两手划拉着头皮不住地哺哑嘴，一再要求：能不能老人老办法？你靠我挨到最后，等来的命令是一刀切：剃洋头。

剃头并不费事，部队里就有专职理发员。不过，专职理发员也是以前挑着担子赶四集的剃头匠子，他们也没有真正见过几个正儿八经留洋头的，更不知道人家的洋头是怎么剃的。大原则只知道转遭短，顶上长，究竟怎么整治，他们也是现琢磨。而且理发工具也只有三样：刀子、剪子和梳子，反正不是剃，就是剪，没有第三个好办法。热水端来了，排上号的把头洗一洗，泡一泡，以耳朵上梢为水平线，之上全留着，以下周遭全部剃光。

轮到龙杰剃洋头，刀子已经锈了豁口，说什么也不快了。理发员将刀子在蹭刀布上反复蹭了好几遍，剃不了几刀，就又割不动了。龙杰的头发又棒又密，刀子不快，简直就像榜地，半个洋头没剃完，头皮已割破了好几处。这一来，轻易不开玩笑的他，再也憋不住了。

"我给大家讲个笑话吧？"龙杰见理发员又去弄刀子。

"讲吧讲吧，讲讲笑话，头就不大痛了。"理发员将蹭刀布换成了磨刀石。

"听了笑话你那刀子就快了！"有人调侃。

理发室里一阵笑声。

"咱们山东人闯关东，东北人叫咱山东老侉、山东侉子。有一个山东老侉下了东北，头发长长了，到一个剃头铺子里去剃头，也正好赶上他的刀子不快，痛得这个老乡连搴鼻子加龇牙。他对剃头匠子说：'你那刀子咋这么快？在你这里剃头，可真是一种享受啊！不像在我们关里老家，一进了剃头铺子，那可就遭了大罪了。'东北的剃头匠子忙问：'为什么？'山东老侉说：'我们那儿剃头不用刀子。'那个剃头匠子立马停住了手中的剃刀：'那用什么？'老侉说：'用上鞋的锥子。'东北的剃头匠子一听，立刻瞪大了眼睛：'上鞋锥子？锥子怎么剃？'老侉说：'一根一根地剜。'东北的剃头匠子一听：'我靠！那能受得了？'"

"胡闹胡闹！谁能受得了？！"理发员也把磨刀石一扔。

龙杰接过话茬："我觉得比这个滋味还强！"

短暂的静寂过后，满屋子哄然大笑。理发员失手将刀子扔到地上，抱着个肚子直喊肚子痛。

洋头剃好了，大伙你看看我，我看看你，一个一个像顶着个野鹊窝。龙杰拿着一块镜碴子左右照量了一下："都说淮海战役打得鸟都没处去了，有了这么些洋头，鸟儿别愁没有家了。"

一句话又把大家逗乐了。

剃好洋头，马上出发，部队很快到达了徐州。徐州以南的铁路被炸得有一段无一段，火车已不能正常通行。大部队行至新安镇，一个转弯奔正南。行军速度加快，一天六十华里。

六十里路，对部队出身的龙杰来说算不了什么。地方上来的干部可就吃不消了，他们毕竟没有行军打仗的锻炼，因而越走越吃力。队伍里有不少的老同志、女同志，六十里路走下来累得衣帽不整，气喘吁吁，屁股一着地，就像坐在了黏鳔上，拽也拽不起来。为了保证行军速度，华东局决定抽调部分队员组织先头部队，保证大部队不因吃住耽误行程。别看是个打前站的活儿，一般人还干不了，因为参加先

· 374 ·

头部队的，一要懂军事，二要会打仗，三要会骑自行车。不用说，龙杰又被选中了。

先锋官们很快集合起来，一见面都乐了：全是熟人啊！抽调上来的几乎又都是各县的武装部长。岱西军分区属下的武装部长，南下之前，曾一块在肥城集中学习过。学习结束时，考虑到南下以后你东我西一人一个县，活着也不知道哪年哪月才能再见面，因此曾一块合影留念。有缘千里来相会，哪想半路上又凑到了一块，大家都乐坏了。

有了先行官，后勤工作跟上了，行军速度加快。到了号称"小南京"的江苏淮阴，上级命令歇兵三天，然后沿运河前行。

这一阵大家都走累了，三天的休息时间，可以洗换一下衣服，再整理整理洋头。长时间的徒步行军，脚走乏了，腿跑木了，趁此机会拾些柴火烧点热水，各人也好烫烫脚舒服舒服。可是，淮海战役刚打过去，遍地焦土，在淮阴几乎看不到什么柴草，大家只能到河沟子边上捡拾些枯枝败叶，凑合着烧盆热水。一盆水烧热了不得单独享用，三人一盆，自由结合。嘻哈声中，六只脚在热水盆里一阵乱腾，转眼的工夫，盆子里就只剩下了脚丫子。

歇兵三天，疲劳解除，大部队很快到达了"二十四桥明月夜"的古城扬州。华东军分区命令晚六点过江，先头部队飞车赶到六圩渡口。

六圩渡口的码头很大，出扬州南门，有直达的公路连接。龙杰递上船业司令部的介绍信，六圩渡口的负责人捻着胡子摇了头："起大风了，今天过不了江。"

"晚六点准时过江，是华东军分区的命令。"

"有命令我们也不敢冒这个险，"渡口负责人摸着下巴，"如果你们是作战部队，那没问题。你们是干部队伍，风大浪高，出了问题我们负不起责任！"

老天好像故意作对，江天果然刮起了大风。

江边听风，虎啸龙吟。

渡口负责人脸上没了表情，无论怎样强调，人家一口咬死："安全没有保障不能过江。"

渡口不答应渡江，龙杰不死心，他决定亲自到江边看一看。

出来办公室，觉出风大来了。一登上圩堤，扑面的大风，把龙杰推搡了个趔趄。侧棱着身子，依然迈不开脚步，睁不开眼睛。江水排山倒海，发疯一样咆哮着东去，天地之间狂奏着水和风的交响曲。

看着咆哮的长江，惦记着六点钟过江的命令，龙杰的心里也没底了。风里浪里的感受，他没有真正体验过，因此，他决定下到江边感受一下。走了没多远，就见从长江南岸驶过来一只大舢板。一浪攻过来，舢板被高高托起，船底看得一清二楚。一浪落下去，舢板一头攮进水里，老半天挣扎着才从水里钻出来。刚钻出来就又被浪涌托起，再甩下……不用说，没坐过船的人绝对坐不住。

"同志，你看这风浪危险不危险？"

不知什么时候，那位渡口负责人已捻着胡子跟在了身后。

"别说你们没坐过船的，这种风浪，有经验的也不保险。因为我们接到了今天不能过江的命令，如果没有上级指示，我们自己哪敢随便做主？"

怪不得人家那么坚决，原来是接到了命令。没办法，只得回来如实报告。听完汇报，参谋长也笑了："我们也接到电话了，今天过不去了，时间改为明天一早。"

老人桥

第二天，风停雨住，碧空如洗。南下大军，早早来到江边排队上船。

旭日东升，江水瑟瑟，回想昨日的狂风恶浪，好像一场梦魇而已。尽管长江已变得心平气和，服服帖帖，因为大部分人是第一次坐船，仍然有不少的人晕船。女同志胆子小，眼睛不敢往两边看，咋天呼地抱在一起，止不住哕哕干呕。

过了长江，就到了真正意义上的江南。青山座座，修竹蓬蓬，水田像铺下千面万面镜子，行军队伍如在诗画中蜿蜒。时间不长，虽然又见到了久违的铁路，因为前边不远铁路又被破坏了，部队仍然只能徒步行进。天近正午，先锋队伍来到老人桥。

老人桥，典型的江南鱼米之乡，竹篱茅舍，吴侬软语，河网纵横，拱桥座座，但不知哪一座才是老人桥。水乡虽然美丽，气氛却不容乐观。街上随便走走，墙上贴的、画的，除了国民党反动派的反共标语，就是抱着活人吃肉、喝血的孙猴子和猪八戒。同志们早有思想准备，见怪不怪，迅速清除掉这些乌七八糟的旧墙贴，张贴起进军全中国的新标语。

安排好大部队的宿营地，龙杰来到一户看样子还算富足的人家。这家人家房屋不算少，屋里的陈设也很讲究。看桌椅板凳、锅碗瓢盆的配置，应该是一大户人家。但是，房东却只见到一个老汉和一个老妈妈。男主人六十多岁了，花白胡子鹭鸶眼，长得利索，穿得干净，长长的手指甲不藏灰垢，看样子像个教书先生。

刚进这个家的大门时，老两口的脸色如霜打的茄子。老妈妈穿了一件补丁摞补丁的破衣服，脸上抹得二灰八道，见龙杰进了家门，扭头进屋再也不见出来。龙杰主动上前跟老人家搭话，老汉趔趄着身子，不住地打量龙杰的头发、眉毛和眼睛，连连摇手说："听不懂！听不懂！"直到龙杰进了饭屋把背包放到柴草堆里，老人僵硬的面孔才逐渐有了活泛意思。

"老总恁打算住哪儿？"老人满腹狐疑。

"住饭屋就很好啊！咱们南方的稻草比北方的谷草好，解乏又暖和！"

"没有门也没有窗，行吗？"

"行行！若不是昨天刚下过雨地上太湿，我们睡到大街上就行！"

"夜里冷呵，给恁抱床被子吧？"老人有了恻隐之心。

"不用不用！大爷恁老不了解，咱们中国人民解放军，前身就是八路军、新四军，再往前说就是中国工农红军，是咱老百姓的队伍，就是解救咱劳苦大众的。'三大纪律八项注意'教导我们，不拿群众一针一线，我们尽量不给老乡添麻烦。"

见老人的态度有了转化，龙杰就不失时机地靠上去和他攀谈。谈大军为什么南下，谈全国解放的必然，谈解放以后中国建什么样的国家……谈着谈着，老妈妈端着茶水出门来了，脸上的灰不见了，补丁衣服换成了翠毛蓝。老汉大腿一拍、烟袋一挽站了起来。

"小兄弟，话我听见了，人我看见了，我信啦！你们共产党解放军都是好人！你们渡江之前，中央军把你们糟蹋得没个人样，我们怕得要死！他们说共产党一个个红毛绿眼，比妖精还吓人。还说你们见了留洋头的拽住就割，连头皮都旋下来。留洋头不行，穿拖鞋更不行，说是只要一见穿拖鞋的，就把大洋钉子砸到他的脚后跟里，用老虎钳把他的脚指甲全部拔掉，活活地把人折磨死。中央军还特别宣传共产党共产共妻，女人都是大伙的。不管谁家的姑娘、老婆，不管白天晚上，愿意睡就睡。如果有格外漂亮的都想睡怎么办？那就排号。先尽着官大的，接下来是官小的，没有官职的就抓阄。你说，谁不害怕？你们也看见了，大街上贴的那些画，画的毛猴子和猪八戒，说那是你们共产党的总头子，见了人摁住就撕，就咬，吃肉带着喝血，谁还敢出来？"

"现在能叫他们出来吗？"

"能！能！能！出来！出来！可是得出来！哪里想到你们都是些这么好的人！"

老汉的屋后是个竹园，茂林修竹，曲径幽深。竹林的小道旁边开挖了一个很大的地窖，不少人就藏在地窖里。老汉把窖门一掀开，嚷嚷之声嗡然涌了出来。老汉俯下身子喊道："快都出来吧！可别听那些胡说八道啦！共产党、解放军和咱一样，都是好人！哪里的红毛绿眼？纯是胡说八道！怎看这个老总，也是留的洋头！"老汉拉过龙杰，"哪里有绿眼？眼珠子比我的还黑，长得比咱还好看呢！"

老人桥的地窖，下去三四尺便是水。龙杰摘下军帽伸头往里一看，整个地窖就像一座水牢，里边的人也不知躲了多长时间了，虽然凑合着挤坐在板凳上，腿泡肿了，脚泡白了，有的不时把腿脚搬出水面捏捏、抓抓，有的腿脚抽筋痛得站也不是，坐也不是。老汉见大家还在犹豫，就又催促说："可别犯傻了，共产党都是好人，解放军是咱老百姓的队伍，和咱是一样的人，不抢、不杀、不剪发、不伤人，也不霸占人家的妻女，千万别信共产共妻那一套，纯是造谣！谁的老婆，还是谁的；谁的儿女，也还是谁的。有我担保，你们放心出来好啦！别磨蹭啦！"

人，陆陆续续出来了，呜呜呀呀五六十个，多是些老人、妇女和儿童。因为国民党宣传共产党过江先抓丁，抓住以后，不管愿意不愿意，挂上枪就得干，不干立马枪毙，所以，青年人几乎都跑光了。

群众不怕解放军了，但是国民党撤退时抢劫一空，老百姓惊魂未定，一粒米、一把柴也不能再动他们的了。部队所需粮草，只能到粮草站去运。

粮草站距离老人桥约三十华里，没有旱路，只有水道。出门办事，船装水载，离了舟船寸步难行。

运粮运草需要四条船。船好找，一条一条都在水沟子里链着，但是船工难觅，街头巷尾根本看不到一个年轻人。没办法，只好再托房东帮助张罗船工。好说好劝，总算找来了三个能撑船的，却无论如何找不到第四个船工了。时间不等人！大部队一到，没有粮草岂不抓瞎？龙杰一想："什么不是人干的？我去！"

他对通信员张帆说："小张，咱两个去运粮草吧？"

"谁撑船？"

"我。"

"你撑船？"

"我撑船。"

"你会？"张帆笑着问。

"嗨！鬼子汉奸都能杀了，长江咱也渡了，还能撑不了船？咱俩一条船怎么样？"

叫去就得去，通信员不会多说什么。他俩瞄着别人怎样上船，也学人家的样子跳上船去。看人家撑船的站在哪儿，龙杰也站在哪儿。三个船工头前走，龙杰也学他们的样子在后面紧跟。

说是紧跟，也想紧跟，但是跟不上。眼见得前边三条船行云流水一样远去了，龙杰在后面犯了难为。竹篙左边一点，船就撞向右边，再往右边一支，船又回到左边。赶忙再点左边，不等船舷碰岸赶快往右一点，船几乎横了过来。张帆哭笑不得，只能坐在船舱里干看着。

推了十几年的小车子，龙杰不信学不会撑船。他继续左撑右点，可是篙篙下去，不是撞岸，就是转弯。好在河两岸全是黑乎乎的泥巴，要是石头，那船早撞得不像个样子了。折腾了好一大阵子，龙杰慢慢地摸上了门道。篙顺手了，船听话了，十五里路出去，从河汊子进入了大河，龙杰也学人家的样子溜着河岸走。虽然磕磕碰碰在所难免，但是，能跟上趟了，张帆终于笑了。

到了粮草站，三个船工和龙杰商量，四条船，两条装粮，两条装草。一位年长的船工说："老总，你的船装粮吧？别看草轻，码在船上就是个柴垛，和挂上个船帆差不多，风一吹你使唤不了。若要刮上一阵大风，那就更麻烦了。"他拿出毛巾在空中试了一下："现在有风，你撑不了，你装稻谷吧？"龙杰同意他的意见，但是也不示弱，一条船装了三千五，只比另一条船少装了五百斤。

起航了，龙杰对小张说："咱可不受那个洋罪了！小河沟子空船还不好走，现在又装了这么多的稻谷，更不好使唤。这里的大河小河都通连着，咱转悠着走大河怎么样？"

小张说："怎么不行？听你的。"

"走大河！"

"好！"

三个船工不紧不慢、轻轻松松往回去了，龙杰悄悄将船撑进了大河。小河大河，深浅不一，龙杰把握不好点篙的轻重，一不小心把船点进了河心，坏啦！坏啦！自己当不了自己的家了！张帆先晕船了，扑倒在船舷上哇地吐出一口黄水。龙杰一看不好，他叫张帆只管趴着别动，他左一篙，右一篙，满头大汗，却竿竿插不到河底。眼见上游驶过来一条大船，看人家的竹篙唰地一竿子到底，而龙杰的竹篙，插不下一半，就被水硬顶了上来，好像水下有一只手，一次又一次给推回来的一般。竹篙插不到底，船就失控，越逛荡越往里，越往里水越深，最后在河中间打起转来。同来的三条船早已不见踪影，龙杰无论如何冲不出河心去，这可怎么办呢？

说是犯了愁，其实这点困难还难不住龙杰，因为他从来认为没有过不去的火焰山。船转了三圈，他主意也有了：管他三月四月，管他水深水浅，跳下去将船推到岸边不就行了吗？想到这里，龙杰解开武装带开始扒衣裳。刚把棉袄扔给张帆，就见下游驶上来一条船。

"老总你要干什么？"

"推船！"龙杰做了个推船的手势。

船上的人笑得前仰后合，人家可能老远就看出他是个"力巴"来了。

"快穿好衣服，水太凉，你在水里抽了筋就更麻烦了！"

龙杰只得笑呵呵地把袄穿上，一边系扣子、扎武装带，一边笑着向人家点头。

"老总，你穿好衣服站站稳啊！"

"好，站稳了！站站稳了！"龙杰叉开双脚，也学着他们说话。

来人用竿子顶住龙杰的船尾，日溜一声就将他的船投到了岸边。这下有救了，竹篙又够到了河底。好不容易冲出大河回到了小河，这一阵折腾，力气也没有白费，撑船技术熟练多了。一进了小河，船比顺毛驴还听话，不一会儿就回到了老人桥。三个船工见龙杰一身大汗终于回来了，一边笑得捂肚子，一边叽叽呱呱说着本地土话。

龙杰笑笑没吱声，肯定是在说他。

嘉兴、嘉兴……

部队在老人桥照例休息了三天，再往前行，徒步一段，乘车一段，上车下车不住地倒腾，速度反而快不上去了。过了常州，听说火车能一直开到苏州，而且部队要在苏州休整三天，大家立刻来了精神。以前只听人说"上有天堂，下有苏杭"，苏杭二州是人间仙境，可是人间仙境究竟是个什么样子，谁也没有见过，这一回可该好好过过天堂的生活了。

火车启动了，同志们指点着窗外的景物，有说有笑地述说着一路上的见闻。车窗外的景物，零距离亲历并不觉得新鲜，可是一坐进火车隔了一层玻璃，距离立刻产生了美：一棵站在田埂上的棕榈，一头跋涉在水田里的老牛，一个肩挑了鸡毛菜的老汉……都能让大家议论上半天。

天近正午，苏州到了！人间天堂到了！拱桥石栏，楼台亭榭，园林古刹，隐隐钟声……果如走进天堂的一般。安排好住的地方，洗换的衣服刚刚摁进水盆，突然来了紧急电报：杭州解放，部队火速前往。

火车不能坐了，汤恩伯遵照蒋介石的训令在淞沪负隅死守，解放上海的战役还没有正式打响，火车通不过去。

铁路不能走，部队只好水路前进。摁进水盆里的衣物拧出来，来不及洗的衣服再穿上，打好背包，收拾停当，天黑下来了。

司令部调度的两只炮船开来了，咚咚的马达，如在心口擂鼓。大队临时任命胡县长为总指挥，龙杰为副总指挥，带领队伍前进。龙杰跑前跑后，指挥着将五个大舢板一个一个挂上炮船，七条船链成一串，浩浩荡荡像一列水上火车。

船喇叭压扁了嗓门招呼了两声，水上火车徐徐驶离了苏州。走出约有二十里路的光景，敌机袭扰来了。国民党的飞机沿着京杭大运河接二连三地扔着炸弹，拉稀一样打着机关炮。龙杰抱了一挺机关枪站在船头，不时地向俯冲的飞机打上几梭子。船队和敌机捉迷藏一样走走停停，停停走走，天明到达了嘉兴。

嘉兴地处上海和杭州之间，是历史上文人墨客荟萃之地，不胜苏杭，也应该和苏杭差不了多少，可该好好休息一下，放开肚子吃顿好饭了。

心里想得很美，可麻烦来了。嘉兴这个地方，吃食与北方不同，风俗也大不一样。这里的人，男女之间好像没有什么避忌，男人掏出来就尿，女人蹲下去就解，实在让人不习惯。河两边相隔不远偶尔也有厕所，茅厕极其简陋，遮了前，挡不了后，盖了左，捂不了右，有的则前后左右都藏不住。这里的河，没有上下水头之分，河河相通，沟沟相连，一样的颜色一样的汤，其实就是一条河。街上、路上、桥上，满是牛粪、马粪、人粪，到处臭烘烘，臊烘烘。本来就不卫生，战争一过，大部队一运动，一切都超负荷。河里的水又脏又浑，可是，吃、喝、洗全都用它，龙杰好好吃一顿的美梦彻底破灭了。

龙杰自小生长在农村，家里虽然穷，但是吃食上从来讲究个干净。他万没想到两个天堂之间会夹着这么个地方，别说吃喝，一看就反胃，就想吐，早就饱过了头，哪里还饿？饭吃不下，水更喝不下，好不容易找到一个卖点心的小铺子，龙杰买了一斤饼干、一斤白糖，饼干就着白糖当饭吃。可是，龙杰又错了，口渴了白糖不化。饼干倒是好嚼，可是越嚼嘴里越满，越嚼越咽不下去。一不小心呛了嗓子，咳嗽得几乎要背过气去。再说，吃了饼干和白糖不是更害渴吗？

张帆满头大汗跑来了，通知副总指挥回去开饭。龙杰是个领导干部，再不习惯也不能依自己，只得回到营部驻地。可是，一端起碗来，河里的、路上的、街上的、塘里的……全来了。心里渴得冒火，嘴唇干得爆皮，眼前有饭有菜也有汤，就是吃不下，喝不下。吃不下、喝不下还不能直说，只能推说受了点凉不舒服，暂时没有胃口。听说晚上杭州有车来接，同志们高兴地欢呼起来。嘴上虽然不说，看来都是一样的毛病，赶快走吧，可别待在这儿活受罪了。

盼啊！盼啊！从下午盼到天黑，天黑又盼到天明，眼巴巴十几个小时过去了，哪儿有汽车的影子？

天阴了，一阵阵凉风吹过，下起了蒙蒙细雨。大伙儿争先恐后跑到院子里，一个一个仰面朝天，把嘴巴张到极限，去接天上滴落的雨水。下雨天冷，竟没有一个人怕淋湿了衣服的，看来都渴了。

小雨下了不长时间就停了，落进嘴里的毕竟有限，还是渴。汽车站的停车场是柏油铺的，坑坑洼洼积存了不少雨水。一来到车站，大家争先恐后喝坑洼里的雨水。占住一个大一点的水洼，能多喝一口，一不小心用力过猛，就会吸进满嘴的沙子。

等啊盼啊，上午十点钟，接人的车队终于来了，同志们欢呼雀跃登车启程。还没走出多远，飞机苍蝇一样又跟上来了，一个俯冲，顺着公路屙下一溜炸弹，烟柱冲天而起，爆炸声震耳欲聋。汽车只好又躲进离公路不远的树林子。

上级传下命令：停止前进，就地休息待命。

真是倒霉！怎么就是走不出这个嘉兴了呢？

队伍临时驻进了一个叫竹根峪的村子，村子不大，约有百户人家。房前屋后，坡里地里，全是绿森森的竹子，猜不透这片竹林究竟有多深多远。

驻下来关心的还是水。村子里的一个水塘是唯一的水源，人要喝水，牲畜也要喝水，部队的马匹一批一批都集中到这里来饮水，马粪蛋子在塘面上挤挤挨挨，就像煮了一大锅绿豆丸子。炊事员来打水，提着个水桶荡悠上半天，趁机打上一桶水来，还往往带上两三个"丸子"，炊事员小心地把"丸子"一个一个捏出去扔掉。我的老天爷！这水能喝吗？用这种水煮的饭能吃吗？龙杰就又回到了公路上，干巴着嘴找到他乘坐的那辆车，爬上车去静静地挨时间。

坐了一会儿，两个眼皮开始打架。因为一连几宿没有睡好觉了，很想歪倒身子睡一会儿。未进苏州时，天堂梦曾让大家心盛得没有睡好。进了苏州才要休息，又突然接到紧急开拔的命令。龙杰白天忙着链船装船，晚上指挥行船，还抱着机枪打了一会子飞机，一宿也没捞着合眼。昨天晚上又眼巴巴等了一宿，算起来一连三个晚上没有睡好觉，实在支持不住了。睡一觉吧，龙杰安慰着自己。可是，越想睡觉，就越是睡不着，越是睡不着，就越觉得口渴，好像肚子里的肠子也都干了。

龙杰这里瞅瞅，那里看看，心里干渴得没抓没挠。透过汽车驾驶室的后视窗，他看到了司机。现在汽车上只有龙杰和汽车司机两个人了。他开始仔细端详这个司机和他的驾驶台：司机膀大腰圆，是个大个子，大块头。司机前方的驾驶台上，放了两个军用水壶，虽然水壶的绿漆快掉光了，但是，看水壶沉咚咚安然端坐的架势，说明壶里一定装满了水。再说，水壶盖子拧得那么紧，一定是怕水壶倒了会撒了水。能给一口喝吗？龙杰心里这样想，但不好意思问。司机趴在方向盘上正在打瞌睡，后脑勺下边露出一缕花白头发，估计年纪也不算小了。年纪大的人更富有同情心，这水能给一口喝吗？龙杰干咳了好几声，司机趴在方向盘上一动不动。龙杰只得假装下车又上车，故意弄出一些动静来。

司机醒了，果然已有四五十岁年纪，上嘴唇蓄了小胡子，团团的脸上，留着手背压出来的青白印子。龙杰清清嗓子，开始和人家胡乱搭讪。一接话，司机说的是济南话，再问，他的老家竟然是济南白马山！

"白马山哪个村？！"

"咳，你可不知道，辛庄。"

"辛庄营园子吗？"

"哎？你怎么知道辛庄营园子？"

"我在红庙住了老长时间哩！"

司机惊喜异常："这回可碰上亲老乡啦！你这是哪一年的事情啊？"

"十岁那年啊！张宗昌修飞机场，我去给俺哥哥拉车子。"

"哈哈！不瞒你说，我就是那时怕抓丁才跑出来的。"司机说。

"我先是在白马山拉车子，后来又在济南二大马路纬七路的英美烟草公司推车子盘站，哪里也不生。"

司机更加亲热起来，无论问什么，龙杰都能说出个一二三来，凡济南的事儿，龙杰几乎没有不知道的。烽火连天，二十多年不回家了，这种时候能听到家乡的一些音信，司机当然高兴。他看龙杰不住地摸着干裂的嘴唇看他的水壶，就问："你渴吗？"

"别提啦！怎么不渴？"他巴不得司机早就问这句话。司机拿过一个水壶，又递给龙杰一包饼干。

"喝吧，一边吃一边喝。我们的车队原属蒋经国的汽车公司，早就被解放军接管了。我们出远门多，出发都带水，没有再比杭州到上海这段路更糟糕的啦！你刚从北方来，更适应不了。"

几天捞不着喝口好水了，龙杰接过水壶，恨不得连壶也嚼嚼咽了。这两只水壶的水，他自己都喝了也不够。可是，还有人家司机呢？龙杰喝了两大口，又将水壶送还人家。

"怎么啦？"司机笑着问。

"谢谢啦，喝两口解解渴就行。"

"喝吧！喝吧！不用客气。"司机又把水壶递了回来，"我还有一壶呢，这一壶你都喝了吧！"

万分感激却又不好意思起来，但是，龙杰还是一口气把一壶水全喝干了。嗓子不冒烟了，眼珠子转着灵活了，干了的肠子也觉得滋润了，心里不知道说什么好。司机还是那句话："不用客气！"

　　水喝足了，困神上来了。一觉醒来，汽车已在呜呜地发动。下午六点半钟，汽车开进杭州城，部队驻到卖鱼桥。趁此机会，队员们有的出去逛逛玩玩，有的趁机洗出在苏州没有洗完的衣服。龙杰则一心在等待分配任务。

第十六章

血　路

杭州等了两天来了命令，岱西独立营接收建德县。

汽车沿钱塘江一路向西，到达桐庐后不再继续前行。时任金萧支队长的蒋明达身有重病，他把队员们接过富春江送到梅城，便立刻去杭州治病了。

梅城又叫梅花城，坐落在兰江、新安、富春三江汇流的江口，是一座有着一千八百年历史的文化古城。梅城风景秀丽，史迹良多，唐宋著名文学大家孟浩然、苏轼、范仲淹、陆游等都曾在此为官，现在是建德县政府和建德地区专属驻地。

自从新四军北上，浙江就一直由浙东游击纵队和后来的金萧支队领导着游击战争。继辽沈、平津、淮海三大战役胜利，解放军百万雄师过大江，占南京、围上海、破杭州……长期盘踞建德的国民党司令员王之辉见大势已去，只得带领他的全部人马投降了金萧支队。只是好景不长，野战部队继续南下刚一离开梅城，王之辉就拉起旧部和共产党打起了游击。

初来建德，人地生疏，一切工作都要从零开始，同志们仍然抑不住地激动和高兴。自从踏上南下征程的第一步，队员们心如飞鸢，身似漂萍，天天走啊，走啊，一直有方向，无目标，不知道哪里才是住歇的站点。风雨三千里，征尘满衣衫，终于，扁舟泊进了家的港湾，同志们能不激动、能不高兴吗？

工作的摊子刚刚铺开，王之辉反扑的枪声就打响了。狡猾的敌人已经摸清了南下队伍的底细：别看队员们一个一个穿着军装，留着洋头，其实是一伙从北方临时抽调来的"土八路"。各个区政府远离县城，交通、联络都不方便，而且每个区的配员只有八九个人，因此，一个全副武装的中队要偷袭一个区政府，太容易了！

建北区的区公所，原先设在地处要道的乾潭镇。区长罗宗敬曾是金萧支队的领导成员之一，和王之辉打交道多年，也算知己知彼。形势一恶化，罗宗敬考虑到乾潭地处要冲，易受敌人的攻击，便带领区政府从乾潭转移，临时安顿了一个叫汪家的小村。

区政府自从安在了汪家，日出日落，相安无事。到了第九天的晚上，土匪突然包围了区政府的院子，区长罗宗敬身中数弹牺牲。区委书记王怀平、副区长张慈亭虽然之前很少真枪实弹的锻炼，但是狭路相逢勇者胜，他们硬打硬冲，总算突围了出来。区里的六个助理员都是当地的百姓，本来就没有自卫能力，被土匪挨个捆绑了手脚，填了水碓。

不足十人的区政府，一下子牺牲了七个人，恐怖之网突然抽紧了全县的网纲。县委立即召开紧急会议，研究决定派龙杰带领武装部到北区杀开一条血路，重建北区政府。

龙杰南下的职务是武装部长，驳壳枪天天背在身上。虽然一个科只有他们几个人，却是目前唯一的地方武装。县委书记孙汉杰找龙杰谈话，龙杰笑着拍拍他的驳壳枪："再不发言，我的枪也要憋出病来啦！"

龙杰临危受命，任剿匪队长兼任北区区长。县委给他配备的指导员是孙义友，这也正合龙杰的心意。想当年龙杰在泰安道朗代理区长时，孙义友那时就是指导员，两人的配合从来就很默契。南下来到建德，龙杰当了武装部长，孙义友是民运部长。形势的需要，两个老伙计又凑到了一块，四只大手又紧紧握在了一起。

"报告！"

"进来！"

龙杰正在整理出发的行装，猛听得门外喊报告。谁呀？声音很熟，但是不像他的战士。推门进来了，原来是李明祥。

"怎么是你？你喊的什么报告？你报告什么？"龙杰半开玩笑地。

"龙科长什么时候走？听说要去北区剿匪，我特地赶了来的！我去给你当通信员怎么样？"李明祥直截了当地问。

龙杰笑了："我有通信员，用得着两个吗？"

李明祥眉头皱起来了："开玩笑！张帆干什么去？枪栓都拉不开能打仗吗？他保护你还是你保护他？北区这种情况，谁去都是提着个脑袋，不定哪霎就掉，他去能行吗？"

不错，张帆是南下以后才跟着他的通信员，工作没说的，就是没当过兵，也没有打过仗，这种情况下，连枪也不会放确实是个问题。

"不行你也去不了，你是通信班长。"龙杰知道李明祥不摸枪心里就痒痒的毛病，他巴不得李明祥能跟他一块去。

"还能没了我这个班长吗？打开北区安顿好了我再回来当哎！"李明祥眼里闪着坚定的光芒。

李明祥说得很坚决，龙杰心里也明白，这次到北区去，就是要去杀开一条血路，没有几个懂军事的，肯定还是要吃大亏。

见龙杰没再吱声，李明祥的心里有底了。他瞅了一眼堆在墙角的枪支说："不用犯愁，我这就去找孙书记！这可不是小孩子过家家，这是去玩命啊！"

孙汉杰正在会议室召开会议，他见李明祥从门口过来过去好几趟，眼睛一直紧紧地盯着他，知道李明祥一定有急事。孙书记向他招招手：

"会议结束了，进来吧！"

李明祥快步跑过去谈了自己的想法，孙汉杰一听，兀地站起身来紧紧握住李明祥的手："同意同意！赞成赞成！我赞成你！"他拍着李明祥的肩膀，"李明祥好样的！我也担心龙杰人手不足呢，眼下就缺你这样的！我同意你去！"李明祥啪地一个敬礼，风一样回到武装科，挑上一支好枪，跟着龙杰就上了路。

出梅城往东北，是形肖东岳泰山的乌龙山。乌龙山雄崎富春江边，海拔千米，云遮雾障。翻过乌龙山，在绿色的浪峰波谷里攀上爬下大半天，眼见太阳又要压山了，一行人来到了惊魂未定的建北。

血洗建北有了沉痛的教训，警惕性不能再有些许的懈怠。龙杰明白，尽管敌人穷凶极恶，但是他们明目张胆、明火执仗地对着干已经不敢。所以，敌人在白天动手的可能性不大，最大的危险还是在晚上。

晚上是魔鬼的乐园。

还要打游击吗？龙杰沉默了。

按说，打游击是老八路的拿手活，昼伏夜出也是他们的老习惯。不过，那是在山东老家。在老家打游击，走到哪可以吃到哪，愿意住哪就能住到哪。环境一恶化，石窝里、草窝里、堰洞里照样可以睡几天，一切都熟悉。建德不同了，这里山高林密，荆棘丛生，雨丰草茂，藤蔓罗织，有的地方，硬钻都钻不进去。不同于北方的天干道响，这里一进了夏季，头顶上飘雨，脚底下跑云，湿衣服天天贴在身上。更要命的是语言不通，语言不通就等于是大半个聋子、瞎子。敌人在自己的家门口，如鱼得水。部队初来乍到，举目无亲，小困难有时竟也成了拦路虎。

首先是吃饭问题，炊事员已向龙杰哭诉过两回，区公所只剩下十来斤大米了，马上就要断顿。虽然眼下还没有大的活动和战斗，但是每天只喝两碗稀饭实在不行。在北方吃惯了小米、煎饼、窝窝头的人，大米干饭还觉得吃不饱肚子，两碗稀汤能到哪里？不撒尿已饿得心慌，一泡尿撒了，心慌变成了虚热，前胸贴着后背，晕得站不稳脚跟，这样下去可怎么行？

区公所没有粮食，老百姓也没有粮食，有钱也买不到。南方的地主不同于北方的地主，他们喝茶、赌博、抽大烟，不存粮食只攒钱。所以，斗了地主老财也分不到粮食，钱只能攥在手心里出汗。

天天抱着饿肚子怎么工作？哪还能打仗？安排好晚上的活动，龙杰只得连夜赶回县城汇报。

带领队伍来北区的那一天，龙杰是在食堂里吃饱了肚子上路的。路虽然难走，但是没有觉着多远。如今抱着饿肚子回去，上山下山一个单程四十华里，又是在一个晚上，就觉得路子远了。肚子里无食，浑身无力心发慌，龙杰走不动了就爬，下不来山就崴。山道本来就窄，晚上看不清楚，一脚趿不牢稳，就有跌下山崖的危险。遇到特别难走的路段，龙杰干脆坐下溜。他伸出左脚在前边探路，右腿半蜷在臀下滑行跟进，山还没有下到底，胳膊肘子、屁股、膝盖上已磨出了窟窿。太阳冒红回到县城，孙书记把刚打来的一碗稀饭，让龙杰先喝了。

吃饭已是一个普遍问题，县里的同志们照样喝稀饭。虽然孙书记说正在想办法，但是办法想出来之前，还得靠自己。喝稀饭的时候，龙杰见到了粮食科负责筹粮的金殿佑和小李，得知龙杰也是为粮食而来，金殿佑认真地说："别人吃不饱还能坚持一下，龙科长饿着肚子怎么打仗？"龙杰笑了："谁吃不饱也影响工作，吃饱吃不饱就看你俩的了。"小李说："龙科长放心，我俩回来粮食就有了，吃饱了肚子才能和他拼命啊！"

送金殿佑和小李乘船去了桐庐，龙杰再回北区。

风雨钦堂

回了一趟县城，没能带回一粒粮食，龙杰开始认真思考怎么办。智慧的泉水，有时悄悄藏匿在思维惰性的海绵里，硬挤就能挤出来。饿急了，办法也有了。听说乾潭以北的钦堂有个叫吴绍祖的大地主爱存粮食，龙杰决定将区政府直接安进他的家里。

吴绍祖是钦堂乡远近知名的大地主、大商贾，杭州城里有他的绸缎庄。他的水田、旱田，眼睛看到哪，就能种到哪。他的佃户、长工、短工……周围的村庄挨门插户。

区公所安下之前，吴绍祖就已不知去向，家中只留了看家的地主婆和一个专门伺候她的小丫鬟，另有一个天天念经的老和尚。地主婆是个少见的大胖子，一身暄肉晃晃闪闪，饮食起居都要他人伺候。老和尚则是专门雇了来为吴家赐福降吉祥的，从早到晚，和尚一边嗨呀嗨呀不住歇地念经，一边哪哪哪敲木鱼。

钦堂住了三天，收集的粮食差不多够吃半个月了，龙杰的心里不再那么着急。天气异常闷热，汗湿了的军装贴在身上黏痒得难受，蒲扇扇出的风也热嘟嘟的。龙杰脱下上衣来到河边，他想洗个澡凉快凉快。

这儿是一条小河的拐弯处，水有一人多深，清澈见底。龙杰脱了衣服一个侧身切进水里，涟漪一圈一圈地荡了出去。才扑腾了几下，忽听得好像有人在喊他，龙杰一惊：谁喊我？他撸了一把脸上的水，侧过头来仔细听。

"龙科长！龙科长！……"

声音又慌又急，不对头！

龙杰回过头来，原来是助理员杨树棠。杨树棠一头大汗，神色慌张地向他跑来。

"你怎么来了？什么事把你急成这个样子？"龙杰赶快游到岸边。

"我……我原想直接……回回回县里的，我现在……不敢回去了！只得先跑……跑到这儿来找你！"

杨树棠大张着嘴巴，说话结结巴巴。

"看把你急成这个样子，到底出了什么事？"龙杰把湿毛巾扔给他，叫他先擦擦汗。

"不好啦！"杨树棠定了定神，"今今天早晨……我在胥口整理条柴……眼看着从上边漂下两个人来……漂漂近了一看，穿的是黄军装，我就急了，赶快组织人打捞……捞捞上来一看，是金殿佑和小李。他们是在盆畈被人打死扔到河里的。回县城报告吧，得走乌龙岭，我自己一个人不敢过。若转悠着走杨家桥，七八十里路，来不及，我只好先到北区来了……生怕再出了差错，我派人把他俩的遗体看好，特来向你报告，你向县里汇报吧？"

整个建德政府机关，还都在等着金殿佑和小李运粮食回去呢，可是两人出师未捷身先死了。

澡不能洗了，赶快回去吧。龙杰和杨树棠匆忙回返。杨树棠几次看看龙杰欲言又止，好像还有什么话说。龙杰就问他："你还有什么想法？还有什么事情吗？"杨树棠苦笑了一下："龙科长，有个兆头不好，你说我当讲不当讲？"

"什么兆头？怎么不当讲？"

"昨天夜里我做了个梦，梦见我自己掉了上牙。常言说，掉了下牙伤儿女，掉了上牙损爹娘。俺娘今年快八十了，别再让我摊上了。"

"嗨！你怎么还迷信？就算有这种说法，咱们这不又牺牲了两位战友吗？可别信那个，别再胡思乱想的了！"

回到区政府，及时用电话向县里作了汇报，区公所里的气氛骤然紧张起来。

区里暂时不缺粮食不缺菜了，炊事员弄了两个小菜，打了半斤酒。心里堵得慌，酒发苦，菜无味，在嘴里转了半天不愿意往下咽。杨树棠时不时地发呆，筷子攥在手里不知道夹菜。龙杰说："你放开心先吃饭，饭后再好好休息一下，但一定要提高警惕。下午我们还有个任务，区里和瓦堂村原先就定好了的，今天去瓦堂召开村民大会，一共去五个人，家里有王怀平书记照应，我们尽量早去早回。"

杨树棠说："尽管忙恁的，不能耽误你们的事，我在这里正好帮着给恁看看家。"

从钦堂到瓦堂一共八里路，中间要经过两道山口。

天阴得像个水嘟噜，随时就要漏水的样子。山上的蚰蜒小路一脚宽，不时地有人跌脚擦滑。龙杰一边嘱咐着小心看路，一边想：金殿佑和小李刚牺牲了，杨树棠也隔在了钦堂，出事地点离这儿不远，在这个节骨眼上，跑出八里路来开会，肯定是往危险里钻。不过，会场上当地的老百姓多，土匪也多是当地人，白天他们一般不好下手，估计很可能会在路上捣乱。心里这样想着，龙杰两只眼睛就开始留意一路的山势、地形、道路、建筑……

会议在瓦堂村一家大祠堂里召开，龙杰有意加快速度，争取傍晚结束会议，天黑之前尽量赶回去。白天遇到情况，一般还是容易应付的。谁料会议还没有开完，突然下起了大雨。雨水瓢浇样一股脑儿往下泼，一下子把会场泼散了。

雨越下越大，风刮雨点子如巴掌掴脸，会议开不成了。瓦堂村临时村长非常热情，见龙杰他们要回返，说什么也要留他们住下，并说会前已经估计到下雨，床铺早就为他们准备好了的。

村长越是热情，龙杰越是不放心。他心里有数，刚刚牺牲了两位战友，临时村长的热情到底是真是假？如果是圈套、是阴谋呢？他们只有五个人，战斗力也不行，又在一个不熟悉的地方，敌人一旦堵了门，就很难再出来。他果断决定：走！村长见龙杰一定要走，几乎要掉下泪来，说什么也要他们住下。他越是这样，龙杰走的决心就越大。他对村长说："早就决定了的，我们都不住下，早晚返回钦堂。"

雨更大了，打得人睁不开眼睛，龙杰领起四个人上了路。

下雨天黑得早，一跌一滑摸着山路往回赶，满耳朵里风声、雨声。龙杰回过身说："你们三个先摸索着往前去，我和李明祥在后边等一等，看看有没有异常情况。"

三人前头走，龙杰和李明祥一闪身，贴到了路边的石壁下。大雨如注，石壁上的水流子牤牛撒尿一样澎在脸上、身上。过了十几分钟，断定没有人跟上来，他俩快步赶上前去。

雨太大了，葡萄大的雨点子砸得人东倒西歪。夜里赶路本来就危险，他们走在明处，敌人躲在暗处，冷不丁再被打个措手不及，不是没有可能。

来瓦堂开会路过第二道山口时，龙杰就看准了山坡上的一户人家。房屋古旧，一拉溜儿摆开好几间，中间高出一间二层小楼，大概是这家的住室。当时龙杰也曾考虑：一旦遇上大雨能否在此避雨？现在看来，人不留人天留人，只能在这儿住下了。

五个人一跌一滑摸到这家人家的楼下，还好，楼上的主人虽然亮着油灯，由于风大雨大，全然没有发觉陌生人的到来。楼下有一间敞着门的储藏室，随便放了一些农具、垛了些木柴。龙杰先让四个人进去找地方歇下，他自己摸索着找出一只破木盆扣在地上，手握枪把坐下了。

一夜风狂雨骤。

早晨，雨住了，朝阳从血糊糊的云彩里钻出来，四面青山挂起了千条万条闪亮的鸣弦。山沟、溪涧、稻田、密林到处喧响着哗哗的水声和田鸡哇哇的聒噪。有人提出既然天好了，能否再回瓦堂把会开完？龙杰不同意，他心里总觉着不踏实，他不放心区里的留守人员。

大伙的肚子早就饿了，昨天的晚饭和今天的早饭，看来只能一块到区里去吃了，一行人加快了脚步。转过山嘴，远远望见区公所的大门紧闭，龙杰的心提起来了：太阳已经老高，区公所怎么还没开门？也不见烟火？一阵紧张倏地袭来：出事啦？！他三步并作两步来到大门上，拍打了半天门板，院内毫无回声。不好！龙杰脑袋嗡地大了，他一纵身骑上墙头，左腿一抬跳到了院子里。

坏了！区公所院子里满地砖石、瓦块、烂树叶，血水这里一摊，那里一洼，不见一个人影。临时办公室的前厦底下摆有两把躺椅，有个躺椅空着，另一个躺椅上好像躺着一个人！龙杰快步跑了过去，见有一个穿军装的歪在椅子上，一排子弹横穿了他的胸部，人和躺椅都泡在血泊之中。谁牺牲了？龙杰将歪在躺椅靠背上的脑袋扶正：杨树棠！

院子里寂然无声，满耳朵里嗡嗡地鸣响，其他同志呢？

"王怀平！王怀平！"

"薛继国！薛继国！"

龙杰哽咽着喊了两个名字，院子里一片死寂。

"区长！区——长——！……"

头顶上突然传来撕心裂肺的哭喊声。

"区长——！"

扑通一声，枇杷树上掉下一个人来，抱住龙杰的腿号啕大哭。龙杰低头一看，是小崔。

"区长——！区长——！……"又有哭喊声从长工屋里传出来。

龙杰急忙来到长工的住室，一看是薛继国，和他一块南下的区干部。薛继国老半天才从床底下爬出来，衣服被血染红了。

龙杰一来到北区，敌人就盯上他了。他们发觉这个新来的区长枪不离身，一时没敢下手。区政府既要和敌人打游击，又要发动群众开展工作。时间一久，对方又摸清了他们的活动规律。区政府临时安在钦堂，虽然解决了吃饭问题，但是钦堂远离县城，交通和联络都不方便，敌众我寡，又让王之辉钻了空子。

龙杰一行五人去瓦堂村开会，杨树棠和区公所的留守人员天不黑就吃了晚饭。知道这些天来北区一直比较平和，王之辉又新欠了两条人命，估计他暂时不敢轻举妄动，也就早早地插上大门准备休息。天气闷热，枇杷树浓密的叶子，小山一样堆浮在空中一动不动。早躺下也睡不着，大家都在院子里摇着扇子乘凉、聊天。杨树棠则和小崔一人拉了一把躺椅，分坐在办公室的门口两边，你一句我一句对着拉呱。拉着拉着，两人渐渐有一句无一句，迷迷糊糊睡着了。

起风了，屋面上的鳞片瓦被刮得丁零当啷乱响，满树的枇杷叶子哗啦啦哗啦啦如同放山水。一声闷雷过后，大雨来了，雷声越来越响，雨声越来越大，满世界都仿佛笼罩在了大雨的穹隆之中。突然，爆豆儿样的枪声四面响起，杨树棠刚要起身，一排机枪子弹扫了过来，他躺在躺椅上一动没动。小崔躺在左边的躺椅上，枇杷树正好把他遮了个严严实实。看事不好，他一个纵身抱住枇杷树不知怎么就上去了。枇杷树叶子又稠又密，树冠差不多遮掩了大半个天井，敌人想不到瞬间会有人爬上树去，只是朝着枇杷树胡乱打了一阵子枪。

下过第一阵雨时，薛继国拍打着扇子，本来和吴绍祖的长工已各自回到各人的住室。屋里依然闷热，薛继国拎了一把椅子，摇着扇子又来到院子里。枪响了，他转身就往屋里跑，子弹紧跟了上来，脚下一绊，子弹钻进了他的大腿，长工徐老根硬把他塞到自己的床铺底下藏了起来。

王怀平已是第二次和敌人遭遇。枪声一响，他知道冲出去已不可能，纵身一跃上了房梁。趁着混乱，他从楼顶上顶了个窟窿钻出去，趴在屋面上仔细观察。见围绕着区政府的三个小山包各有一挺机枪吐着火舌，四面都是枪弹出膛的火光，他明白，周围已全是敌人。借着风雨的掩护，他贴着屋面溜到檐下，再下到楼后的夹道子里。夹道子的山草一人多高，他趴到草里躲了起来。

敌人冲进院子，到处乱搜乱翻，找了半天，只发现杨树棠一具尸体。敌人不舍弃，拽出几个长工抡起枪托子乱砸。

"山东佬呢？山东佬呢？怎么只有一个？那些都藏到哪儿去了？"

"我们能藏山东佬吗？他们开会去了，没有回来。"

"放屁！会议早就散了，谁说没回来？都回来了！不是你把他们放跑了，就是把他们藏起来了，快说！藏到哪儿去啦？"

"哪有的事？咱们都是本地人，我们会向着山东佬吗？有情况我们还能不报告吗？"

"跟我们走，弄不清楚就别想活啦！"

敌人找不见其他人，一个黑夜里，他们也害怕打他们的黑枪，转了一圈，匆忙开溜。过了老半天，除了雨声实在听不见其他动静了，王怀平从夹道子里爬出来，连夜奔县城报告去了。

杨树棠为了两位牺牲的战友，自己牺牲在了钦堂，遗体须运回梅城。送人必须走大路，要转杨家桥。如果由区公所剩下的这几个人去送，七八十里的山路肯定有危险。敌人一旦在途中设埋伏，遇到紧急情况抽不出手来，不好应付局面。龙杰找到钦堂乡学的校长，交代他找几个人把烈士的遗体送回县里去。谁知校长一听，脑袋摇得像个货郎鼓："我上哪里找人去？我哪里有这个权力？"龙杰生气了，他兀地想起马虎台打扫战场送棺材的情景，这种情况下不能依校长了。龙杰说："你没有这个权力我有！我是区长，我命令你去找！不接受也得接受！这是政治任务！听着！你给我找六个年轻力壮的，路上倒替着抬，一刻也不能停留！天黑之前必须赶到县城！"校长颠晃着脑袋不再吱声，找来一扇旧门板先把杨树棠安放上，找来的六个人将门板摽绑好抬上肩。龙杰把杨树棠的脸上再盖上一个蓝包袱，把包袱的四个角掖好，又给杨树棠敬了一个礼："树棠啊，你不用害怕，我们现在就把你护送回县城。我们走杨家桥，不走乌龙岭，路好走，你放心吧！"

紧走慢走一天的路程，进了县委大院，孙书记抹着泪眼正等着他们呢。龙杰哽咽着喊了一声"孙书记——"，一行人立刻哭声一片，大院里列队等候的同志也一片哭声。孙书记满面泪水迎上来，他先握了一下龙杰的手，然后挨个和区公所的同志们握手。孙书记向后院指了指，大家止住哭声，相跟着来到后院。后院里停放着三口棺材，孙书记打开边上的一口，大家七手八脚将杨树棠安排进去。龙杰又迫不及待地将另两口棺材也打开，看了一下金殿佑和小李，他这个从不轻易流泪的人，泪水再也止不住了：

"老金、小李啊！咱们又见面了！又见面了！……"

龙杰扶着棺材号啕大哭。孙书记过来劝他，同志们也都来劝他，劝也劝不住。他哭，大家也跟着哭，哭声震荡着县委大院。龙杰见大家都哭起来没完，首先止住了哭声。他晃晃孙书记的肩膀：

"孙书记，杨树棠为了报告老金和小李牺牲的消息，他自己也牺牲了。你看他这身衣服染得像个血布袋，给他换换吧？"

孙书记一边抽泣一边点头。

"通信员！"孙书记哽咽着，"把我的衣服包袱提来。"

通信员把孙书记的包袱提来了，他从包袱里抽出毛巾，蘸着清水，把杨树棠脸上的血污慢慢擦洗干净。又亲自给杨树棠脱下血衣，换上他自己唯一的一套半新子军装。孙书记扶着棺材声泪俱下：

"老杨啊我的好战友！我的好兄弟！你和老金、小李都安全回到县城来了！再不用担惊受怕了！建德的南下干部都在你们身边！都为你仨送行来啦！我的好战友啊！你们安心上路吧！……"

远山衔日，残阳血一样铺排在三江水面上；双塔缭云，依稀为烈士点起两炷高香；梅城黄昏，在夕晖的火光中熊熊燃烧。

野　人

自从王之辉第二次血洗建北，南下干部遭袭事件摁下葫芦起来瓢。

埋葬了三位战友，龙杰还没来得及返回北区，县政府通信员小梁去建东送信又牺牲了。

建东区的区政府设在三都，虽然与县城隔山隔水，却是距离梅城较近的一个区，许多文件、信函差不多都由通信员小梁跑着去送。往来的次数多了，小梁和渡口的人也都混熟了。小梁勤快机灵，很讨人喜欢。每次坐船到三都，他总是主动给人让座，上船下船帮助乘客提篮挑担，船老大亲切地称呼他"梁山好汉"。这次他去三都送一封公函，路过一个叫郑家塘的村庄，快要接近村口时，聚在村口的老百姓轰地散开，闪出两个活蹦乱跳扭秧歌的来。

"解放区的天是明朗的天，解放区的人民好喜欢……"

自从来到建德，王之辉和各路土匪一直把政府和老百姓的关系搞得风声鹤唳，这温暖的旋律、熟悉的舞姿，顿时让小梁倍感亲切。小梁没想到江南的老百姓也会扭秧歌，而且歌也唱得这么好。听着听着，他放心大胆地走了过去。才要搭讪，两个扭秧歌的突然从腰间抽出枪来一齐朝小梁开火。哪里是什么农民？原来是土匪头子方丈高和黄小毛。

情势更加紧张了。

自从区公所遭袭，区公所对面的深宅大院突然关闭了大门。偶尔有人出入，也只是从便门闪身而出、闪身而进，好像动作慢了会走漏了什么，再或者会从院子里突然跑出个意想不到来。

护送杨树棠遗体回县城那天，这家大门就关了，区政府回来以后，这家照样大门紧闭。龙杰脑子里转悠着一个大问号：院子里有什么秘密？敌人吗？……考虑到管理员李根宝是当地人，又是苦出身，就让他尽快想法探听底细。时间不长果然就有了准信：就等着区长回来哩！二十杆枪等了好几天了。

看来敌人又要玩绝的。

敌众我寡，硬打肯定不行。二十个人二十条枪，白天肯定也不会藏在院子里。土匪差不多都是混迹于老百姓的当地人，做贼的害怕露脸，因此偷袭还会选在晚上。龙杰立即召开会议：盯紧对面的大院，白天坚持工作，晚上打游击，坚决打开局面。

知己知彼，龙杰的心里踏实了。吃过晚饭，看看太阳快要落山，龙杰让通信员把电话机子拆下来，包在包袱里背上肩，各人再随身带上吃的用的，悄悄上了西山。在西山找好休息的地方，一边吃着干粮，一边观察着周围的动静。天黑以后，龙杰领起人马，突然转到东山住下了。

敌人的计划落了空，北区的游击生活也正式开始了。每天的路线都是临时选定的，或下乡的路上，或开会的途中，龙杰于有意无意间看准了哪里有座岩洞、哪里有座破庙、哪里有户独居的人家，再看一下周围的环境，能不能住，心中就有了数。由于一个晚上要换一个地方，实在找不到理想的住所，随便哪个崖壁有山岩突出的棚崖、哪个山坡上有枝杈多而好爬的大树……都是他们的宿营地。如果好天好道，在大树上露宿就很好。各人在树上找到合适的位置，每人尽量能坐一枝抱一枝，这样，一棵树上可以同时宿下区公所的八九个人。实在选不到合适的地方，偶尔也会住到老百姓家里去，不过，那是万不得已的时候，而且多半是深更半夜突然闯了去的。因为只要进了老百姓的家，会妨碍人家的正常生活。好在老百姓家家户户有马桶，拉尿都不用出门。南下刚来时最不习惯、最不适应的蹲马桶，现如今却帮了打游击的大忙。

一天晚上，天特别闷热。实在没有合适的地方可住了，他们就又鸟儿一样宿在一棵五股八杈的大树上。天交半夜，突然袭来了暴风骤雨。一个闪紧跟着一个雷，大风似乎要把树连根拔起。扑通一声响，有人掉到树下去了。

"谁？"

"我我！"

原来是腿脚尚不灵便的薛继国。

"怎么样？摔坏了吗？"

"不要紧！不要紧！"

"别再上树啦！雷雨危险，全部下树！动作慢一点，不能再摔着！"

龙杰果断地命令。电光中，他看准山下的小河上有个可供避雨的石板桥，于是领着大伙直奔小桥而去。

这是一条季节小河，河上的三孔石板桥虽没有老人桥的艺术，也没有家乡李家桥的厚重，但是能避雨。石板桥的中间一孔桥洞在淙淙地流水，两头的两孔干桥洞，一孔塞下四五个人正好挤着暖和。石桥下黑咕隆咚，龙杰提着枪一哈腰进了桥洞。砰的一声响，龙杰身子往身后一仰，一道白光倏而远去。

"怎么啦？怎么啦？什么东西？"李明祥问。

龙杰笑笑："没什么，老房东跑啦！老房东生咱的气，蹬了我一脚。"

李明祥说："我看见了，一溜白光窜了。蹬的哪里？你没看清是个什么？"

"蹬的肩膀，嗨！管它是个什么，它让给咱了，咱住不就是吗！咱身上带着家伙，什么东西闻着这个火药味也不敢和咱争窝，放心吧。"

放心地宿到了桥下，哗啦啦的流水声中，不久就有了鼾声。龙杰的肩膀火辣辣地痛，一时半霎睡不着。他揉着肩膀也在纳闷：到底是个什么东西？劲这么大？……忽然听得远方传来隆隆的闷响，声音越来越大，越来越近，好像扩音器控制噪音的旋钮越拧越大，闷雷之声逐渐变成了喧哗，墙倒屋塌地一般？不好！来山水啦！龙杰喊了声："洪水来啦！带好武器快撤！快！"龙杰一把拽住薛继国出了桥洞，大伙儿三步并作两步冲上河岸边的高地。山洪挟着狂风，发疯一样扑了过来，石板桥瞬间淹没在滚滚洪流之中了。

区政府自从安在钦堂，吃饭的问题解决了，游击生活也习惯了，但是考虑到钦堂毕竟距离县城太远，只得又迁回钦堂以南的汪家。东西还没安排妥当，突然来了情报：江西佬回来了！

江西佬原是武装土匪里的一个营职干部，姓鲍，"江西佬"是他的诨号。他明目张胆地带着一行人回来，口口声声要剿灭山东佬，区政府更加提高了警惕。

原本打算搬了家能安安稳稳住一晚上，可是，觉又睡不成了。晚饭以后，龙杰领上区公所的所有人员，先奔乾潭以北转了一个大弯，乘着夜色又悄悄踅回到汪家附近。江西佬既然放出响声来，是要趁北区政府立足未稳再玩个狠的？还是虚晃一枪投石问路？不管是实是虚，龙杰想见识一下这个狂妄的家伙，如果有可能，更想和他交交手。

汪家北面有座小山，他们悄悄借宿在半山腰的一户人家。龙杰让同志们都休息，他大瞪着两眼紧盯着区公所驻地，直到天大亮了，并没有听见江西佬的动静。

江西佬要围剿北区的消息传到县里，县里又不放心了。孙书记一晚上不住歇地给汪家要电话，可是电话机的摇把子又没了分量。孙书记心想：坏了坏了！又坏了！江西佬突然回来，区政府刚挪了地方，上午才来了电话，晚上怎么又要不通了呢？

东方开始冒红，霞光飞满天空。没有得到江西佬的任何消息，龙杰没有忙着回区公所，而是带领大伙直接闯到江西佬的老家来了。

"咱们到鲍家休息一下吧。"龙杰说。

"能行吗？这可是江西佬的家！"有人担心。

"他不是傻瓜，他的队伍不会在这里驻扎，更不会在他的家门口打仗，你们放心吧！"

大家分坐在路旁的石头上休息，眼睛没有离开鲍家的角角落落。龙杰手按枪把仔细端详这个不大的山村：竹篱瓦舍，依山就势，错错落落、迤迤逦逦。房舍虽然不新，但有青山绿水的映衬，小村显得极其清气。这么好的一个小村，怎么会出了一个叫江西佬的土匪？正在胡思乱想，兀见西边的山嘴拐出来一支队伍。太阳已经老高，看得清楚这支队伍穿的都是解放军军装。是真的解放军？还是江西佬化装的呢？队伍已来在近前，集体撤离已经来不及了。龙杰立即命令疏散，大家迅速隐蔽在草窝、竹丛或大石头后边。见大家都隐蔽好了，龙杰提着枪也闪身躲到一蓬竹子的后边。

队伍越来越近，不像是敌人化装，是解放军？解放军……是，是！没错！是解放军！走在队伍前头的指挥员是个瘦高个，一边走一边东张西望，走路的姿势很熟悉，谁啊？怎么像孙书记？可不？孙书记！对！孙书记！

"孙书记！"龙杰喊了一声。

同志们万没想到是孙书记带人来了，一个个满含热泪跳了出来。孙书记先是一愣，定睛一看，全是北区区公所的同志。孙书记合掌一拍又掉泪了："阿弥陀佛！可把我急死啦！一晚上电话摇不通，我知道又坏啦！留在具甲的一共不过俺这二十几个人，我让通信员组织了一下，连夜从杨村桥转过来的。汪家、乾潭都去过了，没有找见，哪能想到你们会在鲍家？可找到你们啦！你们怎么跑到江西佬的老家来了呢？"

龙杰向孙书记汇报了半个多月来的活动情况。孙书记高兴地说："我那龙科长哎，幸亏你原来打游击有经验啊！要不，咱有十个北区也叫敌人端干净了。"

白天明明见区政府忙忙碌碌地上班、开会，晚上却无论如何找不见了人影，王之辉火冒三丈。这一白一黑角色的转换，敌人反而害怕了。有的说:"这个新来的家伙和个野人一样。他狼窝里也住,鸟窝里也宿,和咱们捉起迷藏来了,小心别让他打了黑枪。"有的说:"这个家伙是个军事人!听说抗战时期在山东是个出了名的活阎王,杀汉奸无数,还亲手杀过好几个鬼子。"也有的说:"这小子的战术也是野人战术,指东打西,神出鬼没,白天打不了他,晚上找不上他,他躲到了暗处,我们却来到了明处,当心啊,这是个野人!"

从此,龙杰的"野人"名号又在土匪中叫响了。

白云山

接县里的电话通知,解放军一支部队要从北区经过,命令区政府准备开水,迎接队伍。

区里只有两只打水的木桶和一只水缸,不少用品只得和老百姓临时去借。他们把大缸、小缸抬到公路的两边装满了凉开水,缸沿上再挂上好几把竹舀子,紧傍了水缸又摆了桌子、椅子、凳子,桌子上摆满了刷干净了的大碗、小碗、白碗、黑碗……

部队是从杭州开过来的,汽车依然只能开到桐庐。从桐庐过江,到梅城还得靠步行。部队是急行军,战士们一个个满头大汗,路过水缸时一步也不停留,只是顺势你一茶缸、我一茶缸舀起来边喝边走。

"你们谁是负责人?"

队伍里走过来一个干部,看样子像个团长。

龙杰跨出一步打了个敬礼:"报告!我是!"

首长还了个礼:"你是这里的区长吗?"

"对!我是区长。"

"你们区里有多少人?"

"我们一共十个人。"

"十个人顶什么用?跟我们回县城吧!"

"对不起首长,我们没有接到命令。"龙杰回答。

"没有接到命令也得走,我们来了就是命令!"

首长说话不紧不慢，但是口气很硬。

"怎么啦首长？我们有我们的任务，没有命令，我们怎么能走呢？"

"这你放心，我会跟你们县里说明情况。你们在这里不行，今天夜里，敌人组织了两个团的兵力要包围建德县城，你没看见我们连喝水都不能停留吗？必须以最快的速度赶到梅城。敌人两个团，你们这几个人还不叫敌人捎走了吗？再说，敌情来得突然，目前县里也还不了解情况。敌人已把建德县城的分布情况调查清楚，县委的院子、办公室、会议室、干部宿舍、食堂……全部画好了分布地图。他们决心要摧毁建德县城，消灭县委、县政府。既然这样，你们还犹豫什么？我到县里讲清楚，领导不会怪罪你们。"

团长完全是出于好心，但是没有县委的命令，不能随便离开。龙杰一再感谢首长的关怀，反复向团长解释不能离开的原因。那位首长见龙杰态度坚决，再三嘱咐要格外小心，一步三回头很不放心地走了。

解放军的野战部队突然出现在三江口，一下子打乱了敌人的计划。接下来十几天的剑拔弩张，敌人始终没敢露头。野战部队不能老在一处没有敌情的地方长时间驻留，他们留下一个营的兵力协助地方剿匪，大部队立即开拔了。

野战部队走了，内部也来了消息。王之辉发疟疾躲到了建德东北紧靠富春江边的白云山上，据可靠情报，他的司令部也驻到了那里。

剿匪队决定趁机攻打白云山。

白云山算得上建德北区最高的山峰，高耸入云，巍然磅礴，上山下山只一条一尺多宽的小道，有着"一夫当关，万夫莫开"的险要。剿匪队决定利用雨夜突袭的方式实行强攻，捣毁司令部，消灭王之辉。

剿匪队要与王之辉"白云山论剑"，到了赛赛真本事的时候了。别看敌人平日里牛皮罐子吹得呜呜地响，他们自己也明白是吃几碗干饭的。如今来了正规部队，王之辉须得仔细掂量掂量了。

营部召集紧急会议，研究作战方案。

为便于部队和地方政府的协同配合，剿匪队的领导职务临时做了调整。龙杰是建北区的区长，被临时任命为剿匪队的营长，原部队营长临时任副营长。

副营长是正规军出身，部队又是他亲自带来的，龙杰当然要首先争取他的意见。副营长也毫不客气，他说，根据白云山的山势和周围的地理环境，剿匪队只有从西边强攻一条路可走，因此，部队的主要力量，应放在西边。山南和山北，一边是峭壁，一边是密林，无任何通道和山下连接，不适合部队运动，王之辉也不会往死胡同里钻，可以适当放松一些。南北侧翼可由一个连队一分为二，对付漏网的侥幸之敌足够了。担当西路主攻的两个连队，只有不怕牺牲，硬打硬冲硬拼硬上，才有可能消灭这种无路可逃的亡命之徒。

战斗在即，同志们情绪饱满，大多数人赞成副营长的作战方案，只有临时营长一直没有表态。副营长见龙杰只抽烟不发言，就一定要龙杰也谈一谈。虽然是个临时营长，龙杰知道这副临时的担子并不轻松。很明白，就是叫他领着剿匪。胜与败，好与歹，直接系在他身上。所以，尽管是个临时的差使，但是举足轻重，有意见他当然不会保留。

龙杰说："我基本同意副营长的分析和部署，我只想提一点具体的意见和建议。王之辉盘踞的这座山，我们已反复侦察过，地形险要，易守难攻，只有西边一条路可上山，敌人势必会在西边全力防守，西路是重点无疑。这一点，我跟副营长的意见是一致的。但是有一点我提请注意，眼下已不是割据时期，王之辉的土匪队伍，别看他号称三个中队，他们做贼容易，做大丈夫难。对付不会打仗的区政府，他们占上风。但是咱们剿匪队一来，他们既不能控制局势，更缺乏必胜的信心。他们明知道大势已去，只不过是垂死挣扎而已。所以，真正交起手来，敌人是不经打的。他们经不住我们的强攻，也绝对不会恋战。敌人既不经打，就必然以保全、保命为主，而我们的目的则是为了消灭他们。因此我认为，我们一方面要组织强火力，从西边硬打硬冲攻上去。但是真正的歼灭战却在东面。因为我们既然堵了西路，敌人不会坐以待毙。根据实地观察，山的东面虽没有像样的路径，却是敌人唯一的退路。东面坡势较缓，能守能退，而且紧靠富春江边，敌人一旦支撑不住，从江上逃跑最便捷、最保险。因为只要过了富春江进了桐庐，我们就很难追他们了。所以我认为，敌人渡江之前，才是歼灭他们的最佳时机。"

龙杰讲完了继续抽烟，副营长考虑了一下说："龙营长提得很有道理，他对这一带的情况毕竟比我们熟悉。我同意他的意见，这样，我们的力量部署再平衡一下，一连一鼓作气从西边强攻、硬上。二连一分为二，看好南北两个侧翼。三连扼守江边，守株待兔，截断敌人的退路，不让一个土匪活着过江。"

南方的夏天，大雨说来就来，战士们换上胶鞋，于雨中出发。为防止擦滑跌跤，胶鞋上都绑了草绳。上山的路只有一尺多宽，脚下的深涧里，轰鸣着地动山摇的响瀑。战士们贴着山崖，抓着秆茅，一步一步往上挨。可能是由于雨大，也可能是大意麻痹，抑或敌人本来就心虚害怕，山口、路口并不见敌人设岗。从西边正面进攻的一连，一直摸到山腰里才和敌人接了火。正如龙杰战前分析的那样，一接火，土匪果然毫无固守之意，且战且退，一直退到山顶。一连的战士在一片喊杀声中冲上山顶，山顶上已是空无一人，溃退的敌人果然沿着山的东坡，大放羊一样仓皇向江边奔逃。江边的枪声响了，三连包抄过来了。冲锋枪刮风一样冲撞在山水之间，敌人丢盔卸甲，留下十多具尸体，地耗子一样消失得无影无踪了。

第十七章

童老先生

打垮了王之辉，剿匪队立即回归野战部队。北区的形势暂时缓和，龙杰接到迅速回县城的命令。

回县城肯定不是回去蹲机关，不定哪里又出了问题，龙杰心里有数。果然不出所料，敌人又在南区捣乱，要他立即去支援南区。

形势终究不像刚来时的那个样子了，李明祥不用再去当通信员，留在县里继续当他的通信班长。张帆不会打仗，龙杰还是不敢带他去。县里选来选去，最后选中了曾经当过兵的何宝根。小何是建东何村的，从小父母双亡，家中只有一个十六岁的妹子是他唯一的亲人。小何原曾在地主家放牛，因为忍受不了饥饿和虐待，从地主家跑出来当了兵，后来在县里当了通信员。虽然当兵的日子浅，毕竟摸过枪。龙杰看小何机灵、实在，便带上小何来到南区。

敌人已经把破坏的重点放在了南区，因此，当龙杰赶到南区的时候，区政府驻地大洋镇正三面受敌。

大洋镇坐落在兰江西岸，因为紧靠江边，敌人经常从水上对区政府进行偷袭和骚扰。但是，自从龙杰来到南区，十几天过去了，既听不见敌人的动静，更看不到敌人的活动，情况并不像汇报的那么严重。看看平安无事，前来协助工作的民政科梁科长和组织部徐部长也就相继回了县城。

南区建立区政府时，区委书记张传臻一行是乘船来的。船到码头人未下船，就听远远地有人高声发问："你们是来安区政府的吗？"

张传臻抬头一看，一位瘦瘦高高的老人由一男一女搀扶着，正立在码头的过道上。老人如此拦路发问，必定有要事，张传臻赶紧下船。

"有事吗，大伯？"

"谁是负责人？"

"我是。"

"你是区长？"

"对，我姓张。"

"张区长你们住在啥地方？"

按照计划安排，区政府安在大洋镇南头一家大地主的一个院子里，张传臻如实向老人禀告。

"我姓童，这是我的大女儿，这是我的大外孙。我的儿子童祖恺和三女儿童润蕉上学时就是咱们党的人，祖恺是咱建德县党组织的创始人之一，最早的中共建德县委书记，润蕉是县委委员、宣传部长，一九三〇年因为发动武装暴动，姐弟俩被敌人杀害了！"老人的眼泪夺眶而出，"死得惨啊！孩子的头都炸没了，惨啊！惨啊！我盼啊盼啊，盼到了今天，终于把你们盼来了！咱们才是真正的一家人！要住，你们得住到咱自己的家里，住北头！不住南头！住就住咱自己的家！"

张传臻为难了。

童老先生见张传臻犹豫，一把拉住他："我有的是房子，先尽着你们办公用。我就这么三口人，房屋足够住的，不用担心，家去一看就知道。即便不能常住，也得住上一阵子！哪怕住几天也好啊！我盼共产党盼了二十年啦！自从我儿子、我女儿牺牲的那一天起，我就盼着啊！今天你们来了，亲人来了！就像我的儿女又回来了！……"

江风吹动着童老先生花白的胡须，老人泪水挂满了双腮，眼睛里透着不可撼动的决心。盛情难却，老先生这么大年纪，又如此挚诚，张书记和区长柏洪连一商量，临时改变计划，决定先住到童老先生的家里。

一答应住到童老先生家里，可把老人家乐坏了。童老先生拄着拐棍，还坚持要背一个文件包袱。一家人忙忙活活帮着把所有行李、背包搬进门，童老先生又叫他的外孙赶快去杀猪坊里请人来杀猪。老人指着猪圈激动地说："四头猪都肥了，先杀一头吃着。来到自己的家啦，咱们得吃团圆饭，一个礼拜之内只准吃我的！不准你们动烟火！我快七十岁了，没有轻轻易易地就死了，盼的就是能看到咱共产党的胜利。我的儿子、女儿没有白死，今天，他们的老爸把共产党亲自接到家里来了，九泉之下，姐弟俩也该瞑目了！"

老人一掉泪，大伙儿也陪着掉泪。见大家都掉泪，老人又开口了："咱都不哭啦！今天是大喜的日子，咱们高兴才是！我们盼的就是这一天呢！"

童老先生不哭了，大家也止住了泪水。老先生泡上一壶自炒的春茶，同志们一边品茶，一边和老人唠家常。

童老先生台甫曜南，曾是前清的秀才。先生秉性耿直，乐善好施，熟读《本草》，精通中医。他给穷人看病从来不收分文，而且还经常接济穷人。先生膝下三女一男，排在前边的是三个姑娘，儿子童祖恺最小，和童祖恺几乎同时牺牲的，是他的三女儿童润蕉。

童老先生的儿子童祖恺自小聪颖好学，性格倔强，反抗精神极强。乡学读书小小的年纪，他就在凳子下面写上"小凳子起来，打倒大屁股"。一九二二年省立师范毕业后，在"五卅"反帝爱国运动和第一次国内革命战争的影响下，他如饥似渴地阅读《向导》《新青年》等进步书籍，并开始接触马列主义。一九二六年三月，童祖恺加入中国共产党，创建了建德县第一个党小组，一九二七年任建德县委书记。一九三〇年七月，童祖恺领导全县武装暴动，转移途中不幸被捕。在押送刑场的途中，他一路高呼："打倒国民党！共产党万岁！"年轻的生命，永远定格在了二十四岁的青春。童祖恺牺牲后，童老先生把儿子的脑浆、血渍精心收集珍藏在身边，一心企盼着革命的胜利。望眼欲穿二十年，如今他把共产党接到了家中，老先生能不高兴吗？

一个星期过去了，土匪开始骚扰。区政府生怕连累了这个一门双烈、饱经沧桑的老人，还是决定搬到大洋镇南头去。可是，老人抓住文件包袱说什么也不让走。又三天过去了，老人仍然坚持不让动厨，吃喝都算他的。这样下去可不行！总不能天天麻烦这位年已古稀的老人。再说，老人年纪大了，行动多有不便，家中还有孩子，一旦有了紧急情况，有了战斗那怎么行？不行！不能再依老人了。张传臻好说歹说，总算做通了老人的工作。但是，童老先生还是给他们立下一道规矩，每个礼拜必须到他家中吃一顿团圆饭。

雾锁兰江

龙杰来到南区的时候，区政府已经驻在大洋镇南头老财主家的一栋空房子里。

徐部长和梁科长回县城以后，南区仍不见敌人有什么活动，大洋镇空前地宁静。正常吗？肯定不正常！龙杰时时提醒自己。因为南区闹乱子，区政府自己控制不了局势，县委才让他来的。二十天过去了，敌人这么沉得住气吗？

又是一个难得的好天气，蓝天如洗，大太阳足足晒了一个白天。早早地吃过了晚饭，通信员何宝根建议龙区长到江边"戏戏"。

太阳就要落山了，晚霞映照着澄碧的兰江。隔岸马鞍山已被压进江面灰蓝色的玻璃板下，南来北往的船只，悄然划过马鞍山头的轻云。码头上，回港的船只纷纷拢来：运米的、运沙的、载客的、卸柴的……大洋镇沉浸在空前的祥和之中。

果真没有敌情了吗？龙杰的心里掠过一阵又一阵莫名的烦躁。

何宝根头前走，龙杰后边慢慢地跟，兰江悄然向北流去。一切看起来相安无事，可是龙杰的心里总是平静不下来。他知道自己是个好招风的人，为什么这次他来了，敌人却销声匿迹了呢？是敌人果真害怕了吗？不可能！绝不可能！敌人想杀他还一直没有机会呢，哪能轻易放过他？可是，二十几天了，为何没有丝毫的风吹草动呢？不在沉默中爆发，便在沉默中灭亡。灭亡既不可能，爆发就不可避免，等着吧！

"龙区长，咱们再到那边看看吧。"

何宝根见龙杰站住了，提议再往前走走。眼见得又有几只船靠了岸，船主们在熟练地链船。

"江上多热闹，咱在这儿看看热闹不好吗？"龙杰说。

"不，再往前走一走，热闹有什么好看的？"小何坚持自己的意见。

小何今天怎么啦？龙杰觉得奇怪。往常小何从没有坚持过自己的意见，今天进步不小，不错，闯开胆了。

又往前走了一段，江岸没入了一片竹林中，小径钻进了幽竹深处。

这是一片毛竹林，崛起的毛竹裸着粉粉的身子，竹鞭在林中的空地上跳来蹦去。紧傍竹林有几块黑红色的、圆滑的大石头，龙杰执意坐下来。他掏出烟袋回望区公所，区公所倒映在明晃晃的江水中。龙杰点上烟，大致目测了一下，竹林到区公所距离大约有三百米吧？转回头来，龙杰呆住了：小何满脸是泪，受了委屈似的望着龙杰。怎么啦？

"怎么了，小何？哭什么？受了什么委屈？出了什么问题？"

小何不吱声，低下头哭得更厉害了。

"有什么困难你尽管就是！你妹子的事情我上报以后，县委已经研究答复了，最近就派人去家中接她到县里来住。来到后和陈县长的妹子住在一块，安排到县政府北边的学校里读书，吃住和陈县长的妹子一样的待遇。恐怕不等我们回县城，这个事情就办妥了。你还有什么困难就直说嘛！男子汉哭什么？你现在是干部，又是军人，江边上人来人往的，快擦一下泪水！"

"龙区长，我有话难讲！"何宝根哭得更恸了。

"什么话难讲？"龙杰纳闷了。自从来到南区，他第一次发现小何这样吞吞吐吐不干脆。

"什么事这么难讲？讲了还能要了你的命吗？你看把你难为的！不管什么事情，你尽管讲就是，和我还有什么难讲的！是我有不对的地方吗？"

"不是！不是！你都对！你都好！你比我的亲生父母还要亲！如

果没有共产党，哪会有我何宝根的今天？我从来都把你当作自己的亲生父母……"

"这个不要讲啦！咱们都是军人，都是共产党员，自己人还客套什么！到底有什么问题，值得你这么哭鼻子？这么长时间了，你还不了解我吗？"

"龙区长，有个事情我若不讲，我上对不住苍天，下对不住父母，更对不住您。既然我约您出来，我就打算讲，反正我是活不了啦！"

龙杰更奇怪了。

"什么事值得你去死？把你难为到这种程度？讲！只要不是犯了大错误，有我就有你。即使犯了大的错误，也允许你改正错误。为何想不开呢？天大的事情，我想法给你办！"

小何使劲擦了擦眼睛，没有抬头："我叫您出来，就没打算活，我就准备去死了。但是，死，我也得讲！讲了再死我没有遗憾，我没有罪过。我不讲，我何宝根还算人吗？"

何宝根胆怯地抬了一下眼皮，又要哭。龙杰立即制止他："哭有什么用？别绕圈子！死啊死的，无缘无故地还能让你死吗？有我在你怕什么？有什么事快讲！别忘了你是个军人！"

龙杰有些不耐烦了。

"好，我讲！"小何脸色很难看，头虽然抬起来了，却不敢看龙杰的眼睛。

"咱们南区的区队长已经投敌，区队叛变了。"

小何抬起了眼睛。

龙杰心头一惊，这个问题，他还真是没有想到。

"什么时候叛变的？"龙杰不慌不忙笑了笑。

"早就计划好了的。王之辉没有死，他又纠集了三个中队的力量来打咱们南区。今天晚上十一点，他们想来个里应外合一举全歼。只要死的不要活的，一个也不留。区队何队长负责打死张书记，我的任务是打死你，提拔我当排长。你留心一下，码头上、船上，恐怕早已有他们的人了。龙区长，你比我的亲生父母还亲，我凭什么打死你？他们威胁我说，如果我不打死你，他们就打死我。龙区长，反正都是个死，我现在情愿让恁一枪把我打死，也不能死在敌人的枪口之下。龙区长，恁打死我吧！"

小何扑通给龙杰跪下了。

"站起来！！没出息！这是什么时候？什么地方？擦干泪！别的还有什么？就这么点事情吗？"

"这事体还小吗？龙区长，恁打死我吧！"小何不哭了，直直地看着龙杰的眼睛。

晚上十一点钟，现在才五点多，还早哩！龙杰笑了："小何，你究竟年轻，没经过大风大浪，这点小事值得哭鼻子吗？我还以为有什么了不起的大事呢！"

小何怔怔地望着龙杰："这还是小事体？"

"小何，你了解我吗？"

"晓得，晓得。"小何大瞪着眼睛，不认识了一样看着龙杰。

"晓得？你不晓得吧？一会儿你就明白了。你想想，日本鬼子被我们打败了，辽沈、平津、淮海还有渡江战役我们都胜利了。大军南下，马上就要解放台湾。残余的敌人贼心不死，他们笼络一些土匪流氓，再加上一些不明真相的老百姓趁机搞些小捣乱，阴沟里翻不了船！成不了大气候！真打的话，他们能撑得住吗？你想想，国民党八百万大军都被我们打垮了，哪能怕一个败时的王之辉？今天你全讲了，很好！你立了一大功！事后我为你请功。今天你只要跟紧我，一步也不离开我，我死不了，也保你没事。不过，回去以后必须装作无事的样子，千万不能让他们察觉出来，一定要高高兴兴、欢天喜地的。"

小何点点头，紧跟在龙杰的后边，沿江岸的踏步下到江边洗洗脸，然后散着步往回走。

疑团解开了，不正常的平静终于有了答案。龙杰嘴上不慌，心里也有些着急。话虽跟小何这样讲，事情毕竟来得太突然，和县里汇报已经来不及了，再说，一旦电话被偷听就更麻烦。不过，他也暗自庆幸，庆幸他的助手到了。自从梁科长和徐部长回梅城以后，李明祥还是不放心，又向县里打了报告，发誓不彻底剿灭土匪，不回县城当通信班长。县里批准了他的报告，前天已经来到了大洋镇，还没来得及安排具体工作呢。

回到区公所，一切照旧，有条不紊。

区队和区公所都在一栋楼上，楼道走廊很窄，北屋是区公所办公室，斜对门就是区队的大会议室，有些枪械也堆在这里。

楼上楼下看了一遍，何队长和他的队员到兰江边上戏耍还没有回来。是真的去戏耍还是接头？安排部署？龙杰都不管他。区公所里没有几个人，龙杰让小何把张书记叫到办公室。

区委书记张传臻，既是龙杰的同事，也是他的老部下。龙杰在道朗代理区长时，那个张副区长就是他。

不一会儿，张传臻嘻嘻哈哈进了门。一看龙杰沉着个脸，忙问："怎么啦？什么事？"

"坐下，坐下，有个紧急情况需要和你通报研究，尽量争取主动！"

"什么事？怎么啦？"张传臻紧张了。

"今天夜里，王之辉又纠集了三个中队的人马来打我们。区队已经叛变，他们决心很大，里应外合，一个活口也不留。"

张书记看了小何一眼，龙杰说："不用看小何，是他立的功。"于是，龙杰把敌人的详细计划说了一遍。

张传臻一听傻了眼，他师范一毕业就到道朗区当了副区长，从未带过兵打过仗。

"那怎么办？"张传臻有些慌张。

"好办！立即下通知开会。区公所、区中队分别集合，通知何队长参加我们的会议，我先收拾他。考虑到夜里十一点之前他们不会妄动，我们先下手！"

"收拾了区队，敌人的三个中队来了怎么办？"

"咱不是有枪吗？剿匪缴来了两挺机枪，区里还有两挺，四挺机枪足够用了。"

"老人家，有枪不假，区中队叛变了，谁打？"

"我打哎！你放开心就是。李明祥不是来了吗，他来得不早不晚正是时候，打枪的问题，我和李明祥包了。"

张传臻的情绪基本上稳定了。龙杰说："你是区委书记，一定要沉着冷静，千万不能在言语和行动上有闪失。柏洪连区长不是在码头上站岗吗？天在大黑之前，一定将他撤回来，不再换岗。人全了以后，前后大门全都关上，用木头、石头顶好。"

一听说要开会收拾何队长，区公所里有个叫玄武的干部先吓酥了。他上下牙磕得叭叭响，瘫坐在一把破竹椅子里，椅子在他的腚底下咯吱吱、咯吱吱乱摇晃。

龙杰气急了。

"站起来！妈了个巴子滚到里间屋里装着'发脾寒'去！起来！快去！别吱声！别下床！别出来！滚！"

吓酥了的玄武想站起来，可是两腿打战，站不起来。龙杰过去一把把他薅了起来，有人过来架着他，玄武噧着两个腚瓣子，浑身哈撒着进屋去了。龙杰走过去，把门嘭地带了过来。

通知下去后，开会的人陆续到了，何队长也笑嘻嘻地来了，看得出他心里有一股压抑不住的兴奋和激动。大家同往常一样嘻嘻哈哈拉着呱，说着笑话，等待着宣布会议开始。龙杰坐在中间，小何和李明祥一左一右站在他的身后，何队长和张传臻在离他不远的地方坐着。

"人到齐了没有？"龙杰问。

"还有两个，马上就到。"有人回应道。

"再稍等一等吧。"龙杰说，"今后开会啊，会风还得注意。说几点开就几点开，各人尽量提前到会，不能老让大伙等着个别人。现在幸亏没有什么特殊情况，若有紧急情况岂不误事？"

何队长说："敌人被打怕了，被我们英雄的龙科长镇住了，吓破了胆了。如果不是你在这儿坐着，大家也早就紧张了。"

何队长人模狗样地说巧话，龙杰心里想：狗小子，你装得还真像哩！

"吓破了胆，也是形势吓的他们，他们自己也知道离灭亡的日子不远了。整个中国都解放了，他们还能往哪里跑？他们今天沾个小光，明天吃的是大亏，最后还得交由人民来审判。再说啦，咱们现在的武器装备也都好了，若还是用抗战时期那些武器，自制的、土造的、乱改的，咱们这一帮人根本对付不了王之辉。何队长，你的枪好不好的？"龙杰把自己使用的小三把摘下来随手放在桌子上。

"好的！二十响。"何队长也解下枪放在桌子上。

"二十响就好吗？不见得吧？"

"你说我的枪不好？我的枪不见得？"

"当然，你知道我是什么枪？小三把，德国造。你那枪，别看是二十响，上海造，差劲大了。别说打二十发，连续打不了十发就卡壳。全世界的驳壳枪，没有比德国造更好的啦！"

说着话，龙杰把他的小三把啪地卸开："你看这零部件，多光彩！打去吧！你那枪，卸下来就是一堆黑炭。"

"哼！哪像你说的！"

"不信？不信你抽开让大伙儿瞧瞧，说不中用就不中用。"龙杰看也不看他，只顾摆弄、摩挲他自己的枪件。

"啪！"何队长把枪卸开了，"哪像你说的？看看看看！你看看！……"

龙杰使个眼色，李明祥一跃跳到何队长身后，麻绳往脖子上一套一拽，何队长仰面朝天摔了下去。李明祥随后一脚踩上了他的胸脯就绑，何队长挣扎着要叫喊，何宝根一块毛巾把他的嘴堵上了。这时候，张传臻紧跑了两步进了对门的区队会议室。

"静一下，静一下！都不要说话了！人到齐了没有？还缺人吗？还缺谁？缺几个？缺一个两个我们就不等了，现在就准备开会。坐好坐好都坐好啦！不要说话了，不要说话了！今天的会议主要有两项内容，一是通报一下当前的形势，二是讲一讲咱们下一步的任务……"

何队长绑好了，抬到里屋塞到床铺底下。这样一来，那位装病躺在床上的玄武，像要从床上蹦起来一样，更加控制不住地浑身哈撒。龙杰又好气又好笑，他对胆小鬼说："给我看好他，实在不老实就杀了他！"

何队长手脚绑得结实，嘴巴堵得严实，但是鼻子能喘气，耳朵听得清，龙杰的话他全听见了，但是他搞不明白头顶上到底是闹的什么动静。

将何队长拾掇停当，龙杰不放心张书记和区队，他几步到了门口，张传臻正在讲形势。师范毕业平日里口才那么好的他，今日讲话没了准头，讲着讲着就打哏。龙杰抄起一挺机枪，枪筒子把张书记一拨："你等等，我先讲两句吧！"

"从现在起，谁也不准动！谁动，机枪不认人！"

区队队员一下子蒙了。

"告诉大家，你们的何队长叛变了，现在已被逮了起来！他吃里扒外，和王之辉暗中勾结，今晚要来打区公所，实话告诉你们，我们是老红军出身，是野战部队，如果光知道吃干饭能打过长江来吗？能解放全中国吗？能跑到这儿来建区政府吗？"

满屋子如同捏死了一般，没有一个人吭气，也没有一个人动弹。

"明确告诉大家，何队长绝对没有好下场，其他知情人，要看你的自觉程度。何队长交代有几个人知道，尽快通报你自己的姓名，争取从宽处理。如果你不坦白，当我点到你的名字时，与何队长一律同罪！不可能让你活到明天，甚至连你们定的打区公所的钟点也活不到。"

有三个人主动报了姓名，原来是区队的三个班长。缴了械，先绑起来委屈一下。龙杰端着机枪站在门口，将区队的枪支全部下了。

"大家听好啦！都在屋子里不许动，一挺机枪陪着你们，让你们见识见识我们是怎样打王之辉的。等仗打完了，再还大家的自由。这期间谁若不听话，想惹事，告诉你，我认识你，子弹不认识你！"

夏秋之交，天黑得晚。已近十点钟了，江水还明晃晃的。会议开完了，柏洪连接到了撤岗的通知，他前腿刚迈进区公所的大门，身后就传来了猛烈的爆炸声。刚才他还倚着站岗的船桩，被一捆手榴弹炸得无影无踪。

夜里十一点钟，敌人围上来了。

建德的楼房，垒墙全是鸡窝子砖。墙是空心的，砖也是空心的，子弹能打得透。楼顶的檩条上面没有涂泥的笆箔，只钉有一些木条、木片或竹片。屋面上的瓦，一律干摆干摞，支支翘翘，落二偏三，透风撒气，子弹一打，稀里哗啦。固守在这样的阵地里，张传臻不放心。

"行吗？"他问。

龙杰说："不行也得行！你把心放到肚子里吧！"

三挺机关枪，梭子有三十多个。每个梭子，子弹都上得满满的。龙杰对李明祥说："明祥，今晚就看咱俩了。"李明祥说："没问题。其他人只要看好俘虏和何队长，不管敌人来多少，想偎咱们区公所的边，绝不可能！"

龙杰放心了，他俩每人抱了一挺机关枪；小何猫着腰，一手卡着俩梭子。来吧！

狡猾的敌人炸掉链船桩以后，只是胡乱打了一阵子枪并没有往上冲。十一点钟已过，他们只打冷枪，仍无大的行动。龙杰想，炸船桩可能是他们动手的信号，区队没有响应，他们大概发觉出了问题，所以不敢有大的动作。又过了一会儿，敌人突然集中开火，黑暗中火光闪闪，头顶上的屋瓦啪啪乱爆。别看李明祥个子不高，打仗是把好手。打着打着，他帽子一扬，胳膊一撸："王八羔子，给我来吧！"龙杰和李明祥不断变换着位置向敌人还击，两挺机枪追逐赛一样争锋。枪声击碎了一江水，震撼了大洋镇，兰江激动了。

战斗相持了近三个多小时，敌人始终未敢冲锋。大瞪着眼睛一直挨到天亮，一夜的对抗，兰江也累了。

天已经大亮，浸润着火药味的晨雾在江上飘荡。眼见从下游驶上来一条满载的大船，逆水行舟走得很慢。等船渐渐驶近了，才看清船上是军队。军队？自己人还是敌人？仔细看，后面没有其他船只，敌人大白天敢来吗？不可能！自己人吗？从梅城到大洋几十里水路，又是逆流而上，哪会到得这么早？龙杰让大家密切注视，做好两种准备。

船越来越近了，仔细打量站在船头的人，怎么又像孙书记呢？可不！又是孙书记！

"孙书记！孙书记带人来了！"龙杰激动了。

"孙——书——记——！"楼上的人齐声呼喊。

船靠岸了，龙杰招呼大家打开大门迎接孙书记！

挪开顶门的木头、石头，大门打开了，孙书记满眼泪花进了大门。他两手拍打着胸脯："我那老天爷！大伙都还活着？电话又摇不通了！电话一不通，我就知道不好，赶快带人来了，生怕又出了事啊！"

"电话线早被敌人割断了，还能不出事吗？事情还不小哩！"

"什么事？"孙书记站住了，他瞥了一眼堆在大门两边的木头和石头。

"到楼上说吧。"龙杰说。

越往院子里边走，硝烟味越浓，孙书记抽搐了几下鼻子，看满院子乱七八糟的破烂瓦片，他明白了。上了二楼，满地的子弹壳插不下脚去，孙书记咬着嘴唇点了一下头，全明白了。

来到办公室，龙杰一个眼色，李明祥把何队长从床底下拖出来了。

"怎么啦？怎么啦？他怎么啦？"孙书记大惊。

"叛变了！王之辉笼络了三个中队，围着咱们区公所又捣乱了一宿。因为何队长早被我们抓起来了，区队被控制，他们的联络信号失灵，里应外合的计划失败，敌人只得又滚蛋了。"

孙书记一听又掉泪了：

"哎呀龙杰！又从死里走了一遭啊！幸亏又把你抽回来，李明祥也正好来了，如果叫我在这里坐镇，命又搭上了！"

黄 麂

南区安定下来了，县里紧接着来了命令，趁热打铁，去梓岩乡安设乡政府。

梓岩乡委派的乡长姓刘，老家沂水，是济南战役跟随吴化文部队起义的一个排长。虽然参加了中国人民解放军，终究在国民党军队里待的时间长了，免不了时时冒出一些兵痞习气，头脑简单，说话随便。只要一着急，眼皮立刻打闪一样，眨巴半天才能说话，而且还结巴。因为刘乡长从国军反正到解放军还不到一年的时间，又从来没有接触过地方工作，所以只得由龙杰带领前往。

从大洋到梓岩，中间要翻过一座大山，一上午的时间到达山顶，走到梓岩村，紧走慢走一天的路程。为了方便工作，区政府派了一个叫黄麂的工作员，跟随龙杰一块活动。

黄麂原来是新四军的一名战士，作战很勇敢。一次战斗中，为了掩护战友突围，他的身上连中数弹，侥幸保住了性命，却不能再继续跟随大部队活动。新四军被强令北上，黄麂成了落单的孤雁。为了躲避敌人的追捕，他只身逃进了深山老林。三个月后的一天，他趁一个晚间回家看看，两口子还未说完一句囫囵话呢，院子外边明晃晃亮起了一圈火把。

"黄麂你跑不了啦！"

"黄麂快投降吧！"

"黄麂你插翅也飞不走啦！"

……

情况危急，黄麂拽上他的媳妇来到了牛圈。他咬着吹火筒躺进墙角，让他媳妇用鲜牛粪把他捂严实。虽然躲过了搜捕，但是，黄麂从此再也不敢轻易下山了。敌人三天一找，五天一寻，黄麂有家归不得，彻底变成了一个野人。黄麂有两条铁杆一样的细腿，跑得比真的黄麂还快。有时明明见他在山上跑，可是无论如何撵不上他，找不着他，"黄麂"的外号从此就叫响了。

大军南下来到浙江，黄麂下了山。人瘦成了干巴灯，头发垂到肩膀上，老婆孩子和乡里乡亲都不认识他了。一回到革命的大家庭，黄麂好像欠了账一样，恨不得承揽下区里、乡里所有的活儿。这次来梓岩安设乡政府，是他自愿报名参加的，而且出发前，他提出要一支枪。龙杰说：现在什么枪都有了，随你挑吧。黄麂毕竟是行家，冲锋枪、七九、美式三〇三他都不要，独认准了一支三八大盖。龙杰见他高兴，就同意他背着这条枪。

一行人早晨从大洋出发，中午来到山顶时，已有不少的路人歇在了这里。山高路远，不管这边去的还是那边来的，中午差不多都是在这儿会合。行路人都是自带干粮，差不多一块在这儿凑合着吃顿午饭。山顶的人家也不富足，小竹楼摇摇晃晃，仿佛一阵大风就能把它抄起来哈撒到天上。吃饭的人只能在山顶上要口水喝，找点咸菜吃。

天气很热，山顶上居然也没有风。正准备找个树荫休息一下，忽然传来几声咳咳的叫声，黄麂的眼睛唰地亮了。

"龙科长，你听听这野猪叫好不好的？"

"它叫它的，好不好的能干什么？咱又逮不住它。"龙杰说。

"我逮它！我包了！"

"你能打死它？"

"一发子弹打不死，我情愿把脑袋给它！"

"能行吗？"龙杰笑了。在北方时，有了任务才发几粒子弹？尽管龙杰的枪法也不错，但是真正的高手，他确实见得不多。

"准行！"黄麂说。

龙杰站起身来，循着野猪的叫声仔细望去，只见梓岩岭前，远远地高耸起一壁顶天立地的石崖，崖壁和大山之间是一条峡谷，毛竹密密匝匝，树木层层叠叠。

"龙科长你看！"

顺着黄麂的指向，龙杰看清了：五六头野猪正在峡谷对过的竹林里行进，长嘴巴子和弯弯的獠牙砰砰地碰撞着竹竿。

"龙科长，野猪好不好的？"黄麂又问。

龙杰说："好啊，好又怎么样？六五火，你能打住它吗？"

龙杰说的"六五火"，是指三八大盖的子弹口径。在步枪当中，日本三八大盖的子弹是最小的，所以枪虽然好使，打得远，有准头，但是杀伤力小。

"你说呢？"黄麂狡黠地笑笑，拍了拍枪。

"我说？"龙杰故意激他，"不是我说，是你说的！刚才你说了，打不住它你情愿将脑袋给它。不过，我看够呛！"

"你能批准我打吗？只要你同意，我只打一发子弹。"

原来他是在等待批准。

"真能行？"

"保险行。"

"我批准了，你打吧。"

黄麂说了一声"好！"，哗啦一声推上子弹。他一边瞄准一边问："龙科长，我打哪一只呢？"

"咳！甭管哪一只，你能打死它就行！"

"不，我要一只大一点的，你看，从前边数第二只……"

随着叭勾一声枪响，果然第二只野猪立马在地上打起滚来。另外几只野猪哈哼哈哼冲着这边一蹦老高，好像马上要冲过来的样子。涧深林密，野猪只是穷发狠而已，欢迎它来，它也来不了。

"老黄有本事，枪法蛮好蛮好！"龙杰确实没有想到他有如此好的枪法。但凡打猎的人，都知道野猪难打。野猪的皮厚，它们喜欢在原始森林粗糙的大树干上蹭痒，时间一长，各种树油、树脂会在野猪身上结成比钢铁还坚韧的痂。如此大的一只野猪，如果打不中它的要害部位，三枪五枪休想撂倒它。

"老老黄，再再再……打一只！再，再打一只！"刘乡长来劲了，红眼睛一个劲地打闪。

"不打了，不能再打了，打不上了。"

老黄没听刘乡长的话，反而把枪收起来了。

"为……什么？"刘乡长一个劲地眨巴眼睛。

"为什么？野猪可不像咱们的家猪那么笨，它们已经有了准备了。老野猪都会躲子弹，打不到要害部位，根本撂不倒它。特别三八大盖这种枪，打到喧肉上伤害不大，打到屁股上、脊梁上，只是给它挠挠痒痒。

黄麂的一番话，说得大家直点头。

被打中的野猪滚到山涧里去了，其他野猪看事不好都溜了。这么深的山涧，怎样才能把野猪弄上来？黄麂有办法。他和山顶的人家借来一把斧子，从坡势和缓处砍了两棵树，招呼上四个人下去把野猪绑好，随后就抬上了。

一到乡里住下，先要弄吃的。好啦，有这么大一只野猪，一片子肉就有二百多斤。猪心割下来了，像个紫砂壶头；猪胃摘下来了，像个土布枕头。房东很勤快，一直端着个竹笤子伺候在旁边，一会儿递刀，一会儿舀水，一会儿帮助倒五脏。等猪杀完了，房东笑嘻嘻地提了个要求：

"老总，我用一石稻谷换你们的野猪胃好不好的？"

"你愿意吃就吃，一只猪肚子，哪里值这么多粮食？"

"不，你看，"他说，"这只野猪不只是老，吃的毒蛇也多。"

"你怎怎……怎么知道？"刘乡长问。

"你看看，"他拿过猪胃，"这个猪肚，一道黑，一道红，一道黄，一道绿，比个西瓜还要花，这是毒蛇的作用。如果是一般的小猪，非毒死不可。可这只老猪毒蛇吃得多了，以毒攻毒，它能扛得住。吃了这种猪胃，能治噎食病。"

房东说了实话，刘乡长的红眼更加不住地打闪："什，什么？——石？你你说得好巧！——百石也不换！光顾了你你你……自己不不得噎食病了，我们更更更……更不能得得噎食病！"

龙杰哭笑不得，只得说："你是房东，我们怎么能和你做买卖？咱们都吃，你吃我们也吃，咱都不得噎食病不是更好吗？"

房东只好笑了，连声说："好的！好的！"

刘乡长仍然不满意："什什么好的好的？光……知道顾顾顾……顾你自己！"

刘乡长一个劲地眨巴眼睛，房东并没听明白他咕噜的什么，只是一个劲地点头。

五六天过去了，黄麂又请战来了。

"龙科长，肉也快吃完了，我再去打吧？给我三个人，十二点以前，不管什么，保证抬一个回来。"

"抬不回来也没什么，你挑上三个人去吧，注意安全，切勿惊扰了百姓。"

黄麂走了，过了两个多小时，果然又抬回来一只叫野猪狗的大家伙，光吃肉又得吃三天。

五里亭

才过了几天吃肉不花钱的日子，建东区吃紧，龙杰又接到了立即回县城的命令。龙杰心中笑笑：不用猜，临时负责人又当上了。

临时负责人又当上了，这一次不当区长，当了区委书记。

建东区公所，设在三都一个冯姓大地主的家中，主人早已让绑票的土匪撕了票，只留下一栋阔绰气派的庭院。冯财主虽然住的也是楼房，但楼顶不铺黑瓦而挂琉璃，偌大个天井，不仅全部用玻璃棚了起来，院子的最外层，又罩了一个铜线编织的天罗网。老天无论下多大的雨雪，也休想渗漏到天井里一滴。

庭院的外貌堂皇富丽，室内的摆设也奢华讲究。客厅里，八仙桌子条山几，桌子两边太师椅、搁几、花架、博古架……全是配套的红木家具。卧室里的雕花顶子大床，床两头的金丝楠木镶板上各挂了一块外国的钟表。随着钟摆嘀嗒嘀嗒地简谐运动，时隔不久，床的两头就当当当，你敲了我敲。如此的"铜墙铁壁""固若金汤"，却没能阻住土匪的绑架、撕票。老百姓的闲话就多了，什么冯财主的琉璃瓦是金顶欺天、天罗网犯了风水大忌、头前脚后的钟表是"早晚送终"……由于土匪的骚扰，区政府已经好几天走不出天罗网了。

自从南下来到建德，龙杰天天忙着剿匪。虽然北区、南区他几乎跑遍了，东区却是第一次来。一走近冯财主的豪宅，正疑惑天罗网内是个什么所在呢，城堡里欢天喜地跑出了谭业勤区长："你可来了！可把你盼来了！"谭区长不由分说拉起龙杰的手就进了天罗网："恁来了就好了，这些天来，土匪闹得出不了门啦！书记米了我就放心啦！"

谭区长放心了，龙杰左看右看胸口堵上了：这算个什么地方？一个区政府憋屈在这么个鬼堡里算是干什么的？

一盏茶水没喝完，龙杰兀地站起身来：

"搬家！"

三都以东不足十里的大山深处，有一个叫徐家宅的村子，王之辉的干将徐国民就是这个村子里的人。打死通信员小梁和东区的几次乱子，都是他一手策划的。龙杰决定闯到他的家门口开大会，明摆着的就是去捅马蜂窝。

徐家宅蜷缩在一座大山的臂弯里，村子不算大，依山就势稀稀拉拉。召集会议的院子，坐落在一尊形如罗汉的黑红色的大崮石前边，坐北朝南一栋经年的旧楼，屋瓦凌乱，白墙皮已剥落得所剩无几。龙杰看了一下地形，讲桌可安放在楼门口，群众可以在当天井里或坐或站，这样容易控制局面，即使有土匪来也好应付，因为当地的土匪，一般不会轻易朝会场开枪。

智者千虑必有一失，这一回龙杰可真错了。他万没料到就在门口安桌子的这栋旧楼上，徐国民和方丈高早就埋伏在了二楼墙角的一堆枝柴里。龙杰在楼下讲话，头顶就在徐国民射程不足二十米的枪口之下。敌人知道这个新来的区委书记，就是名震北区的"野人"区长，在来东区之前，又刚刚收拾了南区的区队，谁都明白这是一个很难对付的家伙。一听说他要来开会，会场周围的楼上早早地就藏匿了土匪，能否动手？何时动手？龙杰头顶上的枪响就是命令。

建德不缺木材，楼房木结构的多。这座旧楼的地板，有许多地方已自然开裂。巧在门口上方的楼板，有一条裂缝正好斜对着龙杰的头顶。敌人要想开枪，不仅弹无虚发，甚至连楼板也蹭不到。只是龙杰的讲桌周围坐满了村民，徐国民一时不好下手。

楼下，龙杰正在向村民宣传中国人民解放军进军全国的大好形势，宣传建德的剿匪战果，宣传土匪必然灭亡、人民当家做主的必然……楼上，咬牙切齿的徐国民，正手持匣枪寻找着最佳的击发机会。房东老妈妈披头散发，死死抱住徐国民的双腿磕头如捣蒜："徐爷爷！徐爷爷！恁大恩大德，给咱村留条活路吧！咱们都是老邻居、老亲戚了，你们整天来来去去，要吃就吃，要喝就喝，我从来没有慢待过你们。你们的话我全听见了，这个共产党，你们在北区和南区都没斗过他。他死不了，那就是死不着，那他就不是个一般人物。今天你若是把他打死了，不光我们一家活不了，还得连累你全家和咱全村的老百姓。现在到处都是共产党，说不定哪一天解放军的大部队又打回来了，你立的这一功，岂不成了杀身祸？他们一共不就是这七八个人吗？你们跑到路上打他多好？你们在半路上把他打死了，他们知道是谁打的？他们既找不着你，你也救了咱全村的百姓！你行行好吧徐爷爷！恁要开枪，就先打死我吧！……"

房东老妈妈抱住徐国民的腿长跪不起，一边哭求一边磕头，徐国民犹豫了……

天过晌午，会议开完了，同志们长出了一口气。匆忙收拾好桌椅板凳，准备回返。龙杰向村长交代了几句，脑子里的疑问却没有解开，他站在院子里看了一遭：敌人呢？

出徐家宅西行三四里路是一条小河，雨季已过，河水开始变得清澈，鲦条鱼、彩条鱼儿不时地蹦出水面，河面上闪着点点银光。过了河，顺着河岸往南走，前面不远就到了五里亭，龙杰决定先到亭子里歇息一下喝口水。

五里亭是个短亭，梁山伯、祝英台十八里相送那是长亭。长亭、短亭沿袭着中国古老的遗风，专供路人歇脚、喝水、纳凉、避雨……

三都到五里亭正好五华里，亭子里有木板条凳，亭子的一角有大水缸，缸上用铁链子链着水舀子，谁渴了，随时都可以喝水。水是凉开水，是附近村里的"派水"或"舍水"。"派水"是村长给各家各户摊派的任务；"舍水"则是许了愿的人家为了还愿，自觉负担供水的。或一月，或半年，天天有人送，因此，亭子的水缸里从来都不缺凉开水。

前来开会的时候，任务在身，行军走得急，更不知道接下来会发生什么事情，谁也无心在亭子里停留。会议开了大半天，口也渴了，人也累了，又因为自从敌人骚扰，区政府这是第一次走出来，众人的心弦一直都紧绷着，此刻，谁都想快步来到亭子里，喝口水放松放松。

离亭子只有三四百米了，龙杰忽然发现亭子的柱子后边闪出两个人，探头探脑，东张西望。才想仔细看看是干什么的，转瞬间两人又不见了。什么人？一个大白天，在亭子里伸头露头，鬼鬼祟祟，不像是赶路休息的本分人。

"停止前进！"龙杰突然下达了命令。

"老谭，你注意了没有？刚才亭子的柱子后边闪出两个人来，你看看，又露头了，又露头了，我看不像好人。"

大家都站住了，一起向亭子里张望。

"你怎么知道不是好人？"谭区长问。

"你看，这两个人伸头露头，不站不坐，既不是喝水，又像不歇脚，转来转去，四下里乱瞅，弄不好是想打咱的埋伏。"

"他敢？大白天，不可能！"

"现在不是在村子里了，他欺负咱们人不多，怎么会不敢？"

"不可能。"

"你不信吗？"

"不是不信，一个大白天，我觉着不可能！"

"你觉着不可能，那我就问问他。"

"怎么问？"谭区长看着龙杰。

"我会问，是人是鬼一问便知。"

龙杰和通信员要过一支长枪，推上子弹，照着亭子咣地就是一枪。

枪声一响，影子立刻不见了。

"砰！砰！砰！……"亭子里接连打来了十几枪。

"怎么样？是敌人吧？"

"那怎么办？那怎么办呢？"

谭区长一直做地方工作，也从来没有打过仗。

"先别考虑怎么办，依我的看法，不光亭子里通不过，别的路，这些小子恐怕也给咱堵了，再往前走走看。"

龙杰头前走，大伙硬着头皮跟在后边，大约又前行了一百米，离亭子只有二百米左右了，这才发现亭子里有七八个人。再看一下这个亭子，亭子虽小，但襟山带水很合局势。亭子的西边，有一条长一百多米的坝堰连接着一座小山。山包不算很高，有一条山膀子，一直延续到龙杰他们目前所在的位置。估计敌人不会只有七八个人，亭子以西直到山头上，可能还有埋伏。

龙杰说："敌人今天又想玩绝的，你们看看这地形，坝堰和山上都会有敌人的埋伏，如果让我指挥，我也会这样部署。"

"可能吗？"谭区长有些手足无措，有两个没见过这种场面的，开始抹泪。

"山头上最少会有两个班的兵力，敌人一定会控制制高点。"龙杰说，"不信的话，我就再问问。"

龙杰端起枪，朝着山头咣地又一枪，结果，"哗——！"一梭子机枪子弹压了过来，谭区长的脸色立刻变了。

"别无办法，狭路相逢勇者胜，我们干不掉敌人，敌人必然会干掉我们。亭子西边就是山，如果亭子里的敌人顶不住，山上的敌人必然会下来接应，如果我们有能力消灭了亭子里的敌人，山上的敌人也绝对不会放过我们。"

龙杰简单地分析了一下形势，大家更紧张了，纷纷问怎么办。龙杰说："没有别的好办法，现在这种情况下，害怕、掉泪、哭爹喊娘都没有用，只有消灭敌人。"

谭区长急了："龙书记，你赶快决定吧，行动晚了，敌人从几个方面包围过来就不好说了，你指挥，我们服从就是！"

龙杰对谭区长说："这样吧，你和李明祥带上两个人，从山膀子下边的沟里顺着摸上去，一直绕到敌人的背后，行动要迅速敏捷，千万不能暴露目标。这里响着枪，山上的草、树完全可以掩护你们。等转到他们的身后，你们突然冲上去制服敌人。因为山上的敌人只注意这条路和这个亭子，他们知道我们人手少，不会分兵作战，更想不到我们会从后边去打他，所以，才更得这样干。你俩挑上两个会打枪的，立即出发。只要占领了制高点，明祥，你夺过机枪朝亭子方向打，我就知道你们胜利了。我再带人从路上冲过去。但是有一条，这期间谁负了伤，谁牺牲了，都顾不上，只有等仗打完了再说。越是这种时候，不怕死，反而有生的希望，越是怕死就越是活不了！行动吧！"

谭业勤、李明祥他们四个人顺着山沟往上去了。虽然龙杰留下的两个人才刚学着打枪，但是为了牵制敌人，防止敌人改变目前的部署而妨害了刚刚制订的计划，他们就紧一枪慢一枪朝着亭子开火。亭子里的敌人仗势欺人，他们大概发觉了对手的火力不强，一边打枪一边吆喝："山东佬！跑不了啦！快投降吧！"

山上的机枪开始扫射，龙杰他们只得卧倒在河堤后面，密集的枪弹打得他们三人无法抬头。眼看着亭子里的敌人有异动，龙杰嘴上不说，心里着急：怎么还没上去？应该上去了，如果敌人一旦发觉这里只有三个人，硬冲过来可怎么办呢？

山下的敌人，果然分作两路企图迂回包抄。龙杰正着急呢，猛听得山头上轰轰轰一阵手榴弹的爆炸声。龙杰一听：行啦！李明祥上去了！果然，手榴弹爆炸过后，山上的机枪顿时变成了哑巴。片刻之后，机枪又响了，只听见李明祥声嘶力竭地呼喊："胜利了！打吧！"

子弹雨点一样泼向亭子，亭子里和坝堰后的敌人开始兔子一样往南逃窜。李明祥抱着机枪冲下山来了，龙杰他们三个人也一边吆喝一边冲向亭子。战斗前后进行了不足两个小时，除了逃跑的敌人以外，打死了五个，俘虏了八人。

晚霞烧红了天空，龙杰一行抬着机枪，押着俘虏胜利回返。聚集在三都街口的老百姓，面面相觑，七嘴八舌：

"正规军！正规军！厉害！厉害！山东佬真厉害！"

东区这一仗，形势彻底缓和了。王之辉在北区先赢后输，在南区的里应外合被彻底粉碎，如今在东区又吃了亏。本来白云山剿匪一仗已打得他元气大伤，临时凑合的一些乌合之众又不经打，王之辉从此泥牛入海没了消息。

除　夕

土匪的正规部队被彻底解体了，只剩下方丈高、黄小毛一伙蟊贼。他们仗着手里有枪，今日这里抢，明日那里偷，不敢和政府打照面了。

转眼一九五〇年的春节就要到了，全国舆论要解放台湾。

一九四九年大年三十这一天，解放军三〇七团驻到了三都。就像出嫁多年的闺女娘家来了亲人，区政府里一片欢声笑语。村干部跑前跑后，尽量把三都最好的房子给部队腾出来，龙杰则高高兴兴地领着三〇七团的刘参谋号房子。号完房子，刘参谋一再握着龙杰的手道谢，非常满意地回去了。

送走刘参谋，龙杰泡上一壶茶慢慢喝着。一会儿，听得外边有人喊："龙书记！龙书记！龙书记在吗？"

谁？声音这么熟？龙杰赶忙迎了出去。

咳！原来又是三〇七团的刘参谋回来了。

刘参谋身后跟了一位干部，高高的个子，脸上笑嘻嘻的，有些面熟，但不认识。那位干部咬着嘴唇和刘参谋点了点头，眼里噙满了泪花，嘴角不住地痉挛。

"龙书记，你认识他吧？"刘参谋指指身后的干部问。

龙杰笑着摇摇头："面熟……面熟，有点面熟，想不起来在哪里见过，来来来，屋里坐！屋里坐！"

"老首长！——怎么真是你呢？！"

那位干部一下子扑上来抱住龙杰，孩子一样大哭起来。

"谁呀？谁呀？我看看！我看看！……啊？！陆来？！咳！陆来！怎么是你？！"

万没想到来人竟是陆来，讨李战役时给他当通信员的陆来，龙杰动情了。他眼含热泪拍着陆来的肩膀："陆来，陆来！别哭，别哭……"

刘参谋高兴得什么似的："巧！巧！巧！真是巧哇！有缘千里来相会，咱这是跑出来几千里路啦！"

龙杰仔细打量着陆来：高了，瘦了，黑了。几年的枪林弹雨，也显老相了。陆来给他当通信员时还不满十八岁，一晃五个年头了。第一次讨李战役结束，岱西独立营归了正规部队，而龙杰重回岱西组建新独立营，他们从此便失去了联系，以后听说陆来给程山当了通信员。

"哎呀陆来，五年了，我一直听不到你的消息，转眼你也长大了，个子也长高了。南下这一年来，除了这个圈子，我哪里也出不去，什么也不知道，忘事也来得快了。快坐下喝水。你和程山还在一起吧？"

"谁呀？你说程营长吗？"

"对呀，程山是你们的营长了？"

陆来点点头。

"他现在在哪？"

"淮海战役中牺牲了。"陆来又抹泪。

"啊？牺牲了？程山也牺牲了……"龙杰垂下眼皮，"打仗就得死人，程山也牺牲了……"

"老首长，我们刘参谋号完房子回去，我一看这签字，怎么像俺的老首长的笔迹呢？可能吗？就又向刘参谋仔细询问签字人的模样、口音，我便断定是怹了，可真是万万没有想到啊！"

"嘿嘿，革命任务没有完成，看来还死不着。陆来，你现在在部队做什么工作？"

"我们的副官！"刘参谋插话。

久旱逢甘露，他乡遇故知，好好亲热了一阵子。陆来擦擦泪眼："部队刚到，我得先回去忙活一下，过一会儿部队安顿好了，我再来看怹。"

"你忙你的，咱们已经见面了，队伍里的事情要紧！"

陆来走了，龙杰的心里虽然热辣辣的，但是他并没有沉浸在回忆里，眼前还有好些事情急等着他去办呢。

大年三十，按旧历的习俗，是一年的最后一天。按照北方的习俗，一家人应该吃团圆饭、守岁、熬五更。可是，眼下要菜没菜，要饭没饭，两手空空，年可怎么过？建德一带过年，不同于北方年三十可以互相串门。这里的年三十，家家户户插大门，谁也不上谁家去，叫也叫不开，说是怕带走了财神。这可怎么办？取借都没个地方，过年成了大问题。大部分同志因为都饿着肚子，长吁短叹开始想家，有的偷偷掉泪。看到这种情况，龙杰的心里也不好受。早知道这里的年三十是这样，昨天就应该先借点吃的。事到如今，饿一宿就饿一宿吧，要不怎么办？他极力劝慰大家："革命还有年节吗？我们的条件不是暂时困难吗？只要没掉了脑袋，我们还能隔在年的那边吗？比一比和我们一块南下牺牲了的战友，我们不就一百个知足了吗？家有什么好想的？只要我们还活着，家里就有盼头。再说，县委孙书记已来了电话，他让大家沉住气，一会儿就送肉来。年夜饭晚一点能有什么？咱们不正好熬五更吗？"

龙杰安慰大家，但是他自己的心里也和明镜一样。县里一共喂了两头猪，两头猪他也见过。人吃饭都困难，哪里还能喂出肥猪？两只猪长得和皮猴一样，年纪倒是有，头顶都没毛了，杀不出多少肉来。孙书记打过电话是不假，可是，如今都什么时候了？

龙杰虽然极力做同志们的思想工作，其实他也等得不耐烦了。肚子饿得火烧膛，哪有饿着肚子熬五更的？于是就又摸起电话来。孙书记在电话里还是那套嘱咐："好好跟同志们谈谈，猪，马上杀完。只要杀完猪，今夜早晚给你们送去，初步定的一人半斤肉，四两酒。"

四两酒该是白酒吗？都是当地人自己酿的一些老黄汤，喝了光撑得慌，连晕乎都不晕乎。等吧，反正早晚送了来。茶不敢喝了，茶喝多了饿得更厉害，大家围在一起抽烟。有人又掉泪，龙杰也不再说什么。

三○七团开过晚饭，陆来又回来了。

"老首长，恁今晚跟我到团部去，团部里有电台，咱一块去听听莫斯科有什么新闻没有？"

"还去听莫斯科，光肚子里就够听的了。你看俺这过年的，到现在晚饭还没有吃呢。老百姓过年，家家户户关门，取借都没有个地方。各人都想家，指望着县里，县里来电话说正在杀猪。现在快半夜了，等着杀完猪还不明了天？"

"哎呀老首长，恁怎么不早说？"

"什么也没有，我说什么？要不，我不早就请你来过年了吗？"

"用得着恁请我吗？你们没有，俺团里有啊！"

"团里有，你当家吗？你是个副官，能难为你吗？"

"当不了家，我请示去哎！我反映去哎！我回去！"

陆来走了，龙杰也没拦他。人穷志短，肚子里饿！这一霎和老部下也逞不得英雄了。

不足二十分钟的时间，陆来和刘参谋带着好几个人送东西来了：米、面、肉、鱼、烟、酒、糖、茶、鸡蛋……一下子抬来了两箩筐。区政府一共十来个人，放开肚子五天也吃不完！

同志们有了笑脸，龙杰也不客气了。他命令通信员赶快去喊谭区长，多来几个人，将东西抬到区公所，马上动厨，有得好年过啦！

谭区长欢天喜地带着好几个人来了，东西才装上担子，突然又来了情报：方丈高、黄小毛在三都以北十里路的一户地主家里打麻将，一共四个人。

情报一来，肚子又不饿了。挑子撂下，炊事员的围裙也解下来了。同志们放下扁担摸起枪：活捉了方丈高、黄小毛再回来过年吧！

一看这个场面，三○七团的刘参谋说："龙书记这样吧，这件事包在我们身上。你们都还饿着肚子，一个大年下，连口年夜饭也还没吃上，身体也撑不住。再说了，你们一共就这几个人，过年了，牺牲上一个，这个年更过不好。我们是正规部队，牺牲个把人和你们不一样，你说服大家，安排过年吧。"

龙杰哪里听得敌情？一听到这两个土匪的名字，龙杰的眼都红了。这两个家伙已经和他们捣乱了一年啦，有多少同志倒在了他的枪口之下。

"刘参谋，我们这些人的脾气你摸不着，年可以不过，土匪不消灭不行。我们不能随便麻烦正规部队。出发！"

一阵急行军，十里路一会儿便赶到了。情报很准确，方丈高、黄小毛正在一个地主家的小楼上搓麻将。楼上灯火通明，老远就听见哗啦啦哗啦啦麻将洗牌的声音。

这是一座孤零零、前后左右都不靠的院子，龙杰他们一赶到，就把房子围起来了。龙杰堵在楼梯的下口，将栏杆狠敲了几下。

响声惊动了土匪，楼上一阵扑通扑通的乱响。就听得急促的脚步声来到了楼梯的上口。龙杰身子紧贴在楼梯的一边，他侧着身子伸出左手，一道手电光打了过去，方丈高和黄小毛的汤姆逊冲锋枪正冲着他。

"方丈高！黄小毛！我们的大部队来了！你若敢开枪，将碎尸万段！共产党的政策你很明白，老实投降，会宽大处理！你若敢打一枪，立马叫你葬身火海！"

自从打开手电筒的那一刹那，龙杰右手的食指早就扣在扳机上，而且手电光始终对准了敌人手中的枪，只要他俩的手稍有不老实，龙杰的右手就能争取主动。

方丈高和黄小毛毕竟是些蟊贼，一个夜里，他们也不清楚到底来了多少兵力，两人举起枪来扑通跪倒。龙杰和李明祥快步上楼下了他们的枪，拉起来先绑上了。

来到麻将室，只见桌子上明晃晃亮着两盏玻璃罩子灯，麻将牌摊了一桌，现大洋一摞一摞垒得老高，好烟、好酒、好菜、零嘴……什么都有。龙杰将四个俘虏都带上，过年的东西抬上。陆来带着三〇七团一个连队小跑步也赶到了，立即押上俘虏，带着战利品返回三都。

　　回到三都已是夜里两点半钟，按时间算已是一九五〇年的大年初一。龙杰给县委孙书记摇过电话去，孙书记的第一句话就是："好啦好啦！猪肉马上送过去！"

　　"别送了！用不着啦！"龙杰说。

　　"怎么啦？怎么啦？"

　　"不用啦！不用啦！什么都不缺啦！"

　　"同志们有意见吗？"

　　"没意见，都足了！"

　　"为什么？"

　　"要问为什么，我先告诉你一个好消息！"

　　"什么好消息？！"孙书记又激动了。

　　"你猜一下吧！"

　　"不猜不猜！猜也猜不着，你快告诉我！"

　　"我们剿匪队最后的两个敌人已经给逮住了！"

　　"谁呀谁呀？方丈高吗？……"

　　"方丈高！黄小毛！"

　　"啊？在哪里逮住的？"孙书记一边和龙杰通话，一边和他身边的人说："龙杰！龙杰！……三都！三都厉害吧？年还没过，又立功了！把方丈高和黄小毛逮住了。厉害！厉害！厉害！怎么逮住的？"孙书记问龙杰。

　　龙杰将情况在电话里作了简单汇报，并说明俘虏已临时交由三〇七团代押。部队提出明天派一个连去送，龙杰的意思还是不麻烦部队为好。因为牵扯到过江，区里这几个人去怕是不保险，最好还是公安局派人来押回去。

　　孙书记很激动："好！好！告诉同志们，我代表全县人民，一是感谢，二是祝贺。叫同志们放开酒量好好喝！一是庆功，二是过年。老龙啊，祝贺一九四九年最圆满的结束和一九五〇年振奋人心的开始。关于缴获的物资，这样吧，枪支弹药凡武器之类明天全部带来，收缴的钱也缴上来。凡是吃的、用的一概不要缴了。同志们很辛苦，又立了大功，叫同志们尽量用，我请求上级通令嘉奖你们！"

家　信

　　眨眼间南下一周年，电台广播即将实行供给制了。龙杰接到了回县武装部正式任职的通知，李明祥也该回县城安心当他的通信班长了。孙书记在电话里调侃说，脑袋在肩膀上背了一年了，可该好好放到枕头上睡一宿安稳觉了。

　　回到梅城，武装部的外间办公室已粉刷一新，里间屋也已拾掇得很像个住室的样子，龙杰很满意。孙书记亲自张罗置办了几个菜，杀了一只鸡、一只鸭，水乡不缺鱼，又特地给龙杰淘换了两瓶白酒。

　　县里的几个主要领导同志都来了，李明祥、小何还有建东区前来送行的谭区长等几个同志，一下子凑合了十几个人。孙书记一看菜不多，又叫通信员端来一盘萝卜头、一盘咸笋丝、一碟子臭豆腐、大半碗蚕豆。龙杰说："有鸡有鱼就是大席，喝酒不用好菜，咸菜碟子就行。"

　　"别人吃咸菜，今日你可不能吃咸菜。"孙书记把两根鸡腿拧下来，放到龙杰面前的碟子里。

　　"不行！可不行！"

　　龙杰夹起鸡腿往回送，他想起逮住大汉奸倪宏霖时，袁政委把四根鸡腿和两个鸡头都让他吃的情景。

　　"报告！"

　　"进来。"

　　小王进来了，他是县委办公室接替小梁的通信员。小王来到龙杰面前敬了一个礼，龙杰赶忙站起身来："小王也来喝盅酒吧？"

　　"报告龙科长，你的信。"

　　"信？哪里的？多旦来的？"

　　"昨天下午，老家来的。"

　　巧！烽火连三月，家书抵万金啊！整整一年了，老娘和孩子怎么样了？龙杰的手抖了。

龙杰吾儿：

　　南下一去如石沉大海，你还有家吗？你还有娘吗？

　　龙杰吾儿，你把一个没娘的孩子舍给我，你可知走后的这一年，俺娘俩是怎么过的？凉水谁给我打？这个先不说，这两天要了命了，要账的挤破门了。上寺、下寺还有猴家林的村干部，推着车子，拿着一大把条子来要账，脾气很大。说都是你老婆逃反时欠的粮食账，都是她打的条子。我说，粮食是县里二十几口子抗属吃的，儿媳妇那时是县里派的干部，再说，她已经死了三年了，你得找县政府、找组织才对。要账的说，岱西县早没了，现在的邹县长说他没听说过这个事，只能找肖兰芬要！人死了，账没死，肖兰芬死了，她男人没死。我告诉说你南下了，人家说，什么南下？躲账去了！邹县长说了，不该他南下他抢着去的。猴家林那个村干部还说，跑得了和尚跑不了庙，白纸黑字的账躲不了。如今分了地了，拿房、拿地顶也行。他们天天来堵门，逼我卖地。地我也不会卖，卖也得你回来，你要再不回来，我就得抱着孙子跳井了……

　　龙杰蒙了，逃反时抗属吃的粮食、花的钱，都成了他自己的账了？他顶替刘部长南下，成了躲债者？龙杰恼了。如果肖兰芬不死、他不南下，这个账早就了结明白了。邹县长说不知道这个事情？哪个邹县长？邹步远吗？邹步远当了县长吗？如果是他！他比谁都清楚，他不明明在官报私仇吗？

　　信是龙杰一个远房的二叔代笔的，再三叮嘱没有别的说法，赶快家来卖地还账，否则，老娘真要跳井了……

　　"别急！别急！怎么会呢？"孙书记安慰说，"枪林弹雨一年了，差一点把命搭上，怎么成了躲债呢？别急，别急，先沉住气，总会有办法。"

　　话虽然这样说，哪里有好办法想？老家的区划都变了，这一雯也不知道该找谁了。如果现在的县长真是邹步远，问题就复杂了。再说，目前建德县这么穷，连自己的温饱都解决不了，哪里有粮食帮他还账？家隔在几千里之外，到底该怎么办呢？看来除了回家，没有别的路了？

酒没法喝了，孙书记只得将龙杰叫到自己的办公室。他给龙杰冲上一杯茶，又给他点上一支烟。龙杰便从日伪蚕食、革命家庭相继遭难、县委如何决定由肖兰芬带领二十多口子抗属避难逃反、怎样住宿吃饭、怎样结账以及任五六又如何贪污了救急的三千元钱……原原本本讲给孙书记听。来到现在，龙杰南下一年了，肖兰芬也死了三年了，这个账怎么成了他个人的？忒欺负人了吧？

"龙杰！我的好科长！我的好部长！"孙书记眼里噙满了泪水，"我最了解你啊！你下的力、受的罪，我比谁都清楚！流血拼命一年，你还没在县里吃上一顿饱饭、睡上一宿安稳觉呢！你不能走！我舍不得你走啊我的好部长！我对不起你！目前各县都一样的情况，都缺粮食，咬咬牙坚持一下，肯定会有办法的！"

"家里等不了啊！这不是个小账，当时的干部，活着的差不多都南下了，如今区划也变了，岱西县都已并归到泰安县，邹步远说不知道这个事，别人就更不知道了。我不回去说明情况，要账的攥着条子天天堵门，老娘一旦想不开抱着孩子跳了井，不忠不孝我就全占了！我不能给南下抹黑，更不能给政府增加负担，我不回去，家里的事情解决不了哇！"

"……回去可以，处理好了尽快回来！"

"看来我就是个打打杀杀的命，现在没有战事了，在家里同样是建设新中国。一旦回不来，请组织上把我的党组织关系及时转过去就是了。"

"不，家去处理好就得回来，没有仗打了，到了你该享享福的时候了！"

尾 声

"回来了？"

"回来了。"

"回来怎么办？"

"找到组织！三头对案，一辩就明的事情！"老人笑了笑。

"那个邹县长是邹步远吗？"

"就是他！副县长，他什么都明白，他就是故意报复我！就因为
我杀了他的表兄弟。"

"他承认吗？账目落实了吗？"

"一揭两瞪眼的事，他不认账能行吗？他当干部比我还早，和肖
兰芬打交道也早，他什么都清楚，他就是故意发坏，故意报复我！"

"追究他了吗？"

"杀了。"

"就为了这件事情吗？"

"不，他有命案！这个家伙心理阴暗，报复心极强，凡是和他有
私仇、有过节的，他从来都不放过。还乡团还乡那霎，好多被害的
共产党员和积极分子包括被起了肋条的韩近村，都是他暗中使的坏。
一九五一年"镇反"，刘庆俊为了活命把他也抖搂出来了，邹步远和
刘庆俊也就一块去撵刘庆祥了。"

"冤有头，债有主！问题解决了，事情处理好了，没有再回浙
江？或者再到岱西武装部任职吗？"

老人笑笑："行政区划早变了，哪里还有岱西武装部？再说了，南方北方都没有仗打了，都去当干部，谁种地？咱当时不过就是个小小的武装部长，你看人家甘祖昌将军又怎么来着？不照样解甲归田回江西老家当农民吗？毛主席说，共产党人不是要做官，而是要革命。这句话就是对我说的。"

"三大爷！三大爷！"村支书来了。

"来来来！快来喝茶！"

"不喝不喝，我不渴，我来和你说个事。今天我到乡里开会，民政所老梁让我给你捎信，叫你领钱去。"

"怎么不给我捎回来呢？"

"嗨！三百元！忒多，代领不行。"

"不少啊，什么钱？"我高兴地问。

"虽然家来种地了，党组织没有忘记我，还一直享受着荣复转退的待遇呢！"

"一个月三百？"

"哪能？一年啊！"

老人又笑了。

二〇〇〇年春于白鹤泉
二〇二〇年疫中于佛光坪
二〇二三年四月一日于泰山

图书在版编目（CIP）数据

血性 / 毕玉堂著 . —北京：作家出版社，2023.12
ISBN 978-7-5212-2387-3

Ⅰ.①血… Ⅱ.①毕… Ⅲ.①长篇小说－中国－当代
Ⅳ.① I247.5

中国国家版本馆 CIP 数据核字（2023）第 130996 号

血性

作　　者：毕玉堂
封面插画：燕　冲
封面题字：毕玉堂
责任编辑：徐　乐
装帧设计：意匠文化　丁煜
出版发行：作家出版社有限公司
社　　址：北京农展馆南里 10 号　　邮　　编：100125
电话传真：86-10-65067186（发行中心及邮购部）
　　　　　86-10-65004079（总编室）
E-mail:zuojia @ zuojia.net.cn
http://www.zuojiachubanshe.com
印　　刷：三河市北燕印装有限公司
成品尺寸：152×230
字　　数：422 千
印　　张：28
版　　次：2023 年 12 月第 1 版
印　　次：2023 年 12 月第 1 次印刷
ISBN 978-7-5212-2387-3
定　　价：58.00 元